Daniel Akst

Nachruf auf den heiligen B.

Roman

Aus dem Amerikanischen
von Michael Strand

Deuticke

Die amerikanische Originalausgabe erschien 1996 unter dem Titel
St. Burl's Obituary bei MacMurray & Beck in Denver, Colorado.

Deutsche Erstausgabe

Umschlaggestaltung: Robert Hollinger
Druck: Wiener Verlag, Himberg bei Wien

Printed in Austria

ISBN 3-216-30362-4

TEIL

I

Herr Weltklug ist der Wahrheit fern
und Herr Gesetzlich ein Betrüger.
John Bunyan, »Die Pilgerreise«

KAPITEL

1

DAS FOLGENDE GESCHAH, noch ehe Burl seinen eigenen Nachruf geschrieben hatte. Es war ein feuchtwarmer Abend, kühler zwar als tagsüber, doch in den dunkel gewordenen Straßen hing eine unsaubere Schwüle, die die Dunstigkeit des Tages erahnen ließ, und Burl ging bedächtig mit schwerem, stetem Schritt die knapp hundert Meter von seinem Parkplatz zum Gardenia's, wo man seine gewohnte Anlaufstelle wohl schon vorbereitet hatte. Er würde fritierte Calamari in scharfer Sauce nehmen, anschließend einen Caesar's Salad, dann die Muscheln in dieser grauen, salzigen Brühe, die so gut schmeckte, daß man sie mit Brot auftunkte, und schließlich das Saltimbocca vom Kalb - bloß als zwei Silben ausgesprochen, der stumme letzte Vokal vom übrigen Wort abgetrennt wie Sizilien vom italienischen Festland -, feine, schmale Fleischschnitten, in Weißwein und Butter blanchiert, mit Mozzarella gratiniert und gekrönt mit gekringelten Prosciuttostreifchen. Das Ganze würde auf tannengrünen, kurz überbrühten Spinatblättern angerichtet und mit erlesener Reichlichkeit garniert sein: harte Eier und, gegen die Salzigkeit, ein säuerliches Artischockenherz. Burls Augenbrauen waren hochgewölbt, sein Gesicht leuchtete vor Vorfreude. Es war ein guter Tag gewesen, ein harter, aber zufriedenstellender Tag, an dem er gezeigt hatte, was er konnte, und darum würde er sich statt seines üblichen Chianti einen großen Barolo gönnen, der einem beim Abgang auf den Mandeln prickelte.

Das alles schmeckte schon beim bloßen Gedanken daran so gut, daß er nicht daran dachte, was er auf der Straße für ein Bild abgab, und um diese Zeit, nach Mitternacht, war niemand anders unterwegs, der ihn durch verblüfftes Anstarren daran erinnern hätte können. Die meiste Zeit stellte er sich vor, natürlich ohne sich wirklich zu sehen, daß er wie ein Schlachtenkreuzer dahinglitt oder an windigen Tagen wie ein stattliches Segelschiff; von seinem Hals flatterte fleckenlos ein großes rotes Banner, über Brust und Bauch wölbte sich, so schien es, ein Hektar weißer Baumwollstoff, seine blauen Augen entschlossen, wenn auch ein wenig ausweichend, sein Jackett ewig knitterlos, ewig offen.

In der Kühle der Brise auf seinem verschwitzten Rücken konnte Burl das Ende des Sommers schmecken - er schrieb alle Sinneswahrnehmungen dem Geschmackssinn zu -, oder auch im Dahinwirbeln des Zeitungspapiers auf dem Bürgersteig, wie ein großstädtischer Steppenläufer. Doch der saure Fäulnisgeruch blieb, die giftig aussehenden Pfützen in den gelegentlichen Bordsteinsenken ein ekliges Olivgrün. Für einen so massigen Mann war das Sommerende immer eine Erleichterung, auch wenn der Herbst bloß eine kurze Atempause vor den Anschlägen des tückischen Winters mit seinen glatten Straßen brachte. Burl fröstelte ein wenig, als er an den vertrauten Eingang des Restaurants kam, doch an der dunklen, auf alt getrimmten Holztür fehlte das erwartete Gewicht; sie schwang widerstandslos auf, als er danach faßte.

Er stand Auge in Auge mit einem kleinen, angespannten Mann, dessen Gesichtsausdruck so erstaunt war, als hätte er eben wen umgebracht. Burl wurde rot vor Verlegenheit; das war er gewohnt. Man hätte glauben können, daß noch keiner je einen fetten Mann gesehen hatte.

»'tschuldigung«, sagte er wie ein Tölpel, und dann noch einmal »'tschuldigung«, mit einem kleinen Lachen, wie als Pauschalentschuldigung für sich selbst.

Der andere Mann starrte bloß, bis Burl plötzlich allein war; die Reste des Hasses aus den Augen des anderen tropften ihm vom Gesicht wie Spucke. Definitiv den Barolo, dachte er und stieß die Innentür auf.

Was ihm zuerst auffiel, war die intensive Stille. Das Tableau ließ ihn an ein surrealistisches Gemälde denken: das schummrige Lokal leer, die weißgedeckten Tische riesige Fliegenpilze, die aus dem blutroten Teppich auf dem Boden sprossen, alles fleckenlos, abgesehen von einem Ausbruch an Menschlichem rechts von der Mitte, wo zwei Männer in Straßenanzügen wie weggelegte Schaufensterpuppen zusammengesackt über einer halb gegessenen Mahlzeit saßen. Ein dritter Mann lag nicht weit von einem umgekippten Stuhl mit dem Gesicht nach unten auf dem Boden. Rechts von seinen Füßen bemerkte Burl eine fleischfarbene Gummimaske; sie lag da wie das Gesicht von irgend jemand, das vom Boden hochstarrte. Links war Burls Stammplatz; die Ecknische war fix und fertig für ihn vorbereitet, der Tisch mit Silber und Kristall gedeckt, und doch gespenstisch unbesetzt, mit einem Mal leerstehend wie ein Schrein für einen unbekannten Esser.

Als er sich dieses groteske Stilleben besah, gebannt von der Stille und den unwirklichen Männern, erstarrt in Positionen von unerhörter Unbequemlichkeit, spürte Burl, wie sich ihm die feuchten Nackenhaare sträubten, während seine eigenen Bewegungen erlahmten. Er wußte, daß er eben unter den Toten weilte, und es war schwer zu sagen, was zu tun war. Mit pochendem Herzen, unwillig, auf demselben Weg wieder zu gehen, auf dem er gekommen war, und seiner nicht zu verbergenden Massigkeit überdrüssiger denn je, tappte Burl in Richtung Küche. Wo waren die denn alle, die um diese Zeit normalerweise im Gardenia's waren? Was war aus dem Personal geworden? Auf dem Weg sah er, nur aus dem Augenwinkel, einen dunklen Fleck auf dem Fußboden, von dem er mit für ihn untypischem Pessimismus sofort wußte, daß es eine Pistole war. Ohne nachzudenken, hob er sie mit einem schmutzigen Taschentuch auf und nahm sie mit.

Als er durch die Schwingtür in den vertrauten Küchenbereich kam, schien der Raum leer, aber es war nicht dieselbe Stille, und er konnte das schwere Atmen von Verängstigten hören, während seine dumpf dröhnenden Schritte seinen Bemühungen, leisezutreten, hohnsprachen. Er sah, daß hinter einem langen Tresen im weitläufigen Bereich in der Küchenmitte der Boden voller Leute war, die mit dem Gesicht nach unten dalagen: Küchenhilfen in Weiß, Kellner in Schwarz, ein paar unglückliche Gäste in Straßenkleidung und sein Onkel Lou, der Geschäftsführer, der nachdenklich dreinschaute, als er das Kinn auf die Hände stützte.

»Burlie, Gott sei Dank, du bist's!« sagte Lou und sprang auf die Füße. »Ich dachte schon, die wären zurückgekommen.«

Die beiden gingen eilig ins Büro, wo Lou die Polizei anrief. Dann rief Burl seine Zeitung an, die sich normalerweise um ein paar Morde auf die eine oder andere Weise an einem Ort wie New York nicht scherte, schon gar nicht um diese Zeit, außer wenn unter den Opfern jemand Wichtiger war. Burl überzeugte den jungen Spund in der Redaktion, daß die Zeitung sich in diesem Fall sehr wohl drum scheren würde. Dem schlauen Louie Naumann machte das nichts aus; in New York brachte so was einem Lokal Prestige.

»Ich brauch 'nen Drink«, sagte er. »Nimmst du einen Brandy mit mir, hm? Ich hab einen Calvados da, den schenk ich nicht an der Bar aus. Wirklich gutes Zeug.«

Der Branntwein kreiste in den Schwenkern wie geschmolzener Bernstein, während Burl Knabberzeug in Fischchenform aus einer Glasschüssel mampfte. Sein Onkel zupfte oberhalb der Linie, wo vielleicht mal sein Haaransatz gewesen war, an einer Warze herum.

»Entspann dich«, sagte Burl; mit dem Trinken besserte sich seine Laune rasch. »Es ist vorbei. Die wußten, wen sie wollten. Morgen um dieselbe Zeit wird's so sein, als wär das nie passiert.«

»Was mich betrifft, ist das jetzt schon so.«

Burl sagte nichts.

»Und was dich betrifft, genauso, wenn du weißt, was gut für dich ist«, fügte Lou hinzu und nahm einen großen Schluck. »Du hast nichts gesehen, du verstehst, was ich meine? Das war 'ne Privatangelegenheit.«

»Privatangelegenheit. Dann wußtest du also, daß es passieren würde?«

»Nein! Mein Gott, Burlie, was zur Hölle redet dein alter Herr hinter meinem Rücken über mich? Nein, ich wußte nicht, daß es passieren würde. Aber ich weiß, was es war, und du auch. Was Privates. Keine kleine Ratte, die 'ne alte Dame wegen ihrer Rente abmurkst. Das war was anderes. Misch dich da ja nicht ein.«

»He, ich hab sie nicht gebeten, so was in unserem Lokal abzuziehen. Haben wir diesen Monat irgendwen zu schmieren vergessen? Ich dachte, wir sollten keine solche Scherereien haben.«

»Glaub mir, wir zahlen immer. Ich glaub, das war 'n bißchen zu groß für unsere Leute.«

»Wir sollten ein Chinarestaurant draus machen.«

»Die zahlen auch. In dieser Stadt zahlt jeder.«

»Drei Leute sterben in unserem Speisesaal, und ich nur 'n paar Zoll davon entfernt, der vierte zu sein. Irgendwer sollte besser zahlen.«

»Burlie, ich weiß nicht, was du glaubst, wovon du redest, aber sei ganz ruhig, jemand wird zahlen. Das ist was, da mußt du dir keine Sorgen drüber machen. Glaub mir.«

Lou seufzte, trank und strich sich mit einer großen Hand über den schütteren Schädel, einer Pranke, die in keinem Verhältnis zu seinem kleinen Körper stand. Er schien es zu bedauern, so eindringlich geworden zu sein. Burl sah in ihm stets den flotteren Bruder seiner Mutter, immer ein bißchen geheimnisumwittert. Er war gebaut wie ein Fußball, ohne Verbindungsstücke: kein Hals, keine Taille, kurze Gliedmaßen. Burl war still und hielt die vergorenen Äpfel der Normandie im Mund; ihr Bouquet auf seinen leeren Magen eine berauschende Form von Erkenntnis, genug, um ihn schwindlig zu machen.

»Du hast sowieso nichts gesehen«, sagte Lou. »Wann bist du reingekommen? Wenn du was gesehen hättest, würdest du jetzt nicht hier sitzen. Nimmst du mich auf den Arm?«

Burl schluckte, und der Brandy kratzte ihn im Hals. Frucht von einem vergifteten Baum, wie Anwälte gern sagten. Es war toll, bis man sie runterschluckte.

»Also, damit ich es verstehe«, sagte Burl. »Da waren zwei Kerle mit Laurel-und-Hardy-Masken, richtig? Einer davon scheuchte alle in die Küche ...«

»Und wir legten uns alle hin, und das war das letzte, was ich sah oder sehen wollte.«

»Aber du hast gesagt, daß er rausging, oder? Er blieb nicht und bewachte euch alle.«

»Das mußte er auch nicht. Er sagte, er würde in einer Minute wiederkommen und jeden umbringen, der sich vom Fleck rührte. Dann ging er zu seinem Partner zurück in den Speisesaal, wir hörten sechsmal so 'n Geräusch wie *pfft*, und bei den nächsten Schritten, die wir hörten, dachte ich, es würden meine letzten sein, nur daß es statt diesen Gangstern mein hungriger Neffe hier drüben war.«

Lou langte hinüber und goß seinem hungrigen Neffen noch etwas Brandy nach, wofür Burl ihm mit seinem Glas zuprostete. Lou winkte unglücklich ab.

»Diese Männer haben gebettelt«, sagte er. »Nicht verzweifelt, kein Zusammenbrechen und Flennen. Aber sie wußten, was auf sie zukam. Sie haben gebettelt. Einer sagte immer wieder: ›Warum? Joey hat euch geschickt, richtig? Warum tut er so was?‹ Sehr traurig. Zwei von ihnen waren hin und wieder da. Ich kannte sie. Echte Gentlemen.«

Lou machte noch einen wegwerfenden Schlenker mit der Hand, zornig. Burl, vor hitzigen Aufwallungen wie immer im Rückzug, hob den Schwenker an die Nase. Calvados. Woher kam der Name? Vorfranzösisch. Kalvarien? *Calvaria*: das lateinische Land der Totenschädel. Er atmete tief ein. Es war wie

Klebstoffschnüffeln. Durch den morbiden Duft sahen die Dinge nicht mehr annähernd so schrecklich aus. Er hatte die scharfe Flüssigkeit im Mund, als er das Klopfen an der Tür hörte, und er schluckte, als sein Onkel »Herein« sagte.

Bei dem Teil mit der Polizei kam Burl sich vor wie in einem Film. Er erzählte ihnen das Ganze, und in dem traurig heruntergekommenen Stadthaus, in dem sich immer noch das Polizeirevier befand - davor parkten Streifenwagen kreuz und quer in alle Richtungen -, studierte er, wie Satans Fotoalbum, vinylgebundene Ordner voller Ganoven jeden Zuschnitts; ihre dummen, verschlagenen, mürrischen Gesichter starrten in stummem Protest von Porträtfotos, die von einem Fotografen waren, der auch die Königinmutter aussehen lassen hätte wie eine Verbrecherin. In den Augen dieser Männer war so viel Wut, als wären sie beleidigt über diese letzte und gänzlich unverdiente Demütigung. War es Kränkung, was er sah? War es Scham?

Es war keine leichte Aufgabe. Burl fragte sich, ob er den Killer anhand eines dieser unnatürlichen, in schmieriges Plastik eingeschlossenen Bilder überhaupt würde wiedererkennen können. Er dachte zurück, versuchte sich den Augenblick von neuem zu vergegenwärtigen. Er sah die Augen des Mannes vor sich - sie waren blau gewesen, oder? - und aus irgendeinem Grund auch seinen Haaransatz, die schwarzen Haare standen kerzengerade wie Soldaten von überraschend zarter weißer Haut ab. Die beiden Männer hatten einander gut sehen können, doch Burl war sich nicht sicher, daß er den Killer erkennen würde, nicht mal leibhaftig. Wahrscheinlicher war, daß der Mann ihn erkennen würde.

Und was dann? Im Wagen war ihm der Gedanke durch den Kopf gegangen, daß er nur deshalb noch am Leben war, weil der Killer seine Waffe in dem Lokal zurückgelassen hatte, ohne Fingerabdrücke oder Seriennummer. (Allem Anschein nach hatte der Mann Handschuhe getragen.) Burl dachte an all die Dinge, die an diesem Abend verhindert hatten, daß er dreißig Sekunden früher im Gardenia's eintraf: wie vorsichtig er beim Einparken gewesen war, sein kurzes Gespräch mit dem Fotochef auf dem Flur, sogar sein Schuhband. Sich die Schuhe zuzubinden war eine Tortur, aber Schnürschuhe für Slippers aufzugeben wäre ihm wie ein Kapitulation vorgekommen, als würde man seine Füße aufgeben. Er mußte sie im Sitzen binden, ein dickes Bein am Knöchel unbequem auf das andere Knie gestützt, seine Ober- und Unterarme und -schenkel wie frische Würste in einer Kette, die Haut dünn und weich. Nun konnte er mit Fug und Recht sagen, daß sein Leben an einem Faden gehangen hatte. Sein Gewicht hatte ihn gerettet.

Eine Übertreibung - der Mann hatte ja auch sonst niemanden in dem Restaurant getötet. Außerdem, ohne sein Gewicht wäre Burl gar nicht erst im Gardenia's gewesen - genauer gesagt, ohne das, was ihn dazu trieb, soviel zu essen. Gewiß wäre er nicht um diese Zeit dagewesen. Sein Gewicht war immer schon das zentrale Rätsel in Burls Leben gewesen. Folglich erschien es ihm ganz passend, daß er ausgerechnet in einem Restaurant in die dramatischste Szene seines Lebens hineinstolperte, vom Hunger getrieben. Woher diese Unersättlichkeit? Seine Eltern waren nicht fett. Auch seine Großeltern nicht. Keiner von ihnen aß wie er, aber das war ein und dieselbe Frage, bloß anders gestellt. Burls Nahrungsaufnahme war um nichts willkürlicher als seine Aufnahme von Luft.

Wenn auch seine Gelüste nicht auf ein Erbteil zurückzugehen schienen, seine Anwesenheit im Gardenia's wohl schon. Der Laden oder jedenfalls der größte Teil davon gehörte Burl, dank einer überraschenden Verfügung im Testament eines alten Freundes der Familie, dem Burls Vater in Korea das Leben gerettet hatte und der später reich und fett auf Long Island gestorben war. Burls Familie war seit Jahren mit dem Lokal verbunden. Seine Mutter hatte dort nach dem Krieg als Kellnerin gearbeitet, und dort hatte sie auch Burls Vater kennengelernt, und Burls Onkel Lou war dort Geschäftsführer gewesen, solange irgendwer zurückdenken konnte - so lange, daß die meisten Leute glaubten, das Lokal gehöre ihm.

In Wahrheit gehörte es größtenteils Burl, obwohl Lou einen beträchtlichen Anteil besaß, den er seinem Neffen abgekauft hatte, als Burl auf dem College war. Das Geschäft war nicht riesig profitabel, und Burl überließ die laufenden Angelegenheiten großteils seinem Onkel; er beschränkte sich darauf, die Küche zu kontrollieren, indem er ein gut Teil seiner Dividende in Naturalien einnahm. Seine Mutter hatte sich von den Kellnern versprechen lassen, daß sie ihm nie mehr als drei Hauptgerichte servieren würden, aber die hielten sich nicht daran. Später hatte er, um eine Erweiterung zu finanzieren, noch einen Anteil an seinen alten Freund Frederic LaChaise verkauft, den bekannten transatlantischen Küchenchef, der seine Mitbesitzerschaft wegen der für einen Gott der Haute Cuisine unziemlichen Küche allerdings gern geheimhielt. Rote Saucen, Korbflaschen. Wie hätte das ausgesehen?

Ein Mord - drei Morde! - in seinem eigenen Restaurant. Burl erinnerte sich an Onkel Lous geheimen Calvados-Vorrat und fing an, insgeheim zu denken, daß er dem Laden vielleicht mehr Aufmerksamkeit zuwenden sollte. Er wußte seit Jahren auf unbestimmte Weise, daß das Gardenia's ein Sammelplatz für die falsche Art von Leuten war, aber er hatte den Gedanken an sie immer verdrängt. Sie waren unbequem. Es machte schließlich keinen guten Eindruck, wenn ein Zeitungsreporter auch nur einen Anteil an einem solchen Laden besaß; von einem ethischen Standpunkt aus, selbst wenn Gangster das Gardenia's mochten, irgendwo mußten sie ja essen. War es die Schuld von Burger King, wenn irgendein Irrer Whopper reinhaute, ehe er alle seine Nachbarn umbrachte? Es war doch bloß ein Restaurant.

Auf dem Polizeirevier, mit knurrendem Magen, machte Burl sich Vorwürfe wegen der moralischen Laxheit, die ihn in diese Malaise gebracht hatte. Und was, wenn er den Killer entdeckte? Burl versuchte sich den Prozeß vorzustellen, seine Aussage, wieder das Starren des Mannes, vielleicht einen bangen Blick über die eigene Schulter an einem stillen Abend. Aber es würde Spaß machen. Burl würde sich als Held fühlen und es ohne Zögern tun. Außerdem, mußte man nicht die Wahrheit sagen?

Doch er erkannte den Mann nicht wieder, irgendwie zu seiner Erleichterung, und unterzog sich dann dem seltsamen Ritual, einem Zeichner bei der Verfertigung eines Phantombildes des Verdächtigen behilflich zu sein. Wie in allen diesen Zeichnungen wirkte das Lebewesen, das darin zum Vorschein kam, vierschrötig und verstopft, der Zeichner stand in seiner Auffassung des menschlichen Antlitzes in der Tradition eines Herblock. Burl gab sich alle Mühe, aber irgendwie hatte das, was dabei herauskam, keine Ähnlichkeit mit einem menschlichen Wesen, obwohl das Gesicht auf dem Papier, mit der hohen Stirn, den sensiblen Augen, dem vielleicht zu stark herausgearbeiteten Bartschatten, der wörtlichen Beschreibung des Mannes entsprach, den Burl gesehen hatte. Die Zeichnung hatte nichts von der Anspannung des Mannes, obzwar sie an deren Stelle einen melodramatisch-finsteren Blick setzte, und nichts von seiner seltsamen Bläue - sein schwarzes Haar mitternachtsfarben, seine Wangen bläulich durch die Haare, die er am nächsten Morgen rasieren würde, sein Anzug ein tiefes, makelloses Marineblau.

Burl war die halbe Nacht auf dem Polizeirevier gewesen. Als es vorbei war, hatte er noch immer nichts gegessen, und mittlerweile bestand auch keine Aussicht mehr auf die feine Mahlzeit, die er sich vorgestellt hatte, oder auf etwas, was dem auch nur ähnelte. Er fragte sich, ob er überhaupt noch hungrig war. In seiner leicht pummeligen Jugend war er eine Zeitlang Polizeireporter gewesen, aber die Szene im Gardenia's war selbst nach den Maßstäben seiner eigenen zugekifften Erfahrung beunruhigend. Er war nie zuvor - allein - mit einem Toten im selben Raum gewesen; es reichte fast schon, den eigenen Glauben an die Seele zu erneuern. Wie sonst konnten da Menschen sein und gleichzeitig kein Leben? Diese Stille! Und es war ja nicht so, daß

Blut und Gedärme überall auf dem Boden gewesen wären. Die Morde waren sauber und professionell gewesen, und Burl mußte zugeben, daß sein Appetit davon weitgehend unberührt geblieben war. Er ging die örtlichen Möglichkeiten im Geiste durch: die Küche im Terrel's hatte jetzt schon zu, Ho Sai Gai war mit Sicherheit geschlossen, im Chateau war er niemals wirklich willkommen, und Fast food war ihm verhaßt, schon allein wegen der Uniformität und Beengtheit der Sitzgelegenheiten, die ihm als höchst passende Metapher für die ganze Sache schlechthin erschien. Einmal war er in einem dieser Kolonialstil-Drehstühle, die bei McDonald's an den Plastiktischen montiert sind, steckengeblieben. Er konnte kochen – Burl kochte gerne –, aber er hatte nichts von dem im Haus, was er sich selbst versprochen hatte, und außerdem war es anstrengend, so was um diese Zeit bloß zu erwägen. Sein verlängerter Rücken, um diese Tageszeit oft schon wundgesessen, erhob beim bloßen Gedanken daran brennenden Protest. Er wartete hinter einer zugedröhnt klingenden Schwangeren, die qualvoll schleppend über die Verhaftung von irgend jemand namens Jimmy sprach, und als sie schließlich fertigtelefoniert hatte, warf er einen Vierteldollar ein und rief Sally an, den er liebte.

KAPITEL

2

»He, Burlie, da bist du ja«, sagte Sally als fröhliche Begrüßung und zog seine riesige Backschaufel aus dem Ofen. »Genau wie du sie magst.«

Burl lächelte entzückt über den Tresen. Sals Pizza war wie ein Lebewesen, brodelnd vor Leidenschaft, bebend vor Zartheit. Burl sah in ihm so etwas wie einen Alchimisten oder einen mittelalterlichen Handwerker, unbelesen, aber in langer Lehrzeit ausgebildet und voll Verachtung für Pfuscher. Wie die Zunftmeister von einst wollte er seinen Markt absichern. »Jeder macht heutzutage Pizza«, beklagte er sich. »Griechen, Araber. Ein Chinese aus Panama drüben auf der Court Street. Glaubt man das? Mach ich etwa Souvlaki? Kuskus? Hühnchen Chow-Mein? Ich füll keine Weinblätter!« Sally übte seine Kunst in einem kleinen Laden um die Ecke von Burls Apartment aus, und als sein umfänglichster Kunde eintraf, hatte er das Übliche parat: einen Riesenfladen mit einer Extraportion Käse und Sauce, knusprig und heiß. Was Pizza betraf, war Burl ein Purist.

»Sally, du hast mir das Leben gerettet.«

»Was ist mit dir, legste 'ne Nachtschicht ein oder was? Was ist der Aufmacher von morgen?«

»Drei Tote bei Mafia-Schießerei.«

»Im Ernst? Wo?«

»Im Gardenia's, auf der Smith Street. Der Laden von meinem Onkel. Ich bin beinahe reingeplatzt.«

»Ma-*don*-na«, sagte Sally skandierend, während er die Pizza mit Knoblauchpulver, Salz, Pfeffer und Oregano bestreute. So mochte Burl sie; er wußte aus langer Erfahrung, daß Knoblauchpulver auf einer Pizza besser ist als echter Knoblauch. Sally sah ihn ernst an.

»Noch mal Glück gehabt, was?«

»Hm, ja und nein.«

Sally reckte fragend das Kinn in seine Richtung.

»Na ja, ich lebe noch. Aber ich hab den Kerl gesehen.«

»He, wer weiß schon, was du gesehen hast?« Sally schien den Karton ein bißchen zu energisch zuzuklappen. »Paß auf dich auf, Mr. B. Ich les gern was von dir in der Zeitung. Ich will nichts über dich lesen, du verstehst, was ich meine?«

Burl war immer froh, nach Hause zu kommen. Er wohnte in einem kastanienbraunen Ziegelbau aus der Zeit des Ersten Weltkriegs, dessen hochaufragende, vergilbende Eingangshalle mit dem falschen Kamin umso eindrucksvoller wirkte, als Diebe dafür sorgten, daß sie vollständig kahl war. Sein Apartment ging auf einen Lichtschacht, der allenfalls in einem Euphemismen-Wörterbuch für Immobilienmakler als Hof durchgehen mochte, bei einiger Nachsicht. Aber die Zimmer waren geräumig und billig, mit hübschen Holzfußböden, und bei stets heruntergezogenen Jalousien wirkte das Apartment wie ein geheimer Unterschlupf. Möbliert war es mit schweren alten Stücken aus dunklem Holz, ein paar dicken Vorlegern und vielen, vielen Büchern, die an den Wänden aufgereiht waren und sich über Boden, Tische und Polstermöbel ergossen. Die Sofas und Sessel waren nicht alt, aber sie hingen unter ihrer nächtlichen Bürde durch, und in diesem Sinne waren Burls Abdrücke überall. Ein großer, lindgrüner Ohrensessel erhob sich wie Neptuns Thron aus einem Meer von Zeitungen, die Burl immer erst wegschaffte, wenn sie seinen Sitzplatz einzuschließen drohten, und dies wurde beleuchtet von einer fleckigen Messing-Stehlampe, die stets anblieb. Die altmodischen Türen waren aus eingelassenem Holz und die Wände dick verputzt; sie nahmen Nägel mit Gleichmut hin, halfen jedoch, Geräusche auszuschließen, so daß die Wohnung Burl immer wie ein Refugium vorkam, ein Asyl, und er sich selbst wie ein seltener Vogel, der nicht lange überleben konnte außerhalb dieser einzigartigen Umgebung, wo es Sicherheit und spezielles Essen gab. Pizza zum Beispiel. So nahe bei Sal's zu wohnen bedeutete, daß der Teig noch warm war, wenn er ihn heimbrachte; trotzdem machte er den Herd an, damit der Rest warm blieb, während er an den ersten paar Schnitten arbeitete. Der Tisch war voll, wie üblich. Da waren Servietten, ein paar interessante Zeitschriften, ein reichlich abgegriffenes Spiel Karten und eine Fernbedienung für den Fernseher, der, ausgeschaltet, praktisch das einzig Spiegelnde in der ganzen Wohnung war. Die verspiegelte Tür des Medizinschränkchens war vor Jahren abgeschafft worden, um die Morgen machbar zu gestalten; Burl hatte sich mittlerweile gut daran gewöhnt, sich zu rasieren, ohne sich zu sehen. Er nahm eine Flasche Chianti aus dem Kühlschrank und öffnete dann den Karton. Was er darin erblickte, war schön anzusehen, aber die rote Sauce und der sich ausbreitende Fettfleck auf der Pappe erinnerten ihn an die drei toten Männer. Einer von ihnen hatte etwas gegessen, was nach Aubergine Parmigiana aussah und kalt und ekelhaft geworden sein mußte, während die Polizei nach Fingerabdrücken suchte und Fotos machte und schließlich die Leichen wegschaffen ließ. Es war ärgerlich, so hungrig zu sein und zuzusehen, wie so etwas verdarb. Man stelle sich vor, wie sich ein Obdachloser fühlen mußte, inmitten solchen Überflusses. Warum hatte Lou ihm nicht von irgendwem schnell etwas machen lassen? Burl hätte sich in den Hintern beißen können, weil er nicht darum gebeten hatte. Im Licht einer Lampe in einer Ecke sah er auf dem abgedunkelten Bildschirm nur düstere Schatten. Man konnte sie kaum erkennen – es war fast wie in einem Spiegelkabinett –, aber Burl wußte genau, wen und was er sah. Er goß sich etwas Wein ein und zielte mit der Fernbedienung auf das Gerät. »Schaff mir Zerstreuung, toller Schelm!« donnerte er mit einer Stimme, die er sich als die eines sorgengeplagten Königs vorstellte, der seinen Hofnarren anherrscht. Und so kam er endlich zu seinem Essen.

Es war kein schlechtes Leben, und wenn es auch nicht notwendigerweise ein gutes war, nun ja, wie viele konnten schon einen solchen Standard für sich behaupten? Die Pizza, die Burl mit Hochgenuß verzehrte, war so gut, daß er lächeln mußte, und ellbogenflatternd rieb er noch etwas Pfeffer aus der Mühle darüber. Er war besser dran als die meisten Menschen, die je gelebt hatten, das wußte er. Jeder hatte ein oder zwei kleine Sorgen, allerwenigstens. Burl war zufällig dick. Sehr dick. Er hatte Diäten ausprobiert, Pillen, organisierte Abspeckprogramme und ein halbes Dutzend Therapeuten, einen darunter nur eine Sitzung lang.

»Wo liegt für Sie das Problem?« hatte der Psychiater hinter seinem großen lederbespannten Schreibtisch gefragt.

»Sie sagten am Telefon, Sie könnten mir wegen meiner Esserei helfen. Ich esse zuviel.« Burl zögerte, das Offensichtliche auszusprechen. »Ich hab Übergewicht.«

»Ich kann Ihnen helfen, wenn Sie sich helfen lassen wollen.«

»Darf ich Sie was fragen? Was bringen Sie so auf die Waage, zweihundertneunzig Pfund? Zweifünfundneunzig?«

Der Psychiater schüttelte herablassend den Kopf. »Ich kann damit umgehen.«

»Aber Sie haben etwa meine Größe, richtig? Sie sind fast so schwer wie ich.«

»Ich kann damit umgehen«, beharrte er.

Das nahm Burl ihm nicht ab, obschon er sich nicht sicher war. Er hatte das Fasten aufgegeben, aß, was er wollte, und hielt sich deswegen für unendlich glücklicher. Vielleicht war es das, was der fette Psychiater gemeint hatte. War es denn wirklich so furchtbar? Oh, da gab es natürlich die Mißbilligung der Öffentlichkeit, aber damit konnte Burl sich abfinden. Ich lebe für die Kunst, dachte er sich mit gelinder Selbstironie, und ich erschaffe die Welt nicht nur jedesmal neu, wenn ich einen Bissen Essen schlucke (und an dieser Stelle biß er vorsichtig von der Kruste ab, wobei er sehr achtgab, sich nicht den Gaumen zu verbrennen), sondern jedesmal, wenn ich ein Wort zu Papier bringe oder ein Elektron auf ein magnetisches Speichermedium oder was immer. Im Druck war Burls Name nicht mit seiner Körpermasse, sondern mit einem geistigen Œuvre verbunden, und die Leute beurteilten ihn mehr danach als nach seiner Erscheinung. Er sah zu dem Regal hoch, das seine diversen Werke enthielt. Das war ein riskantes Unterfangen; manchmal besah er es sich und trug dabei ein häßliches Gefühl von Vergeblichkeit davon. Ein Tolstoi werde ich nie, dachte er dann immer und tröstete sich damit, daß das schon seit dem ersten schicksalhaften Zusammentreffen von Spermium und Eizelle festgestanden hatte und daher, wenn Sünde, dann eine Erbsünde war. Oder er beschloß bei sich, daß er ein guter Schreiber war, daß aber die Sachen, die er schrieb, nicht wichtig waren. Als Burl, früher in seiner Laufbahn, über Wirtschaft berichtet hatte, hatte er Unternehmer kennengelernt, deren Firmen Hunderte Menschen in Arbeit und Brot setzten. Später, als er über Medizin schrieb, war er Forschern begegnet, deren Arbeit Leben rettete.

Was war sein Geschreibsel im Vergleich dazu? Es zählt nicht, was man schreibt, dachte Burl bei solchen Gelegenheiten. Doch an diesem Abend machte sein Regal ihm aus irgendeinem Grund Freude. Da waren die beiden unnahbar wirkenden Romane, der schmale verschollene Gedichtband, das Stück, das fast wie ein Heftchen aussah, und die Auftragswerke, die er auch verfaßte, mit ihren großen Lettern und schreienden Farben; jedes davon wirklich ein Stück *Schriftstellerei*, selbst wenn Käufer und Kritiker das nicht so sahen. Da gab es Wahre Verbrechen, Leitfäden, Prominenten-Autobiographien von der Welt gewichtigstem Ghostwriter und eine Sammlung von Nachrufen, eine Aufgabe, die als eine Art Verbannung begonnen hatte und zur geliebten Pflicht geworden war. Es fing damit an, daß niemand wußte, wohin mit ihm. Seine Maßstäbe waren so hoch (oder seine Überheblichkeit so aufgebläht), daß er nicht zu redigieren war. Er kritisierte alles und jedes in der Zeitung - zu Recht, wie ihm die meisten beipflichteten, aber trotzdem - und war ganz allgemein eine derart kolossale Nervensäge, daß keine der Redaktionen ihn haben wollte. Also wurde er in die Ecke gestellt wie ein journalistischer Klassendödel, um in sich zu gehen und als Leichenwäscher Buße zu tun. Er ertrug diese Abschiebung mit gekränkter Würde und redete eine Zeitlang mit niemandem mehr. Die Idee war, Burl in die Unterwelt zu verschicken, doch das Nachrufressort wurde für ihn wie Symeons Turm, eine Möglichkeit, unberührt von der Welt auf sie herabzublicken. Er machte sich seinen eigenen Zeitplan und begann nachts zu arbeiten, um sich die Tage für sein »richtiges« Schreiben freizuhalten. Eine Zeitlang ließ er seinen Anrufbeantworter durchgehend an; und bald war E-Mail die einzige Möglichkeit, ihn zu erreichen.

Dadurch fühlte er sich besser, und es erschien ihm auch weniger unredlich seinen Kollegen gegenüber als die Wahrheit, die darin bestand, daß er seine neuen Pflichten wahrhaft genoß. Kein Hinter-blöden-Stories-Herjagen mehr, keine spätnächtlichen Anrufe, kein Arbeit-mit-nach-Hause-Nehmen, keine Achtzehn-Stunden-Tage. Keine Redakteure oder sonst irgendwelche lebenden Menschen mehr, oder so gut wie. Die meiste Arbeit ließ sich anhand von Büchern, Zeitungsausschnitten und anderem dokumentarischem Material erledigen. Er machte Telefonanrufe, und die Leute waren froh, mit ihm zu sprechen. Zwar konnte, solange der Gegenstand seines Interesses noch am Leben war, ein Anruf von Burl wirken wie ein Besuch des Todesengels, aber es implizierte zumindest etwas, das größer war als man selbst - im Falle Burls oft doppelt so groß. Manchmal war er gezwungen, Leute während der Trauerzeit anzurufen, aber normalerweise waren sie sogar dann bereit zu reden. Über die Jahre hatte er gelernt, daß abgesehen von den Reichen und Berühmten die meisten Menschen dankbar waren, daß jemand Notiz von ihrem Kummer nahm. Es verlieh einem Menschenleben die Illusion von Bedeutung.

Er wurde bald zum Fürsprecher der Toten, der ihre Liebhabereien und kleinen Schwächen in seine Darstellungen einarbeitete, wie um dem flüchtigen Geist von neuem Fleisch zu geben oder seine volle Farbigkeit in druckerschwarzem Bernstein einzufassen. Er stritt mit Redakteuren über die Leidenschaft einer alten Frau für siamesische Katzen, die beeindruckende Sammlung von Tulpenzwiebeln eines pensionierten Managers und die Anglophilie, die einen Verstorbenen, als er noch lebte, mehr als zwei Jahrzehnte lang alljährlich in den Lake District Englands geführt hatte. Sein ganzes Leben war ein vergeblicher Traum gewesen, dort den Ruhestand zu verbringen. Über einen anderen schrieb Burl: »Als junger Mann heiratete er seine große Liebe, und Verwandte meinten, sein Leben erscheine ihnen bemerkenswert frei von Bedauern, vielleicht als Ergebnis davon.« Bescheidene gute Taten und durchlittene private Passionen wurden plötzlich in den Todesnachrichten der Zeitung für die Nachwelt aufgezeichnet. Ebenso aber war es Burls Aufgabe, darüber zu entscheiden, wer in der Nachrufspalte der *Tribune* verewigt werden sollte und wer nicht. In dieser Hinsicht versuchte er Großzügigkeit vorwalten zu lassen, genauso, wie er sich vorstellte, daß auch der heilige Petrus auf seinem Posten an der Himmelspforte verfuhr - das Mitgefühl für den einzelnen gegen die Notwendigkeit abwägend, zu vermeiden, daß man die gesamte Nachbarschaft durchging.

Das Nachrufeschreiben tat auch seinem sonstigen Schreiben gut. Es laugte ihn nicht so aus wie andere Arbeit; es verhalf ihm zu Ideen, vermittelte Einsicht in Charaktere. Er war sogar überzeugt, daß die Nachrufarbeit ihm dabei helfen würde, sein längstes und zermürbendstes Projekt zu vollenden, »Die Passion des Joseph Smith«, ein Epos in gereimten Terzinen über den Begründer der Mormonen, der im Kugelhagel ums Leben gekommen war. Durchaus keine Hagiographie, zielte Burls Werk darauf ab, die Rolle des Propheten in der modernen Welt zu ergründen, namentlich eines so rätselvollen und ehrgeizigen Propheten wie Joseph Smith. Burl schätzte, daß daraus auch ein Film zu machen wäre. Wenn er nur die Zeit gefunden hätte, die etappenweise Wanderschaft nachzureisen, die Smith und seine Gefolgsleute im neunzehnten Jahrhundert von New York bis zu der kleinen Stadt in Illinois gemacht hatten, nahe der Smith getötet wurde. Nauvoo hieß sie. Burl hoffte, durch das eigene Erleben der Landschaft die gähnende psychologische Kluft zwischen sich und seinem Gegenstand schließen zu können. Aber die Gelegenheit, eine solche Reise zu unternehmen, schien sich nie zu ergeben, und Burl fragte sich allmählich, ob ihm vielleicht etwas daran Angst machte. Smiths Route nachzureisen würde schließlich auch nichts an der peinlichen Dürftigkeit seiner eigenen Erfahrung mit Frauen ändern. War es verrückt, wenn ein Mann, der noch nie Sex gehabt hatte, versuchte, in einem epischen Gedicht jemanden zu erfassen, der Dutzende Ehefrauen gehabt hatte?

Die Arbeit machte ihm ziemliche Mühe; er bekam das Metrum nie hin; Prosodie war für Burl ein Wald, dicht und dunkel wie der bei Dante. Weitere unveröffentlichte Arbeiten standen dichtgedrängt in einem anderen Regal, die fertigen in anonymen Manuskripten aneinandergereiht, die sich nur durch die verschiedenfarbigen Plastikeinbände oder da und dort ein Gummiband unterschieden. Burl war ein Vielschreiber. Stets waren zwei oder drei Werke zugleich in Arbeit, so daß sein Schreibtisch übersät war von weißen Manuskriptseiten, gelben linierten Notizzetteln und Hunderten kodierten, vermutlich aber unentzifferbaren Karteikärtchen voller Notizen, die er wohl kaum je wieder nützlich oder auch nur interessant finden würde. Diese Materialien neigten dazu, Staub oder gelegentliche Spinnfäden anzuziehen. Sein Agent stand unter dem Eindruck, daß Burl einen sexy Roman über Joseph Smith schrieb, ein Kompromiß, da er die Idee gehabt hatte, daß Burl »Das wahre Leben der Heiligen – Die nackten Tatsachen« schreiben sollte; er war sicher, den Autor damit bei *Oprah* reinbringen zu können. Burl wußte, daß sein Agent recht hatte und daß er in Verzweiflung geraten wäre, wenn er erfahren hätte, daß einer seiner produktivsten Autoren seine Energien auf ein episches Gedicht verwendete (nachdem er einige Wochen damit zugebracht hatte, kreuz und quer über Heilige nachzulesen; er hatte sogar entdeckt, daß, in einer seltsamen Überschneidung kirchlicher Fäden, ein paar von Smiths Frauen später als Katholikinnen heiliggesprochen wurden). Wenn er seine veröffentlichten Werke durchsah, stellte Burl wie immer fest, daß die kommerziellen Bücher ihm ins Auge sprangen, ihre grellen Umschläge wie die karierten Polyester-Sakkos von zudringlichen Vertretern, die happig auf einen Abschluß waren. Das war in Ordnung. Es sind alles Gottes Kinder, dachte Burl. Doch auf keinem war sein Foto.

Das war eine Frage der Schicklichkeit. Fettsein war wirklich nicht so schlimm, versicherte er sich selbst, während er in die Pizza biß, die seine Finger mehlig machte, wie mit Talkum bestäubt. Öl tropfte klacksend auf den Pappkarton und sickerte ein. Dem Sex zu entsagen war peinvoll, doch Burl versuchte mit einigem Erfolg, sich nicht daran zu erinnern, wie sehr. Strenggenommen war es gar keine Entsagung, da dies vor allen Dingen eine Lust war, die Burl nie genossen hatte, und vermutlich - da war er sicher - auch nicht bekommen würde, wenn er sie sich gewünscht hätte, was er oft tat (wie hatten diese frühen Mormonen das bloß geschafft, mit all den vielen Frauen?). Aber er zog die Freiwilligkeit vor, die Entsagung implizierte, die mönchische Disziplin, und er stellte fest, daß Sex, von einem gewissen Punkt an, etwas war, das man um so weniger wollte, je weniger man davon bekam. Gott ist barmherzig auf seine eigene unerforschliche Art. Er dämpft die Feuer, die nicht zu lodern brauchen, Er lindert unsere Kümmernisse, Er schenkt uns köstliche Kruste und kostbare Kreszenzen, so daß auch ein fetter Mann in seinem Leben der Gnade teilhaftig werden kann. Kauend, glaubte Burl das beinahe.

KAPITEL 3

Es war eine ruhige Nacht. Im Lauf des Tages war der Erfinder der aufreißbaren Getränkedose gestorben, und Burl hatte mit Verve für alle Zeiten die Bedeutung der Einsicht dieses Mannes festgehalten; sie war ihm aufgegangen, als er fünfunddreißig Jahre zuvor bei einem Picknick in den Adirondacks mal einen Sechserpack an der Stoßstange eines alten Chevy hatte aufmachen müssen.

Seitdem hatte kein einziges Bestattungsinstitut angerufen, also arbeitete Burl ein bißchen vor. Nicht ernsthaft. Im voraus einen ordentlichen Nachruf auf Yehudi Menuhin oder Jimmy Carter oder Saul Bellow zu schreiben war harte Arbeit, die er genoß, wenn er einmal richtig anfing, und über die er mächtig froh sein würde, wenn einer von denen plötzlich sterben sollte. Aber an diesem Abend war er nicht in Stimmung dafür. Sich derart zu konzentrieren war zuviel für ihn ohne die Pistole eines Abgabetermins auf der Brust. *Die Pistole eines Abgabetermins*. Es mußten die Morgenausgaben gewesen sein, die ihm solche Gedanken eingaben. Es hatte eine kurze Notiz über einen Gangstermord in Brooklyn dringestanden, soviel sie eben so spät noch ins Blatt kriegen konnten, und heute würde es mit Sicherheit eine größere Fortsetzung geben. Hanks hatte bereits mit ihm darüber gesprochen; er war ganz aufgeregt. Große Story. Ein Kapo, sein Sohn und ein noch nicht identifizierter dritter Mann in einer Art interner Fehde weggepustet. Für Beobachter der Unterwelt schien das darauf hinzudeuten, daß eine neue Generation in der Mandoli-Familie nach der Macht griff. Außerdem würden die Revolverblätter sich überschlagen; sie hatten es zunächst verschlafen. Es schlug einem Mann auf die Konzentration. Burl seufzte und nahm sich einen Imbiß zwischendurch; er packte ein Sandwich aus, Schwarzwälder Schinken, grüner Blattsalat, eine reife Tomate und dünngeschnittene Gurke mit dick Aioli und grob gemahlenem Pfeffer drauf in einem knusprigen Baguette. Durch einen Strohhalm schlürfte er Merlot aus einer kleinen Traubensaftflasche mit einer Styropormanschette drumherum. Er schloß die Augen. Der Wein half ihm dabei, sich vorzustellen, daß er in Kalifornien lebte, unter wohligem Sonnenschein, zwischen sinnlichen Hügeln an einem Ort, wo selbst das Häßliche eine Art verrückte Anmut oder Humor zu haben schien. Statt dessen saß er in einem schmuddeligen Winkel des riesigen unaufgeräumten Redaktionsbüros, dessen Leuchtstoffröhren und phosphoreszierende Bildschirme zu jeder Tages- und Nachtzeit ein kaltes, unzeitiges Dämmerleuchten auf alles warfen, was dort vorging.

Burls Schreibtisch stand im Niemandsland zwischen der Redaktion *Lokales* und der für die wöchentlichen Kleininserate, bekannt als *Bezirke*. Die Anzeigenkunden wollten ihre Produkte nicht zwischen den ernüchternden Berichten der Lokalredaktion über Kommunalpolitik, schauerliche Sexualverbrechen und exzentrische Hausbesitzer plaziert sehen, mit dem Ergebnis, daß die Redaktion zwar die meisten Leute hatte, aber den wenigsten Platz. Im Gegensatz dazu hatte die *Bezirke* haufenweise Platz, weil die Anzeigen billig und, wie schon der Name sagte, nach Bezirken aufgeteilt waren. Da es aber nichts gab, um darüber zu schreiben, hatte die Redaktion sich auf die Funktion eines Verlautbarungsorgans verlegt, ein Rückgriff auf die Rolle von Zeitungen von anno dazumal. Jeder Gerichtsfall, jede Polizeinotiz und jeder Besitzerwechsel wurde aufgeführt, jedes Bezirksligaergebnis, jeder private Flohmarkt, jedes Gemeindebankett und

Rotariertreffen. Geschichten über die Parkplatznot waren in den *Bezirken* das tägliche Brot.

Die Redakteure arbeiteten wie verrückt, um all dieses Zeug in den Satz zu schaufeln, und darum war Burl überrascht festzustellen, daß in den *Bezirken* eben eine theologische Diskussion ausbrach, eine von der Art, wie sie überall in Textredaktionen vorkommt. Doch da war Elroy, der Textchef, der über der Stilfibel brütete. Elroy war eine Kapazität, kurzsichtig, schmerbäuchig und mit fetten Haaren. Er sagte nicht viel und hinkte beim Gehen so stark, daß er aussah, als brauchte er eine künstliche Hüfte. Sein Hobby war Trinken. Elroy hatte den Stil des Blattes – die Gepflogenheiten hinsichtlich Kommasetzung, Rechtschreibung und so weiter – gelernt, wie einst fahrende Scholaren sich dem Talmud gewidmet hatten, als einem lebenden Text, der den Glauben verkörpert und zugleich vielerlei Fragen aufwirft und dem man daher angemessenerweise sein Leben weihen konnte.

»Risipisi steht hier nicht«, sagte er geduldig zu einem Bittsteller und legte sein Exemplar der Stilfibel weg. »Ich wußte, daß es nicht drinsteht, aber Nachschlagen lohnt sich immer. Ich hab auch im Computer nachgesehen.«

Die *Bezirke* hatten angefangen, Schulspeisepläne zu veröffentlichen.

»Ich würde sagen, wir schreiben's ohne Bindestrich«, schlug der Supplikant vor, »und mit doppelten Anführungszeichen.«

»Können wir nicht einfach sagen, ›Reis mit Erbsen‹«, fragte jemand anders. »Sie wissen schon, ab dem zweiten Vorkommen ›Erbsenreis‹.«

Elroy starrte einen Augenblick auf seinen Bildschirm, ehe er sein Urteil verkündete.

»Nein. Schreibt es mit Bindestrich und ohne die Gänsefüßchen. Ich schicke Regina eine Notiz.«

Regina war die Stilkönigin. Elroy würde dafür sorgen, daß diese Frage für künftige Notfälle einer Lösung zugeführt wurde. Einstweilen hatte er einen Präzedenzfall geschaffen.

»Beides groß geschrieben? Jetzt haben wir das zweite klein.«

»Unbedingt beides groß. Es sind zwei Hauptwörter.«

Zwischen zwei Ausgaben stahl Burl sich früher davon und fuhr die Madison Avenue Richtung Norden, an den schicken Läden und Hochhäusern vorbei und den Hügel hinunter nach Harlem, wo er zu tun hatte.

Er parkte mit Umsicht an einer hochgradig einsehbaren, aber verbotenen Stelle, vergewisserte sich, daß sein Presseausweis im Fenster lag, legte sein »Kein Autoradio«-Schild daneben und strebte dem Rebecca's zu, das nicht weit von dem Laden war, wo er üblicherweise seine Schuhe kaufte. Es war eine schlimme Gegend, aber das Restaurant hatte, auf so eine rauchige Art, Klasse, und er fühlte sich dort daheim, auch wenn er der einzige Weiße weit und breit war. Zumindest gab es hier auch noch andere Dicke. Ihre Anwesenheit war eine Erleichterung für Burl, der In-Lokale nicht leiden konnte. Die schlanke Gästeschaft, die angelegentlich indifferenten Kellner, die kleinen Tische und beengten Sitzgelegenheiten stießen ihn ab, auch wenn er wußte, daß er das Essen vielleicht genießen würde. Gelegentlich ließ er sich Kritiken dieser Restaurants auf der Zunge zergehen, staunend, was man dort mit obskurem Geflügel und Blätterteig, Radicchio und rohem Fisch alles anstellte. Er versuchte sogar, sich so was ins Haus kommen zu lassen. Warum gab es keine Gesetze zum Schutz der Rechte der Dicken? Wie konnte Gefräßigkeit in einem Land des Überflusses so sehr als Verbrechen gelten? Manchmal stellte Burl sich vor, er sei ein Schwarzer zur Zeit der Rassentrennung, den vor den Überbleibseln vom Festmahl des Lebens die Wut überkam.

Als er ankam, war Shields schon da und hielt sich an einem illegalen Drink fest (der Laden hatte keine Lizenz für den Ausschank von Alkohol), und Burl konnte sehen, daß der schimmernde Fleck vor ihm auf dem Tisch ein glänzendes Schwarzweißfoto war.

»Isser das?« sagte Shields als Begrüßung.

»Was soll das heißen, ›isser das‹? Kein ›Hallo‹, kein ›Wie geht's‹, bloß den Typen identifizieren? Ich erwarte zumindest einen Drink und vielleicht was zu essen.«

»He, Mann, das ist nicht unser erstes Treffen. Ich hab dich doch schon ...«

»Ihr Typen seid doch alle gleich.«

»Paß bloß auf, Dicker ...«

»Ich meinte, ihr Bullen, aber egal. Das ist der Kerl.«

Shields nickte, lächelte breit und streckte eine Hand aus, die sich in der von Burl kühl und trocken anfühlte.

»Setz dich, du Armleuchter«, lachte Shields beinahe.

Es war lang her, fast sieben Jahre, seit sie sich zuletzt gesehen hatten. Sie waren sich nähergekommen, als Burl die Story über den Mann schrieb, der als der Schleicher bekannt war, und danach ein Buch über den Fall. Sie hatten Tage und Nächte zusammen verbracht, private Telefonnummern ausgetauscht, einander auf jede Weise benutzt, auf die sie konnten, ohne einander zu schaden, und hatten auf dieser Basis ein gewisses Vertrauen zueinander gefaßt. An einem gewissen Punkt verband sie sogar so etwas wie eine Freundschaft. Durch die Geburt von Shields' Sohn und das Ende des gemeinsamen beruflichen Interesses hatten sie sich aus den Augen verloren, doch es hatte auch mit dem Gardenia's zu tun. Shields wollte sich nicht mit jemand abgeben, der so ein Lokal besaß; er sagte, das würde bei einem Polizisten schlecht aussehen, und setzte keinen Fuß hinein. Sie hatten gestritten deswegen.

»Also, wie geht's denn so, Burlie?« fragte Shields. »Wo treibst du dich rum? Kommt mir wie 'ne Ewigkeit vor, seit wir zuletzt geredet haben.«

»Das letzte Mal war wegen dem Fußpfleger, der in Douglastown vermißt wurde. Ist der je wieder aufgetaucht?«

»Der ist irgendwo in Long Island, als Fischfutter. Oder sonstwo, wo wir ihn nie wieder finden werden.«

»Hat sich mit 'n paar harten Jungs eingelassen, zu hart für 'n Fußpfleger.«

»Da redet der Richtige. Man stelle sich vor, da stolperst du über drei Tote. Und wirst beinah der vierte.«

»Nee, der Kerl hatte keine Harpune.«

Shields lachte. Für einen Polizisten war er ein schmächtiger Mann, mit zurückweichendem Haaransatz und den sensiblen Zügen eines Dichters oder Internisten. Er trug ein weißes Hemd und eine gelb-braun gestreifte Krawatte; die Streifen verliefen ineinander und waren unterschiedlich breit, eine Finesse, die seit Jahren aus der Mode war. Er hatte eine kleine Zyste oder Warze auf einem Augenlid, die ihn skeptisch und ein bißchen schwerlidrig-verschlafen aussehen ließ, wie einen freundlichen Salamander in Ruhestellung. Er wirkte entspannt.

»Also, wer ist es?« fragte Burl.

»Hör mal, das bleibt unter uns, verstanden? Ich will nichts davon morgen in der Zeitung lesen, außer dem, was schon raus ist.«

»Okay, also wer?«

»Johnny Implamenti, aber du stellst die Frage nicht richtig.«

Burl überlegte einen Moment.

»Warum hat er's getan?«

»Schon 'n bißchen warm.«

»'n bißchen warm ist mir die ganze Zeit.«

»Er hat's für Geld getan, aus Loyalität und alledem«, sagte Shields unlustig. »Die richtige Frage für einen hellen Kopf wie dich muß lauten: *Für wen* hat er's getan?«

Das Wer-gegen-wen kriegte Burl nie auf die Reihe. Er kam sich veräppelt vor.

»Okay, für wen?«

Shields Aktenkoffer öffnete sich mit einem Klack-klack, er holte ein zweites Foto hervor und legte es mit einer gewissen Befriedigung vor Burl hin.

»Giuseppe Paolo Gemignani. Joey Gem für jeden aus der Gegend.«

Burl lächelte über die Art, wie Shields diese Trochäen hervorstieß, als würde er eine musikalische Phrase zu Ende führen.

New Yorker haben eine Art ethnischen Thermostat eingebaut; vielleicht fühlte Shields sich mit seinem Drink in dieser abendlichen Umgebung ein Stück schwärzer. Voll Bedauern über den Mischmasch seiner eigenen Abstammung nahm Burl das Foto und betrachtete es. Es war ein gutes Bild, ein Schnappschuß wie von einem Schauspieler mit beginnender Glatze, um die fünfunddreißig, zu dem jemand gesagt hatte: »Okay, und jetzt schau mal finster drein.«

»Joey Gem«, wiederholte Burl zerstreut.

»Netter italienischer Junge«, sagte Shields. »Wohnt in 'ner richtig hübschen Gegend, schickt seine Kinder auf 'ne katholische Privatschule. Wählt republikanisch.«

»Joey Gem. Toller Name.«

»Trotzdem kein toller Typ, Burl. Du weißt schon, was ich meine?«

Alle diese Betonungen hintereinander, und bei ihm funktioniert es. Nichts, was ich schreibe, hat so ein Metrum. Vielleicht haben sie ja Rhythmus, dachte Burl zerknirscht. Derek Walcott. Langston Hughes. Wie Coltrane, Musik aus der Unterdrückung.

»Er hat so was Hageres und diesen hungrigen Blick, der mir so widerlich ist.«

Shields nahm das Bild und betrachtete es liebevoll.

»Einer von den Bösen, wie wir in der Branche sagen. Aber diese ganze Sache war für ihn ziemlich aus der Reihe. Wirklich ganz untypisch.«

»Er hat so was noch nie gemacht? Was ist er, der Quäker-Pate?«

»Ich konnte gar nicht glauben, daß er das war, aber die Jungs vom Organisierten Verbrechen haben da was rausgekriegt. Sie sagen, es war Implamenti im Auftrag von Gemignani; sie haben einen Informanten oder so. Sieh mal, Joey ist ein Mafioso der neuen Art, ein Typ mit mehr Finesse, ein Mann, der in ein Familienunternehmen aus einer anderen Ära hineingeboren wurde. Er versucht Mord und Totschlag den neuen Einwanderer-Gangs zu überlassen, den Kolumbianern, Chinesen, was immer. Joey hat nie selber wen umgebracht. Nein-nein-nein. Er beschränkt sich darauf, den Leuten bloß zu geben, was sie wollen; schade für sie. Er gehört zur ›Mit'm Aktenkoffer kann man besser klauen‹-Schule. Hält sich für'n Aufsteiger. Aber nein, Pazifist ist er keiner. Offensichtlich nicht.«

Mittlerweile aber wurde Burls Aufmerksamkeit schon von der Speisekarte in Anspruch genommen. Er hatte noch nicht oft schwarzamerikanische Küche probiert und war überrascht, wie verführerisch und zugleich tödlich schwer die meisten Gerichte sich lasen. Schweinefüße in Essig, Limone und ganzem Pfeffer, Innereien in Zwiebeln und Brühe, geschmorter Ochsenschwanz, Pökelfischbällchen, Katfisch, Froschschenkel, gegrillte Truthahnflügel, Brathuhn nach Südstaatenart, Rührei mit fritiertem Hirn und Knoblauch, gebratene Taube und Maisbrei mit Bratenfett, Stew von Fischköpfen mit Reis und allerlei Gemüse - grüner Kohl, Augenbohnen, kandierte Süßkartoffeln, Spinat, Gombo und so weiter; vieles davon, wie Burl entzückt argwöhnte, in Schweineschmalz oder einem anderen von der feinen Gesellschaft gemiedenen Fett zubereitet.

Am seltsamsten von allem war, daß der Kellner ein Schwarzer war. Burl fiel auf, daß er seit seinem letzten Nußkäse-Sandwich bei Horn and Hardart von keinem Farbigen mehr bedient worden war. Die Restaurantwelt, die er kannte, war ganz und gar weiß.

Binnen kurzem trafen reichliche Portionen ein. Shields bekam das übliche Schweinskotelett, paniert und innen rosig weiß gebraten, mit kandierten Süßkartoffeln und Reis. Burl, der seine gewohnte Scheu, von anderer Leute Essen zu kosten (würden sie ihn für einen Vielfraß halten?), überwand, konnte sich nicht erinnern, wann er zuletzt so saftiges und würziges Schweinefleisch gegessen hatte.

Was seine eigene Mahlzeit betraf, unterlag er wie üblich den Zwängen seines wählerischen Geschmacks oder eines überentwickelten Sinnes für Schicklichkeit. Burl liebte beispielsweise

Gegrilltes oder Brathuhn, war aber zu befangen, so etwas in der Öffentlichkeit zu essen, weil er sich vorstellte, daß er für Zuschauer dabei aussah wie ein fleischgewordener Thomas-Nast-Cartoon oder wie der hühnerkeulenschwingende Heinrich VIII. Er entschied sich für Kaninchen garniert, in der Gußeisenpfanne knusprig gebraten, aber innen salzig und saftig, überhäuft mit sautierten Zwiebeln und auf Maisgrütze angerichtet, dazu kokossüße Kartoffeln und fetttriefende, geräuchert schmeckende Fadenbohnen. Während des Essens unterhielten sich die beiden über die Oper - für Burl eine Zerstreuung, für Shields aber eine Passion - und schwelgten in Erinnerungen an die Zeiten, als Burl noch Polizeireporter war. Sie aßen mit Genuß; Shields herzhafter Appetit war für Burl eine Erleichterung, weil er sich selbst dadurch weniger befangen fühlte.

»Also, woran arbeitest du gerade?« fragte ihn Shields.

»Abgesehen von Nachrufen? An einem epischen Gedicht. Über Joseph Smith. Den Mormonengründer.«

»Die Heiligen der Letzten Tage, hm? Ich erinnere mich an das Getue, bis sie sich endlich entschlossen, schwarze Priester zuzulassen. Auf einmal hatten sie eine Erleuchtung und meinten, das sei in Ordnung. Wie geht's voran?«

»Langsam. Was wär das für ein Epos, wenn's nicht Jahre dauern würde?«

»Keiner liest mehr Lyrik; du solltest eine Oper draus machen. Ein Kerl sagt, Gott hat zu ihm gesprochen und ihm irgendwelche Goldtafeln gegeben, die nur er entziffern kann, keiner glaubt ihm, er heiratet einen Haufen Frauen und stirbt den Märtyrertod; seine Religion lebt weiter, obwohl niemand sicher sagen kann, daß er kein Spinner oder Schwindler war.«

»Gute Idee, aber ich versteh nicht genug von Musik.«

»Dann such dir einen Komponisten, Mann. Mach du nur das Libretto, in deiner Geschichte ist alles drin. Denk dran, was Vaughan Williams aus *The Pilgrim's Progress* gemacht hat. Oder an *Nixon in China*.«

Danach konnte Burl einem Angebot auf der Speisekarte, das Dritte-Welt-Kaffee hieß, nicht widerstehen. Ihr Kellner, Lichtreflexe im pomadisierten Haar, brachte Tassen mit Zimt, Nelken, geriebener Orangen- und Zitronenschale, braunem Zucker und Brandy. Lässig entzündete er diese Mischung mit einem Küchenstreichholz und löschte dann die Flammen mit heißem Kaffee ab. Schwer atmend bestellten die beiden Männer Nachtisch.

»Du mußt das nicht tun, das weißt du, oder?« sagte Shields schließlich.

»Richtig, ich bin bloß höflich. Eigentlich hasse ich Pfirsichkuchen mit Malaga-Eis. Sieh mich an, Godfrey! Zwinge ich mich zu irgendwas? Der Nachtisch steht mir zu.«

»Wegen Implamenti.«

»Was meinst du?«

Der Kuchen kam, mit einem Berg Eiscreme obendrauf, und Burl machte sich darüber her.

»Ich mag dich, Burl«, sagte Shields, ein wenig abgelenkt durch den Anblick seines Freundes, der mit der Gabel große Brocken aus dem Kuchen haute und sie in den weit aufgerissenen Mund schaufelte. »Du mußt das nicht tun. Diese Kerle bringen sich die ganze Zeit gegenseitig um. Die Toten sind kein Jota besser als die Killer.«

»Komisch«, sagte Burl, schluckte einen großen Bissen und schmatzte mit den kalten Lippen. »Genau das sagen sie in der Redaktion über Schießereien hier in Harlem. ›So was passiert doch die ganze Zeit.‹«

»Recht haben sie. Tut es auch.«

Burl schüttelte hängebackenschlenkernd den Kopf, den Mund voll Süße.

»Daf macht auch kein' Unterfied«, sagte er durch Pfirsich und kalte Eiscreme hindurch.

»Das sagst du jetzt; mal sehen, wie du später darüber denkst. Versteh mich nicht falsch, Mann. Ich bin seit Jahren hinter dem Kerl her. Er ist ein Stück Dreck und würde sich gut als Skalp in meiner Sammlung machen. Aber du weißt nie, wohin so was führt. Jede Andeutung, daß Gemignani tatsächlich ein Mörder sein könnte, wird eine Menge Staub aufwirbeln; mit welchem Ende, weiß ich nicht. Also, du mußt das nicht tun.«

»Ich tu's, ich tu's«, sagte Burl und schabte seinen Teller mit der Gabel sauber. »Niemand ist eine Insel und so weiter, du weißt schon.«

Shields betrachtete Burls leeren Teller. Er hatte mit seinem Dessert noch kaum angefangen.

»Wenn du so weiterißt, wirst du noch breit wie 'n Kontinent.«

Burl winkte ab. »Ich werd noch hundert«, sagte er und bereute es im selben Augenblick, denn da fiel ihm Shields kleiner Junge wieder ein. Er errötete wegen seines Fauxpas und glaubte, ein Flackern in den Augen des Polizisten zu bemerken. Scherzhafte Anspielungen auf den Tod waren zu unterlassen, auch wenn Shields bei der Mordkommission war. Mord und Tod waren irgendwie nicht dasselbe. Ein Mord war selten sinnlos, wie sie beide wußten.

»Schon erledigt«, sagte Shields, als Burl zahlen wollte.

»Komm schon, Godfrey, ich kann für mich selber zahlen«, sagte Burl und sah sich nach einem Kellner um.

»Schon erledigt«, sagte Shields. »Du bist nicht der einzige, der in gewissen Restaurants in der Stadt ein sehr gern gesehener Gast ist.«

Zurück in der Redaktion, las Burl die Archivausschnitte über Joey Gem. Es gab eine Menge davon, aber meist ging es um Wohltätigkeitsbälle, gesellschaftliche Ehrenämter, Kino- und Theaterpremieren. Zwei waren von direkterem Interesse. In dem einen wurde Gemignanis Name beiläufig genannt; es war eine größere Story, sechs Jahre alt, über die Mafiafamilie Mandoli und darüber, wie die Jungs allmählich aus den angestammten illegalen Geschäften ausgestiegen waren. Gemignani wurde in einer Passage über seine Handelsfirma erwähnt, die geschönt klang. Der andere Artikel, etwa zwei Jahre alt, beschrieb das Verschwinden eines alternden Mafiabosses, dessen Beseitigung von der Bildfläche Gemignani angeblich dabei geholfen hatte, seine wachsende Macht innerhalb der Familie zu konsolidieren. Dieser Artikel enthielt auch mehr Informationen zur Person. Er war damals dreiunddreißig gewesen, womit er etwa im selben Alter war wie Burl, und galt als einer der Mafiosi neuen Typs, die raffinierter, publicitybewußter und vielleicht auch skrupelloser waren als ihre Väter. Joey war an der Colgate University gewesen und hatte später sein Diplom in Betriebswirtschaft gemacht. Es gab von ihm sogar eines dieser leicht körnigen Fotos, auf dem er eben aus dem Auto stieg und seinen Kaschmirmantel zuknöpfte. Es war offensichtlich aus größerer Entfernung aufgenommen und vergrößert worden. Doch anstelle eines Backstein-Reihenhauses in Brooklyn stand da ein vornehm aussehendes Apartmenthaus auf der Upper East Side. Dem Artikel zufolge hatte der Vorstand der Baugenossenschaft versucht, ihn abzuweisen, aber Gemignani hatte mit Klage gedroht und behauptet, man habe Vorurteile gegen Italoamerikaner, weil es sonst keine in dem Haus gab. Seine Frau war Kinderärztin, und er selbst war in einer Reihe hochmögender Wohltätigkeitsorganisationen aktiv. Wer waren die denn, daß sie so eine Familie ausschließen wollten?

Was für ein Typ. Als Reporter hatte Burl sich nie besonders für die Mafia interessiert und die Zeitung bedauerlicherweise genausowenig, trotz des Einflusses der Organisation auf das Leben in der Stadt. Vielleicht war diese Art Mord wirklich eine Privatsache. Die Toten waren allesamt Gangster - es ging hier nicht um die Bedrohung Unschuldiger -, und wer durch das Schwert lebt und so weiter. Burl versuchte sich beruhigt zu fühlen.

Wenig später blickte er auf und sah vor sich auf der Schreibtischkante Hanks sitzen, mit einem pfiffigen Ausdruck im Gesicht.

»Also, was hör ich da über einen Giuseppe Gemignani und das Massaker im Gardenia's?«

Hanks hatte sich seine Sprechweise von seinem Repertoire journalistischer Klischees versauen lassen. Er redete davon, die Isolierungen in seiner Mansarde aufzurüsten, oder davon, daß er mit einem Redakteur die Klingen gekreuzt habe, der immer das reinste Chaos in seinen Texten verursache. Er war verstimmt, erzürnt. Mittel waren in seiner Sprache für alle Zeiten zweckgebunden. Hanks glaubte, daß wir alle empfindsame Saiten haben und daß seine höchste Berufung darin bestand, sie zum Klingen zu bringen.

»Ich hasse es, wenn du Wörter wie ›Massaker‹ benutzst«, sagte Burl. »Da muß irgendein Fehler vorliegen. Gemignani war ein italienischer Komponist. Er stand im Schatten von Corelli und Vivaldi und Haydn, von ihnen allen. Eine unbedeutende Gestalt. Er war ein Italiener, der einen Geigenkasten mit sich herumtrug, aber soweit wir wissen, benutzte er ihn als Behältnis für eine Geige.«

»Komm schon«, schmeichelte Hanks, als müßte er einem kleinen Kind gut zureden. Er war stolz auf sich. »Laut Entlehnliste im Archiv hast du die Ausschnitte.«

»Ich wollte, ich könnte dir behilflich sein. Brauchst du sie? Da hast du, falls ja. Bring sie aber sicher zurück, die gehen auf meinen Namen.«

»Also lieg ich nicht falsch, richtig?«

»Ich würde dir helfen, wenn ich könnte. Aber ich hab Geheimhaltung gelobt.«

»Hab verstanden«, sage Hanks und zwinkerte verständnisinnig.

KAPITEL

4

TAGS DARAUF IN DER MORGENAUSGABE hatte Hanks bei der Polizei jemanden aufgetrieben, der bestätigte, daß die Behörden eine »mögliche Verbindung« zu Joey Gem untersuchten, gefolgt von zwölf Absätzen Hintergrundinformation aus den Archivunterlagen. Hanks hatte das Restaurant schlampig Gardena's genannt, ohne das i. Burl fühlte sich wie jene Leute, die sich, wenn sie etwas in der Zeitung aus eigener Anschauung kennen, beschweren, daß der Reporter immer Fehler macht. Wie vereinbart gab es keine Erwähnung eines Augenzeugen.

Burl las Hanks' Bericht beim Morgenkaffee, der ihm üblicherweise als Frühstück genügte. Als Zugeständnis an seinen Arzt begann er den Tag nicht mehr in seinem Lieblings-Coffeeshop mit Rührei und Corned-beef-Haschee oder in einem freundlichen kleinen Laden, wo sie diese wunderbaren Eier Benedikt mit hausgemachter Sauce hollandaise machten, oder die würzigen *huevos rancheros*, sosehr er solches Essen auch liebte. Für Burl war es nunmehr eine Frage des Stolzes, vor Mittag nichts Festes zu sich zu nehmen. Er tröstete sich mit dem Gedanken, daß man durch solche kleinen Opfer noch den einen oder anderen Tag würde weiteressen können.

Er begann den Tag mit einer Gewichtskontrolle, wobei er auf eine Apothekerwaage stieg, wie sie auch von Ärzten benutzt wurde. Burl hatte festgestellt, daß dreihundert Pfund eine Art natürliche Obergrenze waren, und diese nette runde Zahl war für ihn leicht zu halten - bloß, damit er nicht das Gefühl bekam, daß die Dinge außer Kontrolle gerieten. Im großen und ganzen pflichtete er dem Ausspruch von Thomas B. Reed bei, Amerikas stattlichstem Speaker des Repräsentantenhauses, der statuierte, daß »kein Gentleman je mehr als dreihundert Pfund wiegt«. Sich als Gentleman zu fühlen war wichtig für Burl. An diesem Morgen auf der Waage schnellten seine Augenbrauen in die Höhe. Das Ding wollte sich nicht einpendeln, bis er das große Laufgewicht von der Dreihundertermarke löste und auf zweihundertfünfzig hinuntersetzte und dann das kleinere Gewicht ganz weit nach rechts verschob, fast bis ganz ans Ende. Zweisiebenundneunzig. Was für ein herrlicher Tag lag vor ihm. Beim Zeitunglesen fragte er sich kurz, was Shields von der Story halten würde. Das Telefon machte allen Mutmaßungen rasch ein Ende.

»Was war denn das heute in der Zeitung? Bist du meschugge? Du hast mir dein Wort gegeben, um Himmels willen. Mit was für einem unzuverlässigen Arschloch hab ich's denn hier zu tun?«

»He, he, ich hab damit nichts zu tun. Das war Hanks; irgend so ein Idiot bei euch hat ihm die Story gesteckt. Und paß auf, was du sagst, klar? Es ist nicht nötig ...«

»Paß du auf deinen Arsch auf, und ich paß auf, was ich sage. Dank der Macht der Presse ist dein Freund untergetaucht.«

»Hanks?«

»Implamenti. Weißt du noch? Dein bester Gast im Gardenia's.«

Burl fühlte sich schuldig, aber was konnte er tun? Er war nicht die Quelle für Hanks' Bericht gewesen und hatte sich in Wahrheit peinlich rausgehalten. Shields beruhigte sich, nachdem er noch ein bißchen Dampf abgelassen hatte, und versteifte sich darauf, daß Implamenti im Lauf der Untersuchungen schon wieder auftauchen würde. »Es ist nicht deine Schuld«, sagte er schließlich.

Aber nach dem Gespräch fühlte Burl sich niedergeschlagen, und das an seinem freien Tag. Als er die Konkurrenzzeitungen holen ging, war es schwül und grau, aber ein bißchen windig. Die Sommerfreuden waren vorbei, selbst für die Kinder aus der Nachbarschaft, die nun schon wieder in der Schule waren. In keiner der Tageszeitungen stand etwas Interessantes, und an diesem Punkt seiner Laufbahn schaffte Burl mehr als ein bloßes Überfliegen nur, wenn er sich dazu zwang. Dafür war er nicht in Stimmung. Statt dessen fuhr er zu seinem Geldautomaten, holte zweihundert Dollar raus und zog los, um Essen einzukaufen.

Er fuhr natürlich überall mit dem Auto hin. Busse waren zu klein und die Sitzplätze in der Bahn zu voll. Eines seiner demütigendsten Erlebnisse hatte sich zugetragen, als er in der dicksten Rush-hour in einem U-Bahn-Drehkreuz steckengeblieben war. Wozu genau waren Drehkreuze eigentlich gut, fragte er sich. Dieses eine klemmte ihn zwei Stunden lang schonungslos ein, während links und rechts Pendler vorbeiströmten, ihn anstarrten und mekkerten, daß einer der wenigen verwendbaren Zugänge blockiert war. Wie wenn er dort hätte stehen wollen! Wie ein Felsen im Fluß, und der Menschenstrom rauschte in einer Art unausgesetztem Fließen vorbei. Danach beschloß er, nur noch mit Checker-Taxis zu fahren, bis ihm einfiel, daß er sich genausogut eines von diesen großen Autos kaufen könnte. Von da an erledigte er alle Wege in seinem umgebauten Checker, samt extrakleinem Lenkrad, um Platz für seinen Bauch zu schaffen. Er mochte das Auto; es war wie ein Panzerwagen, und es gab so viel Fußraum, daß es wie ein fahrbares Wohnzimmer war. Es war auch merkbar *sein* Wagen; von der Ablage sah ihm eine Figur St. Dagoberts, des Schutzpatrons des Barbecues, wohlwollend beim Fahren zu, und Burl ließ sich gemütlich in einen Fahrersitz sinken, der sich seinem Körper angepaßt hatte wie maßgefertigt. Der Wagen wurde allerdings langsam alt, und die Herstellerfirma gab es nicht mehr, so daß Ersatzteile zum Problem geworden waren. Wartung tat not; daran gemahnten ihn die Wackelbilder, die er im rechten Außenspiegel erspähte, der lose von der zerbeulten Karosserie hing und im Takt der längst nutzlosen Stoßdämpfer klapperte.

Er fuhr Richtung Bay Ridge; seine Stimmung besserte sich, je mehr er sich seinen Lieblingsbäckereien und -fleischerläden näherte, und als er geparkt hatte, ging er einkaufen auf Teufel komm raus und häufte auf seinem abgewetzten Rücksitz Fressalienberge an, daß sein Auto aussah wie ein Lieferwagen. Das Gemüse, das er, nach viel Gustieren, gekauft hatte, schmeckte noch nach Erde, und das Fleisch war so zart, daß es fast lebendig wirkte. Er kaufte gleich für mehrere Gerichte ein, sorgte für eine Reihe von Mahlzeiten auf einmal vor, noch ehe er auch nur die erste davon genossen hatte. Er kaufte für Imbisse an seinem Schreibtisch ein, denn sich in anderer Leute Leben hineinzudenken machte ihn hungrig. Er kaufte für den Kühlschrank und die Küchenschränke ein, denn seine Natur verabscheute Leere. Und er kaufte für unterwegs ein, damit er einen Happen zu sich nehmen konnte zwischen Kostproben in Läden, für die ein Kurzbesuch von Burl war wie eine königliche Visite.

Zu Hause angekommen, inmitten der Beute dieses Nachmittags, fing er an. Zuerst halbierte Burl eine riesengroße Aubergine, beträufelte sie mit grünem Olivenöl und schob sie schwungvoll in den vorgeheizten Herd. Dann schnitt er eine Zwiebel, eine Karotte und einen grünen Paprika klein und schwitzte das Ganze in einem großen Stück Butter mit drei dicken Knoblauchzehen an, deren Schalen er mit Wucht an der Messerklinge abgeklopft hatte. Er sah nach der Aubergine - Zeit, sie umzudrehen -, setzte einen Topf Wasser auf dem Herd zum Kochen auf, entzündete eine weitere Flamme unter etwas Milch und Wein, schnitt dann ein paar Tomaten würfelig und tat sie zu den Zwiebeln. In der Zwischenzeit sott er ein Pfund frisch gehacktes Kalbfleisch kurz in der Milch an. Als das Wasser kochte, tat er Salz und Olivenöl dazu und gab ein wenig Linguini hinein. Er drückte Tomatenpaste in die Gemüsemischung, gab das Fleisch dazu und goß Chianti aus seinem Glas darüber. Er rührte alles um, sah noch einmal nach der Aubergine und rieb sich vor dem warmen Herd die Hände. Während er einen Schluck Wein nahm, überlegte er, was noch fehlte. Er streute Oregano und scharfen Paprika über die Mischung, verteilte eine Prise Salz darüber und drehte an der Pfeffermühle, bis seine Arme müde wurden. Käse! Rasch holte er ein großes Stück Pecorino Romano aus dem Tiefkühlfach und rieb ihn ausgiebig, für Burls Verhältnisse aber sparsam, in die Pfanne. Er sah wieder nach der Aubergine, stach sie mit der Gabel an und entschied, daß sie gar war. Mit einem Topflappen holte er die brutzelnde violett-olivgrüne Frucht heraus und stellte sie neben dem Herd ab. Er drehte die Linguini ab, die er gleich abtropfen lassen mußte, stürzte einen Schluck Wein hinunter und machte sich mit einem Suppenlöffel an die Arbeit: Er schabte das dampfende Fleisch der Aubergine heraus und hob es unter die sämige Mischung auf dem Herd. Als die violetten Schalen ausgehöhlt waren, zerstampfte und verrührte er die Zutaten in der Pfanne mit einer Kochschaufel, bis sie ganz durchgemischt waren; dazwischen stellte er mit Befriedigung fest, daß die Schalen von Olivenöl durchtränkt und siedendheiß waren. Rasch goß er die Nudeln ab, nahm die Schalen am Stiel und legte sie auf einen rechteckigen Teller, wie sie Imbißbuden gern verwenden. Mit einem großen Löffel füllte er sie mit der Mischung von Kalbfleisch, Zwiebeln, Tomaten, Paprika, Käse und so weiter und hechtete regelrecht zum Kühlschrank, um seinen Block weißen Vermont-Cheddar herauszuholen, den er in groben Splittern über die beiden rot-violetten Kanus raspelte, die sein Abendessen abgeben würden. Er schob den Teller unter den heißen Grillstab im Herd und zog ihn Sekunden später wieder heraus, der Käse herrlich geschmolzen. An der Spüle griff er sich eine Handvoll brennendheißer Pasta und warf sie zwischen und, na ja, auch über die beiden violetten Boote. Das alles bedeckte er mit einem letzten, sparsamen Löffel des Fleisch-Auberginen-Gemisches, das sich neben dem blaßgelben Cheddar knallig ausnahm, und spürte das herrliche Gewicht des Ganzen in seinen Händen, als er zum Tisch ging. Burl aß allein, aber so, als würde er Liebe machen, ohne zu lesen oder fernzusehen oder Radio zu hören. Wenn das

Essen wirklich gut war, konzentrierte er sich gerne darauf, und danach, während er dem intensiven Genuß der Mahlzeit nachhing, zündete er sich eine seiner seltenen Zigaretten an. Das beschauliche Zurückdenken an diese Aubergine entlockte ihm ein Lächeln. Verzehrend, dachte er, werde ich verzehrt. Verzehrt zwar, bleibe ich doch ungeschmälert; im Gegenteil, ich weite mein früheres Selbst, bin mehr als je zuvor, wie jemand, der schließlich einen Weg gefunden hat, den Kuchen zugleich zu behalten und aufzuessen. Was ihn an Nachtisch denken ließ. Er hatte mehrerlei dafür mitgebracht, aus drei verschiedene Bäckereien, darunter einen außergewöhnlichen weißen Kuchen, durch und durch mit Rum getränkt. Doch Burl war kein Vieh. Er würde an seinem Wein nippen und ein paar Minuten warten. Seine Wohnung war warm und behaglich, vollständig still. Kein Grund zur Eile. Er fühlte sich wie ein glücklicher Mönch in seiner Klause; vielleicht würde er sich sogar einen Cappuccino machen.

Das Telefon unterbrach ihn in seinen Träumereien, und auf das Läuten hin stemmte er sich mühsam hoch und durchquerte hastig den Raum; seine Füße, in Socken, dröhnten über die Dielen, während die Wände mitleidig ächzten.

»Hallo?«

Keine Antwort.

»Hallo? Hallo!«

Burl hängte ein. Es wäre falsch gewesen, das, was er gehört hatte, Stille zu nennen. Es war kein Atmen oder Knistern gewesen, kein Geräusch, das jemand hätte identifizieren können. Es war eher so etwas wie die Manifestation einer Person, beinahe die Aura von irgend jemand, die aus dem Hörer herausströmte. Was für ein komischer Ort doch die Welt ist, dachte Burl. Sie weist dich ab wie eine flatterhafte Geliebte, dreh ihr aber den Rücken zu, und schon wirst du nicht mehr in Ruhe gelassen. In diesem Augenblick schoß ihm ein unerfreulicher Gedanke durch den Kopf, der ihn veranlaßte, abergläubisch - zeremoniell - über die eigene Schulter zu blicken.

In dieser Nacht schlief er schlecht, selbst ohne den Cappuccino, und der einzige Traum, an den er sich nach unruhigem Schlummer erinnern konnte, war schaurig. Er handelte von einem schlanken Mann, von dem Burl wußte, daß er selbst es war. Er war viel dünner, und doch reagierten die Leute schockierter auf ihn als je zuvor, bis Burl plötzlich begriff, warum: Sein Kopf war von einem irdenen Helm umschlossen, mit aufgemalten Gesichtszügen und kleinen Henkelohren, die aus demselben fahlrosa Material geformt waren. Burl sah sich magere Gespräche mit Leuten führen, die sich bemühten, ihren Horror zu verbergen. Er redete mit einer Frau und sehnte sich nach einem Rendezvous mit ihr. Unter seinem Helm - wie der eines Astronauten oder Tauchers - brannte sein Gesicht vor Scham. Es war stickig heiß unter diesem Scherben; es roch dumpfig und drückte schwer auf seine Schultern. Stimmen klangen hohl und schwach, aber was hatte er für eine Wahl? Nun war Burl in einem Restaurant - aber wie in der Öffentlichkeit essen? - und spürte die mitleidigen Blicke der anderen Gäste wie Pfeile. Sein Begleiter war ihm sympathisch, aber unbekannt. Er hatte ein Gesicht, aber keine Identität. Mit gesenktem Blick schien er schweigend zu essen, beinahe enthaltsam, wie in Zeitlupe. Doch Burls Essen war unberührt, sein aufgemaltes Lächeln unverändert, und er merkte, daß er bei dieser Mahlzeit überhaupt nichts aß.

Den größten Teil der folgenden Woche schlief Burl nicht gut. Seine Abende in der Redaktion waren ausgefüllt mit philanthropischen Matronen, pensionierten Chemiemanagern, traurigen jungen Bühnenbildnern mit AIDS, Kinderbuchautoren mit zahllosen Nachkommen. Bei einem schrieb er etwas Falsches, und die Zeitung, interessiert daran, mit so wenig Aufwand Genauigkeit zu demonstrieren, brachte eine Richtigstellung. Burl unterliefen selten Irrtümer, und diese Mahnung an die eigene Fehlbarkeit machte ihn besorgt und schuldbewußt. Da ihm nicht nach einem Memento mori war, schickte er per Computer eine Nachricht an seine Freundin Norma in der Auslandsredaktion und fragte, ob sie wie üblich an ihrem gemeinsamen freien Abend zum Essen kommen wollte. Er war unruhig und las Fernschreibermeldungen, bis sie in dem Computer-Telegrammstil ohne Großbuchstaben, den sie bevorzugte, antwortete: »ja aber bei mir.« Wie wenn ein Kakerlak auf der Tastatur der Schreibmaschine herumhopste. Mehitabel? Burl versuchte sich in Erinnerung zu rufen, daß nicht jeder soviel Leerlauf hatte wie ein Nachrufschreiber, und verdrückte trübsinnig ein Sandwich mit geräucherter Truthahnbrust und Avocado auf Weizenvollkornbrot mit Keimlingen. Er trank Chardonnay aus einer Apfelsaftflasche und verkostete erst andächtig das Aroma von Vanille und Eichenfässern, dann aber blubberte er durch den Strohhalm geistesabwesend hinein. Was, wenn man durch positive Konditionierung bei den richtigen Tasten und leichte Elektroschocks bei den falschen dem Kakerlaken beibringen konnte, »Essen« zu tippen, wenn er Hunger hatte? Wenn man mit Wasser und so fort weitermachte, konnte man der Kreatur dann Sprache beibringen? Konnte man »Essen« auf den Bildschirm tippen und nach Sekreten suchen, die zeigten, daß die Schabe eine Mahlzeit erwartete? Konnte man das auch mit einem höheren Tier machen? Oder was verstehen wir unter Sprache? Norma mailte: »was willst du essen«, und Burl, wie der Kakerlak, tippte mit einem Finger als Antwort »futter«.

KAPITEL 5

NORMA UND BURL WAREN SEIT JAHREN BEFREUNDET, doch Abendessen bei ihr war immer eine heikle Sache. Dort gab es Kristall und Damast, Farben und Ensembles, dort gab es Proportionen. Burl fühlte sich unbehaglich bei ihr, ein Eindringling in dieser Welt der Gemessenheit, ein Höhlenmensch in einem Regency-Salon. Er mußte aufpassen, wo er hintrat oder sich setzte, damit er nicht die Katze zerquetschte.

»mir ist nach kochen«, meinte sie elektronisch.

Sie tranken Rotwein, während sie aufs Essen warteten, das, da Norma kochte, mit Sicherheit ausgeklügelt sein würde. Kochen ging bei Burl ruck, zuck und hatte etwas Urwüchsiges; er verließ sich auf seinen Instinkt und starke Hitze. Fisch und Steaks servierte er halb roh; er bevorzugte reine, ausgeprägte Aromen; er liebte alle Arten von Pfeffer, Peperoni und Paprika. Salz war sein ein und alles. Wenn er bloß in der Küche stand, verfiel er in einen Automatismus wie in Trance. Im Gegensatz dazu bereitete Norma Gerichte von schwindelerregender Kompliziertheit zu, die zumindest Kochen, Braten und Backen und zwischen den einzelnen Verfahren ein Einschreiten der Köchin zum Formen oder Arrangieren erforderlich machten, so daß Norma die ganze Zeit mit Schaufeln und Pinzetten, Reiben und Stampfern, Turmtöpfen und Pinseln herumraufte. Oft verbrannte sie sich. Häufig waren Trauben oder exotische Pilze im Spiel. Eine ganze Latte spezieller Zutaten mußte unvermeidlich beschafft werden. Es gab immer ein Kochbuch, und diesem wurde präzise gefolgt. Norma wußte mittlerweile, daß sie das meiste erledigen mußte, bevor Burl eintraf, denn wenn sie nach Rezept kochte, vertrug sie keine Unterbrechung. Das war vielleicht auch am besten so. Ihr zuzusehen, wie sie mit ihren Fingern arbeitete, Mehl siebte, Pfefferkörner zerstieß, sich wegen der Herdtemperatur zerfranste und sorgenvoll seufzte; zuzusehen, wie ihr eine Strähne ihres dunklen Haars ins Gesicht fiel, ein Schweißtropfen auf die Stirn trat - all das war für Burl ein Akt stummer Anbetung, die, wäre sie offenbar geworden, keiner von ihnen zu mehr hätte ermutigen wollen. Norma war groß und dunkel und leicht birnenförmig, von einer delikaten Molligkeit, die aber nie plump wirkte. Ihr hohes, schmales Gesicht hatte ausgeprägte Backenknochen und geschmeidige, ausdrucksvolle Lippen; geöffnet, ließen sie blendendweiße Zähne sehen, die mit einem ganz leichten Überbiß hervortraten, wenn sie beim Zuhören den Mund aufmachte, um zu lachen oder dazwischenzurufen. Sie wandte ihre ganze Aufmerksamkeit immer nur einer Sache zu; im Moment war es das Essen, und ihre Konzentration ließ Burls Atem schneller gehen. Er liebte diese Frau seit sieben Jahren, seit dem Moment, als sie sich kennengelernt hatten, und eine Fliege auf der Mauer ihres Lebens zu sein, zu sehen, wie sie beim Lesen die Lippen spitzte, in der Stille ihres Apartments ihre Einsamkeit zu spüren - von alledem tat ihm das Herz weh vor Zärtlichkeit.

Sie aßen, mit schwerem Silber auf feinem Porzellan klappernd, ein Geräusch, das Burl, dieses Kind von Melmac und Edelstahl, kalt, aber unwiderstehlich fand. Das Essen war weich und lauwarm, aber zufriedenstellend, und sie tranken eine Menge guten Wein, den wie üblich Burl besorgt hatte. Es sollte noch Dessert geben; zwar wollte er kaum je eines, aber er akzeptierte es dennoch, damit es nicht so aussah, als sei ihm sein Gewicht peinlich. Aus ebendiesem Grund bot es ihm Norma aufgrund irgendeiner komplizierten Logik unfehlbar an.

»Also, macht dir das Nachrufeschreiben immer noch Spaß?« Norma machte stets sehr bewußt Konversation.

»Sehr«, sagte Burl, nahm einen Schluck Wein und ließ ihn im Mund kreisen. Er schluckte mit einem Schnackeln. »Der beste Schritt, den ich je gemacht habe.«

»Aber, geht's dir nicht doch manchmal ab, richtige Stories zu schreiben?« Norma stockte. »Ich meine, über lebende Menschen.«

»Überhaupt nicht. In der ganzen übrigen Zeitung gibt's soviel Korruption. Das ist doch wirklich alles nur Kommerz. Zeitungen verkaufen, Anzeigen verkaufen, publizieren ohne Gewissen. Und man hat mit so vielen Arschlöchern zu tun. Beim Tod geht's ehrlich zu. Sogar friedlich, ich meine, für mich. Und verantwortlich. Du weißt ja, ich entscheide, wer reinkommt und wer nicht. Was für eine Macht. Der Tod ist nicht fairer als das Leben, schätze ich.«

Das war jetzt ein Fehler gewesen. Norma hatte in den vergangenen paar Jahren ihre Eltern und ihren Zwillingsbruder verloren und sich eine Aura von Nicht-unterkriegen-Lassen zugelegt.

»Gibt's was Neues über die Morde?« fragte sie tapfer, mit einem Blick voll gespielter Sorge. Oh, er liebte sie, liebte dieses Bedürfnis, den realen eigenen Kummer mit einer sichtbareren falschen Besorgtheit zu überspielen, liebte die Verve, mit der sie diese Rolle übernahm, die Art, wie sie sie spielte, die Zärtlichkeit, die dahinterstand; liebte es, wie sie ihrem eigenen Unbehagen zum Trotz bei dem morbiden Thema blieb, liebte ihre vielleicht heimliche Sehnsucht danach, der sie nur auf diesem Wege frönen konnte. Burl hatte sie für sich schon vor so langer Zeit seliggesprochen, daß, was immer Norma tat, im Licht dieser verqueren Heiligkeit leuchtete.

»Überhaupt nichts«, sagte er mit einem Seufzen, dessen Grund, so stellte er sich vor, sie nicht mal im Traum erahnte. »Der Hauptverdächtige ist verschwunden, was nur gut ist, weil ich der einzige bin, der sein Gesicht gesehen hat und noch am Leben ist und was erzählen könnte.«

»Das einzige Mal, daß mich der Tod gestreift hat, war bei meinem Autounfall«, sagte Norma und drehte den Kopf im Nakken, wie um sich an das Peitschenschlag-Syndrom zu erinnern.

»Na, wir wollen da mal noch keinen Trauerflor rumhängen. Ich würd's lieber nicht als ein Vom-Tod-gestreift-Werden sehen.«

»Oh, richtig, entschuldige. Bist du fertig damit? Soll ich dir noch was nachholen?«

Dieser Frage bangte Burl stets entgegen, weil er ewig hin- und hergerissen war zwischen demonstrativer Würdigung des Essens, indem er einen Nachschlag verlangte, und Proklamierung seiner diätetischen Tugendhaftigkeit, indem er ablehnte. Er entschied sich für Selbstzüchtigung.

»Danke, es war toll, aber ich muß auf meine Figur achten.«

Norma lächelte gequält und rauschte mit den Tellern hinaus.

Burls schlimme Gedanken setzten später ein, auf dem Sofa. Sie tranken Port und redeten über Filme; die Katze hatte sich in typischer Manier auf Burls Schoß gebettet, ihre Krallen gruben sich beiläufig und ohne Vorwarnung durch Burls Hosen in das feiste, aber empfindliche Fleisch in seinem Schritt.

»Ist er dir lästig?« fragte Norma. »Hau ab, Alexander.«

»Nein, nein«, entgegnete Burl lahm, doch Norma setzte ihr Haustier auf den Boden und rettete so ihren Gast vor einer gewissen, wie er es sah, Entmannung. Sie wußte, daß er Katzen schauerlich fand; er bekam Gänsehaut davon, wie Alexanders Muskeln und Sehnen sich unter seinem Fell bewegten; und Alexanders offenes Maul erinnerte ihn an nichts so sehr wie an ein Insekt aus einem Horrorfilm.

Wie üblich hatte Burl für nach dem Essen ein Video mitgebracht, doch er und Norma alberten herum und tranken, und er konnte nicht umhin, die sinnliche Breite ihrer Hüften unter der dunklen Seide ihres Kleides zu registrieren. Ihr kastanienbraunes Haar hing ihr normalerweise lasch ums Gesicht, außer wenn sie es frisch gewaschen und gebürstet und seitlich gescheitelt hatte; das alles hatte sie an diesem Abend getan, so daß sie elegant und schön aussah. Burl hatte früher schon die Meinung geäußert, daß in Fragen der Frisur Asymmetrie das Wesentliche sei, und ihm schwirrte der Gedanke durch den Kopf, daß sie das an diesem Abend speziell für ihn gemacht hatte. Vielleicht war es der Wein, oder vielleicht war er auch gewillt, die ihm angedichtete Heldensage des vom Tode Gestreiften zu glauben. So zart er konnte, küßte er sie.

Seine Lippen kamen für sie, gelinde gesagt, überraschend. Burl selbst war verdattert über das Geräusch, das sie machten. Norma, völlig verblüfft, hatte die Hand ausgestreckt, um ihr Weinglas auf dem Couchtisch abzustellen, und schaffte es nur bis an die Kante, so daß das Glas auf den Teppich kippte. Burls Wein spritzte unterdessen auf das grauweiße Sofa und auf seine Hand und Manschette, als sie ein Stück von ihm abrückte. Der rote Wein überall war wie vergossenes Blut, und an der Tür stand Alexander als heimlicher und staunender Zeuge. Das Mißgeschick, obwohl eine Bedrohung für das Farbenensemble, bot eine willkommene Ablenkung, und Norma sprang eifrig auf, um das Problem anzugehen. Die nächste halbe Stunde brachten sie damit zu, energisch an den Flecken zu arbeiten.

»Ich hab da mal in der Nacht was im Fernsehen gesehen über ein Mittel, das schien Weinflecke wegzumachen wie nichts«, machte Burl sich erbötig.

»Schon gut, das macht nichts. Ich krieg das schon weg.«

»Hör mal, tut mir leid wegen ...«

»Nein ...«

»Wirklich, ich bezahl die Reinigung, kauf dir einen neuen Teppich, was immer.«

»Es macht nichts, wirklich.«

»Vielleicht sollte ich besser gehen.«

»Nein. Nein, nicht. Bleib bei mir, während ich das erledige.«

Sie tranken beide noch etwas Wein und widmeten sich geraume Zeit dem Fleck auf dem Boden, nebeneinander auf dem unregelmäßig gemusterten Teppich sitzend - ob der Klecks nach

Absicht aussehen konnte? –, während sie daran arbeiteten, diesen widerspenstigen Makel auf ihrer Freundschaft zu tilgen. Norma ging erst mit Mineralwasser dagegen vor, von dem Burl, um seine Gierschlundhaftigkeit zu persiflieren, gleich einen kräftigen Zug aus der Flasche machte, und danach mit flüssigem Teppichreiniger, der giftig blau war wie Punkerhaar und den Burl ebenfalls an den Mund setzte (die Lippen zusammengepreßt; er hoffte, das Zeug war nicht ätzend, wollte sich aber vielleicht doch ein bißchen die Lippen verbrennen), bis Norma dieser theatralischen Selbstreinigung, seinem verlegenen Flüssig-Harakiri, Einhalt gebot.

»Hör auf, Burl«, sagte sie; dabei legte sie eine Hand auf seinen Arm und griff gleichzeitig mit der anderen nach ihrem Wein, so daß sie ihn nicht ansehen mußte. Seine Lippen brannten. Er nahm die kleine Bürste und machte sich verbissen an die Arbeit, die Augen auf den Fleck geheftet.

»Es war nett, daß du mich geküßt hast. Burl?«

Er sah einen Moment lang hoch, machte aber weiter an dem Fleck herum.

»Mich hat schon eine ganze Weile keiner mehr geküßt. Es war eine Überraschung.«

Er sah sie jetzt an, weil es zu peinlich gewesen wäre, es nicht zu tun.

»Ich mag dich sehr, Burl. Du erinnerst mich an meinen Bruder. Auch so ein lieber Kerl.«

Er war langsam gestorben, an AIDS, gepflegt von seinem Liebhaber, der ein Jahr später selber tot war. Norma sagte, damals hätte sie das Gefühl gehabt, ihn zweimal zu verlieren. Sich um ihren sterbenden Zwillingsbruder zu sorgen war auf seltsame Weise wie beim eigenen Sterben neben sich selbst zu stehen, fand sie, oder als würde man mitansehen, wie eine seltene Spezies ausstarb, erst bedroht, dann beinah ausgerottet. Es war, als wäre man die letzte Wandertaube auf der Welt, die im Zoo von Cincinnati ihr Leben zu Ende lebte. Sie und ihr Bruder hatten eine gemeinsame Kindersprache gehabt, die nur sie beide verstanden, und ebenso eine seltsame Gabe, sich in die Gedanken des anderen einzufühlen - der einzige Grund, den Norma je gefunden hatte, um zu glauben, daß es mehr auf der Welt gab als das, was man sehen und anfassen konnte. Sie sprach jetzt mit Burl, aber dabei hatte sie oft ein Gefühl, als würde sie zu ihrem Bruder reden, dem Menschen, der ihr am nächsten war.

»Ich schätze, ich denk bloß nicht auf sexuelle Weise an dich. Ich denk an überhaupt niemanden so, wirklich. Irgendwie ist es traurig. Aber du weißt, wenn ich an jemanden so denken würde, dann wärst du das.«

Für Burl hatte diese Ansprache etwas Absichtsvolles, ja Zurechtgelegtes an sich, das sie qualvoll machte.

»Hilft dir das?« Wieder berührte sie ihn.

»Ich sollte gehen«, anwortete er und rappelte sich mühsam auf.

»Burl. Ich möchte, daß du diesen Winter für mich Cassoulet machst.« Sie drückte ihn nieder, wandte sich ihm zu und nahm sein Gesicht so zart in die Hände, daß er sich einer Ohnmacht nahe fühlte. »Ich will dich nicht verlieren.«

Auf dem Weg nach draußen war es demütigend für ihn, daß er sich zur Seite drehen mußte, um durch die engen Türen zu kommen - er betrat Räume auch auf diese Weise, tolpatschig im Krebsgang -, und er fuhr völlig geknickt nach Hause. Was für ein schrecklicher Fehler, auch nur eine Minute lang zu glauben, daß er anders sein könnte als allein. Aber konnte ein fetter Mann nicht lieben? Er gab sich nicht oft der Sehnsucht hin, dünn zu sein, aber jetzt ließ er sich rückhaltlos in dieses Gefühl fallen, seufzend und murmelnd: »O schmölze doch dies allzu feste Fleisch.«

Den nächsten Tag hatte Burl frei, und als er tags darauf in der Redaktion einloggte, fand er in seiner Mail eine kurze, Nachricht im Stil von Cummings wie ein gefundenes Gedicht: »ich liebe dich burl und wenn du hundert pfund abnimmst vögel ich dich daß dir hören und sehen vergeht wenn nicht liebe ich dich trotzdem wegen deinem cassoulet.« Sie hatte es vom Computer unterschreiben lassen: »Ruifelen N.«

Nach einem gebannten Augenblick löschte er die Nachricht rasch vom Bildschirm. Eine Minute lang starrte er auf die Montage von Ansichtskarten, Notizen, Cartoons, Zeitungsausschnitten, Stechkarte und anderem Zeug, das mit Stecknadeln auf seiner Seite der Trennwand festgepinnt war, ohne daß er irgendwas davon wahrgenommen hätte. Er griff in die unterste Schublade seines Schreibtisches und holte eine braune Papiertüte heraus, die er sich auf dem Weg zur Tür unter den Arm klemmte. Tempo zulegend, stapfte er zwei Treppen hoch in die Auslandsredaktion, schlängelte sich zwischen Schreibtischen, Stühlen und Stellwänden durch und strebte geradewegs auf Norma in der langgezogenen, halbbogenförmigen Reihe von Redakteuren zu, die die Meldungen von den weitverstreuten Korrespondenten des Blattes und den Nachrichtenagenturen einrichteten. Burl kam selten hier rauf, und einige Leute sagten fröhlich hallo, als er vorbeiging. Dadurch aufmerksam gemacht, bemerkte ihn Norma, starrte aber, von einem kleinen Grinsen abgesehen, weiter auf ihren Monitor, als hätte sie ihn nicht gesehen. Burl kümmerte das nicht. Er ging schnurstracks zu ihr hin und legte ihr das Päckchen in den Schoß.

»Viel Spaß damit«, sagte er.

Daraufhin ging er wieder. Unsicher, wie sie sich verhalten sollte, versuchte Norma fürs erste, es zu ignorieren. Sie stellte die Tüte auf den Boden und tat so, als sei sie vertieft in den Bericht auf ihrem Monitor, über eine Hungersnot in Somalia, aber sie konnte dem Rätsel nicht widerstehen und sah schließlich doch hinein, so beiläufig wie möglich. Drin waren ein Apfel, eine Banane, ein paar Aprikosentäschchen, eine Flasche mit purpurroter Flüssigkeit, die sie als Chianti einschätzte (»Gattinara«, stellte Burl später richtig), und ein gewaltiges Sandwich mit geräucherter Salami, Cappacola, Prosciutto, Provolone, süßem rotem und scharfem grünem Paprika, Öl, Essig und Lollorosso auf italienischem Brot. Eingepackt sah es aus wie eine Waffe. »o burl«, mailte sie, und nach der ersten Ausgabe schnitt sie das Sandwich auf und verteilte Stücke davon unter den Kollegen. Vier Leute wurden davon satt.

Kauend dachte Norma mit einem seltsamen Kitzel an Burl. Was, wenn er es schaffte? Sie versuchte ihn sich dünn zu denken. Sie stellte ihn sich auf einer dieser anthropologischen Schautafeln vor, die in Profilansicht die Entwicklung des Menschen aus dem Affen darstellen sollen, nur daß sie einen Fortschritt von dick zu dünn sah, bis der Burl, den sie kannte, am Ende in einen aufrecht gehenden, flachbrüstigen Jedermann ohne Kleider verwandelt war. Homo sapiens. Auf ihren Bildschirm blinzelnd, suchte Norma in dem Stapel Meldungen, die des Redigiertwerdens harrten, herum und fand schließlich eine über die schwierige Ausgangslage der indischen Kongreßpartei für die bevorstehenden Wahlen. Sie hatte über ihr Angebot nicht wirklich sorgfältig nachgedacht, es war mehr als Tröstung gemeint gewesen. Liebte sie Burl? Ihre Gefühle waren so kompliziert wie bei jeder ernsthaften Menschenliebe. Sie spürte, daß er sie auf vielerlei Weise brauchte, und dachte, wie toll es wäre, wenn er dieses ganze Gewicht endlich loswerden könnte. Es machte sie glücklich zu wissen, daß sie ihren Körper dazu benutzen konnte, Burl zu motivieren, der ganz der Bruder war, den sie verloren hatte, und außerdem stand das alles im Einklang mit dem edlen Märtyrerinnentum, das ihr immer schon vorgeschwebt war, im Einklang mit dem Gefühl, daß sie ein Geschenk war.

Er begann mit eisernem Willen. Das war fast mehr, als er sich erträumen konnte, Nora zu bekommen, mit ihrem rosinenfarbenen Haar, ihre Berührung auf seinem Arm wie ein samtiger Cabernet auf der Zunge. Er hatte schon früher abgespeckt, wenn auch noch nie hundert Pfund, und zwar durch strikt vegetarische Kost. Keine Fette, kein Wein, keine Süßigkeiten und den Checker stehenlassen. Er lebte von Spinat, Kartoffeln, Karotten, Obstsäften, Haferschleim und Ablenkung. Er begann rasch abzunehmen, fast übertrieben rasch, und die Diät oder sein Erfolg machte ihn schwindlig. Manchmal fühlte er sich fiebrig. Mit einem Stadtführer bewaffnet wie ein Tourist, durchstreifte er die Stadt und genoß ihre Größe und ihren Schmutz. Er war unermüdlich und ohne Furcht. Es kam vor, daß Kinder ihn verspotteten, er aber, sein Ziel fest vor Augen, schüttelte ihre Hänseleien ab, und kein fremder Erwachsener in Reichweite tat mehr als gucken. Burl war noch nie ausgeraubt worden und bei Freunden, die am Umziehen waren, überaus beliebt. Er hatte die Kraft eines Zugpferdes, und einmal hatte er damit angegeben, daß er ein Sofa hochhob wie einen Wäschekorb und es, auf die Hüfte gestützt, unter dem Arm davontrug. Nun aber war es nicht sein Gewicht, sondern sein Ziel, das ihm ein Gefühl von Unverwundbarkeit verlieh, wie ein Ritter gewappnet durch die Liebe seiner Dame. Er sah sich selbst auf einer Sendreise und betrachtete seine Wanderungen als Expeditionen: Erfülle die gestellte Aufgabe und gewinne die minnigliche Maid. Burls Beziehungen zum anderen Geschlecht waren so rar und so lange her, daß er sie wie durch einen chevalresken Nebelschleier sah, die Frauen zu Prinzessinnen weichgezeichnet oder zu feuerspeienden Drachen verzerrt. Zum Teil mochte er Norma deshalb so sehr, weil sie die Rolle der Maid so überzeugend spielte, denn er sehnte sich danach, jemandes Ritter zu sein. Er wünschte bloß, er würde nicht so stark riechen, wenn er schwitzte.

Selbst durch den Filter der Euphorie gesehen war die Stadt, die er auf seinen Marathonwanderungen zu sehen bekam, nicht Camelot. Menschen lagen auf der Straße, und die Gebäude selbst drückten die vorüberhastenden Menschenscharen mit ihrer großen, gleichgültigen Masse nieder. Es fehlten die simpelsten menschlichen Gesten. Was konnte ein Ritter an einem solchen Ort vollbringen? Oft ging Burl von seinem Apartment in Brooklyn über die Brooklyn Bridge bis nach Manhattan. Dort herrschte Leben, jeder schien eine Geschichte zu haben, und die Straßen brodelten vor Stories, deren Ende noch keiner kannte. Je weiter nördlich er kam, desto statischer wurde die Stadt. In der Gegend zwischen 20ster und 30ster Straße Ost, einem Viertel der einsamen Spaziergänger, wirkten die Leute wohlhabend, aber einsam. Weiter draußen, nachmittags, waren überall reiche Kinder, glücklich, hübsch, gut angezogen und manierlich. Er sah sie aus Schulen kommen, die nach toten Angelsachsen und europäischen Heiligen benannt waren, gelegentlich mit dem Zusatz ›Privatschule‹, an dem die Eltern ein so fanatisches Interesse nahmen. Diese Kinder waren ein Signal, ihr Auftauchen bedeutete den Beginn seines Arbeitstages, und er marschierte, so rasch er konnte, zurück in die Stadt. Die West Side war dreckiger, freakiger, bevölkert von Exhibitionisten, Spannern, Barettträgern, Demokraten, insgesamt ein rauherer Schlag Menschen, die öfter in Gruppen oder zumindest paarweise unterwegs waren. In Brooklyn, wo Burl wohnte, wirkten die Leute glücklicher. Carroll Gardens war vergnügt, Borro Park voller Eifer. Er sah einen Jogger, dem die Enden seines Gebetsschals aus dem Trainingsanzug hingen, oder auf einem Basketballplatz Kinder, die so klein waren, daß sie den Ball von der Schulter weg in Richtung Korb hochwuchteten, wie einen zweiten Kopf. Manchmal ging Burl in die andere Richtung, nach Brighton, wo die Weißen fremd wirkten, wie Osteuropäer, die sich bei der kleinsten Brise in Schals und Mäntel wickelten, geduckt und lungernd. Sie wirkten alle so alt. Wenn er auf dem Rückweg durch Flatbush kam, waren die Schwarzen dort jünger, leichtfüßiger, vielleicht weil sie froh waren, endlich in einem Stadtviertel mit mehr Grün gelandet zu sein. Über die Church Avenue zu gehen war wie eine Stippvisite in der Karibik, und manchmal, wenn es ihm nichts ausmachte, sie nach Hause tragen zu müssen, kaufte Burl auf den überfüllten Bürgersteigen Mangos, Papayas und Guaven, bis er eines Tages jemanden bemerkte, der hier genausowenig herzugehören schien wie er selbst. Einen Weißen; kein überständiger Alteingesessener, kein jugendlicher Zuzügler oder chassidischer Jude, sondern auch jemand in den Dreißigern, verdrossen dreinschauend, in einem dunklen Regenmantel, dunklen Hosen und mit dunklem flachem Hut.

Burl sah ein paarmal zu ihm hinüber, während der Mann ziellos das Obst befingerte, dann und wann wenig überzeugend ein Stück begutachtete, bis er Burls Blicke zu erwidern begann - unverschämt, dachte Burl, oder verrückt für so einen Typen, so als würde er etwas wollen oder wissen. Burl war nahe dran, ihn darauf anzusprechen, zur Rede zu stellen, aber er hörte in dem offenen Schacht, in dem in diesem Stadtteil die U-Bahn fuhr, den Zug kommen und beschloß, in die Station abzutauchen, nur so als Test. Er lief eilig die Treppe hinunter, überlegte es sich aber vor dem Drehkreuz anders und drückte sich in eine umschattete Wandnische, die gerade groß genug für ihn war. So, als würde er einen Film sehen, beobachtete er, wie der Mann im Regenmantel an ihm vorbei zum Zug lief. Dann stürmte Burl wieder die Treppe hoch - nun schnaufend und japsend, wie er unglücklich feststellte -, bog in eine der dichtbevölkerten Seitenstraßen ein und schob sich unglücklich heimwärts. Unterwegs kam er zu dem Schluß, daß es vermutlich tatsächlich jemand gewesen war, der etwas wollte, eine Zufallsbegegnung, die nichts bedeutete. Es war so leicht, sich selbst im Zentrum des Universums zu sehen, so als würde sich alles, was geschah, nur um einen selber drehen. Was für ein Blödsinn. Auch du wirst sterben, ermahnte er sich. Und keiner wird es auch nur bemerken.

Das Fasten ging weiter. Zuerst versuchte er Norma aus dem Weg zu gehen, aus Verlegenheit und aus dem unausgesprochenen Bedürfnis heraus, sich mit einem Schlag verändert zu präsentieren, aber sie ließ ihm keine Ruhe, was ihn entzückte. Keiner von ihnen beiden war sich sicher, ob sie wirklich wollte, daß er es schaffte, aber dadurch sah es zumindest so aus, als ob.

»bist du sauer auf mich weil ich dir das antu«

»Machst du Witze? Die wirkliche Frage ist: Kriegst du schon kalte Füße?«

»meine füße sind warm wie du vielleicht eines tages feststellen wirst«

»Wirklich, was tust du, wenn ich es schaffe?«

»alles«

Von Angesicht zu Angesicht waren sie natürlich weniger direkt, aber sie nahm dennoch ein lebhaftes Interesse.

»Siehst du das?« fragte Burl und dehnte seinen Hosenbund, um vorzuführen, wieviel mehr Platz da schon war.

»Das ist sehr beeindruckend, Burl«, sagte sie und sah weg. »Wie machst du das? Ich versuch seit Jahren, zehn oder zwölf Pfund abzunehmen, aber ich krieg's einfach nicht hin.«

»Es braucht Motivation. Ich bin sehr motiviert.«

Norma wurde rot. Sie saß stocksteif auf dem Sofa, während Burl daneben massig in einem Lehnsessel fläzte. Sein Umfang war bereits sichtlich geschrumpft, aber er war immer noch ein Fleischberg; sein heißer Atem war noch auf ein paar Meter Entfernung spürbar, seine Ausdünstung nicht unangenehm, aber merklich. Der ganze Raum wirkte durch seine Gegenwart wärmer, feuchter.

»Aber was ißt du?«

»Man lebt von dem Zeug, das man früher auf dem Teller hat liegenlassen, das Grüne und Weiße, das aussah wie Garnitur. Das ist jetzt mein täglich Brot. Salat, Kohl, Kresse. Und ich gehe zu Fuß. Ich latsche durch die ganze Stadt. Du solltest nachmittags mal mitkommen. Ich marschiere meilenweit.«

»Vielleicht sollte ich mit dir gemeinsam Diät machen.«

»Sei nicht albern, du brauchst keine Diät. Du hast nicht ein Pfund zuviel.«

Das stimmte zwar, aber es war auch Kalkül dabei. Burl hatte begonnen, ernsthafter denn je von Norma zu phantasieren. Ihm wurde heiß und kalt dabei. Was für ein völlig anderes Leben er führen würde! Er fing an, sie morgens anzurufen, einfach zum Plaudern. Er erzählte immer, was er aß und wieviel er schon abgenommen hatte, und sie spendete Lob. Sie machten keinerlei Anspielung auf Normas Versprechen, außer auf dem Bildschirm, wo beide sich freier fühlten, aber ihre Gespräche hatten eine Ausgelassenheit, die ihren keuschen Abendessen fehlte. Aus der rituellen Nachahmung eines Verliebtseins war eine echte Vorahnung von Sex geworden.

»Hast du dieses Textredigieren nie über?« fragte Burl eines Tages. Sie schlenderten eben die Rampe des Guggenheim-Museums hinunter, ein Akt der Hingabe für Burl, der jede Art von Steigung beschwerlich fand und dem dieses spezielle Gebäude besonders zuwider war. Für seinen Geschmack sah es zu sehr aus wie eine Parkgarage, ein Ort, an dem Gemälde geparkt waren, die keiner verstand, oder vielleicht war es ein riesiger und unentzifferbarer DNS-Strang der Kultur des zwanzigsten Jahrhunderts. Vielleicht würde ja irgendwann mal ein großangelegtes Genforschungsprojekt das alles erklären.

»Was?«

»Texte redigieren. Wird dir das nicht langweilig?«

»Nein, warum?«

»Wegen all dem Kleinkram. Hast du nie Lust, einfach mal draufloszuschreiben, die Stilfibel rauszuschmeißen, Beistriche nach Gefühl zu setzen? Du weißt schon, die Sau rauslassen.«

»Burl, ich redigiere gern. Es ist wie ein Puzzle. Man entdeckt Fehler, Abweichungen, und man paßt die Dinge den Regeln an. Die Regeln selbst ändern sich auch, passen sich an, erfordern Interpretation. Ich liebe es, neue Beispielsfälle zu finden und mitzuhelfen, für sich ändernde Gegebenheiten neue Regeln aufzustellen. Was ist falsch am Redigieren?«

»Nichts, nichts. Ich höre, daß einige Redakteursfamilien in meine Gegend gezogen sind. Ein paar Leute haben sich deswegen Sorgen gemacht, aber ich hab kein Problem damit. Einige meiner besten Freunde, du weißt ...«

»Das klingt sehr nach Reporter, Burl.«

»He, leben und leben lassen, das ist mein Wahlspruch.«

»Seltsamer Wahlspruch für einen, der Nachrufe schreibt.«

»Schon gehört? Die Sterberate in Queens ist im Steigen. Hab ich eben in *American Cemetery* gesehen. Du liest so was ja vermutlich nicht.«

Burl begann sich so zu benehmen, als wäre Norma seine Freundin, und sie spielte mit, bis sie einander wirklich nähergekommen waren. Sie fingen an, es für selbstverständlich zu nehmen, daß sie den Samstagabend, den einzigen Tag, an dem sie beide frei hatten, gemeinsam verbrachten, und die Leute in der Redaktion begannen zu tratschen. Sie verbrachten Stunden zusammen; Burl glaubte einen Hauch von Häuslichkeit zu schmecken, wie ein neues Gewürz, das er nicht ganz identifizieren konnte. Nach einer Weile taten sie, außer miteinander schlafen, fast alles zusammen, abgesehen von essen.

Manchmal aßen sie sogar zusammen. Am stürmischen ersten November lockte Norma ihn unter dem Vorwand, sie brauche seine Hilfe, um ein paar Möbel umzustellen, in ihre Wohnung und konfrontierte ihn dort mit einem elegant gedeckten Tisch sowie einem ausgeklügelten vegetarischen Dinner.

»Burl, ich hab das alles ohne Öl in der Pfanne gemacht. Das Salatdressing besteht nur aus Sojasauce, Ingwer und Zitronensaft, und das da drüben sind nur Kartoffeln, gelbe Rüben, Zwiebeln und Knoblauch, im Mixer passiert. Mit ein bißchen Salz und Pfeffer.«

Das Essen war raffiniert und köstlich und erfüllte ihn mit Hoffnung. So, dachte er, würde er sich fühlen, wenn er mit Norma verheiratet wäre. Man würde einen ganzen Schwung neuer Fertigkeiten und Erfahrungen gewinnen. Dinge, die früher wichtig waren, würden es nicht mehr sein. Neue Dinge würden wichtiger werden als alles andere. Man würde ihr gewohnheitsmäßig an einem Tisch wie diesem gegenübersitzen. Das Leben wäre strukturiert, interessant.

»Nun, Burl, gelegentlich muß man sich selbst belohnen, weißt du? Ich meine, man kann nicht in allen Dingen absolut sein, denn früher oder später werden wir alle schwach.« Norma redete, während sie die Teller in die Küche hinaustrug und dann einen wattierten Topfhandschuh überzog. »Also hast du hin und wieder ein Anrecht auf 'n bißchen was Feines, oder nicht? Außerdem hab ich es selbst gemacht, und wir essen nur ein bißchen davon. Burl? Weil du schließlich heute Geburtstag hast. Nein, nein, bleib dort.«

Als sie durch die Schwingtür wiederkam, hatte sie eine leuchtende Platte mit Schokoladencremetorte dabei, deren Aroma sich mit dem des eben durchlaufenden Kaffees vermischte und sie bei ihrem Eintritt umhüllte. Burl bemerkte, daß das Leuchten von brennenden Kerzen kam.

»Singen kann ich nicht, Burl. Tut mir leid.«

Er war fast überwältigt. Der Duft erinnerte ihn an seine Liebe zum Essen, ließ ihn aber auch an Norma denken, wie sie über dem Küchentisch schwitzte und siebte und rührte und quirlte und sich Sorgen machte, ob es was werden würde, und die ganze Mühsal hindurch an ihn dachte. Die Frau, die Torte und die Kerzen waren irgendwie ein Zeichen für die Tragik der *conditio humana*, für die Unnennbarkeit Gottes, die Existenz der Seele und ihre noble Duldungsfähigkeit. Er schluckte schwer.

»Jetzt wünsch dir was«, sagte Norma und stellte die Schale ab.

Das Licht war schummrig, abgesehen von den Kerzen auf dem Eßtisch und der Geburtstagstorte, und Burl mußte nicht lange über einen Wunsch nachdenken. Doch dann kamen scharenweise Zweifel. Was für ein Recht hatte er, sich etwas so Beschränktes und letztlich Bedeutungsloses zu wünschen, in einer Welt, die so voller Leid war? Sollte man sich nicht ein Ende des Hungers wünschen, Frieden auf Erden, ein Heilmittel gegen Krebs? Wenn einem wirklich nur ein einziger Wunsch gewährt wurde, wie konnte man ihn auf etwas so Triviales verschwenden wie einen Bestandteil persönlichen Glücks? Sex oder Geld oder Talent kamen einem frevlerisch vor, wenn es ums Wünschen ging, und es schien, daß man für selbstlose Wünsche in jedem Fall belohnt werden müßte, obwohl altruistisches Wünschen in der Hoffnung auf Belohnung natürlich wiederum sinnlos wäre. Dennoch, um den Weltfrieden zu bitten erschien Burl als Verstiegenheit, als Wunsch wie als Regung. Er rieb sich das Kinn, während die Kerzen brannten.

Ein rosa Wachstropfen fiel auf die schimmernde, mahagonibraune Glasur der Torte.

»Wir denken ja lange nach«, stichelte Norma.

»Na ja, es ist irgendwie ein Dilemma. Okay.«

Er wünschte sich, daß würdigen Lieben der gerechte Lohn zuteil werden möge, und blies, aber es waren nur vierzehn Kerzen; also gab es keine Garantie. In einer Ecke miaute Alexander eifersüchtig, und Burl fiel auf, daß er an Tierrechte nicht einmal gedacht hatte.

»Ich wollte schon ein paar Leute einladen, aber dann hab ich entschieden, daß es besser wäre ohne sie. Alles Gute zum Geburtstag, Burl.«

Sie stießen mit Weingläsern an, gefüllt mit kohlensäurearmem Mineralwasser.

Manchmal versuchte Nora, Burl auch weniger bekömmlich - und vielleicht auch weniger unschuldig - zu bekochen, doch abgesehen von seinem Geburtstag blieb er standhaft. War da ein Nährinstinkt bei ihr am Werk? Schuldgefühle, weil sie ihn um so viel brachte? Ein heimlicher Wunsch, seine Diät zum Scheitern zu bringen? Er war verwirrt, aber nicht besorgt. Was hieß es schließlich schon, lauteren Herzens zu sein? Das trübere Selbst sickerte immer wieder tröpfchenweise ein.

Da gemeinsame Essen mit Norma Burl verlegen machten, gingen sie oft ins Kino, ein wiederentdecktes Vergnügen, nun, da er schlank genug war, sich in die Sitze zu quetschen, und dies wurde ihre neue regelmäßige Verabredung. In stillschweigender Übereinkunft suchten sie sich harmlose Komödien und große Kinoepen mit Figuren und Geschichten aus, die unmöglich mit dem wirklichen Leben verwechselt werden konnten. Besonders gern mochte er Kinos, wo man mit Sicherheit anstehen mußte. Kino-Warteschlangen voll gespannter Vorfreude zählten zu den fröhlichsten Orten in New York. Es wurde viel und lebhaft geplaudert, die Männer besahen sich die Begleiterinnen der anderen, und Burl fühlte sich einmal nicht ausgeschlossen. Es war, als würde man eine neue Identität anprobieren. Es gefiel ihm, mit einer attraktiven Frau in der Öffentlichkeit zu sein, und als würde sie das verstehen - und weil sie ihn für alles entschädigen wollte, unausgesprochenerweise auch für das, worauf sie immer noch bestand, wenn sie je ein Liebespaar werden sollten -, gab sich Norma viel Mühe mit ihrem Aussehen. Das gefiel Burl, der sich seinerseits auch Mühe gab, aber nicht erkannte, daß sie der Mühe vielleicht ein klein wenig zuviel tat; ihr Gesicht war ein bißchen sehr weiß vom vielen Make-up, ihre Lippen ein Batzen leuchtendes Rot, das sie noch größer aussehen ließ, wenn sie den Mund öffnete, um zu lachen; das Ganze ging schon leicht in Richtung Harlekin.

Ihre Beziehung hatte auch ihre Unannehmlichkeiten. Nach dem ersten großen Rutsch begann Burl eher schrittweise dünner zu werden, und als der Kampf anstrengender wurde, ließ seine Euphorie nach. Das Abnehmen wurde noch schwerer, als der Winter einsetzte; sein Körper speicherte Energie wie für den Winterschlaf. Er gab sich immer noch große Mühe. Er machte sich Spaghetti mit Gemüse und ohne Öl. Er verkochte körnigfrischen Spinat, Zwiebeln und Kartoffeln zu einer Art Quiche ohne Eier, Fett und Kruste. Er vergoß Limonensaft und streute Pfeffer, Koriander, teuren Kardamom und lakritzeartigen Fenchel: eine reiche Lese von Gewürzen. Er schmeckte Salate mit Basilikum und Minze ab. Er aß Äpfel, Karotten und so viel Salat, daß er ihn kistenweise zu kaufen begann. Schließlich kam er soweit, diesen Prozeß als eine Prüfung zu sehen, die man sich nicht erleichtern durfte, und so tötete Burl seine Geschmacksnerven mit Pasta ohne Sauce, faden Reiskeksen, kalorienarmen Mazzes und Mineralwasser ab. Wie ein Ritter, der sich zur Schlacht rüstet, hielt er Wacht wider die Anfechtungen des Geschmacks.

»Hast du Ketchup?« fragte er Norma elektronisch. »Diese Funktionstasten sehen für mich schon richtig verlockend aus.«

»beruhig er sich burl«, mailte sie zurück, was ihn ärgerte. Er wollte, daß sie sich schuldig fühlte. Die Diät war nun schon ziemlich qualvoll, und Burl wurde reizbar und neigte zu Selbstmitleid. Er wurde immer noch dünner, aber unter größerem Leiden; sein Körper richtete sich durch gesteigerte Verwertung auf die Hungerzeit ein. Er mußte das Embargo verschärfen, aß weniger und weniger, bis er schließlich ganz zu essen aufhörte.

»Nicht mal ungebuttert?« Sie waren im Kino, und allein zu essen war für Norma genauso wie für andere, allein zu trinken. »Popcorn hat doch gar keine Kalorien.«

»Aber es ist ein schmaler Grat, weißt du, was ich meine? Mir geht's mit allem so wie mit Kartoffelchips. Ich kann nicht bloß einen essen. Außerdem bin ich gerade im Hunger-Betrieb. Du hast eine Maschine vor dir, die mit einer Tüte Popcorn eine Woche lang laufen könnte. Hol dir nur was, mir macht das nichts aus.«

»Nein, ist schon okay.« Norma sah aus, als würde sie gleich weinen.

»Bin gleich zurück«, sagte er und kam, als der Hauptfilm begann, mit der größten Tüte Popcorn wieder, die sie hatten. »Aber ich will nichts abhaben. Zweifünfundfünfzig, und der Countdown läuft.«

Norma zwang sich dazu, an etwas Unverfängliches zu denken, und nahm sich vor, ihn irgendwie zu entschädigen. Später, als Burl sie heimbrachte, bestand sie darauf, daß er noch auf ein Mineralwasser, das sie eigens für ihn einlagerte, mit reinkommen müsse. Sie saßen mit ihren farblosen Drinks auf dem Sofa und redeten beiläufig über den Film, bis Norma ihren Moment abpaßte und ihn küßte. Erst dachte sie, Burl könnte in Ohnmacht fallen, aber er war rasch wieder bei sich und küßte sie zurück.

Beide waren schockiert darüber, als was für ein Genuß sich das erwies, und sie knutschten eine Weile. Burl dachte, daß er nun endlich wußte, wie es im Himmel sein mußte, und gelobte sich, nie wieder zu essen, wenn das der Lohn dafür war. Sein Gesicht nahm einen Ausdruck von so dankbarer Glückseligkeit an, daß Norma noch mehr gerührt war. Sie stand auf, zog ihn auf die Beine und führte ihn ins Schlafzimmer, wo sie ihn sachte aufs Bett schubste und ihn, bei den Schuhen beginnend, anfing auszuziehen.

Burl wußte nicht, was er tun sollte. Er dachte, er solle vielleicht nach ihren Knöpfen und Reißverschlüssen tasten, aber als er das auf seine planlose Art versuchte, schob sie seine Hände weg.

»Komm«, sagte sie. »Laß mich mal.«

Mit großer Sorgfalt öffnete sie seine Manschetten, nahm das Halstuch ab und streifte Hosenträger und Hemd hinunter. Burls Brust war breit und haarig, aber sein Bauch schlug Falten und schwappte über den Hosenbund. Später würde sie sich daran erinnern, wie sie gedacht hatte, daß er ohne Kleider besser aussah, aber nur ganz ohne Kleider. Sie ließ ihn aufstehen und machte, während sie ihm kerzengerade in die Augen sah, die Hose auf, die schwer auf seine Knöchel fiel. Noch ein Stück verlegener, machte er eine Bewegung, um sie abzustreifen, doch sie zog rasch seine Unterhosen runter und schubste ihn wieder aufs Bett, das empört aufächzte. Sie hob erst einen, dann den anderen Fuß an und zog ihm Hosen und Unterhosen herunter, wobei sie ihre Enttäuschung darüber verbarg, wie groß sie waren. Es war wirklich nur eine Frage der Gewöhnung. Er war ein dicker Mann, aber was machte das schon für einen Unterschied? Sie ließ sich von ihm beim Ausziehen bis auf die Unterwäsche helfen, und dann, als er es nicht schaffte, öffnete sie ihren BH. Burl wirkte baß erstaunt.

»Mein armer Junge«, sagte sie.

Und sie bot ihm eine Brust an, und er küßte sie unbeholfen, aber mit einem so verzehrenden Hunger, daß er ihn nicht verbergen konnte. Er wollte ihn auch nicht verbergen. Norma und Burl dachten so ziemlich dasselbe. Sie wünschten, sie hätte Milch. Sie wünschten, er wäre dünn. Sie wußten, daß Burl eben eines der seltensten und gefährlichsten Ereignisse im Leben eines Menschen erlebte: die Erfüllung seines tiefsten Verlangens. Sie drückte ihn nach unten, legte sich neben ihn und tat, für ihn außer Sicht, etwas, das ihn laut und fortgesetzt stöhnen ließ, bis sie schließlich »Psst!« wisperte, so sachte sie konnte. Als sie einander ansahen, konnte keiner von ihnen ganz glauben, daß sie seinen bläulichroten Penis zart in der Hand hielt.

Sie wollte ihn auf diese Weise kommen lassen. Mit ihm zusammenzuliegen war erotisch, aber sie wollte nicht mit ihm schlafen. Sie schämte sich dafür, daß sie es nicht wollte, und hätte sich wohl schon aus diesem Grund dazu gezwungen, aber sie hatte nichts zur Verhütung dabei und Burl sicherlich auch nicht. Und was, wenn er auf sie drauf wollte? Es schien keine leichte Sache zu sein, ihn mit der Hand, die nach ihren zunehmend energischeren Versuchen langsam müde wurde, zum Höhepunkt zu bringen. Aber sie wollte ihn zufriedenstellen, und ihn zu beobachten, ihn in ihrer Hand zu spüren ließ Burl so liebesbedürftig und verletzlich erscheinen, daß sie sich fast genausosehr nach ihm sehnte wie er nach ihr. Er wirkte jetzt auch weniger abstoßend, trotz seiner aufs Bett gehäuften haarigen Fleischwülste und der rosa gefleckten Haut. Er wurde fast schon vertraut.

Norma entschloß sich zu etwas direkteren Maßnahmen, und da sie so etwas bisher nur in der Phantasie getan hatte, fragte sie sich, ob es sie dabei würgen würde. Sie schob ihren Haarschleier beiseite, um etwas Luft zu bekommen, und rutschte nach unten, um bequemer zu liegen. Kamen Männer nicht sofort, wenn man das mit ihnen machte? Sie versuchte durch Burls Laute herauszufinden, wie man es richtig machte. Sie war fasziniert. Das hatte sie immer schon einmal tun wollen. Es war wie ein kleines Wesen oder wie eine lebendige Wurst, salzig und ein bißchen rauh an der Spitze. Wenn sie auf bestimmte Weise daran saugte, stellte es sich ein Stück weiter auf. Als sie hochsah, merkte sie mit Erstaunen, daß die schwellende Kuppel von Burls Bauch ihr gesamtes Gesichtsfeld einnahm. Ohne sich hochzustemmen, konnte sie nicht darüber hinaussehen. Es war wie unsichtbar sein.

KAPITEL

6

Die Dinge änderten sich natürlich wieder. Norma hatte nicht vorgehabt, eine sexuelle Beziehung zu beginnen, und vermied jede Wiederholung. Sie verbrachte auch weiterhin Zeit mit Burl, ließ ihn aber nicht mehr in ihr Schlafzimmer. Sie ignorierte die Anspielungen in seinen Mails und wechselte das Thema, wenn er davon sprach, wie schön sie sei oder wie sehr er sich nach ihr sehnte. Sie konnte immer noch seinen salzigen Samen schmecken und spürte ihn klebrig in ihrem Haar. Alle Welt mußte ihn in ihrem Atem riechen.

Burl fühlte sich wie in seinen wildesten Träumen, nur um wieder geweckt zu werden, als die schönen Dinge eben erst anfingen. Wenn er Norma zu umarmen versuchte oder ihr seinen schweren Arm um die Schultern legte, entzog sie sich, und er merkte die Absicht, auch wenn sie weiter lächelte und seinen Arm in ihre Hände nahm.

Das Seltsamste war, daß die Nacht mit ihr ihn so hungrig gemacht hatte. Anstatt dazu beizutragen, die Leiden seines Fastens zu lindern, verschärfte Sex sie. Burl lebte nunmehr von Selters und Vitaminpillen. Der Essensentzug und seine Verwunderung über Norma machten ihn launisch, beinahe paranoid. Er machte sich Sorgen wegen Joey Gem. Er sorgte sich wegen seiner Pillen - enthielten sie genug Pottasche? Genug Zink? Würde er vielleicht eines Tages mit Herzinfarkt tot umfallen? Er nahm weiterhin ab, langsam, qualvoll.

Weil er das Gefühl hatte zu sterben, wurde Burl morbid. Sein Selbstbild war fetter - großartiger - als die Wirklichkeit, und darum kam er, als er sich den Kopf darüber zerbrach, wer ihn beerdigen würde und wie, zur Überzeugung, daß ein ausreichend großer Sarg nicht zu finden sein würde. Er beschloß, die Beerdigungsarrangements selbst in die Hand zu nehmen. Was für ein Glück, daß Steinway-Klaviere in Queens hergestellt wurden! Burl rief bei der Firma an, um herauszufinden, ob Klavierkisten tatsächlich bei Beerdigungen übergroßer Menschen Verwendung fanden, und als er erfuhr, daß dem so war, bestellte er eine auf Abruf. Es kam ihm - flüchtig, flüchtig - in den Sinn, sich die Kiste nach Hause liefern zu lassen, wo er versuchen könnte, sich an das Schlafen darin zu gewöhnen. Es wäre eine würdige neue Angewohnheit gewesen, aber er würde diesen Brettergeruch nicht vertragen. In der Folge stellte er erleichtert fest, daß - anders als bei Fluglinien, die fette Passagiere oft zwangen, zwei Sitze zu buchen - zwei Grabstellen nicht erforderlich waren. Ein Standardgrab auf dem Friedhof war groß genug. »Wir hatten einmal im Mausoleum eine solche Situation, aber solang Sie nicht an einem Schubfach interessiert sind, kein Problem«, sagte der geduldige Mann, der ihm alles erklärte.

Nachdem das geregelt war, machte Burl sich an seinen eigenen Nachruf und sah in geordneter Manier die Unterlagen durch, die er zwanghaft sein Leben lang aufbewahrt hatte. Er war immer schon ein Grenzfall von Sammeltrieb gewesen, der nicht nur sein College-Diplom aufgehoben hatte, sondern Schulzeugnisse aus der sechsten Klasse, nicht nur die Ergebnisse seines akademischen Eignungstests, sondern auch Jahre alte Blutdrucktabellen, Befunde von gelegentlichen Harnuntersuchungen, kartonweise alte Kreditkartenbelege, längst abgelaufene Rabattmarken. Die dokumentarischen Unterlagen schienen ziemlich vollständig: sein Paß, wegen der Reisen, seine alten Terminkalender, um zu wissen, was er alles gemacht hatte, und seine Geburtsurkunde, eine seltsam aussehende Kopie, die er von seiner Mutter hatte, der genauen Geburtszeit wegen. Er taxierte sich selbst ohne Milde. Er würde nie mehr als ein paar Absätze wert sein, selbst wenn man die Zugabe einrechnete, die den derzeitigen und früheren Autoren der Zeitung bei ihrem Tod zugestanden wurde. Trotzdem, auch nur eine Erwähnung zu erlangen bedeutete etwas. Das schafften nur die wenigsten Leute. Doch es war ein kalter Trost für die morbiden Gedanken, von denen er voll war, anstatt vom Essen. Er hatte Dutzende, Hunderte Nachrufe auf Schriftsteller verfaßt und dabei mit einem gewissen Horror entdeckt, daß irgendein lang vergessener Schreiberling - mit dreiundneunzig in einem Pflegeheim in Torrington, Connecticut, verstorben - der Autor von siebenundzwanzig Büchern und zahllosen Artikeln war und daß er, Burl, nicht mal gewußt hatte, daß dieser Mensch je gelebt hatte. Aber was hat ein Toter schon davon, wenn man sich an ihn erinnert. Pfeif auf die Nachwelt. Burl wollte wenigstens von einem Menschen gekannt werden. Schließlich stellte er fest, daß er den Nachruf aus dem Kopf schreiben konnte, und in einer einzigen trüben Stunde tat er das auch.

Burl G. Bennett, Redaktionsmitglied der Tribune *und Autor mehrerer Bücher zu verschiedenen Themen, starb* WANN, WO, WIE. *Er war* ALTER *Jahre alt und lebte in Brooklyn.*

Mr. Bennett hatte verschiedene Posten bei der Zeitung inne, zuletzt leitete er die Nachruf-Redaktion, wo er berühmt für seine essayistische Fähigkeit wurde, in wenigen Zeilen ein Menschenleben zusammenzufassen, oft unter beträchtlichem Zeitdruck.

HIER MERITORISCHES ZITAT

Mr. Bennett wurde am 1. November 1953 in New York geboren und besuchte die Columbia University, wo er einen Abschluß in Englischer Literatur machte. Er war Korrektor und später Reporter bei der mittlerweile eingestellten

Long Island Press *und arbeitete in Albany für den* Staten Island Advance, *ehe er vor neun Jahren zur* Tribune *kam.*

Als fruchtbarer Autor mit weitgestreuten Interessen war Mr. Bennett Verfasser von acht Büchern, darunter Romane, Biographien sowie, in Zusammenarbeit mit einem bekannten Experten, eines Handbuchs zur Hundedressur, das rasch zu einem Klassiker auf seinem Gebiet wurde.

»Obwohl sie einen Glauben an die Erziehbarkeit von Hunden voraussetzt, der im Widerstreit zu meiner eigenen leidvollen Erfahrung steht«, schrieb E. C. Hedgecock nach Erscheinen des Buches 1985 in der Tribune, *»vermag die kenntnisreiche, gründliche und oft auch amüsante Darstellung des Autors selbst dem Besitzer eines modernen Hundes von Baskerville, der etwas Zeitungstraining dringend nötig hätte, neue Zuversicht zu geben.«*

Mr. Bennett war überdies ein leidenschaftlicher Esser. Selbst ein vollendeter Koch, war er ein Gourmet von allumfassenden Vorlieben, dessen Liebe zur Kochkunst, der großen wie der einfachen, sich in seinem ausladenden Leibesumfang widerspiegelte.

Er hinterläßt seine Eltern, Stuart und Betty Bennett, in Secaucus, New Jersey.

Das war's. Wie ein Mann, der eine solide Lebensversicherung abgeschlossen hat, hatte Burl das Gefühl, daß eine Last von seiner Seele genommen war. Er war auch bald davon überzeugt, daß er keine Minute zu früh fertiggeworden war. Eines Abends, als viel zu tun war und er am laufenden Band wenig ausformulierte Todesmeldungen runterschrieb (in einer solchen Nacht zu sterben war keine gute Idee), begann Burl sich schwindlig zu fühlen. Das letzte, woran er sich erinnerte, war das Bild eines vorwärtstaumelnden Schlittenhundes, der Schnee von Pfotenspuren zerfurcht und blutbefleckt, bis das Vieh schließlich in seiner Spur zusammenbricht. Dann wurde alles schwarz, und Burl landete krachend auf dem

Boden, seine linke Seite schlug irgendwo an, so daß er sich den Arm verrenkte und eine Schramme an der Hüfte holte. Danach war das Elend nicht mehr von langer Dauer. Um dreiundfünfzig Pfund abgemagert, fing er wieder an zu essen.

Er legte Gewicht zu wie ein wandelnder Magnet inmitten von Konservendosen. Burl sagte es Norma nicht sofort. Statt dessen ging er ihr aus dem Weg, und sie in ihrem Wirrwarr von Schuldgefühlen, Mitleid und Unschlüssigkeit hielt still. Zwischen ihnen entstand Furcht. Burl lebte in ständiger Angst vor einer zufälligen Begegnung; es war ihm schrecklich, an sie zu denken, und doch sah er überall etwas, das an sie erinnerte. Eine kurze Meldung über den Verkauf eines Rembrandts bezog sich irgendwie auf ihre holländischen Wurzeln. Eine Schauspielerin in einem Werbespot sah aus wie sie. Die Montecillo-Riserva-Flaschen in seinem Küchenschrank zeugten beredt von ihren gemeinsamen Abendessen.

Schließlich kam Norma eines Tages früher zur Arbeit und schaute in seinem Büro vorbei. Burl war verlegen, aber froh, und sie flirtete mit ihm, um ihm zu zeigen, daß sie ihn immer noch mochte. Sie sagten, daß sie einander vermißt hatten, und Burl bekam einen Klumpen im Hals. Später schickte er ihr eine Nachricht, in der stand, daß er immer noch versuchte abzunehmen, daß er aber wieder aß. »Vom Fasten krieg ich Zuständer«, tippte er zur Erklärung und bewies damit, daß es keine Zufälle gibt. »bin froh daß du aufgehört hast zu gefährlich«, antwortete Norma. Sie gingen zusammen zu einem leichten Essen aus, was zu ihrem neuen Ritual wurde, und danach begleitete Burl sie nach Hause, stets ein bißchen nervös oder irgendwie distanziert, selbst direkt neben ihr. Sie versäumte es nie, ihn noch hereinzubitten, und er versäumte es nie abzulehnen; er eilte in die Dunkelheit davon, leichteren Schritts und leichteren Herzens, sowie er weg war. Ihre Ausflüge endeten früh, und es war immer noch Zeit für einen Abstecher zu Sal oder dem kleinen mexikanischen Imbiß, und dann ging's nach Hause, wo er sich gänzlich und in Frieden sättigen konnte, ohne daß irgendwer zusah.

Das Leben nahm wieder seinen gewohnten Gang, obwohl Burl oft an seine Nacht mit Norma dachte und sie zu sehen manchmal fast über seine Kräfte ging. Immer noch neununddreißig Pfund leichter, versuchte er sein Gewicht im großen und ganzen zu halten. Wenn er heimlich sein Spiegelbild in Auslagenscheiben betrachtete, fand er, daß er fast ganz gut aussah, und er erwog die Anschaffung eines Spiegels für zu Hause. Aber die Imbißbuden und Restaurants von Brooklyn feierten seine Wiederkehr und gingen daran, ihn aufzufüttern wie einen Sohn des Viertels, der ein Jahr Kriegsgefangenschaft überlebt hat.

»He, du solltest 'n bißchen was zulegen, hm? Neununddreißig ist keine gute Zahl.«

»Wirklich?«

»Sicher, drei mal dreizehn, das is nich' gut.«

»Ach, Sally, ich hab dich vermißt. Du erinnerst mich an jemand, einen Dichter.«

Sal runzelte die Stirn und schüttelte den Kopf.

»Er sagt über Typen wie mich: ›Das Grab gähnt dir entgegen, dreimal so breit wie andren Männern.‹ Sieh mal, dreizehn würde für mich sowieso nicht reichen. Ich brauch die ganzen neununddreißig, wenn ich wirklich Pech haben soll.«

Sally lächelte höflich und winkte mit mehlbestäubter Hand ab.

»Also, wie wär's heut mal mit Sardellen, Mr. B.?«

»Brot und Fische. Warum nicht. Fischöl soll gesund sein.«

Er hatte eine Zeitlang nichts mehr von der Polizei gehört, und nun, da er wieder aß, fing er an, die ganze Sache zu vergessen – Louie hatte schon recht, wozu sich in eine Privatsache einmischen? –, als Shields anrief. Er klang vergnügt. Burl war am Arbeiten; er erledigte eben einen »konzessionierten Bestattungsunternehmer« (die Zeitung war versessen auf derlei Referenzen), der zudem ein »langjähriger Aktivist der Demokratischen Partei« aus Queens gewesen war.

»Wir haben von seinem Anwalt gehört.«

»Wessen Anwalt?« fragte Burl geistesabwesend.

»Was machst du, schreibst du mit?« Shields konnte das Tastenklicken von Burls Tipperei hören.

»Ich schreib nur noch diesen Absatz zu Ende. Bleib 'ne Sekunde dran ...«

Burl drückte die Speichertaste.

»Fertig. Also, wo waren wir? Wessen Anwalt?«

»Der von Implamenti, okay? Wir haben heute morgen von ihm gehört, er sagt, sein Klient sei geschäftlich unterwegs gewesen und wolle jetzt wissen, was dieses Zeug soll, das er in der Zeitung gelesen hat.«

»Und, was heißt das nun?«

»Das heißt, er kommt wieder. Er nimmt nicht auf Dauer Reißaus vor uns. Du kriegst deine Chance.«

»Heißt das, er glaubt, daß du nichts in der Hand hast?«

»Nein, sein Anwalt ist 'n schlaues Kerlchen, der Staatsanwalt muß Klartext mit ihm geredet haben, hat ihn wissen lassen, daß sein Klient vors Geschworenengericht muß.«

»Und ich wohl auch, vermute ich.«

»Darauf kannst du wetten.«

»Das ist es, was mir Sorgen macht. Ich sage womöglich aus, und er kommt trotzdem davon. Dann wär ich wirklich im Schlamassel.«

»Du sagst aus, und Implamenti geht den Bach runter. Dann kriegen wir Joey.«

»Aber ich dachte, diese Jungs verpfeifen sich gegenseitig nie. Was ist mit dem Schweigekodex?«

»Wirst schon sehen, mein Dicker. Ich bin wie Nelson Eddy. Ich krieg meinen Mann immer.«

»Eher wie Dudley Do-Right. Muß ich mich immer noch irgendwie vorsehen?«

»Nee, kein Mensch wird dich belästigen. Aber sag mal: Ist in letzter Zeit irgendwas Unübliches vorgefallen? Was Merkwürdiges, Außergewöhnliches?«

»Ich hab neununddreißig Pfund abgenommen.«

»Machst du Witze? Du und Diät?«

»Nicht mehr. Neununddreißig, das war's.«

»Großer Gott, Burl, das sind ja ganz schön viele Pfunde. Aber es sind ja noch 'ne Menge übrig, oder?«

»Dir entgeht aber auch nichts, Greifer. Ich muß laufen.«

»Das möcht ich sehen.«

»Nun hör dir mal diese Vorurteile an.« Burl versuchte einen gekränkten Ton anzuschlagen. »Und das von einem Schwarzen. Schleppst du 'n Ghettoblaster mit dir rum? Biete ich dir Wassermelonen an?«

»Nein, du wohnst bloß in 'nem Weißenghetto, wo sie mich schon hochnehmen würden, wenn ich bloß auf der Straße gehe. Hör mal, Mann, du bist der Heilige, nicht ich. Schwarze Märtyrer haben wir schon genug.«

Im Januar erschien Burl vor dem Geschworenengericht, nachdem erklärt worden war, daß die Aussage eines Tatzeugen für die Anklageerhebung wegen Mordes unerläßlich sei. Die Luft war abgestanden, und die schweren Stühle aus diesem glänzenden gebogenen Holz erinnerten Burl immer an alte Bibliotheken oder die Büros von Privatdetektiven im Film noir. Burls Auftritt war kurz und präzise. Er sagte darüber aus, wo er am Abend der Morde gewesen, wieso er zufällig in diesem Moment in das Restaurant gestolpert war (»Ich war hungrig«) und was er gesehen hatte. Dann identifizierte er auf drei von vier vorgelegten Fotos den Mann, den er das Restaurant hatte verlassen sehen. »Fürs Protokoll: Der Zeuge identifiziert einen gewissen Gianni Salvatore Implamenti«, sagte die junge Staatsanwältin in einem typisch New Yorker Tonfall. Ein Schmelztiegel, diese Hafenstadt. Für sein wachsames Ohr klang ihr Akzent katholisch, möglicherweise italienisch, mit Sicherheit nicht jüdisch und wohl auch nicht irisch. »Wohnhaft, soweit bekannt, in der 79sten Straße Ost 300 im Bezirk New York.« Gegen die bunt zusammengewürfelten Geschworenen in Räuberzivil, eine Ansammlung von zwangsverpflichteten New Yorkern, matt wie Moskowiten im Winter, wirkte sie in ihrem austerngrauen Kleid mit dazupassenden Pumps überlebensgroß; das gesprayte Haar legte sich ihr ums Gesicht, ihre Wangenknochen waren durch sorgfältige Schattierung betont, die Lippen glänzend geschminkt. Auf so engem Raum war das leise Rascheln ihrer Bewegungen zu hören. Sie war Anwältin und ein Justizorgan, doch sie fand es auch nötig, morgens anderthalb Stunden darauf zu verwenden, sich so zurechtzumachen, denn ein Abschluß von der örtlichen Universität und die eigene Courage vor Gericht waren nur ein dünner Firnis auf schwer ausrottbaren alten Gewohnheiten. Er sah einen großen Diamanten an ihrer linken Hand und wußte, daß sie und ihr Mann in einem Wohnbezirk auf Long Island lebten, in einem Haus, das so alt war wie sie selbst, und daß es gut war so. Warum sollte sie sich für ihre Ambitionen entschuldigen? Der Gedanke an sie in einem solchen Haus – Sofabezüge aus haitischer Baumwolle, pastellfabene Teppiche, die Schienbeinschrammen des jungen Paares von den übersehenen Ecken des gläsernen Couchtisches – erfüllte Burl mit Verwunderung und Neid. Was sonst heißt menschlich sein, wenn nicht spießige Ambitionen haben? Alle Sehnsüchte schienen Burl vorbestimmt zu sein wie sein eigenes Verlangen nach Lasagne oder Pasta Puttanesca, und in dieser Hinsicht konnten nicht mal die Gertenschlanken ihrem irdischen Geschick entgehen.

Es fiel ihm schwer zu atmen. Er wachte desorientiert auf und wälzte sich in dem überbreiten Bett herum, das den Großteil des stickigen Zimmers einnahm, bis er vorsichtig den Knopf drehte und die Lampe auf der niedrigsten der drei Helligkeitsstufen anschaltete. Man konnte die Stickigkeit im Raum fast sehen. Vielleicht hatte er zu spät noch getrunken. Nach einem bestimmten Zeitpunkt am Abend genossen, hatte Alkohol die Tendenz, Burls Schlaf zu stören, ihn zu unchristlichen Zeiten aufwachen zu lassen und den ganzen nächsten Tag seine Konzentration zu ruinieren, die Schreibausbeute eines Vormittags zunichte und ihn bei der Arbeit reizbar und fahrig zu machen. Laß bloß Margaret Thatcher keinen Abgang aus diesem Jammertal machen, ohne daß ich meinen Nachtschlaf gehabt habe, dachte er. Bloß keinen Schlummertrunk am Abend, bevor DiMaggio stirbt.

Er langte nach einer Zeitschrift und legte sich im Bett zurück; er dachte daran zu lesen, bis er wieder einschlief, merkte aber sofort, daß das vergeblich sein würde. Sein Magen machte Geräusche, und er verspürte eine brennende innere Leere. Es war nicht zu leugnen: Er hatte Hunger.

Das war ein ziemlich chronischer Zustand seit derdemütigenden Diät, durch die er Normas Hand dann doch nicht gewonnen hatte. Solche Diäten gewöhnten den Körper ans Hungern, das wußte Burl, und wenn dann wieder Nahrung zur Verfügung stand, neigte man dazu, Kalorien zu speichern wie ein Bär vor dem Winterschlaf. Er hatte sich gestattet, in Restaurants zum Altgewohnten zurückzukehren. Er bestellte wieder zwei Hauptspeisen hintereinander: sämige Carbonara mit viel Pancetta und Erbsen, danach Hühnchen à la française, ganz pikante Schärfe mit Fleisch, gefolgt von einem Caesar's Salad mit reichlich Sardellen. An diesem Abend hatte er in einem seiner Lieblingslokale nahe der Redaktion vier Vorspeisen verdrückt: Gnocchi mit Froschschenkeln und Knoblauch, Wachtel-Risotto, sautierte Muscheln mit Trüffeln und zur Krönung Austern und Spargel in Champagnersauce, angerichtet mit einem Häufchen glitzerndem Lachskaviar in der Mitte. Oh! Beim ersten Bissen war er den Tränen nahe. In einem Anfall von reuigem Verzicht ließ Burl den Nachtisch aus, eigentlich aber aus Respekt vor den Austern; also nahm er zum Abschluß ein Glas Sauterne und ließ ein zweites mit besten Empfehlungen dem Küchenchef bringen.

Jetzt war es halb fünf Uhr morgens, und er war schon wieder hungrig, hungrig und niedergedrückt von der abgestandenen Luft in seinem Schlafzimmer. Daß es mitten in der Nacht war, war Burl völlig egal, und sein Hunger war groß, hartnäckig, nicht zu unterdrücken. Er zwang ihn aufzustehen. Er zog sich rasch an, voller Verdruß über die Stille und Einsamkeit um diese Zeit und mit einem Gefühl des Schmuddelig- und Unrasiert- und Ungewaschenseins, das zu dem selbstbefleckerischen Ruch dieser schuldhaften Lust paßte, der er zu frönen gedachte. Er war wie jemand, der etwas tat, von dem er nie zugeben würde – niemandem gegenüber –, daß es ihm Spaß machte, wie eine heimliche sexuelle Handlung oder ein anderes peinliches Gelüst. Als er nach unten stolperte, spähte er durch ein Fenster im Treppenhaus und blieb stehen. Sein Auto war nicht sehr gut zu sehen, aber irgend etwas an dem alten Checker war seltsam. Burl schaute noch mal hin und sah, daß die Motorhaube offenstand.

Diese Scheißstadt, dachte er. Er begann, die Treppe hinunterzurennen, und schwor sich mit der über Jahre angestauten Wut über ausgebaute Radios, gestohlene Batterien und abgebrochene Antennen, den Dieb zu erwürgen. Einmal hatte einer das Auspuffrohr aufgesägt und den Schalldämpfer gestohlen. Doch noch ehe er draußen war, hielt Burl inne. Würde so jemand nicht bewaffnet sein? Sollte nicht auch Burl sich bewaffnen? Er hatte ein Stück Stahlrohr von einem Staubsauger, aber das bewahrte er im Auto auf. Er drehte um. Oben war noch ein alter Softball-Schläger, und dann könnte er auch noch die Polizei rufen. Wer weiß, der Kerl könnte ein Messer haben, einen Komplizen. Was für ein Ort. Man mußte Angst haben, daß ein mieser kleiner Auto-Einbrecher eine Kanone hatte.

»Sagen Sie ihnen, sie sollen keine Sirene benutzen«, warnte er am Telefon, wobei er aus dem Küchenfenster spähte und eine Scheibe Weißbrot mit Mayonnaise mampfte. »Ich will den Kerl haben.«

Ungeduldig schlich Burl wieder nach unten, sachte auftretend und versuchend, seinen Atem unter Kontrolle zu halten. Er war mit einem Schläger bewaffnet, der für ihn leicht war wie ein eingerollter Regenschirm. Als er durch die Glastür am Eingang spähte, war das Auto zu sehen, nicht aber der Dieb. Er konnte irgendwo sein, dachte Burl. Auf der Straße war es dunkel, aber an den Ecken an beiden Enden des Blocks waren Natriumdampflampen, die es fast taghell scheinen ließen. Kein Mond am Himmel.

Die Explosion kam als plötzlicher stechender Glasregen. Es war ein kurzer Knall, erschreckend, aber rasch vorüber, als Lärm kaum wahrnehmbar dafür, wie die Scheiben der Tür Burl entgegenbarsten und mit dem Geräusch herabfallender Perlen um ihn herum niederprasselten. Er stand wie angewurzelt da, und während er merkte, daß seine Hände und Kleider - und sein Gesicht! - mit winzigen Glassplittern wie mit Akupunkturnadeln übersät waren, sah er die in die Luft gesprengte Motorhaube mit einem schrecklich dröhnenden Scheppern zu Boden krachen, das von den Häuserfronten widerhallte. Ein, zwei Sekunden später ging in einer Wohnung gegenüber ein einzelnes Licht an.

Auf knirschende Scherben tretend, stieß Burl die Tür auf und sah sich mit einer rasenden Wut im Bauch um. Sein Herz pochte so heftig, daß es seinen ganzen Körper durchschüttelte. Er fühlte sich naß und sah, daß von dem Schlägergriff unter seinen Händen Blut tropfte. Er zog ein paar Splitter heraus und merkte, daß er auch Blut schmeckte, seinen Eisengeruch witterte. Sein Gesicht war ein Schlachtfeld. Burl bot einen furchterregenden Anblick, ein blutverschmierter, knüppelschwingender Riese, der nach seiner Glasdusche im grellgelben Lichtschein der Straßenlaternen glitzerte wie ein makabrer, aufgedunsener Elvis, wie ein riesiger Liberace, auferstanden von den Toten.

»Fallenlassen«, verlangten die Polizisten, als sie mit quietschenden Reifen eintrafen; ihre Ankunft hatte sich durch Sirenengeheul angekündigt, das bis Neuengland zu hören gewesen sein mußte. Beide Beamten hatten die Waffe gezogen.

Bis dahin war der Checker nur mehr ein verkohltes Wrack. Burl kam gerade noch rechtzeitig, um im Motorraum und im Wageninneren ein Feuer flackern zu sehen. Der Lack warf Blasen und wurde schwarz, die Polsterung verschmorte, und das Armaturenbrett war auseinandergebrochen. Im Wagen hingen Drähte wirr in alle Richtungen, und wo die Sitze gewesen waren, waren da und dort rostig aussehende Federn bloßgelegt. Noch mehr Glas unter seinen großen, breiten Füßen zermahlend, sah Burl durchs Beifahrerfenster auf dem Boden ein paar daliesk zerschmolzene Musikkassetten. Als Wrack wirkte der Wagen viel größer als früher, und die Weiterungen seiner Zerstörung schienen sich ringsum auszubreiten. Die Haube war, als sie weggesprengt wurde, auf ein anderes Auto geprallt, dessen Dach schlimm geknickt war. Da war es freilich nicht allein.

Als die ersten Polizisten am Tatort begriffen, daß Burl das Opfer war, zeigten sie sich beeindruckt von der Verwüstung und gaben sich fürsorglich, obwohl sie trotzdem Führerschein und Zulassung sehen wollten. Sie funkten nach einem Krankenwagen, der im Nu da war, und dann riefen sie das Bombenkommando. Der Lkw, der schließlich kam, sah aus wie ein gigantischer Einkaufskorb, lackiert in einer Art Militärgrün, nur ein paar Schattierungen heller als Schwarz. Zwei Männer in Polizei-Schutzkleidung stiegen aus und verschafften sich mit einstudierter Lässigkeit einen Überblick über die Lage. Sie guckten in den Wagen, stocherten da und dort herum und fuhren schließlich wieder ab; bis dahin hatte der erste Anflug von Morgenlicht den Himmel grau gefärbt, und Shields erschien am Tatort. War der Morgen so kalt, wie sein Frösteln vermuten ließ? Burl, dem normalerweise heiß war, fiel es immer schwer zu beurteilen, wie das Wetter für andere war.

»Ganz schön aufregend, was?« sagte Burl, während ein paar Sanitäter mit Pinzetten und Verbandmull an ihm rumarbeiteten. »Ich wollte mich immer schon mal wie ein gesuchter Mann fühlen. Das ist wie der alte chinesische Fluch: ›Mögen alle deine Wünsche in Erfüllung gehen.‹«

»Siezen Sie stiel«, sagte einer der Sanitäter mit gurrendem Akzent. Er war dunkelhäutig, mit Turban und schwarzem Bart, und Burl begriff, daß der Mann ein Sikh sein mußte. Stillsitzen, meinte er. Sitzen Sie still.

»Fällt dir sonst noch wer ein?« fragte Shields.

»Ich seh schon, du setzt mir immer noch Daumenschrauben an, damit ich aussage.«

»Du bist ein sturer Motherfucker, weißt du?«

»Wo habt ihr Jungs bloß diesen ödipalen Scheiß her? Na jedenfalls, von dir hört sich's komisch an, zu angelesen oder so. Deine Aussprache ist zu akkurat.«

Shields setzte sich auf den Rand der Rollbahre, so gut das auf dem schmalen Streifen, den Burls Körperfülle übrigließ, ging. Ein Bild zuckte ihm durch den Kopf: sein Sohn, von tausend Splittern Glas durchbohrt, das Leben lief an tausend Stellen aus ihm heraus. Bei jedem sonst konnte Shields den Anblick von Blut ertragen.

»Hör mal. Dieses kleine Feuerwerk war eine Warnung, okay?«

»Und dafür schicken sie euch Typen auf die Polizeischule?«

»Ich mein's ernst, Burl. Der einzige Grund, weshalb es dich fast erwischt hat, ist, daß du 'ne Viertelstunde lang nichts gegessen hattest und zum Proviantholen rausgegangen bist. Aber es zu ignorieren hat keinen Sinn. Ich setz ein paar Leute auf dich an, wir bringen dich überallhin, wo du hinwillst, was auch immer. Mach dir keine Gedanken, okay?«

»Sollen die auf ewig bei mir bleiben? Lebenslänglich Polizeischutz?«

»Von acht bis vier, den ganzen Prozeß hindurch.«

»Acht bis vier?«

»Schreib 'nen Artikel drüber. Das Budget ist so knapp, daß nur eine Schicht drin ist.«

»Wozu dann überhaupt? Wenn mich wirklich wer tot sehen will, finden sie jemand, der auch nachts arbeitet. Und was ist nach dem Prozeß? Ich meine, die würden mich lieber vorher umbringen, damit ich nicht aussagen kann, aber wenn nötig, bringen sie mich auch nachher um, richtig? Das wär zumindest ein Exempel.«

»Okay, sieh mal. Zieh einfach mal aus deiner Wohnung aus. Okay? Gibt's was, wo du bleiben kannst, vielleicht irgendwo außerhalb der Stadt?«

Burl überlegte. All das war auf seltsame Weise lustig, als wäre man ein jüngerer und dünnerer Reporter auf der Jagd nach einer

Story. Amerikanische Journalisten, die im Lande arbeiteten, waren selten in persönlicher Gefahr; allerdings gehörte auch nur wenigen von ihnen ein Restaurant wie das Gardenia's. Doch die Aussicht, aus der eigenen Wohnung zu müssen, war keine sehr fröhliche.

»Wie lange, glaubst du, wird das dauern?«

»'n paar Monate, allerhöchstens«, sagte Shields. »Keine große Sache.«

Das Unterkommen war ein Problem. Die meisten Freunde von Burl waren verheiratet und nicht in Stimmung für einen Dauergast im Haus – schon ein längeres Telefonat kam einem bei ihnen wie eine Aufdringlichkeit vor –, und Norma kam ganz sicher nicht in Frage. Hotels waren zu teuer. Burl bezog ein anständiges Gehalt und hatte durch das Bücherschreiben ein bescheidenes zweites Einkommen, doch seine Finanzen waren ein ständiges Chaos, und er lebte ewig an der Kippe. Er war ein hemmungsloser Benutzer von Kreditkarten, ein Dandy, wenn es um Kleidung ging, und Gourmet ebensosehr wie Gourmand, was zu enorm hohen Essens- und Weinrechnungen führte. Seine Schränke waren voll von feinen Wollanzügen für jede Jahreszeit und in jeder Größe – die Folge seiner Gewichtsschwankungen. Er besaß drei Smokings, neun Paar Schuhe. Das meiste von seiner Garderobe war nach Maß gefertigt. Selbst seine Socken und Unterwäsche waren teuer. Die Vorstellung eines schmuddeligen Fettsacks war ihm zuwider, daher war Burl sehr pingelig in bezug auf seine Person, und seine Rechnungen für die Reinigung waren horrend. Autoversicherung, Parkgebühren, Miete, alles war eine Belastung. Dazu war er immer mit den Steuern im Rückstand; weder von seiner Gewinnbeteiligung am Restaurant noch von seinen Buchvorschüssen wurde dafür etwas zurückgelegt, und beides war gewöhnlich zum größten Teil ausgegeben, lang ehe es verdient war. In seiner Wohnung waren stets gute Weine, Cognac, Bier, Käse, Aufschnitt, Fertiggerichte aus den vielsprachigen Läden im Viertel eingelagert. Mangel in jedweder Gestalt war Burl zuwider. Er hatte routinemäßig ein- oder zweitausend Dollar in seiner Gesäßtasche dabei, einfach so als Taschengeld, und im Jackett einen Haufen Dollarmünzen für Bettler und Penner. Allein auf dem Weg vom und zum Auto gab er fünfzig Dollar die Woche aus.

Aber irgendwo mußte er hin.

KAPITEL 7

AUF DEM WEG NACH NEW JERSEY stellte Burl fest, daß er übermäßig oft in Rück- und Seitenspiegel blickte, während er die alte Karre durch den Verkehr lavierte. Die Polizei hatte ihn samt ein paar Habseligkeiten in einen Streifenwagen gepackt und das Ganze dann zu - wie Shields es stolz präsentierte - Burls neuem Auto verfrachtet. Es war keine reine Wohltat. Das Dezernat hatte einen wind- und wettergebeizten olivgrünen Dodge von unbestimmtem Baujahr und nicht ausforschbarem Kennzeichen organisiert. Er war gratis, aber eng. Und er trug wenig zu Burls Beruhigung bei. Auf der Schnellstraße in Brooklyn fuhr er geistesabwesend, zügig, aber nicht ganz zielstrebig, so daß er sich öfter dabei ertappte, daß er über Leitlinien hinausgeriet oder Abzweigungen beinah verpaßte. In Lower Manhattan war er aufmerksamer, obwohl man kaum sagen kann, daß er das Chaos auf den Straßen wahrnahm. Es ging zäh voran, wie beim Waten durch einen Sumpf oder beim Bücherschreiben. Das Verkehrsgewirr ließ an eine Art Naturkatastrophe denken. Zerbeulte Rostlauben mit »Kein Radio«-Schildern drin standen in zweiter Reihe neben Hydranten geparkt, sogar direkt neben legalen Parkplätzen, und andere Autos standen in dritter Reihe daneben, bis die Kolonne auf Straßen dahinkriechen mußte, die durch diese schleichende Verkehrsadernverengung auf eine oder zwei Fahrbahnen eingeengt waren. Burl kämpfte sich durch einen Hinderniskurs aus Lieferwagen, kreuz und quer haltenden Taxis, Autolenkern, die, um ja keine grüne Ampel zu verpassen, Kreuzungen blockierten, sowie der allgemeinen Anhäufung von Egoismus, die die Stadt zur Qual machte. Was für eine Rücksichtslosigkeit. Die Autofahrer von New York lebten in einem Zustand von beständigem Ärger und Demütigung, ratlos vor einer Welt unbegreiflicher Staus, kryptischer Verkehrszeichen und willkürlicher Stockungen, auch mitten in der Nacht. Wie Ratten, die scharfen und unvorhersagbaren elektrischen Schlägen ausgesetzt werden, waren sie schreckhaft, kampflustig, argwöhnisch. Schlimmer noch, sie konnten einem nicht ins Gesicht sehen. Auf gewisse Weise waren sie aus der Zivilisation ausgetreten und schämten sich dafür, mehr als alles andere.

Er fuhr auf der Hudson Street in Richtung Norden, quetschte sich an einem Rückstau vor dem Holland-Tunnel vorbei und fuhr dann die Eighth Avenue hinauf. In einer Schlange vor dem Lincoln-Tunnel, der ihn nach New Jersey führen würde, blieb er im Verkehr stecken. Weiter vorn stieg ein Lenker aus seinem Wagen, ging ein paar Schritte bis zur Tunneleinfahrt und entleerte an der Wand seine Blase. Er schüttelte sorgfältig die letzten Tröpfchen von seinem Penis ab und ging zurück zu seinem Auto. Schließlich kam der Verkehr wieder in Fluß. Burl fand, daß Wachsamkeit, wenn schon sonst nichts, wenigstens die bequemste Art war, sich keine Gedanken über sein Reiseziel zu machen, das – so viel wußte er – über ihn hereinbrechen würde, auch ohne daß er daran dachte. Er konnte den Ort im Schlaf finden, und genaugenommen tat er das auch oft und erwachte grummelnd aus einem Traum von dem höllischen Küchentisch, der kalt gegen die weichen Unterseiten seiner bloßen Arme drückte.

Die Bremsen des Dodge quietschten, und der Motor klopfte beim Anhalten und Wieder-Anfahren, als Burl unterwegs durch den smoggeschwängerten Tunnel war, der die Autos in einer Art Peristaltik durchschleuste, bis sie schließlich ins Licht hinauszockelten und beschleunigten vor Freude, daß nun der gesamte

Kontinent sich unschuldig vor ihnen ausbreitete. Auch Burl erlebte dieses Gefühl, wenngleich nur flüchtig, bis zur Abzweigung zum Wohnhaus seiner Eltern.

Er bog widerstrebend zur ihrer Wohnhausanlage ein, die mit kartesianischer Präzision in die Mitte eines großen Parkplatzes gesetzt war. Sogar im Sommer fegte der Wind durch die mickrigen Bäumchen und pflegeleichten Sträucher und rüttelte an den Oldsmobiles und Toyotas, die sich an den Boden klammerten wie Muscheln an einen Schiffsrumpf. Als er auf einen Besucherparkplatz fuhr, ließ Burls übergroßer Dodge beim Abstellen des Motors ein unziemliches Klappern hören. In der Reihe der akkurat abgestellten Kompaktwagen und mittelgroßen Limousinen sah er aus wie ein aufgeschossener Sitzenbleiber im Klassenzimmer.

»Willkommen zu Hause, Sohn«, sagte sein Vater und strahlte verdutzt. Er wirkte verlegen und hatte feuchte Augen.

»Schön, dich zu sehen, Burleigh«, setzte seine Mutter hinzu, als er mit dem Ritual des Schuhe-Ausziehens anfing, ehe er die verwinkelte Wohnung betrat. An diesem Morgen hatte Burl sehr darauf geachtet, daß er ein Paar Socken ohne Löcher erwischte. »Lehn dich nicht gegen die Wände, Schatz«, bat seine Mutter zuckersüß. »Du weißt ja, wie die hier sind.«

Es war, als würde man aus dem Flugzeug steigen und wäre unter lauter Japanern, einem properen, rigiden Inselvolk, hoffnungslos fremd. Und doch war er da und würde es, eine Weile, auch bleiben. Auf Drängen zweier ganz unterschiedlicher Stimmen – Norma, Shields –, deren Übereinstimmung zur Beunruhigung Anlaß geben mußte, hatte Burl vorübergehend bei den Eltern seinen Wohnsitz genommen und versuchte, ihre Zuflucht mit ihnen zu teilen, bis die Lage sich beruhigte. Gegen jeden Wunsch und jede Neigung bezog er ein heißes Zimmerchen im ersten Stock, vor seinem Fenster blinkten nachts die Lichter einer weit entfernten Überlandleitung.

Die Behausungen in der Wohnanlage seiner Eltern hatten alle eine einheitliche Raumaufteilung und waren in langen Reihen hingestellt, aber jede Einheit war anders als die benachbarten gestaltet, so daß ein Stadthaus im Tudorstil Wand an Wand mit Neogotik stand, gefolgt von einem Haus wie auf Cape Cod mit weißen Holzwänden und schwarzen Fensterläden, einem viktorianischen, bewehrt mit Zinnen und Ziergiebelchen, und einem geduckten kalifornischen Bungalow mit vorspringenden Dachbalken und dunklen Schindeln, das Ganze am Ende abgerundet durch eine, wie es aussah, nachgebaute russisch-orthodoxe Kirche, komplett mit zwiebelförmiger Kuppel. Da sie das Einfache bevorzugten, hatten Stu und Betty sich ein Haus im Kolonialstil ausgesucht, Pseudobackstein und Aluminium, eingezwängt zwischen einem kahlen Adobehaus à la New Mexico und einer reetgedeckten Hütte, die entfernt an die Cotswold Hills erinnerte. Das ganze Areal war aus altem Sumpfland gestampft, und am Rand des Asphalts stand immer noch das Schilf wie Getreide, weshalb der Erbauer auf den Namen »Council Bluffs« für die Siedlung verfallen war. Als der Komplex errichtet worden war, hatte die Aussicht tatsächlich grenzenlos gewirkt, sie reichte zumindest bis zu den weit entfernt aufragenden Palisades auf der einen Seite und der nächsten Kette von New Jersey-Hügeln auf der anderen, doch seit damals hatte die Erschließung das Marschland nach und nach aufgefüllt. Der Himmel war nachts immer noch riesig und leer, doch die niedrigen Industriegebäude und neueren Reihenhäuser, die angefangen hatten, die einsame Landschaft zu verstellen, ließen diese Neo-Einödsiedler sich mit einem Mal weniger abgeschieden und weniger glücklich fühlen. Ihre Einzigartigkeit verlor sich, und nach nur fünf Jahren fingen sie schon an, traurig von früher zu sprechen, bis eine weitere Schicht Nostalgie sich auf die Verlustgefühle gelegt hatte, die Flüchtlinge aus altmodischen Gemeinschaften in ihr Exil mitgebracht hatten.

Burls Besuch begann mit der üblichen förmlichen Zusammenkunft um einen Resopaltisch mit goldgesprenkelter Platte; sein Vater machte sich bei jeder Gelegenheit Umstände und seine

Mutter Sorgen um die Stühle. »Sitz gerade«, quengelte sie und klopfte ihrem Sohn auf den Rücken, als sei sie besorgt wegen seiner Haltung. Burl hatte die Versuche, im Wohnzimmer Platz zu nehmen, vor langem aufgegeben, und es wurde ihm auch nie mehr angetragen.

Stu und Betty waren stille Leute mit dünnen Lippen und heller Haut, deren standardmäßiger Gesichtsausdruck schmerzlich war, zumindest soweit sich ihr einziger Sohn erinnern konnte. Ehe Burls Vater anfing nachzulassen, hatten sie sehr auf sich gehalten; Bettys Haar war stets adrett zu kurzen, kessen Wellen frisiert gewesen und das von Stu sorgsam gestutzt und mit ein wenig Pomade säuberlich aus dem Gesicht gekämmt. Sie hatten beide helle, wäßrige Augen und hatten mit dem Alter außerhalb ihrer vier Wände eine gewisse Unsicherheit entwickelt. Stu war Vertreter für Installationsbedarf gewesen und hatte floriert, als in den Jahrzehnten nach dem Krieg die Wälder und Maisfelder von New Jersey zunehmend mit neuen Häusern verbaut worden waren. Es war schwer zu glauben, daß dies der Mann war, der sich als junger Marineinfantrist die Unterarme mit Ankern hatte tätowieren lassen, die sich wellten, wenn er die Fäuste ballte; der Mann, der in den Bunker gegangen war, weil er einen Unteroffizier zusammengeschlagen hatte; der Mann, der seine hübsche Frau gewann, indem er schwor, sie überallhin auf Händen zu tragen, und das auch tat, bis sie nachgab und ja sagte. Ein machtvoller Mann, der keinerlei Nichtachtung tolerierte, der seine Kleider ausfüllte und eine gewisse Würde hatte. Er hatte Schauspieler werden wollen, und noch in seinem Niedergang verbreitete er mehr die Aura des Tragöden als die echter Tragödie. Er war prosaisch geworden. Anstatt seine Dämonen zu vertreiben, verdünnte der Alkohol sie einfach, bis sie schließlich so verwässert waren, daß sie zu etwas anderem wurden.

Betty arbeitete bei einem Fußpfleger und hatte eine hygienische, wissenschaftliche Ausstrahlung, die zusammen mit ihrer schüchternen Ungebildetheit eine nette Mischung ergab.

»Hörst du je Rolly Richards im Radio?« fragte sie und legte vorsichtig die Hand auf Burls dicken Unterarm, der sein metallenes Uhrband so sehr dehnte, daß die Oberseite der Innenglieder zu sehen war. »Er ist ein ziemlich brillanter Mann, und er hatte einen Arzt in der Sendung - wie hieß der noch gleich, Stu? -, der sagte, der Grund, weshalb die meisten Menschen nicht abnehmen können, ist, daß sie zuwenig Dings haben ... oh, was war das noch mal? Ich hab's irgendwo aufgeschrieben ... Ketone. So heißen die. Ihre Ketone funktionieren nicht richtig, aber wenn sie eine Diät mit viel Zitronensäure und wenig Kohlehydraten einhalten, dann ...«

»Das hab ich verpaßt, Ma«, sagte Burl und sah zu seinem Vater. Man konnte jedes einzelne graue Haar ölig aus seiner Kopfhaut wachsen sehen.

»Zu schade, das mit dem Checker«, sagte Stu. »Ich hab die alte Karre gemocht. Die Ventile, was? Soll mein Mechaniker sich ihn mal ansehen?«

»Ich denke nein, Paps. Manchmal muß man einfach loslassen, du weißt, was ich meine?«

»Ruhe in Frieden, hä? Schon kapiert. Wo hast du die alte Mühle her?«

»Von einem Freund, für 'n Butterbrot.«

»Oh, Burl, stell dir vor, das alles passiert dir gleichzeitig, erst die Überschwemmung in deiner Wohnung, und dann verreckt dir urplötzlich das Auto«, sagte seine Mutter. »Und obendrein diese schreckliche Sache im Restaurant.«

»Ist das nicht unglaublich?« staunte Burl. »Wenn's kommt, dann kommt's gleich dicke, was? Knüppeldick.«

»Na ja, wenn das bedeutet, daß wir dich wieder eine Weile hier zu Hause haben, soll's uns recht sein«, sagte Stu.

»Richtig, fühl dich ganz wie zu Hause. Ich hab dir das freie Zimmer hergerichtet, und im Gästebad sind frische Handtücher. Wenn du Wattestäbchen oder sonst was brauchst, hol's dir aus dem Medizinschrank.«

»Und, wie macht sich dein Onkel Lou so?« fragte sein Vater in offenkundiger Hoffnung auf das Schlimmste.

Betty warf ihm einen scharfen Blick zu. Die beiden Schwager standen miteinander nicht auf allerbestem Fuß. Burls Vater war überzeugt, daß Lou das Restaurant mehr zu seinem eigenen Vorteil als dem der Eigentümer führte.

»Ganz gut«, sagte Burl vorsichtig. »Ich war seit damals nur 'n paarmal dort. Er hat zu viel zu tun, um zu schwatzen.«

»Du bist nach wie vor nicht bereit, den Laden zu verkaufen, oder?« erkundigte Stu sich vorwurfsvoll. »Ist das Essen wirklich so gut? Ich war seit Jahren nicht dort.«

Es fiel einem schwer zu glauben, daß er jemals dort gewesen war, aber Burl war der lebende Beweis dafür. Stu sagte gern, daß es wegen Kim Il Sung war. Dank Kim und Harry Truman verbrachten Stu Bennett und Gene Gardenia einen elenden Winter in Korea, wo – so hatte Burl die Geschichte gehört – sein Vater den verwundeten Landsmann in Sicherheit gebracht und einen Tag lang durch den Schnee zurück zu ihrer Einheit geschleppt hatte. Man mußte Gott danken, daß Gene bei den Marines abgespeckt hatte; als Zivilist war er immer rundlich gewesen, und nach dem Krieg kehrte er zu seiner ursprünglichen Form zurück, bis er schließlich zu einer Fülle aufschwoll, die der Burls nicht ganz unähnlich war. Stu schwor unterdessen, daß er den Mann nie habe leiden können, schon vor seinem koreanischen Heldenstück nicht, und Burl konnte sich das ganz gut vorstellen. Sein Vater hatte einfach getan, was er für das Richtige hielt, sich möglicherweise sogar an der eigenen Großtat berauscht und, während er dahinstapfte, gedacht, er würde eher verdammt sein wollen als aufgeben. Die ganze Zeit, erzählte Gene später, hatte Stu versucht, ihn aufzumuntern. Gardenia und seine Familie waren nicht die Leute, die eine so außergewöhnliche gute Tat vergessen hätten, und als der Krieg vorbei war, adoptierten sie Stu praktisch. Er behauptete zwar, er sei ihren Dankesbezeugungen aus dem Weg gegangen, wann immer er konnte, aber das Restaurant der Familie war gut und das Essen billig, also ging er hin. Schließlich übernahm Gene das Lokal und wurde, als Burl zur Welt kam, eine Art Onkel für ihn, der stets ein feines Essen oder einen schlechten Rat parat hatte, ganz zu schweigen von einem bißchen Geld, wann immer Burl welches brauchte. Für einen Freund der Familie war er ein bißchen zu herzlich, fast schon aufdringlich, aber er hatte immer Zeit für den Jungen von Stu und Betty. Außerdem hatten Burl und Gene eine große Gemeinsamkeit: ihr Gewicht. Gene war dick gewesen, solange Burl sich an ihn erinnern konnte, und war ihm trotz all seiner Überschwenglichkeit im Restaurant immer einsam erschienen. Er ging spät eine unglückliche Ehe ein und starb kinderlos, was, so wurde vermutet, auch sein überraschendes Testament erklärte – überraschend insbesondere, da Burl, als er älter wurde, weniger Zeit bei Onkel Gene verbrachte. Als Teenager fand er, daß Gene seine jugendliche Auflehnung ein bißchen zu bereitwillig unterstützte, was ihn die Lachhaftigkeit seines Aufbegehrens nur um so stärker spüren ließ. Und um die Wahrheit zu sagen, Burl war nicht gern mit dicken Menschen zusammen. Es war peinlich. Gene starb an einem Herzinfarkt, ehe Burl noch eine Chance hatte, sich ein erwachsenes Bild von ihm zu machen.

Aber daß er nicht die Art Mann gewesen war, die Stu gut leiden konnte, das sah Burl ein, wenn er versuchte, sich die beiden auf irgendeinem eisigen Schlachtfeld und danach im New York jener Jahre vorzustellen. Das erste Mal, daß Stu die Gastfreundschaft der Gardenias über sich hatte ergehen lassen, war zur Feier der wohlbehaltenen Rückkehr ihres einzigen Kindes gewesen, das, wäre Stu nicht gewesen, in einer Kiste wiedergekommen wäre, wenn überhaupt. Nicht, daß Stu sich auf der Party schlecht unterhalten hätte. An diesem Abend tanzte er mit so vielen hübschen Frauen, alles dunkelhaarige Verwandte, daß er sich bei keiner an den Namen erinnern konnte. Die einzige, an die er sich danach erinnerte, war die Kellnerin.

»Betty, sind Sie 'ne Spielerin? Wollen Sie bei mir was riskieren?«

Und das tat sie. Burls Bild vom New York jener Tage war schwarzweiß, wie auf Norman Parkinsons Foto von dem jungen Paar, das aufgeregt über die Brooklyn Bridge braust, ganz feine Wolle und Lächeln, die Gesichter leuchtend vor Nachkriegsoptimismus. Er versuchte sich seine Eltern in der Stadt Feiningers und LaGuardias vorzustellen, Automobile mit schwellenden Formen wie Nilpferde glitten die Straßen entlang, gemauerte Gebäude überall, die Glaskästen und die Gewalt sollten erst noch kommen.

»Wenigstens haben sie nicht den ganzen Laden kurz und klein geschossen«, sagte Betty. »Sein Geschäft läuft noch?«

»Sein Geschäft«, ätzte Stu.

»Ja, doch, ganz gut, glaub ich. Gut. Die Leute finden das Ganze aufregend.«

»Dein Onkel fällt doch immer auf die Füße«, sagte Stu kopfschüttelnd. »Mach dir um den mal keine Sorgen.«

»Du hast mit ihm geredet, nicht?« fragte Burl und hoffte, daß Lou sein Versprechen gehalten hatte, nichts auszuplaudern, was nicht schon in den Zeitungen gestanden hatte. Burl hatte ihm von der Sache mit dem Wagen und allem anderen erzählt.

»Gleich danach«, sagte Betty. »Ich hab mit deiner Tante Hattie gesprochen; die war ganz aus dem Häuschen und zu Tode verschreckt. Aber vergiß deinen Onkel. Du bist es, um den ich mir Sorgen mache, Burlie. Laß dich bloß nicht in solche Sachen hineinziehen. Es zahlt sich nicht aus.«

Burl schlürfte behutsam aus seiner Henkeltasse. Alles, was man hier zu sich nahm, wurde schuldbewußt verzehrt, selbst dieses Spülwasser, an sich schon eine Bußübung. Statt Cappuccino, für den er ansonsten eine Vorliebe hatte, mußte er hier Instantkaffee mit künstlichem Süßstoff und »milchfreiem Kaffeeweißer« trinken; sein Vater trank das Zeug schneidig aus einem pompösen deutschen Bierkrug, einem Souvenir aus leichtlebigeren Tagen.

»Du hast recht wegen Onkel Lou. Denk dran, das war kein Zufall. Ganz im Gegenteil.«

»Stimmt genau«, sagte sein Vater. »Ich kann mir schwer vorstellen, daß das einfach so bei Lou im Lokal passiert ist, aus heiterem Himmel.«

»Stu, um Gottes willen, mein Bruder mag ja so manches sein, aber ein Mörder ist er nicht ...«

»Niemand sagt, er ist ein Mörder ...«

»Ma, Ma. Kann ich noch etwas Kaffee haben?« fragte Burl.

»Ich hab noch 'n paar Extrapäckchen Süßstoff«, sagte sie und warf ihm ein paar von den kleinen rosa Rechtecken hin wie den Fehdehandschuh. »Die kannst du mit nach Hause nehmen, wenn du magst.«

»Eulen nach Athen, Ma.«

»Ich weiß, sie werden in Brooklyn erzeugt, das erzählst du mir immer. Nimm sie trotzdem.«

Burl fühlte sich schlecht. Selbst Gulliver hatte sich mit den Liliputanern arrangiert. Seine Eltern waren nicht klein, bloß normal groß. Seine Mutter hatte ein paar Pfund zugelegt, als sie älter wurde, und ging vielleicht mal ein bißchen rauf und dann wieder runter, je nachdem, ob sie »aufpaßte«, während sein Vater schrittweise einschrumpfte, wenn sein Trinken wieder mehr wurde und seine anderen Gründe zum Leben nicht. Zwischen den beiden schien etwas in der Luft zu liegen.

Mit Erleichterung sah Burl seinen Vater ein Spiel Karten hervorholen, sie beiläufig mischen und wortlos mit dem Austeilen beginnen. Betty stand auf und holte ein Schächtelchen Zahnstocher als Spielchips, und dann fingen sie an zu pokern. Als Burl sein Blatt aufnahm, paßte gar nichts zueinander, aber das war okay. Auf diese Weise konnten sie einen angenehmen Abend zu dritt verbringen; sein Vater hatte seiner Mutter das Spiel beigebracht, noch ehe Burl auf der Welt war, und für Burl war sein Geschick mit Karten ein Trostmittel gewesen, solange er zurückdenken konnte. Er war dankbar dafür wie für alles, was er von seinen Eltern gelernt hatte. Er nahm ein paar neue Karten auf, sortierte sie in der Hand und fühlte sich jetzt mehr zu Hause. Er erinnerte sich, wie seine Mutter ihm hartnäckig das Tippen beigebracht hatte, obwohl das angeblich nichts für Jungen war, weil es immer gut war, wenn man etwas konnte, und sein Vater das Klempnern und das Schießen, geduldig und ohne sich aufzuspielen, wie er das bei anderen Vätern gesehen hatte. Burl wußte diese Dinge zu schätzen; ihm war nie sehr wohl unter einer Küchenspüle, und darum machte er sich einen Stolz daraus, daß er mit einer Waffe umgehen konnte, eine Fertigkeit, die er sich über die Jahre erhalten hatte.

Beim Kartenspielen kamen sie alle drei gut miteinander aus, doch einzeln, am Telefon, erfuhr er mehr über seine Eltern. Er erfuhr beispielsweise, was es wirklich Neues gab, von seiner Mutter, die Weinflaschen halb mit Traubensaft und Wasser auffüllte, damit sein Vater nicht so viel trank, oder eine Dose Kaffee ausleerte und koffeinfreien nachfüllte, weil sie hoffte, daß es seinem Magen guttat und ihm half, besser zu schlafen. Das Wichtigste dabei war, meinte sie, daß »dein Vater es ja nicht sieht«.

Das Seltsame war, daß er, obwohl er bei seinen Eltern lebte, sie kaum je zu sehen bekam. Er arbeitete nachts und schlief morgens lang, so daß tagelang die einzigen Lebenszeichen von ihnen die Notizen waren, die seine Mutter ihm auf dem Küchentisch hinterließ. »Im Kühlschrank sind Äpfel«, schrieb sie etwa. »Iß was von dem Gelee, wenn's fest wird. Es ist kalorienarm.«

Burl begann sich zu fragen, wo seine Leute in Wirklichkeit lebten. Das Haus etwa war sauber bis zur Sterilität. Es gab nie eine Zeitung oder Illustrierte, kein Kleidungsstück oder aufgeschlagenes Buch, keinen stehengelassenen Teller, keinen Berg überreifes Obst, kein eingelegtes Fleisch, keinen blinkenden Anrufbeantworter, keine falsch zugestellte Post, keinen Bankauszug oder sonst ein Lebenszeichen, abgesehen von der Nachtbeleuchtung zweier Leutchen, die sich im Dunkeln fürchteten, und den überflüssigen Zettelchen mit Hinweisen auf Dinge im Kühlschrank. Und dann natürlich die Gelegenheiten, ein, zwei Mal die Woche, wenn Burl heimkam und seine Mutter beim Schlafwandeln durchs Haus ertappte.

Beim ersten Mal erschrak er tödlich. Es war spät, und er versuchte leise zu sein, was schwierig war für jemanden, der so schnaufte. Er schloß sachte die Tür auf, und das Herz blieb ihm stehen. Im Wohnzimmer war jemand, und einen Augenblick lang mußte er an das Gardenia's denken. Als seine Augen sich an die Dunkelheit gewöhnten, wurde er nach und nach einer seltsamen Erscheinung gewahr, murmelnd und staubwischend, mit raschen, eckigen Bewegungen. Zuerst war er sich nicht mal sicher, daß dieses Gespenst im Trikotnachthemd seine Mutter war. Es war, als sähe man einen Geist, die Spukgestalt eines lieben Verstorbenen. Sie wirkte wie besessen, wuselte und schusselte wie wild herum anstatt gemessen dahinzugleiten, wie er es von einem Schlafwandler oder einer Schattengestalt irgendwie erwartet hätte. Gelegentlich brach sie in ein heftiges Zucken oder Fuchteln aus. Manchmal schien sie etwas abzuwehren, ein andermal einen unsichtbaren Feind zu attackieren. Sein Vater beklagte sich seit Jahren über ihre Schlafwandlerei, aber Burl hatte es noch nie zuvor selbst erlebt. Später bemerkte er, daß ihre Arme und Beine voller blauroter Blutergüsse waren, und manchmal zerbrach sie auch Dinge.

»Dad, was sollen wir tun deswegen?«

»Du kannst gar nichts tun«, sagte Stu. »Ich hab's dir gesagt, sie macht das seit Jahren. Früher hab ich versucht, sie davon abzuhalten, aber die einzige Möglichkeit ist, selber die ganze Nacht aufzubleiben.«

»Tut sie sich nicht weh dabei?«

»Nee. Früher hab ich mir deswegen Sorgen gemacht, aber es ist eine komische Sache. Sie sieht, weißt du, was ich meine? Deshalb lassen wir auch nachts all die kleinen Lichter an. Sie holt sich blaue Flecke, weil sie sich so forsch bewegt.«

»Irgendwas muß ihr zu schaffen machen.«

»Der macht gar nichts zu schaffen. Es macht mir zu schaffen.«

Am schwierigsten waren die Wochenenden, weil da sowohl Burl als auch seine Eltern zu Hause waren. Er versuchte, Tag und

Nacht wegzubleiben und herumzufahren, aber das verschlimmerte nur sein Gefühl des Unbehaustseins, und er hatte in jedem Fall die Instruktion, Spaziergänge durch die Stadt zu unterlassen.

Burls Gewicht hatte Mahlzeiten seit eh und je zu einem Problem gemacht, und nun, da er wieder da war, ging die Pein weiter. Er war der einzige Dicke in der Familie, und seine Mutter betrachtete sein Gewicht als moralisches Versagen ihrerseits. Jedes Pfund war ein Zeichen ihrer Unzulänglichkeit, jede volle Gabel ein Dolchstoß ins Herz. Ihn so in die Welt hinauszuschicken war eine Kundmachung ihrer Unwürdigkeit. Dennoch war es für Burl zugleich ge- und verboten, ihre wenig schmackhafte Kost zu essen; Betty konnte nicht dabei zusehen, wie er sich Kalorien zuführte, und war doch enttäuscht, wenn er die kleinen Portionen, die sie ihm vorsetzte, nicht aufaß, und gekränkt, wenn er überhaupt nicht da war.

»Nimm dir noch Salat«, drängte sie ihn und schob ihm die Schüssel zu. »Ich hab für dich ein Weight-Watchers-Dressing drangemacht.«

Diese Mahlzeiten versetzten ihn zurück. Als Kind war Burl bloß mollig gewesen, ein schwermütiger, empfindlicher Junge, gedrückt und die meiste Zeit allein, bei warmem Wetter in einem gestreiften Polohemd, das über Brust und Bauch spannte. Essen war bereits zu einer verbotenen Frucht geworden, dunkel und folgenschwer, der Gegenstand von Vorwänden und Ausflüchten. Seine Mutter versteckte es vor ihm. Seine Eltern sprachen nur verstohlen davon, mieden das Thema oder, als er noch klein war, buchstabierten es wie den Namen eines Gottes, den man nicht im Ganzen nennen darf. »E-i-s-k-r-e-m«, skandierten sie. Oder wenn sie ihm sagten, sie würden das Abendessen ausfallen lassen, erklärten sie sich gegenseitig: »Wir e-s-s-e-n s-p-ä-t-e-r, wenn er i-m B-e-t-t i-s-t.« Doch er fand immer wieder Ausreden, um aufzustehen und reinzuplatzen, auch wenn es ihm verboten worden war; und er begann sich vorzustellen, daß sie immer, wenn er nicht dabei war, aßen, besonders hinter ihrer verschlossenen

Schlafzimmertür, und daß Brathühnchen oder ein feiner Biskuitkuchen der Grund für ihr unterdrücktes Stöhnen war.

Als er etwas älter wurde, begann das mit den Amphetaminen. Burls Mutter brachte ihn zu einem Arzt, der sie ihm verschrieb; ein Mann, von dem sie durch einen Kunden in der Fußpflege-Praxis gehört hatte. Sie halfen; Burls Gewicht blieb unten, solange er sie nahm, aber er konnte sie nie lang einnehmen. Manchmal bekam er Herzrasen davon, und nach einer Weile schien er noch gedrückter als sonst zu werden, und auch lethargischer. Sein Blutdruck schoß in die Höhe. Schließlich wurden die Pillen abgesetzt. Es schien keine andere Möglichkeit zu geben als Diät. Burl verlebte Jahre in großem, nagendem Hunger, bis er als Halbwüchsiger mit mehr Gelegenheiten zur Selbstverpflegung sich gleichermaßen dem Essen und den Schuldgefühlen ergab. Er bezog furchtbaren Genuß aus einem heißen Knisch oder einer käsegefüllten Calzone, allein verzehrt an irgendeinem Stehimbiß, dazu als Getränk eine gelbe oder orange zuckerige Brause, voller Glück hinuntergestürzt aus einem Pappbecher in einer Plastikhalterung von der Form eines Stundenglases. Doch Essen war nie ein ungetrübter Genuß, weil er es eigentlich nie hätte tun sollen, was die Befriedigung dabei zugleich erhöhte und zunichte machte, und damals wußte er auch schon, daß ein dicker Mensch nicht so erwünscht war wie andere, so daß er, wenn er aß, sich für die wachsende Pein seiner Isolation selbst die Schuld geben mußte.

Für andere den Kasper zu machen schien ihm als Teenager eine so leichte Art, Freunde zu gewinnen und Eindruck zu schinden, daß es für Burl zur Gewohnheit wurde, sich zu produzieren. Hauptsächlich machte er Eßkunststücke. Er lernte Bier in sich hineinzukübeln, schluckte Hot dogs im Ganzen, gleich aus der Packung, und konnte sich ein Dutzend Eier in den Mund stopfen, ohne eines davon zu zerbrechen (der Trick dabei war, die kleinen zu nehmen). Er war stolz auf seine Fähigkeit, ausgefallene Dinge zu essen: Eiscreme mit Senf, einen gehäuften Löffel Kaffeesatz, einen faustgroßen Batzen Schmalz. Sogar Burl wurde manchmal schlecht davon, aber er bezog ein perverses Vergnügen daraus, seine Sinne auf diese Weise abzutöten, als hätte er es kommen sehen. Natürlich machte er sich damit nicht wirklich Freunde. Manche Leute fanden es abstoßend. Andere wollten herausfinden, wie weit er gehen würde. Eines Tages auf der High-School schüttete Burl im Speisesaal für ein paar Mädchen päckchenweise Milch in sich hinein und aß noch irgendwelches verrückte Zeug, bis schließlich ein Typ ein Karamelbonbon zerkaute und in den Aschenbecher legte. »Friß das«, sagte er und blickte beifallheischend um sich. »Friß das, und ich geb dir fünf Dollar.« Burl befand, daß dies nicht der Stimmung des Augenblicks entsprach, und nach einem Moment der Scham - sich auf sein übertriebenes Gefühl für Würde verlassend, erwog er, einfach wegzugehen - drückte er den Hänsler mit dem Gesicht hinein. Er hatte schon lange zuvor die körperliche Kraft für sich entdeckt, die mit seinem Gewicht einherging, und wußte, daß die Welt nichts so sehr haßt wie einen fetten Schwächling.

Getrieben vom Bedürfnis, seine Willenskraft - eine andere Form von Stärke - unter Beweis zu stellen, erweiterte Burl sein Repertoire über Eßkunststücke hinaus auf Höchstleistungen in Selbstbeherrschung. Es war einfach eine Erweiterung seiner angeborenen Sturheit. Er forderte und schlug jeden, der da kam, bei Wettbewerben im Luftanhalten und konnte es auf Campingausflügen tagelang mit vollem Darm aushalten. Zu Hause übte er, das Fassungsvermögen seiner Blase zu stärken; jeder, der mit ihm zusammen ein paar Krüge Bier wegmachte, stellte rasch fest, daß Burl immer als letzter aufs Klo mußte. Und keiner konnte es länger aushalten, ohne zu zwinkern. Noch Jahre später, als er längst jede Hoffnung hatte fahrenlassen, durch Stärke an Liebreiz zu gewinnen, war dies das eine Kunststück, das er immer noch regelmäßig übte.

KAPITEL 8

DEN GANZEN TAG LANG BETETE BURL, daß niemand Wichtiger sterben möge, und am späten Nachmittag hatte es den Anschein, als hätte sein inbrünstiges Wünschen (denn das war das einzige Gebet, das er kannte) die Mächtigen noch eine kleine Weile länger vor der Vergänglichkeit beschirmt. Als es nicht so aussah, als würde noch etwas passieren, ging er früher von der Arbeit weg und fuhr durch den Verkehr nach Norden zu einem großen alten Haus in Riverdale. Es war eine Weile her, daß er diese Pilgerfahrt zuletzt gemacht hatte, genaugenommen im August; damals war es auf der Fahrt noch hell gewesen, und die Sonne stand niedrig über New Jersey, während er geduldig den Henry Hudson Parkway entlangzuckelte, auf dem in hektischer Huldigung an den Sommer aus jeder Fahrbahnritze Unkraut sprießte.

Diesmal war es finster. Wie jedesmal lag auf dem Sitz neben ihm eine große braune Lebensmitteltüte; normalerweise war sie vollgestopft, manchmal aber auch auf interessante Weise halbleer. Eine Tüte, so lautete die Regel. Wenn Burl ankam, war Frederics Haus immer luftig und goldgelb im Licht; in der Sommerdämmerung umschwirrten es Motten, die gegen die Fliegengitter anflogen, wie Funken eine Wunderkerze. Es war ein grauer Steinhaufen auf einem Hügel - mit Blick auf den Hudson -, der in der Mitte eines breiten braunen Rasenstücks aufragte. Die

Abendluft roch nach dem Fluß, vermischt mit den Abgasen von New York.

»Bonsoir, mon ami! Comment ça va?« Frederic begrüßte ihn mit einer theatralischen Umarmung. »Laß mal sehen, was du heute für mich mitgebracht hast.«

Frederic sprach Englisch auf diese französische Art, bei der alle Silben gleich stark betont wurden, abgesehen von einigen wichtigen Wörtern, die er falsch aussprach. Ein dunkler, gedrungener Mann mit unausrottbaren gallischen Bartstoppeln, der immer gleich wissen wollte, was in der Tüte war, damit er im Geist die Möglichkeiten durchgehen konnte, während Burl es sich bequem machte und über den Verkehr klagte.

Sie tranken ein Glas Wein zusammen und plauderten ein bißchen, und dann fingen sie an, wobei Burl auf einem unbequemen Küchenhocker kauerte und Frederic vor seinem riesigen Küchenherd rasch, wenn auch ungleichmäßig, auf und ab ging. Das war ihr Spiel. Am vereinbarten Tag erschien Burl abends um sieben mit einer Einkaufstüte. Frederic wußte im vorhinein nie, was drin war, mußte daraus aber ein Essen improvisieren. Er liebte es. Er sagte, er sei immer »gespannt wie ein Flitzebogen, *oui?*« Wenn Burl Grundzutaten mit reintun wollte, aber nicht zum Einkaufen kam, legte er einfach einen Zettel hinein, auf dem »Mehl« oder »Rahm« stand, oder im mindesten Fall »Butter«, und Frederic griff auf seine eigenen, scheinbar unerschöpflichen Vorräte zurück.

In Gastronomenkreisen war Frederic eine Berühmtheit. Mit einer manischen Leidenschaft, die durch die leichte Behinderung durch zwei ungleich lange Beine nicht gemindert, vielleicht sogar gemehrt wurde, hielt er Vorträge, schrieb und verkaufte Kochgeschirr mit seinem lächelnden Konterfei auf jeder Pfanne, im weißen Kittel mit Tuch um den Hals als Inbild kulinarischer Banalität posierend. Aber an diesen Wettkampftagen mit Burl wurde sein Publikum außer acht gelassen, Frau und Kinder verbannt, oder auch verschont, und der hyperaktive Hund, wenn nötig, außer Haus gegeben, damit die Probe, auf die ihn Burl stellte, bestanden werden konnte. Manchmal war es leicht; die Dinge paßten für ein Gericht, das er schon kannte, oder Burl hatte sie vielleicht nach einem Speiseplan ausgesucht, der ihm im Unterbewußtsein bereits vorschwebte, und obwohl sie bei diesen Gelegenheiten gut aßen, war Frederic ein wenig enttäuscht.

Häufiger aber fühlte er sich herausgefordert, und bisweilen gebot er mit einem Wink Schweigen, während er, die Stirn gefurcht, die Hand am Kinn, auf und ab ging. Er geriet nie in die Klemme; etwas konnte er immer machen, aber der Trick bestand darin, etwas Besonderes zu machen. Jedesmal hatte er das Recht, eine Zutat auszuschließen, wovon er bei dieser Gelegenheit ungewohnt rasch Gebrauch machte. Eine Plastik-Quetschflasche mit Hershey's Schokoladensauce ging nicht durch. Frederic hob sie einfach heraus, schnalzte mit der Zunge und warf sie in den Müll. Hatte er noch nie von Sauce mole gehört? Aber er akzeptierte die Mandarinen und die Himbeeren, die Rotkartoffeln und den Alsenrogen (offensichtlich aus der Tiefkühltruhe), den Sesam und den Fenchel, die Brunnenkresse und den Porree. Als ob er hätte sagen wollen, daß jeder und alles seine Grenzen hat. Kein Ding kann sich unbegrenzt ausdehnen. Burl, der Schokoladensauce liebte, war selbst dafür zu schüchtern, eine jungfräuliche Flasche aus dem Mülleimer zu retten.

»Dein New York - eine Stadt der Fäulnis«, sagte Frederic kummervoll über Burls Aufeinandertreffen mit der Unterwelt. »Man würde sisch doch mehr erwarten vom organisierten Verbräschen. Denn was ist daran schon groß organisiert, wenn Leute wie du darüberstolpern können wie über eine Leische auf der Straße?«

»Une bonne question, mon vieux«, sagte Burl, der es liebte, sich auf französisch zu räuspern und Zwischenrufe zu machen. »Mir kommt es wie ein Zeichen vor. Hochentwickelte Gesellschaften brauchen die Mafia, weißt du?« Das erschien ihm als eine sehr französische Idee, und er verbreitete sich darüber. »Sie brauchen ein Organisationsprinzip, um ihre dunkleren Instinkte

in gewissen Bahnen zu halten und zu kanalisieren. Organisiertes Verbrechen ist eine Art Las Vegas ohne Land, eine Diaspora von Gier und Lust ...«

»Ah, Burl, sehr gut.« Frederic war immer noch am Auspacken und hatte den Laphroig gefunden. »Jaja, Las Vegas. Ich mag die Stadt, all die vielen Lichter.«

»Und wer leitet schließlich die Mafia? *Evidemment*, eine Ansammlung von älteren Herren, die ärgsten Bourgeois, die einem nur begegnen können.«

Frederic nickte nachdenklich und goß roten Bordeaux in Burls Glas nach.

»Böse? *Bien sûr. Certainement.*« Burl zuckte die Achseln, gestikulierte; er wurde immer französischer. Sein Akzent wurde breiter, seine Augenbrauen hüpften. »*Mais sans elle*, wer weiß? Prostitution, Drogen und so weiter würden womöglich außer Kontrolle geraten, *peut-être*. Wenn die nicht das Baugeschäft in der Hand hätten und die Kosten so wirkungsvoll hochtreiben würden, wäre Manhattan noch mehr zugebaut. Und wenigstens weiß man, wo man hingehen muß, wenn man was erledigt haben will. Äh?«

»Mein Freund, du nimmst mich auf die 'and«, sagte Frederic, während er mit einem Lächeln den Alsenrogen anrichtete. Er blickte in die Einkaufstüte und zog Burls Zutatenzettel heraus. »Ah, *bon*. Ich kann nischt glauben, daß Sie diese Leute verteidigen, Monsieur, der Sie sisch so lang gerühmt haben, ein Aufdecker zu sein.«

Frederic besaß zwei Restaurants, das eine ein Tempel französischer Cuisine im Zentrum von Manhattan und das andere ein Landgasthaus in den oberen Catskills. Er war natürlich auch Burls Partner im Gardenia's. Er liebte italienisches Essen, vor allem die amerikanisch-süditalienische Art, aber er verstand von dem Geschäft nichts und verließ sich genausosehr auf Lou wie Burl.

»Louis macht sisch Sorgen deinetwegen«, sagte Frederic beim ersten Gang, einer kalten Lauchsuppe, garniert mit abgeriebener

Mandarinenschale. »Er 'at kaum was von dir ge'ört seit dem Abend mit den Morden.«

»Hm. Ich schätze, es war mir 'n bißchen unwohl beim Gedanken, an den Schauplatz des Verbrechens zurückzukehren.«

»Na gut, aber jetzt ist Louis traurisch, wie wenn sie dich erschossen hätten, weil du nischt mehr kommst. Er sagt, wir sollen dir eine Zeitlang nischts mehr verrechnen, du kriegst dein Essen und deinen Gewinnanteil, *oui*? Ich 'ab ihm gesagt, ich werde ihn verklagen, weil er uns in den Ruin treibt.«

»Oui, oui, très drôle, alors, faire de comique.« Burl klang wie ein Kanadier aus Quebec und stellte sich vor, er sei ein zahnlückiger Eishockeystar. Er vermißte das Lokal tatsächlich; dort fühlte er sich dem Paradies so nah wie nirgends sonst, ein Ort, an dem er essen konnte, soviel er wollte und was er wollte, alles zur freien Bestellung. Er dachte traurig an die Zeiten zurück, als Kalbfleisch Piccata auf Bäumen zu wachsen schien.

»Burl, im Ernst, daß du gar nischt mehr hinkommst, erinnert ihn dauernd an den ganzen Eklat.«

»Komisch, ich hatte seither gar keine Lust mehr auf die Art Essen«, log Burl. Eklat, Eclair, gab es da einen Zusammenhang?

»Na ja, vielleicht solltest du mal hingehen und ihn einfach besuchen.«

»Wieder rauf aufs Pferd, eh sich 'ne Aversion festsetzt.«

»Un cheval? Je ne comprends pas.«

Auf die Suppe folgte Alsenrogen in einem Sud aus irischem Whiskey und Himbeeren, serviert mit Pellkartoffeln und Fenchel. Danach gab es Brunnenkresse-Salat, mariniert mit Sesam-Walnuß-Öl und Mandarinensaft.

»Ehrlisch, ich bin ensetzt«, sagte Frederic ohne das t. »Ich mache Essen, das dient dem Leben, *oui*?« Sie waren bei der zweiten Flasche angelangt. »Und jetzt 'aben wir drei Tote in einem meiner Lokale. *Incroyable!* Isch bin sehr deprimiert deswegen.«

»Ich war auch schon mal fröhlicher.«

»Du machst dir auch Sorgen?«

»Ein bißchen. Ich bin aber auch sonst nicht so gut drauf, wegen Norma.«

»*Ay, ta petite amourette*. Was ist los, was gibt's Neues?«

»Es ist aus, vorbei. Kaputt.«

Burl erzählte von seinem mißlungenen Abnehmversuch und der Romanze, die unter seiner Fülle zu Bruch gegangen war.

»Also des'alb hab ich dich die ganze Zeit nischt gesehen, hä? Du hast dich runtergehungert, *et pourquoi*?« Frederic langte herüber und drückte eine Handvoll von Burls Schulter. »Du mußt dir jemand suchen, der liebt den ganzen Burl.«

»Tout le Burl, vraiment. Absolument.« Burl suchte in seinem Kopf nach noch mehr französischen Beifälligkeiten.

Frederic hatte recht, also ging Burl wieder hin. Schließlich gehörte ihm der Laden ja, und er vermißte ihn, vermißte seinen Onkel, das Essen, den wie für einen König gedeckten Tisch. Das Gardenia's war ein Zuhause, wie es nur irgendeines gab.

»Burlie, alte Kanone!« begrüßte ihn Lou. »Wo warst denn du in letzter Zeit verschollen?«

»Hör mir auf mit Kanonen«, sagte Burl mit einem Lächeln, als sie sich umarmten. »Ich hatte viel zu tun, du weißt schon, der Job, die Bücher, die Bullen.«

»Nimm die Pilze Portabella, die werden dich umhauen.«

Sein Onkel entschuldigte sich, um sich ums Geschäft zu kümmern, und Burl genoß ein Gericht nach dem anderen, obwohl er manchmal von der Handvoll Gäste um ihn herum abgelenkt wurde. Er beäugte die Männer argwöhnisch und fragte sich, was die wohl für Verbindungen hatten.

Als er bereit fürs Dessert war, war Lou mit seiner Arbeit so gut wie fertig und setzte sich auf einen Kaffee mit Grappa zu seinem Neffen.

»Wer sind diese Leute, Onkel Louie? Ich meine, wissen wir eigentlich was über sie?«

»Wer die sind? Das sind Gäste. Wovon redest du?«

»Es gehen schon lang Gerüchte über diesen Laden. Du weißt schon, daß hier ganz gewisse Leute verkehren.«

»Das einzig ganz Gewisse, um das ich mich kümmere, ist, ob sie genug Geld für ein gutes Essen haben.«

»Hmm.«

»Sieh mal, das hier ist ein italienisches Restaurant, das hier ist Brooklyn; was, glaubst du, werden die Leute über uns schon sagen?«

»Also haben wir nichts mit irgendwem zu tun, den wir nicht zu Thanksgiving nach Hause mitbringen würden.«

»Burl, machen wir uns doch nichts vor, okay? Wir bezahlen die Inspektoren, obwohl unsere Küche picobello ist. Wir bezahlen die Müllmänner, obwohl wir den Vertrag mit der Transportfirma haben. Wir erkaufen uns Frieden mit den Gewerkschaften. Wir geben Leuten, die uns helfen können, eine gewisse Anzahl von Gratisessen. So ist das Leben in der Großstadt.«

Burl lächelte unbehaglich. »Wir bestechen die Inspektoren vom Gesundheitsamt?«

Lou sah ihn wütend an.

»Das alles kommt für dich völlig überraschend, was? Wie zum Teufel, glaubst du, führt man ein Restaurant in New York City? Hör mal, Mister, du freust dich über das schöne Essen, freust dich über die schönen Gewinne, aber du willst dir nicht die Hände schmutzig machen. Schön, das geht von mir aus in Ordnung, aber versuch nicht, dich dumm zu stellen, Burl, das paßt nicht zu einem Mann in deinem Alter und mit deiner Statur. Wie, glaubst du, hält deine Zeitung ihre Auslieferung am Laufen, nett und reibungslos? Glaubst du, die kümmern sich nicht um die Leute, um die sie sich kümmern müssen?« Lou schaute über die Schulter, stürzte rasch die Reste seiner Grappa runter und atmete schwer aus. »Hör mal, mein Freund, es ist schwer, in einer Stadt ein Heiliger zu sein.«

Burl fragte sich, bis zu welchen Grad er hier wirklich Theater spielte. Hatte er nicht, auf eine allgemeine Art, gewußt, daß das alles so lief? War seine Unkenntnis der Details nicht bloß das Ergebnis seiner Unwilligkeit, damit in Berührung zu kommen? Er überließ die Dreckarbeit seinem Onkel. Er zog es vor zu essen.

»Ich sag dir noch was, Burl, ich weiß nicht, was für einen Heiligenschein du dir damit verdienen willst, daß du der Polizei in dieser Sache hier bei uns an jenem Abend hilfst, aber es ist höchste Zeit, damit aufzuhören, und das meine ich so!«

Burl fühlte seinen Restappetit dahinschwinden und schob seine Cannoli weg.

»Was ist passiert? Hat dich irgendwer darauf angesprochen?«

»Mach dir deswegen keinen Kopf, ich spreche mit dir darüber, und ich sage dir: Kümmere dich um deine eigenen Sachen. Du bist mein Fleisch und Blut, Junge, und du spielst mit dem Feuer.«

Als Burl am folgenden Abend bei der Arbeit war, rief Shields an, um ihm zu mitzuteilen, daß gegen Implamenti und Joey Gem in Kürze Anklage erhoben werden sollte.

»Kann jetzt jeden Tag losgehen, okay?« sagte er. »Also wird das Ganze bald vorbei sein. Du kannst es sogar diesem Sowieso sagen, laß es ihn in der Zeitung bringen. Joeys Anwalt weiß es ohnehin schon. Du verstehst, der Staatsanwalt läßt es ihn wissen, sozusagen unter der Hand.«

»Sotto voce.«

»Ja. Diese Anwälte sind doch alle vom gleichen Schlag. Sie sind gegenseitig loyaler als gegenüber irgendwem sonst.«

»Wann, glaubst du, wird's zum Prozeß kommen?«

»Oh, in zwei, vielleicht drei Monaten, vielleicht auch überhaupt nicht. Wer weiß, vielleicht machen sie am Ende noch einen Handel. Jedenfalls dauert's jetzt nicht mehr lange.«

Burl teilte diese Gefühle nicht. Es sah seine große Masse in den Zeugenstand gequetscht und spürte, daß es jetzt erst wirklich losging. Trotz all der großen Töne wußte er, daß die Polizei in Wahrheit sehr wenig zum Schutz eines Zeugen tun konnte, außer für sehr kurze Zeit, und selbst dann nicht immer mit Erfolg. Joey

Gem lebte nicht in einem Vakuum. Beziehungen, Verbindungen, »Freunde« waren für den Mann ein Lebenszweck. Mit seiner Organisation stand er dick da, wo Burl bloß dick dastand. Eine Horde, die gegen eine Ein-Mann-Truppe in Stellung ging.

In stressigen Zeiten brauchte Burl oft Salz. Schwitzte er in letzter Zeit mehr? Setzte er Elektrolyte ungewöhnlich rasch um? Ein Nebeneffekt des Zunehmens war bei ihm Hypochondrie; Vernunft nicht. Er machte sich Sandwiches mit geräuchertem Mozzarella, italienischer Salami und Prosciutto, die er salzte und mit Kalamata-Oliven und geriffelten Kartoffelchips aß. Schwarzklumpiger Kaviar, glitzernd auf einen Bagel mit Gervais gehäuft und mit Zitrone beträufelt. Krabben, Scampi. Tempura, in Wasabi und Sojasauce getaucht. Geräucherter Lachs statt frischem. Burl nahm seit Jahren Diuretika, um seinen Blutdruck im Zaum zu halten. In der Vergangenheit hatte er drakonische Maßnahmen ausprobiert, um diese salzigen Gelüste einzuschränken, und einmal hatte er Salz ganz aus seinem Haus verbannt, weil er die Tendenz hatte, sich ein wenig davon auf die Handfläche zu streuen und es aufzulecken. Doch für einen, der seine Lebensgenüsse zum größten Teil über den Geschmackssinn bezog, war das eine wahrlich grausame Kasteiung. Sie konnte nicht von Dauer sein.

An diesem Tag fuhr er nach Chinatown. Warum auch nicht? Er fühlte sich sicher. Joey Gem, sein ungerührter Gegenspieler, war sich im klaren darüber, daß er Burl eliminieren lassen konnte, wann immer er wollte, und befand anscheinend, daß die Zeit dafür noch nicht gekommen war. Die meisten Menschen konnten jederzeit tot umfallen, wohingegen Burl mit Bestimmtheit wußte, daß sein Schicksal momentan in Schwebe war.

Also zog er los, auf der Suche nach Salzigem. Es war eine gute Zeit dafür; früh am Nachmittag, winterlich genug, um nicht mehr an den fauligen Bodensatz des Sommers in Chinatown zu denken. Als er bei Hoo Lee, wo, wie er wußte, die Tische nicht am Boden festgenagelt waren, in die Nische schlüpfte, ratterte er ohne einen Blick auf die Karte seine Bestellung herunter.

»Haifischflossensuppe. Fleischklöße. Singapur-Nudeln – was? Okay, was ist mit Schweinefleisch Lo Mein? Ein bißchen von dem Taubenragout mit Gemüse. Shrimps Kung Pao.«

Als die Klöße und das Lo Mein kamen, ertränkte Burl beides wie immer in Sojasauce (die salzarme Variante wurde vom Tisch verbannt, wenn er sie dort entdeckte). Das war noch so etwas Angenehmes, wenn man auf der Abschußliste stand. Man konnte aufhören, sich um Blutdruck, Cholesterin und all die anderen lästigen medizinischen Beschränkungen leiblichen Genusses zu sorgen. Das galt sogar fürs Geld. Was waren Schulden für einen toten Mann? Für wen sollte er ein Vermögen anhäufen? Einmal hatte er einen Nachruf auf eine Philanthropin geschrieben, die Millionen verschenkte, weil sie sich geschworen hatte, sie würde nicht die reichste Frau auf dem Friedhof werden. Wer hätte ahnen können, daß Burls Zeit, wenn nicht abgelaufen, so doch vorhersehbar kurz bemessen war? In gewisser Weise war es eine Erleichterung. Kein Herumfädeln mit der Zahnseide mehr. Er konnte essen und trinken, und das brachte an sich schon eine gewisse Fröhlichkeit mit sich.

Sein Appetit nahm zu, und damit natürlich auch er. Burl war in New Jersey ohne seine Apothekerwaage, aber seine Hungerkur für Norma hatte ihn wieder in den Meßbereich der Badezimmerwaage seiner Mutter gebracht. Er wog sich täglich, stellte die stetige Zunahme fest und gelobte sich, aufzuhören, wenn er bei zweihundertneunundsiebzig Pfund angekommen war, so weit reichte die Anzeige. Dieses Gewicht hatte er in Null Komma nichts wieder und, laut Waage, hielt er es auch. Betty war entsetzt.

»Burl, Schatz, nimmst du zur Zeit nicht ein bißchen sehr zu?«

»Ich? Nein.«

»Du wirkst schrecklich hungrig in letzter Zeit.«

»Das ist die Landluft hier.«

Diese Plänkeleien führten bei Burl zu Stunden schmollenden Verzichts, gefolgt von Ausbrüchen von Freßwut. In der Redaktion nahm er nun zum Abendtee in der verlassenen Cafeteria drei Stück Kirschkuchen. Das Mädchen an der Kasse warf ihm einen Blick zu.

»Das ist nicht dein Ernst?«

»Mach schon, Marella«, sagte er. »Ich verhungere hier noch.«

»Ich sollte das nicht mal eintippen.«

»Willst du mich verlegen machen? Okay, ich bin verlegen.«

»Ich sag gar nichts mehr.«

Wenn Burl beispielsweise bei seinem Lieblingsinder eintraf, kam er in einem Zustand hochgespannter Erwartung. Das Lokal war immer dämmrig, die Kellner höflich und geschmeidig. Jede Fläche schien mit Stoff überzogen oder auf irgendeine Weise gepolstert. Wenn dann nach und nach das Essen kam, spürte er, wie ihm der Mund wäßrig wurde. Das Nan mit Knoblauch und Kartoffeln war leicht und ein bißchen elastisch, die Currymuscheln würzig, orange und weich, das Lammfleisch Tikka salzig und saftig. Burl wurde euphorisch. Er experimentierte mit Saucen, die er nicht näher bestimmen konnte - grüne, rote, braune. Er verkostete genüßlich das Joghurt-Gurken-Dressing und die scharfe Chilisauce mit Knoblauch gemeinsam auf einem Brot. Er bestellte mehr Mango-Chutney. Aber es passierte immer dasselbe. Weil er wie unter Zwang immer weitermachte, sich grimmig durchfraß, gegen jede Vernunft, Bequemlichkeit und Zuträglichkeit, wurde sein Genuß am Essen bald von einem wachsenden Unbehagen gefolgt, einem Gefühl, das sich ansammelte wie das Essen in seinem Magen, bis Gefühle und Völle sich zur Verzweiflung vereinigten. Er mußte auch noch das Vindaloo mit Shrimps probieren. Weil er so scharf auf Klöße war, konnte er dem Samosa nicht widerstehen. Und was wäre ein indisches Essen ohne Huhn Tandoori gewesen? Er aß so viel, daß ihm schwindlig davon wurde. Sein Atem ging kurz, seine Knie wurden weich. Er fühlte sich halb ohnmächtig. Brüterisch und verlegen wankte er nach diesen Mahlzeiten verwirrt von dannen, betäubt vom Essen und verblüfft über sein eigenes Fassungsvermögen.

Sowie er sich weniger voll fühlte, wurde er wieder hungrig. Es war, als fürchte sein Körper eine Verknappung und verlange danach, unter Vollast gehalten zu werden. Stark gewürzte Speisen bremsten ihn ein wenig, also bestellte er sie schärfer und schärfer, bis er schließlich Blasen im Mund bekam und seine Lippen sich rot verfärbten. Er sah aus wie ein Betelkauer.

Burl wußte, daß er dicker wurde. Mit allem Grund zur Heimlichkeit kehrte er in seine Wohnung in Brooklyn zurück, um seine mittelgroße Garderobe zu holen (»mittel« bezog sich auf Burls Gewicht, nicht auf die Sachen). Sein Gewicht hatte so oft geschwankt – und sein Geschmack war so traditionell –, daß er einfach mehrere Kleidergarnituren hatte, jede auf einen anderen Burl zugeschnitten: dick, sehr dick, enorm dick und so weiter. Die Anzüge und Hemden waren in Hongkong gefertigt und wurden mit Zuschlägen für den Mehraufwand an Material und Versandspesen verrechnet.

Es waren nicht bloß die Kleider. Seine Bewegungen wirkten langsamer. Baden wurde zusehends schwieriger. Sein Hals schien knapp vor dem Verschwinden, an seine Stelle trat etwas, das aussah wie ein rot-weiß gefleckter beginnender Kropf. Feine Adern begannen sich abzuzeichnen. Er war immer naßgeschwitzt. Die Leute fingen an, es zu bemerken. Er fand stets Wege, Normas Einladungen ins Kino abzulehnen, und da gemeinsame Mahlzeiten immer noch irgendwie tabu waren, sahen sie sich weniger.

»gehst du mir aus dem weg«, fragte sie.

Er brauchte lange, bis ihm eine launige Antwort einfiel.

»Sei nicht komisch. Wo soll sich ein Kerl wie ich schon verstecken?«

Hin und wieder kam sie zu ihm an den Schreibtisch, um hallo zu sagen, und er konnte sehen, wie ihre Kiefermuskeln sich anspannten – man stelle sich vor, die waren sichtbar und nicht unter Fett begraben! – und ihr Gesicht sich in schuldbewußter Taurigkeit verzog. Sie sah dann jedesmal alt und entschieden sterblich aus. Er fühlte sich furchtbar dabei; er war sich sicher, daß er all das nur durch sein Essen ausgelöst und damit sein angebetetes Götterbild besudelt und verschandelt hatte. Er kam sich vor wie ein kompletter Versager.

Doch was tun, fragte sich Burl im Gedenken an Lenin. Es war die Kollektivierung seiner selbst, was er da betrieb, und das mit einer Schonungslosigkeit, deren der bewußte Verstand gar nicht fähig war. Das kam anderswo her, aus den Tiefen der Seele oder von den Genen, einem inneren Impuls, wenig verstanden, aber beherrschend, dessen Geheimpolizei grausam war und übermächtig.

Burl wurde dicker und dicker. Einst eine Art Leichtschwergewicht, flink auf den Beinen und leise, wenn er sich durch die Welt bewegte, hatte er nun das Gefühl, daß selbst die Luft sich ihm entgegenstemmte. Sein flotter Gang machte einem angestrengten Wälzen Platz, es war mehr ein Rauschen als ein Gleiten, wenn er irgendwohin zu Fuß gehen mußte, die Arme seitlich weggestreckt wie eine groteske Parodie eines Cinemascope-Revolverhelden, mal abgesehen davon, daß sein Gesichtsausdruck nicht der eines Jägers, sondern eher der eines Opfers war. Jeder Schritt war mühsam. Haut und Kleider scheuerten, und er war sich sicher, daß die Leute schon guckten. Je fetter er wurde, desto rascher versuchte er sich zu bewegen. Er fing an auszusehen wie ein Mann, der sich tummelt, um vor der Ausgangssperre daheim zu sein, oder, von Sirenen getrieben, Zuflucht vor einem Luftangriff sucht.

Was ging in ihm vor, als das geschah? Beschämt zog er sich zurück. Insgeheim aber war er erleichtert. Kuschelig von sich selbst umschlossen, geschützt, aller unwesentlichen Verpflichtungen ledig, fühlte Burl sich wohlig und sicher. Er begann seine Ausladendheit als lustvoll zu empfinden. Er wusch sich sorgfältiger, seifte seine Fleischwülste liebevoll ein, die wabbelnden Überhänge und Wölbungen. Betty und Stu hatten ein »kalifornisches« Bad mit einer extragroßen Wanne samt Whirlpool, und Burl gewöhnte sich an, Stunden darin zuzubringen, verlockt durch seine Leichtigkeit in diesem anderen Element. Fett schwimmt.

Bei Sportarten zu Lande war er nicht gut, doch schwimmen konnte er wie ein Otter. Er war jetzt so massig, daß er die Wanne nur zu einem Viertel vollaufen lassen mußte; bei seiner Verdrängung stieg der Wasserspiegel bis an den Rand, sowie er sich niedersetzte. Er unternahm noch einige Ausflüge nach Brooklyn, um immer größere Kleider zu holen. Er hörte auf, Schnürsenkel zu benutzen.

In der Wanne las er Publikationen des Interessenverbandes der Über-Normalgewichtigen oder auch Kataloge mit Titeln wie *Mr. Big*, in denen spezielle Produkte für Dicke angeboten wurden: Tischventilatoren, Fernbedienungen, Greifwerkzeuge, extragroße Kleiderbügel, ein 70-Zentimeter-Schuhlöffel.

Die Wasser durchwühlend, tauchte Burl auf wie ein U-Boot, in einem Schwall, der alles um ihn herum überschwemmte. Er trocknete sich vorsichtig ab - ein Sturz wäre hier katastrophal gewesen - und trug dann Deodorant auf, zuerst unter den Armen und dann in allen größeren Hautfalten. Er fächelte ein wenig, um es trocknen zu lassen, und puderte sich dann mit Stärkemehl ein. Dieser Mythos, daß dicke Menschen unempfindlich seien: Bei der Menge an Haut hatte Burl mehr Sensoren auf die Welt gerichtet als die meisten Leute, und niemandes Fleisch konnte zarter sein. Man stelle sich die glücklichen Kannibalen vor, die mich fürs Abendessen einfangen, dachte er. Langschwein, so sagen die doch zu Menschenfleisch? Gibt es einen passenderen Abgang für mich? Doch esset nicht mein furchtsam Herz, denn sonst wird euch der Mut verlassen. Versucht erst mal, mein Herz zu finden. In weißes Fleisch geschmiegt, von Fett ummantelt. Wie hübsch die Welt doch war, ehe wir das Cholesterin erfunden haben.

Sich anzuziehen war keine Verrichtung, sondern eine Pein. Er ließ ein Paar saubere Unterhosen zu Boden fallen und stieg, gegen eine hohle Wand gestützt, hinein. Dann lüpfte er den Gummizug, ein kleines Lasso, mit dem hakigen Griff eines zusammengerollten Regenschirms bis in Reichweite. Die Hosen wurden auf die gleiche Art angezogen, nur im Sitzen. Er hakte in eine der riesigen Seitentaschen ein - was glaubten die eigentlich, daß dicke Männer bei sich trugen? - und stand dann auf, wobei die Hosen sich mit ihm erhoben. Traurigerweise zwang ihn die Schicklichkeit - vorübergehend, nur vorübergehend -, auf seine geliebten Halstücher zu verzichten; die waren lächerlich an einem Mann, der aussah wie ein geiler Frosch, den Hals gebläht vor Balzlust. Schwer, sich korrekt zu kleiden, wenn man fett ist.

Am schwierigsten war es natürlich mit den Socken, bis er aus einem seiner Kataloge eine Vorrichtung erstand, die es möglich, wenn auch nicht weniger peinlich, machte, seine riesigen bloßen Knöchel zu bedecken. Mit den Schuhen ging es relativ leicht. Burl stieg hinein und rutschte mit den Füßen herum, bis sie fest saßen.

Er stand mit einem Seufzen auf. Was für eine Strapaze! Vielleicht einen kleinen Imbiß, nur zur Weckung der Lebensgeister. Schwer atmend wälzte er sich die Treppe mit dem tückischen Teppich hinunter. Als er in die Küche spähte, sah er seine Mutter eine Reihe von Eßwaren in Schicht um Schicht Lebensmittelfolie wickeln.

»Ich hab dir für heut abend was zu essen gemacht«, sagte sie. »Lauter gute Sachen, alles ganz frisch.«

Es waren hauptsächlich Kreuzblütengewächse, das wußte er. Kohl. Broccoli. Wahrscheinlich auch noch Karottensplitter und Sellerie.

»Ich hab dir auch was besonders Gutes dazugepackt«, sagte sie mit einem Lächeln, das man wohl tapfer nennen würde.

Es würde eine Orange sein, eine Birne, vielleicht eine Banane. Das einzige von dem ganzen Zeug, was er essen würde. Er mußte diese braune Tüte wie ein Sündenmal tragen, oder wie ein Amulett gegen seine eigentümlichen Gelüste. Früher oder später würde er sie heimlich wegwerfen. In der Zwischenzeit mußte sie erduldet werden.

Er nahm die Tüte mit nach oben, wo er noch einmal hinging, um seinen Aktenkoffer zu holen. Er mußte noch nicht in der

Redaktion sein, aber es war Zeit aufzubrechen. In seinem Zimmer beschloß er, den Koffer noch einmal aufzumachen, um nachzusehen, ob er alles hatte, und klemmte sich die Papiertüte unters Kinn. Prompt fiel sie zu Boden. Verdammt! Sie hätte mir das Ding um den Hals hängen sollen, dachte Burl, während er sich abmühte, um es aufzuheben. Bücken war jetzt schon ein Ding der Unmöglichkeit, sah er; er war wirklich ein recht massiges Trumm, das da auf einem Paar Füße, Schuhgröße 10, extra-extrabreit, balancierte. Bloß noch ein Stückchen. Er schnaufte schlimm, und sein Gesicht war hektisch gefleckt und glänzte vor Schweiß, den er auch an den Seiten und in seinen Hautfalten hinunterlaufen fühlte. Gerade, als das Päckchen in Reichweite schien, hörte er ein lautes Reißen und wußte, daß seine Hose geplatzt war. Scheiße noch mal! Wütend ballerte er die Tüte mit dem Fuß unters Bett, schlug die Tür zu und begann mit dem mühevollen Verfahren des Sich-Umziehens.

Burl trug nun schon seine weitesten Sachen, und selbst diese strapazfähigen Gabardinestoffe und fließenden Kammgarne hielten ihm kaum noch stand. Während er sich schwitzig in ein neues Paar Hosen wurstelte, sein Hemd durchnäßt, das Baden längst ganz umsonst, begann ihm zu dämmern, daß er so dick war wie nie zuvor. Vor Anstrengung mußte er sich, schwer atmend, setzen. Sein Brustkorb war mächtig und hob sich, als er nach Luft rang. So dick wie nie zuvor. Ein Übermaß an Burl. Schicht auf Schicht, doch je mehr von ihm da war, desto schwerer fiel es ihm, sich zu behaupten. Rücklage um Rücklage; der Körper hielt so wirkungsvoll mit sich selber haus, daß sein Angespartes, seine Energievorräte selbst es schwerer und schwerer machten, von seinen Reserven zu zehren, bis dieser wahnwitzige Geiz, der Pfund um Pfund Fleisch anhäufte, jede Anstrengung ganz aussichtslos machte. Burl kam sich vor wie der stille Teilhaber eines wahnsinnigen Bankers. Vielleicht fand er ein paar Magersüchtige, die ein Darlehen brauchen konnten.

KAPITEL

9

BURL MACHTE SCHLUSS mit der Arbeit und aß in der Cafeteria maßvoll zu Abend; das Essen dort war sowieso nicht gut genug, um für drei reinzuhauen. Danach, auf dem Heimweg, fuhr er in die Stadt auf einen Gute-Nacht-Drink in einem seiner Lieblingslokale zwischen der 20sten und 30sten Straße West. Als er eine Stunde später gut angefeuchtet wieder rauskam, trat auf dem Weg zum Auto ein unauffällig gekleideter Mann mit flachem Hut auf ihn zu.

»Sin' Sie Burl Bennett?«

»Und wer sind Sie?« Burl hatte das Gefühl, daß er den Mann schon mal gesehen hatte.

»Der Sensenmann.«

Der Mann starrte einen Augenblick lang, lächelnd, und Burl spürte, wie ihm flau im Gedärm wurde. Der Mangoquetscher! Der U-Bahn-Jäger! Der Sensenmann hielt Daumen und Zeigefinger gespreizt, wie eine Pistole.

»Peng.« Er blies über die Fingerspitze, sein Atem schlug Burl entgegen wie Müllgestank im Sommer. »Du bist tot.«

Der Mann machte ein schnalzendes Geräusch aus dem Mundwinkel und rammte seine Finger-Pistole in Burls Wanst.

»Sei klug, dicker Mann. Wir wissen alles von dir.«

Er schlenderte lässig stolz davon, stieg in einen großen nachtfarbenen Wagen und brauste los.

»Das ist Zeugeneinschüchterung«, sagte Burl am folgenden Morgen ins Telefon. »Wie lange muß ich mir das gefallen lassen?«

»Wir lassen sie in den allernächsten Tagen auffliegen, wirst sehen«, sagte Shields. »Tu mir bloß einen Gefallen, halt die Sache aus der Zeitung raus. Wir wollen nichts, was unsere Ermittlungen gefährden könnte.«

»Okay, aber wenn ich mit 'nem Herzinfarkt tot umfalle, hilft das auch nicht, also laß uns hier was weiterbringen, hä?«

Die Warnung des Sensenmannes verursachte ihm Gänsehaut. An diesem Abend fuhr Burl zu einem Thai-Lokal, wo er den Besitzer kennengelernt hatte, und ließ für sich aufkochen. Er aß Schweinehackbraten mit Zwiebeln, Knoblauch, Minze, scharfem Paprika, Zitronensaft und Koriander; dünn geschnittene Gurkenscheiben in Reisessig; ein Curry mit Riesenshrimps und Avocados, Kokosnußmilch und Erdnüssen; und Tintenfisch mit Nudeln in einer dicken Koriandersauce. Auf dem Nachhauseweg hielt er an einer irischen Bar, die er kannte, für einen kleinen Whiskey und konnte dort dem Cheeseburger mit Speck nicht widerstehen, saftig und gut, weil sie ihrem Hackfleisch Fett zusetzten, dazu als Nebenbestellung Zwiebelringe, in Schmalz goldbraun und knusprig gebraten. Immer noch in Eßlaune, blieb er danach bei einem weiteren Lokal stehen und aß drei Stück cremigen, süßen Zitronenkuchen, von denen ihm jedes mit der Flaumigkeit von Pudding auf der Zunge zerging.

Nach alledem fühlte Burl sich ein bißchen benebelt und fuhr, ohne viel zu denken, über die Brooklyn Bridge und kutschierte vorsichtig an seinem Wohnhaus vorbei. Er umkreiste ein paarmal den Block und parkte dann in einer Lücke, die sich mysteriöserweise direkt vor dem Gebäude auftat.

Oben sammelte er schnaufend ein paar Armvoll Klamotten zusammen. Die Wohnung wirkte muffig und unbenutzt, die Luft schwer und schlecht. Es war erstaunlich, wie rasch der Staub sich setzte. Aus einer Schreibtischschublade holte Burl seinen Reisepaß, sein Scheckbuch, ein paar tausend Dollar in bar und einige Dutzend Kreditkarten, die zu unhandlich waren, um sie die ganze Zeit dabeizuhaben. Er stopfte das alles in seine Taschen, packte seine Schreibmaschine und schleppte sich wieder nach unten zum Wagen. Als er alles auf dem Rücksitz verstaut hatte, kam er zu dem Schluß, daß er genug an diesem Ort hing, um sentimentale Gepflogenheiten zumindest nachzuäffen, selbst wenn ihm vom Essen und von der Anstrengung übel war und er kein wirkliches Interesse an einem letzten langen Blick hatte. Er wußte, wenn er sterben sollte, würde es in diesen paar zusätzlichen Sekunden passieren, die er sich eigentlich ohne besonderen Grund nahm, und eben darum war es unwiderstehlich, sie sich zu nehmen. Er ging zurück und sah sich um. Er machte keine längerfristigen Erwägungen, aber die Stille in der Wohnung erinnerte ihn irgendwie beharrlich daran, daß er über die nächsten fünfzehn Minuten hinausdenken sollte. Burl trottete zum Auto zurück und kam mit der Schreibmaschine zurück; er nahm die Schutzhülle ab und stellte sie wieder auf den Schreibtisch. Dann ging er von Zimmer zu Zimmer und stellte systematisch die ganze Bude auf den Kopf.

Anfangs war er dabei noch zögerlich, aus Respekt vor seinen eigenen Sachen und dem, was sie repräsentierten, aber wenn man nicht etwas Bestimmtes suchte, ging es eigentlich ganz schnell; allmählich wurde er ungehemmter, und es dauerte nicht lange, bis er Papiere wild durcheinanderschmiß, Kissen quer durchs Zimmer schleuderte, jeden Schrank aufriß und jede Schublade herauszog und auf den Boden kippte, bis das Durcheinander anfing, echt zu wirken. Er fegte Tische leer, ließ Uhren und Radios durch die Luft fliegen, soweit die Kabel reichten, bis sie plastiksplitternd auf dem Boden landeten. Darf nicht zuviel Lärm machen. Burl stapfte durch das Kuddelmuddel zu den Bücherregalen, schob einen dicken Arm hinter jede Reihe und riß die Bände herunter. Nach nur einer Sekunde Zögern machte er dasselbe auch mit seinen eigenen Manuskripten, seinen publizierten Werken und schließlich sogar mit dem unvollendeten Epos, auf das er soviel Mühe verwandt hatte. Das verlangte nach einem Drink, und Burl holte eine Flasche irischen Whiskey herunter, die unversehrt auf einem Regalbrett stand. Nach einem gesunden Schluck schmiß er sie in eine Ecke, wo sie weich auf einem Sofakissen landete. In der Küche riß er alle Schränke und Schubladen auf und warf Töpfe, Pfannen und Besteck heraus. Er leerte die Kühlschrankfächer auf den Fußboden. Er arbeitete schneller und schneller und hielt schließlich inne, schwitzend und erschöpft, sein Leben ein einziger Saustall um ihn herum. Burl stand eine Minute lang da und versuchte sich zu sammeln. Als er nach dem Türknopf griff, zitterte er. Draußen zog er sachte die Tür zu und überlegte, ob er abschließen sollte. Natürlich.

Er fuhr schnell, den Fuß schwer auf dem Gaspedal. Es gab eine Imbißbude auf der Lower West Side, mitten zwischen den Tunnels und Lagerhäusern und den ramponierten Resten der Hochbahnanlage, und als Burl davor in einen Parkplatz glitt, konnte er die salzige Brise vom Hudson her schmecken, der vor ihm lag. Es roch nach großer Fahrt.

»Dreimal Filterkaffee, bitte.«

Ohne zu antworten, füllte der erschöpft aussehende Grieche hinter dem Tresen drei blaue, mit Amphoren, Säulen und Diskuswerfern verzierte Becher. Der Mann, ganz in Weiß gekleidet, ging zur Kasse und tippte die Bestellung ein.

»Einsachtzig.«

Mein Idealgewicht, dachte Burl. Er ging mit seiner Tüte voll Kaffee nach draußen zum Wagen, hob schnuppernd den Deckel von einem der Becher und begann zu trinken, während er starren Blicks durch die Windschutzscheibe nach Westen über den schimmernden Fluß schaute. Der Kaffee war heiß und süß, genau wie er ihn mochte, und er fing an, sich wie verjüngt zu fühlen, während das Land vor ihm allmählich hell wurde. Er war nicht schläfrig, aber müde, und hatte alle Anzeichen des Nicht-geschlafen-Habens. Seine schwammigen Wangen waren stoppelig, und er war sich nicht ganz sicher, daß er die Dinge völlig rational betrachtete.

Sein Magen knurrte. Burl trank bis fast zur Neige aus, drückte dann wieder den Deckel drauf und warf den leeren Becher auf den Wagenboden. Er nahm den nächsten und machte sorgfältig ein kleines Loch in den Plastikdeckel, gerade groß genug, um schluckweise daraus zu trinken; dann setzte er zurück und fuhr los. Er wollte weit weg von der Stadt sein, wenn die morgendliche Stoßzeit losging. Im Recorder steckte eine Kassette, ohne hinzusehen, drückte er sie hinein. Es waren die Motels.

Als er aus dem Lincoln-Tunnel auftauchte, konnte er sehen, daß die Autos in Fahrtrichtung Stadt bereits im Stau steckten und eine Horde Busse ihm auf der gesonderten Fahrspur auf seiner Seite der Leitschiene entgegenbrauste. Burl lehnte sich gegen die Zentrifugalkraft nach links, während er die gigantische Spirale hinauffuhr, die es dem Verkehr ermöglichte, eine riesighohe Vertikale durch kleine, gewundene Horizontalen zu umschließen. Als er sie von unten sah, mußte er an Crick und Watson denken, so daß darin aufwärts zu fahren war, als würde man sich aus dem eigenen genetischen Material herauswinden, sich darüber hinaus auf eine Ebene der reinsten Möglichkeit erheben. Die Fahrbahn wirkte dreckig und abgasverhangen, doch nach einer Biegung konnte er die dunkle Skyline im Gegenlicht der Dämmerung sehen, und das rührte ihn.

Was für einen Unterschied machte es schon, was er tat? Ein paar Leuten mochte es nahegehen, für eine kleine Weile, aber das Leben geht weiter. Am Tunnel wartete ein Meer von Autos, die Scheinwerfer immer noch an, während er auf der Geraden beschleunigte. Er wechselte auf den linken Fahrstreifen, den gleich neben den hereinkommenden Bussen, deren Spur nur durch Kippmarkierungen aus Gummi abgetrennt war. Burl liebte das, liebte das geschärfte Gefühl von Bewegung, das man hatte, wenn man ihre Geschwindigkeit neben der eigenen spürte. Als die Schnellstraße in den New Jersey Turnpike mündete, bog er Richtung Süden ein. Die Luft war kühl, als er an der Mautstelle das Fenster herunterkurbelte. Die Sonne war schon fast aufgegangen, und auf dem Turnpike war alles Bewegung. Autos, Busse und Trucks rollten über etliche Überführungen, während oben gerade ein Flugzeug vom Newark Airport aufstieg. Aus einem weit entfernten Kraftwerk stieg Dampf auf. Pendlerzüge zogen, von innen anheimelnd beleuchtet, fast schon außer Sichtweite dahin. Auf der Autobahn kam eine Gerade, und Burl machte einen neuen Becher Kaffee auf; er hielt das Lenkrad mit dem Bauch fest, während er den Deckel abzog. Der Kaffee war jetzt nicht mehr so heiß; er trank hastig, kleckerte sich ein bißchen was aufs Hemd und rückte sich in seinem Sitz zurecht. Er war froh, als sich die Straße gabelte und die Lkws auf eine separate Fahrspur umgeleitet wurden. Er hielt den Tacho auf fünfundsiebzig Meilen, womit er sich wohl fühlte, und machte sich nicht mal die Mühe, nach der Autobahnpolizei Ausschau zu halten, bis ihm einfiel, daß Strafzettel für jemandem mit einem Computer waren wie die Brotkrümel von Hänsel und Gretel. Er bremste auf etwa siebzig runter, das gleiche Tempo wie alle anderen.

»Shame on you!« sangen die Motels. *»Shame on me! Shame on every little thing that we see!«*

Elizabeth vor ihm wirkte altertümlich und fremd mit seinen Backsteinen und Baumkronen und Kirchtürmen, wie ein Städtchen im Mittelwesten oder in Skandinavien, ein Ort, der nicht viel Sonne abbekam. Burl stellte es sich als eine Provinzstadt im Ruhrgebiet vor, als einen hanseatischen Hafen oder, noch wahrscheinlicher, als eine Gemeinde, die von Sozialutopisten des neunzehnten Jahrhunderts im Norden des Staates New York gegründet worden war und aus der heute alle jungen Leute wegzogen. Elizabeth. Nie war es ihm so verheißungsvoll erschienen. Wenn man sich vorstellte, was dahinter noch alles liegen mußte ...

Kaffee und Schlaflosigkeit hatten diese Wirkung auf Burl. Er wurde gefühlsselig, sah überall Poesie. Doch er blieb nicht stehen. Er legte nicht mal eine Rast ein, ehe er rechtschaffen hungrig war, und bis dahin war er in Delaware. Außerhalb von Wilmington hielt er an einem eher teuer aussehenden Einkaufszentrum und schritt drin mit einem gewissen Vergnügen auf den beleuchteten Übersichtsplan zu. Es hatte an diesem Tag eben erst aufgemacht und war praktisch leer. Ein paar Leute guckten, das wußte er, aber hier konnte ihn unmöglich jemand kennen, und es tat gut, aus dem Auto rauszukommen und nicht mehr das Lenkrad im Bauch zu haben. Er fühlte sich benommen und ein bißchen unsicher auf den Beinen, als wäre er seit dem Morgengrauen fischen gewesen. Auf der Rolltreppe überblickte er wohlgefällig das Atrium in der Mitte des Gebäudes, und in der oberen Etage erfreute er sich am Gefüge des Fußbodens aus falschem Backstein. Einladend, das ist es hier, dachte Burl. Im Buchladen konnte er sich eine kursorische Nachschau nach seinen eigenen Werken nicht verkneifen und nahm glücklich das Hundebuch aus dem Regal, lächelnd wie ein Kunde, der einen vielgeliebten Deutschen Schäferhund zu Hause hat. Was er aber wirklich wollte, war ein Reiseführer; er kaufte drei, nachdem er sich vergewissert hatte, daß jeder davon der kulinarischen Dimension der Nation das gebotene Augenmerk schenkte.

Er setzte sich auf eine verzierte Holzbank im Erdgeschoß des Zentrums, um seine Bücher zu studieren. Vor ihm fuhr ein gläserner Fahrstuhl gemächlich auf und nieder, und ringsumher sprießten eingetopfte Palmengewächse in unnatürlichem Grün. Irgendwo gluckerte Wasser. Während er den ersten Band durchblätterte und sich fragte, wie wohl das Leben in Alabama war – wurde es dort je kalt? Trugen sie dort im Sommer Leinenanzüge mit Schweißrändern und auf dem Kopf Strohhüte? –, stellte Burl mit wachsender Verblüffung fest, daß er keine Ahnung hatte, wohin er unterwegs war. Die junge Frau an der Information trommelte mit langen roten Fingernägeln auf den glitzernden Schaltertisch und stierte in die Einkaufszentrumsluft. Burl blätterte weiter, bis sein Blick auf ein Restaurant in der Nähe von Salt Lake City fiel, das außergewöhnlich klang – es hieß Zum Heiligen Gral –, und während er von Radicchio und Eintöpfen, von Coullibiac und Rognern las, ging ihm auf, daß dies die Reise des

Joseph Smith war, von der er immer gehofft hatte, mal die Zeit zu finden, sie nachzufahren. Dank Joey Gem wandelte Burl nun endlich auf den Spuren seines Protagonisten. Er würde Josephs Flucht nachvollziehen, mehr oder weniger, und dann die Wege seines Nachfolgers beschreiten und wie Brigham Young und die anderen bis nach Utah weiterziehen. Mit einem Blick in sein Buch beschloß Burl, dabei auch dieses Restaurant aufzusuchen.

Bis dahin war es natürlich noch weit, und in der Zwischenzeit mußte es Essen, Trinken und Rast geben. Er würde noch eine Weile fahren - es wäre deprimierend, sich zu früh am Tage in einem Motel zu verkriechen - und dann gut essen und sich ausschlafen. Das Einkaufszentrum, in dem er war, ging, wie sich herausstellte, über drei Etagen; die oberste beherbergte ein »Gourmet-Paradies«, das sich seiner »Snacks und Spezialitäten aus aller Welt« rühmte. Könnte ich ins Gourmet-Paradies kommen? fragte sich Burl. Wurden kulinarische Sünder daraus vertrieben? Wenn ich Beziehungen hätte, könnte ich dann Herr des Paradieses werden?

Das Einkaufszentrum war nicht sehr stark besucht, also beschloß Burl, den gläsernen Fahrstuhl zu riskieren. Die einzigen, die sonst noch davor warteten, waren eine junge Mutter mit einem Baby in einem Sportwagen und einem kleinen Mädchen an der Hand.

»Mami, guck mal, der ...«

»Psst.«

Burl wurde rot.

»Aber ...«

»Sei jetzt still, wir fahren rauf zu Chuck E. Cheese, also hab ein bißchen Geduld.«

Burl lächelte. Beim Aussteigen in der obersten Etage hielt er im Gourmet-Paradies Ausschau nach verheißungsvollen Anzeichen. Ein paar Dutzend Restaurants, Snackbars und Fast-food-Buden waren gegenüber einem Kinocenter mit acht Sälen aufgefädelt. Burl schlenderte um das Atrium herum - ging ganz schön tief runter hier - und war hocherfreut, als er ein japanisches Restaurant entdeckte. Als er durch den Streifenvorhang in der Tür eintrat, wurden seine Vermutungen - daß dies ein echtes Restaurant inmitten von lauter Eßwaren-Vertreibern sei - bestätigt. In der Sushi-Bar war niemand außer ihm, und das Maguro sah frisch aus. Der Laden hatte an diesem Tag eben erst aufgemacht.

Burl fühlte sich in Sushi-Bars wohl, solange sie nicht zu voll waren. Die Japaner neigen dazu, höflich zu sein, und immerhin haben sie Sumo-Ringer. In diesem Fall erkannte der Sushi-Meister bald, daß er einen Fan und Kenner vor sich hatte. Er arbeitete schwer und verfertigte ausgeklügelte kleine Kunstwerke aus mariniertem Kohl, Makrelenstücken, Gurken, Seetang, Reis und so weiter, und Burl spendierte ihm ein Bier. Beeinträchtigt wurde das Erlebnis lediglich dadurch, daß der Küchenchef ihm als eines der Extras, die er einem so geschätzten Gast gratis bot, einige quadratische Sushis mit Eistich vorsetzte, die Burl schon seit jeher widerlich fand. Grimmig lächelnd aß er sie trotzdem.

Er nahm seinen Auszug aus dem Shopping-Center, sein Szepter eine Tüte Eiscreme, um sich aus eigener Anschauung ein Bild vom Werden der Heiligen der Letzten Tage zu machen. Sein Plan war, der Route der Mormonen nach Westen zu folgen, um unterwegs die Atmosphäre in sich aufzunehmen, doch sein wahres Ich näherte sich dem Land eher wie einer endlos langen Feinkostvitrine, Kostproben nehmend, wo immer sein Gusto ihn hinführte, solange er die Punkte berührte, die Smith berührt hatte.

In Sharon, der Stadt im White River Valley im Herzen von Vermont, Smiths Geburtsort, war Burl schon gewesen, und darum fuhr er statt dessen, den Südteil des Staates New York durchquerend, in Richtung Norden, um nach Manchester und Palmyra zu gelangen, wo Smith, nachdem er zuvor schon in Schwierigkeiten geraten war, weil er behauptete, im Besitz geheimnisvoller Schatzsucherfähigkeiten zu sein, schließlich Gold gefunden hatte. Er sah die Lichtung in dem Wäldchen, wo Smith im Jahre 1820 Gottvater und Sohn erschienen sein sollen, und er sah das Monument für den Engel Moroni auf einer Hügelkuppe außerhalb von Palmyra, wo Smith, wie er behauptete, die goldenen Tafeln gefunden hatte, die das Buch Mormon enthielten. Abgesehen von der Zersiedelung rund um Canandaigua war es nicht schwer, sich vorzustellen, wie die Gegend ausgesehen haben mußte, als der Westen von New York noch Grenzland war.

Er gewöhnte sich an lange Autofahrten, so daß dreihundert Meilen ihm bald vorkamen wie nichts, und er war dankbar dafür, daß er nicht in Holland oder Sri Lanka geboren worden war, sondern in diesem sich weitenden, unermeßlichen Land, in dem man täglich Hunderte von Meilen fahren und ein Leben aus grünen Autobahnhinweisschildern mit abgerundeten Ecken und untereinandergereihten Städtenamen führen konnte, einem Land, das so riesenhaft und sich selbst so unfaßbar war, daß es alles in sich aufnehmen konnte. Burl spürte, wie es ihn verschlang, während er in sein großes, unbekanntes Herz vorstieß, genauso wie er geneigt schien, es zu verschlingen. Er gab sich alle Mühe, verzehrte sechs oder sieben Mahlzeiten pro Tag und aß immer noch zwischendurch im Auto, so daß er eigentlich ununterbrochen aß und die Unterscheidung der einen Mahlzeit von der nächsten bloß ein Gefühl für Geographie erforderte, das er aber nicht hatte. Es war ein gewaltiges Unterfangen; er war wie Thor, der versuchte, das Meer in einem Zug auszutrinken, und vollbrachte dabei, unter den gegebenen Umständen, eine achtbare Leistung. Abgesehen vom Coullibiac und dem Rogner, den fünfzigtausend Flaschen Wein im Keller und der Lage am Wasser zog es ihn nicht besonders an sein Ziel, und er beschloß, sich Zeit zu lassen. Amerika war ein wunderbares Land, um sich darin zu verlieren, und ein Anhalten hätte in jedem Fall einen Haufen beunruhigender Fragen aufgeworfen, auf die es, wie auf die meisten Lebensfragen, keine wirkliche Antwort gab. Es würde nötig sein, sich eine Tarnung zuzulegen. Es mußten Vorkehrungen für ein annähernd normales

Leben getroffen und allerlei lästige Dinge erledigt werden, die die Zeit von einem forderte wie ein kleines Kind, das ständig etwas brauchte. Der Sog des Alltäglichen wäre wie ein Mahlstrom. Er würde eine Couch kaufen müssen.

Weiterzufahren war da schon viel, viel einfacher. Durch das winterliche Herzland Amerikas reisend, durchquerte er Indiana und Illinois; er ließ die größeren Städte links liegen und kam statt dessen durch Fort Wayne und Peoria und Galesburg; er ließ das Schlachtfeld von Tippecanoe und den Geburtsort von Wyatt Earp aus und machte entschlossen Meilen, bis er schließlich den Mississippi erreichte und sich in Richtung Süden wandte, wo er der alten Landstraße auf der Illinois-Seite bis nach Nauvoo folgte.

Die Stadt roch nach Käse. Burl dachte ihn sich irgendwie blau und erfuhr, daß er in Nauvoo in riesigen Mengen hergestellt und in einigen der großen Weinkeller gelagert wurde, die Schweizer, deutsche und französische Siedler angelegt hatten und die während der Prohibition umgewidmet worden waren. Er streifte zwischen den alten Backsteinhäusern mit ihren niedrigen Fenstern und breiten Vorgärten umher und versuchte sich eine Zeit vorzustellen, in der das Leben soviel engräumiger gewesen war. Etwa zwanzig Meilen weiter westlich - Wie lang hatte so eine Reise damals wohl gedauert? fragte er sich, als er an Mais- und Sojabohnenfeldern vorbeidüste - besuchte er mit einiger Ehrfurcht das Gefängnis von Carthage, ein kleines Gebäude aus gelbem Kalkstein, wo Smith sein Ende gefunden hatte. Burl mußte sich seitwärts durch die schmale Tür zwängen, und als er in das Zimmer im Oberstock spähte, in dem Joseph und sein Bruder von Musketenkugeln gefällt worden waren, fand er es winzigklein. Es hatte Drohungen gegeben, Gewalt; Smith und seine Anhänger hatten vermutlich schon geahnt, daß sie in Schwierigkeiten waren. Die meisten davon hatten sie selbst angezettelt. Dennoch mußte Smith damals schon der gewesen sein, der er hatte werden wollen, der Prophet und Organisator einer großen Bruderschaft mit einer Bürokratie und Geheimnissen und einer Privatmiliz; das alles existierte im Namen Gottes, gehorchte aber ihm; ein Beweis dafür, wie leicht sich Glaube seine eigene Wahrheit schaffen kann.

Burl überlegte, ob sein Problem in Sachen Epos vielleicht mangelnder Glaube war. Er hatte das angefangene Manuskript bewußt in seiner verwüsteten Wohnung zurückgelassen und fragte sich nun gleichmütig, ob er wohl je zu dieser Arbeit zurückkehren würde, in irgendeiner Bedeutung des Wortes. Diese Frage war ihm durch den Kopf gegangen, seit er den Spuren Smiths folgte, aber die Fahrt war inzwischen zum Selbstzweck geworden, ungeachtet irgendwelcher literarischer Wagnisse. Er fing an zu denken, daß das, was er brauchte, vielleicht ein anderer Zugang zu der Geschichte war, ein weniger literarischer Ansatz, die Erfindung eines anderen, moderneren Joseph Smith von der Art, wie sie heutzutage sektenartige Organisationen überall in Amerika anführt. Aus jeder dieser Gruppen könnten die Mormonen von morgen werden. Wer weiß, vielleicht würde er einen Roman draus machen. Man denke nur an Elmer Gantry. Oder vielleicht hatte Shields recht gehabt. Vielleicht sollte er eine Oper daraus machen. Aber das war im Augenblick die geringste seiner Sorgen.

Nach Carthage wurde das Fahren für Burl zu einem Trancezustand, dem geistigen Äquivalent des Essens. Er hatte nicht viel Interesse für den übrigen Mittleren Westen und brauchte das Gefühl, in die richtige Richtung unterwegs zu sein, also durchquerte er rasch die mittleren Staaten, wobei er auf dem Weg eine informelle Begutachtung der Hamburger der Nation vornahm. In einem Imbiß, der Mom's hieß - er konnte einfach nicht widerstehen -, war das Rindfleisch so zart und rauchig vom Grill, daß es wie fleischige Schokolade schmeckte, und Burl aß dort vier doppelte Cheeseburger, kurz gebraten, dazu jeweils eine sprudelnde Limonade, die ihm als lokale Spezialität beschrieben wurde. Das Mädchen hinter dem Tresen war höflich, aber nervös; er sah, wie ihre großen sächsischen Kiefermuskeln sich wölbten, während sie einen Klumpen Kaugummi bearbeitete.

»Nehmen Sie den nächsten mit gerösteten Zwiebeln, wenn Sie mögen. Die sind süß, und sie macht sie in echter Butter.«

»Mmm, gebongt.«

»Noch 'n doppelten?«

Burl nickte glücklich, seine kleine Kinnspitze verschwand in der fleischigen Halsmasse. Er hatte Fett und ein wenig Ketchup im Mundwinkel. Ihr Kaugummikauen ließ ihn sich fragen, ob bei dem jungen Mädchen irgendein urtümlicher Impuls fortwirkte. Hatten ihre Vorfahren Wildbret vorgekaut, bis es weich genug für den zahnlosen Mund eines Babys war? Er stellte sich vor, daß sie dazu bestimmt war, Kinder auszutragen, und versuchte festzustellen, ob sie breite Hüften hatte.

Im Zweifelsfall, entdeckte Burl, war Kuchen das sicherste Essen im amerikanischen Herzland. Guten Kuchen gab es überall, mit Eiscreme oder ohne. Er wirkte immer wie hausgemacht, die Süße ungebrochen, der Fruchtgeschmack intensiv. Das ganze südliche Illinois hindurch aß Burl Kirschkuchen; einmal biß er sich an einem Kern fast einen Zahn aus, in einem Imbiß mit einem Schild, auf dem »Echte Kirschen! Achtung Kerne!« stand. Es verlor sich zwischen den anderen Schildern; auf einem war eine Kaffeetasse, aus der Wellenlinien aufstiegen, die den Dampf andeuteten. »Versuchen Sie unseren Kaffee!« stand darüber, und darunter: »Wir machen ihn frisch!« Er fragte sich, wie es wohl wäre, in einer solchen Gemeinde eingelebt zu sein, sie als so vertraut zu empfinden, wie er die Straßen von New York empfand, das ganze Ambiente angenehm, fast schon im Unterbewußtsein, wie ein bekannter Schlager im Autoradio.

Die Wüste überrumpelte ihn, eine große, unbeantwortete Frage, nicht annähernd so heiß, wie er erwartet hatte, aber leerer, strauchiger und ohne die Dünen, über die Lawrence von Arabien und Laurel und Hardy gegondelt waren. In meilenweitem Umkreis war der Highway die einzige Wegmarke, an die man sich halten konnte, und in der Ferne waren immer Berge, deren Formen und Farben sich veränderten, je länger er seine Bahn zog und die Sonne die ihre. Er war noch nicht bereit für sein Ziel – die Mormonen hatten Monate dahin gebraucht, manche von ihnen, die den ganzen Weg über Handkarren zogen –, und er spürte, daß es an Smith eine Seite gab, die von seinen Nachfahren nicht recht verstanden wurde, eine gaunerhafte Seite, die Burl noch besser kennenlernen wollte. Er war in Arizona, nunmehr eigentlich auf Abwegen, an seinem vorgeblichen Ziel ein gutes Stück vorbei, als der Dodge besorgniserregend viel Öl zu verbrennen anfing.

»Keines?«

»Sehen Sie selbst«, sagte der Junge und hielt ihm den blitzblanken Ölmeßstab hin.

»Die Kolbenringe sind hin, Mister«, sagte der Mechaniker eine kleine Weile später, als hätten die Kolben sich versündigt und ihren Heiligenschein verloren. Er hatte prachtvolle graue Koteletten mit Schmutzflecken drauf, und sein Gesicht war mit einem Dreck verschmiert, der nicht so aussah, als könnte er mit einmal Duschen runtergehen. Er hätte auch ein Kohlekumpel sein können. Man konnte seine Poren zählen.

»Schaff ich's damit noch bis Salt Lake City?«

»Wenn Sie ihm 'ne Menge Öl geben.«

Burl verfluchte den Namen Gemignani. Der Checker hätte seinen Lebenssaft niemals so leichtfertig verschleudert. Burl beschloß, der armen Karre eine Pause in Las Vegas zu gönnen; dort hatte er immer schon mal hingewollt. Außerdem ging ihm allmählich das Bargeld aus, und er hatte einen Horror davor, Kreditkarten zu benutzen, aus Angst, sich dadurch zu verraten. Es war schwer, mit dieser Gewohnheit zu brechen, doch er war entschlossen. Las Vegas lockte wie eine gigantische Bank. Burl war ein disziplinierter Kartenspieler und nahm sich vor, nur mit dem Geld zu spielen, das er aus der Schublade zu Hause mitgenommen hatte. Die Hauptsache war, dem ganzen Rummel aus dem Weg zu gehen, weil er immer Angst hatte, man könnte ihn für einen Teil der Show halten.

Als er bei Dunkelheit eintraf, die Klimaanlage des Dodge funktionierte ominöserweise selbst in der kühlen Abendluft nicht richtig, hatte er Mühe, ein Zimmer zu finden, ehe er schließlich müde in Spengler's Alcazar eincheckte, einem postmodernistischen Hochzeitskuchen mit raffinierten Schrägen, einen Block vom Strip entfernt. Selbstgefällig von den Rändern des Parkplatzes her angeleuchtet, um sogar bei Nacht mit seinen Winkeln und Flächen prangen zu können, versuchte es, mit Schwarzweißreklamen und gershwinesker Musik eine neue Generation von Spielern anzusprechen. Das Alcazar kleidete seine anrüchige Bestimmung in guten Geschmack. Die Hostessen hatten wenig an, aber das Wenige war nicht aus Polyester, und an die Halle angrenzend gab es ein vegetarisches Restaurant. Zum Glück für Burl erwies die junge Schickeria sich als immun, und der Schuß ging nach hinten los. Das eigentliche Zielpublikum des Alcazar fand die Hotels am Strip schick und lustig, während die Horden von Toupet- und Hüfthalterträgern das Alcazar für den Gipfel der Raffinesse hielten. Das hatte zur Folge, daß jede Menge dicker Leute da waren, und Burl fühlte sich einigermaßen zu Hause.

Seine Ankunft bedeutete stets Unheil für die Casinoindustrie. Mit seinen schwerlidrigen Augen und ausdruckslosen Fettfalten war seine Miene undurchschaubar, und er schaffte es, in fünf geduldigen Tagen beim Siebzehn-und-vier mit bloß fünfzehnhundert Dollar Einsatz zehntausend Dollar anzuhäufen, indem er bei jeder Partie mitten in einer Strähne aufhörte, die geringere Männer in den Ruin getrieben hätte. Habgier war Burls Sache nicht, und außerdem konnte er den Buffets nicht widerstehen, an denen er der Phrase »Essen, soviel Sie können« eine neue Bedeutung verlieh. Manchmal ging er zweimal zum Abendessen, einmal, wenn das Buffet aufmachte, und dann noch einmal knapp vor Schluß. Oder er blieb die ganze Abendbrotzeit hindurch da und las zwischen den einzelnen Gängen Richard Wilbur oder Emily Dickinson, so wie andere Leute ein Sorbet nehmen. Das

Essen war obendrein gut; allerdings fragte er sich, ob es wohl ein Tier gab, das nur in Nevada vorkam und die allgegenwärtigen knallroten »Schlemmerrippchen« lieferte, die er in dieser Form noch nirgendwo sonst angetroffen hatte. Die Männer mit Pagenkappen hinter dem Buffet waren zuvorkommend, und um allen Mühe zu ersparen, servierten sie Burl immer gleich drei oder vier Stück auf einmal. Am besten waren die Mittagessen. Er plünderte das Buffet und wankte dann in sein Zimmer zurück, stieg in eine zeltartige Badehose und ging hinaus an den Pool. Dort machte er es sich in einem Liegestuhl bequem - langsam, langsam! Es war peinlich, wenn er unter einem zusammenbrach - und lag reglos hingestreckt wie ein gestrandetes Walroß oder ein menschlicher Sonnenkollektor, ein paar Quadratmeter Haut, der Wüstensonne ausgesetzt. Burl war ebenso bleich wie umfangreich, und er verbrauchte jedesmal, wenn er sich in die Sonne legte, eine halbe Flasche Sonnencreme. Der Schweiß floß in Bächen und sammelte sich als überschattete Pfütze unter ihm. Manchmal planschten Leute hinein, im Glauben, es käme vom Pool.

Burl fühlte sich wohl in Las Vegas. Schrille Gestalten konnten dort ein Zuhause finden, und er erwog zu bleiben. Das Wetter war schön, das Essen reichlich, sein feudales Zimmer billig und klimatisiert. Er konnte kommen und gehen, ohne viel Aufsehen zu machen. Eines Abends gab er auf dem Parkplatz einer Frau, die ihm einen Ring verkaufen wollte, hundert Dollar. »'n Diamant von eineinhalb Karat, sehen Sie selbst, und der Reif vierundzwanzig Karat Gold.« Wie sie so an seinem Ärmel zerrte, zahnlückig, wie eine alte Hexe, war sie am Rand der Hysterie. »Es war mein Ehering, wissen Sie? Aber ich brauch das Geld. Was soll ich machen?« Burl zuckte zusammen. Was wäre schlimmer, wenn das stimmte oder wenn es gelogen war? »Behalten Sie den Ring«, drängte er sie. Am Zeitungsstand in seinem Hotel holte er sich zum ersten Mal, seit er aus New York weg war, eine Ausgabe der *Tribune* und las sie mit Vergnügen. In den Heiratsanzeigen stieß er sogar auf eine Whitney. Neben dem Todestoto

– dabei wettete man darauf, wer von der Liste der vorproduzierten Nachrufe als erster sterben würde – war Whitneys-Zählen Burls liebster Zeitvertreib gewesen. Man konnte auf die Anzahl für, sagen wir, den Monat Juni oder fürs ganze Jahr setzen. Im letzten Jahr hatte die Zahl der Whitneys, deren Verehelichung in der *Tribune* gemeldet wurde, mehr als zwei Dutzend erreicht; gegen Weihnachten wurde die Whitney-Jagd in der Redaktion zum Volkssport. Burl wurde beinah nostalgisch. Aber er war zufrieden, nichts über sich selbst in der Zeitung zu finden.

Er lernte sogar, »Nevada« auszusprechen wie ein Einheimischer: »Neewädda.« Aber die Buffets wurden langweilig, und er begann sich angesichts des Zynismus dieses Ortes unwohl zu fühlen, des unverhohlenen Appells an Habgier, Egoismus und Lust. Vegas war eine außergewöhnliche Stadt, aber sie schaffte es, menschliche Gelüste uninteressant zu machen. Nach einer Weile war Burl nicht mal mehr hungrig. In seiner letzten Nacht in seinem Hotelzimmer wünschte er sich erst Norma und dann die Courage, etwas von seinem neuerworbenen Reichtum dafür zu verwenden, eine Frau für Sex zu bezahlen, auch wenn er wußte, daß so was eigentlich nicht sein Ding war. Was würde eine Prostituierte wohl sagen, wenn solch ein Mann die Tür aufmachte? Vielleicht hatten sie ja schon alles gesehen. Aber die ganze Idee erschien ihm kläglich, wie wenn man für die eigene Geburtstagsparty bezahlte, und mit einem kleinen Seufzen wichste er ein bißchen und schlief schließlich ein.

Am Morgen fuhr er in nordöstlicher Richtung los, durchstreifte die orangeroten Wüsten und schwarzen Berge und hob sich seinen großen Restaurantbesuch für später auf, so wie er manchmal, wenn er als Junge Spaghetti gegessen hatte, das Fleisch beiseitegeschoben und für zuletzt aufgespart hatte. Sogar außerhalb von Las Vegas war Nevada ein riesiger, trübseliger Schandfleck von Staat, dessen niedere Zerstreuungen sich gegen die allgemeine Leere der ganzen Gegend gleichwohl scharf abhoben, als hätte jemand einen Mount Rushmore mit nackten Frauen und einarmigen Banditen hingeknallt, der nachts von Scheinwerfern, gespeist vom Hoover-Damm, angestrahlt wurde. Burl machte zur Stärkung Rast in Dry Wells, einer Ansammlung von schäbigen Wohnwagen rund um ein paar Saloons und ein zugelassenes Bordell.

Seine Haut fühlte sich komisch an, übertrieben weich oder porenlos. Die Bar war ein bißchen urig, aber ganz nett; die Wände waren bedeckt mit Baseballkappen mit den Namen von Düngemittelfirmen und Traktorenherstellern drauf, dazwischen Autoaufkleber mit Sprüchen wie »Shit Happens« oder »Make My Day« unter der übergroßen Mündung eines Revolvers.

»Ich krieg zwei vom Faß.«

»Woll'n Sie beide gleich?«

»Ja, ist besser so.«

Burl kippte die zwei Biere runter und bestellte per Handzeichen zwei neue. Diesmal blieb der Barmann stehen und sah unverhohlen zu. Burl, der sich bereits besser fühlte, machte dasselbe noch mal. Der Barmann war beeindruckt.

»Die nächsten zwei gehen auf mich«, sagte er.

»Danke, aber die trink ich langsam, wenn Sie gestatten.«

»Lassen Sie sich Zeit.«

Als er sich umsah, ohne sich allzuviel zu bewegen, stellte Burl fest, daß die Bar in Wahrheit ein Wohnwagen war, oder vielleicht zwei Wohnwagen, und daß Dry Wells von einer einzigartigen architektonischen Uniformität war, wie diese Dörfchen in New England, wo weißer Hausanstrich Vorschrift war. Er rutschte behutsam auf seinem Hocker herum, versuchsweise. Hocker waren üblicherweise stabiler als Stühle, aber weniger bequem. Er zog einen zweiten heran und setzte sich einigermaßen erleichtert auf beide.

Ein muskulöser älterer Mann in einem weißen T-Shirt und Khakihosen setzte sich neben Burl und bestellte mit einem seltsamen, europäischen Akzent ein Soda und Zigaretten. Er rauchte gierig, bis er von stechenden Schwaden eingehüllt war. Burl war einsam und fasziniert. Die so schnell getrunkenen Biere machten ihn kühn.

»Wo sind Sie her?« fragte er, ein Husten unterdrückend.

»New York«, sagte der Mann leise und warf nur einen kurzen Blick zur Seite.

»New York? Ich bin auch aus New York!«

Der Mann zog aus Höflichkeit kurz die Augenbrauen hoch.

»Aber wo kommen Sie ursprünglich her?«

»Aus Polen.« Er schaute überrascht und zuckte die Achseln. »Ich bin Pole.«

»Was machen Sie hier draußen?«

»Ich hab hier was zu erledigen.«

Plötzlich begann Burls Magen zu flattern. Er spürte, wie sein Herz raste. Der alte Kerl wirkte narbig und hart, mit Fingern wie Bockwürste, starken Armen und null Fett unter seinem fleckenlosen T-Shirt. Sein linker Daumen schien an der Kuppe abgeflacht, als hätte er damit Nägel in die Wand gedrückt. Er machte den Eindruck einer wandelnden Schwiele. Würde der Name »Gemignani« diesem Mann etwas sagen? Was war das bloß, was er »zu erledigen« hatte? Vielleicht war es Zeit zu gehen, eine andere Richtung einzuschlagen, zickzack zu fahren.

Als die Geschichte des Mannes dann herauskam, war sie noch seltsamer als die von Burl. Er war ein Überlebender der Konzentrationslager, mit einer Narbe auf dem rechten Unterarm, wo die Häftlingsnummer gestanden hatte, bis er genug davon hatte und sie sich rausschneiden ließ. Seine Familie war ausgerottet worden, seine Frau eben erst gestorben, und er hatte keine Kinder. Er lebte allein in einem Wohnwagen in der gottverlassenen Einöde - für den Typen war Dry Wells die Stadt - und blieb ganz für sich. In der Wüste schürfte er aus ziemlich mysteriösen Gründen nach Plutonium oder Uran oder sonst irgendeinem mysteriösen Metall. Er war leidenschaftlich davon überzeugt, daß Gott den Juden das Land Israel gegeben hatte - das ganze -, doch erst nach den Prüfungen, die sie hatten erdulden müssen.

»Ich hab mein Blut im Heiligen Land vergossen. Ich hab vierhundert Morgen Wüste bekommen, als ich im Unabhängigkeitskrieg angeschossen wurde.«

»Vierhundert Morgen?«

»Wüste. Ich wurde verwundet. Hier.« Er schlug sich mit der flachen Hand auf einen harten Schenkel. »Bedienung.« Mit einer knorrigen Hand schob der Mann sein Geld über den Tresen und deutete aggressiv auf Burls Platz. »Für meinen Freund hier. Was immer er mag.«

Burl bekam noch zwei Helle, von den Gläsern perlte es auf die Bar.

»Was machen Sie hier draußen, um sich zu unterhalten?«

»Lesen. Ich lese eine Menge.«

Burl fragte sich, ob dieser Einsiedler ein Bote war. Vielleicht würde Burl auch hier draußen in der Wüste bleiben und lesen, denken, leben, unzerrüttet und unbelastet. Ungestört.

»Haben Ihre – Erfahrungen sich auf Ihre Überzeugungen ausgewirkt? Glauben Sie an Gott?«

»Sicher. Absolut. *Tohû wa vohu.* Chaos und Verzweiflung, wie in der Genesis. Nur daß ich es durchgemacht habe.«

»Haben Sie sich je gefragt, warum Er solche Dinge tut?«

»Er tut sie nicht«, sagte der Mann und lächelte durch seinen grauen Schnurrbart und den wunderlichen Akzent hindurch. »Wir tun sie.«

»Aber er läßt es zu. Er läßt Menschen diese Dinge tun.«

»Ja, schon, aber es hängt von uns ab.«

»Von wem? Und warum läßt er zu, daß so was seinem auserwählten Volk angetan wird? Wer sagt, daß die Juden so sehr leiden müssen?«

»Weil wir ihm nicht gehorcht haben.« Schweigen, ein Schluck Soda. »Sehen Sie nur, was mit Moses passiert ist. Kaum waren sie raus aus Ägypten, hatten sie schon das Goldene Kalb.«

»Gehorsam scheint immer eine göttliche Forderung zu sein. Ich frag mich, woher das kommt?«

»Er ist der Vater, daher. Das gilt für euch übrigen. Für uns gilt, daß wir einen Handel abgeschlossen haben. Es gab immerhin einen Vertrag.«

»Ich seh Ihn nicht so«, Burl nahm einen Schluck Bier. »Ich denk ihn mir als den toten Komponisten einer Musik, zu der wir alle tanzen müssen, auch wenn wir gar nicht tanzen wollen, tanzen können. Seine Werke sind rätselvoll, atonal, oder wirken vielleicht nur so, weil wir die Melodie nicht heraushören können. Sie sind unendlich komplex, aber letztlich selbstbezogen, sogar narzißtisch. *L'art pour l'art,* abgesehen von seinem Sinn für Ironie in Hinblick auf die Nachwelt. Sein Humor ...«

»Der muß boshaft gewesen sein.«

»... nämlich, daß er die Tänzer sich ihrer selbst bewußt macht. Daß er sie dazu bringt, ihre höchsten Anstrengungen darauf zu verwenden, die Musik zu verstehen. Damit hat er sich eine Verehrung gesichert, die er auf keine andere Art hätte erzwingen können. Das ist es, übrigens, was ein Engel ist: einer, der das versteht.« Burl trank eines seiner Gläser aus. »Aber ich glaube nicht an Engel, und ich kann nicht so tun, als würde ich Seine Musik verstehen. Schon sie bloß zu hören scheint mir eine Leistung. Im Herzen bleibt ewig ein Rätsel.«

»Für Sie vielleicht. Kommt darauf an, was Sie erwarten. Und auch darauf, wer Sie sind.«

Nach Norden vorstoßend, fuhr Burl in den magischen Staat Utah, den er gegen Ende des Tages erreichte. Die Sonne stand tief am Horizont, und die eisenhaltigen Felsen um St. George glühten schlemmerrippchenrot und blaubeerkuchenpurpur. Er fuhr bei Nacht durch den Zion National Park und nahm nur die Umrisse dieser Mondlandschaft wahr, doch tags darauf war er völlig weg, als er am Bryce Canyon haltmachte, den er für eine Offenbarung hielt, das Schönste, was er je gesehen hatte. Er kam durch Kleinstädte mit Namen wie Manti, die entlang der Bundesstraße 89 aufgefädelt waren wie stille kleine Häfen der Kameraderie und Beklemmung, und fuhr durch Meilen und

Abermeilen von malerischen Farmen und wogenden Wiesen mit schneebedeckten Gipfeln dahinter.

Trotz der mormonischen Fruchbarkeit gab es überall offenes Land. In der glasklaren Luft, die wirkte, als hätte Gott selbst sie mit Ammoniak poliert, taten sich in alle Richtungen verschwenderisch weite Ausblicke auf, und der wechselnde Stand der Sonne im Laufe eines Tages sorgte, zusammen mit Burls eigener stetiger Vorwärtsbewegung, für eine unendliche Vielfalt von Licht und Farben. Im Vergleich dazu wirkte New York so verregnet und verlumpt, so hoffnungslos verschmuddelt und vermenschelt. Burl hatte das Gefühl, ins Paradies geraten zu sein.

Bis er in Salt Lake City ankam, fiel ihm nicht auf, daß er vergessen hatte, Öl nachzufüllen - »'n Mehrbereichsöl, 15W-40er oder so, is eigentlich egal«, hatte der Mann gesagt -, und seit Las Vegas nicht einmal den Ölstand kontrolliert hatte. Wundersamerweise lag die Marke genau zwischen den Strichen. Irgendwie hatte der Wagen aufgehört, sich auszubluten, und was im Motor gewesen war, hatte die ganze Zeit vorgehalten.

KAPITEL 10

DER LEGENDE NACH wurde Brigham Young von den Möwen geleitet.

»Dies ist der rechte Ort«, soll er am 24. Juli 1847 gesagt haben, als er zum erstenmal den Großen Salzsee und den strahlenden, bergumringten Flecken Wüste erblickte, der seine Heimat werden sollte. Im Banne einer machtvollen Idee waren die Heiligen zu Pferde und mit Handkarren von weit her eingetroffen, sogar aus Europa; viele von ihnen starben auf den weiten Ebenen knapp vor ihrem Bestimmungsort. Burl war noch nie zuvor in Utah gewesen, war aber vom Fleck weg angetan von dieser seltsamen, nüchternen, blitzblanken kleinen Metropole. Sie war groß genug, um sich darin zu verirren, aber klein genug, um sich wohl zu fühlen, wenn man sich schon wie ein Wesen von einem anderen Stern fühlte, und weitab von jedem Ort von Bedeutung. Anders als Brigham Young kam er im Winter an, als die Luft sauber und hell war, und war beeindruckt von der Freimütigkeit der Leute, ihrer geradlinigen Art mit festem Händedruck und offenem Blick und ihrer bekloppten Religion. Er konnte sich keinen Ort vorstellen, der sich mehr von daheim unterschied.

Als er ankam, ging Burl daran, sich ein relativ normales Leben einzurichten, gemessen daran, daß er sich in einem Motelzimmer verkroch, zweitausend Meilen von daheim, in einer Stadt, in der er keinen kannte. Draußen hatten die Tage eine märchenhafte Klarheit, die qualvoll war. Salt Lake City kam ihm vor wie ein Ort mit einem Heiligenschein; es lag etwas Himmlisches in der Luft, so daß Berge und Gebäude wirkten wie von göttlichem Licht beleuchtet, was die verrückten Behauptungen der missionierenden Mormonen beglaubigte, denen zu begegnen Burl auf seinen Ausflügen von der Chrysalis Motor Lodge am Stadtrand aus (wo er sich an Spiegel gewöhnen mußte, nicht nur im Bad, sondern auch an der Decke) immer wieder Vergnügen bereitete. Anfangs begegnete er ihnen oft, weil er das bizarre Straßensystem der Stadt nicht gleich durchblickte und darum immer wieder zurück zum Ausgangspunkt mußte, was in Salt Lake City buchstäblich stimmte, zum großen Tempel im Stadtzentrum.

Gelegentlich tauchte Burl aus dem Chrysalis auf und fuhr ein paar Meilen nach Westen über einen Viadukt, der ihn an die Stadtautobahn zwischen Brooklyn und Queens erinnerte, und dann nach Norden, um seine Wäsche zu waschen, die sich auf dem Schrankboden ansammelte, bis er sie hervorholte und auf die vinylbezogene Sitzbank des Dodge schmiß, wobei er sich jedesmal ins Gedächtnis rief, daß er ein anderes Auto brauchte. Die Schmutzwäsche lag neben ihm wie ein Haufen abgestoßener Haut.

Zuerst war er überrascht. Salt Lake City schien zwar durchgängig voll von blonden, hellhäutigen, gesund aussehenden Menschen angelsächsischer Abstammung, doch der Waschsalon war in einem Viertel, das hauptsächlich von kleinen, stämmigen Einwanderern mit rabenschwarzem Kraushaar und, unter den Leuchtstofflampen, schwach purpurfarbener Haut bewohnt wurde. Wie die Armen fast überall hatten sie etwas Unsicheres an sich, das sich in dem Waschsalon vielleicht übertrieben zeigte, wo sie, wie auch Burl, ihre allerletzten und allerunvorteilhaftesten sauberen Sachen anhatten. Modisch gesehen war es eine Zeitreise in die Vergangenheit. Burls Kollegen zeigten, außer dem glasigen Blick von nächtlichen Waschsalonbesuchern, taillierte Hemden in leuchtenden Honigfarben, »Westernhemden« mit diagonal aufgesetzten karierten Passen und falschen Perlknöpfen und der eine oder andere sogar die seltsamen Schlaghosen ohne Taschen. Doch anders als ihre Aufmachung gaben diese Leute sich unauffällig, abgesehen von dem jungen Mann in der chemischen Reinigung, bei dem man Geld wechseln konnte.

»He, he, he«, sagte er, als Burl zum erstenmal mit einer Fünfdollarnote auf ihn zukam. Burl stand baß erstaunt da, als der Typ sich mit hochgestreckten Armen in geschauspielerter Verehrung dreimal verbeugte. Noch erstaunter war Burl, als er sah, daß er etwas anhatte, was aussah wie ein knielanger, buntgeblümter Rock und dazu ein marineblaues T-Shirt mit einer Rolle Geldscheine in der Brusttasche. Sein Haar war kurzgeschnitten und pomadisiert, so daß es in winzigen Stacheln von seinem Kopf abstand, mit dem Ergebnis, daß er irgendeiner teuren tropischen Frucht ähnelte.

»Was für'n Mann!« sagte er zu Burl, wie es schien, mit echter Bewunderung. »Herrje, Sie müssen aus 'ner Königsfamilie sein.«

»Aus Kings County allenfalls«, sagte Burl. »Rex Bennett ist der einzige Titel, den ich beanspruchen kann.«

»Rex, super.« Er zeigte auf sich selbst und sagte: »Engel.«

Burl streckte eine fleischige Hand aus, die der junge Mann ergriff und mit überraschender Kraft schüttelte.

»Wo kommen Sie her?« fragte Burl.

»Wo ich herkomme? Ich bin aus Tonga, Mann! Was haben Sie gedacht, woher?« Engel schielte von einer Seite zur anderen. »Glauben Sie, ich bin aus Samoa oder so? Ein Latino?« Er deutete auf den Boden der Waschsalons. »Sie befinden sich auf tonganischem Boden.«

»Tonganischem Boden?«

»Machen Sie sich nichts vor, Mann, wir sind alles unterdrückte Völker. In dieser Stadt gibt's schon 'n paar taffe tonganische Gangs, Dealer und so. Glauben Sie nicht jeden Mormonen-Scheiß, der in der Zeitung steht. Mormonen sind hier nicht mehr das ein und alles, und diese Heiligen der Letzten Tage sind gar nicht so heilig. Irgendwer kauft doch diese ganzen Drogen, richtig? Ohne Käufer kein Kaufvertrag; ich hatte mal Wirtschaftsrecht.«

»Ich brauch Kleingeld.«

»Willkommen im Club, Mann. Vierteldollar?«

Sein Vorname war Filipu, aber wie es schien, war er für jedermann nur Engel. »Mein Urgroßvater war Deutscher, der Hurensohn. Damals kamen alle möglichen Leute durch. Die haben sich alle aufgeführt, als wär's 'n einziger riesiger Gauguin-Schinken mit braunen Bimbos überall.«

Engel war hager, scharf, kantig, schnell. Nach tonganischen Maßstäben war er hoffnungslos amerikanisch. Mit seinem kindergesichtigen Harter-Mann-Gehabe erinnerte er Burl an die jungen Latinos in ihren enggeschnittenen, an den Schultern wattierten Anzügen, die er auf Fotos aus den vierziger Jahren gesehen hatte, auch wenn Engel sich darauf kaprizierte, in der Münzwäscherei den traditionellen tupanu oder Männerrock zu tragen.

»Die Römer hat auch keiner ausgelacht, richtig? Die haben Hosen verboten. In Schottland tragen die Männer Kilts. Hier trägt keiner mehr den tupanu. Tonganische Männer haben Röcke getragen, weil sie zu große Eier hatten. Die paßten in keine Hosen.«

Das war es, was Dicksein für Engel bedeutete. Er hatte etwas von einem Klugscheißer, aber einem liebenswerten, und Burl beschloß, sich weiterhin Rex nennen zu lassen. Warum auch nicht? Es wäre sowieso keine gute Idee gewesen, seinen wirklichen Namen allzu ungeniert zu benutzen. Und es war nett, hin und wieder mal aus dem Chrysalis rauszukommen. Engel ging mit ihm essen; er eskortierte Burl spätnachts zu besonders guten Schnellrestaurants oder seinen Lieblingschinesen, nur sie beide. Er aß, aber mehr noch genoß er es, wie Burl aß, und sah mit dankbarer Ehrfurcht zu, wie Burl dreifache Cheeseburger mit Speck in drei Bissen verdrückte oder den Kellner sprachlos machte, indem er eine gehäufte Platte Schweinefleisch Mo Shu verputzte, als wäre es ein Amuse-gueule. Im Wasatch Mandarin arbeiteten sie sich durch ein komplettes Menü, und dann winkte Burl den Kellner herbei.

»Das war sehr gut. Würden Sie den Koch fragen, ob er das nochmal machen kann?«

Der Kellner schaute verwirrt.

»Sicher, jederzeit. Sie möchten wiederkommen?«

»Nein, nein, jetzt.« Burl blickte den Kellner unschuldig an. »Jetzt gleich. Nochmal.«

Engel hielt sich die Hand vor Augen. Er konnte sich kaum noch zurückhalten.

»Sie nehmen mich doch auf den Arm, oder?« fragte der Kellner flehentlich. »Sie haben immer noch Hunger?«

»Na ja, ja. Den ärgsten haben wir gestillt. Jetzt hätten wir gern ein mehr gemütliches Souper. Deshalb wollten wir auch vorhin kein Dessert. Wir wollten uns nicht den Appetit verderben.«

Der Kellner trottete davon, unsicher, ob man ihn zum besten hielt oder ob er hier Beihilfe zu irgendeiner Art von Selbstbeschädigung leistete, und das Mahl wurde wiederholt. Engel war überrascht, wieviel mehr er in Burls Beisein essen konnte, obwohl er nie nennenswert zuzunehmen schien. Seine Enttäuschung darüber war dramatisch. Er betrachtete seine Magerkeit mit derselben tragischen Leidensmiene wie vielleicht ein Liliputaner seinen Zwergwuchs und gab die Schuld dafür den europäischen Genen seines Urgroßvaters, die ihn um sein angeborenes Recht auf Fettsein gebracht hatten.

»Du glaubst, das is 'n Witz, Mann, aber in unserer Kultur ist Dicksein wirklich schön. *'Oku 'ikai ke kovi 'a e lahi.* Sogar die derzeit regierende Nulpe, König Taufa'ahau Tupou IV., hat gut dreihundert Pfund, und der ist 'n Leichtgewicht. Der kleine Wichser.«

»Der König wiegt dreihundert Pfund?«

»Darauf kannst du deinen Arsch verwetten«, gackerte Engel. »Die waren alle dick; da ist der Kerl gar nichts, wirklich. Die Wahrheit ist, daß sie mit der Zeit immer dünner werden. Wir haben unser Erbmaterial verunreinigt, Mann. Und ich bin das beste Beispiel. Sieh mich an. 'ne tonganische Niete mit schlappen hundertfünfzig Pfund, ungeeignet für den Thron oder auch nur für das königliche Gefolge, und das alles dank 'nem gewesenen deutschen Sonnenanbeter und seinem Hang zu saftigen Frauenzimmern.«

Engel wies Burl in Salt Lake City in die Lage ein. Er erklärte ihm das verwirrende Straßensystem und versprach, ihn in einen der Tempel einzuschmuggeln, deren Betsäle für Nichtmormonen verboten waren. Burl genoß die irre Mischung aus Ergebenheit und freundschaftlicher Herablassung, die sein selbsternannter Gefolgsmann ihm bezeugte, und revanchierte sich mit ein paar Eßkunststücken. Engels Neugier in bezug auf seine Vergangenheit wimmelte er freilich stets ab. Hauptsächlich aber versuchte er, einen guten Einfluß auf ihn auszuüben. Engel ertrug seine erzieherischen Anstrengungen gutmütig und nannte ihn immer noch Rex.

»Wir Tonganer haben eine starke Beziehung zum Königtum«, sagte er.

Auf ihren nächtlichen Streifzügen erklärte Engel, daß die Tonganer ihre königliche Familie noch mehr verehrten als die Briten die ihre. Die Inseln seien nie kolonisiert worden, abgesehen von diversen christlichen Missionaren, und bis heute gebe es dort insgesamt nur hunderttausend Menschen, alle ziemlich eng miteinander verwandt.

»Du weißt, was das bedeutet, oder?«

»Inzucht?« überlegte Burl. »Idiotie?«

»Das heißt, wir sind alle verwandt mit dem König, Arschloch.«

»Toller Name für 'n König, in jeder Sprache.«

»Meine Großmutter war wirklich eng mit ihm verwandt, 'ne Kusine zweiten Grades oder so; sie und ihre Familie hatten einen Platz bei Hofe, und alle haben gehofft, sie würde sich einen von den jungen Prinzen angeln ...«

Doch die Liebe geht seltsame Wege, und sie befleckte auf immer den Namen der Familie, als sie sich mit Engel einließ und auch noch trotzig seinen affigen Namen annahm. Die frischgebackene Engel und alle, die auf sie folgten, waren zur Wanderschaft verurteilt.

Burl sah, daß Engel, wie alle wahren Gläubigen, eine verlorene Seele war. Besessen von Tonga und zugleich hoffnungslos weit davon entfernt, kämpfte er mit dem zweischneidigen Schwert seiner angeeigneten Kultur gegen die Assimilation an. Er versuchte sich dazu zu zwingen, Kassetten mit Tonga-Musik zu hören, wenn er in seinem spiegelblanken mitternachtsblauen Pontiac Firebird fuhr, gekauft von seinen Einkünften aus dem Waschsalon, der der Mormonenkirche gehörte und Engel von einem lokalen Bischof anvertraut worden war, der unvereinbarerweise hoffte, Engels Grips für sich ausnutzen und ihn zugleich auf den rechten Weg bringen zu können. Er fing immer mit tonganischer Musik an, schaltete aber früher oder später doch auf einen der lokalen Hitsender um. Er fand Madonna unwiderstehlich.

Engel wohnte in einem kleinen möblierten Apartment nicht weit von der Wäscherei. Er und Burl tranken dort Bier und sahen sich Sport im Fernsehen an; sie spielten mit der altertümlichen Libelle herum, bis das grieselige Bild des Farbfernsehers erträglich war. Manchmal, wenn sie sich ein Spiel ansahen, machte Engel Übungen mit den Hanteln, die er auf einer Bank immer in Reichweite hatte. Er war dünn, aber kräftig und versuchte immer wieder, Burl, der nach eigener Schätzung mittlerweile vielleicht dreihundertdreißig Pfund wog, hochzuheben.

»Du wirst dir noch einen Bruch heben. Du kannst mich ja nicht mal mit beiden Armen umfassen.«

Fasziniert von Burls Masse, forderte Engel ihn oft mit Knüffen und Klapsen heraus, die Burl wegwischte, wie ein Pferd Fliegen verscheucht. Einmal schließlich packte er Engel, um ihm eine Lektion zu erteilen; Engel wand sich frei, umkreiste ihn angespannt, und sie begannen zu ringen. Engel war schnell, und das einzige, was Burl tun konnte, war, sich herumzudrehen und ihn im Blick zu behalten. Er versuchte Burl durch eine Scheinattacke gegen dessen Bein zu täuschen und seine Schnelligkeit auszunutzen, um hinter ihn zu kommen und auf seinen Rücken zu springen, aber es half nichts. Von da an rangelten sie regelmäßig miteinander, wann immer Engel Burl dazu provozieren konnte, und die meiste Zeit hielt Engel nur dank seiner Schnelligkeit und dank Burls Duldsamkeit mit, bis schließlich dessen erdrückende Masse und Stärke die Oberhand gewannen. Für Burl, der in der Autokultur des Westens nicht mehr soviel zu Fuß ging wie früher in New York, war das anstrengend, aber es machte Spaß und gab ihm das Gefühl, seinem so schwer faßbaren Gegenstand, Joseph Smith, noch enger verbunden zu sein; dessen Vater war ja ein hünenhafter Mann und als Ringer so stark gewesen, daß er angeblich nur ein einziges Mal bezwungen wurde. Engel liebte es und rangelte wieder und wieder mit Burl auf dem braunen Zottelteppich im Wohnzimmer. Das Ergebnis war immer dasselbe. Burl war zu stark; Engel versuchte ihn in den Schwitzkasten zu nehmen, doch Burl griff sich ein Bein und hob ihn kopfüber hoch. Es stimmte. Engel konnte ihn mit den Armen nicht umfassen.

Dabei kamen sie auch auf die Idee mit dem Sumo-Ringen. Spätnachts sahen sie in einer japanischen Nachrichtensendung im nichtkommerziellen Fernsehen einen Ausschnitt davon, mit zwei berühmten yokozuna oder Meistern, die einander in geduckter Haltung scheinbar eine Ewigkeit lang belauerten, bis der kleinere von den beiden den schweren Gürtel seines Gegners zu fassen bekam und es schaffte, ihn aus dem Ring zu schleudern.

»Das isses!« schrie Engel und sprang aus seinem Sessel hoch. »Hast du gesehen, wie der Kleine den Großen geschlagen hat? Er hat das Gewicht des großen Typen als Waffe gegen ihn verwendet.«

»Jeder hat immer schon mein Gewicht gegen mich verwendet«, sagte Burl und nahm einen Zug von seinem Bier. »Was sollen wir tun, Salz auf den Teppich werfen?«

Doch Engel wühlte bereits im Schrank herum.

»Ich hab früher mal für 'nen Supermarkt Reklamezettel ausgetragen«, sagte er. »Da haben wir immer diese tolle Kreide gekriegt. Gib mir deinen Gürtel.«

»Wozu?«

»Als Zirkel.«

Engel tauchte mit einem Stück lila Kreide von der Größe einer koscheren Gewürzgurke wieder auf und steckte sie durch die Schnalle von Burls Gürtel. Er zog einen billigen Kugelschreiber aus der Tasche und gab ihn Burl, der inzwischen aufgestanden war.

»Da, halt das andere Ende fest. Nimm den Stift, durch das Loch, damit er sich drehen läßt.«

Mit Burls gewaltigem Gürtel als Radius zog Engel mit der Kreide einen Kreis mitten auf dem Fußboden, wobei er hastig die Möbel aus dem Weg schubste.

»Fertig«, sagte er und ließ die Hosen runter. »Jetzt zieh dich aus.«

»Komm schon, Engel, nicht jetzt. Ich hab 'n Dutzend Biere intus.«

Aber Engel hopste bereits in dem Kreis herum, und Burl wußte, er würde an diesem Abend keinen Frieden mehr haben, bis er wenigstens einen Ringkampf absolviert hatte, im Sumo-Stil.

»Okay, Engel, aber sachte«, sagte er mit einem spöttischen Lachen. »Ich bin noch nicht ganz soweit, den Löffel abzugeben.«

»Keine Ausreden, Dicker.«

Sie zogen sich bis auf die Unterhosen aus, die sie zwischen die Hinterbacken zusammenschoben, um auszusehen wie die Sumo-Ringer im Fernsehen, und nach einigen steifen Verbeugungen umkreisten sie einander wachsam, Engel von einer Seite zur anderen hüpfend, um eine Blöße zu entdecken, und Burl leicht wankend vor Anstrengung, mitzuhalten. Engel erwischte den größeren Mann auf dem falschen Fuß, er rammte Burl seitlich von hinten und drängte ihn auf den Kreidestrich zu. Burl fing sich gerade noch rechtzeitig, beugte sich zurück und war drauf und dran, seinen Gegner herum- und aus dem Ring zu wirbeln, als Engel, der begriff, daß er sich Burls Griff um jeden Preis entwinden mußte, losließ, abduckte und Burls linkes Bein attakkierte; er versuchte, ihn rückwärts zu Fall zu bringen und aus dem Ring zu werfen.

Burl war einfach zu schwer. Mittlerweile grunzten und schwitzten sie beide, Burl stampfte durch den Ring, und Engel verfolgte weiter seine Art von Guerilla-Taktik.

»Ich werde noch der leichteste *yokuzuna* der Welt«, prahlte er.

Unter Abducken und Täuschen stürmte er hinter Burls Rükken, packte ihn am Bund seiner gewaltigen Unterhose und trieb ihn, die Schulter weit unten gegen Burls Rücken gestemmt, noch einmal auf die Linie zu. Wieder hielt Burl rechtzeitig dagegen, doch als er versuchte, sich rasch umzudrehen, duckte Engel weg. Sowie Burls Arm über ihm hinwegschwang, rammte er die Schulter mit der ganzen Wucht aus den Beinen in Burls entblößte Flanke und versetzte ihm einen letzten Stoß, der ihn über die Linie hinausbeförderte.

»Aiijaah!« brüllte Engel, wie er sich es von einem Samurai vorstellte. »Haijooh!«

»Du sollst dich einfach nur verbeugen«, sagte Burl, der vor Lachen noch mehr außer Atem kam. Schweißbäche rannen ihm vom Körper. Seine Shorts waren durchtränkt und bis zur Unkenntlichkeit ausgeleiert; er lehnte sich gegen einen Bettpfosten, um wieder zu Atem zu kommen, und strampelte sie von den Beinen. Das Training tat gut, genau wie die Luft auf seiner nackten Haut. Inzwischen kriegte Engel sich wieder ein und verneigte sich tief und feierlich aus der Hüfte.

»He, Mann, das ist toll! So kann ich gegen dich ringen, das schafft 'n Ausgleich.«

»Wenn du 'n Ausgleich willst«, sagte Burl und schnaufte nach jedem Wort, »mach den Ring größer. Die Regel sagt, viereinhalb Meter Durchmesser. Du hast 'n Gürtel von anderthalb Meter als Radius genommen. Je kleiner der Ring, desto besser für dich.«

»Nee, nee, kleiner hilft dir. Außerdem haben wir hier nicht genug Platz für viereinhalb Meter.«

Sumo-Ringen wurde ihre Passion. Engel nutzte seine Schnelligkeit und kompakte Stärke, um Burl zu ermüden, aus unerwarteten Richtungen anzugreifen und Haltegriffen zu entgehen. Jedesmal, wenn Burl ihn zu fassen bekam, hob er ihn einfach auf, trug ihn an den Rand und stellte ihn außerhalb der Linie ab.

»Du hast verloren«, meinte Burl immer, sobald er seinen Gegner im Griff hatte. Engel heulte protestierend auf, denn er wußte, daß der Kampf vorbei war.

Manchmal schleuderte Burl ihn bis hinüber aufs Bett, wo er mit einem federnden *Sproing* landete. Engel wollte immer noch einen weiteren Kampf, egal, wie viele sie schon ausgetragen hatten und wie oft Burl ihn besiegt hatte, zum Teil deshalb, weil er wußte, daß seine Chancen mit der Anzahl der Treffen stiegen. Burl wurde einfach zu müde, um noch mitzuhalten. Er versuchte, sich einfach in der Mitte des Rings aufzubauen, doch der war zu klein, um sich ganz vom Rand fernzuhalten, wenn Engel ihn auch nur ein wenig von der Stelle bewegte und es ihm dann gelang, ihn in der einen oder anderen Richtung aus dem Gleichgewicht zu bringen. Das war ein bevorzugter Trick von Engel, der sich dabei als ziemlich leichtsinnig erwies. Einmal fiel Burl auf ihn drauf, nicht mit dem ganzen Gewicht, aber doch teilweise; er fing sich am Boden ab, damit er seinen Widersacher nicht zermalmte, und trotzdem mußten sie in die Notaufnahme, wo bei Engel ein paar gebrochene Rippen festgestellt wurden.

»Wir gehen's besser sachte an«, sagte Burl auf dem Heimweg. »Wenn ich auf deinem Arm gelandet wäre, hätte ich ihn dir zerquetscht.«

»Rippen sind nicht so schlimm«, sagte Engel unter einigen Schmerzen.

Er hatte große Pläne. Er fand, daß Burl wirklich das Zeug zum Sumo-Ringer hatte, wenn er nur trainierte, und meinte auch, es könnte einen Markt für einen amerikanischen Sumo-Zirkus geben.

»Wir gehen dahin, wo die ganzen Japaner sind, du weißt schon, Los Angeles, San Francisco ...«

»Fort Lee, New Jersey«, fügte Burl hilfreich hinzu.

»... wo immer. Aber wir versuchen auch die Wrestling-Fans zu kriegen. Wir könnten sogar Wetten machen und in Las Vegas die Quoten verlautbaren lassen. Ich könnte dein Manager werden.«

»Warum nicht Präsident der Liga?«

»Du bist ein Klugscheißer, aber du wirst schon sehen. Die Idee dabei ist, ein legales Wettgeschäft aufzuziehen, wie's das auch schon für Jai-alai gibt.«

»Du hätt'st dich um mich kümmern sollen«, sagte Burl wie eine Art Samurai-Marlon Brando. »Ich hätte jemand sein könn'. Ich hätt 'n Klassemann werd'n könn'. Jetzt ist alles, was ich hab, 'n Einfachticket nach Nagoya.«

Engels Rippen waren am Ausheilen, und schon bald wollte er wieder mit Ringen anfangen. Auch Burl vermißte es, doch er gelobte sich, vorsichtiger zu sein.

»Warte, ich hab hier was«, sagte Engel. »Mach die Augen zu.«

Burl gehorchte zögernd und spürte einen leichten, kühlen Druck auf dem Kopf. Engel schmierte ihn mit Styling-Gel ein und versuchte, sein schütter werdendes sandfarbenes Haar zum traditionellen Sumo-Zöpfchen umzufrisieren.

»Wir müssen auch deine Ernährung umstellen. Kein fettes Essen mehr. Wir brauchen viel Proteine, jede Menge komplexe Kohlehydrate. Du hast noch 'n weiten Weg vor dir.«

Engel erkannte in Burl einen ebenfalls Entwurzelten oder vielleicht einen, den man für die Echtheit seiner Entwurzelung bewundern mußte, und er tat, was er konnte, um zu helfen. Eines Abends in einem Imbiß mit einem Salatbuffet zum Einheitspreis wollte er unbedingt die Rechnung übernehmen.

»He, du mußt nicht immer bezahlen.«

»Mach dir darüber keine Gdanken«, sagte Burl und fragte sich gleichzeitig, ob er genug Geld dabeihatte. Er war entschlossen, keine Spur zu legen, indem er mit Kreditkarten bezahlte.

»Schau, wovon lebst du denn, Mann? Ich mach im Waschsalon eine Menge Kohle, und du hast nicht mal 'nen Job.«

So wurde Burls neue Karriere gestartet. Er wurde stellvertretender Geschäftsführer, beaufsichtigte den Laden und wechselte Geld, während Engel sich um eine Reihe von Verkaufsautomaten kümmerte, die ihm von den Mormonen übertragen worden waren. »Du mußt die Produkte puschen«, sagte er zu Burl. »Waschblau, Weichspüler, die ganzen kleinen Päckchen. Da verdienen wir 'ne Menge dran.« Burl gefiel es im Waschsalon. Es war immer warm und feucht, wie in einem Gewächshaus mitten in der Wüste von Utah, und das Geräusch der Wäschetrommeln wurde nach einer Weile zu einem beruhigenden Hintergrundrauschen, von dem ihm freilich noch im Chrysalis so die Ohren klingelten, daß er sich leicht benommen fühlte. Burl redete sich ein, daß die Leuchtstoffröhren spezielle Lampen seien, für Pflanzen, und schon wirkten sie weniger deprimierend. Engel war wütend, daß er nichts abzweigen wollte.

»Hör mal, Mann, sonst geht's doch nur an die Kirche. Die kriegen sowieso zehn Prozent von allem. Wenn wir's behalten, bleibt's zumindest in der Gemeinde. Wir können heilsame Laster fördern, wie Trinken und Grasrauchen.«

»Es ist Diebstahl.«

»Was *die* machen, ist Diebstahl«, beschwor ihn Engel. »Die bekehren unwissende Insulaner, die heben den Zehnten ein, die zahlen keine Steuern. Das ist 'n Verbrechergeschäft.«

»Alles ist 'n Verbrechergeschäft.«

»Genau! Ihnen gehört die Zeitung, die große Kaufhauskette, das ganze Land, alles steuerfrei und schön heimlich. Wie soll ein freier Unternehmer da mithalten?«

»Du - ein freier Unternehmer?«

»Darauf kannste wetten. Ich mach hier Verlust, Mann. Ich bin nicht da und kann meinen Schnitt nicht machen, du wirfst alles denen in den Rachen.«

Burl war aber nicht umzustimmen, nicht allein aus Ehrlichkeit, obwohl auch deswegen. Doch er erinnerte sich daran, was dabei rausgekommen war, als er sich mit der Korruption in seinem eigenen Restaurant abgefunden hatte. Es war Zeit, ehrlich zu werden, nichts mehr anzustellen. Außerdem erschien ihm bei der Vorstellung so kleiner Diebereien seine Stellung im Waschsalon nicht mehr komisch, sondern erniedrigend. Wenn er klaute, war er irgendein Penner, der mit Waschmaschinen arbeitete, und dieses Gefühl wollte er um jeden Preis vermeiden. Überdies sah er richtig voraus, daß Engel sich anderswo schadlos halten würde, und so erhob er keinen Einwand, als Engel darauf bestand, ihm einen hohen Stundenlohn zu zahlen, »entsprechend deiner Ausbildung und Erfahrung, wie's in den Anzeigen immer heißt«.

Der Job stellte minimale Anforderungen. Wenn Maschinen streikten, mußte Burl ein »Außer Betrieb«-Schild dranpappen, und einmal schnitt er sich, als er versuchte, eine Geldrolle mit Vierteldollars zu öffnen. Die meiste Zeit las er bloß.

Nach einer Weile entwickelten sie eine gewisse Routine. Engel kam kurz, bevor die Banken zumachten, behob die Tageseinnahmen und brachte das Geld zur Bank. Später gingen sie zusammen essen.

»Das Blöde mit den Automaten, Mann, ist die Abrechnung. Die Losung muß stimmen. Hier verkaufen wir Service. Solange wir die Stromrechnung bezahlen können, sind wir fein raus.« Engel war voller Überschwang, während er das Kleingeld zählte und die größten Scheine in die Tasche steckte. »Hör mal, wir haben dieses Wochenende ein Fest. Komm doch vorbei. Du kannst alle tonganischen Delikatessen ausprobieren, essen, soviel du willst. Wenn die dich sehen, werden sie dich mit Essen vollstopfen.«

»Was essen Tonganer denn so?«

»Außer Tacos?«

»Ja. Gibt's bei euch viel Poi? Oder Ananas?«

»Nee. Den Scheiß hat Dole nach Hawaii gebracht. Wir essen keine Ananas. Komm und schau's dir an.«

KAPITEL 11

Engels Eltern wohnten nicht weit vom Waschsalon in einem kleinen Haus mit lohgelbem Putz mit braunen Einfassungen und einem Parkplatz, wo früher vielleicht mal der Vorgarten gewesen war. Als die Eingangstür aufging, wurde Burl von einer schüchternen, lächelnden Frau, kaum über einsfünfzig, begrüßt. Sie war so dick, daß Burl unmöglich an ihr vorbei ins Haus konnte, und so bedeutete er ihr mit einem galanten Wink, sie möge vorausgehen. Als sie ihn drinnen näher in Augenschein nahm, strahlte sie ihn scheu an und hielt sich die Fingerspitzen vors Gesicht. Burl stellte sich vor, daß er kein Hemd anhatte, wie eine Art tonganischer Clark Gable.

»Mom, Dad, das ist Rex«, sagte Engel auf tonganisch.

»Sprich englisch«, sagte der Vater. »Rex?«

»Wie der Hund«, sagte Burl und streckte die Hand aus.

Engels Vater lächelte gezwungen. Sein Händedruck war schokkierend fest. Er war kein großer Mann, aber er war stämmig und wirkte kraftvoll, mit einem brüterischen Zug, der vielleicht von seiner Stirn herrührte, die sich tief über die Augen wölbte. Sein Benehmen war respektvoll, aber wachsam. Burl vermutete, daß ihm jeder, der mit Engel zu tun hatte, suspekt war, und das zweifellos zu Recht.

»He, alle mit'nander, das ist mein Freund Rex«, sagte Engel in

Richtung einer, wie Burl jetzt sah, Schar schüchterner Gesichter um einen großen Tisch. »Sagt hallo.«

Es gab ein Willkommensgemurmel, und Burl erschnupperte einen komplizierten Geruch, wie von altem Bratfett und seinen eigenen Körperfalten. Der Raum war von Kerzen warm erleuchtet. Am Anfang waren alle still, und Burl kam sich riesig schüchtern und befangen vor, bis eine sehr rundliche ältere Dame einladend die Hand ausstreckte. »Kommen Sie. Nehmen Sie Platz.« Als man für Burl und Engel auseinanderrückte, wurde klar, daß die freigemachten Plätze nicht ganz passend waren. Burl sah sich einem leichten, zerbrechlich aussehenden Stuhl mit dreieckigem Sitz und gerader, elend schmaler Lehne gegenüber. Das Haus war voll von solchen Möbeln, alles knallbunt, mit harten, lackierten Flächen und dünnen mattschwarzen Beinen. Es hatte etwas Trauriges; es war der allzu schicke Kram von gestern, die gestylte Aufmachung leicht ramponiert, die Beine wackelig vom zu vielen Feiern. Er war erleichtert, als jemand rücksichtsvollerweise einen metallenen Klappstuhl herbeiholte.

»Mickey Mituoulu«, sagte der Mann neben Burl fröhlich und streckte seine Hand aus. Sein drahtiges Kraushaar ragte vom Kopf auf wie ein Helm oder eine Dornenkrone. »Filis Schwester ist meine Frau. Er hat mir schon 'ne Menge von Ihnen erzählt. Waren Sie schon jemals bei so was?«

»Noch nie.«

»Dann steht Ihnen was bevor. Ich kann sehen, daß Sie ein gutes Essen zu schätzen wissen, aber richtig geschlemmt haben Sie erst, wenn Sie tonganisch gegessen haben. Hat Fili Ihnen erzählt, was es heute gibt?«

»Du Hamburger-Hilfskoch«, ging Engel dazwischen. »Was braucht er das zu wissen? Rex ist cool, Mann, du solltest mal sehen, was der vertilgt.«

Burl stellte entzückt fest, daß der Tisch mit riesigen Tupperware-Schüsseln und Styropor-Kühlboxen voller Essen bedeckt war; er kannte so gut wie nichts davon. Nun, da er Platz gefunden und man begonnen hatte, das Essen auszuteilen, wurden die Tischgespräche ernsthaft wieder aufgenommen. Manche sprachen Englisch mit Akzent und andere ein abgehackt klingendes Tonganisch.

Als er sich unauffällig umsah, stellte er fest, daß abgesehen von Engel und noch ein paar Männern jeder hier dick war. Insbesondere die älteren Frauen waren richtige Fleischpyramiden, ihre Formen gingen von oben abwärts rapide in die Breite. Männer wie Frauen lachten gern und viel, und doch zeigte sich auf ihren Gesichtern eine undefinierbare Traurigkeit. Die Älteren hatte schwere Lider und wirkten gleichmütig, aber bei Jungen wie Alten zeigten, wenn sie nicht sprachen, die Mundwinkel nach unten. Burl fühlte sich wie bei Leuten, die auf ihren eigenen Gräbern tanzten.

»Sind Sie in Tonga geboren?« fragte er Mituoulu.

»Nee. Ich wurde hier in Salt Lake City geboren. Ich hab eine eigene Anwaltskanzlei in der Stadt. Personenschaden, Scheidungen. In welcher Branche sind Sie?«

»Ach, ich bin gerade dabei zu wechseln.«

»Na dann, hauen Sie rein.«

Von einer großen Platte vor ihnen legte er Burl etwas vor, was aussah wie eine Art außergewöhnlich fein zubereitete Roulade, vielleicht von einem kleinen Vogel, gebraten in Gewürzblättern. Auf dem Teller hatte es einen scharfen Hautgout, den er plötzlich von allen anderen Gerichten, die am Tisch herumgereicht wurden, unterscheiden konnte.

»Mmm, danke«, sagte Burl. »Was ist das?«

»Probier's«, drängte ihn Engel vielleicht ein bißchen zu eifrig. »Es ist eine Delikatesse, du wirst es mögen.«

Burl stieß sein Messer in die Mitte des Dings und hörte Knöchelchen brechen. Eine Taube? Er liebte Täubchen, wenn es richtig zubereitet war.

»Ißt man die Blätter auch?«

»Nicht, wenn man schlau ist«, sagte Mickey. »Essen Sie das Fleisch. Die Taroblätter werden bloß mitgekocht.«

Aus dem Nest von Taroblättern holte er ein großes, dunkles, sehniges Stück Fleisch hervor. Er schwenkte es ein-, zweimal - es tropfte Saft herunter - und schob es dann rasch in den Mund. Er lächelte. Ein Ekelschock durchlief ihn, schlimmer als je nach einem nächtlichen Schluck sauer gewordener Milch direkt aus der Packung. Dem verdächtigen Geruch, den er zuvor ausgemacht hatte, entsprach ein stechender, leicht fauliger Geschmack. Engel und sein Schwager betrachteten Burl gespannt. Er versuchte zu kauen, aber das Fleisch war zäh, knorpelig. Irgendwie mußte er es schlucken, und mit einem großen Schluck Bier schaffte er es.

»Was ist das?« fragte er beherrscht.

»Fledermaus«, sagte Mickey.

»Schmeckt's dir?« fragte Engel.

»Sehr interessantes Aroma«, sagte Burl, einer Ohnmacht nahe.

»Seht ihr, ich hab's euch gesagt«, sagte Engel zu seinem Schwager und seinen Eltern. »Rex mag Fledermaus. Er ist 'n echter König, Mann.«

Engel erklärte voll Stolz, daß er sich ausgesuchten Mühen unterzogen hatte, um ein Paar Fledermäuse zu besorgen, die seine Mutter nach einem Rezept aus den Tagen, als die Familie noch jemand war, zubereitet hatte. Gehäutet und in Kokosmilch gesotten, wurden die Fledermäuse in Taroblätter gewickelt und gebraten. In Tonga waren Fledermäuse als Speise traditionell den Mitgliedern der Königsfamilie vorbehalten.

»Denen hat's auch nicht wirklich geschmeckt«, verriet Mrs. Engel. Sie erbarmte sich und nahm seinen Teller weg. »Aber für Fili ist das eine große Sache.«

Engel protestierte, doch sie lachte glucksend auf und winkte ab.

»Genug Fledermaus. Er kriegt jetzt Lu pulu und Steaks und viele andere gute Sachen.«

»Oh, Mann«, ächzte Engel. *Sotto voce* sagte er zu Burl: »Rex, wenn du das Lu pulu nicht magst, bring ich dich um.«

»Sei nicht blöd, das kann man leicht mögen«, sagte Mickey. »Sie machen es auf amerikanische Art.«

Burl trank noch etwas Soda nach und spülte damit ohne viel Wirkung den Mund durch, um den Fledermausgeschmack wegzuschwemmen, der sich durch die Nebenhöhlen in Ohren, Augen und bis unters Schädeldach ausgebreitet zu haben schien. Er dachte an Frederic und stellte sich vor, wie er ihm eine Überraschungstüte mit Kartoffeln, Butter, Eiern, Weißwein und Fledermäusen überreichte.

Engels Mutter kam wieder und stellte einen noch größeren Teller vor ihn hin, beladen mit tonganischen Delikatessen. Wie immer es auch auf den Inseln zubereitet werden mochte, hier war Lu pulu ein merkwürdiger Mischmasch aus Mayonnaise, mit Milch verdünnter Sahne, gehackten Zwiebeln und Corned beef aus der Dose, alles in Spinatblättern gekocht. Dazu gab es auch noch Kochbananen, Tapioca, Tarowurzeln und Ufi, ein Wurzelgemüse so ähnlich wie kandierte Süßkartoffeln. Nichts davon war sehr nach Burls Geschmack, aber er war hungrig und höflich und schaffte es, genug davon runterzukriegen, so daß keiner das Gesicht verlor - außer vielleicht Engel, der enttäuscht war, weil sein Freund nicht imstande war, die Größe seiner Gesinnung zur Schau zu stellen, indem er soviel vertilgte wie sonst.

»Ihr solltet ihn mal sehen, wenn wir zum Chinesen oder Italiener essen gehen. Der Typ ist nicht zu stoppen.«

Burl machte verlorenes Terrain wett, indem er zwei Steaks aß.

»Lassen Sie sich noch etwas Platz, Rex, es kommt noch was ganz Besonderes«, rief ihm Mrs. Engel vom Fuß der Tafel zu.

Burl dachte kurz an Flucht, doch in diesem Moment schwang die Küchentür auf und zwei Schweine wurden mit den Hufen nach oben ins Zimmer gebracht, auf Schultern getragen wie siegreiche Helden von ihren Bewunderern. Die Viecher waren enorm groß; als sie niedergestellt wurden, tätschelte Engels Vater bewundernd die Bäuche und begann dann mit einem elektrischen Messer zu tranchieren.

Rauchgebeizt, war es vielleicht das beste Fleisch, das Burl je gegessen hatte, an diesem Morgen hinten im Garten der Engels frisch geschlachtet und stundenlang auf offenem Feuer gebraten. Das entschädigte für die Fledermaus.

»He, wenn du glaubst, das hier ist ein Festmahl, dann warte mal, bis Fili nächsten Monat heiratet«, sagte Mickey.

Alle außer Engel lachten und nickten.

»Ich wußte gar nicht, daß du verlobt bist«, sagte Burl zu seinem Freund.

»Ich bin nicht verlobt, und ich werd nicht heiraten. Ich weiß nicht, wie oft ich euch das noch sagen muß.«

An einer Tischecke stand eine mollige junge Frau mit einem traurigen, hübschen Gesicht auf und ging hinaus, wobei sie sich mit beachtlicher Rammkraft an ihren protestierenden Tanten und Onkeln vorbeiquetschte. Engels Vater schwang sein Elektromesser in Richtung seines Sohnes, und vom Tisch stieg nervöses Gemurmel auf. Die beiden Männer starrten sich einen Augenblick böse an, ehe der jüngere Engel sich abwandte.

»Später«, sagte sein Vater barsch und schmiß das Messer hin. »Jetzt essen wir.«

Ein paar Frauen watschelten dem jungen Mädchen hinterher. Engel wirkte eingeschnappt. Burl stieß ihn mit dem Ellbogen an, während die Gäste sich dem Essen widmeten.

»Also ich schätze, du bist nicht allzu scharf drauf, hier und jetzt den Bund fürs Leben zu schließen.«

Engel verdrehte die Augen, sagte aber nichts. Er sah aus, als würde er gleich losplärren.

»Es ist eine arrangierte Heirat«, sagte Mickey erklärend. »Die beiden Familien haben das ausgeknobelt, aber er will nicht mitmachen.«

Engel schaute angewidert weg, und Mickey deutete mit der Hand auf ihn, wie um zu sagen: »Ist der Kerl zu fassen?« Burl drückte ihm einen Teller in die Hand. Es wurden Melmac-Schüsseln in Avocadogrün und Kakipflaumengelb weitergereicht, gefüllt mit Tarowurzeln, Kochbananen und dergleichen, aber Burl hielt Ausschau nach ein paar Rippchen.

»Unser tonganischer Kulturbewahrer«, spottete Mickey. »Der Frantz Fanon der Inseln, und ausgerechnet er rebelliert gegen die wichtigste Tradition, das Herzstück der *kainga*, der tonganischen Großfamilie. Sehen Sie, *tauhi vaha'a* ist für einen Tonganer das ein und alles. Es bedeutet, Verwandtschaften aufrechtzuerhalten, und die ganze Sache wird dadurch fortgeführt, daß die Familie sich ihre neuen Mitglieder aussucht. Das geht zurück bis anno Tobak. Ich hab 'n Autotelefon, aber ich bin in dieser Familie, weil seine Eltern mich für seine Schwester ausgewählt haben. Okay? Und wir sind gut miteinander ausgekommen. Warum auch nicht? Glauben Sie, ich wäre anders besser gefahren? Wissen Sie, wie viele Scheidungsfälle ich hab? Ich hab mit dem, was da in ein paar Monaten reinkommt, an meinem Haus ein Zimmer angebaut, mit Großbildfernseher und allem Drum und Dran.«

Tauhi vaha'a. Deshalb war das Tonganische ihm so vertraut erschienen. Er dachte an die Wüste zurück: *Tohû wa vohu.* Chaos und Verzweiflung, wie in der Genesis. Burl blickte Engel mitleidig an. Er wünschte, sein Freund und Mituoulu würden nicht links und rechts von ihm sitzen. Um sich dem einen zuzuwenden, mußte er dem anderen den Rücken zukehren.

»Durch *kainga* bewahren wir uns unsere Kultur«, beharrte Mickey. »Wir sind alle Mormonen hier an diesem Tisch. Wir sind auch Einwanderer. Fremde Wesen. Und genauso fühlt man sich auch. Wissen Sie, was es für eine Kultur, in der die Älteren verehrt werden, heißt, wenn man feststellt, daß die Kinder alle Macht haben, weil sie als einzige Englisch können?«

Burl versuchte für Engel Partei zu ergreifen.

»Na ja, wenn man seine Kultur bewahren will, bedeutet das noch nicht, daß alles daran so großartig ist. Deshalb sind wir alle doch in erster Linie auch hierhergekommen, richtig?«

»Richtig bemerkt, Rex.Wir sind hergekommen, weil Tonga echt beschissen ist«, sagte Mickey.

»'s gibt dort nich' genug Unfallopfer als Klienten aufzureißen«, giftete Engel.

»Er war überhaupt noch nie dort«, sagte Mickey. »Er ist hier geboren; er wird erst hinfahren, wenn's in Tonga einen Club Med gibt. Inzwischen gibt's dort kein Land, keine Jobs, jeder ist bettelarm, und die Königsfamilie reißt sich alles unter den Nagel. Es gibt keine fünf Meilen gute Straße, aber die haben einen Rolls-Royce. Das Wetter ist Scheiße; es regnet die ganze Zeit oder es ist heiß wie die Hölle. Man kommt mit'm Boot von irgendwo in die Hauptstadt, und die Schwüle haut einen nieder wie eine Tonne Bananen.

Die ganze Gegend stinkt nach ranziger Kopra, die überall rumliegt. Die Wanzen sind fetter als der König, und Tag und Nacht hört man in einem fort dieses nervtötende Klopfen, überall im Land.« Mickey hämmerte lautlos auf den Tisch.

»Es sind die Frauen. Die klopfen die Maulbeerrinde weich, die in Tonga von den Bäumen abgezogen wird. Manchmal müssen sie rund um die Uhr arbeiten, um ihr Soll an *Tapa* - Baststoff - für die Dorfhäuptlinge zu schaffen. Das ganze Land ist eine einzige hämmernde Kopfwehgegend.«

Später gab es eine Teezeremonie. Zwei füllige lächelnde Frauen gossen Wasser in einen riesengroßen Holzbottich, während eine dritte das, was sich darin befand, knetete; es sah verdächtig nach Sägespänen aus.

»Kawawurzeln«, erklärte Mickey. »Ein sehr wichtiges tonganisches Ritual, fast wie ein Sakrament. Sie fliegen sie von den Inseln ein, zermahlen sie und machen ein Getränk draus. Es schmeckt bitter.«

»Hübsches Symbol, was?« sagte Engel.

Als die Kawa aufgebrüht und abgeseiht worden war, wurde die erste Tasse einem älteren Mann angeboten, der still in einer Ecke saß, doch der lehnte sie mit einer Handbewegung ab und deutete auf Burl. Als man ihm die Tasse reichte, lächelte Burl und tat so, als würde er trinken. Die Frau, die ihm den Tee brachte, war enorm fleischig und blickte ihn scheu an, ihre lackierten Fingernägel strichen über seine Hände, ihre massigen

Hüften gewölbt wie ein riesiges Weihrauchfaß, als sie wieder wegging. Er hätte sich hier zu Hause fühlen sollen, hätte sogar flirten können, aber es war, als wäre man in einem Spiegelkabinett, und er spürte, wie er vor diesen dicken Menschen zurückschauderte, den Frauen mit den tiefen Stimmen, dem schweren Atmen, der Luft, die feucht war von ihren Ausdünstungen. Fast noch seltsamer, als selber eine Ungestalt zu sein, war die Erfahrung, auf einem Planeten voller Ungestalten gelandet zu sein. Vielleicht wurde es mit der Zeit ja besser.

Aus Engels Sicht war die ganze Sache ein Desaster. Er hatte das Gesicht verloren, und als Burl ihn wiedersah, war er grün und blau geschlagen. Sein Vater hatte ihn mit einem Stuhl verprügelt.

»Du bist nicht verliebt in diese Frau, ist es das?« fragte Burl.

»Genau.«

Sie waren in Engels Apartment und rauchten Marihuana. Der pfefferig-süßliche Geruch von glimmendem Gras erfüllte den Raum, und sie hatten bereits ein paar Sechserpacks Bier intus. Nun bekam Burl eine Massage. Engel hatte so was schon früher gemacht, und Burl hatte sich unwohl dabei gefühlt, aber schließlich doch gelernt, sich dabei zu entspannen. Seine Augen waren geschlossen, er war dösig, aber er wußte, daß Engel über ihn gebeugt hinter dem Sessel stand.

»Na ja«, sagte Burl beinahe murmelnd. »Es ist schon was dran an dem, was Mickey sagt. Ich meine, sie ist so gut wie irgendeine andere, richtig? Sie ist Tonganerin, sie ist dick, sie ist willig. Sie wirkt furchtbar lieb. Und du kriegst dein *kainga* oder wie das heißt. Was könntest du mehr wollen?«

»Ich fühl mich einfach nicht zu ihr hingezogen.«

Burl schlug die Augen auf. Seine Füße waren nackt. Engel war in der Hocke und stellte irgend etwas Exquisites mit Burls linkem Bein an. Er knetete die dicke Wade.

»Warte mal. Sie hat doch ’n hübsches Gesicht; nach deinem ganzen Gerede, dem ganzen tonganischen *ga-bragh* Tag und

Nacht, diesem Gelabere von wegen gefährdete Art, meinst du, daß du sie nicht willst, weil sie dick ist?«

»Du magst fette Frauen? Ich hab gesehen, wen du anstarrst.«

»Ja, aber ich bin kein Tonganer.«

»Na ja, und ich bin nicht fett.«

Darüber grübelte Burl einen Moment lang nach.

»Okay, du hast recht. Ich schmeiß nicht mit Hinkelsteinen. Ich schätze, wir sind beide Heuchler.«

»Nicht wirklich.«

»Nein?«

»Ich mag fette Männer.«

»Sicher, du magst unsere Stärke. Unser königliches Auftreten. Die Noblesse, mit der unser Fleisch den Druck der Welt erwidert.«

»Ich mag das alles«, sagte Engel und stand auf. »Sehr.«

Burl spürte, daß er auf eine Art und Weise angesehen wurde wie noch nie zuvor. Perverserweise erinnerte es ihn an seine Begegnung mit dem Sensenmann. Engel beugte sich über den Sessel und walkte mit vollen Händen Burls Oberkörper. Burl war ordentlich zugedröhnt; er wußte, was die in den Computerbüchern mit »Echtzeit« meinten, denn er hatte das Gefühl, daß er sich genau darin nicht mehr befand. Er trieb dahin, ein Prickeln überlief ihn, Engels Hände lagen wie Klammern auf seinem Kappenmuskel, und sein ganzer übriger Körper darunter fühlte sich an wie der einer Marionette oder Gliederpuppe.

»Schnüre«, sagte er versonnen und hob ein wenig die Finger.

Nun wurde Burl nicht mehr massiert. Er fühlte sich wie hypnotisiert und war sich nicht mal sicher, ob er die Augen offen hatte, und als er so in Trance dalag, spürte er eine aufkeimende Erregung. Er brauchte, wie es ihm schien, ewig lange, um zu merken, daß sein Penis geschwellt war und daß Engel ihn heftig in seinen Mund rein und raus schob.

Der Fernsehsessel war in einer Liegeposition, als sollte Burl von da aus in den Weltraum geschossen werden, und in dieser Lage war die Schwerkraft für ihn ein mächtiger Widersacher. Auf dem Rücken liegend, kämpfte er mit dem Sessel und dem entschlossenen jungen Mann, der ihn darin festhielt. Sie rangen miteinander, Schweiß trat aus jeder Pore Burls und tropfte von Engels Nase. Burl war benebelt von Marihuana und Alkohol. Engel versuchte ihn zu besänftigen und rubbelte die Seiten seines massigen Nackens.

»Du willst es doch, Mann. Gib's zu.«

»Geh runter, Engel, das ist mein Ernst!«

Aber Engel faßte nach unten und rieb Burls erhitzten Schoß.

»Du magst das. Wozu dagegen ankämpfen?«

»Engel, ich will dir nicht weh tun.«

»Ich dir auch nicht«, sagte Engel.

Burl kreischte auf und bäumte sich hoch, um Engel zu erwürgen, ihm mit einem einzigen tödlichen Druck den Hals zu zerquetschen, doch Engel packte bloß fester zu, und Burl wußte, daß er verloren war. Engel hatte ihn buchstäblich an den Eiern.

»Entspann dich doch, Mann. Ich hab gesagt, ich will dir nicht weh tun. Zwing mich nicht dazu.«

»Dafür bezahlst du, Engel ...«

Burl kreischte, als Engel noch einmal zudrückte, fester diesmal. Er dachte, er würde gleich ohnmächtig werden, was ihm auch recht gewesen wäre. Das Saugen ging weiter, gekonnter, als Norma es gemacht hatte, und bald mußte sich Burl, soweit er noch bei sich war, eingestehen, daß er sich nicht mehr gegen Engel stemmte, sondern ihm entgegen, bis er wieder Geräusche machte, unwillkürlich, als er - er wußte nicht wohin - kam.

»Ich weiß, du magst das«, sagte Engel keuchend, immer noch mit Burls Hoden in der Faust. Er drückte zu, nur zur Erinnerung. »Jetzt, Rex, will ich, daß du's mir machst. Schieb ihn dir rein, genauso wie du's mit den Hot dogs machst.«

Mit einer kurzen, plötzlichen Bewegung rammte Burl seine Faust in Engels Gesicht, wuchtig genug, um ihn vom Sessel zu hauen. Burl seufzte tief auf, rappelte sich aus dem Sessel hoch und ging auf ihn los. Die Eier taten ihm weh. Mit seiner großen linken Hand, weich wie ein mürblederner Baseballhandschuh, packte er Engel am Hals und drückte ihn gegen die Wand. Engels Gesicht sah scheußlich aus, die untere Hälfte war verschmiert von Blut aus der Nase. Er war kräftig und wehrte sich zornig, aber seine Augen blickten Burl angstvoll an wie die eines Ochsen vor der Schlachtung.

»Es hat dir gefallen, Mann, gib's zu!« brüllte Engel.

Womöglich war das der Haken dabei. Burl spürte, daß nach dem Bier, dem Pot, dem Orgasmus seine Stärke wiederkam, aber es machte ihn nur noch wütender zu wissen, daß er sich nicht dazu bringen konnte - und wollte -, Engel weh zu tun. Das freilich wußte Engel nicht, der vor Angst wimmerte, als Burl wieder und wieder mit der Faust neben Engels Kopf gegen die Wand donnerte und dabei ein gerahmtes Poster auf den Boden beförderte und eine Delle in der Wand hinterließ. Engel versuchte ihn zu fassen zu kriegen, aber Burl umklammerte seinen Hals noch fester und holte mit der Faust aus, wie um zuzuschlagen. Mit einem plötzlichen Atemstoß begann Engel zu hecheln.

»Ich geb auf, Mann«, sagte er schließlich und schnappte verkrampft nach Luft. »Genug. Du bist mir zuviel.«

Mit einer Hand hob Burl ihn am Gürtel hoch und hievte ihn hustend und schnaufend aufs Bett, wo Engel dankbar aufstöhnte. Burl ließ sich in den Fernsehsessel fallen und drehte sich noch einen Joint. Seine rechte Hand tat weh.

Das sollte mir eine Lehre sein, dachte er. Manche von uns sind eben dazu bestimmt, ihr Bündel allein zu tragen. Sein Gesicht brannte. Er dampfte vor Anstrengung und Scham; er war wütend auf Engel, fühlte sich aber auch schuldig und mißtraute sich selbst.

»Hör mal«, sagte Burl. »Tut mir leid, wenn ich 'n bißchen grob geworden bin.«

»Sollte es auch«, keuchte Engel.

»Dir aber auch, glaubst du nicht?«

»Was erwartest du, wenn du mit einem Engel ringst?« Sein Atem ging allmählich langsamer. »Wir sind heftig.«

»Du hättest das nicht tun sollen, Engel. Ich bin nicht interessiert an Männern.«

»Du bist voll drauf abgefahren. Warum machst du's mir nicht, siehst du, was dir entgeht? Sei kein Egoist, Rex.«

»Hör auf, mich so zu nennen. Mein Name ist Burl. Burl Bennett. Rex hab ich nur so gesagt, eine plötzliche Eingebung. Kings County hat mich darauf gebracht.«

»Du hast noch nie mit 'nem Mann?«

»Oder einer Frau, wirklich.«

Burl zündete den Joint an, den er sich gedreht hatte, machte einen tiefen Zug und gab ihn an Engel weiter.

»Jetzt weißt du also, warum ich nicht heiraten will.«

»Jetzt weiß ich's«, stimmte Burl milde zu und blinzelte mit schweren Lidern in Richtung Engel.

»Also, du willst es mir nicht machen?«

Burl schüttelte den Kopf.

»Also, ich bin FF. Also, erschieß mich.«

»Du bist was?«

»FF. 'n Fettfetischist. Ich zieh mir gern was Fettes rein. Tun wir doch beide.«

Burl schnaubte halbherzig, unfähig, allzuviel Hohn aufzubringen. Er streckte die Hand nach dem Joint aus, den Engel ihm langsam zurückreichte.

»Burl. Mann. Jetzt kennst du also mein Geheimnis. Warum erzählst du mir nicht deines?«

Burl sagte es ihm, obwohl es ihm beim Erzählen schwerfiel, alles in die Reihe zu bringen. Es war eine Geschichte, die er sich nie selbst erzählt hatte und deren Lücken daher nicht zutage getreten waren, bis er Engel zu vermitteln versuchte, was geschehen war und warum. Als er seine Flucht schilderte, seine Fahrt durch die Wüste und seine Ankunft an diesem Ort, der für die Mormonen Zion war, versuchte Burl eine geordnete Erzählung daraus zu machen, aber es blieben Widersinnigkeiten, Rätsel, Lücken. Er wünschte, er hätte die Gewohnheit kultiviert, wann immer etwas Wichtiges passierte, die Ereignisse in einem Zeitungsartikel, den ein völlig Fremder lesen und verstehen könnte, bündig zusammenzufassen, genauso wie er versuchte, ein ganzes Menschenleben in einem Nachruf zusammenzufassen. Bei dem Versuch, Engel alles zu erklären, ertappte er sich dabei, daß er Mutmaßungen anstellte, Dinge zusammenstoppelte und sogar vergaß. Unser eigenes Leben ist für uns undurchschaubar.

»Mannomann«, sagte Engel zum Schluß. »Also, was kommt als nächstes? Bleibst du hier in der Gegend?«

»Ich weiß nicht«, sagte Burl und stand auf, um zu gehen. »Ich weiß nicht.«

»Schlaf heute da, Mann. Du bist zu high zum Fahren.«

Burl sagte nichts.

»Hau jetzt nicht einfach ab, Mann. Du bist immer noch der König.«

Burl sagte nichts. Als er sich auf die Tür zubewegte, warf Engel einen Schuh nach ihm.

»Komm schon, Rex. Führ dich nicht auf wie ein Fremder. Ich erzähl's auch keinem.«

Bereits ein Fremder, stolperte Burl hinaus in die kalte Nachtluft. Auf dem Weg erinnerte er sich an etwas, was Engels Schwager ihm erzählt hatte. »Soviel ich weiß, stammt nur ein Ding von Bedeutung aus Tonga«, hatte Mituoulu nach etlichen Bieren gesagt. »Von uns habt ihr das Wort *Tabu*.«

KAPITEL 12

Burl gab die Arbeit im Waschsalon auf. Manchmal ging er noch hin und alberte unfroh mit Engel herum, während er seine Sachen durch die Maschinen laufen ließ, aber es war nicht mehr dasselbe, und bald erledigte er seine Wäsche woanders. Traurig hoffte er, daß er Engel nicht wirklich nötig hatte. Vielleicht konnte man, durch das Fleisch allein, auch ohne ihn Noblesse haben.

Trotzdem dachte er viel über seinen Freund nach, für den ethnische Befreiung an die Stelle dessen trat, was sonst ein einsamer und unangenehmer Kampf um persönliche und sexuelle Freiheit gewesen wäre. Hier blieb die Sublimierung nah an ihrem Ursprung. Burl hatte immer noch nicht mit einer Frau geschlafen, und obwohl sie attraktiv auf ihn wirkten und ständige Objekte seiner Phantasien waren, gab Engel ihm Anlaß, seine eigene Sexualität in Frage zu stellen. In seinen Mund zu kommen, dieser Griff um die Hoden hart an der Schmerzgrenze, das beängstigende Gefühl von Zähnen - all das war ein bißchen beunruhigend und ein bißchen verwirrend. Es ging ihm nicht aus dem Kopf. Vielleicht wehrte er sich zu sehr dagegen. Warum hatte er so gewalttätig reagiert? Nun ja, der Zwang, niemand sollte so etwas ausgesetzt werden. Aber was hatte er sich denn gedacht, bei all dem Herumgerangel und den Massagen? Was für ein Idiot er gewesen war. Außerdem war es bestürzend, daß der einzige

Mensch, den es je nach ihm gelüstet hatte, ein Mann und Fettfetischist war.

Burl hatte sich seit langer Zeit nicht mehr gewogen, aber so, wie seine größten Sachen spannten und die Fasson verloren, konnte er sagen, daß er einiges über dreihundertfünfzig Pfund haben mußte. Er wurde deswegen von widerstreitenden Regungen ergriffen. Langsam gingen ihm die Diuretika aus, und er hatte einen Horror davor, eine Spur zu hinterlassen, indem er sein Nachkaufrezept einlöste. Dann wiederum, ohne den Job im Waschsalon hatte er kein Einkommen. Finanziell setzte die Auszehrung wieder ein. Er konnte zurück nach Las Vegas gehen, aber das war immer eine ungewisse Aussicht; man konnte genausogut verlieren wie gewinnen, obwohl Essen und Wohnen billig und besser waren. Doch Burl begann im Chrysalis einen tröstlichen Trägheitswiderstand an sich zu spüren, die Schwerkraft eines Sicherheitsgefühls. Er mietete sich monatsweise ein, was billiger war, und versuchte an seinem epischen Gedicht zu arbeiten; er fing noch mal von vorn an und arbeitete nur aus dem Gedächtnis. Zu schreiben war ein schönes Gefühl, und er führte gelegentlich auch Tagebuch, verfaßte Briefe, die er nicht abschickte, machte sich Notizen für Geschichten, Stücke, Drehbücher. Es war ein besonderer Genuß, ohne einen Gedanken an ein Publikum zu schreiben, wie Emily Dickinson oder Kafka es getan haben mochten. Noch nie hatte er so ungehindert drauflosgeschrieben oder sich weniger um die Überarbeitung geschert. Ohne darüber nachzudenken, fing er wieder an, Dinge aufzubewahren. Die wachsende Ansammlung von Zeitungen, Büchern, Magazinen, leeren Flaschen, zu kleinen Kleidungsstücken und seinem eigenen Geschreibsel hatte angefangen, wie Efeu emporzuwachsen und eine Wand zu bedecken, mit ähnlich heimeligen Wirkungen. Er spürte, daß er versackte, aber das war nicht so furchtbar. Meist war er schlicht einsam, und das war nichts Neues. Engels Weggang ließ ihn mit nichts zurück; er war viel schlimmer dran als zuvor, denn diesmal war er sich des vollen Ausmaßes seiner Misere bewußt, was natürlich auch wieder seine Rettung daraus war. Ohne Geld oder Unterstützung, wie lange konnte er sich da noch in einem heruntergekommenen Motelzimmer am Rande von Salt Lake City verkriechen? Was kam als nächstes?

Burl hegte einen wachsenden Argwohn gegen den Heiligen Gral. Obzwar auch ein Tempel für Gourmets, die einen Tag vom Skiurlaub abzwackten, um wegen der legendären Küche hinzufahren, war der Laden tatsächlich Zentrum eines Kultes, und zwar um eine Prophetin namens Janet David Witness, die behauptete, von Christus, Buddha und Christoph Kolumbus abzustammen. In einem Staat, in dem die Männer einst üblicherweise Polygamie praktiziert hatten, betrieb Witness eine Art matriarchalischer Subkultur, von der man munkelte, daß die Frauen tatsächlich mehrere Ehemänner hatten. Burl fragte sich, ob Polyandrie in Utah legal sein konnte. Witness und ihre Gefolgsfrauen stellten ein Problem für das Gros der organisierten Feministinnen dar, die geteilter Ansicht darüber waren, ob sie sie als ein Beispiel für weibliche Unabhängigkeit im Angesicht der Verfolgung verteidigen oder wegen ihres militaristischen und autoritären Gehabes verteufeln sollten, das Frauen angeblich nur allzugut kannten und wogegen man auftreten mußte.

Die Mormonen waren natürlich alarmiert, und von den größtenteils mormonisch besetzten Behörden hieß es, daß sie ein wachsames Auge auf den ganzen Betrieb hatten, der aus einer weitläufigen früheren Schaffarm bestand, die Witness und ihre Anhängerinnen in einen utopischen Ashram und eine unternehmerische Freihandelszone verwandelt hatten, markiert durch Dutzende runde Wellblechhütten, die ins Rot und Orange der Wüste von Utah gesetzt waren. Unter den Dingen, die Witness mit Bedacht niemals ganz eindeutig dementierte, war die Behauptung, daß ihre Gruppe tonnenweise hochentwickeltes Kriegsgerät, von automatischen Gewehren bis zu Panzerabwehrwaffen, gehortet hatte, was ein Problem für eine Reihe von Prominenten bedeutete, die sich mit ihr hatten in Verbindung bringen lassen.

Überdies herrschte eine Art steter Fehde mit dem Finanzamt wegen der Unterscheidung von zu versteuernden Gewinnen und anderen Formen »kirchlicher Einnahmen«. Die Mormonen, die ein gut Teil des Geschäftslebens im Staat zu kontrollieren schienen und den steuerlichen Status ihrer Unternehmungen schon vor langer Zeit geregelt hatten, waren auch nicht froh über derlei Dinge.

Eine ganz andere Sache war das Essen im Heiligen Gral; in gewissen Kreisen wurde es mit einer Art von Ehrfurcht gewürdigt, wie Fans in anderen Lebensgefilden sie der Trefferquote von Ted Williams oder den Dichtungen von Yeats vorbehielten. Die Chefköche, allesamt Frauen, galten als göttlich inspiriert; Gerüchten nach wurden die Lämmer, die auf dem Gelände gezüchtet wurden, mit feinstem Marihuana großgefüttert. Erfahrene Feinschmecker sprachen von dem Lokal mit Ehrerbietung, und Ölleute aus Texas waren am Höhepunkt des Booms zum Lunch eingeflogen. *Newsweek* berichtete, daß ein ungenannter Nabob für ein Essen zum Mitnehmen seinen Jet vorbeigeschickt hatte.

»Nur für eine Person«, sagte Burl am Telefon. »Aber Sie sollten wissen, daß ich sehr breit bin. Ich brauche einen extragroßen Tisch, und am allerbesten wäre ein Polstersessel. Ich kann aber auch auf einem Eßzimmerstuhl sitzen, solange er keine Armlehnen hat.«

Das Menü wurde im voraus arrangiert und war so, daß einem buchstäblich das Herz stehenblieb. Burl hatte sich auf dieses Erlebnis schon einige Zeit gefreut, aber es würde kein ungetrübter Genuß werden. Seine Reservierung, für einen Donnerstagabend statt an einem überlaufenen Wochenende, machte jeglichem Vorwand, wonach sein Aufenthalt in Salt Lake City einem Zweck diente, ein Ende; er rechnete damit, das meiste von seinem verbliebenen Bargeld im Gral auszugeben, der notorisch teuer war, und er hatte darüber hinaus nichts geplant. Das Essen begann den Charakter eines Letzten Abendmahls anzunehmen; was er danach tun wollte, darüber war er sich nicht sicher. Abgesehen von Fruchtsaft und Mineralwasser fastete er vorher drei Tage, um sich auf den Festschmaus vorzubereiten.

Das war es mit Gewißheit. Der Gral war in einer einstigen Kirche beherbergt. Burl ging schüchtern hinterher, als er von einer hübschen jungen Frau in fließenden Röcken durch einen großen Raum mit einem Kamin in der Mitte und danach an einer Reihe von feudalen Speiseséparées vorüber geleitet wurde; das letzte davon war seines. Dort bat sie ihn, die Schuhe auszuziehen, und er konstatierte mit Vergnügen, daß das Schwarz an seinen Füßen durchgängig war; eine Socke hatte bloß eine beginnende Laufmasche über dem großen Zeh.

Hätte es dort Kissen auf dem Boden und nicht einen bequemen, dick gepolsterten Stuhl mit hoher Lehne gegeben, wäre alles im Raum vielleicht ein bißchen zuviel gewesen. Es gab eine schnörkelig gemusterte Tapete aus Filz oder Velours, und das Licht kam von silbernen Kerzenleuchtern auf dem Sideboard, die sich in einem großen holzgerahmten Spiegel an der Wand reflektierten. Auf dem ovalen Tisch, der mit einem gestärkten weißen Tuch gedeckt war, befanden sich ein silbernes Salzfaß, ein schwarzer Teller mit Goldrand und eine eindrucksvolle Besteckanordnung.

Als Burl bequem Platz genommen hatte - der Stuhl stand auf kugelförmigen Laufrollen und glitt dahin wie auf Kugellagern -, erschien eine andere junge Frau mit dem gleichen leuchtenden Teint und hypnotischen Lächeln, aber einem interessanteren Gesicht.

»Hallo. Ich bin Wanda. Ich werde Sie heute abend bedienen. Willkommen im Heiligen Gral.«

Ihre grünen Augen leuchteten, und ihre Vorstellung war das Signal für den Beginn einer stummen Choreographie von Serviertöchtern, die den Gast dezent umsorgten. Frauen in weißen Tuniken, schwarzen Hosen und mit kurzgeschnittenem Haar glitten rein und raus, um die beängstigende Armada, die bereits in Position lag, um Gläser und noch mehr Tafelsilber zu verstärken. Im Auge dieses anmutigen Wirbelsturms fühlte er sich wie ein Sybarit.

Es erschien ein Korb mit Brötchen; daneben ein Bukett aus Butter, zu Hibiskusblüten geformt, die auf einem Beet aus Eis schwebten. Als er davon mit dem kleinen Finger kostete, bestätigte sich Burls Vermutung, daß Erdbeeren verwendet worden waren, um die Blütenblätter rosa zu färben. Es wurde ein Kissen für seine Füße gebracht, und noch eines für den Rücken, die er zurückschickte. Es war wie beim Eunuchentag im Serail. Jemand zündete zwei kleine Kerzen an, und das Anreißen des Zündholzes ließ Burl, als wäre dadurch sein Hörvermögen wiederhergestellt worden, gewahr werden, daß Musik im Raum war, leise, aber nicht schwach, eine Frauenstimme in einer Sprache, die er nicht kannte.

»Das sind spanische *cantigas* aus dem dreizehnten Jahrhundert«, sagte Wanda, als könnte sie seine Gedanken lesen. »Vertonte Geschichten aus der Bibel. Liebesgedichte. Volkssagen. Sollen wir anfangen?«

Sie fingen mit dem Champagner an, einer Demiflasche, schäumend, zehn Jahre alt, aus französischen Chardonnay-Trauben, die Zitrone und Eiche erkennen ließen und perfekt zu drei schmalen Waffeln paßten, bestrichen mit Crème fraîche und in Streifen belegt mit orangem Lachskaviar und schwarzem vom Stör. Der kühle Komplex von Aromen explodierte in Burls Mund, als er diese mazzenartigen Waffeln nacheinander zerkaute, die Kaviarkörner prall und salzig, die Crème fraîche nicht zu süß und nicht zu sauer. Für Burl war jeder von diesen Crackern wie ein Kartoffelchip; nach diesem verheißungsvollen Beginn blickte er dem, was wohl als nächstes durch die Schwingtür in der Ecke hereinkommen würde, freudig entgegen.

Diesmal servierte Wanda ihm eine glitzernde Firnkuppe aus Muscheln auf einer, wie sich herausstellte, *concasse* von Tomaten. »Die Muscheln sind über Holzkohlen angebraten, und die Tomaten stammen von hier, aus unserem eigenen Gewächshaus, an der Staude gereift und nur ein paar Sekunden in siedendes Wasser getaucht, ehe sie geschält und mit frischem Basilikum aus unserem Garten vermischt werden.«

Unbekümmert, ob er nicht vielleicht ein Sakrileg beging, streute Burl etwas Pfeffer über die Muscheln; er fand, man sollte sie schon im Meer damit füttern. Er war bei Muscheln immer vorsichtig, besonders in Utah, aber die hier waren so zart, daß sie das härteste Herz erweichen konnten, und sie fanden in der intensiv säuerlichen *concasse* eine Ergänzung wie einen wiedergefundenen Zwilling.

Augenblicke später erschien Wanda wieder.

»Eine Gänseleber im Ganzen, wieder von unserer eigenen Farm, in einer Sauce aus Armagnac und Quitten, durchsetzt mit knusprig sautierten Fruchtstückchen. Und das hier ist der Hummer, lebend aus Maine geliefert, gekocht, entschalt und in *beurre blanc*, aromatisiert mit Ingwer und Limone, wieder zusammengesetzt.«

Während sie sprach, stand eine von den Tunikaträgerinnen hinten im Schatten in Bereitschaft, mit einer Flasche Wein in der Hand. Wanda nahm sie und zeigte förmlich das Etikett.

»Wanda«, sagte Burl. »Ich vertraue Ihnen. Sie können das lassen.«

Es war eine langhalsige Flasche eines lieblichen kalifornischen Gewürztraminers, der zu den nächsten Zwischengerichten überleitete: einer kalten Avocadosuppe mit Korianderblättern, gefolgt von salzigen Lachsmedaillons, ganz kurz angebraten und serviert mit einer äußerst leichten Dillvinaigrette auf einem Bett von Rucola.

Danach hatte Burl einige Augenblicke friedvoller Kontemplation, um seinen Gewürztraminer auszutrinken, der nach allem, was er bisher gegessen hatte, schon nach Dessert schmeckte, wenn er ihn in den Händen und auf der Zunge ein bißchen anwärmte. Er nahm etwas Brot und Erdbeerbutter. Die Musik, nun merklich lauter, begann nach Palestrina zu klingen, und die Kerzen auf dem Sideboard spiegelten sich in trübem Schein auf dem polierten Holzboden.

Der nächste Wein, ein schwerer, förmlicher, tintendunkler 1970er Bordeaux aus der Region Pauillac, kündigte das Kommen der Hauptgerichte an, bei deren Bestellung Burl sich für sein Empfinden große Zurückhaltung auferlegt hatte.

»Ah«, sagte er mit hochgezogenen Augenbrauen, als das erste davon aufgetragen wurde. Die fächerförmig auf dem Teller angerichteten Fleischscheiben schimmerten vor Hitze.

»Garniertes Filet von vierjährigen Rindern aus Utah«, kündigte Wanda an, »in einem Mantel aus Olivenöl, Basilikum und Pfefferkörnern.«

Das Fleisch war saftig, salzig und köstlich; dazu gab es ein Risotto Milanese, an dem Burl die darübergeriebenen Trüffeln genoß, und Grünkohl, gedünstet in Butter, Knoblauch und Weißwein. Darauf folgte als Intermezzo ein Zitrone-Minze-Sorbet, sehr kalt und intensiv. Burl begann sich langsam voll zu fühlen. Als er aufstand, geschah es unter Schwierigkeiten; er mußte kurz innehalten, bis er sich wieder zurechtfand. Ihm war schwindlig, und er tastete mit den Fingerspitzen nach der Tischplatte. Auf der Toilette übergab er sich unter heftigen, stoßweisen, anschwellenden Geräuschen, von denen er hoffte, daß die vertäfelten Wände sie nicht nach draußen dringen ließen. Er hatte sich schon einige Zeit nicht mehr zum Erbrechen gezwungen und war froh, daß er es immer noch konnte. Er wischte sich die Hosen ab und untersuchte seine Jacke nach Flecken, kämmte sich mit Wasser vom Waschbecken die Haare und kehrte zu seinem Platz zurück, wo eine der lächelnden Tunikaträgerinnen bereitstand, um seinen Stuhl unter ihn zu schieben.

Er fühlte sich klar und erfrischt für den entscheidenden nächsten Gang, der mit ein bißchen zuviel Zeremoniell um den Wein begann.

»Das ist der 1970er Château Lafleur, Theresa Robin. Ebenfalls ein Bordeaux, aber aus der Region um Pomerol und größtenteils aus zarten Merlot-Trauben, die ihn sehr satt, voll und warm machen«, sagte Wanda mit ein wenig blasierter Kennerschaft. »Etwas sehr Rares.«

Als Burl ihn verkostete, konnte er bloß aufseufzen. Das Bouquet sprach von Thymian, Kastanien und einer dunklen Frucht, die er nicht benennen konnte. Seine Augen wurden feucht.

»Schwarze Johannisbeere?« half Wanda aus.

Sie fing an, ihm ans Herz zu wachsen. Sie hatte ein Würde an sich, eine Art stummer Selbstgenügsamkeit in ihren Bewegungen, als wäre sie über alle Mühen hinaus. Burl wußte, daß so etwas nur möglich war als Folge von Größe oder des tiefen Glaubens an eine einzige aberwitzige Idee, und fragte sich, wenn er letzteres annahm, ob es das wert war. Der Wein in seinem Mund erblühte und entwickelte sich, liebkoste seine Zunge, während er sich erwärmte und mit seinem Speichel mischte. Einmal schlucken, und es war dahin, sein Andenken prickelnd in der Kehle: Tannin. Fleischliche Genüsse waren so flüchtig. Was kam einem verrückten Irrglauben gleich, wenn man sich ihm nur ganz und gar verschrieb? Verglichen damit, waren die herkömmlichen Religionen so matte Linderungsmittel. Zu traurig, daß kalorienarme Alternativen zu Angst und Wirrsal für ihn nicht akzeptabel waren. Wanda wirkte im Kerzenlicht so rein und schön, so frisch, so reif und doch so übervoll von ihrer eigenen ungeheuren Zukunft. Warum mußte sie ihren Reichtum an die Toten vergeuden?

»Wanda, bitten holen Sie sich ein Glas und nehmen Sie etwas davon.«

»O nein ...«

»Ich bestehe darauf; es kommt mir obszön vor, dazusitzen und diese wunderbare Kreszenz allein zu trinken. Besonders nach dem mit den schwarzen Johannisbeeren. Daß Sie die erkannt haben.«

Sie wollte sich bloß einen Schluck eingießen. Als sie das Bouquet einatmete, war sie bereits verändert, wenn auch nur für einen Augenblick. Als sie die Augen schloß, bemerkte Burl die kleine Narbe, die ihre linke Augenbraue durchschnitt und eine unbehaarte Stelle hinterlassen hatte. Ihm fiel immer mehr auf, daß ihr gesamtes Gesicht reizend asymmetrisch war. Ihre feine Nase zuckte, als sie Trauben und Erden einatmete, Sonne und

Regen, als würde sie sie auf der Haut spüren. Als sie den Wein in den Mund nahm, schloß sie ihn darin ein und stand sehr still da, die Augen geschlossen, und hielt ihn auf dem Gaumen, bis er vielleicht zu etwas anderem wurde. Dann schluckte sie geräuschvoll.

»Ich bitte Sie, Wanda, nehmen Sie sich ein ganzes Glas. Das ist doch nicht der Rede wert.«

Errötend und lächelnd schüttelte sie den Kopf und eilte rasch davon. Burl aber war immer noch glücklich.

Als sie wiederkam, brachte sie etwas mit, das aussah wie eine kleine Rakete oder Zeitkapsel und auf einem Servierwagen hereingerollt wurde. Mit Hammer und Meißel stemmte sie das Ding oben der Länge nach auf, bis ein langer Spalt sichtbar wurde, und spreizte dann die Ummantelung auf, indem sie eine Grillzange in den Spalt steckte und die Griffe auseinanderzog.

Augenblicklich durchflutete ein überwältigender Geruch von Thymian den Raum, und Burl zog in Richtung dieses Hauptgerichts seines Diners noch mal grüßend die Augenbrauen hoch. Dem Dampf ausweichend, während sie die Schale weiter aufspreizte, legte Wanda schließlich ihre Folterwerkzeuge beiseite.

»Das ist die Keule eines jungen Lammes«, sagte sie, »hier aufgewachsen und heute morgen frisch geschlachtet. Wir versiegeln sie in dieser Kapsel aus koscherem Salz, Mehl und Thymian, braten sie auf dem offenen Herd, nehmen sie dann vom Feuer und lassen sie fertiggaren.«

»Bravo!« sagte Burl und nahm mit dem Château Lafleur einen Vorgriff auf das Aroma. Er wußte, daß dieses Gericht normalerweise nur für vier Personen bestellt werden konnte, also rechnete er damit, daß es ausgiebig sein würde.

Wanda tranchierte die Keule meisterlich und richtete etwas davon auf einem Teller an. Neben den »mit Knoblauch abgeschmeckten Röstkartoffeln und bleistiftdünnem Jungspargel in Zitrone und Butter« wirkte es viel zu wenig durchgebraten und blutig. Burl war skeptisch. Zelotische Gegner langer Garzeiten hatten ihm schon kaltes, beinahe rohes Lamm vorgesetzt, aber in diesem Fall war die Sache schwierig zu beheben. Die Form, die das Fleisch enthalten und gegart hatte, war zerschlagen. Er fragte, wie und ob überhaupt er Wanda beibringen konnte, daß er keine Lust auf dicke Lappen Lamm-Carpaccio hatte. Als der Teller vor ihn hingestellt wurde, erkannte er, daß die Musik Beethoven war, eines der späten Streichquartette, tragisch, rätselvoll, unwiderstehlich.

Das Lamm war wie die Musik. Von der allerersten rosigen Schnitte an war es eine Offenbarung, ein tiefes, unsagbares Erlebnis, das nicht auf den Mund beschränkt blieb. Es schmeckte nach Salz, Rauch und irgendwie beinahe - oder bildete er sich das ein? - nach der Frische der Wiesen von Utah, die diesem Tier in seinem kurzen Leben Nahrung geboten haben mußten. Es war zartfaserig wie roher Lachs. Er verstand die Gerüchte über Marihuana; der Thymian war kräftig und durchdringend, und das Fleisch war berauschend.

»Wie ist alles?« fragte Wanda. Sie war nach dem Tranchieren vor Anstrengung rot im Gesicht.

»Oh, Wanda« sagte Burl, während er schluckte und nach seinem Glas griff. »Oh, Wanda.«

Sie nickte wissend, sie hatte das schon gesehen, sie war die weltkluge, aber geduldige Kurtisane, die die große Lust verstand, die sie ihrer hochmögenden Klientel bescherte (aber nicht mit ihr teilte).

»Sagen Sie's mir«, flehte Burl. »Ich muß es wissen.«

»Ich kann nicht.«

»Bitte. Wenigstens einen Hinweis. Ist es wirklich Gras? Und deswegen die ganze Heimlichkeit?«

»Na schön, es ist Gras. Aber das ist alles, was ich sagen kann. Außer, daß nichts daran illegal ist. Könnten wir gar nicht. Nicht bei der Art, wie sie uns beobachten.«

»Gras. Hmm, Gras. Wollen Sie etwas abhaben? Wir haben genug für vier, und ich brauch sicherlich nicht alles.«

Doch Wanda war bereits dahin; ihrem Benehmen nach hatte sie schon zuviel gesagt. Burl sah, daß hier ein Nimbus auf dem Spiel stand. Was, wenn die Lämmer nur Stunden, ehe sie geschlachtet wurden, wildwachsendes Marihuana fraßen - es war schließlich auch nur ein Kraut? Es wäre immer noch reichlich Cannabis in ihrem Blut, und das Fleisch wäre durchsetzt damit. Burl spürte schon einen kleinen Rausch; wer würde je unterscheiden können, was vom Essen kam, vom Wein, von einer schweren Mahlzeit? Oder auch nur die bloße Erwartung, daß das Fleisch halluzinogen war, von einer womöglich schweren Dosis von dem Zeug?

Und wen kümmerte es? Er aß und trank weiter, drei Portionen Lamm und das meiste von dem Wein; er brachte beides in Einklang, und beides entwickelte sich im Laufe des Essens; das Lamm schien noch salziger zu werden, der Wein größer, fruchtiger und sinnlicher, wenn auch vielleicht etwas weniger kernig und fest. Er dachte an Frederic und wünschte sich, daß er bei diesem Mahl dabeisein könnte. Das war der Auslöser. Er dachte an Frederic und hatte die Antwort.

»Salzgras«, sagte er. Wanda errötete. »Wie in Südfrankreich. Dort verfüttern sie gesalzenes Heu. Der See ist doch gleich da hinter uns, richtig? Lassen Sie sie dort grasen?«

»Sie verstehen eine Menge vom Essen«, sagte sie leise und tranchierte geschäftig weiter.

»Nur aus persönlichem Erleben.«

Burl fragte sich, ob sie ihm nur nach dem Mund redete. Vielleicht war das Salz bloß von der Schale, in der die Keule gebraten worden war. Vielleicht versuchte sie ihn ja, indem sie ihm schmeichelte und scheinbar recht gab, von der richtigen Fährte abzubringen?

»Außerdem«, sagte er, »haben sie das Fleisch getestet.«

Wanda erstarrte.

»Richtig«, fuhr Burl fort. »Ich weiß davon.«

»Woher? Sie können doch nicht bei der Polizei sein!«

»Natürlich nicht. Sie glauben, das Fleisch selbst verrät nichts? Aber würden Sie es nicht testen, wenn Sie einen Verdacht hätten? Ein Lamm entführen, oder sich für 'n großes Essen auf Spesen hier einschleichen und eine Schnitte einstecken? Sich was für zu Hause einpacken lassen?«

»Das mußten sie nicht. Sie kamen mit einem Durchsuchungsbefehl in die Küche.«

»Und haben nichts gefunden.«

»Wir erzählten ihnen, es sei das Gras«, sagte Wanda lächelnd.

»Aber das sollte sich besser nicht rumsprechen. Das Flair, das durch das andere Gerücht entsteht, ist unbezahlbar.«

Burl aß das ganze Lamm, er kostete jeden Bissen davon aus, sogar als es schon kalt wurde. Er hätte auch die Abschnitzel gegessen, die kleinen verbrannten Stückchen, die beim Tranchieren abfielen, und er sehnte sich danach, mit einem angefeuchteten Finger durch die Brathülle zu streichen und herauszufinden, wie sie schmeckte, aber nach vier Portionen servierte Wanda ab. Er respektierte ihr Gefühl von Schicklichkeit.

In Wahrheit wurde er auch schon matt. Er begrüßte den Salat - Radicchio, Sauerampfer und Rucola, parfümiert mit orangen, gelben und violetten Blüten von der Art, wie er sie auf der Herfahrt von Las Vegas auf den Wiesen gesehen zu haben glaubte - mit Erleichterung. Das Olivenöl war leicht und mit Oregano und Himbeeren versetzt, das perfekte Beiwerk zum Geschmack von Lichtsynthese. Es hatte für einen Abend schon genug Fleisch gegeben.

Als nächstes kam Käse, zum restlichen Rotwein: importierter Gorgonzola, Ziegenkäse von der Witness-Farm, Bel paese und Parmigiano reggiano, umrahmt von warmen Mandeln und Scheiben einer schönen, reifen amerikanischen Dattelpflaume, die er so fade fand wie jede andere, die ihm bisher untergekommen war. Es folgte ein Trio von Sorbets - Mango, Grapefruit und Boysenbeeren -, und danach gab es Süßes: eine warme Heidelbeer-Sahnetorte mit Minzeblättern, begleitet von einem Glas des fabelhaften 1955er Château Y'Quem, einem goldenen Nektar von Sauterne mit Aromen von Pfirsich bis Feige; und schließlich eine kalte Crêpe mit Aprikosen und Eiscreme, dazu Cappuccino.

Die Kerzen waren weit heruntergebrannt, und aus Wandas Haarknoten hatten sich ein paar Strähnen gelöst. Als ein Glas Brandy vor ihn hingestellt wurde, grinste Burl und rückte schwergewichtig ein Stück vom Tisch ab. Er zündete sich die Zigarre aus Miami an, die er für diese Gelegenheit mitgebracht hatte, um sich im wohligen Nachgefühl seines letzten großen Mahles zu suhlen.

Seine Gedanken aber gingen zu den Letzten Dingen. Er hatte sich immer unwohl dabei gefühlt, wenn er die Darstellung so vieler Menschenleben aus einer Handvoll dürrer Fakten wringen mußte, so sorgfältig sie auch erhoben sein mochten. Im Rückblick auf sein eigenes Leben aber sah er nun, daß da wenig Konsistenz war und daß Menschenleben, wie Gedichte, sich für Inhaltsangaben nicht sehr anboten. Sie drücken sich in den Schattenzonen des Verständnisses herum oder schlagen Kapriolen, zufällig und unbewußt. Vielleicht waren objektive Fakten doch am besten, als Gerippe für die Phantasie des Lesers. Oder vielleicht war der Zeitungsnachruf als Form ungeeignet für die zwangsläufige Gestalt eines Lebens. Und warum hatte er sich dann die Mühe gemacht, seinen eigenen zu schreiben? Wenn die Fakten alles waren, konnte es dann nicht genausogut jemand anders tun? Weshalb sollte ihm was dran liegen, wenn er schon unter der Erde war?

Danach prostete er Wanda mit einem Glas Armagnac zu, das älter war als er selbst, und überredete sie, einen mitzutrinken. Beide, so wurde verkündet, gingen aufs Haus.

Wandas Stil war der des Interviewers, der nichts von sich erzählt, also versuchte Burl sie auszufragen. Ihr Leben war ein einziges Schlamassel gewesen, ehe sie Mutter Witness fand oder vielmehr von der Vorsehung zu ihr geführt wurde. Sie war heroinsüchtig gewesen, das Kind eines prügelnden Vaters und Opfer eines prügelnden Ehemannes, den zu verlassen sie nicht die Kraft gehabt hatte. Burl sah die Asymmetrie ihres Gesichts nun mit anderen Augen; er stellte sich dieses blasse Antlitz von Blut und Schrammen verfärbt vor, entstellt von Schwellungen und Tränen. Ihm krampfte sich davon der Magen zusammen. Sie aber war mehr interessiert an ihm. Wer er denn war? Woher er sei? Es kam noch mehr Armagnac, und Burl begriff, daß er so etwas wie ein prospektiver Kandidat war. Natürlich. Nach der Mahlzeit würden sie denken, daß er Geld hatte, seinem Körperbau und Verzehr nach war er offensichtlich ein Suchtcharakter, und wegen seiner scharfen Einsicht würden sie auf jeden Fall mehr über ihn wissen wollen. Wanda war dabei sehr überzeugend und blickte Burl mit der gebannten Aufmerksamkeit einer neuen Liebe in die Augen. Er sah, daß sie eine wahre Gläubige war.

»Ich bin niemand«, sagte Burl.

»Niemand? Irgendwann müssen Sie doch jemand gewesen sein? Wer hat Sie umgebracht?« fragte Wanda in allem Ernst.

»Ich selber, schätz ich.«

Als er ging, nötigte Wanda ihm eine Broschüre auf und gab ihm eine Telefonnummer. Burl notierte sie auf einen Zettel in seiner Brieftasche und warf die Broschüre weg.

Daheim im Chrysalis empfand er Leere. Nach all der Planung und Vorfreude, die er mit seinem Mahl im Heiligen Gral verbunden hatte, war es eine Enttäuschung festzustellen, daß man genauso weiterlebte wie vorher. Er brauchte einige Tage, um sich von der Völlerei zu erholen, dennoch fühlte er sich davon nicht sehr verändert. Die Verwandlungskraft von Essen wirkte schließlich schrittweise und summierte sich. Der Heilige Gral hatte es ihm schwergemacht, sich mit den tiefgekühlten Makkaroni mit Käse abzufinden, die er auf seiner Kochplatte aufwärmte, oder mit den spätnächtlichen Abendessen im Tic-Toc-Imbiß, Spaghetti-mit-Fleischsauce-solange-der-Vorrat-reicht. Nichtsdestoweniger ging er grimmig weiter seinen Weg, wühlte sich in Desserts, als wollte er einen Fuchsbau anlegen, machte sich Büchsen auf, wie ein anderer Trips einwirft. Bei einem so zählebigen Feind nahte der Sieg nur langsam. Bald allerdings würde er besiegt sein, und dann könnte vielleicht endlich Frieden sein.

KAPITEL 13

DER MORGEN WAR VORBEI, und ihr flatterte der Magen, wenn sie an den bevorstehenden Abend dachte. Vielleicht hatte sie vom Kaffee jetzt mal genug. Als sie angestrengt hinspähte, sah Norma, daß die Kanne fast leer war. Warum konnte sie nicht einfach sitzen bleiben und in diesem trüben Licht die Zeitung lesen und dann und wann den Arm an eine kühle Stelle auf der Tischplatte verschieben? Sie warf einen nervösen Blick auf die Uhr an der Wand. Die Reinigung hatte wenigstens noch eine Stunde auf, und es war immer noch genug Zeit, etwas Wäsche zu erledigen. Sie wußte, sie mußte sich aufrappeln, und doch blieb sie sitzen und stand schließlich nur kurz auf, um sich etwas zum Schreiben zu holen. Sie würde noch rasch mit dem Kreuzworträtsel anfangen.

Sie war praktisch fertig damit, als sie endlich lossauste in die Reinigung, die längst geschlossen hatte, als sie ankam – sie hatte sich bei den samstäglichen Öffnungszeiten geirrt –, so daß sie das Kleid nicht mehr abholen konnte, das sie vorgehabt hatte anzuziehen. Und in puncto Wäsche war es für das meiste schon zu spät. Auf dem Nachhauseweg haderte sie mit sich selbst wegen ihrer, wie sie meinte, zwanghaften Art, Dinge immer bis zur letzten Minute, eigentlich noch darüber hinaus, aufzuschieben, und überlegte, was sie statt dessen anziehen sollte. Bis sie nach oben in ihre Wohnung kam, war sie zu dem Schluß gelangt, daß sie das blaue Kleid mit dem tiefen runden Ausschnitt sowieso nicht brauchte.

Sieh mal, dachte sie, eigentlich sollte ich gar nicht ausgehen. Burl war tot, sie wußte es, spürte es irgendwo in seinem Fortsein. Sie hatte versucht, ihn zu erreichen, hatte telefonische Nachrichten hinterlassen, Briefe geschrieben, es über seine Eltern versucht, über die Polizei, aber da war immer noch dieses laute Schweigen, wie ein Vorwurf. Er war ohne ein Wort verschwunden, was sie, nach einer Anstandsfrist mit großen Schuldgefühlen, hellauf wütend gemacht hatte. Sie hatte ihn geliebt oder hatte ihn nicht geliebt; beides war Grund genug, sich furchtbar zu fühlen. Zudem aber *vermißte* sie ihn, vermißte es, jemanden zu haben, dem sie das neueste phantastische Buch zeigen konnte, das sie eben gelesen hatte, vermißte es sogar, jemand Vertrauten zum Ausgehen zu haben. Norma haßte Verabredungen und hatte, als sie jung war, nie verstanden, was für ihre Freundinnen daran so aufregend war, aber jetzt war sie einsam, und ihre Welt erschien zusehends mehr und mehr wie eine Arche Noah, voll von Paaren, als würden jedermanns Überleben davon abhängen. Und da stand sie nun.

Das harte Licht ließ sie im Badezimmerspiegel aussehen wie mindestens fünfzig, fand sie. Unter ihren Augen hatten sich Fältchen angesammelt, und wenn sie nicht lächelte, ließ sich das Fleisch auf ihren Wangen hängen. Sie war auf dem absteigenden Ast; keiner würde sie noch wollen. Wie konnte sie unter diesen Umständen ihr Make-up machen? Ihr Leben lief weiter, als hätte es Burl nie gegeben, als hätte ihr Bruder nie gelebt. Den Toten konnte man vergeben, weil man wußte, daß ihr Weggang nicht frei gewählt war, aber wenn das stimmte, was sie hoffte, aber nicht glaubte - daß Burl am Leben war -, dann war es einfach niederträchtig von ihm, unfaßbar niederträchtig, ihr nicht mal eine Ansichtskarte zum Trost zukommen zu lassen.

Sie zupfte an der Haut auf ihrem Hals und seufzte. Kein Hinausschieben mehr, es war Zeit, sich fertigzumachen. Resigniert machte Norma sich daran, an ihrem Gesicht zu arbeiten, zog mit einem Stift die Augen nach und tupfte sich Puder auf die Haut; sie sehnte sich danach, daß man sich nach ihr sehnte, legte aber ihre Maske ohne Begeisterung an. Sie wünschte, daß die Dinge mit Burl anders gelaufen wären, wünschte, es würde einen Zustand zwischen Brüderlichkeit und Verheiratetsein geben, irgendein Mittelding, das der unvermeidlichen Abscheu, die man gegen jemandes Körper haben konnte, Rechnung trug und es zugleich gestattete, daß ein Paar sich zusammentat und aus den wichtigeren Gründen Sichvertragen, Bequemlichkeit, Spaß beisammenblieb.

Wenigstens aß Hanks normal. Man konnte mit ihm ins Restaurant gehen oder für ihn kochen, ohne daß man sich Sorgen machen mußte, ob er davon noch fetter wurde, oder ihn mit Vorhaltungen darüber, was er essen sollte, in Verlegenheit zu bringen.

Um die vereinbarte Zeit läutete die Türglocke, und Norma sah ihn sich durch das Guckloch an. Sie konnte nicht darüber hinwegkommen, daß er beim Schreiben die Lippen bewegte und daß er nicht mitkam, wenn sie einen Witz machte oder eine Anspielung, die für ihn zu hoch war; sie stellte sich vor, daß Burl hinter ihr kicherte, sein heißer Atem ein lästiges Schnauben in ihrem Nacken.

»Hast du gesehen, sie haben den Nachrufe-Job ausgeschrieben«, sagte er lauernd.

»Ja, hab ich gesehen«, sagte sie.

»Scheint ziemlich klar, daß sie nicht mehr mit einem Comeback deines Freundes rechnen.« Sie waren beim Essen. Er tat so, als würde er auf seinen Teller schauen, und beobachtete sie dabei die ganze Zeit. »Vielleicht solltest du dich dafür bewerben.«

»O nein, seine Schuhe wären mir 'n paar Nummern zu groß.« Sie wurde rot wegen ihrer unbeabsichtigten Geschmacklosigkeit.

»Das kannst du laut sagen«, lachte Hanks.

Er schwatzte weiter über Redaktionsinternes, und Norma dachte während des Essens über Hanks nach, darüber, wie schwer es ihr schon vor sich selber fiel, ihn beim Vornamen zu nennen, und daß er wunderbar vernünftig und präsentabel war und doch keinerlei Gefühle in ihr weckte. Sie taxierte ihn, während sie aßen. Es war ihr drittes gemeinsames Ausgehen, das unmißverständlich ein Rendezvous war, und es gab, vermutete sie, keinen Grund, nicht mit ihm zu schlafen. Sie konnte ja nicht jeden abweisen, obwohl, seit Burl von der Bildfläche verschwunden war, Männer sich überraschend oft mit ihr verabreden wollten. Normalerweise sagte sie nein, in diesem Fall ließ sie sich auf das Übel ein, das sie kannte. Sie seufzte innerlich über Hanks' Eifer, seine angestrengten Versuche, Eindruck zu machen. Nachher lud sie ihn noch auf einen Kaffee in ihre Wohnung ein, aber als sie ihm - leicht, wie er war, saß er auf der Couch, die Burl so oft schwer beansprucht hatte - den serviert hatte, zog sie sich auf das kleine Sofa zurück, das mit Kissen und Garn übersät war, mit Musterheften und dem sonstigen Zubehör zum Stricken, womit sie aus irgendeinem Grund wieder angefangen hatte, nachdem sie jahrelang nichts gestrickt hatte. Während Hanks redete, richtete sie sich ein, legte die Füße auf den Couchtisch und nahm ihre Nadeln auf; sie umgab sich mit Knäueln und Strängen und Anleitungen wie eine Maus, die sich ein Nest baut. Wenn es den Anschein bekam, daß er es sich allzu bequem machte, beschloß sie, würde sie ihn einen neuen Strang auf den ausgestreckten Händen halten lassen, damit sie draus ein Knäuel wickeln konnte, und wenn er nicht nachgab, noch einen und noch einen. Schließlich, da war sie sich sicher, würde er weggehen. Sie trank auch keinen Kaffee. Auch ohne war das Einschlafen schon schwer genug.

Alles nur, weil sie von uns wegwollen, dachte Shields. Er war aus dem Lincoln-Tunnel aufgetaucht, die Spirale hinaufgefahren und war nun in westlicher Richtung unterwegs. Unglaublich. Bürogebäude, Autobahnen, Einkaufszentren, alles voll von Weißen. Sie wollten weg von Verbrechen, Drogen und so weiter. Aber gehaßt haben sie uns schon lange vorher. Die Leute sind vergeßlich.

Was denken sie darüber, in ihren rationalsten Momenten? Vielleicht glauben sie, wir sind so was wie ihr Frankenstein.

Aber hieß nicht der Arzt Frankenstein? Schwer manchmal, Geschöpf und Schöpfer auseinanderzuhalten; ein heikles Gebiet so früh an einem Samstagmorgen. Shields hörte Puccini im Radio, aber mit einem Mal verdroß es ihn. Er drückte an den Knöpfen herum und stieß auf diesem guten Jazzsender in Newark, wenigstens bekam man den hier rein, auf Abdullah Ibrahim, aber der machte ihm auch keine Freude. Er fühlte sich angespannt, auf eine Art gereizt, wie er es wurde, wenn er zu lange ohne Schlaf auskommen mußte. Sein Herz war ein Klumpen in seinem Hals. Sein Sohn war nach einem schlimmen Zwischenfall wieder zu Hause, so schlimm, daß Shields der Gedanke durch den Kopf ging, sie könnten ihn eines Tages verlieren. Da es ihm schwerfiel, diesen Gedanken wieder zu verscheuchen, begann er zu befürchten, daß es in Wirklichkeit ein Wunsch war, einer von der unbewußten Art, die anscheinend am wahrscheinlichsten wahr wurden und für die man sich dann ewig Vorwürfe machte. Shields fühlte sich sehr häufig schuldig, selbst wenn er sich in Erinnerung rief, daß Schuldgefühle eine selbstgefällige Einbildung waren, verglichen damit, was Adam empfinden mußte.

Es machte ihn einfach nervös, irgendwohin fahren zu müssen, wo er noch nie gewesen war. Es erinnerte ihn an die Fahrten zu neuen Ärzten, verschiedenen Kliniken, bei denen er sich immer wünschte, er wüßte irgendwelche magischen Worte, um sie dem duldsamen Jungen auf dem Sitz neben ihm zu sagen, dem Jungen, der ihn mit solcher Schicksalsergebenheit in diese reichen weißen Viertel begleitete, wo die besten Ärzte waren. Was für ein süßer Junge Adam war. Das Wetter schien an solchen Tagen immer schön zu sein. Eine Zeitlang hatte Shields etwas dagegen, daß seine Frau sich soviel Mühe machte, ihren Sohn für diese Ausflüge richtig anzuziehen. Es war ein Gefühl, als müßte man für die Weißen eine Schau abziehen, als hätte die Familie Shields Angst, nicht gut genug zu sein. Aber wenn sie dann erschöpft sagte: »Okay, Daddy wird dich anziehen, mein Schatz, weil Mami heute nichts richtig hinkriegt«, konnte er sich auch nicht entscheiden, was der Junge anziehen sollte. Shields selbst war ein bißchen mehr geschniegelt als sonst an einem freien Tag, und was besagte das? Das waren die Zeiten, in denen er es haßte, mit den Weißen leben zu müssen. Wegen dem, was sie in den Köpfen der Leute angerichtet hatten. Deswegen, weil sie es einem unmöglich machten, sich selbst zu kennen, ganz abgesehen davon, was sie einem antaten. Vielleicht hätte er den Sklavenhalter-Namen ablegen sollen, wie es einige seiner College-Freunde taten. Freilich schienen sie statt dessen hauptsächlich die Namen von arabischen Sklavenhaltern anzunehmen. Die Bluterkrankheit war unter Schwarzen, die auf andere Arten genug bluteten, gar nicht mal sehr häufig. *Glaub nicht, was die Ärzte sagen, von wegen die Krankheit ist farbenblind,* hatte Shields Mutter beharrlich gesagt. *Wir haben sogar ihre Gene. Vor langer Zeit haben sie uns diesen Gefallen getan.*

Der Tag war, von ein paar zähen Wölkchen abgesehen, klar und kalt. Shields nahm die Ausfahrt Meadowlands und zog beim Fahren die hingekritzelte Wegbeschreibung aus der Hemdtasche. Es kam eine Reihe von Abzweigungen darin vor, und er hielt den Zettel mit den Lippen fest. Der Papiergeschmack regte den Speichelfluß an und erinnerte ihn daran, daß er hungrig war. Er hatte früher gern mit Burl gegessen und fragte sich, ob die Bennetts ihm wohl ein Frühstück aufdrängen würden.

Das Haus war so makellos sauber, daß Shields fast argwöhnisch wurde. Lebten die wirklich hier? Beim Gedanken an die leichte Unordnung bei ihm zu Hause fühlte er sich ein bißchen unwohl, aber wirklich argwöhnisch wurde er erst, als sie ihm Kaffee mit Süßstoff anboten. Es gab keine Kekse dazu, keine Bagels, keinen öligen Räucherfisch, gar nichts. Schließlich kam er darauf, was ihm von dem Moment an, als er zur Tür hereinkam, am befremdlichsten erschienen war: daß diese Leute dünn waren.

Abgezehrt, genaugenommen. Sie sahen zu Tode besorgt aus, krank im Herzen. Er empfand mit ihnen. Er fühlte sich schrecklich, ein Vater, der das Leid von Eltern nur zu gut kannte, und er verlegte sich aufs Gutzureden. Ihn hatte es beruhigt.

»Ich weiß, es ist schwer, über den Moment hinauszublicken«, sagte er zu ihnen. »Aber es gibt keinerlei Anzeichen dafür, daß Burl etwas zugestoßen ist. Glauben Sie mir.«

»Wieso sind Sie dann hier?« verlangte Stu zu wissen. Es mußte seltsam für ihn sein, ein schwarzer Mann am Küchentisch. Es mußte komisch aussehen. »Vom Morddezernat, richtig?«

»Es ist nur ein Vermißtenfall, aber weil Burl ein ... ein Zeuge in einem Mordfall hätte sein können, muß ich jeder Spur nachgehen.«

Einen Augenblick herrschte Stille, während die Antwort einwirkte. Shields fragte: »Haben Sie irgendeine Nachricht von Ihrem Sohn erhalten? Irgendwas?«

»Nichts.« Betty schien die Wörter beim Sprechen zu zerbeißen. »Nicht ein Wort.«

Shields seufzte.

»Ich möchte Ihnen sagen - ich mach so was seit langer Zeit, und ich glaube wirklich, ehrlich, daß es ihm gutgeht ...«

»Wie können Sie das sagen?« fragte Betty. »Woher wollen Sie das wissen?«

»Ich hab eine Menge Erfahrung, Ma'am, und manchmal erfordert der Job auch eine Menge Glauben.«

Das schien das Ganze noch schlimmer zu machen.

»Sehen Sie, ich bin auch Vater. Ich weiß, es ist zwecklos, Ihnen zu sagen, daß Sie sich keine Sorgen machen sollen. Aber es ist meine berufliche und persönliche Meinung, daß der große Junge okay ist. Ich meine, kann sein, daß er einen Kummer hat oder Wut oder irgendwas, oder daß er irgendeine Phase durchmacht. Aber körperlich ist er unversehrt.«

»Sie sagten am Telefon, daß Sie Burleigh kennen?«

»Ja, ich kannte ihn wirklich gut, als er noch Polizeireporter war. Wir haben zusammen an einem Buch über den Fall mit dem Schleicher gearbeitet. Erinnern Sie sich daran?«

»Und ob! Wir haben damals in Brooklyn gewohnt, und ich hab ihn« - Betty nickte in Richtung Stu - »dazu gebracht, lauter neue Schlösser anzubringen.«

»Ich hab ihr gesagt, daß der nur auf dunkelhaarige junge Mädchen aus war, richtig? Er hätte keinem von uns was getan. Und wenn ich und mein Sohn ihn in die Finger gekriegt hätten, hätte er niemand mehr was getan.«

»Man kann wirklich nicht vorsichtig genug sein«, sagte Betty und versuchte, durch besonderen Nachdruck über das Klischee hinauszukommen. »Unser Viertel wurde - na ja, und wir wollten mehr Platz haben; wir hatten so genug von der schäbigen alten Wohnung, also zogen wir hier heraus. Unsere Zimmer in der Stadt waren so klein und, wissen Sie, so dunkel. Die ganze Zeit staubig.«

Shields sagte ihnen nochmals, er sei überzeugt, daß Burl wieder auftauchen würde.

»Stauchen Sie ihn tüchtig zusammen, wenn er anruft«, sagte er und schüttelte mitleidig den Kopf. »Seine Eltern auf diese Weise halb zu Tode zu ängstigen. Ich hab selber einen Jungen. Ich weiß, wie das ist.«

Er ließ sie matt, fast nachsichtig lächelnd zurück und eilte zu seinem Wagen. Das harte Plastiklenkrad war eiskalt, und Shields drehte die Heizung an, sowie er den Motor angelassen hatte. Er war ein ordentlicher Mensch, und ihm fiel immer wieder aufs neue auf, daß die beigen Sitzbänke seines Oldsmobile-Dienstwagens auf der Beifahrerseite purpurdunkle Blutflecke hatten, als hätte das Vinyl einen Ausschlag. Erstaunlich, daß man sich an so was gewöhnen konnte. Als er von den Bennetts wegfuhr, nahm er auf der Suche nach der Autobahn eine falsche Abzweigung und dann noch eine, bis er sich vollends verfahren hatte. Es schien keine Wegweiser zu geben. Er fuhr eine Weile, bis er in ein altmodisch wirkendes Viertel oder Städtchen kam, mit normalen Straßen und Häusern, winterlichen Sträuchern und der schmutzigen Moräne aus Schneeresten und schmelzendem Eis im Rinnstein. Er fuhr durch ein hübsches kleines Einkaufsviertel und dann durch ein Wohnviertel mit gepflegten Apartmenthäusern, manche davon mit netten dunklen Markisen. Er sah Grüppchen von Leuten, die gemächlich, aber feiertäglich gekleidet, dahinschlenderten, die Männer trugen Hüte, und dazwischen Kinder, die sich in ihren eigenen Grüppchen tummelten oder zwischen Paaren von Erwachsenen umhertollten. Er wußte, er würde bald zu einer Synagoge kommen, und bog abrupt in eine Seitenstraße ein. Es tat ihm manchmal weh, Kinder fröhlich herumrennen zu sehen, ohne Angst, wegen eines aufgeschlagenen Knies zu verbluten, und unter den Umständen konnte ihn der jüdische Sabbat nur deprimieren.

Es war bei Adams Beschneidung rausgekommen. Der junge Arzt hatte gescherzt, sie sollten einen *Mohel* kommen lassen; es war schließlich das Zeitalter der Spezialisten, und zuerst hatten sie sich noch gewünscht, sie hätten es getan; die Blutung wollte nicht aufhören, und es sah aus, als hätte er die Sache verpfuscht. Shields war entsetzt darüber, daß das Glied seines Babys verletzt worden war, aber dann waren sie natürlich heilfroh, in einem Krankenhaus zu sein. Der Arzt versuchte es mit Vereisungsspray; er sagte, das sei der Trick, den die *Mohels* benutzten; es sei praktisch, um die Blutgefäße zu verengen, und harmlos. Aber ein bißchen Spray kam dagegen nicht an; dieses angeborene Gerinnungsversagen war über Generationen vererbt. Sie hatten nicht einmal gewußt, daß sie Überträger waren. Seine Frau suchte Trost in der Bibel, aber an diesem Tag sah sie das Blut an wie die Zeichen an der Wand. Seitdem hatten sie beide das Gefühl, etwas verabsäumt zu haben.

Shields fuhr in eine Richtung, von der er schätzte, daß es Norden sein könnte, und folgte immer größeren Straßen, bis er Wegweiser zum New Jersey Turnpike sah und schließlich nach Hause fand. Er dachte schuldbewußt wieder an Burl und hatte das Gefühl, etwas weitergebracht zu haben. Er wußte bereits, daß es keinen Freund und kein Ferienhaus gab, keinen alten

Schlupfwinkel, wo Burl sich hätte hinflüchten können, egoistischerweise ohne irgendwem etwas zu sagen. Er war sich ziemlich sicher, daß Burl verängstigt, aber sonst okay war, irgendwo untergetaucht, um abzuwarten, bis der Wirbel sich gelegt hatte. Früher oder später würde er wieder aus der Versenkung auftauchen und irgendwo ein Lebenszeichen hinterlassen, so daß zumindest Shields wußte, wo er war. Es gab schließlich kein Gesetz gegen das Umziehen. Es war kein von der Verfassung garantiertes Recht, erinnerte Shields sich von seinen trüben Abenden an der juristischen Fakultät her. Aber es galt wie eines.

In Wahrheit war der Besuch bei Stu und Betty mehr zu ihrem Nutzen als zu seinem gewesen. Shields wußte, daß, wenn ein Mann über ein bestimmtes Alter hinaus ist, Freunde und Kollegen ihn vermutlich besser kennen als seine Eltern, und die Polizei hatte sie allesamt befragt. Das Motiv für Shields Wallfahrt war weniger seine Suche nach Information als sein Bedürfnis nach Absolution gewesen, da Schuldgefühle bei ihm stets ein machtvoller Antrieb waren; Schuld, so sehr verquickt mit Vaterschaft, daß das eine schwer vom anderen zu unterscheiden war. Indem er als pflichtbewußter Sohn von Vater Staat handelte - obwohl er den nie ganz durchschauen konnte -, war er, so sagte ihm sein Gefühl, in gewisser Weise zum Erzeuger von Burls Flucht geworden. Jetzt fühlte er sich verantwortlich.

Das Schlimmste am Vatersein, fand Shields immer, war es, Dinge nicht zu wissen. Man konnte nicht immer dasein, um seine Kinder zu beschützen, und das wußte man, und so wurde von einem gewissen Punkt an das Nichtwissen ein Segen. Schlimme Dinge passierten die ganze Zeit. Man ertrug es nicht, zu wissen, also blieb man bei Vermutungen. Man versuchte, allen Beteiligten klarzumachen, daß die Dinge nicht über einen bestimmten Punkt hinausgehen durften, aber es war beunruhigend, wenn man als Vater weniger wußte als ein Fremder. Ein vollkommen Fremder.

So war es mit den Ärzten. Zwar hatte er ein ganze Menge über die Krankheit seines Sohnes gelernt, seitdem alles begonnen hatte, und war ihnen nicht mehr ganz und gar ausgeliefert. Hämophilie, *Blutliebe* hieß das. Doch in Shields Fall bedeutete das auch, daß man seine eigene Familie nicht wirklich kannte. Das Gen war rezessiv. Shields hatte seinen Vater nie gekannt; diese ganze Seite an ihm war ein Rätsel bis zu diesem Tag. Seine Frau hatte auch nichts von Blutern in ihrer Familie gewußt. Die ganze Sache kam völlig überraschend. Sie bekamen nach Adam keine weiteren Kinder mehr.

Es war auch kostspielig. Krankenhausrechnungen, Medikamente, Bluttransfusionen - wenn man wirklich das Beste wollte, ging das weit über das hinaus, was die Krankenversicherung deckte. Und weil Adam sie brauchte, oder sie ihn, hatte Linda aufgehört zu arbeiten.

Seit damals hatte Shields für sich einen Kult daraus gemacht, Bescheid zu wissen. Er wußte, was bei seinen Polizeikollegen lief, die Kleinkorruption, das zersetzende Meer von Drogen und die anderen krummen Geschäfte, mit denen so viele Polizisten ihr Einkommen aufbesserten. Er unternahm nichts dagegen - man konnte nichts dagegen unternehmen -, aber er hielt sich davon fern. Er fand es erniedrigend, sich vorzustellen, daß man auch so ein Ganeff war. Man brauchte das Geld nicht mal. Man tat es, weil es in der Luft lag; die ganze Kultur machte es fast verpflichtend. Man war suspekt, wenn man es nicht tat. Shields grundsätzliche Ehrlichkeit war für viele seiner Kollegen ein Problem. Sie wußten, er würde niemanden auffliegen lassen, aber sie fühlten sich schlecht dabei. Es war ein ständiger Vorwurf, sein unausgesprochenes Urteil reichte, um jedermann nervös zu machen. Als er noch Streife fuhr, machte er sich Sorgen, daß eines Tages jemand, der den Ludergeruch des schlechten Gewissens an sich nicht mehr aushielt, ihn erschießen würde, versehentlich, sozusagen. So was war schon vorgekommen.

So wie Shields es sah, wollte man über die meisten kleinen Dinge nicht Bescheid wissen, aber über die großen mußte man Bescheid wissen. Wissen war seine Handelsware. Man mußte etwas davon hergeben, um etwas zu bekommen. Man mußte akzeptieren, daß manche Dinge auf der Welt so und so waren und sich nicht ändern würden. Man mußte für seine Familie sorgen, weil die Welt einen wieder und wieder daran erinnerte, daß sie es nicht für einen tun würde. Und wenn sich also für Adam die Chance ergab, in einen vielversprechenden Klinikversuch in einem berühmten New Yorker Krankenhaus aufgenommen zu werden und wenn einer der bedeutenderen Gönner des Hauses wissen ließ, daß er glücklich wäre, dem kleinen Jungen des Polizisten zu helfen, solange es nicht publik wurde, so war das etwas, was man akzeptierte. Wer war das, der da sagte, daß der Zweck nicht die Mittel heiligt? Jemand, der noch nie ein Operation gehabt hatte. Jemand, dessen kleiner Sohn keine Probleme mit der Blutgerinnung hatte. Das Experiment schien Adam zu helfen; und das war es, was zählte, solange Shields den Drahtseilakt durchhielt, ohne sich von irgend jemandem, der ein Interesse daran haben mochte, zu Fall bringen zu lassen. Außerdem, wenn Gemignani für das Krankenhaus als Kurator gut genug war, warum sollte Shields dann etwas gegen seine Bemühungen zugunsten eines kleinen Jungen haben, der verzweifelt Hilfe brauchte?

Also machte Shields den Telefonanruf, den er zu machen hatte, glücklich, daß er sich nicht verstellen mußte, froh, daß er über kein Wissen verfügte, mit dem sich handeln ließ, erleichtert, daß weder Burls Familie noch sein Freunde die geringste Ahnung hatten, wo - oder auch nur wer - der dicke Mann war.

»Zusätzlich hatten wir die Feuerpolizei da. Deshalb war's diesen Monat mehr.«

»*Oh là là.* Diese Stadt.«

Louis Naumann und Frederic LaChaise saßen im Büro zusammen. Durch die offene Tür war Messerhacken und das Geklappere von Tellern, die gestapelt wurden, zu hören, als das Restaurant sich für einen weiteren Tag Bewirtung rüstete.

»In dieser Stadt kann Geld sprechen und die Scheiße laufen, du verstehst, was ich meine? Deshalb haben wir diesen kleinen Posten mit den Rechnungen vom East River. Müllfahrer, Inspektoren. Was du willst. Hier gibt's nicht nur eine Steuerbehörde. Jeder, der in einer Position ist, in der er dir Schwierigkeiten machen kann, schneidet mit.«

Sie gingen die Bücher durch, für Frederic - wie sein Morgenspaziergang - eine Pflichtübung, die für ihn auf irgendeine Weise gut war, die er nie ganz verstand.

Lou schwadronierte weiter. Er bestand auf diesen Sitzungen und wünschte, daß Frederic über jede Ausgabe alles erfuhr, was er gar nicht erfahren wollte, alles, was Burl sich zu erfahren weigerte. Aber Lou bestand darauf, weil er nicht die ganze Verantwortung allein tragen wollte. Wenn etwas schieflief, wollte er nicht schuld sein. Es war nicht fair, daß die Partner von seinen Sorgen den Profit hatten und sie nicht wenigstens ein bißchen teilten, daß sie vielleicht nebenher auch noch die Anerkennung für das einstrichen, was er durchmachte, indem er den Laden schmiß. So hielt er sie sich von der Pelle. Frederic kannte all das nur als Offenheit, aber selbst wenn etwas Ungewöhnliches auftrat, gab es immer eine Erklärung. Was hatte es also für einen Zweck? Er hätte eine Unregelmäßigkeit sowieso nie entdeckt und tat darum bei diesen Sitzungen sein Bestes, um seinen sehr geschäftsmäßigen Geschäftsführer abzulenken.

»Du siehst, die Lohnkosten sind diesen Monat niedriger«, sagte Lou. »Erstens war's, was die Lohnzahlungen angeht, ein kurzer Monat, und außerdem, erinnere dich, hatten wir eine Woche oder so zwei Hilfskellner weniger, was aber am Ende ganz gut war, denn es war ohnehin nicht viel los.«

»Louis!« Er sollte nichts sagen, aber er würde, mußte. »Kannst du ein Geheimnis für disch behalten?«

»Sicher.« Lous Pokerface flößte Frederic Vertrauen ein. Nach einem kurzen Blick zu Seite fuhr er in vertraulichem Ton fort.

»Ich 'ab von Burl gehört. *Vraiment!*«

»Meinem Neffen? Du machst Witze!«

»Unglaublisch, was?« Frederic ließ sein Handgelenk nach unten fallen und schlenkerte die Hand. »Aber es geht ihm gut, glaub ich.«

»Ich hoffe es. Wir haben Todesängste ausgestanden wegen dem Kerl. Na so was, da werden seine Leute aber froh sein, wenn sie hören, daß er wenigstens noch lebt. Aber warum ruft er nicht an oder schreibt oder sonst was? Wo ist er?«

Wieder ein Seitenblick.

»In Las Vegas. Vielleicht verliert er beim Kartenspielen. Er 'at mir diese Nachrischt geschickt.« Lou überflog sie rasch:

Frederic,
jeder muß früher oder später irgendwem trauen. Ich hab dir immer vertraut. Ich brauche dich, um soviel Bargeld, wie du kannst, von meinem Girokonto abzuheben. Benutz die beiliegende Karte für den Geldautomaten; der Code lautet 0731. Ich glaube, es gibt ein Limit pro Tag, vielleicht kannst du zwei, drei Mal die Woche hingehen. Es sind nur ein paar tausend auf dem Konto, also wird es nicht lang brauchen, bis es leer ist. Schick mir die Abhebungen an die beiliegende Adresse. Und sag bitte keinem Menschen – ich meine keinem *–, wo ich bin, zumindest noch einen Monat oder so, bis sich die Lage beruhigt hat. Dann erst sag Louie, er soll meine Leute wissen lassen, daß es mir gutgeht. Stell bitte keine Fragen, ich werde später alles erklären.*
Burl

»Hast du's ihm geschickt?«

»Es ist sein Geld.« Frederic zuckte die Achseln. »Er schickt mir die Plastikkarte mit der Ge'eimnummer, ich geh zu der Maschine und schick ihm das Geld. Die Adresse ist ein Postfach. Seitdem 'ab ich nichts mehr gehört.«

»So was. Das is'n Ding. Ist das nicht 'ne Schande, die Art, wie er sich aus dem Staub gemacht hat? Er muß wirklich Angst gehabt haben.«

»Sag's keinem weiter, du verstehst. Wenigstens noch eine Zeitlang, er 'at drum gebeten.«

»O nein«, sagte Lou. »Nein, nein, nein.«

»Es ist ein großes Ge'eimnis. Ich hab's ihm verspreschen müssen.«

»Alles klar.«

»Es bleibt unter uns, *oui?*«

»He, *certainement*. Hör mal, die ganze Sache mit den toten Männern liegt mir schwer im Magen. Komm, trink einen mit mir. Ich hab einen Calvados, von dem wirst du dich fühlen wie daheim in Frankreich. Wie daheim im Garten deines Großvaters, von dem du immer erzählt hast.«

Frederic lächelte unbehaglich; er bedauerte seinen Erzähldrang und dachte an das Haus seiner Kindheit außerhalb von Paris. Jetzt war alles dort Asphalt und Beton. Als er gegangen war, rief Lou seine Schwester an, um sie wissen zu lassen, daß es Burl gutging.

»Er sagt keinen Ton? Haut einfach ab? Und wenn er Geld braucht, wendet er sich an einen Fremden?«

»Freddy ist kein Fremder; die beiden sind gute Freunde. Wir sind Partner.«

»Er ist ohne ein Wort abgehauen.«

»Wenigstens ist er wohlauf. Betty, er hatte Angst. Da ist man nicht vernünftig. Du wirst bald was von ihm hören.«

»Er ist wie sein Vater. Als gäb's nichts Wichtigeres als die Verpflichtungen von Männern untereinander. Das ist doch nur eine Riesenschau, die sie voreinander abziehen. Es ist bequem. Das ist alles. Bequem.«

»Betty, was soll ich sagen? Ich würd ihm den Hals umdrehen, wenn er hier wäre.«

»Hast du der Polizei was gesagt?«

»Nee.«

»Soll ich?«

»Nee.«

»Du willst einfach dichthalten? Die suchen ihn doch angeblich.«

»Besser, sie finden ihn nicht. Tut mir leid, dich zu desillusionieren, meine Liebe, aber ich vertraue den Bullen nicht. Ich hab zu viele davon auf meiner Schmiergeldliste.«

»Oh, um Himmels willen. Manchmal verfluche ich den Tag, an dem du uns mit diesem Laden reingeritten hast. Dieses gottverdammte Restaurant.«

»Man muß das Schlechte mit dem Guten nehmen. Das ist meine Philosophie.«

»Wiederhören, Sokrates. Halt mich auf dem laufenden.«

KAPITEL 14

Es war März. Die Sonne ließ Schmelzbächlein am Fenster hinunterlaufen, das sich durch die Wärme von innen bis zur Undurchsichtigkeit beschlug, aber es war immer noch kalt, und der Heizkörper rasselte unablässig jeden Tag, bis die Verwaltung des Chrysalis die Heizung nachts abschaltete.

Von oben war nicht sofort ersichtlich, daß die rosigen, fließenden Massen und schwellenden Hügel zu einem Menschen gehörten. Es machte den Eindruck einer riesigen, nachgiebigen Masse, organisch, aber ungeformt, wie eine außerirdische Gebirgsformation oder wie ein Batzen Rasierschaum oder Pudding in Großaufnahme. Burl verbrachte die Zeit damit, in den Spiegel an der Decke über dem Bett zu blinzeln und wie ein Gott auf die fleischige Landschaft hinunterzuschauen, wobei er sich selbstverliebt einer gewissen Zufriedenheit ergab. Schließlich hatte er das alles geschaffen. Ein Firmament aus Burl. *Diesen gewalt'gen Berg von Fleisch.* Durch halbgeschlossene Lider betrachtet, hatte es etwas Obszönes oder Voyeuristisches, fand er, als beobachtete man einen Mann mit zwei Geliebten, die sich zärtlich in seine Arme kuschelten. Seine massiven Brüste, pelzig-dicht behaart, hätten ihre Köpfe sein können, die jede Bewegung ihres Gastgebers mitmachten. Seine gewaltigen Schenkel, seine runden Arme, sein mächtiger Bauch, alles deutete auf ein Gruppenbild hin, nur daß es trotz der Überfülle an Fleisch nicht mehrere Leute waren, sondern nur einer, und wie ein Gott, der sich plötzlich selbst erblickt, empfand Burl nicht Liebe, sondern Scham. Wenn der Tag in den Abend überging, wurde das Licht dämmerig, und er betrachtete benommen seine unbewegliche Form, bläulich beleuchtet vom Zwielichtschein des Fernsehers, der die ganze Zeit lief. Er mußte oft staunen; in weniger organischen Momenten hätte er als Henry-Moore-Plastik durchgehen können. Ich bin weit und breit, dachte er. Ich enthalte Massen.

Sein Spiegelbild war zur Abwechslung netterweise mal unbewegt. Manchmal, wenn der Sex im Zimmer darüber zu heftig wurde, wackelte die Decke, und der Spiegel ließ Burls Abbild erzittern. Er hatte Angst, der Spiegel könnte herunterfallen, und bedeckte seine edlen Teile. Er hatte von Scherben genug.

Vielleicht waren seine edlen Teile gar nicht in Gefahr. Im Spiegel erinnerte er an einen Eunuchen; er war so fett, daß seine Geschlechtsteile praktisch verschwunden waren, verflüchtigt mitsamt seiner Libido. Er konnte seinen Penis kaum noch erreichen und verspürte nur noch beiläufige Reize, wie sie entstanden, wenn er sich an der Hose oder am Bettzeug rieb. Es machte ihm nichts mehr aus; schon das Atmen war schwierig genug.

Er wußte, daß er fetter war als je zuvor, fetter, als er sich je hätte träumen lassen. Wenn er zu lange stand oder auch nur saß, tat ihm das Kreuz qualvoll weh. Er lebte von Bargeld; seine Kreditkarten hatte er immer noch nicht benutzen müssen, und solange Frederic sein Wort hielt, sollten die Leute ihr Opfer weiterhin in New York vermuten. Auf irgendwen mußte man sich immer verlassen.

Burl versuchte nicht über sein gegenwärtiges Leid, das schon groß genug war, hinauszudenken, obwohl es ihm zunehmend schwerfiel, überhaupt klar zu denken. Er schlief viel, und doch war er die ganze Zeit wie benommen, und sein Schnarchen war so schlimm, daß die Nachbarn - alle paar Tage neue - sich gelegentlich beschwerten. Sein Atem ging nur unter mächtig rasselnden Geräuschen, die sich nachts noch mehr erschwert und verschleimt anhörten, so, wie er sich ein Todesröcheln vorstellte, und oft schreckte er aus Erstickungsträumen hoch und merkte, daß er an tatsächlicher Atemnot litt. Manchmal mußte er sich einfach aufsetzen, um Luft zu holen.

Er machte sich Sorgen. Seine Arme und Beine zuckten lästig, und hin und wieder spürte er ein unangenehmes Flattern in der Brustmitte, als wäre dort ein Vogel eingeschlossen. Ein Teil von ihm argwöhnte, daß er durch ein Dasein in solchen Umfängen, durch die Ausdehnung des auf ihn entfallenen Lebensquantums und die Bildung von zunehmend mehr und größeren Zellen mit irgendeiner natürlichen Schwelle liebäugelte, deren Überschreitung den ganzen Prozeß umzukehren drohte, vielleicht radikal. Womöglich würde er sich selbst ersticken, erdrücken, zerplatzen, sterben und dann zu nichts zerfallen.

Er begann die ersten süßen, ptolemäischen Regungen von Paranoia zu spüren. Sie kam in Gestalt der wachsenden Gewißheit, daß jemand über ihn Bescheid wußte, wußte, wo er war, und sich sorgte. Es würde ein Signal kommen, ein Zeichen. Aber wo und wie? Nach langem Grübeln entschied er, daß es in den Zeitungen stehen würde. Natürlich. Gott sei Dank hatte er sie alle aufgehoben. Die Stapel in seinem Zimmer waren eine vollständige Sammlung der Zeitungen von Salt Lake City fast seit dem Tag seiner Ankunft; ein richtiges Archiv, dachte er. Er begann sie zu studieren und fragte sich, ob die Botschaft verschlüsselt sein oder ob sie bei den Nachrufen stehen würde. Jeden Morgen kaufte er frische Zeitungen; er zog sich an, so gut er konnte, um sich am Pool vorbei in die Lobby mit den Glaswänden zu schleppen, ein klimatisiertes Aquarium aus den fünfziger Jahren mit orangefarbenen Vinylstühlen in modernem dänischem Design und vielblättrigen Plastikpflanzen, die auf kleinen Nierentischchen standen und nachgemachte Tropen in die Wüste brachten.

Er fand nichts außer ein paar kleinen Notizen, die unterhalb selbst seiner Verdachtsschwelle lagen: Eines Tages zum Beispiel standen Nachrufe auf den Direktor einer Fleischfabrik, den Manager einer Brotfirma und einen von Geronimos Urenkeln drin. Erstaunlich. Ein Metzger, ein Bäcker und ein Indianerhäuptling, alle an einem Tag.

Vielleicht stand das, wohinter er her war, ja in der *New York Tribune*. Wäre das nicht der Ort, um Burl eine Botschaft zu übermitteln? Aber nein, das hieße ja, daß jemand, der ihn zu erreichen suchte, nicht wußte, wo er war. Obwohl es solche Leute auch geben konnte. Er wünschte, er könnte Norma anrufen oder seinen Eltern schreiben, aber er traute sich nicht.

Wenig später hörte Burl überhaupt auf rauszugehen. Wozu sein Zimmer verlassen? Sich anzuziehen war fast unmöglich, das Gehen eine Mühsal. Gesehen zu werden behagte ihm entschieden nicht, und aus diesem Widerstreben erwuchs wie aus duftendem Dung die logische Begründung, daß ihn ja jemand beobachten könnte. Das Baden hatte er schon seit langem aufgegeben.

Also brachte er seine Tage in Unterhosen zu, studierte die Zeitungen, bis er wegdöste, sah fern und erinnerte sich an sein früheres Leben. Er konnte sich beinahe alles bis an die Tür bringen lassen, und alles davon wurde von Leuten gebracht, die aus einem anderen Land stammten. Er gewöhnte sich an den wachsigen, pappeartigen Geschmack, den alle diese ins Haus gelieferten Gerichte gemeinsam zu haben schienen, oder an den hohlen Klang seiner Plastikgabel auf dem Aluminium, wenn er beim Zerteilen der Lasagne, die in einer Wegwerfschale aus Metall kam, abrutschte. Bis zum Nachmittag war der kleine Schreibtisch mit Resopalplatte in seinem Zimmer mit stattlichen Mengen von Leergut vollgestellt: runde Blechbehälter, groß wie Tortenteller, die Deckel außen weiß, aber in Alufolie eingewickelt, um das Essen warm zu halten; Styroporquader, die, wenn man sie auf die falsche Weise aneinanderrieb oder mit Plastik drüberkratzte, ein Geräusch machten wie ein Nagel auf einer Schiefertafel; eine ganze Flotte von Essenskartons vom Chinesen, die aufgeklappten Deckel wie Dschunkensegel auf einem asiatischen

Meer, innen verschmiert von geronnenen Soßen in Khaki und Orange und kleinen Stückchen Zwiebel oder Paprika, die Burl nach dem Essen mit den Stäbchen herauspickte. Es fiel ihm nicht mehr auf, weil er nicht mehr rausging, aber im Zimmer herrschte ein schwitziger Geruch nach Sesamöl, Körperausdünstungen und moderndem Zeitungspapier. Alle paar Tage bedeckte er sich züchtig und ließ die Putzfrau rein. Sie räumte alles auf, mit vor Ekel gerümpften Lippen, als würde sie sich am liebsten die Nase zuhalten. Burl blieb im Bett.

Die gestapelten Zeitungen säumten nun schon alle Wände; sie machten das Zimmer rundherum um einen Fußbreit kleiner, wirkten vielleicht aber wie eine Isolierschicht. Womöglich war das der Grund, weshalb es in letzter Zeit nachts wärmer zu sein schien. Burl konnte nicht sagen, ob es an der Jahreszeit lag oder an seinem Gewicht. Das Zimmer wurde an den Vormittagen sonniger und heißer, bis er sich schließlich an eines der Laborgebäude auf dem College erinnerte und das große einzige Fenster mit Alufolie zuklebte, was es drin beträchtlich dunkler und kühler machte.

Je mehr die sich anhäufenden Zeitungen Burls Lebensraum einschränkten, desto zwanghafter brütete er über ihnen auf der Suche nach er-wußte-nicht-was; eingehend sah er die wachsame Berichterstattung der kircheneigenen Tageszeitung und des dazugehörigen trübseligen Morgenblattes nach einer Botschaft von außerhalb durch. Seine Finger und bald auch seine Kleider waren befleckt von Druckerschwärze, und am Ende einer Morgenlektüre war auch sein Gesicht schwarz verschmiert. Über die Monate wurde sogar der braune Teppich sichtbar fleckig. Natürlich richtete er besonderes Augenmerk auf die Kleinanzeigen, und als ihm das Geld auszugehen begann, nahm seine Verzweiflung zu; seine Konzentrationsfähigkeit erreichte nie zuvor gekannte Höhen. Er verbrachte Stunden damit, über den rätselhaftesten Notizen zu grübeln, weil er anfangs sicher gewesen war, daß sie für ihn bestimmt waren. Er hielt Ausschau nach einem Zeichen.

Als er eben dabei war, in seinem Lehnsessel einzudösen, entdeckte er es.

GESUCHT

FETTLEIBIGE MÄNNER & FRAUEN

Namhafte Forschungseinrichtung in Salt Lake City sucht an Fettleibigkeit Leidende mit zumindest 100% Übergewicht für experimentelles Gewichtsabbauprogramm. Keine Diät. Aufgenommene Kandidaten erwartet Bezahlung, kostenlose Behandlung und höchstwahrscheinlich ein längeres Leben. Rufen Sie Dr. Stringer unter 832-6161.

Ein längeres Leben, tatsächlich. Was Burl vor allem anzog, war, daß diese Anzeige überhaupt in der Zeitung war; er deutete sie aus wie ein Seher Eingeweide. Und dann natürlich das Geld. Er hatte das meiste, was er noch gehabt hatte, im Heiligen Gral ausgegeben, und er würde sich mit seinen Kreditkarten eher die Pulsadern aufschneiden als sie benutzen.

Konnte das die Botschaft sein? Ein Trick? Eine Art Code? Er wählte vorsichtig.

»St. Ferdinand-Krankenhaus. Hallo? St. Ferd...«

Er legte auf. Als er in dem vergilbenden Telefonbuch nachschlug, das zusammen mit der Bibel in die Schublade gestopft war, stellte er fest, daß unter 832-6161 tatsächlich die Telefonvermittlung des Krankenhauses aufgeführt war. Burl untersuchte die Seiten nach Anzeichen einer Manipulation und fand nichts. Das Telefonbuch, mit einem überstilisierten Westernmotiv auf dem Umschlag, war zwei Jahre alt, was bedeutete, daß es die Nummer schon länger gab. Auf dem Flur sprang die Eismaschine bibbernd an. Burl rief nochmals an und vereinbarte einen Termin.

Als es Zeit wurde, stand er nervös auf und öffnete zum ersten Mal seit Wochen, wie ihm schien, seinen Schrank. Er wollte sich sorgfältig ankleiden, um dieser Sache in Würde entgegenzugehen, aber das Anziehen seiner Sachen brachte ihm in Erinnerung, wie wahrhaft kolossal er geworden war. Seine Hosen gingen nicht mal annähernd zu, und seine Hemden, die sich nur gegen zähesten Widerstand zuknöpfen ließen, spannten wie eine unbequeme Haut. Er fühlte sich eingeengt, bedrängt. Die Säume schnitten unter den Armen und am Hals ein, während seine Hosen, der Reißverschluß so weit hochgezogen wie unter den gegebenen Umständen möglich, seine Schenkel und Hinterbacken gnadenlos einschnürten. Der Schritt drückte ihm die Hoden ab.

Burl wollte sich hinsetzen und weinen, aber das Bild, das er dabei abgeben würde, bebende Schultern in dieser lächerlichen Aufmachung, war noch schlimmer. Außerdem war Sitzen ganz offensichtlich ein Ding der Unmöglichkeit.

Er versuchte sich zu bewegen. Sein Plan war jetzt, die Hemdzipfel raushängen zu lassen und so seinen offenen Hosenbund mehr oder weniger zu verdecken, und zu hoffen, daß das Ganze lang genug zusammenhielt, um bis zum Wagen zu kommen. Er würde einfach mit heruntergelassenen Hosen fahren müssen, und er bewegte sich ins Bad wegen eines Handtuchs, das er über seinen Schoß breiten könnte. Als er danach langte, platzte hinten an seinem Hemd ein, wie es sich anhörte, klaffender Riß auf, und der Lohn für seine Bemühungen, sich umzudrehen und es sich anzusehen, war ein weiteres fetzendes Geräusch – ein zweiter Riß. Wütend riß er sich das Hemd herunter, daß die Knöpfe gegen die billigen Fliesen prasselten, und stapfte zurück ins Zimmer. Er zerrte das Laken vom Bett, schnitt mit seiner Schere für Zeitungsausschnitte in der Mitte ein fransiges Loch hinein und zog es sich dann über den Kopf. Es ergab eine perfekte Toga, die gerade ein paar Zentimeter unters Knie reichte. An den Seiten war noch reichlich Stoff, den er einschlug und mit Sicherheitsnadeln feststeckte. Er hatte ein bequemes Gefühl, aber im Spiegel sah er aus wie dieses widerliche Michelin-Männchen, wulstig und grinsend. Vielleicht noch eine Art Schärpe. Die Römer hatten gewiß Gürtel getragen; er versuchte sich Richard Burton und Laurence Olivier in Erinnerung zu rufen. Mit seiner Schere schnitt er von der Länge eines anderen Lakens einen dreißig Zentimeter breiten Streifen ab; er drehte ihn zusammen, schlang ihn sich zweimal um die Mitte und steckte das Ende fest.

Viel besser! Abgesehen von der ausgebleichten Farbe des Wäschereizeichens, das dem Saum allerdings ein gewisses postindustrielles Gepräge gab, fühlte er sich durchaus nicht unpräsentabel. Er zog sein riesengroßes dunkles Wolljackett über, nachdem er erst den Staub und Mief herausgeklopft hatte, und betrachtete sich noch einmal. Elegant! Beinahe elegant! Wie anders als sein sonstiger Look! Warum sollten dicke Leute versuchen, sich in Moden zu zwängen, die auf einen ganz anderen Körpertyp zugeschnitten waren? Warum sollten sie nicht ihren eigenen Stil haben, wie er ihren besonderen Bedürfnissen entsprach? Vielleicht würde er darüber mal was schreiben. Aber hatte eine Toga Taschen? Oder trugen die Römer eine Art Beutel oder eine schärpenartige Umhängetasche quer über der Brust? Na ja, einstweilen würden die Jackettaschen genügen. Der dunkle Wollstoff, offen getragen, verlieh eine gewisse Würde; über dem Reinweiß des Lakens wirkte er fast festlich. Burl war wie verwandelt. Er strich sich die Haare glatt; schwer atmend, verschwitzt, aber nicht in erniedrigender völliger Auflösung, watschelte er zur Tür.

Als er sich ihr seitwärts näherte, war er überrascht, wie eng ihm der Rahmen nun vorkam. Es war ernüchternd. Er versuchte rasch hindurchzukommen, die Türöffnung und ihre Implikationen zu überwinden, im Geiste hinter sich zu lassen, aber sie zerrte auf das peinlichste an ihm. Verärgert versuchte er sich durchzuquetschen, oder vielleicht zur Hälfte durch, und war noch peinlicher berührt angesichts der Anstrengung, die es offenkundig erfordern würde, den ganzen Körper durchzuzwängen. Er drückte schmerzhafter, stärker und dann noch stärker. Es war wie Stuhlpressen. Burls Gesicht lief rot an, und indem er sich mit einer Hand am Türsturz festhielt und den inneren Fuß auf dem Teppich feststemmte, schob er mit aller verfügbaren Macht, bis es weh tat, bis er das Schließblech des Schlosses im Rücken spürte. Er war klatschnaß. Schweißgebadet, war er sich sicher, daß er es ohne Jackett schaffen könnte, aber als er sich wieder zurückzuziehen versuchte, konnte er sich nicht rühren. In wachsender Panik scharrte und tapste er herum, ächzend vor Anstrengung, aber ohne Erfolg. Steckengeblieben! Es begann ihm zu dämmern, daß er hier würde bleiben müssen, bis man ihn befreite, und er wurde rot, als ihm die Spottgesänge aus Kindertagen wieder einfielen:

Dicker, Dicker, zwei mal vier,
Paßt nicht durch die Küchentür.

Eine kleine Frau in den Dreißigern, braungebrannt und blond, spitzgesichtig, mit kleinem Mund und kleiner Nase, näherte sich mit einem Gör von vielleicht fünf Jahren. Sie hatten Schwimmsachen an und trippelten mit Handtüchern, Sandalen, Sonnencreme und anderen Badeutensilien daher; das ausladende Hinterteil der Mutter von einem kurzen Badekleidchen sittsam verhüllt, ihre Schenkel leicht wogend bei jedem vorsichtigen Schritt. Die beiden zögerten ein wenig und drückten sich an der gegenüberliegenden Wand entlang, die Mutter nahm ihre Tochter instinktiv an den Schultern, das kleine Mädchen faßte nach der Hand der Mutter.

»Eingeklemmt«, japste Burl. »Lächerlich. Nicht? Sitzt fest. Sagt man. Steht fest. Wär' besser.«

Das kleine Mädchen war sprachlos vor Scheu. Als die zwei weitergingen, faßte es sich wieder soweit, daß es fragte: »Mami, wenn der zu dick ist, daß er da rauskommt, wie ist er dann reingekommen?«

»Pssst, ich weiß nicht, Schätzchen. Gib acht auf die Stufen.«

»Und wie der riecht ...«

»Pssst, hab ich gesagt.«

Burl war dankbar für die dämmrige Stille in dem fensterlosen Flur; sie war so beruhigend, verglichen mit einer U-Bahn-Station oder einem Fast-food-Restaurant, Örtlichkeiten, an denen unnachgiebige Interieurs ihn schon früher mal hatten festsitzen lassen. Mein Leib ist mein Untergang, dachte er. Die Feuerwehr war rasch zur Stelle, ein Trupp kam unter Gummigeräuschen den Flur entlanggestampft, Jacken und Stiefel quietschend und knirschend. Ihre angelsächsische uniformierte Zackigkeit, ihre verknappte Sprache und ihre ganze Ausrüstung, die Burl mehr hörte als sah, gaben ihnen einen Aura von Ernsthaftigkeit, die Burl durcheinanderbrachte. Er wollte das leichtnehmen, wollte, daß es leichtgenommen wurde.

»Tut. Mir. Leid.« Er stockte, um Luft zu holen. »Irgendwie. In. Der. Klemme.«

Er war völlig außer Atem. Er konnte keinen Weg finden, bequem zu stehen; der Druck auf seinen Unterleib war so heftig wie ein Boxhieb, und er spürte, daß ihn hinten irgendein Teil des Türpfostens stach. »Zielperson lokalisiert, steckt in Türrahmen fest«, sagte einer der Feuerwehrleute mit einer Unbeteiligtheit, die an Gelangtweiltsein grenzte, in ein Handfunkgerät. Irgend etwas schien ihnen allen unangenehm zu sein, vielleicht die Luft. »Fertig zur Befreiung. Wir glauben, daß ein Krankenwagen, ah ja, Chrysalis Motel? Richtig, genau. Zehn-vier.« Warum müssen wir einen medizinischen Notfall daraus machen, wollte Burl fragen, aber es war ihm zu peinlich. Außerdem fühlte er sich von dem Klappern und Poltern der Äxte, Vorschlaghämmer und so weiter, die auf den Boden hingeworfen wurden, schon wie ein Zahnarztpatient, und tatsächlich bestanden seine Retter darauf, ihm für eine Weile eine Sauerstoffmaske vors Gesicht zu halten, und hätten sie auch dort gelassen, wenn der Gummizug groß genug für seinen Kopf gewesen wäre. Es war auf den ersten Blick klar, daß sie ihn nicht herausziehen konnten, und praktisch ohne sich zu beratschlagen - hatten sie so einen Einsatz schon mal gehabt? -, gingen sie auf die Wand hinter ihm los. Er spürte die Wucht ihrer Schläge, vielleicht vom Türrahmen weitergeleitet, bis in seine Zahnplomben. Als das Loch groß genug war - es war schließlich nur eine Gipsplattenwand –, stellten sie fest, daß der Rahmen immer noch nicht bereit war, ihn freizugeben, und so gellte Burl das unerträgliche Kreischen einer elektrischen Säge in den Ohren, bis man ein Einsehen hatte und eine Handsäge zum Einsatz kam. Irgend jemand hinter Burl arbeitete heftig damit – ritsche-ratsche, ritsche-ratsche, ritsche-ratsche –, bis der Rahmen unter seiner Last nachzugeben anfing. Schließlich brach der Türpfosten auseinander, und mit einem Ruck war er frei, plötzlich erlöst in einer Wolke von Gipsstaub und Schutt. Ohne jede Stütze fiel er beinahe hin und riß einige der Feuerwehrmänner um. Sie wirkten wie Liliputaner.

»Sachte jetzt. Lehnen Sie sich für 'ne Minute gegen die Wand.«

»Bin. Schon. Okay.«

»Sie sehen irgendwie blau aus.«

»Keine schöne. Erfahrung. Eingeklemmt. Sein.«

»Ihre Haut.« Es war ein gesunder junger Mann mit makellosen Zähnen. »Sally, was meinst du?«

»Er ist blau, na schön. Sir, ich möchte, daß Sie sich einfach entspannen und noch etwas Sauerstoff bekommen.«

Burl atmete dankbar ein, unter geräuschvollem Rasseln, das von der Plastikmaske gedämpft wurde. Es schmeckte kalt. Blau? Konnte es sein, daß das Licht aus dem Fernseher ihn irgendwie eingefärbt hatte? Er hatte immer eine gesunde Farbe gehabt, hellrosa, wo die Leute hinsehen konnten, und überall sonst eine Art Pergamentblässe. Er *fühlte* sich nicht blau.

Durch den Schutt wurde eine Rollbahre hereingeschoben, aber sie war lachhaft schmal und hatte ein so dünnes Untergestell, als wäre sie mehr für Geschwindigkeit als für Tragkraft konstruiert, und zur Erleichterung der Kavallerie, die zu seiner Rettung gekommen war, winkte er sie wieder weg. Er fuhr auf dem Boden des Krankenwagens ins St.-Ferdinand-Krankenhaus.

Burl thronte unbehaglich auf einem ganz ungewöhnlich großflächigen Untersuchungstisch und hatte einen dünnen baumwollenen

Krankenhauskittel an, der hinten anscheinend nicht zuzumachen war, so daß er sich beschämend nackt und mithin gezwungen fühlte, andauernd zu versuchen, sich zu bedecken. Schließlich fingen ein paar Schwestern an, ihn zu bearbeiten, nahmen unter matten Aufmunterungen eine Blut- und eine Urinprobe, stellten ihn vorsichtig auf eine Art Industriewaage (deren Meßergebnis - 493 Pfund - sie kommentarlos festhielten) und maßen seinen Blutdruck mit der größten Blutdruckmanschette, die er je gesehen hatte. Bei diesem Ergebnis zogen sie zumindest die Augenbrauen hoch. Burl war bereits müde und gereizt von seinem vormittäglichen Abenteuer und den endlosen Formularen, die man ihn mit einem unangenehm dünnen Stift hatte ausfüllen lassen, der sich in seiner ungefügen Hand anfühlte, als würde er mit einem Stück Draht schreiben. Krankengeschichten waren für Burl schon unter den allerbesten Umständen eine mühselige Sache, weil die seine so lang und kompliziert war. Dann wurde er in seinem Krankenhauskittel, der hintenrum so demütigend aufklaffte, sitzen gelassen, bis eine der Schwestern ihm sagte, er könne sich anziehen.

»Der Doktor wird dann gleich mit Ihnen sprechen.«

Burl zog seine Toga an und machte sich zurecht, so gut er konnte. Auf dem Weg durch den Flur hatte er das Gefühl, das er auf dem Weg zum Friseur immer bekam, wenn ihm einschoß, daß sein Haar jetzt gerade sehr gut aussah und gar nicht geschnitten werden mußte. Die Welt, die ihm zu klein für ihn vorgekommen war, war das nicht mehr. Ihm fielen die großzügigen Türen auf, die breiten Flure mit von Bahren und Rollstühlen abgestoßenen Stellen da und dort. Warum konnte der Rest der Welt nicht auch in so großzügigen Proportionen angelegt sein?

Er war auf der Hut wegen der unziemlichen Hast, die sein ganzes Hiersein umgab, und machte auch nicht das volle Programm mit. Eine Infusion lehnte er als eine Behandlung ab, der er nicht zugestimmt hatte, und schlauchte lieber seinerseits das Personal, indem er darauf bestand, zum Büro des Doktors zu

Fuß zu gehen, und den extrabreiten Rollstuhl verweigerte, mit dem er zuvor in das Untersuchungszimmer gefahren worden war. Es erinnerte ihn an diese Taft-Stühle in alten Hotels, extrabreite Antiquitäten, nach Maß angefertigt für einen erwarteten Besuch von Amerikas dickstem Präsidenten. Im Lift - wieder extrabreite Türen - betastete Burl das eingestanzte winzige Rautenmuster auf den Stahlwänden. Er war noch kein Patient.

Oben traf er auf einen großen, schlanken Mann in einem bräunlich karierten Hemd, mit beiger Strickkrawatte und weißer Jacke. Seine Stirn war so hoch, wie sie nur sein konnte, ohne übergangslos in die Schädeldecke auszuufern, sein braunes Haar war quer über den Kopf gekämmt. Seine Nase war lang und spitz, ein anklagender Zeigefinger, und seine Augen leuchteten ohne Wärme.

»Mr. Bennett?« sagte er mit kaltem Lächeln und streckte die Hand aus.

Burl schüttelte sie und las das kleine weiße Schildchen auf seiner Brusttasche.

»Dr. Stringer.«

»Der bin ich. Nehmen Sie Platz, Mr. Bennett.«

Burl ließ sich auf einem kleinen Sofa in der Zimmermitte nieder, und Stringer nahm den Armsessel, der im rechten Winkel dazu stand.

»Sie wissen natürlich, daß Sie Gewichtsprobleme haben. Haben Sie eine Vorstellung davon, wie ernst die sind?«

Die Wand hinter Stringer war vollgehängt mit laminierten Diplomen in toten Sprachen und unverständlichen Schriften.

»Ziemlich ernst?«

»Ich will offen sein, Mr. Bennett. Meiner Ansicht nach ist Ihr Zustand lebensbedrohlich. Ihr Blutdruck ist himmelhoch, Sie haben Diabetes, und Ihrer blauen Haut und den Symptomen nach, die Sie beschreiben, leiden Sie am Pickwickier-Syndrom.«

»Wie bei Dickens?«

»Wie der Fette Junge, genau. Ein Fall wie aus dem Lehrbuch. Adipositas, Zyanose, obstruktive Apnoe, Somnolenz, respiratorische Acidose, niedrige Alkaloidwerte, Muskelzucken, Herzversagen praktisch jede Minute möglich. Im Klartext, Sie essen sich zu Tode, und Ihre Körpersysteme sind infolge von Überbelastung kurz vor dem Zusammenbruch.«

Er war einen Augenblick still; das einzige Geräusch war das Rasseln von Burls Atem. In gemessenem Ton fuhr Dr. Stringer fort.

»Zyanose ist blau verfärbte Haut durch zuwenig Sauerstoff im Blut. Obstruktive Apnoe bedeutet, daß Sie hin und wieder zu atmen aufhören, vor allem während des REM-Schlafs. Sie schnarchen wie eine Kettensäge. Sie sind die ganze Zeit schläfrig. Das Atmen ist auch in der übrigen Zeit mühsam.«

Burl kam sich wieder klein vor. Es war peinlich, sich eine solche Beschreibung seiner selbst anhören zu müssen. Es war, als würde man wegen Onanierens verwarnt, als hätte man Spermageruch an den Händen.

»Trotzdem«, fuhr Stringer fort - er sprach, wie es schien, absichtsvoll langsam -, »sind Sie unter den gegebenen Umständen noch ziemlich robust, und es gibt keine sonstigen Anomalien, die nicht mit dem Gewicht zu tun haben. Aus all diesen Gründen wären Sie ein idealer Kandidat für ein Versuchsprogramm zur Gewichtskontrolle, das wir hier im St. Ferdinand haben.«

Die beiden Männer saßen einen Moment lang schweigend da, bis Burl in der Lage war, so zu tun, als sei er voll da.

»Erzählen Sie mir darüber«, sagte er mit schwerer Zunge.

»Es ist ein Pilotprojekt, eine von mir entwickelte Abart eines sehr gut eingeführten medizinischen Verfahrens, das vertikal geraffte Gastroplastik heißt; sie wird, hoffe ich, gewisse Probleme lösen, deren Seltenheit sich einige Zeit lähmend auf das ganze Fachgebiet ausgewirkt hat. Es ist im wesentlichen ein chirurgisches Verfahren, bei dem wir den Magen abteilen und den Großteil davon stillegen, so daß nur mehr ein kleiner Rest für die Nahrung zur Verfügung steht.«

»Ist das nicht gefährlich? Wie würde ich damit leben?«

»Es ist nicht mehr furchtbar gefährlich; mit Sicherheit ist es nicht annähernd so gefährlich, wie wenn Sie zulassen, daß Ihr Gewicht weiter steigt, oder es auch nur auf dem derzeitigen Stand halten.«

»Normalerweise bin ich nicht so fett«, sagte Burl. »Das ist eine Art Ausreißer.«

»Wie steht's mit Ihren Eltern? Sind die genauso?«

»Nein. Ziemlich dünn.«

»Andere Familienmitglieder? Die Großeltern?«

»Nein, nur ich. Ich bin der Glückspilz. Ich hatte in letzter Zeit zum Abnehmen bloß nicht den Willen.«

»Aber Sie sind schon lange stark übergewichtig.«

»Ja. Immer schon, eigentlich.«

Stringer beugte sich vor.

»Burl, über die Jahre haben Sie sich gewichtsbedingt einige sehr ernste gesundheitliche Beschwerden aufgeladen, die, wenn sie unbehandelt bleiben, verheerende Auswirkungen haben werden. Denken Sie nur an Ihr Atmungsproblem. Alveoläre Hypoventilation. Ohne ärztliche Behandlung ist die Folge Lungenhochdruck, vielleicht sogar Lungenembolie. Rechtsseitige ventrikuläre Hypertrophie, Erythrozytose und so weiter. Oder die chronischen Rückenschmerzen, unter denen Sie zweifellos leiden. Ich glaube, Sie haben irgendwo hier drin darauf hingewiesen ...« Er wühlte in Burls Unterlagen.

»Ich hab, äh, hatte Rückenprobleme.«

»Vermutlich ein beginnender Bandscheibenschaden. Ihr Rückgrat hält dieses ganze Gewicht nicht aus. Sie zermahlen es zu Staub, Burl. Oder Ihr Blutdruck. Eine so ausgeprägte Hypertonie wie die Ihre bringt Ihre Nieren um. Sie haben bereits Anzeichen von gradueller kollagener Fibrose mit merklicher Gefäßverengung. Und Urämie; ich hab's gerochen, sowie Sie reingekommen sind.«

Burl wurde rot, aber Stringer sprach weiter.

»Und wenn wir uns schon in der Gegend bewegen, Ihre unzulängliche Hodenfunktion kommt von einer haushoch überhöhten

Östrogenproduktion, die« - er blätterte wieder in den Papieren - »vielleicht fünfzehn-, sechzehnmal so hoch ist wie normal. Das fördert die übermäßige Bildung von Fettzellen und bringt Ihr gesamtes hypothalamisch-hypophysisch-testikuläres System durcheinander.«

»Ich hab sowieso nicht viel Verwendung für die Dinger«, witzelte Burl matt.

»Ich glaube, als Sie bei uns angerufen haben, hatten Sie eingesehen, daß Sie etwas tun müssen. Ich bin ziemlich sicher, daß wir Ihnen helfen können.«

»Ein Problem dabei ist, daß ich kein Geld hab und keine Versicherung. In Ihrem Inserat stand, das Programm sei kostenlos.«

»Das ist richtig. Wir sind dabei zu versuchen, dieses Krankenhaus auf der Grundlage einiger meiner Forschungen zu einem Zentrum für Barochirurgie auszubauen, und bei bestimmten qualifizierten Kandidaten lohnt es sich für uns, unsere Arbeit gratis zu machen, und, wo gerechtfertigt, sogar einen regelmäßigen, bescheidenen Nachsorgezuschuß zu bezahlen.«

»Wäre das dauerhaft? Die Operation, meine ich.«

»Vorzugsweise ja. Sie läßt sich auf zwei unterschiedliche Weisen rückgängig machen. Wir können aus medizinischen Gründen rückoperieren, wofür es selten eine Indikation gibt. Oder Sie können sich's wegessen.«

Burl genoß das Gefühl, die Decke über sich vorüberziehen zu sehen, während er dahingerollt wurde.

»Habt ihr für das Ding auch 'n ›Überbreite Fracht‹-Schild?« fragte er.

Er hatte erwartet, daß es durch die Korridore schneller dahingehen würde, aber wozu sich eigentlich beeilen? Umgeben von Krankenpflegern, die unter Schieben und Ziehen mithalfen, das schwerfällige Gefährt um Ecken zu manövrieren und Hindernissen auszuweichen, fühlte er sich wie ein Öltanker, der von Schleppschiffen in den Hafen gebracht wird.

Er war nicht wirklich nervös, bis sie ihm die Maske aufs Gesicht setzten und ihm sagten, er solle tief einatmen und von hundert rückwärts zählen. Selbst dann noch kam er zu dem Schluß, daß es schlimmere Arten gab, zu sterben.

KAPITEL 15

IN DEN FOLGENDEN MONATEN kam Burl sich selbst abhanden. Daheim im Chrysalis, wo die Versicherung für die zerbrochene Tür bezahlt hatte, hatte Dr. Stringer gegen die Geschäftsführung obsiegt, und der Eigentümer zeigte sich freundlicherweise nachsichtig, sogar amüsiert. Burl mußte nur seine Miete im voraus zahlen und durch tägliches Erscheinen an der Rezeption beweisen, daß er in seinem neuen Zimmer durch die Tür kam. »Ich weiß«, sagte Burl mit zittriger Frischoperiertenstimme. »Vorher war's wie das Kamel durchs Nadelöhr.« Es durfte kein Essen mehr von außerhalb bestellt werden.

Es war nicht angenehm, zu spüren, wie man sich verflüssigte. »Wenn der Körper Fett in Energie umwandelt«, hatte Stringer gewarnt, »geht eine Unmenge Wasser ab.« Burl pinkelte sich buchstäblich leer, in den ersten Wochen schrammte er auf dem Weg ins Bad eine ganze Schicht Farbe von der Wand. Das war, noch ehe er endlich dünn genug war, um unzerschürft aufs Klo zu wackeln.

Anfangs war es schwierig, weil er immer noch Schmerzen von der Operation und obendrein Durchfall mit Erbrechen hatte. Er hatte nicht sehr viel Verlangen nach Essen gehabt und sah sich selbst als Rekonvaleszenten, eine angenehme Vorstellung, die ihm ein klares Ziel vor Augen stellte und ihn der strengsten

Selbstbeurteilung enthob. Seine Lebensumstände machten, daß er sich vorkam wie der heilige Nikolaus von Flüe, der im fünfzehnten Jahrhundert an so schlimmen Magenschmerzen litt, daß er die letzten dreißig Jahre seines Lebens zubrachte, ohne zu essen. Er verbreitete von einer Bergspitze aus Weisheit und lebte von dünner Luft.

Burls anfängliche Symptome verschwanden größtenteils wieder, hinterließen aber eine chronische Schwäche, die er nicht abschütteln konnte. Darüber hinaus war da noch das Wissen, daß er sich selbst verlor. Über eine Frist von wenigen Monaten verlor er das Körpergewicht eines ganzen Durchschnittsmannes, und obwohl er sah, daß die Verwandlung sich schrittweise vollzog, kam sie über ihn mit der Gewalt eines Todes.

Die verpflichtenden Beratungssitzungen im Krankenhaus waren da überhaupt keine Hilfe. Die Gruppenmitglieder saßen in kreisförmig aufgestellten Fernsehsesseln und auf anderen großen und stabilen Sitzmöbeln, denn es wäre ein Katastrophe gewesen, wenn eines davon unter jemandem zusammengebrochen wäre, während er oder sie sich eben die Qualen des Fettseins von der Seele redete. Einige aus dem Dutzend Teilnehmer hatten wie Burl schon Operationen zur Gewichtsreduktion hinter sich; einer sogar zwei. Die übrigen waren, wie an ihrer kolossalen Leibesfülle klar ersichtlich war, Anwärter. Manche waren sogar fetter als Burl auf seinem Höhepunkt, und einer von ihnen, ein farbiger Mann namens Earl, war mit Sicherheit der fetteste Mensch, dem Burl je begegnet war. Er wurde in einem Rollstuhl in die Sitzungen gebracht, der maßgefertigt sein mußte und den er fast völlig überdeckte, weil er über die Kanten quoll wie eine schmelzende Kugel Eiscreme. Burl mochte ihn. Earl war schüchtern beim Reden und schien, vielleicht weil es nicht darum ging, Beglaubigungen vorzulegen, nicht mit den anderen darum zu wetteifern, wessen Leid am größten war. Burl hörte mit Interesse, daß, obwohl Earl vor langem aufgehört hatte, sein Haus zu verlassen, er sich trotzdem die Türen hatte breiter machen lassen, für den Fall eines Brandes.

Es fiel Burl schwer, sich einzufügen. Abgesehen von Bob, dem blassen und passiven Gruppenleiter - sein lebhafter Mitleidsblick, sein hängender Schnurrbart, sein Bein über der Armlehne seines Sessels, das alles machte Burl wahnsinnig -, und Earl war nur noch ein anderer Mann in der Gruppe, Andrew, der sich anscheinend nicht entscheiden konnte, welche Miene für diesen Anlaß angebracht war, sein Gesichtsausdruck schwankte zwischen Verlegenheit und Trotz. Neben ihm saß ein großer Stoffhase.

Die übrigen in der Gruppe waren Frauen, und ihr Groll über das Drängen der Gesellschaft, daß sie gefälligst dünn und schön zu sein hatten, verlieh ihren Kommentaren eine Berechtigung, die Burls eigene Schwierigkeiten vergleichsweise armselig erscheinen ließ. Aber er entdeckte auch eine anklägerische Energie, von der er fühlte, daß sie sich gegen ihn richtete, was seine Sehnsucht, anderswo zu sein, nur vergrößerte.

Am Wort war Edna. Sie trug richtige Kleider statt Kaftans, aber die Dicken wandeln bei der Wahl ihrer Garderobe immer an der Grenze zur Komik, fand Burl, und Edna schien sie überschritten zu haben; in ihren riesenhaften khakifarbenen Wickelröcken und paisleygemusterten Schultertüchern, in ihren ausgebauchten Krokodilhemden und rosa Ballerinas sah sie aus wie ein Countrymoden-Mannequin im Zerrspiegel. Er wurde an seine eigene frühere Pingeligkeit erinnert. Sie mußte Stunden auf ihr Aussehen verwendet haben; ihr üppiges, perfekt gepflegtes Haar war säuberlich nach hinten frisiert, um ein aufgedunsenes Gesicht mit feuchter Haut und makellosem Teint zum Vorschein zu bringen, gesalbt mit all den richtigen Cremes und Ölen, von goldener Bräune, mit herausstechenden klebrigroten Lippen. Doch es war eine dünne Haut, die in dem Meinungsklima, dem sie begegnete, leicht Schaden nahm.

»Wir sind viel umgezogen, als ich ein Kind war«, sagte sie schmallippig. »Sie können sich vorstellen, das war, nun ja, sehr traumatisch. Es war schließlich schon so schwer genug, Freunde zu finden.«

Tapfer zur Decke aufblickend, schien sie an ihren Gefühlen zu ersticken, fuhr dann aber mit tragödinnenhaft gefaßtem Mut fort.

»Jedesmal, wenn wir in eine neue Gegend zogen, ließ sich meine Mutter was Neues einfallen. Sie war nicht dick, sehen Sie, aber ihre Schwestern schon. Einmal, als wir umzogen, nahm sie mein Fahrrad nicht mit, weil sie nicht wollte, daß ich draußen damit rumfuhr. Die Vorstellung von diesem fetten Kind auf dem Fahrrad war ihr, hm, ein Greuel. Ich meine, was würden die Nachbarn sagen?«

Burl versuchte einen mitleidigen Blick zustande zu bringen, aber diese öffentliche Herzensergießung waren ihm peinlich, und insgeheim bedrückte ihn, daß seine eigenen, sorgsam gehüteten Kümmernisse genauso banal waren. Edna mußte Gedanken lesen können.

»Ich spüre, daß Sie über mich urteilen«, sagte sie plötzlich und verlagerte ihre Körperfülle in seine Richtung, wie ein Schlachtschiff, das beidreht, um eine Breitseite abzufeuern. »Ihr Schweigen ist sehr aggressiv.«

»Schweigen ist Zustimmung«, sagte Burl nervös.

»Hier nicht! Hier nicht! Hier ist es ein aggressiver Akt. Sie teilen sich der Gruppe nie mit.« Sie blickten beide zu Bob, der selbst ein Veteran der Operiertenfraktion war.

»Vielleicht muß Burl sich erst ein bißchen besser in die Gruppe eingewöhnen«, sagte Bob. »Ich hab nicht das Gefühl, daß er urteilt.«

»Wir werden von Männern ständig beurteilt«, entgegnete Sylvia. »Sogar Ihre Rolle hier ist die eines Richters, und, Bob, Sie sind auch ein Mann.«

»Genau!« pflichtete Edna bei.

»Ich hab das in meiner Familie die ganze Zeit erlebt«, sagte Jeanette. »Aber noch schlimmer waren die Frauen. Die haben das in Bausch und Bogen übernommen. Meine Mutter wollte nie mit mir ins Restaurant gehen. Sie wollte nie, daß mich irgendwer essen sieht, und ich hab bei mir selbst immer noch das gleiche Empfinden.«

Eine andere Frau, die das ausgezehrte, melancholische Aussehen von jemand hatte, dessen Magenverkleinerungsoperation sechs Monate zurücklag, erzählte, daß jeder in ihrer Familie gehofft hatte, sie würde nach der Operation einen Mann finden und heiraten, daß sie aber seitdem entdeckt habe, daß sie lesbisch sei. Jeanette, eine Farbige, zeigte sich mitfühlend, aber Sylvia forderte sie heraus. Fettsein werde bei farbigen Frauen eher akzeptiert, behauptete sie.

»Nun ja, diese Art Klischee ist genau das Problem«, sagte Jeanette. »Verstehen Sie, wovon ich rede?«

Es war alles wahr, schrecklich und offenkundig wahr, Burl fühlte sich schuldig. Schlimmer noch, er fühlte sich, wie er sich unter den Tonganern gefühlt hatte, die auf fetten Füßen lautstark übers Linoleum schlappten; er hatte das Gefühl, unter lauter Verlierer geraten zu sein, und wollte nichts wie weg. Daß er so empfand, beschämte ihn noch mehr, aber nicht so sehr wie die Vorstellung, jemand könnte denken, daß er hier hingehörte.

»Sie machen sich zuviel Sorgen um Ihre Würde«, tadelte ihn Bob nach einer solchen Sitzung. »Ich wette, Sie tanzen auch nicht. Richtig? Es ist erstaunlich, was man alles kann, wenn man aufhört, sich darum zu kümmern, ob man komisch dabei aussieht. Lassen Sie's raus, Burl. Sie sind hier unter Freunden.«

Burl fühlte sich verarscht und beschloß, den Tod von so viel von sich auf traditionellere Weise zu würdigen. Er hatte schon jede Menge Kummer erlebt, aber seine direkte Trauererfahrung war gering, also machte er Anleihen. Bereits dünn genug für seinen größten dunklen Anzug, zog er ihn an und riß den Ärmel an der Schulter auf, dann verhängte er Spiegel und Fenster mit anderen dunklen Sachen, bis das Zimmer ringsherum mit Massen von Trauertuch drapiert war. Es war ungewohnt, ins Bad zu gehen und sich nicht zu sehen, aber vielleicht am besten so; sein neues Zimmer im Chrysalis hatte glücklicherweise keinen Deckenspiegel, trotzdem aber war der Raum der blanke Hohn. Denn diesmal gab es dafür eine Küche.

Anfangs lebte er von Tabletten und Wasser, Vitaminen und harntreibenden Mitteln, Tylenol und Prozac, eine ganze Arzneiliste von bunten Pillen und Kapseln, über den ganzen Tag verteilt, um seinen sosehr verringerten Magen nicht zu reizen. Die schluckte er.

Aber Essen war etwas anderes. Alles, was er am Anfang zu sich nahm, war Wasser, später ein wenig Limonade, und schließlich etwas Orangensaft, mit Wasser verdünnt, um die Säure zu mildern. Mit der Zeit aber begannn Burl Gesundheit und Appetit wiederzuerlangen. Eines Abends besuchte er eines der chinesischen Restaurants, die er früher mit Engel frequentiert hatte. Er bestellte ein paar Vorspeisen in der Hoffnung, er könnte von jeder nur ein wenig kosten, aber die fritierten Fleischklößchen waren so gut, die Wan-tun-Suppe so salzig, daß er sich ein bißchen zu sehr hinreißen ließ und ihm fast unmittelbar darauf heftig übel wurde. Auf der schäbigen Herrentoilette mit dem winzigen Waschbecken und der Endlos- Handtuchrolle erfaßte Burl mit einem Mal das ganze jammervolle Ausmaß seiner Tragödie: kein Essen mehr. Die einzige sinnliche Dimension seines früheren Lebens gehörte der Vergangenheit an, geopfert für die Wissenschaft und die Verheißung von Schlankheit. Nun war er wirklich ein Eunuch, um die Fähigkeit gebracht, sich Befriedigung zu verschaffen, der einzigen Weise beraubt, auf die er sich je zu vermehren gewußt hatte. Er mußte der Mahnung des heiligen Paulus an die Römer folgen: »Daher soll die Sünde euren sterblichen Leib nicht mehr beherrschen, und seinen Begierden sollt ihr nicht gehorchen.« Aber wozu das? Um sein Leben zu verlängern? Was blieb davon noch, ohne die Möglichkeit, zu schmecken und zu verzehren?

Er brauchte nicht lange, um herauszufinden, daß nur die Macht zu verzehren dahin war. Die Fähigkeit, zu schmecken, lebte weiter, zu Anfang wie ein Fluch, und wie ein Schlaganfallpatient, der einen Gehirnschaden davongetragen hat und die einfachsten

Dinge wiedererlernen muß, entdeckte Burl aufs neue die Genüsse, die seine Zunge zu bieten hatte. Nur weniges verschaffte ihm tiefere Befriedigung als ein Häufchen Salz auf der Handfläche, an dem er leckte wie eine Hirschkuh, oder eine einzige feuchte Kirschtomate (er brachte Nachmittage damit zu, sich die allerreifsten auszusuchen), die er in das gläserne Salzfaß auf seinem Schreibtisch stippte. Einen Löffel Einmachobst oder saures Joghurt mit vielleicht einem Klacks Vanille hielt er im Mund wie einen Schluck Bordeaux, bis ihm die Mandeln prickelten.

Wieder schmecken zu lernen war eine interessante Disziplin. Er testete Zungenbereiche aus, mischte zwei Geschmäcker auf einmal, konzentrierte sich wie ein Weinverkoster auf den Geschmack eines Glases Wasser, bemühte sich, Eisen und Chlor herauszuschmecken, und stellte erstmals fest, wie schlank es im Abgang war. Wer wußte schon, was damit alles passiert war, ehe es zu Trinkwasser für Menschen gereift war? Er wurde wie einer dieser mönchischen frühen Feinschmecker, die, weil sie nur auf Brot und andere einfache Nahrungsmittel gesetzt waren, nach Vollendung innerhalb der engen Grenzen ihrer kulinarischen Welt strebten. Unter solchen Umständen Quantität durch Qualität zu ersetzen war nur natürlich.

So mönchisch er sich auch vorkam, mit Wasser und Brot konnte Burl sich trotzdem nicht zufriedengeben. Bald beschäftigte er sich damit, winzige Portionen Rinderhack, Filet mignon, Lachs oder Kartoffeln für sich zu kochen, jede gerade mal ein Mundvoll. Er machte rasche Fortschritte hin zu raffinierteren Gerichten und bezog tiefe Befriedigung aus einer Art kulinarischer Filigranarbeit: Putanesca-Sauce mit einem halben Anchovisfilet, einer Olive, einer Kaper und einem klitzekleinen Schnittchen Knoblauch. Mit ebensolchen Liliputmengen bereitete er sich auch andere Lieblingsspeisen zu: geschnetzelte Leber, Lamm Vindaloo, Moussaka, Zwiebelsteak, nach guter alter Art mit Karoffelpüree.

Die Zutaten waren aber in so kleinen Packungen nicht zu bekommen, und unter dem Vorwand, soviel Verschwendung entsetzlich zu finden, begann Burl bald wieder richtig aufzukochen. Erst versuchte er es damit, bloß einen Bissen davon zu essen, aber das war eine Tortur, und so beschloß er, größere Portionen zu essen, ganze Mahlzeiten, aber ohne zu schlucken. Durch viel qualvolles Üben trainierte er sich an, eine Mahlzeit auf diese Weise zu sich zu nehmen; dabei spuckte er jeden Bissen in eine Tüte zu seinen Füßen, bis er sie nach beendetem Mahl mitsamt ihrem ekelhaften Inhalt in den Müll warf. Zu essen aufhören tat er nur aus Langeweile oder Ermüdung. Voll war er ja schließlich schon, wenn er anfing.

Das Schlimmste war, mit seinem Kummer allein zu sein, und darum suchte Burl die Gesellschaft von anderen Trauernden. In den Zeitungen, die er nach wie vor zwanghaft und nicht ohne einen Funken Hoffnung las, studierte er die Todesanzeigen. Wochentags ging er, wenn er sich früh genug aus seiner Schlappheit reißen konnte, am Morgen in katholische Totenmessen. Es gefiel ihm dort gut; die Kerzen an Kopf und Fuß des Sarges, der unter der hohen Decke aufgebahrt war, die priesterlichen Gewänder und der fromme Ton, der hin und her schwingende Weihrauchkessel und wie der Verstorbene den Engeln im Paradies überantwortet wurde, seine Seele von geflügelten Cherubim emporgetragen wie auf diesen Gemälden. Manchmal ging er sogar zur Kommunion, was er seit seiner Kinderzeit nicht mehr getan hatte. Er stellte müßige Überlegungen darüber an, wie viele Kalorien die Hostie wohl haben mochte und ob das Blut Christi überhaupt dick machen konnte. Auf leeren Magen machte es einen schwummerig. Doch Burl war ein Katholik der anderen Art, nicht festgelegt in seinen totenliturgischen Präferenzen, und er wohnte jedwedem Bestattungsritus bei, der ihm unterkam, so daß er Protestanten sah, die sich tapfer mit dem Verlust abfanden, und Juden, die zum Gedenken an die Verstorbenen uralte Gebete sprachen. Manchmal mischte er sich unter die Trauergäste und suhlte sich in ihrem Beileid, und da verstand er auf gewisse Weise, was es heißen mochte, wenn die Leute sagten, daß jemand anderer für ihre Sünden gestorben sei. Trotzdem war es eine trübsinnige Sache für Burl, durch die Trauer von Fremden Entlastung von seinem eigenen Kummer zu finden, weil es ihn an seine Lebensumstände erinnerte. Wessen Tod würde denn ihn so direkt treffen? Und wer würde um ihn so trauern, wenn er starb?

An diesem Tag wurde, wie an so vielen anderen, ernste Musik von Pachelbel gespielt, der für Begräbnisse nunmehr das war, was Brahms für Hochzeiten war. Burl saß mit wehem Hintern auf einem kupferfarbenen Metallklappstuhl, schmal und hart, von der Rückseite des Stuhls vor ihm löste sich ein Samsonite-Aufkleber teilweise ab, während der Raum sich allmählich mit Trauergästen füllte. Er beurteilte sie milde, sich der eigenen Abkehr von seiner früheren Sorgfalt bei der Wahl seiner Kleidung traurig bewußt. Manche kamen in neutralen, hellen Sportjacketts, weißen Socken, schreiend gemusterten Krawatten oder Kleidern, mit zuviel Haarspray. Durchdrungen von Nervosität und Gefühl, erhob sich ein Mann, um des Toten zu gedenken.

»Wir waren Kollegen ... Partner ... Freunde ... seit mehr als dreißig Jahren.« Der Mann hatte weißes Haar, aus einer niederen Stirn ölig nach hinten gekämmt. »Dreißig Jahre. Wir haben ein Geschäft zusammen aufgebaut. Zuerst für Avery, dann für Dataprint, als die dazukamen.«

Er stand neben dem Rednerpult und stützte sich auf; seine dunkle Krawatte wirkte auf dem vorspringenden Bauch zu kurz, sein Anzug war braun und glänzte.

»Gene war da.« Er fuchtelte hilflos. »Auf Schritt und Tritt. Auf jedem Schritt des Weges. Er war Vertreter. Junge, aber was für einer. Er kannte bei jedem Programm die kritischen Labels in- und auswendig, besser als jeder. Die Firma rief wegen solcher Sachen immer bei ihm an; er wußte mehr als sie. Und er kannte die Leute. Wir haben einige schwere Zeiten erlebt, Gene und ich. Er hielt zu mir« - an dieser Stelle spürte Burl einen Kloß im Hals entstehen - »durch dick und dünn. Sein Wort war wirklich gut wie Gold. Und ich weiß nicht ...«

Jetzt kamen die Tränen, und Burl spürte, wie auch seine Augen feucht wurden. Er liebte die banalen Elogen liebender Freunde, die Lobgesänge darauf, was für außerordentliche Fähigkeiten der Verstorbene im Rechnungswesen bewiesen hatte, was für ein ehrlicher Golfer er gewesen war, was für ein guter Autofahrer, wieviel er über BHs gewußt, wie unermüdlich er sich in der Baseball-Kinderliga engagiert hatte. Ein Ehemann und Vater. Mit kieksenden Stimmen sprachen sie von seiner Hundeliebe, seiner bescheidenen und immer humorigen Pfennigfuchserei (hierbei tränenreiches Lachen), die unvermeidlich sosehr in Gegensatz zu seiner bekannten Großzügigkeit gestanden hatte. Und es war wirklich rührend; die bloße Banalität schon ließ einem die Tränen kommen. »Leb wohl, mein süßer Prinz«, verabschiedete eine drogenbenebelte Nichte den ungerührten Toten. Das war ein Menschenleben gewesen.

»Verschneite Felder. Starke Arme. Deine haarige Umarmung.«

Auf dem Podium blinzelte eine liebende Tochter durch lupendicke Brillengläser unter einem Schlapphut mit hochgebogener Krempe. Vor Rührung war sie zur Form der Leichenrede in freien Rhythmen übergegangen, die Burl mittlerweile gut kannte; sie wurde am besten in ernsten Satzfragmenten zum Vortrag gebracht, um die noch unvollkommene Verarbeitung der Tragödie durch den empfindsamen Redner rüberzubringen.

»Motorsurren. Ölgeruch. Das geschickte Klicken deines Steckschlüssels in der Einfahrt ...«

Es war kein besonders gefühlsbetontes Begräbnis - Burl vermutete, daß der Mann schon eine ganze Weile im Sterben gelegen war -, und dennoch saß unser Held leise schluchzend da, der größte Trauernde, der anwesend war. Nachher, als die meisten anderen schon gegangen waren, spürte er eine Hand auf der Schulter und sah, daß ihm eine Schachtel Kleenex hingehalten wurde. Er nahm eines und nickte dem sorgfältig gekleideten Fremden vorsichtig zu.

»Nehmen Sie zwei. Ich kauf sie en gros.«

Burl nahm noch eines, und als er sich fertiggeschneuzt hatte, streckte der Mann die Hand aus.

»Mort Allen«, sagte er, seine Fingernägel waren auf Hochglanz poliert. »Sie waren schon eine Zeitlang nicht mehr da.«

Burl zuckte die Achseln und blickte um sich; er fürchtete eine Falle.

»He, he, wir haben Sie vermißt«, versicherte Allen sanft. »Ohne Sie fehlt was bei diesen Feiern. Das ist so 'ne Art Hobby von Ihnen, nicht?«

»Ich betrauere selbst einen Verlust«, sagte Burl wagemutig. »Unter Schicksalsgenossen zu sein hilft.«

»Genau darum geht's, mein Freund.«

»Ich bin schon so gut wie drüber weg«, sagte Burl und witterte die Gelegenheit zum Gehen, aber Allen legte die Hand auf seinen Arm.

»Wissen Sie, Sie haben hier wirklich was beigetragen. Gibt es denn einen besseren Weg, sich an einen geliebten Menschen zu erinnern, als anderen etwas zu geben?«

»Empfind ich genauso«, sagte Burl im Aufstehen.

»Sehen Sie, das kann sehr lohnend sein, ich meine, auf eine Weise, an die Sie vielleicht noch gar nicht gedacht haben. Beginnen wir uns zu verstehen?«

Burl ging sowieso das Geld aus. Es kam ihm auch kaum wie Arbeit vor, in Allens Bestattungsinstitut Trauerfeiern beizuwohnen, und das für fünfundreißig Dollar pro Feier, wie konnte er da nein sagen? Mr. Allen war es das allem Anschein nach wert; er hatte das Gefühl, daß die Leute dann von seinen Beerdigungen mit einem Gefühl der Erleichterung weggehen würden, wie es ihnen nur die öffentliche Zurschaustellung von Kummer verschaffen konnte, ohne daß sie selbst sich zu dieser Zurschaustellung bequemen mußten. Allens Hoffnung war, daß sie dadurch des Erlebnisses eingedenk bleiben würden, so daß sie, wenn sie eines Tages selbst Begräbnisvorbereitungen treffen mußten, sich wohlwollend an sein Institut erinnern würden. Besonders nützlich war Burl, wenn jemand praktisch allein starb; er half den wenigen, die da waren, sich nicht so einsam zu fühlen, nicht so ausgenutzt.

Er war gut in dem Job; er besorgte sich einen neuen dunklen Anzug (er war auf eine kultivierte Größe 48 runter) und arbeitete sich rasch ein. Und er versuchte, nicht ganz und gar Arbeit daraus werden zu lassen; er suchte sich seine Begräbnisse langmächtig aus, um solche zu vermeiden, die mit Sicherheit zuviel für ihn gewesen wären. Mr. Allen zog es vor, wenn die Familie des Verstorbenen dem professionellen Trauergast nicht allzusehr beistehen mußte. Burl mied Begräbnisse von Frauen aus ebendiesem Grund; sie waren einfach zu traurig, die ganze Aufbahrungshalle stammelte und flennte, graugewordene Söhne, hager und feist, stützten gebrechliche Tanten, die wußten, daß sie als nächste dran waren. Die heiligsprecherischen Würdigungen verstorbener Frauen wirkten stets wahrheitsnäher, ihre Selbstlosigkeit weniger heraufbeschworen durch jene, die ihrer gedachten; oft jene, denen sie das Leben geschenkt hatten. Vielleicht war er eifersüchtig. Auch keine toten Kinder. Er hielt sich an ausgewachsene Männer und weinte maßvoll, in Würde.

Es war eine seltsame Sache, in einer Leichenhalle ein und aus gehen zu lernen. Die Toten wirkten hier, in dieser Abgeschiedenheit von ihrer Umgebung zu Lebzeiten, mehr wie Schaufensterpuppen, Wachsfiguren, lebenden Menschen bloß nachgebildet. Burl ging der Gedanke durch den Kopf, daß er bei den Nachrufen aushelfen und sie den Lokalzeitungen telefonisch, praktisch schon so gut wie geschrieben, durchgeben könnte. Ach was, ein Geschäft könnte er damit aufmachen: eine Art Agentur, die Nachrufe auf jedermann im Bezirk und auf Prominente von Küste zu Küste anbot. Die Zeitungen von diesen gräßlichen Bestattungsheinis befreien, von unachtsamen Redaktionsgehilfen, vom Ärgernis verspäteter Meldungen.

Schließlich aber begann es ihm morbid vorzukommen, und sosehr er das Geld auch brauchte, um weiter die Miete im Chrysalis bezahlen zu können, er kündigte. Trauern als Lebensunterhalt machte den Tod nicht weniger traurig, nur weniger emotional, und das war noch schlimmer. Burl hatte angefangen, die Sache zu professionalisieren. Etwas Berechnendes hatte sich in sein Trauern eingeschlichen, und wenn er den Familien der Verstorbenen gegenübertrat, spürte er, wie sich ein salbungsvoller Ausdruck auf seinem Gesicht ausbreitete. Man konnte nicht immer weiter um die Toten weinen, stellte Burl fest, nicht mal, wenn man selbst der Tote war.

Also zog er sich nach und nach aus dem Trauergeschäft zurück, sehr zur Enttäuschung seines Arbeitgebers. Das Chrysalis war deprimierend bei dem warmen Wetter, und um nicht in sein früheres Eremitendasein zurückzufallen, versuchte Burl sich dazu zu bringen, so oft wie möglich rauszugehen. Es war Spätsommer, und die trockene Hitze schlug ihm entgegen wie ein Druckwelle, wann immer er sein Schneckenhaus mit Klimaanlage verließ. Aber es war ein Genuß. Die natürliche Umgebung, so verstädtert sie auch sein mochte, wirkte wie Balsam nach den Veränderungen, die chirurgische Technologie in seinem Körper herbeigeführt hatte. Es war aber auch ein Genuß, verglichen mit den drückenden Sommern, die er aus New York gewohnt war, wo die Straßen eine einzige schwüle Waschküche waren. Es war ein fremdes, aber angenehmes Gefühl, zur Abwechslung einmal nicht zu schwitzen; in der Wüstenluft fühlte die Haut sich papieren an, und stundenlang ohne Hut darin umherzulaufen war wie Drogen nehmen. Es machte Burl schwindlig, manchmal sogar taumelig. Dr. Stringer hatte ihn davor gewarnt; sein Magen faßte nicht viel Wasser, also sollte er den ganzen Tag über langsam kleine Mengen trinken, um eine Dehydrierung zu vermeiden. Nadeldünn oder nicht, er war jedenfalls das Gegenteil von einem Kamel. Er fing an, eine Feldflasche mit sich rumzutragen.

Derart ausgerüstet, ging Burl täglich auf die Straßen hinaus und durchwanderte die ganze Stadt. Er strengte seine Schenkel an bis zur Erschöpfung, wenn er die mühsamen Hügel des Marmelade-Bezirks durchstreifte, dessen Straßen vor langer Zeit einst nach Früchten benannt worden waren, die Burl nicht essen konnte: Aprikose, Quitte, Mandel, Traube, Erdbeere, Johannisbeere. Wenn er genug von den Puppenhäusern hatte, eines neben dem anderen, den fröhlichen Farben und emsig gepflegten Blumen, stapfte er auf der South Temple nach Norden, vorbei an den großen Herrenhäusern, durch den hübschen Alleenbezirk in Richtung Universität. Diese laubüberdachten Bezirke boten Schatten, eine kurze Abkehr von den windigen Straßen der Innenstadt, und er freute sich an den alten Mehrfrauenhäusern mit getrennten Wohnflügeln für die zwei Familien eines Mannes. Eines Tages, als er beim Aufwachen die Stadt über hatte und sich nicht vorstellen konnte, schon wieder darin umherzulatschen, als wäre es seine Aufgabe, sie zu Fuß zu vermessen, fuhr er per Anhalter hinaus an den großen und unheimlichen Salzsee, das einzige Gewässer, das ihm den Auftrieb geben konnte, den er früher empfunden hatte, sobald er im Nassen war.

Er kam am späten Vormittag an, die hochstehende Wüstensonne brannte schon auf seiner bloßen Haut; in der Luft hing der schwefelige Geruch von Pflanzen, die an zuviel Salz erstickten. Ein heißer, salziger Wind wehte vom Wasser her, das von einer Wolke winziger Fliegen verteidigt wurde, aber anders als sie war Burl allein. Rasch zog er seine Sachen aus und stürzte vorwärts, kämpfte sich durch die salzigen Fliegen, um in den kühlen See zu waten; als das Wasser ihm bis an den Rumpf reichte, ging ihm die Luft aus, und er ließ sich hineinfallen. Unter großer Anstrengung tauchte er vollständig unter, weil er später spüren wollte, wie überall auf ihm das Salz eintrocknete. Vielleicht werd ich ja gepökelt, dachte er, und kämpfte sich gegen den Auftrieb dieser Jenseitswelt nach unten; es stach ihn wie Nadeln in den Augen. Keuchend tauchte er wieder auf, mit tränenden Augen, und gab sich schließlich geschlagen. Auf diese magischen Wasser gebettet, die Brusthaare salzbestäubt, machte Burl dann und wann ein Schwimmtempo, hauptsächlich aber räkelte er sich einfach im

Wasser, ließ sich unter der Sonne blind treiben in diesem, so kam es ihm vor, riesigen Taufbecken, dem man kribbelig und verkrustet, aber rein entstieg. Vielleicht hatte Engels Schwager recht gehabt, dachte Burl und erinnerte sich an jenes epochale Fest. Vielleicht machte es wirklich einen neuen Menschen aus einem.

TEIL

II

Und stand vor tausend Häusern ohne ein Zuhaus,
vor tausend Tischen blickte ich um Speisung aus.

William Wordsworth, »Schuld und Reue«

KAPITEL

16

ALS ER ERWACHTE, roch er feucht und faulig, sein Gesicht war kalt, sein Körper tat weh. Man durfte das Lüftungsgitter nicht zu dick abdecken, wenn man noch etwas von der Wärme spüren wollte; darum hatte Burl beim Aufstehen ein Karomuster ins Fleisch gedrückt, durch Decken und Kleider hindurch. Beim Aufwachen juckte es.

Der Vorteil, wenn man keinen nennenswerten Magen mehr hatte, der große, unbestreitbare Vorzug, war, daß man von praktisch nichts leben konnte. Man mußte. Burl war mittlerweile daran gewöhnt. Während seiner gelegentlichen Besuche bei Dr. Stringer, der seinen Fall mit gebanntem medizinischem Interesse verfolgte und immer wieder Versuche machte, Psychiater beizuziehen, erhielt er einen Vorrat an Vitaminen und Proteingetränken. Bei Essen, Kleidung und Unterkunft, staunte Burl bisweilen, schien er nunmehr in der Lage, auf zwei von den dreien verzichten zu können.

Er reiste mit leichtem Gepäck. Alles, was er besaß, paßte in einen einzigen Koffer, den ein Mann vom Wartungspersonal des Krankenhauses für ihn aufbewahrte; ein Krankenhausentlüftungsschacht war seine Schlafstatt, und im Krankenhaus tauchte er gelegentlich auf, um sich zu waschen und zu pflegen. Weil er die Wanderung dahin gern machte und zärtliche Erinnerungen hegte, ging er manchmal zu Fuß zu dem mormonischen Waschsalon, den er mit Engel zusammen geführt hatte, aber jedesmal, wenn er hinkam, war der andere nicht da, bis er schließlich erfuhr, daß Engel in der Hierarchie aufgestiegen und nun für mehrere Waschsalons zuständig war. Eines Tages nahm Burl seinen Mut zusammen und marschierte zu dem einen, von dem man ihm gesagt hatte, daß Engel ihn als eine Art Hauptquartier benutzte. Burl fand ihn ganz hinten in dem Laden; er wechselte Geld und verkaufte Waschpulver wie früher.

»He, Engel!« Burl winkte mit einem Fünfer und hoffte sein Opfer zu überraschen. »Ich brauch 'n Päckchen *Tide* und den Rest in Vierteldollars.«

Engel schaute verärgert drein. Ohne das geringste Anzeichen eines Erkennens knallte er ihm den kleinen Karton Waschmittel und sechzehn Vierteldollarstücke hin. Burl starrte ihn an.

»Da, bitte sehr«, sagte Engel. »Was gucken Sie so?«

»Engel. Komm schon. Laß uns das Vergangene vergessen.«

»He, Mann, warum sagen Sie dauernd Engel zu mir? Kenn ich Sie?«

Burl starrte und starrte, bis er mit einer gewissen Ehrfurcht begriff, daß Engel nicht die leiseste Ahnung hatte, wer er sein könnte.

»Rex«, sagte Burl. »Erinnerst du dich an mich? Mit Bart.«

Engel war sprachlos.

»Als Sumo-Ringer, schätz ich, bin ich out«, sagte Burl.

»Ach du Scheiße«, sagte Engel. »Ach du gottverfluchte Scheiße.«

»Was? Komm schon, Engel, das ist ja gruselig. Es sind Leute da.«

»Rex, was ist passiert?« Engel sah ihn von oben bis unten an. »Hast du beschlossen, dich totzuhungern? Hast du Krebs?«

»Ich hab mir 'n Magen abklemmen lassen. Ich esse wie 'n Vögelchen. Ist praktisch für schlechte Zeiten.«

Sie saßen in einem kleinen Kabuff seitlich hinter dem Tresen, wo sie ein bißchen Ruhe und Frieden hatten. Engel konnte es nicht fassen.

»Weißt du, daß deine Stimme sich verändert hat? Du bist komplett anders, ein anderer Mensch.«

»Komm schon, Engel, soviel anders nun auch wieder nicht.«

»Total! Ich meine, nicht wiederzuerkennen, Mann. Alles an dir.«

»Also hattest du keine Idee, wer ich bin. Als ich reinkam, meine ich.«

»Keine. Ich dachte, du bist so 'ne Art Stadtstreicher, jemand auf der Durchreise.«

»Na ja, da hattest du auch recht. Aber du hattest keine Ahnung, daß es der König ist?«

»Es ist nicht der König. Hör mal, Mann, ich werd dich von nun an Burl nennen. Der König ist tot.«

Und so war es. Irgendwie hatte Engel jetzt das Sagen, und Burl war so eine Art Schutzbefohlener, verschwenderisch und untüchtig. Aber diese Verschiebung spiegelte nur die Realität wider, und Burl war Engel dankbar für seine Loyalität und Hilfe. Er sorgte dafür, daß Burl seine Wäsche gratis waschen konnte, und steckte ihm etwas Geld zu, ohne daß Fragen gestellt oder beantwortet wurden, woher es kam.

Während er auf den Bus zurück in die Innenstadt wartete, wo er sich wohler fühlte, probierte Burl, wie ihm die Vorstellung paßte, daß er ein völlig anderer und nicht wiederzuerkennen war. Es war ein bißchen zu langsam geschehen, als daß er es mitgekriegt hätte, noch während der Wandel sich vollzog, und nun, da er offensichtlich abgeschlossen war, fiel es ihm schwer zu akzeptieren, daß er genaugenommen jemand anderer war.

Es war tragisch, in gewisser Weise, aber auch eine Erleichterung. Und warum sollte es ihn auch überraschen? Wenn er den Menschen betrachtete, den er in den Auslagenscheiben der Läden in der Stadt sah, der sich vor Reihen von Damenpumps oder verführerischen Reiseplakaten widerspiegelte oder im hektischen Kunterbunt der neuesten Videos unterging, fiel es ihm schwer, sich wiederzuerkennen, selbst wenn er mehr oder weniger daran gewöhnt war, daß genau im selben Augenblick wie er ein blasser, bärtiger, düsterer Fremder vor den Spiegel trat. *Der Mann ist immer bei mir*, dachte Burl. Wenn er an den Läden in der Stadt vorüberging – Fußgänger machten einen weiten Bogen um ihn –, blickte er verstohlen seitwärts auf die Glaswände und ertappte den Mann wieder dabei, wie er neben ihm her durch die vorgeblich durchsichtige Fläche latschte, mit dem, wie es schien, sicheren Wissen einer kommenden Katastrophe.

Dieses Wissen war anscheinend das einzige, was sie beide verband. Gewißheit ist die gemeine Magd der Paranoia, und Burl war seltsam unbelastet von jeglichem Zweifel; seine alten Ungewißheiten waren dahingeschmolzen wie so viel von seinem Fleisch. Deshalb hatte er auch keinerlei Bedenken, eines schönen Tages, als ihm das Geld ausging, das Chrysalis zu verlassen; achtbarerweise fragte er nach, ob noch etwas von der Rechnung offen sei, und spazierte dann zur Tür hinaus, wie um an die frische Luft zu gehen. In der Nacht zuvor hatte er einen alten Faltkoffer, eines von diesen scheußlichen karierten Dingern, das seine Mutter irgendwo mit Haferflocken-Treuemarken aus dem Supermarkt besorgt hatte, in einem Gebüsch versteckt. Vermutlich warteten sie immer noch darauf, daß er wiederkam.

Er fühlte sich wie ein entflohener Häftling und benahm sich auch so, abgesehen von seiner seltsamen Vorliebe für geregelte Abläufe. Vielleicht war das der Sammeltrieb in ihm, der sich nun, da er keinen Platz mehr hatte, um Dinge aufzuheben, auf diese Weise manifestierte. Darum schlief er jede Nacht über demselben Entlüftungsschacht, in derselben Stellung, und fand Trost darin, an einem vertrauten Ort zu sein, hinter sich im Rücken den vertrauten, abluftgewärmten Backstein des St.-Ferdinand-Krankenhauses, des einzigen Ortes auf der Welt, wo man ihn kannte.

Und so erwachte er und schob den Pappkarton beiseite, unter dem er schlief, um den Tau abzuhalten. Der Tag war wolkig und bedrohlich, mit dieser süßen Frische von gutem Leitungswasser in der Luft; sie schmeckte nach Schnee. Er erhob sich steif, ihm tat von seiner eisernen Bettstatt alles weh, sein ganzer Körper kreuz und quer gekerbt wie ein Stück gegrillter Schwertfisch. Er war unruhig. Wolkige, windige Tage wie dieser, Tage, an denen jeder andere froh war, in seinen vier Wänden zu sein, oder entschlossen, dahin zu gehen, und auf dem Weg von heißem Tee und seinen Lieben träumte, machten ihn besonders nervös, nicht sosehr, weil er kein Zuhause hatte, obwohl das schlimm genug war, sondern weil er sich so ausgeschlossen fühlte, das Kind, das zu Valentin nichts bekommt, der Junge, der beim Stockball nicht mitspielen darf, der dicke Gast auf der Party.

Seit jeher penibel, hatte Burl an diesem Tag ein besonderes Bedürfnis, sich zu säubern, und wollte, ohne daß er es sich eingestand, auch wieder vertraute Gesichter und erkennende Blicke sehen. Die quietschigen Korridore und fürsorglichen Mitarbeiter im Krankenhaus, die glänzenden Böden und der Formaldehydgeruch, die Rollbahren und die abgestoßenen Stellen an den Wänden, das alles schien unter diesem Himmel, bei diesem Wind einladend, und da ihm vom fauligen Anhauch des ungefilterten Abluftschachts schon übel wurde, beeilte er sich, nach drinnen zu kommen.

Im Duschraum begutachtete er sich, schon zum x-ten Mal. Er war mit Sicherheit ein anderer Mensch. Er war nicht mehr fett in der normalen Bedeutung des Wortes, aber als dünn konnte er eigentlich auch nicht gelten. Er fühlte sich in sich selbst verloren, sein Fleisch war ausgedehnt und schwartig wie ein russischer Roman, die Haut hing in Lappen nicht nur von seinem Kinn, sondern auch von den Oberarmen, so daß er nachts, ohne Hemd und den Lichtschein einer altmodischen Straßenlaterne im Rükken, die Arme heben und einen Schatten werfen konnte wie eine Fledermaus oder ein Flugsaurier, je nachdem, wie struppig sein Haar war. Sein Fleisch war überall so; es drapierte sich um ihn wie ein Tutu oder eine Toga. Es hing von seinen Hüften wie ein Röckchen, gelblich und schlabbrig; Haut wie von einem gerupften Huhn überdeckte sogar seine Geschlechtsteile und bauschte sich auf seinen Oberschenkeln. Färb sie um auf Schwarz, und du kannst als Beefeater in Pantalons durchgehen. Aber es war überall so. Er sah aus wie eine schmelzende Kerze.

Ein Teil von ihm war immer noch heikel und selbstverliebt, und entsprechend seifte und schrubbte er sich; er genoß dieses sinnliche Intermezzo und stellte den Brausestrahl heiß und scharf ein, weil die Nadelstiche seiner karogemusterten Haut besondes guttaten. Als er seinen brennenden Hintern wusch, stöhnte er leise; der juckte jetzt ständig. Ohne Wohnung war es schwer, einen bequemen Ort zu finden, um aus Klo zu gehen, oft unmöglich, sich ordentlich sauberzuwischen, und überhaupt war es mit seinen robusten Gedärmen, zu Burls großen Zeiten durch das schiere Aufkommen in Gang gehalten, seit der Operation nicht mehr dasselbe; sie arbeiteten entweder zu schnell oder zu langsam, entleerten sich nur unregelmäßig und unter Schmerzen, schwankten neurotisch zwischen Verstocktheit und Kapitulation.

Laut ächzend trocknete er sich ab und zog dann grimmig wieder dieselben Sachen an. Er hatte nichts Sauberes mehr an diesem Morgen; allerdings hatte es auch schon schlimmere Tage gegeben. Er verließ das Krankenhaus durch die automatische Schiebetür am Haupteingang, den er selten benutzte, und ging über die Zufahrt zu der Bank an der Bushaltestelle davor. Sein Haar fühlte sich wenigstens sauber an, der Bart feucht, die Ohren juckten von zerflossenem Schmalz. Die Bank war naß, also stellte er sich daneben auf und wartete, bis er den Wagen kommen, unsicher langsamer werden und dann - direkt dahinter ragte drohend ein Bus auf - wieder beschleunigen sah, obwohl er versuchte zu winken. Das Auto bog um die Ecke und fuhr offenbar einmal um den Block, denn ein paar Minuten später kam es wieder in Sicht.

Wanda Bildung kam in einem kleinen weißen Importwagen, um ihn abzuholen; sie fuhr unachtsam und zu schnell. Für Burl hatte es den Anschein, als glühte sie; ihre Augen groß, die Wangen rot, das ein klein wenig schiefe Gesicht leuchtend über ihrem Rollkragen und Parka. In der Art, wie sie sprach und sich benahm und mit dem Wagen umging, lag eine Euphorie, die er im Restaurant, wo sie sich kennengelernt hatten, nicht an ihr gesehen hatte.

Er konnte nicht sagen, was genau ihn dazu gebracht hatte, unter der Telefonnummer anzurufen, die sie ihm nach dem großen Essen gegeben hatte, außer daß er sie die ganze Zeit aufgehoben hatte und sich ohne Engel zunehmend einsam fühlte. Vielleicht war es auch so, daß er jetzt, um soviel dünner, von seinem neuen Selbst recht angetan war, es herzeigen, ausprobieren wollte. Er hatte oft an Wanda gedacht, seit er ihr dieses eine und einzige Mal begegnet war. Eines Nachts träumte er von ihr und hatte den ganzen Vormittag ihr Bild vor Augen, und schließlich nahm er den Hörer ab und rief an, einfach um zu sehen, was passieren würde.

Er versuchte die Beifahrertür zu öffnen, aber sie war verriegelt. Vor dem geschlossenen Fenster deutete er auf sich und formte mit den Lippen ein »Ich bin's. Burl Bennett.«

Wanda steckte auf ihrer Seite den Kopf aus dem Fenster und musterte ihn argwöhnisch.

»Ich bin's«, wiederholte er über den Verkehrslärm hinweg. »Burl Bennett.«

»Burl? Mein Gott, wie unglaublich.«

»Das macht der Bart.«

»Warum haben Sie bei Ihrem Anruf nichts davon gesagt? Sie müssen hundert Pfund abgenommen haben.«

»Hundertfünfzig, seit Sie mich gesehen haben. Sogar noch mehr, von meinem Höchststand weg gerechnet; das war nach dem feinen Essen, das ich bei Ihnen gekriegt hab. Von der Mahlzeit hab ich monatelang gelebt.«

Wanda lachte und hielt sich die Hand vor Augen.

»Was?« fragte Burl. »Gewichtsschwankungen hat jeder.«

»Ich bin bloß so erleichtert. Ich hab schon befürchtet, Sie würden niemals in mein Auto passen.«

»Vielleicht hinten, wenn Sie die Rückbank umklappen. Haben Sie Rallye-Stoßdämpfer?«

Sie fuhren zu einem von Burls Lieblingslokalen, wo sie den ganzen Vormittag damit verbrachten, auf die, so kam es Burl vor, verblüffte Weise von Leuten, die sich gegen jede Wahrscheinlichkeit gefunden haben, miteinander zu reden. Kühn gemacht durch dieses sofortige Einverständnis, erklärte er ihr die ganze Sache mit seiner Magenreduktion und erkundigte sich auch wagemutig nach der Witness-Bewegung, ein Thema, das er zuerst für tabu gehalten hatte.

»Haben Sie je daran gedacht, dort wegzugehen? Ich meine, sehen Sie sich den Rest Ihrer Tage da verbringen?«

»Den Rest meiner Tage? Burl, wer weiß? Wir alle denken doch über andere Lebensformen nach, oder? Können Sie wirklich von sich sagen, daß Ihre Entscheidungen besser waren - oder auch nur vernünftiger - als meine?«

»Meine Entscheidungen waren ganz und gar vernünftig. Das heißt aber nicht, das sie gut waren.«

»Aber getroffen wurden sie doch zu Ihrem vermeintlichen Besten?«

»Genau.«

»Und woher wußten Sie, was das war?«

»Weiß das irgendwer?«

»Eben«, feixte Wanda. »Sehr gute Frage.«

»Und sie wurden frei getroffen. Die Entscheidungen, mein ich.«

»Wirklich? Also haben Sie es sich als Kind schon ausgesucht, dick zu sein und im Nordosten zu leben und Blei in Ihrem Trinkwasser zu haben?«

Blei? Burl beschloß, daß es besser war, einzulenken, als mit ihr zu streiten.

»Na ja, mit gewissen Einschränkungen«, sagte er milde.

»Mutter Witness lehrt, daß Inseln sich nur auflösen. Allein sind Sie gar nichts, außer das Opfer einer grausamen Irreführung. Niemand von uns sind ...«

»Ist.«

»Schauen Sie sich selbst an, Burl, der wehrlose Sklave Ihrer selbstzerstörerischen Gelüste. Das ist nicht freier Wille. Es sind die Gene, die Werbung, Radioaktivität ...«

»Strahlung?«

»Sagen Sie ja nichts von wegen Spinner oder so; es gibt überall Umweltstrahlung, elektromagnetische Felder, x physische und biochemische Faktoren, die die ganze Zeit auf uns einwirken. Sie lächeln. Ich hab, bis auf die Doktorarbeit, ein abgeschlossenes Studium in Biochemie, und Sie lächeln. Weil ich eine Frau bin? Aber davon mal ganz abgesehen, was sind Sie - Sie?«

»Nicht anders als Sie, vermute ich. Auch nicht besser imstande als Sie, mich zu waffnen gegen eine See von Elektromagnetismus und, äh, frühkindlicher Psychodynamik.«

»Machen Sie sich nicht lustig, Burl. Sieht dieser Kaffeekuchen nicht schrecklich gut aus? Ich nehm ein Stück. Wollen Sie sagen, daß Sie nie was essen?«

»Eigentlich nicht. Nichts Festes jedenfalls. Ich lebe von Flüssigkeiten, Vitaminen, lauter so Zeug.«

»Wow! Ist es das wert?«

»Na ja, die haben mir gesagt, ich würde nicht mehr lang leben, wenn ich nichts unternehme, und wie Sie sagen, da war etwas in mir, das ich nicht kontrollieren konnte. Mir tut ein bißchen Askese ganz gut; es ist eine Art Abwechslung nach dem Leben, das ich geführt habe.«

»Ich glaube, Sie würden sich für die Witness-Bewegung interessieren, Burl; Zwänge sind eine Spezialität von vielen von uns, die dazugehören. Die Mutter bezieht viel von Konfuzius, der Bhagavadgita, auch den jüdischen Weisen. Wir studieren alle religiösen Bücher. Wir sind in unserer Suche nach Erleuchtung nicht durch Vorurteile gebunden, weil wir alle wissen, daß die Wahrheit uns frei macht.«

Burl blinzelte und hielt Ausschau nach irgendeinem unausgesprochenen Fingerzeig, der aber nicht zu kommen schien.

»Und kommen Sie jemals dahin?« fragte er.

»Nur in der Vollkommenheit des Jenseits, aber Sie sollten verstehen, daß für uns Freiheit ein disziplinierter Prozeß ist, da wir nur in einem Zustand der Werdens harmonisch in der menschlichen Verfassung leben können. ›Wir sollen nicht streben, etwas zu sein, sondern alles zu werden.‹ Das ist unser Motto. Das Werden ist ein wesentlicher Teil der Lehre der Mutter; sie meidet Abstraktionen und lehrt uns, sie ebenfalls zu meiden. Und nichts könnte abstrakter sein als das Hier und Jetzt.«

»Und das Sein?«

»Ist eine Art Witz, finden Sie nicht?«

»Läßt sich nichts dagegen sagen«, meinte Burl.

Wanda langte herüber und nahm seine Hand. »Armer Burl, es muß scheußlich sein, kein Zuhause zu haben, die ganze Zeit herumzuziehen wie Sie.«

»Sie wären erstaunt, an was man sich alles gewöhnen kann.«

»Wissen Sie, wir bieten auch Unterkünfte an. Nicht in so einer riesigen Herberge für Obdachlose; es sind mehr so kleine Zimmer, ziemlich sauber und ungestört. Wie lange können Sie noch auf der Straße bleiben?«

Burl fing an zu merken, daß er von hier wegwollte.

»Sie müssen kein Teil von irgendwas werden, Burl. Sie können bloß eine Nacht dort verbringen, wenn Sie wollen, sich säubern und Ihrer Wege gehen.«

Aus Höflichkeit und vielleicht auch noch etwas anderem gelobte Burl, es sich zu überlegen.

Die Universitätsbibliothek war für jedermann zugänglich, aber ein Obdachloser ist an allen öffentlichen Orten ein Eindringling, und Burl bewegte sich darin, psychologisch, auf Zehenspitzen. Da ihm die Unbekümmertheit derer fehlte, die ihre Zuflucht für die Nacht schon kannten, fiel er auf. Es war das Gehabe, das ihn mehr verriet als irgend etwas sonst, eine Haltung. Er war nicht mehr als ein bißchen schmuddelig oder abgerissen und glich darin durchaus einigen Studenten in höheren Semestern, beispielsweise, oder einer dieser wohlbekannten Gestalten, die in den Hallen der Gelehrsamkeit herumspuken und an den Campus gefesselt scheinen wie Gespenster. Obdachlos zu sein war nicht soviel anders, als fett zu sein, hatte Burl festgestellt, nur daß man sich weniger leicht irgendwo verstecken konnte. Dafür mußte man aber auch nigendwo hin; kein obligates Erscheinen zur Arbeit oder Familienpflichten, aber ohne Zuflucht oder Rast - wirkliche Rast - hing der Tag so schwer an einem wie das Fleisch.

Also war er auf die Universitätsbibliothek verfallen. Sie war so früh noch praktisch leer, aber er bewegte sich trotzdem mit ängstlicher Hast am Rande eines Lesebereichs entlang und zwischen einigen Regalen hindurch auf sein Ziel zu. Das Personal kannte ihn. Einer seiner Hosenaufschläge hing herunter und zog eine feine Spur auf staubigen Böden, und sein Watschelgang wirkte gedrückt.

Er verbrachte den Vormittag im Mikrofilm-Raum und überanstrengte seine wäßrigen Augen dabei, alles zu lesen, was er in den Zeitungen über den Witness-Kult und dessen Gründerin fand. Es schien eine üble Sache zu sein, obwohl es schwer war, aus all der Sektenhysterie, die in den großen Zeiten der Mun-Sekte für eine Weile die Presse beherrscht hatte, die Wahrheit herauszufiltern, und ebenso aus den nicht sehr vertrauenswürdigen Schmähberichten der mormonisch dominierten Lokalzeitungen. Jeder war im Sektenrausch, schien es. Aber waren die Chassidim in Brooklyn denn wirklich anders? Oder die Mormonen, wenn man schon dabei war?

Janet David Witness war die Witwe eines Vertreters für Badewannen-Verkleidungen aus Reno, Nevada, der tatsächlich Witness geheißen hatte und unter mysteriösen Umständen gestorben war. Er fungierte nunmehr als eine Art Heiliger der Bewegung, die er und seine Frau begründet und in den Rocky-Mountain-Staaten verbreitet hatten. Janet behauptete, in regelmäßigem Kontakt mit ihrem verblichenen Ehemann, dem entrückten Geist der Bewegung, zu stehen, der als eine Art Quartiermacher im Jenseits betrachtet wurde.

Die Sektenlehre war im wesentlichen apokalyptisch. Man glaubte, die Welt werde bald zugrunde gehen, womöglich als Folge eines atomaren Flächenbrandes. Angeblich hatte die Sekte in den Bergen, die ihre weitläufige Niederlassung umgaben, ein ausgeklügeltes Netz von strahlensicheren Bunkern angelegt, und diese waren laut Berichten mit Vorräten für ein Jahrzehnt ausgestattet; danach, hoffte man, werde die Erde wieder bewohnbar sein. Die Welt, die aus diesem Erdenschoß hervorgehen sollte, würde, weil von Frauen geformt und geleitet, eine gänzlich andere sein. Gewalt und Unterdrückung würden darin unbekannt sein. Ungleichheiten würden ausgemerzt werden. Seltsam, daß ihr einziger Heiliger ausgerechnet Herbert Witness sein sollte, der, wie berichtet wurde, sein Leben lang mit der Versuchung gekämpft und meistens verloren hatte. Herb erlag über Jahre immer wieder mal der Spielsucht, und die Zeitungen berichteten monatelang mit kaum verhohlener Häme über einen Prozeß aufgrund einer Klage, die von der - wie sich herausstellte - Tochter eines bekannten Showgirls aus Reno eingebracht worden war und durch die Anspruch auf einen Teil von Herberts bescheidener Hinterlassenschaft sowie des Imperiums erhoben wurde, das daraus entstanden war. Finanzielle Informationen, die ihm Zuge dieser peinlichen Episode herauskamen, besagten, daß die Besitzstände der Witness-Sekte, die eine Fast-food-Kette, Tagesheime, Wochenzeitungen und eine kleine Kugellagerfabrik umfaßten, sich auf einen Wert von 275 Millionen Dollar beliefen. Die Klägerin stimmte schließlich einem Vergleich über eine nicht genannte Summe zu.

Wie alle modernen Religionen hörte der Witness-Kult sich lachhaft an, und Burl fand, daß sich daraus erklärte, weshalb im Zentrum jedes laufenden Kirchengründungsunternehmens ein Kern altehrwürdiger Lehren stehen mußte. Man brauchte einfach eine gut eingeführte Sammlung von Weistumssage, uralter

Magie und Wundern, eine weit zurückliegende Fühlungnahme mit der Gottheit, wie sie heute nicht mehr vorkommt. Alles, was sich bloß an ein modernes Verständnis richtete, war einfach zu komisch. In diesem Sinne hatten die althergebrachten Religionen schon ein Privileg, dachte Burl, genauso wertvoll wie das Recht auf Vorfahrt für die Eisenbahn. Deshalb schien es auch soviel leichter zu sein, seine Glaubenssehnsucht in die eine oder andere der bereits existierenden Formen zu fügen. Sie waren vielleicht kein bißchen wahrer - was machte Abraham oder Paulus denn glaubwürdiger als Janet David Witness? -, aber sie hatten eine Art Erblehen, eine altväterliche Überlieferung, die jenseits der Frage der Glaubwürdigkeit stand und ihnen gestattete, Mythen und Rituale aufrechtzuerhalten, die in einer neueren Kirche unmöglich gewesen wären.

Witness vereinte sich mit Gott im Schlaf. Das erschien recht simpel. Janet Witness' Schlafgewohnheiten und das Schlafen ganz allgemein erhielten etwas Geheiligtes. »Schlaf gut« wurde zu einer Art Gruß und Segenswunsch unter den Sektenmitgliedern, und im Schlaf, so hieß es, traten alle auf irgendeine Art und Weise mit der spirituellen Kraft des Universums in Verbindung. Das Aufwachen war eine tägliche Wiedergeburt, und das Leben ein Kreislauf von Tod und Auferstehung, der einem half, ein gottgefälliges Leben zu führen. Natürlich hatte nur Witness die Gabe, im Schlaf Unterweisung von Gott zu empfangen und den Schlaf - die Träume - der anderen im Einklang mit Ihren Wünschen zu deuten. Das Geschlecht Gottes - selbst Ihre weibliche Anmut - war im Witness-Kult in Anbetracht der Fruchtbarkeit des Geistes der Bewegung eine Selbstverständlichkeit; doch war Sie auch ein eifersüchtiger Gott, was manche als Erklärung dafür heranzogen, daß Sie Herb Witness zu sich genommen hatte. Sie wollte ihn für sich allein haben.

Jedenfalls war die allumfassende Bedeutung des Schlafes eine angenehme Sache. Er erlaubte jedermann Zugang zur Gottheit, er war Schauplatz der Träume und bot sich für jede Art von religiöser Mystifikation an. Außerdem war er praktisch bei der Indoktrination. Aus einem langen Artikel, der auf Aussagen eines früheren Sektenmitglieds basierte, ging hervor, daß jeder Raum auf dem Gelände mit »Witness-Gedanken« vom Tonband beschallt wurde und daß alle Sektenmitglieder nach einem Wochenplan unter Anleitung an Traumübungen teilnahmen. Spezialbrillen registrierten dabei REM-Phasen und gaben Lichtblitze ab, um die Schläfer aufmerksam zu machen, daß ein Traum im Gang war; über Kopfhörer wurden mit Witness' Stimme Traumanweisungen erteilt, die angeblich von Frau Gott selbst stammten.

Burl hatte mit Leib und Seele Verständnis dafür, daß man dem Schlaf eine so bedeutsame Rolle zuschrieb. Er bekam nie mehr genug Schlaf und hörte nie mehr auf, sich trübäugig, schmuddelig und wie betäubt zu fühlen. Das ging jedem ohne Wohnung so. Burl hatte über Obdachlose gelesen und sie täglich auf den Straßen von New York gesehen. Wenn er sich in Tagträumen von seinem wohlgehegten und -genährten früheren Leben erging, schien es unvorstellbar, wie es je soweit mit ihm hatte kommen können. Da er aber die Tiefe der Erschöpfung kannte, unter der Obdachlose leiden, ein Art Übelkeit, die einen den ganzen Tag hindurch immer wieder befällt, hatte er das Gefühl, daß schierer Schlafmangel eine Ursache für das abweichende Verhalten sein mußte, das er so lang auf der Straße an ihnen beobachtet hatte und das der Mann im Spiegel, der ihm überallhin folgte, allmählich wohl auch erkennen ließ. Wirklich erholsamer Schlaf erfordert Phasen aussetzender Wachsamkeit, die Obdachlose sich nie und nimmer leisten können. Wir sollten in Schichten schlafen, dachte Burl, und abwechselnd füreinander Wache halten.

»Tut mir leid, aber hier dürfen Sie nicht schlafen.« Ein bärtiger Bibliothekar, eine sauberere Ausgabe von Burl, rüttelte ihn wach. Wann war er eingedöst? »Das hier ist nur zum Lesen.«

Burl erhob sich steif, so steif, sein Steißbein gequetscht, die Genitalien eingeschlafen, der Nacken steif. Selbst im Stehen war es schwer, der einschläfernden Wirkung der gelben Tischlampen, des alten Eichenholzes, der Ruhe und des sanften Surrens aus den Lüftungsschlitzen der Mikrofilm-Sichtgeräte zu widerstehen, das sich wie eine Decke über alles legte. Schwerfällig schaltete Burl das seine aus und ging. An diesem Punkt verehrte auch er den Schlaf.

Es war dunkel, als er nach draußen kam, und kalt; ein paar große Schneeflocken segelten gemessen in Diagonalen aufs Pflaster. Er stellte mit Erleichterung fest, daß die Rush-hour - was es davon in Salt Lake City eben gab - beinahe vorüber war; er haßte es, draußen in diesem ganzen dämmerzeitlichen Gedränge und Gehetze zu sein, weil er sich dann als der einzige fühlte, der nichts hatte, wo er eilig hinstreben konnte. Nie fühlte er sich mehr obdachlos als während der Hauptverkehrszeit am Nachmittag.

Es ging ihm der Gedanke durch den Kopf, daß er eigentlich nur abwartete, um eine angemessene Frist verstreichen zu lassen, ehe er Wanda wieder anrief. Warum auch nicht? Als er verdrossen durch die Stadt wanderte, erschienen ihm Straßen und Gebäude so trist, die ganze Stadt so klein und eng. Wie viele Male hatte er diese Busse schon gesehen, das Einkaufszentrum mitten in der Stadt, die Halle, in der das Basketballteam spielte? Auch die Häuser verloren ihren Charme. Die welligen Bürgersteige, von den Baumwurzeln darunter aufgetrieben, waren fast unerträglich lästig, wie ein Jucken, das man keine Sekunde mehr aushalten konnte. Was für ein Leben war das? Wohin würde er kommen, wenn er Tag um Tag so ging und ging? Er kannte die öffentlichen Toiletten in der Stadt schon in- und auswendig, wußte, daß er im Gebäude der Zion-Handelskooperative immer saubere Toiletten und angenehme Temperaturen vorfinden würde, wußte auch, daß er im Parlamentsgebäude von Utah mit einem Rausschmiß rechnen mußte. Nach einer Weile sah er ein, daß Obdachlosigkeit unausweichlich monoton wurde, weil er niemals irgendein Privatgebäude von innen zu sehen bekam. Aggressiv geschnitten, wo immer er hinging, fühlte er, daß er im

Schwinden war, bis zum Nichtvorhandensein. Nie zuvor war der Mann im Spiegel ihm so ganz und gar wie eine Illusion erschienen.

Es war wieder bewölkt, ein Samstag, und das gedämpfte Licht und die Stille auf den Straßen gaben ihm die Möglichkeit, ein bißchen länger zu schlafen als sonst. Bis er sich gesäubert hatte – seine Morgentoilette war äußerst gründlich an diesem Tag, sein Singen kräftig, seine Stimme ausgeruht und fest –, wartete sie bereits vor dem Krankenhaus auf ihn, mit einem Flair von verhaltenem Triumph.

In seinem früheren Leben hätte Burl eine Einladung, wie er sie jetzt annahm, niemals angenommen, aber in den Tagen, seitdem er sie erhalten hatte, hatte er an nichts anderes mehr gedacht. Er war hingerissen von Wanda, und neugierig auf die Witness-Bewegung war er sowieso. Es war, als wollte man ausprobieren, ob man hypnotisiert werden konnte. Was konnte es schaden, dort einen Tag und vielleicht eine Nacht zu verbringen. Eigentlich war es eine Erleichterung. Der Winter erwies sich als rauh; er hatte bereits Frostbeulen an Händen und Füßen, und seine Schuhe wurden so oft naß, daß sie schon brüchig und grau und an den Zehen kratzig waren.

Da er schon über die Bewegung gelesen hatte, beunruhigte es ihn nicht, daß er bei seiner Ankunft durch einen Metalldetektor gehen mußte und wie beim Zoll gefragt wurde, ob er »etwas anzugeben« habe.

»So machen sie's hier eben«, sagte Wanda achselzuckend und mit einem Lächeln.

Aber als Burl mit Nein antwortete, wurde sein Koffer trotzdem durchsucht und er selbst später einer ärztlichen Untersuchung unterzogen, samt vollständiger Krankengeschichte und Bluttest (die Bewegung hatte auf dem Gelände ein eigenes Labor). Er mußte sogar eine Urinprobe abgeben und einen Intelligenztest machen. Ihm gefiel das alles. Er wollte das volle Programm durchlaufen und gab sich, wie seinerzeit als Zeitungsreporter, die allergrößte Mühe, auch dem entlegensten Ansinnen frei von Vorurteilen zu begegnen.

Das eine, worauf er in den ersten Tagen im Lager der Bewegung am meisten gehofft hatte, war, sich einmal richtig ausschlafen zu können, aber genau das wurde ihm kaum je gestattet. Von den allerersten Stunden an, als er sich in einem überheizten Konferenzraum ein Video über Mutter Witness und die Errungenschaften der Bewegung ansehen mußte, gab es kaum einen unbewachten Moment, um nachzudenken, den Kopf frei zu haben. Nach dem Video kam eine Diskussion. Mitglieder der Bewegung erzählten von den Schrecknissen ihres Lebens, ehe sie Mutter Witness gefunden hatten, und von den wundersamen Veränderungen, die seitdem geschehen waren. Sucht, Glücksspiel und Verzweiflung waren gang und gäbe gewesen. Niemandes Leben hatte einen Sinn gehabt.

Er wurde nur selten allein gelassen. An seinem ersten Abend, als er sich endlich in eine abgeteilte Zelle in einer Wellblechhütte, darauf lief seine Unterkunft hinaus, für die Nacht zurückziehen konnte, vor Müdigkeit am Zusammenklappen, entdeckte Burl, daß die Tür nicht richtig schloß. Er sah nach draußen und stellte fest, daß auch die von allen andern es nicht taten; sie standen alle einen Spaltbreit offen. Er hatte schon ein paar Nächte in Missionen oder Heimen zugebracht und war froh, daß er keine Wertsachen hatte. Was gab es denn noch, was jemand ihm vielleicht hätte wegnehmen wollen? Was würde übrigbleiben?

Der Raum war karg und hatte keinen Spiegel, was ihm nur recht war. Hier gab es keinen Platz, sich selbst zu erkennen, außer in den Augen der anderen. Und obwohl er vorgehabt hatte, nur eine Nacht zu bleiben, wurde diese Idee rasch über Bord geworfen. In seiner ersten Woche bekam er Wanda überhaupt nicht zu sehen - sie hatte ihn vorgewarnt, sie würde kaum verfügbar sein -, bis Burl schließlich eines Nachts im aufgeknöpften Hemd - aus Beständen der Bewegung - auf der Kante seines Feldbettes saß, um sich die abgewetzten Schuhe auszuziehen, mit dem Rücken zur Tür. Als er sie quietschend aufgehen hörte, wurde er starr vor Angst, aber zu seinem Entzücken war es Wanda.

»Ich komm mal nachsehen, wie's dir so geht«, sagte sie.

Er erzählte ihr von seinem ersten Tag, wie seltsam ihm alles vorgekommen sei und wie froh er schon allein darüber war, es warm zu haben. Er merkte, daß er immer weiterplapperte, während sie näherrückte, ihre Augen hingen an den seinen, bis sie sachte sein Hemd abstreifte und er sich von der Weichheit ihrer Arme umschlungen wiederfand. Die Wärme auf seinem Nacken kam aus ihrem Mund, das wußte er, und das lenkte ihn ein wenig von dem Verlegenheitsschauer ab, den er empfand, als er ihre Hände auf seinem höchst schwammigen Leib spürte, das Fleisch an Brust und Bauch hing schlaff an ihm herunter wie eine Pelerine. Er sah aus wie ein fetter Mann auf einem anderen, größeren Planeten, auf dem die Schwerkraft gewaltig stärker war als auf der Erde.

Wanda aber schien davon unberührt. Ihre Zärtlichkeiten waren bestrickend und bestimmt; sie fuhr ihm mit den Händen durchs Haar, packte es und zog daran, daß ihm die Kopfhaut prickelte, und sie grub die Finger in seine fleischigeren Teile und küßte die Stellen, die sie knetete. Er wußte nicht, was er sagen oder machen sollte. Als er unter ihrem Flanellnachthemd nach ihr tastete, war er überrascht über die Festigkeit ihrer Figur, und über die erstaunliche Glätte. Anders als sein vernarbter und formloser Leib, hatte der ihre entschieden Körper und schien von irgendeinem Fasergewebe zusammengehalten zu werden, das ihm fehlte. Vor allem aber konnte er nicht glauben, daß er eine Frau in den Armen hielt, und als er ihr mit den Händen bedeutete, sie solle ihr Nachthemd ausziehen, gehorchte sie lächelnd.

Er war sofort und rettungslos verliebt; er streichelte mit den Händen Wandas glatten, breithüftigen, drallen Leib von oben bis unten und küßte sie auf die Stirn, wann immer er dazukam. Sie schien ihm unendlich kostbar, und während er in den, wie er meinte, süßesten Schlummer seines Lebens hinübersank, schwirrte ihm der Kopf vor Plänen. Er mußte sich rasieren, sich auf Vordermann bringen, sich benehmen, als wäre die Zukunft Wirklichkeit. Und er mußte seine Liebste wegbringen von diesen seltsamen, seltsamen Leuten.

KAPITEL
17

BURL ERWACHTE BEI MORGENGRAUEN, als er spürte, daß Wanda sich neben ihm geschmeidig und entschlossen erhob wie die Seele, die den Toten verläßt. Er versuchte noch weiterzuschlafen, aber er konnte nicht; er war zu sehr aufgedreht, und das Zimmerchen wurde vom aufsteigenden Licht des Tages überflutet, das bläulich durch ein vorhangloses Fenster und die gegen die Kälte darübergeklebte Plastikfolie hereinfiel.

Er hatte die Witness-Bewegung nie als etwas betrachtet, dem er sich womöglich anschließen könnte, aber in dem Maße, in dem er sich in Wanda verliebte, wurde er dazu verführt. Mehr noch, im Lichte der folgenden Morgen begann es ihm schwerzufallen, seine Liebe zu ihr von seiner Einstellung zu der religiösen Strenggläubigkeit - denn das war alles, was es zu sein schien - zu trennen, die so sehr ein Teil von ihr war.

Natürlich blieb er. Es war seine eigene Entscheidung; im Vergleich zum Elend und der Erschöpfung auf der Straße waren das Glück und die Erschöpfung in seinem neuen Zuhause überwältigend. Ganz vernünftigerweise, in Anbetracht seiner Erfahrung, wurde er zur Arbeit in der Wäscherei eingeteilt.

Es war tröstlich, seine Tage inmitten des Gebrummes von Waschmaschinen und Trocknern zuzubringen, leicht gekleidet in der dampfigen Wärme, die Schwaden und der Bleichegeruch riefen in seiner erinnerungsfähigen Witterung die Feuchtigkeit und den Chlorgeruch des Schwimmbades wach, in das er als Kind immer gegangen war. Außerdem war es eine unpolitische Arbeit, dachte er gern. Er hätte nichts getan, was die Sache der Bewegung aktiv förderte, aber saubere Kleider brauchte jeder, und bei der Arbeit in der Wäscherei konnte Burl in einem Gefühl schwelgen, das sich rasch zu einer regelrechten Sucht nach Wärme auswuchs. Salt Lake City, das ihm einst so heimelig erschienen war, war nun, da er seinen lebenslang getragenen Fettmantel abgelegt hatte, unaussprechlich kalt und trocken. Nur drinnen, in seinem kleinen Abteil in der weitläufigen Siedlung der Bewegung, konnte er ermessen, wie kalt ihm gewesen war.

Die Arbeit in der Wäscherei ließ ihm auch Zeit zum Lesen, aber da es außer den Schriften von Mutter Witness keine Bücher gab - der Zugang zu Büchern, sogar zur Bibel, wurde streng kontrolliert -, las er eben diese engbedruckten Elaborate, so gut er konnte, bis er einschlief. (Er war immer schläfrig, egal wieviel er schlief. Konnte es sein, daß etwas im Wasser war?) Eine weitere angenehme Sache an der Wäscherei war nämlich, daß es keine Kunden gab, die ihn wachhielten.

Wanda brachte ihm Witness-Bücher und -Broschüren, von denen sie sagte, daß es ihre liebsten seien, und riet ihm freimütig von anderen Traktaten ab, die sie für »unreif«, »unklar« oder »nicht richtig durchdacht« befand.

»Du siehst, einige wurden davon von Mutter selbst verfaßt, und die haben die Frische und Offenheit, die sie irgendwie in alles einzubringen vermag, was sie tut«, sagte Wanda. »Andere wurden offensichtlich für sie geschrieben, um ein paar Fragen abzudecken, die geklärt werden mußten, die aber aus dem einen oder anderen Grund für sie nicht wesentlich genug waren, um es selbst zu tun.«

»So ähnlich wie Rubens oder Tizian, die den Hintergrund von ihren Schülern malen ließen.«

»Sie ist ein wirklicher Mensch, und ihr offenes und lebenspraktisches Eintreten bringt den Leuten mehr Gutes als dieses ganze angestaubte Asketentum, von dem Normalsterbliche unabänderlich glauben, daß sie es mit Recht von einem religiösen Führer erwarten dürfen.«

»Also trinkt sie keinen Urin und geht nicht barfuß durch den Schnee. Daraus werd ich ihr keinen Vorwurf machen. Daß ich nicht esse, heißt nicht, daß es auch kein anderer darf.«

Wanda kämmte ihm mit den Fingern das Haar ein wenig zurecht, und er wurde rot.

»Für dich ist das alles ein Witz, Burl, aber Sich-lustig-Machen kann niemals ein Leben für den Glauben ersetzen, und darum geht's hier in Wirklichkeit.«

Wie um dies durch ein Exempel zu bekräftigen, küßte sie ihn zärtlich und ließ seine Unterlippe langsam zwischen ihren Zähnen durchgleiten. Burl, der mit seinen Lippen nach den ihren faßte, verstand jetzt, was sie meinte.

Später dachte er mit einigem Unbehagen darüber nach, daß er jetzt öfter so empfand. Er begann seine anfängliche Sicht zu bezweifeln, wonach Wanda das Opfer einer ausgeklügelten, regelmäßigen Gehirnwäsche war oder am Geschlagener-Jünger-Syndrom litt, wie man es vielleicht nennen konnte, und nicht mehr imstande war, ihre eigene Lage zu beurteilen. (Sie gestand ihm, daß die Führer gelegentlich Körperstrafen verhängten, in ihrem Fall wegen Marihuana, eine chronische Schwäche von ihr.) Er versuchte, ihre Ergebenheit der Bewegung gegenüber in Glaubensbegriffe zu fassen. Fand irgendwer denn ohne Indoktrinierung zu Gott, oder ohne den beharrlichen Druck menschlichen Leids? Ganz allgemein, schien Burl, war der Glaube eine Antwort auf die Sterblichkeit, diese letzte Pression. Und in gewisser Weise war der Glaube unabänderlich blind. Warum sollten dann die Gläubigen, in der Verzweiflung ihres Gefangenseins in einer so einsamen Welt, sich nicht innerhalb vernünftiger Grenzen einer Autorität von außen beugen, die sie sich selbst geschaffen hatten? Sie in Frage zu stellen oder abzulehnen war das Gegenteil von Glauben und bedeutete, daß man sich wie ein Staubkorn in der Zeit verlor.

»Er ist nicht blind, genau das ist das Entscheidende«, sagte Wanda am Nachmittag darauf einigermaßen aufgebracht. »Wir akzeptieren die Lehren der Mutter als einen Weg, Gott zu erkennen und an unserem eigenen Werden teilzuhaben, und wir akzeptieren ihre Führerschaft zu unserem eigenen Wohl. Und das, früher oder später müssen wir das alle zugeben, kennt sie besser als wir selbst.«

Er sah sie so wenig, daß er nicht ernsthaft darüber ins Streiten kommen wollte. Sie arbeitete tagsüber und an den meisten Abenden im Heiligen Gral, was als privilegierte Stellung innerhalb der Organisation galt (abgesehen von den Führungsposten natürlich); nachts aber kehrte sie heim in, wie Burl es nunmehr verstand, ihre Schlafkabine (*ihre* trotz des Fehlens irgendeines individuellen Elements), und er konnte Schluß machen mit Lesen.

Nachts liebten sie sich. Wanda brachte es ihm bei, sie hatte in der allerersten Nacht damit angefangen und fuhr in allen folgenden Nächten mit grenzenloser Energie, wie es Burl schien, damit fort. Sie brachte ihm bei, daß das Aufregendste daran eigentlich eine Art der Zuwendung sowie die Fähigkeit war, solche Zuwendung zu geben und sie auch richtig zu empfangen. Er lernte von ihr, daß, was immer lustvoll an ihm getan wurde, genauso an ihr getan werden konnte, und wenn er es nicht ganz richtig machte, zeigte sie es ihm, was er aufregender fand als die Sache selbst. Sie liebte ihn mit offenen Augen und mit festem Griff; vieles, was sie tat, hatte eine entwaffnende Direktheit und Stärke, und auch die brachte sie Burl bei.

»Wir sind nicht aus Porzellan«, sagte sie mit den Daumen in seinen Rückenmuskeln. »Siehst du?«

Er sah es, und je mehr er dazulernte, desto besser konnte er mitmachen. Manchmal machte der eine oder der andere alles allein; hin und wieder konnte Wanda zugeben, daß sie müde und einsam war und geliebt werden wollte. Burl mußte so was von sich nie sagen; sie wußte es immer.

Wie jeder Schüler, so ergeben er auch sein mochte, wollte er manchmal eine Stunde schwänzen, doch Wanda ließ ihn nicht. Sie liebten sich jeden Abend und jeden Morgen; sie sorgte dafür, bis es auch ihm zur Gewohnheit wurde, ja mehr als das, es wurde sein Lebenszweck, zumindest für das Leben in der Sekte. Manchmal liebten sie sich auch tagsüber, in Pausen, auf Wäschestapeln, angezogen, oder, wenn Wanda Schuhe mit hohen Absätzen mitgebracht hatte, im Stehen, gestützt auf den Tisch, auf dem die Wäsche gefaltet wurde, ihre großen Hände lagen ausgespreizt auf der Platte mit den kleinen goldenen und grünen Bumerangs.

Die Bewegung begann als etwas zu erscheinen, dem Wanda vielleicht entwachsen konnte, je mehr sich ihre Zuneigung vertiefte. Sie wurde lockerer in ihren eigenen Ansichten darüber, und Spuren von Ambivalenz sprießten auf wie Unkraut aus den Rissen auf dem Bürgersteig. Burl tat sein Bestes, sie zu nähren, zum Teil, indem er die allergrößte Aufgeschlossenheit zur Schau stellte. Ohne darüber zu richten, ordnete er die Bewegung in historische Zusammenhänge ein, auch wenn Vergleiche für Wanda unvermeidlich »wertebefrachtet« waren. Doch unter dem Einfluß seines Begehrens wurde er sich seiner eigenen Einstellung zur Bewegung mehr und mehr unsicher.

»Nichts läßt sich in einem Vakuum beurteilen«, beharrte Wanda nicht unvernünftig. »Diese religiöse Bewegung ist das Werk von Menschen ebenso wie von Gott, und wir sind ein ungenaues Werkzeug. Es muß frustrierend für Sie sein, mit uns zu arbeiten. Aber vor dem Hintergrund ihrer Zeit und im Vergleich zur Unberechenbarkeit, Illusion und Grausamkeit unseres Lebens – allen modernen Lebens – ist die Bewegung ein leuchtender Stern. Ein Leuchtsignal über einem großen und tragischen Sumpf.«

»Die Freiheit hat eben ihren Preis.«

»Ich will das mal ernst nehmen und davon ausgehen, daß es kein Sarkasmus war, der sich gegen eine Spielart von Freiheit richtet, die man eigentlich nicht akzeptieren kann, selbst wenn es die einzig legitime Art ist. Aber was ist der Preis der Freiheit gewesen, wie du sie verstehst? Zuallerst mal Barbarei, die sich überall abspielt, und zweitens Duldung. Die Legitimierung der Barbarei. Die Entschuldbarkeit jedes und allen Verhaltens, egal, wie verwerflich. Die Frage ist natürlich, wer gewinnt dabei? Wer hat letztlich den Nutzen davon? Und ob die Antwort nun ›wir‹ lautet oder nicht, ist das ein gerechtes Ergebnis? Ist das auf lange Sicht gut für irgendwen? Und sind alle wirklich so schrecklich glücklich damit, wie die Dinge liegen? Selbst den Nutznießern gefällt's nicht sehr, scheint mir. Aber ist dir an den Menschen hier etwas aufgefallen, Burl? Sie sind glücklich. So simpel ist das. Sie haben einfach den rechten Rahmen für ein glückliches Leben gefunden.«

»Praktisch jeder in Utah ist glücklich, außer ein paar von den Tonganern, und auch von denen sind die meisten froh, daß sie hier sind.«

»Die Mormonen sind glücklich, stimmt, und ich respektiere sie dafür. Ihr patriarchalisches System wär nichts für mich, aber es hat eine große Wirkung auf seine Anhänger, es scheint sie fähig zu machen, ihr Leben zu leben, und ich werde das nicht kleinreden. Unser Weg ist besser, das ist alles. Wahrer. Ich sollte sagen, wahrer.«

Die Liebe machte Burl beeinflußbar. Ihre Diskussionen endeten, wenn Wanda ihm die Hand leicht auf den Schenkel legte und zärtlich drückte. Er konnte die sabbernden Pawlowschen Hunde gut verstehen. Wenn sie ihm bloß gerade in die Augen sah - sie war groß, also war das nicht schwer -, erregte ihn das schon, da so oft auf ihren Blick Sex gefolgt war. Er erzählte ihr das, und sie machte es manchmal von gegenüber in der Cafeteria, wo Männer und Frauen durch samtene Kordeln wie im Kino getrennt wurden, als wäre es eine orthodoxe Synagoge. Es funktionierte. Er saß morgens vor einer Tasse Tee und seinen Pillen und spürte ein Schwellen im Schritt, selbst wenn er daran dachte, wie seltsam es war, daß kein anderes Paar je so offen zärtliche Gefühle zeigte.

Genaugenommen lag eine seltsame Frostigkeit über dem Ganzen. Niemand zeigte je viel von irgend etwas, und Burl schloß daraus, daß die Leute, wenn sie keinen Raum für sich allein haben, aus ihrer Privatsphäre etwas Tragbares machen. Es war paradox: soviel Nähe und als Folge soviel Heimlichkeit. Nicht mal von Wanda wußte er viel. Sie lag nackt neben ihm und genoß das Kraulen seiner Fingerspitzen auf ihrem Rücken, ihre Pobacken mächtig gewölbt und bloß. Es war wie bei des Kaisers neuen Kleidern, nur umgekehrt. Die Kaiserin schien bloß nackt, aber was war unter diesem Gewand? Burl küßte sie, und von der Berührung ihrer Lippen bekam er Herzflattern. Zum ersten Mal hatte er das Gefühl, den menschlichen Drang, sich fortzupflanzen, zu kennen.

»Wolltest du je Kinder haben?« fragte er.

»Eigentlich hatte ich schon eines, bevor ich wirklich wußte, ob ich welche wollte. Ich hatte natürlich Puppen und ...«

»Wart mal. Du hast ein Kind?«

»Ein Mädchen, sechzehn. Sie lebt bei meiner Familie in Colorado. Es ist okay so. Hin und wieder kommt sie mich besuchen, aber aufgewachsen ist sie hauptsächlich dort. Sie gehört nicht hierher.«

»Da ist sie nicht die einzige.«

Wanda sagte nichts darauf, weil Burl eben ganz behutsam in den winzigen blonden Härchen kraulte, die sich auf ihrem stämmigen Kreuz ausbreiteten. Wenn er es genau richtig machte wie eben jetzt, schnitt sie Gesichter und zog mit spitzen Lippen Luft auf, bis sie es nicht mehr aushielt, und wenn sie dann aufschrie, rubbelte er die Stelle und nahm sie in die Arme.

»Willst du noch mehr?«

»O Gott, ja, aber es war einfach zuviel. Ich hab gespürt, wie sich mir am ganzen Körper die Haare aufstellen.«

»Ich meinte Kinder.«

»Nein. Vielleicht«, sagte Wanda. »Ich weiß nicht. Ich glaub, nicht.«

»Also gibt's hier auch Familien, oder wie?«

»Es gibt eine Familie«, sagte sie mit Bedacht, »zu der wir alle gehören.«

»Und was für eine Rolle spielt die Liebe in alledem?«

»Die Liebe ist das, was alles hier zusammenhält. Die Liebe zu Gott und die Liebe zueinander sind das einzige, worum's an diesem Ort geht.« Burl spürte, wie ihn das Adrenalin überschwemmte.

»Aber es gibt keine dauerhaften Paare.«

»Es gibt Paare, aber was heißt schon dauerhaft? In diesem oder sonst einem Zusammenhang?«

Sie schienen so entspannt zusammen, daß Burls Panik noch einen Grad anstieg.

»Also, was ist das dann?« fragte er. »Was mache ich hier? Das hört sich alles an, als wäre in deiner Welt keine Zukunft für uns möglich.«

»Burl, das ist lächerlich, gerade um die Zukunft geht's doch hier. Jede Zukunft wird möglich, wenn du bleibst. Hier werden wir einander immer haben, und zusammen können wir die Welt verändern. Ich will dich nicht verlieren.«

Diese Worte wurden so gelassen ausgesprochen, daß er den größten Teil der Nacht angstvoll wachlag. Aber was war zu tun? Weggehen hatte keinen Sinn. Solange er blieb, gab es Hoffnung, und Wanda hatte mittlerweile mit Sicherheit eine echte Zuneigung zu ihm. Er war unerfahren, aber helle. Er sah es daran, wie sie manchmal war, wenn sie sich geliebt hatten - manchmal auch währenddessen. Gelegentlich schien sie selbst überrascht davon, und sie drückte ihn so fest, daß es weh tat. Burls Haut war dick und sackartig wie die einer Schildkröte, aber er bekam leicht blaue Flecke.

Und was das Praktische betraf, so wußte er auch nicht recht, wohin. Wanda sagte, daß er eben erst dabei war, sich vom Leben auf der Straße, dem Gewichtsverlust von an die dreihundert Pfund und so weiter zu erholen.

»Jetzt bist du ausgelassen« sagte sie. »Vorher warst du so düster. Und du bist geistig zum Leben erwacht. Ich glaub, ich hab dich hier noch keine Zeitung lesen sehen.«

»Es gibt keine.«

»O doch, es gibt. Das Zeug kommt hier rein. Aber es ist entmutigend. Lauter Streß und Verwirrung.«

Vielleicht würde er einfach bleiben. War dieses System denn schlimmer als andere? Er könnte eine Lagerzeitung herausgeben. *The Witness Eye* oder so was. Zu schade, daß *Erwachet!* schon die Zeugen Jehovas hatten; es schien perfekt für einen Schlafkult und außerdem auf subtile Weise subversiv. Vielleicht konnte er sie im Untergrund herausbringen. Er könnte eine Opernkolumne schreiben; »Erwachet und singet« würde er sie betiteln. Eine Sekte war sowieso nicht sehr viel anders als eine Zeitungsredaktion oder sonst eine Bürokratie. Es war, wie auf einer bequem ausgestatteten Galeere an den Riemen zu sitzen. Man ruderte und ruderte auf Ziele los, die so verschwommen waren, daß es einzig darauf ankam, ob man ruderte oder nicht. Man wollte nicht, daß das Schiff sank, aber hauptsächlich deshalb, weil man angekettet war.

Weggehen konnte er immer. Die schienen hier niemanden »gegen seinen Willen« festzuhalten, was immer Leute an einem solchen Ort unter einem solchen Begriff auch verstehen mochten. Aber vielleicht war das überhaupt das Wesen der ganzen Sache; wie im Alltag, man verausgabt sich, man wird älter, und was dann? Er sah sich schon für den Rest seiner Tage die schmutzige Wäsche dieser Sekte waschen - könnte er sie vielleicht in seiner Zeitung ausbreiten? -, sah sich sein Leben beschließen wie ein alter Fußsoldat in der Kaserne bei den anderen. Was dann? Würde Wanda andere haben? Würde er?

Zu bleiben schien keine schlechte Idee, abstrakt gesprochen. Kein Improvisieren mehr; ein bienengleiches Dasein. Die Witness-Organisation funktionierte wie ein Bienenstock, fiel ihm auf, und es konnte gut sein, daß er genau hineinpaßte: Steh auf deinem

Posten, diene der Königin und stirb. Wo anders als in Utah, dem Bienenstaat? Jählings begriff er, daß die Witness-Sekte Deseret gebaut hatte, den mächtigen Staat, den die frühen Mormonen gefordert hatten, der Name stammte vom jareditischen Wort für Honigbiene im Buch Mormon. Nun war Deseret der Stachel im Fleisch von Utah; heutzutage, erkannte Burl, hatten selbst die Mormonen Mormonen.

Eines Nachmittags machte Burl einen Spaziergang unter dem strahlenden Himmel von Utah, ringsherum fast kobaltblau, und versuchte, die ganze Sache durchzudenken. Er war jetzt ein paar Monate bei der Bewegung. Er und Wanda waren dabei, eine gewisse Häuslichkeit zu entwickeln, sofern das überhaupt möglich war unter all den anderen sowie unter Berücksichtigung des Umstands, daß die Mahlzeiten nicht nur gemeinschaftlich waren, sondern, für Burl jedenfalls, bedeutunglos. Worauf er nicht kam, war, was er tun sollte. Er konnte einfach so weitermachen, oder er konnte versuchen, eine Änderung herbeizuführen. Er dachte an New York, seine frühere Wohnung, seine Familie und Freunde. Soweit er sich an sie erinnern konnte, fehlten sie ihm, doch schienen sie so weit entfernt. Er war jetzt wirklich ein anderer Mensch.

Er kehrte in das kleine Zimmer zurück, das er mit ihr teilte, und fand Wanda vor; sie war früher da als sonst und hatte ein Fieberthermometer im Mund. Erst dachte sie daran, es zu verstecken, das sah er ihr an, und überlegte es sich rasch wieder anders, aber das Manöver entging ihm nicht.

»Bist du krank? Was ist los?«

Sie nickte und streckte einen Finger hoch. Eine Minute später las sie unter dem Licht das Thermometer ab und lächelte.

»Ich hab mich irgendwie schwach gefühlt, vielleicht ist eine Erkältung im Anzug, also bin ich nach Hause. Ich hab dich vermißt, Burl.«

Dann, ehe er noch etwas sagen konnte, faßte sie nach ihm. Sie sah auch rot erhitzt aus und fühlte sich ein bißchen warm an.

»Wart eine Minute, Schatz«, sagte Burl und befreite seinen Mund, um sprechen zu können. »Dir geht's nicht gut. Willst du, daß ich dir etwas Tee hole oder irgendwas?«

»Du bist meine Medizin, Burl; bleib einfach hier bei mir.«

Und so liebten sie sich. Aber zu seiner Enttäuschung stellte er fest, daß es begonnen hatte, anders zu werden, routinierter, sogar zweckgerichtet. Wanda schien nicht mehr interessiert an Sex im Stehen inmitten von Wäschestapeln, oder daran, mit gespreizten Beinen über Burl zu knien, bis es ihr auf ihm kam. Sie entwikkelte auch ein seltsames, hausfrauliches Interesse an seiner Unterwäsche und schaffte eigenmächtig die Baumwollslips, die er sein Leben lang getragen hatte, zugunsten irgendwelcher neuer Boxershorts ab.

»Ich versteh die Dinger nicht«, beschwerte sich Burl. »Die geben keinen Halt. Genausogut könnte man überhaupt keine Unterhosen anhaben.«

»O-oh, papperlapapp. Sieh mal, deine alten Slips waren voller Löcher, und die Dinger sind sowieso nur was für kleine Jungs. Ein Mann wie du muß seine Sachen salopper tragen. Laß sie atmen, Burl.«

Bald danach wurde er mysteriöserweise aus der Wäscherei abgezogen. Man wies ihm Arbeit als Fahrer eines Lieferwagens zu, in dem Pakete und Leute auf dem ganzen Gelände herumchauffiert wurden.

»Das heißt nur, daß sie anfangen, dir mehr zu trauen«, erklärte Wanda. »Gewöhn dich dran. Außerdem geht's hier zu wie in der Armee; die befördern hier andauernd Leute.«

Das war also Burls neuer Job, Leute befördern. Das Lager war so groß und so straff organisiert, daß es einen regelrechten Zubringerdienst gab, wie an einer Universität. Burl machte es nichts aus. Er hatte alle Werke von Mutter Witness gelesen, die er ertragen konnte, und er war gern draußen unterwegs, obwohl er die Wärme all der Waschmaschinen und Trockner bitter vermißte. Selbst wenn die Heizung an war, schien es im Lieferwagen immer kalt zu sein, weil ständig die Tür aufging und einen Schwall eisiger Luft hereinließ, nebst dem nächsten Schwung seltsamer Fahrgäste.

Aber sie beeindruckten Burl. Es gefiel ihm, wie sie den Beweis erbrachten, daß die Menschen die gleichen blieben und daß das Alltagsleben sich nicht änderte; es hatte dieselbe Qualität von allgemeinem Gleichmut, wo immer er es auch per Zufall beobachtete. Frühmorgens und spätabends, wenn er am meisten zu tun hatte, hätten es genausogut Pendler in Baltimore sein können, die er beförderte, nur daß es statt der Morgenzeitung hier nur die Werke von Mutter Witness gab. Und natürlich die obligatorischen Walkmans – wieso eigentlich »-mans«? –, aus deren Kopfhörern den ganzen Tag hindurch blechern Mutters Ermahnungen verströmten. Der vielleicht einzige Unterschied zwischen dem Fahren eines Lieferwagens für Mutter Witness und dem Fahren eines städtischen Busses war der, daß Burl hier sehr rasch jedermann kennenlernte, zumindest vom Sehen. Er fing an, den Job zu mögen, das Leben, die Gattenpflichten, von denen er allmählich das Gefühl hatte, daß er ihnen gerecht wurde. Er und Wanda schienen sich in einer Art täglichem Arrangement einzurichten, das ruhiger war, aber vermutlich besser auszuhalten, fand Burl. Sie zankten sich nicht mehr soviel über die Bewegung, und die Vermutung, daß Burl oder Wanda demnächst irgendwann von hier weggehen könnten, löste sich auf. Wanda begann Ausgaben der *Deseret News* nach Hause zu schmuggeln, und durch die Bekanntschaft mit einem anderen scheinbaren Skeptiker im Lieferwagen gelang es ihm, ein bißchen Marihuana für Wandas Geburtstag zu organisieren. Er wurde mit einer altmodischen Liebesnacht belohnt. Ansonsten gab es Sex nach Fahrplan.

Burl sah keinen Grund dafür, das zweifache Anliegen Gerechtigkeit und Sexualität nicht zu fördern, indem er Wanda weiter mit Stoff versorgte. Er mochte es selbst, und irgendwie gab es in der Gegend reichlich davon. Maury, sein Fahrgast und Gesinnungsgenosse, besorgte es ihm liebend gerne gratis, aus Verbundenheit und einem tiefsitzenden subversiven Instinkt.

»Ich bin amtlich zugelassener Wirtschaftsprüfer«, vertraute ihm Maury an. »Die meisten Leute merken's nicht, aber wir sind sehr unabhängige Geister. Der Laden hier läuft gut, finanziell gesehen. Glaub mir. Aber als Lebensform, da bleibt unterm Strich nicht viel. Der reinste Witz, mein Fritz.«

»Kommt's dir auch komisch vor?«

»He, bin ich von gestern? Woher kommst du? Aus der Stadt?«

»Du meinst New York?«

»Was sonst? Hör mal, ich hab mit ihnen allen gearbeitet, den reichsten tausend aus *Fortune*, Tante-Emma-Läden, Unternehmergenies. Auch mit 'ner Menge Ärzte. Das hier ist'n höllisches Geschäft.«

Maury schüttelte den Kopf. Es war die ruhige Zeit zwischen dem morgendlichen Andrang und dem Mittagessen. Im Wagen waren nur sie beide.

»Also, was tust du dann hier?« fragte Burl. »Wieso bleibst du?«

Maury ploppte mit den Lippen.

»Pferde. Ich mochte die Pferdchen 'n bißchen zu gern und kam 'n bißchen in Schwierigkeiten. Ich hatte 'n Problem, du weißt, was ich meine?«

»Also bist du hier.«

Maury zuckte die Achseln.

»Bist du immer noch mit der hübschen Frau zusammen, mit der ich dich hier schon gesehen hab?«

»Wanda.«

»Ist sie das nich'? Dort, vor der Krankenstation.«

Burl erhaschte gerade noch einen Blick auf sie, als sie aus der Klinik eilte und von der Hauptstraße abbog. Was hatte sie dort zu tun? War sie immer noch krank? Sie hatte nichts davon erwähnt.

»Vielleicht ist sie das«, sagte Maury mit einem kleinen Lächeln.

»Was?«

»Na, vielleicht ist das deine Gelegenheit, für eine Weile zu uns übrigen in der Baracke zu stoßen. 's ist gar nicht übel dort. Als ich meine letzte geschwängert hatte, war ich froh, daß ich von ihr wegkam.«

»Burl.« Wanda sprach sehr bedachtsam. »Burl, hör mir zu.«

Er wollte nicht.

»Hör mal, Burl. Ich muß dir ein paar Dinge erklären.«

Wanda setzte sich vor ihm aufs Bett und nahm sein Gesicht in die Hände, um zu verhindern, daß er sich immer wieder abwandte.

»Du wolltest bloß, daß ich dir ein Kind mache, richtig? Oder wollten die, daß du mich dazu bringst? Ich kann mich nicht entscheiden, ob ich dir das eine vorwerfen soll oder das andere, daß du nur Befehle ausgeführt hast. Ich kann mich auch nicht entscheiden, was schlimmer wäre.«

»Ja, Burl. Ja. Ich wollte ein Kind von dir. Ist das so furchtbar? Ist das so schändlich? Glaubst du, ich würde mit jedem x-beliebigen ein Leben in die Welt setzen wollen? Du wolltest es doch auch, erinnerst du dich?«

»Aber du hast es mir verheimlicht. Warum, verdammt, hast du's mir nicht einfach gesagt?«

»Nicht nur, weil du mich liebst«, sagte Wanda in diesem vorsichtigen Ton, den Burl haßte; es war, als würde sie jeden Moment damit rechnen, daß er gewalttätig wurde. »Hauptsächlich, weil ich dich liebe.«

»Ach, um Gottes willen.«

»Burl, hör mir eine Minute lang zu. Ich will ein Kind von dir, weil ich dich liebe, und aus demselben Grund hab ich es dir nicht gesagt. Burl, wir haben Vorstellungen von Partner- und Elternschaft, die du vielleicht nicht bereit gewesen wärst zu akzeptieren. Ich verstehe das, aber du mußt auch verstehen, daß ich bedingungslos an diese Vorstellungen glaube. Sie sind ein Teil von mir. Ich kann mir nicht vorstellen, anders zu leben. Es ist für mich undenkbar, mich jemals auf das patriarchalische Einheitsfamilienmodell einzulassen, das wir hier versucht haben abzuschaffen. Aber ich wünsche mir Kinder. Und die Witness-Bewegung braucht sie. Die Alternative wäre ein Schicksal wie die Shaker. Die Leute würden sich wegen unserer Möbel an uns erinnern.«

»Also nehmt ihr die Lahmen und Siechen und Unbehausten auf, und wenn ihr mit uns fertig seid, geht's ab in die Baracke zu den anderen stolzen Vätern.«

»Und das Gegenteil wäre was? Wie viele von uns können wirklich behaupten, ihren Vater zu kennen? Wie viele von uns wünschen sich sehnlichst, sie müßten ihn nicht kennen?«

»Du hast für alles eine Rechtfertigung, nicht wahr? Aber wieso kauft ihr dann nicht einfach Sperma und benutzt künstliche Befruchtung? Wozu dieses ganze unsaubere Gerammel?«

»Eben deshalb, weil wir Männer nicht bloß als Samenspender betrachten. Sieh mal, wir können euch nicht so zu Objekten machen, obwohl ihr das mit uns schon getan habt. Kannst du das nicht verstehen? Hier haben sowohl Männer als auch Frauen einen festen Platz, und Väter kennen ihre Kinder. Sie können sich einbringen, soviel sie wollen; wir ermutigen sie dazu. Das Komische ist nur, sie tun's nicht. Die meisten kümmern sich überhaupt nicht, sobald klar wird, daß auch das gestattet ist. Aber das Wesentliche ist, daß wir uns entschieden haben, unsere Gesellschaft nicht in der künstlichen Struktur zu organisieren, die du und ich von unseren unseligen Eltern geerbt haben. Das ist alles. Ich bin nicht dein Besitz, Burl, und dein Kind wird auch nicht dein Besitz ...«

Burl zwinkerte. »Du bist also schwanger.«

»Ich hab hypothetisch gesprochen, das ist alles.«

»Du *bist* schwanger; jeder Idiot könnte es dir aus dem Gesicht ablesen.«

»Ich bin nicht schwanger«, sagte Wanda einigermaßen wütend. »Der Punkt ist: ›Menschen sind nicht Eigentum‹; das ist eines von Mutters Hauptgeboten.«

»Und was ist mit ›Du sollst nicht stehlen‹? Kennt sie das auch?«

»Wovon redest ...?«

»Von mir. Wer zum Teufel hat dir erlaubt, dir meine Liebe zu nehmen, oder meinen Samen?«

»Du hast mir beides gegeben, Burl. Du hast nie nachgefragt von wegen Verhütung, du hast nicht gesagt, ich dürfte dich erst lieben, wenn ich irgendeinem abstrakten Maßstab wie *für immer* genügen kann. Was willst du von mir? Du hast auf einem Entlüftungsschacht gewohnt, in Gottes Namen.«

Für Burl, der keine Erfahrung mit so engen Beziehungen hatte, war es schockierend, daß eine solche Verwandlung möglich war. Es traf ihn wie ein Erdbeben. Wenn man nicht mal einen geliebten Menschen wirklich kannte, wie konnte man dann vorgeben, überhaupt etwas zu kennen und zu wissen?

»Wer bist du?« fragte Burl.

»Es geht nicht darum, wer ich bin. Die Frage ist, wer du werden willst.«

Ja, dachte Burl. Wer oder was werde ich? Eine Antwort, wenn er bei der Sekte blieb, lautete: Vater. Wanda war noch nicht schwanger, aber das kam sicherlich nicht von einem Mangel an Versuchen, und all seinen Protesten zum Trotz war Burl vollkommen willig, ihr dazu zu verhelfen. Er war verliebt und weiß Gott alt genug, um Vater zu werden. Ideal war der Zeitpunkt letztendlich nie. Außerdem fiel es ihm schwer, zu glauben, daß die Dinge sich nicht von selber regeln würden, daß Wanda nicht zur Besinnung kommen, mit ihm fliehen, zum Leben in der wirklichen Welt zurückkehren würde.

Und was, wenn nicht? Wäre das wirklich so schlimm? War es schlimmer, in dieser Gemeinschaft von gleichgeschalteten Positivisten zu bleiben, als wieder auf der Straße zu leben, getrennt von der Frau und dem Kind, die er liebte? Vielleicht wäre es, wenn er blieb, gar nicht soviel anders, als in einem Vorort von Dallas zu leben, ins Einkaufszentrum zu gehen, Diät-Cola zu trinken und sich Filme im Fernsehen anzusehen. Burl dachte an das Land, das er in seinem alten Dodge, dem Ersatz für seinen geliebten Checker, duchquert hatte. Amerika war wie eine Sekte, in der Individuen durch Konsumenten ersetzt wurden und Befriedigungen durch Amüsements. Na, da waren die Jünger von Mutter Witness noch besser dran. Kein Wunder, daß sie bleiben wollten, sagte sich Burl mit der schalen Überzeugung der Notwendigkeit.

Also versuchte er nicht nur sein Verhalten zu ändern, sondern auch seine Überzeugungen; eine Übung, von der er wußte, daß sie in Einklang mit der Sektenlehre stand. Seine Beziehungen zu Wanda wurden von derselben Künstlichkeit infiziert; er wurde ihr gegenüber gewinnend herzlich, was ihn traurig machte, wenn er darüber nachdachte, aber vor dem Hintergrund dessen, was auf dem Spiel stand, war es unvermeidlich. Was sollte er sonst tun? Gesetzt den Fall, daß ein Baby kam, würden seine Rechte, das wußte er, gering sein. Es war unwahrscheinlich, daß ein Gericht den Ansprüchen eines Penners von der Straße gegen die Kindesmutter zur Durchsetzung verhelfen würde, selbst wenn Burl die Vaterschaft beweisen und das Geld auftreiben konnte, um die Anwälte für seinen Kampf zu bezahlen.

Wie sich Burls Einstellung zur Witness-Bewegung änderte, so änderte sich anscheinend auch die Einstellung der Bewegung zu ihm. Das spiegelte sich nicht nur in Wandas Betragen wider, das weniger wachsam wurde, je mehr sie zu dem Glauben kommen konnte, Burl würde sich vielleicht doch bekehren lassen, sondern auch in einer subtilen Änderung seines Status innerhalb der weiteren Gemeinschaft. Während er sich früher sehr als Gast gefühlt hatte, selbst wenn er arbeitete, um seinen Unterhalt zu verdienen, fand nun eine Verschiebung statt. Irgendwie zu seinem Entsetzen merkte er, daß er nach und nach akzeptiert wurde. Er fand sich als Teilnehmer bei einigen förmlichen Zusammenkünften wieder, bei denen Mitglieder ermutigt wurden, ihre Zweifel und Ängste mitzuteilen, diese Sünden aber – Sünden nach Witness-Begriffen – überwunden wurden durch das Zeugnis, das die Gläubigen für ihre Beseligung und Erlösung durch die Kraft der Bewegung ablegten. Und er wußte genug, um seine eigenen Ängste und Zweifel für sich zu behalten.

Burl stellte fest, daß man ihn ein bißchen mehr schlafen ließ, vielleicht aus Rücksicht auf seine Spermienmenge, und wenn er mitten in der Nacht aufwachte, weil ihm ein Hunger in den Eingeweiden saß, nagend wie der Phantomschmerz nach einer Amputation, vernahm er oft die beschwörende Stimme von Mutter Witness, unterlegt mit New-Age-Musik. Sie psalmodierte Witness-Lehren - eine orwellsche Form von Protestantismus, so kam es Burl vor - in einem gedämpften, theatralischen Stil, der auf verrückte Weise einem Opernrezitativ nahekam. Er fragte sich, wie lang diese nächtliche Indoktrinierung wohl schon andauerte und in welchem Maß sie wirkte. Er war uneins mit sich selber, ob er hoffen sollte, daß sie es tat.

»Es geschieht wegen unserer Fehlbarkeit«, erklärte Wanda. Träumte er, oder veränderte sich ihr Körper bereits? Ihre Brüste waren größer, da war er sich sicher, und sie schien auch öfter aufs Klo zu müssen. »Man läßt sich so leicht beunruhigen, verwirren. Ich persönlich finde, daß ich dabei besser schlafe. Fast so, wie wenn du mich im Arm hältst.«

»Also empfindest du meine Zärtlichkeiten wie eine Gehirnwäsche, was?«

»Burl. *Reinigung* wäre ein besseres Wort. Wie die Welt um uns werden auch unsere Seelen verseucht - von Verzweiflung, Zweifel, Zynismus. Es ist wie ein Hausputz. Es fegt die Spinnweben raus.«

Burl beschloß, es für ein gutes Zeichen zu nehmen, daß die waltenden Mächte - waltete Wanda? - ihm genug vertrauten, um ihm zu gestatten, Mutter Witness' Gesäusel zur Nachtzeit zu hören. Daher betrachtete er es als besonders gutes Zeichen, als man ihn einlud, sie in Person zu erleben. Wanda ließ es wie eine ganz besondere Gelegenheit erscheinen. »Mutter hat schon über ein Jahr nicht mehr direkt zur versammelten Gemeinde gesprochen«, sagte sie. »Es ist sehr aufregend.«

Die Nächte waren immer noch kalt. Burl und Wanda gingen raschen Schrittes zum Gemeindezentrum und duckten sich wie die Hunderte anderen um sie herum unter dem eisigen Wind. Sie kamen am Traumhaus vorbei, wo Witness-Jünger, die zum gelenkten Träumen dran waren, unter der Aufschrift »In Träumen beginnen Verantwortlichkeiten« Einlaß fanden, und reihten sich in die Schlange vor der Halle ein. Die relativ kleine Gruppe von Männern unter der Zuhörerschaft wurde auf den Balkon dirigiert; bis Burl auf einer Art Tribünen-Sitzbank ohne Lehne Platz gefunden hatte, hatte er Wanda aus den Augen verloren und konnte sie in dem Meer von Frauenköpfen und -körpern unter sich nicht mehr ausmachen. Aber wie viele davon schwanger waren! Sie quetschten sich seitlich aneinander vorbei auf ihre Plätze, watschelten den Mittelgang rauf und runter, strickten geduldig, während sie auf den Beginn der Vorstellung warteten. Wieso war ihm das nicht schon früher aufgefallen? Hing das mit der Jahreszeit zusammen? Burl blickte nach oben. Der Saal war wie eine riesige High-School-Turnhalle, weitläufig und warm und schwach beleuchtet, von einer erhöhten Plattform in der Mitte abgesehen, die in einem Lichkegel schwebte wie ein Boxring von anno dazumal.

Nach und nach legte sich ein Schweigen über den Saal wie eine Schneedecke; jeder schien einfach zu wissen, wann er zu reden aufhören mußte. Dann wurden die Lichter runtergedreht, bis es vollständig dunkel im Saal war. Schließlich begann, kaum wahrnehmbar, ein Licht sich in der Mitte auszubreiten und enthüllte eine Gestalt an einem Rednerpult. Sie fing zu sprechen an, lange bevor das finstere Zwielicht heller wurde und in ein Halbdunkel überging, das ihre ganze Ansprache hindurch andauerte.

»Wie so vieles Gute«, hob sie an, »erfuhr ich es in meinem Schlaf. Oder sollte ich sagen, in Ihrem Schlaf? Oder am besten, in unserem Schlaf - dem Schlaf, an dem wir alle Anteil haben.«

Mutter Witness stand da wie eine Erscheinung, gehüllt in scheinende Gewänder. Bei dem trüben Licht mußte Burl sich anstrengen, um ihr Gesicht zu sehen.

»Wenn ich es euch beschreibe, werdet ihr euch fragen, wie es kommt, daß ich es gut nenne, da es doch schrecklich ist. Und schrecklich ist es. Dennoch werdet ihr gleich erkennen, daß es Ihre Wahrheit in sich birgt und daß Ihre Wahrheit sich auf die Ihr eigene Weise in Metaphern enthüllt, auf Umwegen, durch ein Ding, das für ein anderes steht. Denn dies sind die Wege Ihrer Welt.«

Mutter Witness trat einen Schritt vom Rednerpult zurück und sagte mit einiger Inbrunst: »Ich hatte eine Vision der Wüste. Ich flog.« Sie breitete die Arme aus, jeder ihrer weit ausgestellten Ärmel bildete ein rechtwinkeliges Dreieck, das auf die Senkrechte ihres Körpers zulief. »Es war warm, eine Brise wehte, und ich konnte nach Herzenslust dahingleiten, obgleich in diesem Flug keine Freude lag. Ich schwebte über der Landschaft, und die Landschaft war leer. Zuerst erschien dies natürlich. Das Land um uns herum ist Wüste. Und ich suchte nach Anzeichen unserer Siedlung. Dann aber wurde ich gewahr, daß diese Wüste nicht unsere Wüste war, die nicht leer ist, sondern die ausgedörrte und hoffnungslose Wüste einer viel größeren Welt. Dann sah ich, daß ich nicht mehr sanft dahinglitt, sondern mit großer Geschwindigkeit flog, in großer Höhe, über Meilen und Meilen Erde, und ich sah nur Leere und Ödnis, eine Wüste, die niemals blühen würde, ein Land, zersprengt und verdorrt und zerstört für jeglichen irdischen Zweck.«

Mutter Witness machte eine Atempause und faßte sich wieder.

»Ich wußte, wo ich war. Ich sah die großen Häfen von New York und San Francisco, die Großen Seen, an deren Gestaden unsere mächtigen Industriestädte sich hätten lagern sollen, die sich dahinziehenden Ströme, an deren Zusammenfluß stets ein Zentrum des Handels liegt. Aber nur die Landschaft ließ diese Orte erahnen. Die Städte waren verschwunden! Die Gebäude waren verschwunden! Die Menschen waren verschwunden!

Und da wußte ich, daß mir ein Blick in die Welt, die kommen wird, gewährt worden war. Ich hatte die Verwüstung geschaut, die Mutter Erde erleiden wird, die Unfruchtbarkeit durch die Hand ihrer Kinder, und mein Herz war schwer vor Kummer über dieses Wissen. Mein Herz war schwer, doch ich hatte keine Furcht. Ich war traurig, aber ruhig; die Himmel über dieser ungeheuren Leere durchmessend, wußte ich in meinem Herzen, daß alle von uns hier sicher waren.«

Mutter Witness lächelte ihr Publikum an, dem sich ein Seufzer der Zufriedenheit entrang, und dann trank sie einen Schluck Wasser. Burl rutschte durstig herum. Im Saal war es heiß von der Wärme der Körper, und Mutter Witness' apokalyptischer Vortrag langweilte ihn. Er war schläfrig.

»Auf meinem Flug ging mir das Wort für das, was ich sah, nicht mehr aus dem Kopf.

Desert. Wüste. Es hallte durch meinen Verstand, wieder und wieder und wieder, wie das Echo von etwas, was ich schon immer gekannt hatte.

Desert. Und ich war verwirrt. Denn es war kein Geheimnis für uns, für uns alle, daß es mit der Welt soweit kommen wird. Es war eine kummervolle Erfahrung, meine Kinder, Gelegenheit zu erhalten, die Wahrheit, die wir prophezeit haben, auf so anschauliche Weise zu erleben. Aber es war keine tiefergehende Überraschung, bis ich das Wort, das mich nicht losließ, im Geiste hin und her drehte, wieder und wieder.

Desert. Und schließlich ging es mir auf. Die Wüste, in der wir leben, die Wüste rings um uns, leitet sich vom lateinischen *desertum* her, das heißt ›verlassen‹. Stellt es euch vor. Entvölkert. Aufgegeben. Menschenleer.

In dieser Bedeutung betonen wir im Englischen die erste Silbe, aber mit der Betonung auf der zweiten Silbe, *desért*, hat es noch eine andere Bedeutung. Es meint etwas Verdientes – eine gerechte Vergeltung beispielsweise. Die Wurzel ist in diesem Fall das lateinische *deservire*, was im Kern ›dienen‹ heißt.

Und dann sah ich, dann sah ich, was die Göttin mich sehen zu machen hoffte: daß diese unfruchtbare Mutter Erde das war, was die Menschheit verdiente. Es war das, was die Menschen auf diesem Planeten gesät hatten und unweigerlich ernten würden als Frucht ihrer bösen Taten.

Jene aber, die wahrhaft dienen, die sich über das Hier und Jetzt erheben, um die Höhen des Geistes zu erreichen, zu denen wir im Schlafe kommen können, sie werden Schonung finden in der letzten Schlacht, in der die Kinder der Mutter einander auffressen, und die Mutter selbst wird Sorge tragen ...«

Burl fuhr mit einem Ruck hoch, ein Ellbogen stieß ihn in die Rippen. Er begriff, daß er schon einige Zeit geschlafen hatte. Vielleicht hatte er sich der Bewegung bereits mehr verschrieben, als er wußte. Oder vielleicht war hier ein pawlowscher Reflex am Werk; er war so daran gewöhnt, Mutter Witness im Schlaf zu hören, daß er nun, da er ihr zuzuhören versuchte, während er munter war, eindöste. Den Rest der Ansprache über nickte er immer wieder ein. Am Schluß wischte er sich den Speichel vom Kinn und quittierte das Kichern der anderen Männer mit einfältigem Achselzucken.

»Du hast geschnarcht, um Gottes willen«, beschwerte sich Wanda, als sie in ihrem Zimmer wieder vereint waren. Es war ihr zu peinlich gewesen, nach der Rede der Mutter vor allen Leuten auf ihn zu warten. »Du hast das ganze Ereignis gestört.«

»Sei nicht albern«, protestierte er. »Wenn ich so arg geschnarcht hätte, hätte mich irgendwer wachgehalten. Ich bin bloß ein, zwei Mal angerempelt worden, daran kann ich mich erinnern.«

»Typisch Männer! Die machen sich einen Spaß draus; wie die Jungs in der Unterstufe, sitzen in der letzten Reihe und treiben Unfug. Das hat ihnen sehr gefallen!«

»Na ja, so sind Jungs nun mal.«

»Du rücksichtsloser Esel, ich hab mich tödlich geschämt. Und wetten, daß auch Mutter weiß, wer sie bei ihrer Verkündigung gestört hat.«

»Die weiß von gar nichts viel«, sagte Burl gallig, »nach ihrer Deutung dieses Traums zu urteilen. Klang für mich mehr nach einer Beschreibung ihres eigenen Stücks Land hier, oder vielleicht auch ihres Lebens, als nach irgendwas sonst. Was für ein Laden. Wie kann jemand sich Ärger einhandeln, wenn er bei einer Rede der Anführerin einer Schläfersekte einschläft?«

Burl fand es bald heraus. Wanda vergaß den Vorfall nicht einfach. Sie ging zornig zu Bett, schlief nicht und machte sich tags darauf noch immer Sorgen. Sie sagte wenig, und ihre Miene wirkte verkniffen, wenn ihr Gesicht einmal nicht den Ausdruck besorgter Verwirrung zeigte, der nun die meiste Zeit auf ihm lag.

Dann, eines Tages, kam er von seiner Schicht im Lieferwagen heim und fand ihr Zimmer verschlossen, sein Koffer stand gepackt davor. An der Tür klebte ein zusammengefalteter Zettel.

Burl,
tut mir leid, Liebster. Es ist für jeden am besten, wenn du gehst. Mögen alle deine Träume sich erfüllen.
W.

Er konnte sie natürlich nicht finden. Er durchstreifte eine Zeitlang das Gelände, versuchte ins Verwaltungsgebäude hineinzugelangen, begann auf gut Glück Fremde zu befragen. Schließlich eskortierten ihn ein paar Mann von der Sicherheitstruppe der Bewegung ans Tor. Er wehrte sich nicht. Ein Teil von ihm war erleichtert. Das kam ihm alles so wahnwitzig vor; selbst von Wanda, die er immer noch liebte, fühlte er sich befreit.

Er wanderte mit seinem karierten Köfferchen – im Wachhaus am Tor nur flüchtig durchsucht, als er das Witness-Gelände in dieser frostigen Nacht verließ –, bis ein vorbeifahrendes Auto ihn mitnahm und nahe der Stadt an der Autobahn absetzte. Die Menschen im Westen sind hilfsbereit, dachte Burl mit vor Kälte tränenden Augen. Er blickte suchend über die verlassenen Straßen und fragte sich, wohin jetzt.

KAPITEL 18

»BURL, DENKEN SIE 'NE MINUTE NACH«, drängte Dr. Stringer. »Sie stehen gesundheitlich besser da, Sie können wieder atmen, Sie sind in der Lage zu funktionieren. Sie empören sich gegen Blessuren, die im Leben unvermeidlich sind. Es liegt bloß daran, daß Sie vorher so isoliert waren, gegen das Gute wie das Schlechte. Jetzt haben Sie ein Leben, also sind Sie durcheinander.«

»Sie sind wie Frankenstein. Sie spielen mit dem Leben von Leuten. Ich will, daß Sie das Monster umbringen, das Sie erschaffen haben.«

»Burl, wer hat hier schuld? Wenn Sie weitergemacht hätten wie früher, wären Sie in Null Komma nichts tot. Dann hätten Sie das Monster umgebracht, daß keiner von uns erschaffen hat.«

»Schön, Sie haben recht, machen Sie's trotzdem rückgängig.«

»Als wir mit dieser Prozedur anfingen, haben wir Sie gewarnt, oder nicht? Daß es eine Umstellung sein würde, daß Dünnsein für viele Leute am Anfang sehr, sehr hart ist, daß es Belastungen mit sich bringt, mit denen man umgehen muß. Und wir haben Beratung angeboten, die Sie ...«

»... die ich nicht wollte, richtig. Also, erschießen Sie mich.«

»... nicht zu brauchen glaubten, allen unseren Bemühungen zum Trotz. Und die Ironie dabei ist, daß Sie das Schlimmste schon hinter sich haben. Sie haben die Operation hinter sich, den ersten großen Liebeskummer, also lassen Sie uns die Sache zu Ende bringen und Ihnen wieder auf die Beine helfen.«

Zögernd pflichtete Burl bei. Irgendwo tief drin wußte er, daß wieder fett zu werden nicht die Antwort auf seinen Kummer sein konnte, doch er fragte sich auch, ob dünne Leute immer solche Probleme hatten oder ob er etwas von einem Einfaltspinsel an sich hatte, ob er bloß in einem raffinierten Spiel der Dumme war und nur sein letztes Hemd verlieren konnte.

Das fragte er sich auch später noch, nach der plastischen Operation, durch die sein Überwurf aus leerer Haut gerafft und zusammengeschnitten wurde, ihm mehr Taille gegeben und seine Brustwarzen dahin versetzt wurden, wo sie anscheinend hingehörten. Es war schmerzhaft; und er stand eine Zeitlang unter ständiger Betäubung, war aber wenigstens von der Straße weg und dachte nicht soviel an Wanda.

»Sie haben Glück«, sagte Stringer nachher zu ihm. »Es war keine sehr große Sache, weil Sie nicht allzu lange so mörderisch fett waren. Ihnen werden bloß ein paar Narben bleiben, aber ansonsten sollte alles gutgehen.«

Stringer behielt ihn im Krankenhaus, solang er konnte, aber die Operation verlief gut, und Burl erholte sich rasch an Körper, wenn auch nicht an Seele. Es war immer noch kalt, aber die Macht des Winters war gebrochen. Der schwache Frühlingsgeruch in der Luft, kalt und klar wie Schmelzwasser, brachte Burl auf den Gedanken, daß er danach woanders hingehen könnte, wo es immer wärmer war als in Salt Lake City im Winter. Besonders, wenn er weiter gezwungen war, auf der Straße zu leben, was für ihn keinen Schrecken mehr hatte. Er schrieb an Wanda, schmachtete nach ihr und zermarterte sich wegen des Kindes, das sie vielleicht schon im Leib trug, doch er bekam nie eine Antwort. Er wurde es leid, im Krankenhaus herumzuspuken, wo man sich der Aufgabe verschrieben hatte, die Leute am Leben zu erhalten. Er fühlte sich wie ein Schatten auf der falschen Seite der Todesschwelle. Eines Tages, ohne irgendwem Bescheid zu sagen, ging er einfach weg.

Als er sich dem strauchigen Stück Ödland hinter dem Bahnhofsgelände näherte, fand Burl Trost in der Unverwüstlichkeit von Klischees: kein Rauch ohne Feuer. Von der Bergabwanderung von der Universität und dem langen Weg quer durch die Stadt taten ihm die Beine weh, und sein Gesicht fühlte sich vom kalten Wind aufgerauht an, der stärker zu werden schien; und die glitzernde Stadt wirkte dunkler und hektischer, mit jedem Schritt.

Er hatte sich sehr rasch wieder an das Leben auf der Straße gewöhnt, kam womöglich sogar besser damit zurecht als vor seinem Aufenthalt bei der Witness-Bewegung. Der Verlust von Wanda hatte ihn härter gemacht. Doch an diesem Abend war er beinahe zu erschöpft, um den Beitrag an Brennholz einzusammeln, den der Komment von jedem verlangte, der sich wärmen wollte; darin funktionierte die Gesellschaft der Obdachlosen wie jede andere: alle mußten produzieren, um konsumieren zu können. Das Geräusch von Weinen, das er als erstes von der Gruppe hörte, sagte ihm, daß es Abe wieder schlechter gehen mußte.

»He, Burlie hat uns 'n bißchen schönes Brennholz mitgebracht«, sagte Lester fröhlich, als er auf sie zuging.

Johnny, Otto und Karsten begrüßten ihn hoffnungsfroh, aber als klar wurde, daß er nicht auch eine Flasche mitgebracht hatte, verfiel Johnny wieder in seine charakteristische Mürrischkeit. Er mochte Burl nicht. »Scher dich nicht um ihn«, drängte Lester, aber Johnnys Ton war Burl gegenüber stets voller Hohn. Er betrachtete Burl mit der besonderen Verachtung, die manche auf den häufen, der am tiefsten gefallen ist, und er grollte, weil Burl auf einem Gitterrost vor dem Krankenhaus hatte schlafen dürfen, während jeder andere, der so was versuchte, mit Fußtritten davongejagt, übel zugerichtet wurde und seine Habseligkeiten konfisziert, als Lektion oder als Schikane.

Burl sah Dee an, die laut weinte, und dann Lester, der die Achseln zuckte. Die anderen schauten weg, und Dee brüllte in einem neuerlichen Tränenausbruch: »Er ist tot, Abe ist gestorben, o Gott, du Scheißkerl!«

»Dee! Sag nicht solche Sachen«, verwarnte Lester sie fast gouvernantenhaft.

»Jetzt hat er's jedenfalls besser, oder nicht?«

»Aber sicher, Dee«, sagte Otto mit seiner weinerlich-schrillen Stimme.

Burl kniete nieder und legte ihr eine Hand auf die Schulter. Es machte ihm ein bißchen Angst. Jeder wußte, daß Abe AIDS gehabt hatte, und nun war Dee mit ihrem, vermutlich gleichen, Schicksal allein, ohne daß er sich noch um sie kümmern konnte.

»Tut mir leid, Dee. Tut mir so leid.«

Ihr Weinen wurde stärker und kostete sie den letzten Atem, bis sie zu husten anfing. Burl rubbelte ihr den Rücken und blickte die anderen an, in der Hoffnung, daß jemand eine Flasche oder wenigstens Geld für eine hatte. Lester schüttelte den Kopf, die andern zuckten die Schultern oder schauten weg. Sie schämten sich, diese Schnapsbrüder, weil sie auf Verlangen nicht mal einen Drink beschaffen konnten. Vielleicht gingen sie deshalb auf Abstand zu ihr: Sie konnten sie nicht mal ein bißchen trösten, und das zeigte aufs neue ihr Versagen.

Burl schauderte davor, wie nahe die Vergessenheit, wie nutzlos diese Gefährten waren. Dee war bereits übel abgewrackt, zahnlos, gedunsen und alkoholkrank. Sie hatte schon viel von ihrem strohigen Haar verloren, und ihre Haut war staubfarben. Ein geschwollener Fuß in einem zerfetzten offenen Schlappen ragte unter ihren Röcken hervor - sie trug die meisten ihrer Kleider übereinander -, und auf ihren Beinen, die sie die meiste Zeit versteckte, waren offene Stellen.

»Er war die Liebe meines Lebens, Burlie, weißt du?« Sie wischte sich mit dem Ärmel die Nase. »Nur wegen ihm bin ich noch hier. Wenn er nicht mehr da ist, bleibt nichts mehr, außer Leiden.«

»Sein Leiden ist vorüber«, sagte Burl und sah sich nach Unterstützung um. »Wenigstens dafür können wir dankbar sein.«

»Sicher, das stimmt«, sagte Lester, seine schwarze Haut glänzte im Feuerschein. Ein paar andere nickten nichtssagend. Johnny, bleich wie immer, schaute weg. Obdachlose säumten in Grüppchen den Bahndamm, drängten sich um Feuerstellen, stampften mit den Füßen und zogen mit verschränkten Armen ihre Klamotten um sich zusammen, während Wärme und Tageslicht langsam erloschen. Sie sahen aus wie eine Armee im Mittelalter, ein Pöbelhaufen, stumpfsinnig unterwegs ins Heilige Land.

»Er hat soviel gelitten, aber mein Leiden fängt erst an«, schluchzte Dee. »Was soll ich tun? Ich kann ihn nich' mal anständig bestatten lassen. Das war das einzige, was er wollte, verbrannt werden. Damit ihn nicht die Würmer fressen und wir immer zusammen sind.«

»Das wird schon, Dee«, sagte Burl ohne Überzeugung. »Wirst sehen, das wird schon. Vielleicht können wir für dich was zu trinken kriegen, hm? Mal sehen, ob ich was für dich auftreiben kann.«

Burl blickte sich nach jemandem um, den er um Alkohol anhauen konnte. Er ging von Feuer zu Feuer wie ein Bettler von Tür zu Tür, aber er bekam überall so ziemlich die gleiche Antwort, bis jemand sich erbarmte und Hustentropfen anbot.

»Nicht bloß Robitussin. Die hier kriegt man nur auf Rezept.«

Burl nahm sie, und Dee trank sie gierig aus; die anderen schauten wieder weg, neidisch oder verlegen, weil sie schon soviel Schnaps geschnorrt hatten, daß ihr Kredit alle war. Es hatte sowieso keiner von ihnen Abe sehr gemocht; viele waren zeitweilig Fixer gewesen, und ihm zuzusehen war wie sich selbst beim Sterben zusehen.

»Wo ist er?« fragte Burl die anderen.

Lester deutete mit dem Kopf.

»Ich möchte ihm die letzte Ehre erweisen«, sagte Burl zu Dee. »Kommst du mit? Na, komm schon.«

Mit Burls Hilfe kam Dee mühsam stolpernd auf die Beine. Er zwang sich, den Arm um sie zu legen. Für einen Obdachlosen war er immer noch reinlich, und die Gerüche der anderen kamen ihn hart an. Er hielt an einer gewissen äußeren Sorgfalt fest, auch lange nachdem sein Gewicht schon herunter war. Dee stank und war obendrein fett. Burl fragte sich bestürzt, ob er auch so übel gerochen hatte.

Abe sah nicht so schlimm aus, wie Burl gedacht hatte. Er lag ausgestreckt da, so daß man gleich sah, daß es ein Mensch war und nicht eines von diesen braunen Bündeln Fetzen, um die man im Hauseingang herumgehen mußte und die einen tödlich erschreckten, weil sie einen Kopf hatten. Er hatte AIDS gehabt oder so was, aber das hatte ihn anscheinend nicht umgebracht. Er hatte ohne Ende gesoffen, genug, daß die Demenz schon längst eingesetzt hatte. Für einen normalen Menschen sah er ausgezehrt aus, und sie alle nahmen an, daß er zuletzt eine Lungenentzündung gehabt hatte, obwohl er, seit er von dem Virus erfahren hatte, keinem Arzt mehr in die Nähe gekommen war. Er hatte Angst, im Krankenhaus zu landen, wo er nicht mehr trinken konnte.

»Astrophysiker, richtig?« stichelte er manchmal gegen Burl. »Zahnärzte? Wirken nur Wunder, wenn die Steuer fällig ist. Hä, hä, hä. Aber wer hat je von 'nem obdachlosen, versoffenen jüdischen Schauermann gehört? Aus Corpus Christi? Die wollten mal 'n U-Boot so taufen, erinnerst du dich? Der Leib Christi voller Atomraketen. Hä, hä, hä.«

Abe. Ein Schauermann in der Wüste, seine Muskeln verkümmert und atrophisch, und nun als Ganzes in Auflösung. *»L'chaim«*, sagte er manchmal augenzwinkernd und war am glücklichsten, wenn er es nur mehr lallen konnte, weil er dann am sichersten vor sich selbst war. Er und Burl unterhielten sich hin und wieder; Abe hatte einiges gesehen und gelesen, er kannte die Welt ein bißchen und verstand, daß für manche das Leben mehr war als Überleben. Niemand hatte Münzen, also nahmen sie zwei Steinchen, um sie ihm auf die Augen zu legen, und das fand Burl trauriger als alles andere, denn die, die das taten, konnten keinen Penny auf einen Toten verschwenden und wußten nichts über die Juden, aber sie kannten und, in einem Fall, liebten Abe und legten ihm Steine auf die Augen, so wie trauernde Juden überall auf der Welt Kiesel auf den Grabstein legen, wenn sie einen Verstorbenen besuchen.

Dee hatte wieder zu weinen begonnen und streichelte ihren armen toten Liebsten, wie um ihn zu trösten.

»Gibt's jemand, den wir benachrichtigen sollten?« fragte Burl. »Hatte er Familie?«

»Ich war seine Familie, Burlie. Er hatte niemand. Ich hab ihn oft gefragt; vielleicht 'ne Tochter, die uns helfen könnte, oder 'ne Schwester oder Brüder daheim in Texas. Aber es gab nur uns beide. Wir waren alles, was wir hatten.«

Burl fing an, den Toten um die Hüften abzutasten. Erstaunlich, woran man sich alles gewöhnen kann, dachte er. Leichen fleddern, wie damals bei der Zeitung.

»Was machst du da? Er hat kein Geld, Burlie. Du grapschst 'n toten Mann nach Geld ab?«

»Nicht Geld. Papiere. Information.«

Dee griff in ihre Röcke und reichte Burl eine abgewetzte braune Lederbrieftasche, die leeren Plastikhüllen für Fotos waren angeschmolzen und klebten zusammen. Mehrere vergilbte Leserausweise von Büchereien bezeugten, wo er überall herumgekommen war, und diverse andere Papiere gaben Auskunft über seine Blutgruppe, seinen Militärdienst und eine frühere Mitgliedschaft bei den Knights of Pythias. Unter diesen Dingen, die zusammen mit unerklärlichen Zetteln hineingestopft waren, vom Klappfalz der Brieftasche rund gebogen, befand sich auch ein Führerschein aus Texas.

»Abraham Alter«, stand darauf. »Geburtsdatum: 17/9/54.«

Burl blickte baß erstaunt auf.

»Er war erst siebenunddreißig? Abe war siebenunddreißig?«

Dee nickte ernst, ihr Mund zitterte.

»Und ich kann ihn nich' mal bestatten. Nich' richtig. Die werden ihn in 'ner Holzkiste auf'm städtischen Friedhof einbuddeln, wo er doch immer nur bei mir bleiben wollte.«

Burls sah sie feierlich an und blickte dann wieder auf den Toten hinunter.

»Ich kann das arrangieren, Dee, aber du mußt mithelfen. Es muß unser Geheimnis bleiben.«

»'n Geheimnis?«

»'n großes Geheimnis. Du darfst keinem was sagen, aber wenn's erst mal erledigt ist, wird dir das egal sein. Du wirst ihn bei dir haben können.«

Es war eine Menge Glück dabei. Burl hatte für eine solche Gelegenheit immer einige unbenutzte Kreditkarten bei sich und beschloß, daß der Augenblick gekommen war, eine davon zu benutzen. Bei drei Ausflügen zu einem Geldautomaten gelang es ihm, mit einer vorher nie benutzten Visa-Karte siebenhundertfünfzig Dollar in bar rauszuholen.

»Er hat sich zu Tode gesoffen, im großen und ganzen«, sagte Burl zu den Leuten, die die Leiche abholen kamen. »Früher war er wirklich fett. Aber ich denke, es ist nur recht und billig, Ihnen zu sagen, daß er HIV-positiv war. Seien Sie also vorsichtig.«

Burl hoffte vermeiden zu können, daß im Totenschein als Ursache AIDS genannt wurde, und die lokalen Behörden waren so entgegenkommend, daß sie Lungenentzündung reinschrieben. Vermutlich hatte Alter auch Leberzirrhose gehabt; das würden sie ja feststellen können, wenn sie sich die Mühe machten, ihn aufzuschneiden. Es gab keine Angehörigen, bloß ein paar seiner Mitvagabunden, wie man sie an Orten wie Salt Lake City manchmal immer noch nannte.

Es war, als hätte Burl so etwas schon sein ganzes Leben lang geplant. Mort Allen war gern zu Diensten, sozusagen. Burl rief seinen früheren Arbeitgeber an, stellte sich als Bo Charon vor und erklärte mit einem aufs Geratewohl nachgemachten australischen Akzent, daß sein guter Freund Burl Bennett buchstäblich ohne einen Penny an AIDS gestorben war.

»Er wollt vor allem eingeäschert wer'n« sagte Burl traurig; er hoffte auf einen Preisnachlaß und gab sich alle Mühe, seinen

Akzent beizubehalten. »Er hat 'n klein wenig Geld hinterlassen, ich weiß nich', ob's reichen wird, und ehrlich gesagt, kann ich nich' ma'n bißchen drauflegen. Er sagte, daß er früher ma' für Sie gearbeitet hat. Als so 'ne Art professioneller Trauergast.«

»Burl? So ein massiger Typ, irgendwie verloren wirkend?«

»Das isser, nur daß er nich' mehr schwer ist.« Burl sprach es *schwejar* aus. »Er is' völlig verfallen. Dieses ÄTZ hat ihn aufgefressen.«

»O je. Oh, tut mir wirklich leid, das zu hören. Wie furchtbar.«

Allen erklärte sich bereit, den Leichnam für siebenhundert Dollar einzuäschern; das war, wie Burl wußte, ein bißchen weniger als der Normalpreis, wenn auch ein bißchen mehr als die Selbstkosten. Die verbleibenden fünfzig Dollar gab er, in einem mühevollen Versuch, Dee sauberzukriegen, für ein billiges Motelzimmer und den Waschsalon aus. Als sie beinahe vorzeigbar aussah, schickte er sie mit dem Bus los, um die siebenhundert Dollar in Allens Bestattungsunternehmen abzuliefern. Dann holte sie den Totenschein ab und ließ, auf Burls Anweisung, den Toten direkt ins Krematorium überführen. Allen würde ihn nie zu sehen bekommen.

Nachher weinte Dee vor Dankbarkeit. Auf der Urne stand »Burl Bennett«, aber die Asche darin, das wußte sie, war die von Abraham Alter.

Godfrey Shields verließ nicht gern festen Boden. Dort oben war man Gott auch nicht näher. Die Stewardessen waren hübsch, aber das zählte nicht mehr viel, wenn man älter wurde. Flugreisen waren beschwerlich, beengend, und, was am schlimmsten war, sie schnitten einen von der Welt ab. Wenn man landete und es daheim einen Notfall gab, war man weit weg.

Er reiste nicht viel; der Westen war ihm fremd. Auf dem Weg vom Flughafen in die Stadt, während er sich bemühte, den Filzstiftmarkierungen zu folgen, die die Frau am Schalter für ihn auf der Karte eingezeichnet hatte, fiel ihm ein, daß nach dem Ort in

New Jersey, wo Burls Eltern lebten, genau so etwas hatte kommen müssen. Es paßte eins zum anderen.

Das Schöne am Geld, dachte Shields, ist, daß es wie eine Gemeinsprache ist, die jeder benutzt. Das Klügste, was Shields je getan hatte, war, sich Zugang zu Burls Apartment zu verschaffen und sich die Zeit zu nehmen, den ganzen Plunder dort nach Nummern von Bankkonten zu durchsuchen. Er bekam nicht heraus, wer die Wohnung derart verwüstet hatte; die anderen schworen, daß sie es nicht gewesen waren.

Abhebungen, soviel stand fest. Es war eine Erleichterung. Burl war noch in New York, dachte Shields selbstzufrieden. Erwischt, so einfach mir nichts, dir nichts. Oben in der Bronx; Abhebungen von immer demselben Geldautomaten, in unregelmäßigen Abständen. Aber wozu sich einmischen? Es war gut so. Er mußte sich nur etwas für die Eltern ausdenken. Vielleicht sollte er den unsensiblen Mistkerl stellen und dazu bringen, ihnen eine Nachricht zu schicken. Wenigstens waren alle wohlauf. Godfrey Shields gefiel der gegenwärtige unentschiedene Zustand nicht, aber er sah schon, wie sich alles in Wohlgefallen auflöste.

Dann, aus heiterem Himmel, Salt Lake City. Die Abrechnung der Kreditkartenfirma - eine Barabhebung über siebenhundertfünfzig Dollar von einer dortigen Bank, getätigt von jemandem, der Burls vierstelligen PIN-Code kannte - schien selbst nicht sehr kreditwürdig. Zum Verrücktwerden, daß die Abrechnung mit sechs Wochen Verspätung kam. Shields war sich sicher, daß die Karte gestohlen worden war, obwohl keine Diebstahlsmeldung vorlag.

Er beschloß, er sollte besser herausfinden, was da los war, und so sah er alles noch einmal durch und kam drauf, daß die Abhebungen in der Bronx nicht bloß irgendwo in der Bronx gemacht worden waren. Sondern in *Riverdale*. Wie dämlich er gewesen war. Louis Naumann wollte nichts sagen; aber aus Frederic LaChaise holte Shields ohne große Schwierigkeit die Wahrheit heraus. Er hatte eine Filiale benutzt, die nur wenige Blocks von seinem Haus entfernt war.

Also war Burl in Vegas gewesen. Das war nicht überraschend; er war ein guter Kartenspieler, und die Stadt zog Leute auf der Durchreise magnetisch an. Und dann war Burl, den siebenhundertfünfzig Dollar nach zu urteilen, aus irgendeinem Grund nach Salt Lake City weitergefahren, wo Shields nun gelandet war.

Er fuhr mit seinem Mietwagen in die Stadt. Mit der rechten Hand ließ Shields den Aktenkoffer auf dem Nebensitz aufschnappen und stöberte darin nach der Adresse der Bank. Er rechnete nicht damit, daß man dort etwas wußte; die siebenhundertfünfzig Dollar waren mittels Geldautomat abgehoben worden. Aber es bestand immer die Chance, daß jemand dort Burl vielleicht kannte; womöglich hatten sie Unterlagen über weitere Transaktionen, sogar über Konten, von denen Shields noch nichts wußte. Irgendwas. Mrs. Bennett hatte am Telefon so traurig geklungen, daß er es einfach nicht aushielt. Alles, was er benötigte, war ein klitzekleiner, korrekt erhobener Anhaltspunkt, um den Eltern davon berichten zu können.

Aber die Bank erwies sich als schlechter Platz, um anzufangen. Niemand dort wußte irgend etwas, niemand hatte etwas gesehen; das Geld war an drei verschiedenen Werktagen einfach aus dem Automaten in der Wand vor der Bank geholt worden. Es waren drei von Hunderten Transaktionen, wie sie jede Woche in dieser Filiale vorkamen.

Nächster Stopp: die örtliche Polizei. Als sie den Dodge überprüften, den er Burl als Ersatz für seinen geopferten Checker gegeben hatte, ging aus den Unterlagen hervor, daß er bei einem Motel in der Stadt stehengelassen worden war, dem Chrysalis, wo Burl seit Monaten nicht mehr gewesen war.

»Oh, ich erinnere mich. Sehr dick. Viele Probleme. Ist eines Tages einfach verschwunden. Puff und weg.«

Der Besitzer des Chrysalis warf ihm diese Worte über die Schulter hinweg zu, während er Mühe hatte, eine Busladung Touristen abzufertigen, die einchecken wollten. Shields verfolgte ihn entlang der Rezeption und rief ihm ins Büro nach.

»Sie haben ihn nie mehr gesehen?«

»Nie. Hat sogar seinen Wagen hiergelassen.« Der Mann klemmte sich einen Telefonhörer unters Ohr und wählte eine Nummer aus einer prallvollen Rollkartei. »Gerade, als er am Abnehmen war, irgend 'ne Radikaldiät, auf der er war. Hallo, Royal Oaks?« Er betonte das »Royal« im Namen. »Hier ist Vikram vom Chrysalis. Wir sind überbucht. Haben Sie noch was frei? Ja, ich bleib dran.«

Shields hakte nach: »Ist er sehr viel dünner geworden?«

»Ja, dünner. Dann: puff.«

Die Daten von Burls Aufenthalt im Chrysalis waren interessant. Er war schon da, als er vorgeblich noch in Las Vegas war. Dann wiederum hatte Frederic das Geld einfach an ein Postfach in Las Vegas geschickt. Burl mußte hingefahren sein, um es abzuholen.

Die Leute waren nett, und doch war Salt Lake City ein komischer Ort für einen Farbigen. Es war auch schwierig, sich in der Stadt zurechtzufinden, wenn man außer acht ließ, daß alles so nahe beisammen lag, daß man letztlich nur Orientierungssinn brauchte. Da Shields den nicht hatte, verfranzte er sich andauernd.

Seiner Frau kam es seltsam vor, daß er die Reise überhaupt machte. Die meisten dieser Dinge ließen sich am Telefon überprüfen. Aber die Staatsanwaltschaft bestand darauf, daß er hinflog. Fahren Sie weiter nach Las Vegas, wenn nötig. Bleiben Sie dran. Auch die *Tribune* machte Druck. Alle wollten Burl wieder.

Und er hatte eine Ahnung. Er war sicher, daß Burl irgendwo steckte, lebendig und wohlauf. Genaugenommen wollte er ihn gar nicht finden. Er wollte bloß seine Vermutung beweisen. Also flog er persönlich hin, um zu erfahren, daß die örtliche Polizei keinerlei Aufzeichnungen über einen Burl Bennett hatte, nichts über einen Raubüberfall oder sonst etwas. Er war in Salt Lake City nicht ins Wählerverzeichnis eingetragen. Er hatte definitiv keinen Grundbesitz. Die Sozialversicherung hatte keinerlei Daten über ein Einkommen.

Als Shields sich dort eher beiläufig erkundigte, lag lediglich eine Todesmeldung vor.

»Das kann nicht stimmen«, sagte er zu dem Mann am Schalter.

»Das kommt aus dem Büro des Leichenbeschauers. Die machen dort üblicherweise keine Fehler.«

»Haben sie aber. Das ist er nicht. Hier steht: Gewicht hundertfünfzig. Er wog doppelt so viel.«

Der Angestellte machte einen langen Hals, um das Formular zu lesen.

»Bei Todesursache steht Lungenentzündung; in seinem Alter heißt das vermutlich AIDS. Vielleicht war er nur mehr ein Schatten seiner selbst.«

Kein Schatten zu werden, das war der ganze Grund, weshalb Burl untergetaucht war. Shields war flau im Magen. Er spürte ein kleines Tier, das auf dem Grunde seines Magens nagte, ein Wesen, das ihm von den schlimmsten Zwischenfällen mit seinem Sohn nur allzu vertraut war. Er versuchte sich weiter auf die Schuldfrage zu konzentrieren, doch eigennützige Gedanken drängten sich dazwischen. Wenn Burl tot war, würde das ernste Konsequenzen nach sich ziehen. Die Staatsanwaltschaft würde eine peinlich genaue Untersuchung einleiten. Die *Tribune* würde wahrscheinlich dasselbe tun, was wiederum die Staatsanwaltschaft noch mehr in Hektik versetzen würde. Alles, was Shields getan hatte, würde streng überprüft werden, jeder Schritt. Er war vorsichtig, war es immer gewesen, und sprach nicht mal mit seiner Frau über die Dinge, aber *ein* Ausrutscher, und die Leute würden anfangen, genauer hinzusehen. Sein Magen brannte. Er sah nicht, wie irgend etwas von alledem ihm zum Vorteil gereichen konnte. Andererseits wiederum, wenn Burl wirklich tot war und die Ursache eine natürliche, nun ja, dann hatte es sich damit. Wie konnte Shields oder sonst jemand für eine Lungenentzündung verantwortlich sein?

»Als Todesdatum steht hier 15. März«, sagte Shields.

»So steht's auf dem Schein«, antwortete der Angestellte.

Shields machte sich im Geiste eine Notiz: Irgend jemand hatte Burls Kreditkarte nach dessen Tod benutzt. Aber woran in Gottes Namen sollte Burl gestorben sein? Vielleicht war er ja doch schwul. Shields hatte nie etwas über ihn und eine Frau gehört; Norma hatte darauf beharrt, daß zwischen ihnen keine romantische Bindung bestanden habe. Drogen konnten es nicht sein. Angenommen AIDS; dann waren Shields' Nachforschungen unerheblich. Wenn nicht AIDS, dann mußte der Tote jemand anders sein. Wie sollte er all dieses Gewicht losgeworden sein? Shields kramte in seinem Gedächtnis und versuchte herauszufinden, was er anders hätte machen können; er hoffte, nichts zu finden. Er hatte versucht, den Typen zu beschützen, jedermanns Interessen im Auge zu behalten, die Dinge im Gleichgewicht zu halten. Er hatte nie jemandem das Leben genommen. Es schien nicht fair, daß ihm das jetzt genommen werden sollte.

»Wo ist er hier begraben?«

Der Angestellte machte wieder einen langen Hals.

»Eingeäschert.«

Das Wort erfüllte Shields mit einer Art Ehrfurcht, während ihm die Folgerungen durch den Kopf schossen. Exhumierung unmöglich. Eindeutige Identifizierung nicht zu machen. Sein Herz stürzte sich auf den ersehnten Schluß: Burl wahrscheinlich nicht tot. Es war nur so ein Gefühl, aber Shields wußte, wie wichtig die waren. Sie stammten von einem Wissen, das man nicht immer artikulieren konnte. Wer würde die Einäscherung bezahlen? Mußte jemand gewesen sein, der ihm nahestand. Vielleicht hatte der seine Kreditkarte benutzt? Verdammte Geldautomaten.

In Allens Bestattungsunternehmen erfuhr Shields, daß die Asche einer Diane Stiggs, ohne festen Wohnsitz, ausgehändigt worden war. Sie hatte die Rechnung bezahlt, in bar. Shields mußte später noch mal wiederkommen, um Allen zu erwischen, der beim Zahnarzt gewesen war.

»Ein netter Kerl, ziemlich massig«, sagte Allen später. »Er hat für mich gearbeitet.«

»Als was?«

»Er war eine Art Empfangsmitarbeiter. Er hat an Begräbnissen teilgenommen, im wesentlichen. Er war gut darin, also hab ich ihn bezahlt, um ihm ein wenig auszuhelfen.«

»Wußten Sie, daß er AIDS hatte?«

»Keine Spur; bis er starb. Obwohl im Rückblick - er hat mal gesagt, er hätte selbst jemand verloren. Deshalb fing er an herzukommen. Es hat ihm geholfen, denke ich, sozusagen als Therapie. Meiner Ansicht nach.«

»Wer hat sich um das Begräbnis gekümmert?«

»Für Burl? Es gab kein Begräbnis. Er hatte ja niemanden. Nur einen alten Freund aus Australien. Lassen Sie mich mal im Kalender nachsehen ... Bob Charon, so hieß er, sagte er. Aus Australien.«

Shields wußte, daß der nächste Schritt normalerweise wäre, nach Diane Stiggs und Bo Charon zu suchen, und mittlerweile wurde die Sache spannend wie jede gute Ermittlung. Was würde dabei alles herauskommen? Das wollte man immer wissen. Deswegen machte man weiter. Zurück in seinem Hotelzimmer, setzte er sich hin, um die Möglichkeiten durchzudenken.

Jemand, und nicht eine Lungenentzündung, hatte Burl umgebracht, seine Kreditkarten gestohlen und sie - nur einmal - benutzt, um für die Einäscherung der Leiche zu bezahlen. Oder etwas brachte Burl um, und dann benutzte diese Diane Stiggs die Kreditkarten des Toten, um Mort Allen für seine Dienste zu bezahlen. Wer zum Teufel war dann dieser Charon? Shields nahm an, daß Charon und Stiggs ein paar Antworten haben mußten. Er griff sich das örtliche Telefonbuch, aber wie erwartet stand keiner von beiden drin. Sie würden schwer zu finden sein, selbst wenn man annahm, daß ihre Namen stimmten, und obwohl Shields das nicht zugegeben hätte, war es eine Erleichterung.

Auf eine Ahnung hin ging er nochmals ins Chrysalis und hakte noch einmal bei Vikram nach, der sich dafür entschuldigte, daß er soviel um die Ohren gehabt hatte.

»Wissen Sie, am Schluß war er wirklich ein ganzes Stück dünner. In der ersten Zeit wurde er so fett, Sie werden's nicht glauben, er war so fett, daß er in der Tür steckenblieb.«

»Hier in der Halle?«

»Nein, nein, in seinem Zimmer. In der Tür zu seinem Zimmer. Ich mußte die Feuerwehr rufen; die haben den Türrahmen aufgesägt und so weiter. Was für ein Schlamassel.«

»In der Tür steckengeblieben? So fett war er nun auch wieder nicht. Haben Sie schmale Türen?«

»Achtzig Zentimeter, genau wie vorgeschrieben, sehen Sie selbst nach. Er war wirklich so richtig fett. Dann ging er eine Zeitlang weg. Ich glaub, sie haben ihn ins Krankenhaus gebracht. Dann kam er wieder und wurde sehr, sehr rasch dünner.«

»Wissen Sie noch, in welches Krankenhaus?«

»Hm, warten Sie 'ne Minute, lassen Sie mich überlegen. Der Arzt rief mich an, als Ihr Freund zurückkommen wollte. Ich glaub, es war das St. Ferdinand. Stadtauswärts Richtung Universität.«

Im Krankenhaus wollte man ihm ohne schriftliches Ansuchen der Justizbehörden gar nichts sagen, nicht mal, ob Burl überhaupt dort Patient gewesen war. Datenschutz, sagten sie. Das war der Lohn für seine Aufrichtigkeit; auf dem Rückweg ins Hotel kochte Shields vor Zorn. Er hätte genausogut einfach unter Burls Namen anrufen und sich irgendeine Nachfrage wegen der Rechnung ausdenken können. Auf diese Weise hätte er vermutlich einiges in Erfahrung gebracht. In den nächsten Tagen, nahm er sich vor, würde er das auch machen.

Im Augenblick hatte er keine Lust, die lokalen Behörden stärker einzuschalten als notwendig. Die Dinge konnten dann zu leicht außer Kontrolle geraten. Shields wollte alles als erster wissen, sich einen Reim darauf machen und dann entscheiden, was zu tun war. Die Ereignisse waren ihm schon weit genug über den Kopf gewachsen.

Er schaltete das Radio ein und drehte am Knopf herum, auf der Suche nach dem örtlichen Klassiksender; er hoffte, es gab einen. Als er ihn fand, spielten sie gerade irgendwelche alte Musik, vielleicht ein Madrigal, dachte er, und später, als er sich eben wieder mal in die Unterlagen über den Verschwundenen vertiefte, hörte er mit Befriedigung, wie der Ansager bestätigte, daß es ein Madrigal gewesen war, »eines der weniger bekannten, aber nichtsdestoweniger herrlichen Frühwerke des sehr beliebten Italieners Claudio Monteverdi.«

Shields betrachtete den Namen dieses australischen Typen, der die Bestattung arrangiert hatte, Bo Charon, und stieß einen Schrei aus. Dann brach er in Lachen aus. Er dachte an Charon, den Fährmann, der Orpheus auf der Suche nach Eurydike über den Styx - Stiggs hatte Burl daraus gemacht - setzte. »Burl, du beschissener Spinner«, sage er zu sich selbst und fragte sich, ob diese Namenswahl seines Gesuchten ein Hinweis an ihn war oder bloß das Ergebnis einer literarischen Veranlagung, deren Einfluß der Typ nicht kontrollieren konnte.

Offensichtlich hatte Burl irgendwie sein eigenes Ableben inszeniert. Es schien kein aufklärungsbedürftiges Verbrechen vorzuliegen, zumindest, soweit es Shields betraf. Und wenn Burl sich selbst zu Grabe tragen und jemand anderer sein wollte, dann ging das auch in Ordnung. Shields kam zu dem Schluß, daß Burls Eltern es bereits wissen mußten oder bald herausfinden würden. Darum würde er sich später kümmern - viel später. Konnte sein, daß es zu Hause einen offiziellen Wirbel darum gab, aber, he, wessen Schuld war eine Lungenentzündung? Wessen Schuld war AIDS?

Es war ein schöner Tag, und mit einem plötzlichen Gefühl von Freiheit ging Shields daran, den Nachmittag totzuschlagen. Wie angenehm, daß wenigstens dessen Tod unbemerkt bleiben würde, und dahingehen mußte er so oder so. Er spazierte durch die Innenstadt, besah sich die mormonischen Institutionen, machte sich ein Bild von der Bevölkerung. Er lächelte jeden an. Er fühlte sich großzügig, überschwenglich. Seine Augen waren beinahe feucht vor Erleichterung.

Als ihm einfiel, daß er etwas für Adam kaufen könnte, ging er über die Straße zur Zion-Handelskooperative, was allem Anschein nach ein Kaufhaus war. Er zog eine der schweren Rauchglastüren auf, als eben jemand von innen drückte, um rauszukommen.

Shields stand Aug in Aug mit einer bärtigen, abgerissenen Gestalt, die so erstaunt dreinschaute, als hätte sie eben wen umgebracht. Der Mann starrte Shields mit aufgerissenen Augen an wie den Todesengel. Er machte keine Anstalten, beiseite zu treten. Schließlich drängte Shields sich mit der Schulter voran verachtungsvoll an ihm vorbei, als der Typ eben anfing, die Lippen zu bewegen. Man hätte glauben können, daß er noch nie einen Schwarzen gesehen hatte. Irgendein Heini mit einem rotkarierten Köfferchen, wie man es kriegt, wenn man ein neues Sparkonto eröffnet. Vermutlich ein Ladendieb.

Aber das reichte nicht, um Shields die Laune zu verderben. Ehe er das Flugzeug bestieg, kaufte er sich eine Kassette mit *Orfeo* und hörte sie sich während des Fluges auf dem kleinen Walkman an, den er mitgebracht hatte, um sich seine Dosis Opernmusik verabreichen zu können, wann immer ihm danach war. Als er in La Guardia ankam, machte er den Anruf, von dem er wußte, daß er ihn machen mußte, und log dreist. Als er heimkam, umarmte er Frau und Sohn, und am nächsten Tag im Büro holte er tief Luft und schrieb einen Bericht, der zu einem offensichtlichen Schluß kam: Burl Bennett war tot.

KAPITEL

19

»FREUNDE UND FAMILIE, Angehörige und Kollegen, liebe Eltern.«
Der Mann sprach laut und intonierte jede Wendung mit Bedacht.

»Sie alle *kannten* Burl Bennett. Es ist daher passend, daß wir uns heute hier versammeln, um zu teilen - denn darin lag doch das Wesen unseres Freundes, nicht wahr? Wie traurig nur, daß wir gekommen sind, um unseren Schmerz zu teilen.

Wir *müssen* das tun, doch das allein würde niemals ausreichen, nicht für diesen großen Mann, groß in jeder Hinsicht: groß an Körper, groß im Geist. Wichtiger noch, als unseren Schmerz zu teilen, ist, und ich weiß, das ist nicht leicht, daß wir auch unsere Freude teilen - unsere fröhlichen Erinnerungen an das ganz besondere Leben dieses Mannes - und dabei vielleicht gemeinsam unserem Kummer Ausdruck geben.«

Es war so still. Es war auch eine schöne alte Kirche, in der kein sperriger Sarg feierlich den ganzen Platz verstellte. Trotzdem, die dunkle Kleidung, der Geistliche mit Halbglatze, rotgesichtig und fleischig, Reihe um Reihe traurig hängende Köpfe und Schultern. Ein Déjà-vu. Der Pastor wirkte immer so rein.

»Es ist niemals leicht, den Tod zu akzeptieren, in all seiner unerbittlichen Endgültigkeit« - ein Schluchzen brach aus der Trauergemeinde wie ein Hundebellen - »und jeder Tod erscheint sinnlos, außer im Lichte des Lebens, das ihm vorangegangen ist, der Art und Richtung dieses Lebensweges, so kurz er auch gewesen sein mag. In diesem Fall hat der, um den wir trauern, uns selbst den Weg gewiesen. Das war eines der großen Wunder in der Zeit, die Burl unter uns vergönnt war.« Der Geistliche blickte in gespieltem Erstaunen um sich. »Er verbreitete soviel Licht, sein Leben war so voll Sinn, und etwas, woraus es diesen Sinn bezog, war, uns den Weg zu zeigen, den Tod zu verstehen, indem man das Leben betrachtet.«

Inmitten der Zuhörer, hinter seinem Bart, war er gerührt. Er schluckte schwer. Seine Augen waren feucht.

»Das Leben Burl Bennetts war voll von solchen Ironien. Er lebte allein, doch schloß er alle, die wir hier in diesem Raum sind, wie ein Gastgeber in seinem Herzen ein. Er liebte gutes Essen, gute Kleidung und gute Weine, und doch war er nichts weniger als ein Materialist. Spaßvögel bei der Zeitung, die er so sehr liebte, nannten ihn St. Burl, und doch war er auch ein liebenswerter Dickschädel ...«

Wie ein Elefant. Ein dickschädeliger Elefant. Dieser Anschein von Unbezähmbarkeit, den diese Typen einem unweigerlich überstülpten. Ein kleines Lächeln. Beinahe selbstgefällig.

»... der immer seinen eigenen Weg ging und es nie versäumte, seinem gesunden Appetit nachzugeben. Zum Glück für uns alle hungerte er nicht nur nach Essen. Sondern auch nach Anstand. Integrität. Danach, jedem Leben Bedeutung zu geben. Es war der Hunger eines Suchenden, eines, der vom Wandern in der Wüste rechschaffen hungrig ist oder, treffender gesagt, von schwerer Arbeit in den Weinbergen des Lebens.«

Immer diese Füllsel aus dem Stehsatz. Dieser Kerl kannte Burl Bennett nicht. Burl war nie zur Kirche gegangen, außer wenn jemand starb.

»Ich glaube, daß Burl während seiner kurzen Zeit bei uns eine reiche Ernte einbrachte, eine Ernte, die ihm bessere Nahrung gab als jede der Mahlzeiten, die er so herzhaft genoß. Burl hinterließ uns aber auch ein viel größeres Erbe. Denn wir entdecken, daß die Saat, die er in jedem von uns ausgestreut hat, nicht nur eine einmal blühende, sondern eine ausdauernde Pflanze hervortreibt, die Jahr um Jahr um Jahr köstliche Früchte tragen wird.«

Das Aufgebot war schockierend. Das mußte die Zeitung organisiert haben. Auch der Geistliche war gut, eingestandenermaßen. Und so ein Haufen Leute, Reihe um Reihe in Andacht versammelt. Er blickte zu Boden und versuchte, einen Augenblick lang nicht hinzuhören. Es klang nach einem so wunderbaren Leben. Was war trauriger, daß es zu Ende gegangen oder daß es nie so wunderbar gewesen war, oder war es eine besonders jämmerliche Mischung aus beidem? Wie in dem alten Urlauberwitz: »Das Essen war furchtbar. Und dazu so winzige Portionen.«

Abe blickte traurig zu Burls bescheidener Ansammlung von Verwandten, die auf einer Seite eng beisammensaßen, wie um sich aneinander zu wärmen. Tanten, Onkel, Cousins, Großvater Bennett grimmig am Ende postiert, alle paßten sie leicht in die Kirchenbänke. Wenn er sie so alle zusammen sah, fiel ihm, wie schon früher immer bei Familientreffen, besonders stark auf, wie sehr Burl Burnett mit seinem Gewicht aus dem Rahmen gefallen war.

Es war, als wäre man ein Geist. Praktisch jeder, den er je gekannt hatte, abgesehen von denen, die er erst seit kurzem kannte, war im Saal. Sogar Shields! Abe sah rasch wieder weg. Seine Stirnhöhlen waren verlegt von unterdrücktem Weinen. Es war tragisch, daß die Leute so etwas zu Lebzeiten nie erlebten – daß jeder, alle gemeinsam, wenn auch nur für einen Augenblick, über die Bedeutung von jemandes Leben nachsannen. Das mußte das Wesen von Gebeten sein, sich gemeinschaftlich staunend Gedanken zu machen. Das war es, Staunen. Wie kam es, daß er bei all den anderen Begräbnissen, an denen er in Salt Lake City teilgenommen hatte, nie mehr als Beileid empfunden hatte? Wirklich trauern konnte man vielleicht nur um sich selbst. Wir alle sind wie Schiffbrüchige in haiverseuchten Gewässern. Wassertretend klammern wir uns aneinander, auch wenn der gefräßige Tod einen nach dem anderen hinunterzieht.

»... und so ist es heute für uns das Wichtigste, glaube ich, aus dieser Gedenkfeier das zu machen, was Burl selbst daraus hätte machen wollen, was er aus dem ganzen Leben machen wollte - ein Fest. Wir werden heute ein Festmahl zu Ehren von Burl Bennett veranstalten!«

Es war entsetzlich. Der Geistliche erklärte, daß unter der Aufsicht von Burls gutem Freund, dem renommierten Küchenchef Frederic LaChaise, für nach dem Gottesdienst ein veritables Bankett vorbereitet worden war und daß alle zu Ehren des teuren Verstorbenen eingeladen waren zu essen, bis sie proppenvoll waren. Alle natürlich, außer dem einen, der den Toten (und Frederics Kochkunst) am besten gekannt und zweifellos am meisten geliebt hatte. Er war zum Zuschauen verurteilt.

Abraham Alter, der modisch-leger in den schmalsten Anzug paßte, den Burl je besessen hatte, hatte sich endlich in seiner mühsam zurechtgeschneiderten Haut eingelebt, als er, aufgerüttelt durch die Begegnung mit Shields im Kaufhaus, wieder anfing, die *Tribune* zu lesen, die per Post nach Salt Lake City kam. Eine Woche danach wandte er sich den Nachrufen zu, und was er dort sah, schien die Zeit stillstehen zu lassen. Ein wenig schwindlig las er den Nachruf, den er auf sich selbst verfaßt hatte. Sein eigenes Material war größtenteils da, versehen mit einer kursiv gesetzten Einleitung, in der erklärt wurde, daß er den Text vor seinem mysteriösen Verschwinden nach der Aussage vor dem Geschworenengericht »hinterlassen« habe. Und der Text war stark erweitert; er hätte niemals soviel Platz für sich beansprucht. Aber um Gottes willen! Zumindest schon zwei Fehler. Aus irgendeinem Grund war seine High-School falsch angegeben, und sie waren in die klassische Nachruf-Falle getappt, weil sie es verabsäumt hatten, den Text zu aktualisieren; es stimmte nicht mehr, daß er vor neun Jahren zur *Tribune* gekommen war. Die Zeit vergeht. Überdies stellte er mit Überraschung fest, daß sein Nachruf neben der Fortsetzung eines Artikels stand, in dem sein Tod als Nachricht gemeldet wurde.

Entgeistert stelle er fest, daß der Anfang auf Seite eins stand:

VERMISSTER JOURNALIST IN UTAH - TOT

Ein früherer Reporter der Tribune, *der vor fast zwei Jahren unter rätselhaften Umständen verschwand, ist nach Behördenangaben in Utah an Lungenentzündung verstorben.*

Burl G. Bennett verschwand, nachdem er durch Zufall unmittelbar nach der im Stil der Mafia durchgeführten Ermordung dreier Männer, die als Mitglieder des organisierten Verbrechens galten, an den Tatort geraten war. Es war bekannt, daß Mr. Bennett, der neun Jahre bei der Tribune *gearbeitet hat (Nachruf auf Seite B16), vor dem Geschworenengericht, das den Mordfall untersuchte, eine Aussage machte. Dabei soll er den Killer identifiziert haben.*

In der Folge erhielt Mr. Bennett Morddrohungen, die ihn zum Auszug aus seiner Wohnung in Brooklyn zwangen. Allerdings sagte ein Polizeisprecher gestern, Mr. Bennett habe den ihm angebotenen Polizeischutz abgelehnt, obwohl einmal sogar ein Sprengstoffanschlag auf seinen Wagen verübt wurde.

Mr. Bennetts Tod war ebenso von Rätseln umgeben wie sein plötzliches Verschwinden im Januar 1990.

Vom Büro des ärztlichen Leichenbeschauers in Salt Lake City wurde als Todesursache Lungenentzündung angegeben. Mr. Bennetts Leichnam wurde auf Wunsch von Diane Steggs, die seitdem spurlos verschwunden ist, eingeäschert.

Die können nicht mal einen falschen Namen richtig buchstabieren, dachte Abe mit einiger Befriedigung.

Mr. Bennetts Verschwinden verhinderte alle weiteren Ermittlungen in dem dreifachen Mordfall in New York, der sich am 13. September 1989 im Restaurant Gardenia's in Brooklyn, an dem Mr. Bennett Anteile besaß, ereignet hatte. Es ist bekannt, daß die Ermittlungen sich auf Giuseppe Gemignani, eine bekannte Unterweltgröße, konzentrierten. Er soll durch die Tat seine Macht als Oberhaupt der Mandoli-Organisation oder -Familie in der Stadt gefestigt haben.

Den Rest zu lesen schaffte er nicht mehr. Sein erster Impuls war, nach New York zurückzugehen und all dem ein Ende zu machen, aber er erkannte, daß er sich nur einredete, daß er so empfinden sollte. Er begann sich in der Haut des toten Mannes wohl zu fühlen. Da er auf jeden Fall unbedingt zurückwollte, hatte er sich an Engel gewandt, bereit zu bitten und zu betteln um ein Darlehen, das für ein Flugticket reichte und etwas Geld zum Ausgeben, sobald er wieder in New York war. Zu betteln erwies sich aber als unnötig. Engel verstand seinen Wunsch, nach Hause zurückzukehren, vollkommen. »Ich wollte, ich könnte das«, sagte er und gab ihm zweitausend Dollar in bar. Alter kam gerade rechtzeitig zur Gedenkfeier zurück.

Es war ein schöner Tag, strahlend sonnig und kühl, von der Art, die Burl immer nervös gemacht hatte. Alter hob sich der Magen aus. Auf dem Flug nach Osten hatte er Crackers geknabbert, um ihn zu beruhigen; mit ein bißchen was drin machte ihm sein Magen bei solchen Gelegenheiten oft weniger Beschwerden.

Sein Zusammenstoß mit Shields in Salt Lake City hatte ihn fast zu Tode verängstigt und seine alte Paranoia wieder aufleben lassen, doch er gab ihm auch die Zuversicht, daß selbst die, die Burl am besten kannten, ihn in der Erscheinung Abrahams nicht wiedererkennen würden. Dennoch bestand sicherlich die Möglichkeit, daß es doch jemand tat - beim bloßen Gedanken an seine Eltern wand er sich vor Schuldgefühlen -, und er hatte keine Vorstellung, was er tun würde, wenn dieser Fall eintrat.

Er konnte nicht mal mit Sicherheit sagen, weshalb er beschlossen hatte, an der Feier teilzunehmen. Sein Plan, wenn man es so nennen konnte, hatte so gut funktioniert, daß er erwartete, es werde ihm leichtfallen, für den Rest seines Lebens ein anderer zu sein, falls er sich dafür entschied. Er kam zu dem Schluß, daß er Burl wohl vermissen mußte. Er mußte wohl das Bedürfnis haben, nicht stellvertretend, wie er es bereits getan hatte, sondern persönlich und mit anderen um ihn zu trauern. Vielleicht bestätigten sie durch ihre Anwesenheit die Identität des Toten, eine unter so vielen Schmerzen abgelegte Identität.

Genau das taten sie. Für Alter war es, als wäre er im Film und ein Geist, der auf die Lebenden zustürzt und sich zu erkennen gibt, ehe er merkt, daß sie ihn nicht sehen oder hören können, weil er ja tot ist. Er mußte sich beeilen, um pünktlich dort zu sein, und als er ankam - zu früh -, konnte er nichts gegen sein heftiges Herzklopfen tun. Seine Hände zitterten, und er spürte, wie ihm von der linken Achselhöhle der Schweiß über die Rippen lief. Doch bald entspannte er sich. Niemand erkannte ihn. Abraham Alter war einer jener Fremden, die auf keinem Begräbnis fehlen und von den Verwandten für Freunde und von den Freunden für Verwandte gehalten werden.

Eine kleine, würdevolle Frau sang mit schöner Stimme *Die Kindertotenlieder*. Du meine Güte, dachte Abe, Mahlers Lieder für sein verstorbenes Kind.

Wo immer er hinsah, sah er Leute, die Burl gekannt hatte. Bei jedem Gesicht rechnete er damit, darin den Schock des Wiedererkennens zu entdecken, und mitunter war dies das einzige, was ihn davon abhielt, Leute zu umarmen. Er gemahnte sich nochmals daran, niemand mit Namen anzusprechen. Selbstsüchtig, schuldbewußt, drehte er eine volle Runde durch das Kirchenschiff, ehe er sich einen Platz suchte. Seine Mutter und sein Vater schauten geradewegs durch ihn hindurch und erschienen selbst Alter wie Fremde. Betty, proper und kummervoll, die Lippen dünn und aufeinandergepreßt, blickte ringsherum, überallhin außer zu Stu, der wiederum überhaupt nirgendwo hinzusehen schien.

Nach der kurzen Würdigung durch den Geistlichen, die Burls Leben soviel mehr Sinn zusprach, als wirklich darin lag, kam Borman, der Chefredakteur, an die Reihe. Falscher Fuffziger! Er hatte Burl nie leiden können, das war allgemein bekannt. Ein ungerührter, selbstzufriedener Typ mit kalten blauen Augen und roten Backen von all seinen Funktionärsverpflichtungen bei der Handelskammer; er in erster Linie hatte Burl in die Nachruf-Redaktion verbannt, so weise diese Entscheidung im Rückblick auch erscheinen mochte.

»*Mea culpa*«, begann er, so offensichtlich höchst angetan von sich selbst. »Ich gebe zu, Burl hatte recht. ›Warum können wir nicht ein bißchen mehr Platz für Nachrufe kriegen?‹ fragte er mich jedesmal, wenn ich ihn auf dem Flur traf. ›Warum geben wir den Toten nicht mehr Raum? Es wäre ein Maß dafür, wie hoch wir das Leben unserer Leser einschätzen.‹ Nun, jetzt erkenne ich, wie recht Burl hatte, und ich hoffe, daß er, als er unseren Nachruf las (und Sie können versichert sein: Wo immer er ist, gibt's auch die Tribune), ihn zu seiner Zufriedenheit fand. Genaugenommen hat er ihn zum Großteil selbst geschrieben, und die Redakteure unserer Zeitung haben schon vor langer Zeit lernen müssen, daß es nicht klug ist, in Burls Texte einzugreifen.«

Schleimscheißer! Der empfindet keine Trauer. Denen, die nie gelebt haben, bedeuten die Toten nichts.

»Ich lächle. Ich scherze. Wie ist das möglich?« Er verzog sozusagen rhetorisch die Augenbrauen. »Nun ja. Die wirkliche Frage bei der Betrachtung des Lebens von Burl Bennett ist, wie hätte es anders sein können?«

Der Sitz seines Anzugs. Das Tiefblau seiner Krawatte. Unpassend.

»Burl machte uns allen bei der Tribune durch seine Arbeit und seine Gegenwart, als Kollege und als Freund, zu viel Freude, als daß ich anders könnte als lächeln.« Borman zeigte die Zähne. »Burl war der netteste Kerl auf der ganzen weiten Welt, aber als Reporter war er eine furiose Landplage. Er war ein As bei der

Materialrecherche und bewies dem Rest von uns, daß unter bestimmten Umständen dazu auch Telefonrechnungen und Kreditkartenbelege gehören können, genauso wie die übliche Sammlung von Verträgen, Pfandbriefen und so weiter. Aber Burl Bennett hatte auch keine Hemmungen, jemandes Müll zu durchwühlen. Ich meine, sehen Sie sich vor. Und er gab sich nie mit schwammigem Blabla ab. Dies ist ein Fall, in dem der Reporter so informiert war wie sein Artikel informativ. Burl wehrte sich mit Händen und Füßen, als wir ihm sagten, daß er Nachrufe schreiben soll, aber er war brillant darin, und wir alle wissen, wie sehr er es später mochte. Er hatte einfach die richtigen Fertigkeiten, die man selten alle vereint findet. Er war ein großartiger, sensibler Schreiber. Er liebte und respektierte die Menschen. Und er war ein feinfühliger und phantasievoller Interviewer.«

Verdammt richtig.

»Eine der Ironien bei alledem ist, daß wir Burl genau jetzt sicherlich gut gebrauchen könnten. Burl hätte einen ganzen Haufen Fragen in bezug auf sein eigenes Ableben. Und Burl war ziemlich gut darin, Antworten zu finden. Also, wenn es etwas gibt, was ich Ihnen hier und heute versprechen will, dann, daß wir es wie Burl machen werden. Wir werden versuchen, ein gutes Leben zu führen. Und wir werden versuchen, ein paar Antworten zu finden.«

Abe weinte lautstark und zog mitleidige Blicke auf sich. Er kam sich vor wie ein Mörder. Vielleicht hätte er Burl gar nicht töten dürfen. Wenn er das Leid im Gesicht seiner Mutter sah, spürte er eine wachsende Panik, ein Krampfen in den Eingeweiden, das mit dem Gedanken kam, daß Burl ein Leben ausgelöscht hatte, das nicht ihm allein gehörte. Er wollte sie umarmen, ihr Leiden wiedergutmachen mit der wundersamen Wiederauferstehung, von der sie geträumt haben mußte. Peinlicherweise konnte er nicht aufhören zu weinen. Irgendwie gingen ihm die, die er kaum gekannt hatte, besonders zu Herzen, aber als er, endlich, Norma entdeckte, nachdem er seit seinem Eintreffen nach ihr Ausschau gehalten hatte und auch wieder nicht, fiel er fast in Ohnmacht.

Auch im Restaurant kannte niemand Abraham Alter, aber er versteckte sich ohnehin hinter einer Sonnenbrille. Er trank schlückchenweise Scotch und war fast sofort davon betrunken, was ihm die nötige ironische Geistesverfassung bescherte, um die ganze Sache durchzuhalten.

»Vom College«, sagte er, wenn jemand fragte. »Wir haben zusammen studiert.«

Er mischte sich unter die Leute. Was überall anders ein gedämpftes Stimmengewirr gewesen wäre, schlug hier hoch wie die Brandung, brach sich an Wänden und Röhren und schwappte in den größeren, unbesetzten Teil des höhlenartigen Raumes hinein. Was war das hier einst gewesen, in den Tagen, als hier, schweißtriefend, Männer arbeiteten und nach Tabak, Leder und Haarwasser rochen? Eine Brauerei? Eine Druckerei? Ställe? Umgeben von all diesen verweichlichten Leuten, versuchte er sich die Dunkelheit und die Fliegen vorzustellen, das Heu, die starken Arme und Schnurrbärte und kragenlosen Hemden der Männer. Nun roch es nach Parfüm, daß einem übel werden konnte, und schwach und unbestimmt nach Essen.

Vorbei an den eleganten Frauen in schwarzen Strümpfen – noch so eine Verschwendung für einen Toten – und den Männern, die nicht gewohnt waren, ihre Jacketts anzubehalten, bahnte er sich den Weg zu einem Tisch, der mit schönen Dingen beladen war, Speisen, bei denen es einiges Nachdenken, oder Probieren, brauchte, um auch nur draufzukommen, was es war. Sobald er sie erblickte, wandte Abe sich ab, wie in schamvoller Bescheidenheit vor einem nackten Fremden. Jemand drängte, nur ordentlich zuzulangen; Hanks, stellte er fest. »Das hätte Burl getan.« Rund um den Tisch sah er den harten Kern, Männer und Frauen von der Zeitung, die sich benahmen, als würden sie niemals essen, und sich neben den Speisen herumdrückten.

»Tut mir leid. Ich kann nicht. Ich kann nicht.«

»Haben Sie ihm nahegestanden?«

»Früher mal.«

»Ach, mir tut's so leid. Ist aber 'ne passende Gedenkfeier. Sie wissen ja, wie sehr er's mit dem Essen hatte.«

»Ja, aber wir haben nie zusammen gegessen. Ich esse koscher, wissen Sie.«

»Oh«, sagte Hanks und setzte einen respektvollen Blick auf.

Alter fand, daß die Leute nicht in der Öffentlichkeit essen sollten. Wenn er so sah, wie sie mit Tellern und Gabeln und Getränken kämpften, wie ihre Kaumuskulatur sich obszön unter ihrer Haut bewegte, wie die Frauen sich sorgfältig die klebrigroten Lippen wischten, ihre Servietten danach fettverschmiert, dann war das alles so lusttötend wie das haarige, klebrige Geschlecht von jemand anderem. Abe war froh, frei davon zu sein.

Er fühlte sich undurchdringlich. Wenn Wissen Macht war, dann war er mit seinem Geheimnis wie ein Gott. Es half ihm, die Stärke zu verstehen, die Leute aus dem Glauben beziehen. Er dachte an Wanda. Glaube war eigentlich eine Form von Wissen; eine so starke Überzeugung, daß etwas Willkürliches wahr wurde. Umhüllt vom Schleier dessen, was er wußte, machte Alter sich an kleine Grüppchen von Leuten heran und stand einfach daneben und hörte zu. Es war wenig die Rede von Burl Bennett, stellte er mit einiger Enttäuschung fest, obwohl vom Rätsel seines Verschwindens und seines Todes eine gewisse Faszination ausging. (AIDS war die bevorzugte Erklärung, und Alter hatte das Gefühl, Burl hätte der Märtyrermythos, mitsamt dem Anklang verbotener Liebe, gefallen, der sich um sein Andenken zu ranken begann. Er dachte erschrocken an Engel, am Leben und wohlauf, Gott sei Dank.) Hauptsächlich aber drehten sich die Gespräche um das Hier und Jetzt, um alles und jedes, was den Leuten Sorgen machte, um das Wallen und Sieden von Hoffnung und Ehrgeiz bei der Zeitung und darum, wer sich mit wem ein Taxi teilen sollte. Die Menschen konnten nur um sich selbst trauern.

Und dennoch brauchten sie einander. Sekunden, nachdem Alter zu irgendeiner Gruppe getreten war, nickte ihm stets ein Sprecher zu, ein schneller Blick, der Einlaß in die momentane Gesprächsrunde gewährte. Großherzigkeit.

»Aus dem College«, sagte er, lakonisch in seiner Trauer. Und über das Rätsel: »So eine Tragödie. Ich kann nicht fassen, daß wir hier stehen.«

Während irgend jemand Junger auf ihn einredete – »Er hat mir auch beigebracht, an Brandschauplätzen Bleistifte zu benutzen. Weil Tinte einfrieren kann, wissen Sie? Im Winter, meine ich ...« –, entdeckte Alter Stu und Betty, die sich erschöpft auf den Ausgang zubewegten. Er folgte ihnen nach draußen und wartete ab, bis die anderen Trauergäste, ihre Besorgtheit so offenkundig eine Last für die eigentlichen Hinterbliebenen, sich verdrückt hatten.

»Mr. und Mrs. Bennett.« Alter wußte plötzlich nicht mehr weiter, war nicht mehr Alter. Aber sie starrten ihn mit leerem Blick an, Stu nickte ein wenig, fast lächelnd, wie um zu sagen: Sie müssen keine Worte finden. Sie erkannten ihn nicht. »Es tut mir so leid.«

Beide nickten.

»Aus dem College«, fuhr Alter drängend fort. »Ich kannte ihn von der Columbia her. Wir standen uns über all die Jahre sehr, sehr nahe, obwohl ich in Kalifornien gelebt habe. Ihr Sohn hatte ein wunderbares Talent.«

»Ja«, sagte Stu. Betty blieb still. Sie schien sich mit großer Mühe zusammenzunehmen. »Wie war noch Ihr Name?«

»Abraham Alter.« Er streckte die Hand aus. »Abe Alter.«

Stu lächelte und schüttelte sie, aber Bettys Schweigen war entnervend. Er konnte sie noch nicht gehen lassen.

»Wir haben uns mal kennengelernt. Vor Jahren, als Burl und ich noch an der Uni waren. Sie erinnern sich vermutlich nicht mehr.«

»Alter? Ja, ich glaube doch. Ich glaube, ich erinnere mich an Sie.«

»Ich hab meinen Abschluß nicht gemacht.«

Betty nickte.

»Ich wollte Ihnen nur sagen, daß Sie fest dran glauben müssen, Burl ist irgendwo in Sicherheit. Es ist nicht so, wie Sie denken.«

»Tut mir leid, ich hab nicht soviel Glauben wie Sie«, sagte Betty und wandte sich ab. »Ich hab überhaupt keinen Glauben mehr.«

Als sie gingen, fühlte er sich wieder gar nicht wie Alter, denn Alter, stellte er sich vor, hätte so etwas nie getan. Aber es mußte in Alters Charakter liegen, denn nach Burls Totenfeier - von der er mit Vergnügen dachte, daß es ein verkehrtes Pfingsten war, weil niemandem ein Licht aufging - spielte er dasselbe Spiel wieder und wieder und wieder.

Zurück im Saal, fühlte er sich freier, und das ging allen anderen auch so. Als die Familie gegangen war und die Menge sich lichtete, schwoll das Stimmengewirr absurderweise an oder entledigte sich vielmehr mit Hilfe des Trinkens der künstlichen Bande der Schicklichkeit. Alter, nicht mehr mißmutig, war froh, daß die Versammlung mehr zu einer Party wurde, für die jemandes Tod den Vorwand abgab. Es war zumindest bedeutsamer, als wenn jemand kündigte. Das Essen schien großartig zu sein, und sogar die ganz Jungen, die Burl nicht besonders gut gekannt hatten, begriffen, daß es sich lohnte, dort zu sein. Gestärkt durch noch mehr Scotch, tat Alter, was er für seine Pflicht hielt. Er wurde sich zunehmend sicher, daß niemand ihn erkennen würde, aber die Chance bestand immer; er war angespannt. Und es war unbefriedigend, erfolgreich damit durchzukommen, weil niemand da war, mit dem er das Geheimnis hätte teilen können. Wissen verleiht Macht, aber es macht auch einsam, erkannte er. Er dachte, daß das für Burl ein Trost gewesen wäre, der sich immer damit gequält hatte, daß er nicht Tolstoi war. Man stelle sich die Einsamkeit des Genies vor.

Aber ein Genie der Einsamkeit zu sein, das war auch etwas. Norma trug Schwarz, kein seidig glänzendes Schwarz, sondern etwas aus Cordsamt oder Samt, was das Licht absorbierte, in einer Art Glockenschnitt, der bescheiden an ihrer birnenförmigen Figur hing. Ihr Haar war nach hinten frisiert und wurde von einer großen schwarzen Schleife festgehalten, angesichts deren Alter einen Kloß im Hals bekam, und ihr Gesicht sah durch die ungewollte Nähe zum Tod abgezehrt und gealtert aus. Und doch trug sie eine Art Schultertuch aus weißer Spitze, das aussah wie aus Hunderten lose aneinandergeknüpften Schneeflocken gemacht. Alter stellte sich vor, wie sie sich an diesem Morgen zurechtgemacht hatte, das Kleid vielleicht schon am Abend zuvor herausgelegt, wie ihr der Gedanke durch den Kopf ging, daß es tragisch war, zu einem solchen Zeitpunkt daran zu denken, hübsch auszusehen. Und letztlich war es genau das, was ihm auf den Magen schlug wie ein Elektroschock und ein unangenehmes Prickeln verursachte: nicht bloß, daß sie so hübsch war, sondern daß sie hübsch sein sollte. Die Schleife, die Spitze, das Make-up, das alles war frevelhaft und rührend zugleich. Wie der Atem hält niemand wegen eines Todes inne, außer dem eigenen. Die Schönheit und Grausamkeit des Lebens besteht darin, wie unbewußt es letztendlich ist. Alters Magenbeschwerden - er glaubte zu spüren, wie die Klammer einschnitt - fraßen sich durch die Panik bei der scheinbar von den Füßen her in ihm aufsteigenden Vorstellung, daß Burls Tod überhaupt keinen Unterschied machte.

Er nahm noch einen kräftigen Schluck Scotch.

»Sie müssen Norma sein. Er hat oft von Ihnen gesprochen. Sie haben ihm sehr viel bedeutet.«

»Er hat mir auch sehr viel bedeutet«, antwortete sie wie aufgeschreckt; ihre Stimme kam von tief unten. Ihr Blick hing an ihm, aber mehr suchend, so wie ein Blinder dem Klang einer Stimme folgt.

»Ich kannte ihn von der Uni. Ich lebe in Kalifornien, aber wir haben viel telefoniert.«

»Tut mir leid, und wie heißen Sie noch gleich?«

»Alter. Abraham Gabriel Alter.«

Sie war gezwungen, seine ausgestreckte Hand zu ergreifen, und er sah, daß sie die Art, wie er ihr forschend in die Augen blickte, mißverstand. Er ließ sie zögernd los. Ihre Hand fühlte sich trocken und sauber an, fast wie mit Talkum gepudert. Sie erkannte ihn nicht, wenn sie ihn sah, und nicht, wenn sie ihn berührte.

KAPITEL 20

Sie glaubte die Narben selbst im Bett zu spüren, wenn sie sich in die Höhlung zwischen Brust und Knien schmiegte. Sie träumte, sie würde mit jemand anderem schlafen, jemand Vertrautem, den sie nicht beim Namen nennen konnte. Im warmen Morgenlicht erwachte dieser Liebhaber und zog, sorgsam darauf achtend, ihr seinen haarigen Rücken zuzukehren, eine neue Haut über wie Kleider. In sich selbst geschlüpft, drehte er sich dann um und sagte ihr guten Morgen. Der Mann, den sie nun sah, war unwiderstehlich.

Dieser Traum, der mit beängstigender Häufigkeit wiederkehrte, erfüllte sie mit Grauen. Schlaf war ein Zustand gewesen, in dem Norma die Todesnähe ihres Liebhabers vergessen konnte, die in der übrigen Zeit irritierend allgegenwärtig war wie ein eifersüchtiges Stiefkind, das darauf aus war, ihre Romanze zu zerstören. Vielleicht glaubte sie deshalb, die Narben spüren zu können, selbst wenn er ein Nachthemd anhatte. Es war ihre Art der Weigerung, es zu vergessen, ein Knoten in der Seele wie in einem Taschentuch: Sorg dich, gemahnte er sie.

Und wer hätte es nicht getan? Sein schieres Überleben war ein Wunder. Und es war kein Wunder, daß er so etwas Brütendes, Blinzelndes an sich hatte, das sie so liebenswert fand. »Ich bin das Murmeltier, das seinen eigenen Schatten sieht«, sagte er gern. Wie eine eben erst aus jahrelanger Haft befreite Geisel. Wenn sie so in seinen Armen lag, stellte sie sich schlafend und horchte dabei auf seinen Herzschlag, versuchte ihn an ihrem Rücken oder in seinen Handgelenken, die an ihren Brüsten lagen, zu erspüren; ihr eigenes Herz schlug schneller, während sie darauf wartete, daß seines aussetzte oder gar stehenblieb.

Er hatte so viel überlebt, daß sie sich fragte, wo er noch irgendwelche Lebensenergie hernahm. Lymphdrüsenkrebs, Magenkrebs, die Operationen, Chemotherapien. Er wollte nicht darüber reden. Aber den Narben nach war klar, daß sie ihn hatten aufschneiden müssen wie eine Kokosnuß oder einen Granatapfel. Sie krümmte sich bei der Vorstellung. Sie bekam das Bild nicht aus dem Kopf: das Reißgeräusch durchtrennter Muskelfasern, den Körper mit den dichtgedrängten Organen und rubinfarbene Säfte, die sich ergossen wie Bordeaux. Alles voller Krebs. Ein Wunder.

Es war ihnen einfach passiert, Norma und Abe, sie konnte nicht sagen, wie. Sie war noch nie mit jemandem im Bett gewesen, den sie so wenig kannte. Vielleicht war das auch weitgehend nebensächlich; sie fragte sich manchmal, ob es mit jedem, der daherkam, genauso gewesen wäre oder ob sie die ganze Zeit auf diesen einen gewartet hatte.

»Woher hattest du noch mal meine Nummer?« fragte sie wie vernebelt.

»Ich hab dich bei der Zeitung angerufen, weißt du nicht mehr?«

Es war gleich nach dem Begräbnis gewesen. Beinahe morbid. Erst war sie entsetzt, aber er war so hartnäckig und ein Freund von Burl Bennett. Wie sich herausstellte, hatte Burl diesem Mann viele Jahre lang sein Herz ausgeschüttet.

»Er rief mich immer an. Ich weiß nicht, von wo.« Abraham sprach leise, bedeutungsvoll. »Er hat die ganze Zeit von dir gesprochen. Er hatte nicht viele Frauen gehabt, wie du vermutlich weißt. Aber du warst die, die er aus der Ferne am meisten bewunderte.«

Norma fühlte sich unwohl dabei. Wieviel hatte Burl ihm erzählt? Sie hatte das Gefühl, daß Abraham ihr gegenüber im Vorteil war und daß er es ausnutzte.

»Er hat sein Leben für uns gegeben«, sagte Alter und nickte leicht. »Für uns, buchstäblich.«

Abe genannt zu werden war seltsam. Er mußte an Lincoln denken, kam sich dabei aber vor wie ein Hund, der gelernt hat, auf »Rover« oder dergleichen zu reagieren, weil er begriffen hat, daß dieses willkürliche Geräusch sich auf ihn bezieht oder auch bloß eine Art lautliche Entsprechung ist. Das unterschied sich sehr, erkannte er, von dem Gefühl, das im Satz: »Ich bin Rover« oder »Ich bin Abe« zum Ausdruck kam. Es war unheimlich, wie sehr er daran gewöhnt gewesen war, Burl zu sein, in welchem Maße er sich mit dem Begriff identifiziert hatte. Dieses neue Gefühl, nicht das Abe-Sein, sondern Abe genannt zu werden, war desorientierend. Selbst als er sich langsam an seine neue Identität gewöhnte, sie sich an den Schultern anpaßte wie einen neuen Anzug, frisch vom Schneider, empfand ein Teil von ihm, wenn man ihn Abraham nannte, einen leichten Schock, sogar Empörung. Die Leute verwechseln mich mit »Abraham«, protestierte etwas tief in ihm; er benutzte geistige Anführungszeichen wie Wäscheklammern, um diese Abstraktion leicht angewidert auf Armeslänge vor sich hin zu hängen. Es trug zu dem Gefühl von Unsichtbarkeit bei, das er irgendwie nicht loswurde.

Die meiste Zeit war er erstaunt darüber, wie sehr er für Norma ein anderer Mensch war und wie leicht man sich das Kostüm einer Identität anziehen konnte. Es kostete ihn so wenig Mühe. Weder lernte er seine neue Sozialversicherungsnummer auswendig, noch machte er sich die Umstände, seine Unterschrift zu ändern. Vielleicht war er wirklich ein anderer. Wenn er sich im Spiegel betrachtete, war von Burl nicht viel zu sehen in diesem bärtigen Gesicht, in der behaarten Fahlheit, der furchtsamen Erschöpfung, der großen, freudlos traurigen Oberlippe, die allesamt mehr an den feigen Löwen von Burt Lahr erinnerten als an Burl Bennett.

»Wo kommst du eigentlich her?« fragte Norma manchmal voll Erstaunen über ihre neuen Verhältnisse.

»Ich bin nur ein Fremder, ein Besucher. Aus Kalifornien.«

»Du hörst dich nicht an wie jemand aus Kalifornien.«

»Los Angeles. Der ehrliche Abe.«

Auf seinen Herzschlag horchend, von seinen Armen umfangen, tat Norma einen Seufzer, aus Zufriedenheit und Verzweiflung zu gleichen Teilen. Wie sollte sie schlafen können, wenn sie glaubte, die häßlich wulstigen Narben spüren zu können, die ihr Liebster um die Mitte hatte, an Armen, Schenkeln, am ganzen Körper, wie es schien, als er endlich bereit war, ihn ihr zu zeigen?

Und er lebte von so gut wie nichts - Trinkproteine und Vitamine, Flüssigkeiten aller Art. Er trank andauernd. Doch er aß niemals, überhaupt nie. Er hatte ihr erklärt, daß er den Großteil seines Magens an den Krebs verloren hätte, aber er schien dennoch nie in Gefahr zu verhungern. Wie konnte irgendwer Ruhe in der Umarmung von jemand finden, der soviel gelitten hatte und der so sicher ein frühes Grab finden würde? War er deshalb so dankbar, als hätte er sich sein ganzes Leben lang Norma gewünscht und keine andere?

Nein, es war nicht einfach nur passiert. Da war etwas gewesen, von der Minute an, da sie sich begegneten, in der Art, wie er ihre Hand hielt, als sie sie ihm reichte, sogar in seinen Augen. Bei ihm fühlte sie sich erkannt, als könnte er in sie hineinsehen, bis in ihre Seele; all diese Klischees, die man solange dafür hält, bis es einem selbst passiert. Seine Sprache und Gestik waren so vertraut, zeitweise schien er ihre Gedanken zu lesen. Es war oft schwer, sich in Erinnerung zu rufen, daß er als alter Freund von Burl wohl Dinge von ihm übernommen hatte - Wörter, Manieren -, die auch Norma hatte, vielleicht sogar als erste gehabt hatte. Es war gespenstisch.

Norma merkte nun, wie verwundbar sie gewesen sein mußte,

aber wenn es das gebraucht hatte, war es ihr auch recht. Sie hatte eingewilligt, sich mit ihm auf ein paar Drinks zu treffen, schließlich war er ein Freund von Burl, und natürlich hatte sie darin auch die Chance erblickt, etwas darüber zu erfahren, was mit Burl geschehen war, vielleicht sogar, was er über sie gesagt oder gedacht hatte, obwohl es ihr schwerfiel, sich einzugestehen, daß sie das alles nur tat, um Vergebung zu erlangen.

Danach rief er sie wieder an, offenkundig wegen eines Rendezvous. Sie wimmelte ihn wieder und wieder ab und schützte vor, sie müsse abends arbeiten, sie habe einen Freund, sie fühle sich nicht wohl.

»Haben Sie's noch nicht kapiert?« blaffte sie ihn schließlich an. »Ich hab Ihren Freund geliebt. Haben Sie doch ein bißchen Respekt.«

Er fing an, ihr Blumen in die Redaktion zu schicken, und die Leute begannen sie deswegen aufzuziehen. Nach und nach brach ihr Widerstand zusammen. Ihre Erinnerungen an Burl wurden weniger verklärt. Sie tat so, als wäre es eine Zumutung für sie, aber sie genoß die Blumen und das Aufgezogenwerden gleichermaßen. »Nichts hätte Burl mehr gefreut«, beharrte Abe. »Er wollte immer, daß ich Sie mal kennenlerne, das hat er selbst gesagt. Außerdem haben Sie ihn mehr als ein Jahr nicht gesehen. Wollen Sie Männern für immer aus dem Weg gehen?«

Nun ja, warum sich jetzt umstellen? Norma hatte Rendezvous immer gehaßt; alles, was dabei möglicherweise herauskommen konnte (Langeweile, Peinlichkeit, Sex, ein gebrochenes Herz), erschien ihr trostlos. Und sie trauerte immer noch um Burl oder sich selbst oder die Vorstellung, daß sie beide zusammensein könnten. An diesem ersten Morgen, der Name Abraham war feierlich ganz unten in ihrem Kalender eingetragen, stand sie früh auf, nervös, und studierte die Zeitung Wort für Wort; dabei konzentrierte sie sich so angespannt, daß es ihr schwerfiel, zu verstehen, was sie las.

Seit dem Begräbnis hatte Norma sich gequält. Sie tat es mit

der schonungslosen Selbstkritik, die unweigerlich in eine Sackgasse führt, und versuchte sich das Eingeständnis abzuringen, daß sie sich nun vor allem freier fühlte. Manchmal redete sie sich, als Selbsttest, ein, daß ihr Kummer ihr selber galt und daher ihre Beschämung nur vermehrte. Dabei blieb sie, bis ihr schien, daß sie sich dafür am meisten schuldig fühlte, sich nicht schuldig zu fühlen. Eine Zeitlang verschaffte dieser Glaube ihr eine ganz neue Grundlage für Verzweiflung. Norma schritt schwungvoll dahin, mied Speisen, die Burl gemocht hatte, seine Lieblingsarien, seinen Platz im Redaktionsbüro. Sie achtete darauf, im Inhaltsverzeichnis nachzusehen, wo die Nachrufe standen, damit sie nicht versehentlich darüberstolperte. Sie nahm ab. Nachts trug sie eine Schlafmaske und Ohrenstöpsel und benutzte einen großen Bodenventilator, um zufällige Geräusche mit schwirrendem Rauschen zuzudecken. Sie befestigte große Bögen Pappe vor den Schlafzimmerfenstern, und derart eingemauert, konnte sie ungestört von den neurotischen Aufwallungen der Welt vor sich hin leben. Sie schlief lang und tief, ein Schlaf, von dem sie nur noch schläfriger wurde und der sie nach jedem kleinen Essen oder ein paar Stunden Arbeit schon wieder gähnen ließ.

Sie blickte auf und blinzelte. Es war so still hier beim Kaffeetrinken und Zeitunglesen in diesem milchigtrüben Licht, das als einziges hier hereinfiel. Von weißgetünchten Ziegelmauern und fahlem Stein reflektiert, schien es herein wie Licht von Leuchtstoffröhren. Wenn man es nicht gewohnt war, war es deprimierend. Norma mochte dieses Licht. Es erinnerte sie an stürmische Tage in Grand Rapids, dem Zuhause ihrer Mädchenzeit, an Tage, an denen es eigentlich keinen Morgen gab, nur einen silbrigen, nördlichen Nachmittag von einer Farbe wie Magermilch in einer Tasse, und an denen der Nachteinbruch einen praktisch von der Schule heimbegleitete. An solchen Tagen war man froh, zu Hause zu sein.

Es war eigenartig, dieses erste Mal mit Abe. Sie gingen in einen belanglosen französischen Film, dessen schrulliger Charme verblaßte, noch während der Abspann ins Zelluloid-Firmament aufstieg. Norma gefiel er sehr, aber Abe wirkte bedeppert, als das Licht anging, verloren.

»Sollen wir was essen gehen?« fragte sie.

»Ich bin nicht sehr hungrig. Eigentlich esse ich überhaupt nicht viel.«

Im Restaurant schlürfte er gesüßtes heißes Wasser aus einem Zinnbecher, den er mit beiden Händen - sie wirkten ausgemergelt - umfaßte. Sie konnte nicht mal den Salat essen, den sie für sich bestellt hatte, wenn sie ihm so zusah, wie er ihr zusah. Es verdarb ihr die Laune, gab ihr das Gefühl, mit Oliver Twist an einem Tisch zu sitzen, nur daß er nicht nach mehr verlangte, sondern, im Gegenteil, von vornherein erst gar nichts haben wollte.

»Wirklich, das geht auf mich, bestellen Sie sich was«, drängte sie ihn, als der Kellner das nächste Mal erwartungsvoll in der Nähe stand.

»Nein, danke, nur das Wasser.« Abe übte, nachsichtig zu lächeln, matt, eine kosmopolitische Toleranz verströmend, von der er hoffte, sie erwidert zu finden. »Das ist eines meiner kleinen Laster. Ich geb aber immer noch gute Trinkgelder.«

»Mein Gott, Sie sind wie er. Er wollte auch nie was essen. Wir waren zusammen im Kino, und er wollte nicht mal Popcorn. Es hat mich wahnsinnig gemacht, und dabei war es meine eigene Schuld.«

»Burl? Unsinn, Sie haben ihm dabei geholfen, abzunehmen. Das Beste, was er je gemacht hat. Das war sein größtes Problem, Norma. Außerdem bin ich nicht Burl.«

»Ich weiß«, sagte sie, aber ihr Appetit war dahin.

Im Dunkeln wachliegend, von Abraham umschlungen, zupfte sie geistesabwesend mit den Lippen an den Haaren auf seinen Armen, während sie sich zu erinnern versuchte, an wen oder was diese knochigen Gliedmaßen sie erinnerten. Er fühlte sich vertraut an. Sie mußte aufpassen, damit sie nicht so fest daran zupfte, daß sie ihn weckte, und wenn alles zu warm und feucht wurde, blies sie zum Trocknen kühle Luft darüber. Dabei wurde ihr klar, daß es ihr Vater gewesen war, dessen Arme sie vor langer Zeit auf diese Weise festgehalten hatten. Auch mit den Haaren auf seinen Armen hatte sie gern gespielt, bis daraus ein feuchter Regenwald wurde und sie blasend einen Taifun entfesselte, um die Haut wieder abzukühlen. Abes Haare an ihren Lippen waren wie kleine Stiche, und das paßte zu ihren Gedanken. Sie malte sich aus, wie Nadeln sich in sein geschundenes Fleisch schoben und schmerzhaft nach einer Vene suchten, Skalpelle, die wie Markierstifte über ein Stück Haut gezogen wurden und eine nagellackrote Spur hinterließen. Sie erinnerte sich, wie ihr Bruder durch das Krankenhaus gewandert war wie ein Gespenst, angeschlossen an einen Infusionstropf. Gutes lag oft jenseits der menschlichen Vorstellungskraft, aber Elend und Verstümmelung ließen sich so leicht heraufbeschwören.

Seit Abraham da war, hatte Norma wieder angefangen zu essen. Es wurde ihm zur Gewohnheit, vor ihr aufzustehen und ihr ein herzhaftes Frühstück zu machen, eine deftige Mischung von roten Kartoffeln, Zwiebeln, Rosmarin, Wurst und Eiern, in der Pfanne gebraten, die er so liebevoll servierte und die so gut und heiß war, daß Norma nicht widerstehen konnte, trotz ihres Vorsatzes, mehr auf ihr Gewicht zu achten. Abe trank sein übliches Frühstücksgetränk, ein rätselhaftes Gebräu aus Proteinpulver, Vitaminen, Fruchtsaft und wer weiß was noch.

Mittlerweile hatte sie ihre alte Unfähigkeit überwunden, neben einem Mann zu essen, wenn der selbst nichts aß.

»Guter Gott, was für eine verkorkste Idee.« Abraham war entsetzt gewesen. »Wie Scarlett O'Hara, die sich vor dem großen Barbecue mit Keksen vollstopft, damit sie in der Öffentlichkeit nicht so verfressen wirkt. Außerdem macht es mir ein Riesenvergnügen, dich zu bekochen. Wenn du ißt, kommt's mir vor, als würde ich selber essen.«

Wie konnte sie ihm das abschlagen? Und er war ein wunderbarer Koch. Als sie nach ihren ersten paar gemeinsamen Nächten erfuhr, daß er keine Bleibe hatte, ließ sie ihn bei sich einziehen, bis er sich entschieden hatte, ob er in New York blieb, und dann vergaßen beide angenehmerweise, daß dies nur ein vorübergehendes Arrangement sein sollte. Bald darauf schon fand Norma beim Nachhausekommen ausgeklügelte mehrgängige Diners vor, serviert wie in einem Restaurant, das nur für einen einzigen Gast geöffnet hatte, abgesehen davon, daß kein Kellner je ein Hauptgericht vor sie hingestellt und sie dabei auf die Schläfe geküßt oder ihr als Vorspeise die müden Schultern massiert hatte. Ohne zu fragen, warf er ihre Badezimmerwaage weg.

Seine Kochkünste wurden besser und besser. Mit viel Zeit zur Verfügung wurde Abraham ein kulinarischer Phillip Nolan, Edward Everett Hales Mann ohne Vaterland, der wie besessen alles über das Land zu erfahren trachtet, das ihn für immer verstoßen hat. Er durchwühlte Büchereien nach Rezepten, sah sich Kochsendungen im Fernsehen an, bestellte im voraus im örtlichen Fleischerladen Filetbraten und Frühlingslamm und wilden Truthahn, zu so unverschämten Preisen, daß sie mit ihren eckigen roten Ziffern kaum auf den kleinen Kärtchen Platz fanden, die vor den ausgestellten Stücken standen. In gewissem Sinn war er gezwungen zu lernen. Seinen Kochstil zu verstellen ist fast so schwierig wie seine Handschrift zu verstellen, und obwohl er ein oder zwei von Burls Lieblingsgerichten als Rezepte ausgeben konnte, die sie beide über die Jahre ausgetauscht hatten, war es klar, daß er seinen ganzen Stil ändern mußte. Oder vielmehr, er durfte nicht einfach wieder in Burls Stil verfallen.

Unter vielen Mühen wurde sein Stil subtiler, überlegter, sogar förmlicher. Er verbrauchte literweise Sahne, bis er frustrierend schwierige Saucen bewältigte; Versuch auf Versuch goß er in Alexanders Freßnapf, weil er der Meinung war, es könne keinen höheren Standard geben als den einer verwöhnten Hauskatze, und er erlernte die wahre Bedeutung einer ganzen Sammlung dickmachender französischer Begriffe, die er zuvor nur dem Geschmack nach oder sonstwie oberflächlich gekannt hatte: *beurre blanc*, zum Beispiel, oder *sauce à la béchamel* oder seine Favoritin von früher, *crème brûlée*. Alexander bekam bei Abe jede Menge Fressen; gefüttert mit Sahnesaucen, die ihm zuliebe oft mit Sardellen verfeinert waren, wurde der Kater kugelrund, bis er aussah wie ein pelziger Fußball mit Beinen, und er fing an - vielleicht aus einer Art natürlichem Stolz oder Eitelkeit, von der nicht bekannt ist, daß sie je der Freßlust von Hunden Abbruch getan hätte -, sich gegen die Versuchungen des Freßnapfs zu stählen, indem er ersatzhalber und entsagungsvoll ein, zwei Schluck Wasser nahm und dann gequält, aber entschlossen seinen Abgang machte.

Nachdem er schließlich zur Überzeugung gekommen war, daß Alexanders Verachtung für seine Sahnewerke mehr eine Frage des Prinzips als der Kochkunst war, testete Abe seine Erzeugnisse - ein und dasselbe Gericht, manchmal drei- oder viermal an einem Tag zubereitet, bis es perfekt war - an einem Mann, den er ein paarmal im Park gesehen und als Obdachlosen eingestuft hatte, der sich aber immer noch bemühte, den Schein zu wahren.

Jedesmal, wenn sie einander sahen, gab es einen Blick des Erkennens. Abe taxierte ihn: Er war bemerkenswert wegen seiner aufrechten Haltung, seines altmodischen Betragens, wegen des dunkelblauen Halstuchs zum azurblauen Hemd, des schmutzigen und dennoch tapfer getragenen Raglanmantels und wegen des jadegrünen Baretts mit der seltsamen Anstecknadel wie das Abzeichen eines ausländischen Militärs. In der Armee der Obdachlosen, dachte Abe, war er ein Mitglied einer Eliteeinheit.

Als Abe schließlich eine Unterhaltung mit ihm anfing, stellte er freilich rasch fest, daß Snipes - so hieß der Mann - nicht obdachlos im eigentlichen Sinn war. Er wohnte in einer Pension - gab es so was wirklich noch? - irgendwo in der Gegend von Morningside Heights, und er war Unternehmer. »Einkauf und Verkauf«, erläuterte er. Gummistempel, Matrizenschreiber nebst

Zubehör, Herrenhüte, Damenhüfthalter, schwere Tassen und Untertassen für die Art Eßlokal, die in New York im Aussterben war. Er schien nur in obsoleten, obskuren Waren zu handeln. »Es war mal besser«, gab er zu. »Ich mach noch andere Geschäfte, das bringt ein bißchen was ein.«

Doch beim Essen kannte Snipes sich aus; er war »in der Restaurantbranche« gewesen, das war das Äußerste, was Abe aus ihm herausbekam. Gesichterschneidend und kopfwackelnd gab er sich alle Mühe, dem armen Anfänger begreiflich zu machen, was an dem Soufflé fehlte, das dieser ihm vorsetzte. Riesige Bissen in sich hineinlöffelnd, hielt er die flache Hand hoch, um jedem Drängen nach einer verfrühten Bewertung vorzubeugen. Abe saß in gespielter ängstlicher Erwartung da und harrte des Urteils.

»Die Eier«, sagte Snipes stirnrunzelnd, kauend, argwöhnisch. »Die Frische der Eier. Die große Küche erfordert bessere Zutaten als die hier. Die kriegen Sie nicht hin, wenn Sie das Zeug bei Waldbaum zusammenraffen.«

Es war ein subtiler Prozeß. Snipes war sich noch nicht sicher, wie ein solcher Glücksfall ihm hatte zuteil werden können, also war er nicht gewillt, die Speisen ganz und gar mißlungen zu finden, um seinen neuen Wohlstand nicht zu gefährden. Überschwengliches Lob allerdings konnte genauso zu Beschäftigungslosigkeit führen; ein Erfolg brauchte keinen Vorkoster. Also mußte die Reaktion gemischt sein, und er mußte sichergehen, sie nicht zu früh erkennen zu lassen, damit ihm nicht der Vorwand dafür abhanden kam, alles bis zum letzten Bissen aufzuessen. Snipes war nicht obdachlos, aber er war hungrig.

Auch Abe hungerte natürlich, aber vor allem nach jemandem, den er beköstigen und mit dem er reden konnte. Snipes zu mästen war ein Weg, ein früheres Selbst zu nähren, als wäre das Rad des Karma ein Drehtablett, das sich, beladen mit Speisen, zurückdrehen ließ.

Als Norma ihm das erste Mal begegnete, küßte Snipes ihr die

Hand. Später behauptete sie, sie hätte ihn charmant gefunden, obwohl keine Begegnung mit Snipes je frei von Uneindeutigkeiten war. Angesichts des Fertigparketts beklagte er, wie teuer heutzutage echtes Hartholz sei, und nannte mit viel gespielter Wehmut Normas Einrichtung jugendlich.

Durch Snipes' Großzügigkeit beim Essen und Knausrigkeit beim Lob begann Abe eben eine gewisse Fertigkeit zu erreichen, als es ihn eines Tages bei einem Bummel durch Macy's in die Geschirrwarenabteilung zog, wo eine vertraut klingende Stimme seine Aufmerksamkeit erregte. Sie kam von der Seite, aus der Mitte eines Menschenauflaufs, der bei irgendeiner Vorführung zusah, und als er hinschlenderte, stellte er fest, daß es sein alter Freund Frederic war. Er machte Werbung für ein Pfannenset.

Frederic haßte solche Sachen, das wußte Abe, aber es galt einen gewissen Lebensstandard aufrechtzuerhalten, und außerdem fühlte er sich verpflichtet - die Bürde des Franzosen? -, den Massen anständiges Kochen beizubringen. Es trieb ihn absolut zur Verzweiflung, wenn er sich vorstellte, daß überall in Amerika Menschen tiefgekühlte grüne Bohnen in einer Pampe von Campbell's Champignoncremesuppe aßen, mit gebratenen Zwiebelringen aus der Dose obendrauf.

»... und so sautieren wir unsere Zwiebeln leicht, sehen Sie, wie einfach das ist?«

Frederic schien seinen Text gut zu beherrschen. Abe hielt sich zuerst im Hintergrund, unbemerkt und unerkannt; sein Magen rotierte vor Furcht, und doch wußte er, daß, wenn Norma sich hatte täuschen lassen, Frederic es auch tun würde. Abe arbeitete sich in die erste Reihe der Menschenansammlung vor, wo Frederic ihn gelegentlich direkt anblickte.

»In der Zwischenzeit 'aben wir 'ier unser Kalbfleisch, unsere Champignons Porcini, unseren Sherry, unsere Sahne, alles bereit, alles *mis en place*, wie wir sagen ...«

Keinerlei Anzeichen. Schließlich meldete Abe sich tolldreist freiwillig, um sich zeigen zu lassen, wie man einen Küchenhobel handhabt; seine Hand zitterte, als er aufzeigte. Und er wurde genommen, vielleicht weil man bei jedem zufällig ausgewählten Mann eine gewisse komische Ungeschicklichkeit vermutete. Sein Herz pochte, als Frederic seine Hand nahm, um seine Technik zu verbessern.

»'alten Sie die 'and einfach locker. Nervös, äh?«

Als er unter flüchtigem Applaus an seinen Platz zurückkehrte, war es, als hätte es ihn nie gegeben. Ein wenig roboterhaft fuhr Frederic mit seinem Geplapper fort.

Abe fühlte sich furchtbar. Daß sein Freund ihn nicht erkennen und er sich nicht zu erkennen geben wollte, unterstrich seine Einsamkeit. Er fragte sich, ob er sein ganzes Leben so weiterleben würde. Zu Hause schloß er sich in Normas enger, fensterloser Küche ein, die sich wenigstens über das Küchenbüffet hinweg zum Wohnzimmer öffnete, so daß die ganze Wohnung von Düften vom Herd durchflutet wurde. Er buk Kuchen und Brot, bereitete phantasievolle Mittagessen zu und verbrachte ganze Tage damit, ein einziges Essen für sie zuzubereiten, wobei er beim Kochen kaute und spuckte.

Denn er aß nach wie vor praktisch nichts. Hager und sehnig, mit graublondem Haar, das sich hinter den Ohren kräuselte, und einem Bartkranz ums Gesicht, hatte er das Flair noch nicht ganz verloren, das ihn umgeben hatte, als er sich noch auf den Straßen von Salt Lake City herumtrieb. So pingelig Burl in bezug auf seine Erscheinung gewesen war, so achtlos war Abraham in bezug auf die seine. Genaugenommen schienen Details ihm überhaupt leicht zu entgleiten, als wäre sein Verstand eingefettet wie eine Pfanne, und Norma war deprimiert wegen seiner Zerstreutheit.

»Abe?« Sie fuhr mit der Hand vor seinem Gesicht vorbei, wenn er völlig in sich versunken wirkte. »Ich glaub, du würdest noch deinen eigenen Namen vergessen, wenn ich ihn nicht so oft sagen würde.«

Er seufzte nur und zwang sich ein kleines Lächeln ab. Er hatte das betäubte Gehabe von jemandem, der unlängst erst einen schrecklichen Autounfall gehabt hatte. Er sah aus – und fühlte sich –, als gäbe es da etwas, das er nicht ganz verstand; er war ein schlechter Tänzer und nicht imstande, den Rhythmus des Lebens aufzunehmen. Vielleicht passiert das mit einem, wenn man so knapp am Tod vorbeigegangen ist, dachte sie. Alle diese Mönche, die mit ihrem Memento mori durchs Leben gingen, spielten nur ein Spiel. Zuviel Tod vergiftet das Leben.

Zwei Leben: Sie begann ihn sich todkrank zu denken und sich entsprechend zu benehmen. Sie sah sie beide zusammen in Italien, Abe die Strapazen der Reise erduldend, damit sie seinen letzten Wunsch gemeinsam erfüllen konnten, Abe Wein trinkend, während er ihr zusah, wie sie das großartige Essen dort aß, Abe nur noch Haut und Knochen, verwüstet von bösartigen Geschwüren, selbst seine Haut nur noch Grautöne. Ihre Phantasien waren regelrecht krank.

»Norma, bitte! Ich werd nicht umkippen und auf der Stelle sterben«, erklärte er ungeduldig, wenn sie ein Theater darum machte, ob ihm auch warm genug war oder ob er sich genug ausgeruht hatte. »Ich bin seit Jahren krebsfrei. Mein ganzes Leben lang, wirklich. Vertrau mir.«

Er fing an, die Geschichte zu bereuen, die er sich als Erklärung für seine Narben ausgedacht hatte. Ihr ganzes hektisch-ängstliches Getue wegen seiner Gesundheit machte ihn nervös. Norma versuchte jeden Tag zu gestalten, als wäre es ihr letzter gemeinsamer, aber für Abe bedeutete dies bloß eine stumpfsinnige und anstrengende Umtriebigkeit, die schwer von einer Zwangsverpflichtung zu unterscheiden war. Wenn er ins Kino geschleppt wurde, ins Theater und zu verschiedensten romantischen Ausflügen, die Kahnfahrten und Skyline-Besichtigungen mit sich brachten, beeindruckte ihn weniger die Unbezwingbarkeit menschlichen Lebensgeistes als vielmehr die Dürftigkeit der Dämme, die Menschen gegen den düsteren und gleichgültigen Fluß des Lebens errichten. Es war beängstigend.

Abes Unlust zu reisen machte Norma nichts aus, die selbst

am liebsten daheim blieb und die Stabilität tröstlich fand, die seine ununterbrochene Anwesenheit mit sich zu bringen schien. Theoretisch liebten beide den Strand, aber Abe wollte sich nicht nackt in der Öffentlichkeit zeigen, und Norma kam sich in letzter Zeit bleich und fett vor wie ein riesiger Käse. Sie war auch nicht sehr scharf darauf, sich vor allen Leuten auszuziehen. Außerdem war der Verkehr sowieso immer schrecklich. Wenn alles gesagt und getan war, war es einfacher, zu Hause zu bleiben. Manhattan war den Großteil des Sommers über angenehm entvölkert, und die schickeren Viertel, frei von verrottendem Müll und gekühlt von den Flüssen, die rochen wie in früheren Zeiten, boten eine Vision vom Stadtleben nach der Neutronenbombe: Markisen intakt, Menschen ausradiert.

Als ihnen die East Side zu langweilig wurde, machten sie größere Streifzüge durch die Stadt, genau wie Burl unter dem Regiment seiner Fastenkur vor so langer Zeit. Auf der Lower East Side - die gedrungenen Backstein-Mietskasernen dort standen in kecken Winkeln an Plazas, bewachsen von fahlmüdem Gras - kam einem die Stadt heißer vor, die Gebäude selbst schienen aus den offenen Fenstern zu keuchen, billige Vorhänge flatterten wie vor Hitze heraushängende Zungen. Norma und Abe sahen Latinos zu, die sich in den Parks am Wasser gepfefferte Softballmatches lieferten, und wann immer sie an einem fliegenden Händler vorüberkamen, bestand Abe darauf, für Norma etwas zu kaufen, damit er kosten oder schnuppern konnte. Auf diese Weise lernte Norma die salzigen, gummizähen Snacks von der Straße schätzen, genauso wie sie von Abe lernte, das Essen an sich zu schätzen, ein Genuß, auf den sie, wie auf die meisten, in der nicht allzuweit zurückliegenden Vergangenheit noch wenig gegeben hatte. Bei einem verhutzelten Puertoricaner kauften sie auf diesen Expeditionen das einzige, was Abe essen konnte: schneeiges Kokoseis in geriffelten weißen Pappbechern. Das Eis, cremig und kalt, erschien Abe köstlich, der Becher weichte sich auf, während sein süßer Inhalt in der Hitze zerschmolz, bis man ihn ganz zum Schluß richtig zusammenquetschen mußte, um auch noch die letzten matschigen Klümpchen aus dem feuchten Behältnis herauszuwinden.

Schließlich, an einem schwülen Sonntag, nahmen sie die enge U-Bahn downtown durch die Lexington Avenue, kamen an der windigen Plaza nahe dem unansehnlichen New Yorker Rathaus wieder heraus und stapften klamm über die Brooklyn Bridge, von der Stadt umschlossen wie von einer Rundum-Kinoleinwand, der Fußgängersteig eingehüllt in Straßenlärm. Von Sonne und Wind ein bißchen wund und gerötet, fanden sie ein Taxi und fuhren damit zu Burls altem Wohnhaus. Das hatten sie schon ein Zeitlang vorgehabt.

Das Gebäude stand hitzedurchglüht da, die Ziegel sogen die Sonnenwärme auf, bis es wie ein riesiger Brennofen war. In der Eingangshalle war es relativ kühl, aber das würde bis zum Abend anders werden. Die Gerüche - alter Leim, abgestandenes Öl, Poliermittel - reichten, um Abe für einen Moment zum Verschwinden zu bringen. Als er auf dem Marmorboden der unmöblierten Halle stand, war er Burl.

Seine Eltern hatten die ganze Zeit noch die Miete bezahlt, selbst nach dem Begräbnis, so wie man die Teddybären und die Donald-Duck-Tagesdecke im Zimmer eines verstorbenen Kindes beläßt. Erst jetzt, Monate später, waren sie soweit, daß sie sich der Aufgabe widmen konnten, die Angelegenheiten des Toten zu regeln. Was er seinem Vater und seiner Mutter angetan hatte, begann zunehmend auf ihm zu lasten. Ich hab ihnen das Kind genommen, bezichtigte er sich selbst. Ich hab ihr Baby getötet. Männer, die solche Verbrechen begehen, sind in Gefängnissen nicht sicher.

Er sah sich mit einer Art Ehrfurcht in der Eingangshalle um.

»Wohin?« fragte er, genau wie er es sich vorgenommen hatte.

Norma führte ihn die Treppe hoch. Es war alles so vertraut, die kleinen Fliesen auf den Treppenabsätzen, die glatten Handläufe, die winzigen Dellen auf der Vorderseite der Stufen. Norma schloß mit ihren Schlüsseln auf und fummelte an den ausgeklügelten Schlössern herum, wie alle New Yorker Apartments sie haben.

»Versuch's andersrum«, schlug Abe vor. »Da, laß mich mal.«

Drin war wieder eine Art Ordnung hergestellt. Wo Burl ein heilloses Durcheinander zurückgelassen hatte, herrschte nun die seltsam unbelebte Ordentlichkeit, in der er die Handschrift von Stu und Betty erkannte, nur daß in diesem Fall die Wohnung tatsächlich unbewohnt war. Es war schrecklich, sich vorzustellen, wie sie sich bückten, um seinen Saustall aufzuräumen.

»Also, das ist es, hier hat Burl gelebt«, sagte Abe mit einem Anklang aufrichtigen Staunens in der Stimme.

»Das ist es«, seufzte Norma.

Als er an der Wand entlangging, sah er, daß die Bücher, nach Größe, wieder in die Regale eingeordnet worden waren. Die Zeitungen waren verschwunden, und auf seinem Schreibtisch stand nur die Schreibmaschine, die er zurückgelassen hatte.

»Er war immer so ordentlich«, meinte Norma, während er sich umsah. Sie stand still da.

»Burl? Hätt ich mir von ihm gar nicht gedacht.«

Auch die Küche war fleckenlos sauber. Die Kühlschranktür ging leicht auf, ohne das Gewicht oder Klimpern eines Inhalts. Die Türen und Fächer waren vollkommen leer, abgesehen von einem feucht wirkenden orangen Schächtelchen mit Natriumbikarbonat. Sein Leben hier schien so lange zurückzuliegen; Abe ging der Gedanke durch den Kopf, daß Burl woanders leben mußte. In dieser Wohnung fand sich kaum eine Spur von ihm. Als Kind hatte Burl sich immer gewünscht, neben sich stehen und sich selbst zusehen zu können, sich so zu sehen, wie einen die anderen sahen. War das nun so, wie man sich fühlen würde, wenn man die Zeit nach dem eigenen Tod miterlebte? Man sah nur die Lücke, die man im Umriß von allem, was weiterlebte, hinterließ. Man wurde wie das Loch in einem Kringelkeks, substanzlos und flüchtig.

»Betty sagte, wir können uns alles nehmen, was wir wollen. Ich dachte, vielleicht die Schreibmaschine.«

Es war eine klobige, nichtssagende, alte mechanische Maschine, ohne Extrablatt-Patina. Abe drückte ein paarmal auf eine Taste; der Anschlag brachte ihn zum Lächeln, und vor seinem geistigen Auge sah er gedrängte, schmierige Eliteschrift auf einem gelben Blatt Schreibpapier, nobilitiert durch Einfügungs- und Auslassungszeichen, Korrekturen, die über und unter den Zeilen schwebten, bis es aussah wie eine Partitur, als würde das Gedicht sich selber rezitieren.

Abe hörte schleichende Schritte, die sich gemessen durch die Wohnung bewegten. Er und Norma waren die einzigen beiden Besucher in einem verlassenen Museum. Es wäre weniger schaurig gewesen, wenn es hier wirklich gespukt hätte.

»Also, wo sind seine Schriften?«

»Was?«

Norma kam auf ihn zu. Sie versuchten beide, nüchtern und sachlich zu sein.

»Seine Schriften.«

»Hm, in den Regalen, nein? Hier ...«

»Die unfertigen, meine ich. Er hat mir erzählt, daß er an einem epischen Gedicht arbeitete, einem Roman, einem Stück.«

»Oh. Ich vermute, die haben Stu und Betty.«

Die Schreibtischschubladen waren vollgestopft damit: Manuskriptseiten, fleckige und staubige Karteikarten, die Werke. Abe war fasziniert. An vieles davon konnte er sich nicht mal mehr erinnern; wer war Burl Bennett, der so was geschrieben hatte?

»Vielleicht sollten wir die Sachen mal von jemand durchsehen lassen. Das Epos jedenfalls. Vielleicht läßt es sich veröffentlichen, sogar unvollendet. Oder wir könnten es vollenden.«

»Abe, Burl war kein Dichter. Er hat nie was weitergebracht damit und hätte es wohl auch nie mehr.«

»Hast du viel davon gelesen?«

»Einiges. Genug.«

Er erinnerte sich, daß er einen Umschlag voller Verse in ihr Postfach in der Redaktion gestopft hatte. Sie hatte es gelobt, ihn ermutigt, es zu beenden. Die Leute sind so nett.

»Können wir es dann mitnehmen? Würde es seiner Familie was ausmachen?«

»Die wollen gar nichts davon haben. Ich glaub, sie sind ziemlich am Boden zerstört.« Dann, als Nachgedanke: »Es gab anscheinend auch kein Testament, aber es gibt auch nicht wirklich was zu vererben.«

»Keine Ersparnisse oder irgendwas?«

»Unser Freund war ein lieber Mann mit einem riesigen Appetit, und er hat dementsprechend viel ausgegeben.« Norma befingerte eine bemalte Holzkugel, die sie Burl vor Jahren von einer Reise nach Venedig mitgebracht hatte. Sie stand auf einem Metallring in einer Ecke des Schreibtisches. »Die Polizei sagt, daß er das bißchen Bargeld, das da war, alles drüben im Westen verbraucht hat.«

Das Nachmittagslicht in der Wohnung, das späte, das kam, wenn eben die Lampen eingeschaltet wurden, hatte Burl wegen seiner behaglichen Wärme, der Andeutung von Sicherheit und der Ankündigung von Abendessen immer sehr gefallen, aber für Abe am Schreibtisch des Toten schien es von Düsterkeit nicht unterscheidbar. Vorsichtig, sogar zärtlich, bewegte er sich durch die Wohnung, betastete Gegenstände, öffnete Schränke, verschob da und dort eine Lampe oder einen Tisch, wie aus einem pedantischen Impuls, alles zu korrigieren. Es war wie eine ausgestellte Wohnung; er rechnete halb damit, die Schlafzimmereingänge mit Kordeln verhängt zu finden. Er setzte sich auf den grünen Thron, den Ohrensessel, von dem aus Burl einen so großen Teil seines Lebens gesteuert hatte, und war erstaunt. Er sank tief ein, wie ein Kind im Wohnzimmer der Erwachsenen. Selbst das Bett drohte ihn zu verschlingen, die durchgelegene Matratze war praktisch nur mehr ein Sack Füllmaterial auf einem Brett, das sich sofort durch die überstrapazierte Auflage drückte. Alle Sitz- oder Liegemöbel waren wie menschenfressende Pflanzen, klebrige und einwärts gewölbte Fliegenfallen, die Menschen anlockten und sich dann um sie zusammenschlossen.

»Er war ein Riesenbrocken«, sagte Norma, als Abe sich mit Anstrengung vom Sofa aufrappelte. »Ich hab's gehaßt, wenn er sich in meiner Wohnung auf irgendwas gesetzt hat. Ich ließ ihn immer mit mir zusammen auf dem Teppich sitzen.«

Abe wollte bleiben. Alles hier wirkte so privat und gemütlich, so eingewohnt. Die Senken in allen Sitzmöbeln wirkten wie ein leiser Spuk, als wäre jeder dieser Plätze von einem Gespenst besetzt. Über der größten auf dem Sofa war ein Fleck an der Wand, den Burls Kopf dort hinterlassen hatte. Einen Augenblick schien es ihm, als wäre er hier weniger einsam als bei Norma, und er dachte daran zu fragen, ob er die Wohnung in Untermiete haben könnte.

»Wie wär's damit?« sagte Norma aus dem Nebenzimmer. »Du hast dich doch über meine Bratenschaufel beschwert.«

Sie hielt ihn in die Höhe wie eine Ratte am Schwanz. Die Töpfe und Pfannen, der Topfhandschuh voller Fett- und Brandflecke, der ausgeleierte Schneebesen und die zerfledderte Flaschenbürste und insbesondere die unklassifizierbaren Teller, die still im Schrank gestapelt standen, all das ließ Abe sich sehr wie Burl fühlen. Die Küche, von einer ringförmigen Leuchtstoffröhre an der Decke beleuchtet, flößte ihm eine Ehrfurcht ein, die an Pantheismus grenzte. Er stellte sich vor, wie die Zuckerdose und die Löffel, die Tassen und Untertassen, der Toaster und der Mixer, all die dunkeläugigen Bewohner dieses vormaligen Kochreservats, bekümmert gemeinsam Mutmaßungen darüber anstellten, wohin der Große Mann verschwunden sein könnte; einer kratzte sich das nicht vorhandene Kinn, einer stemmte die Arme in die Seiten, alle hatten Handschuhe an, alle hatten die Augenbrauen steil hochgezogen wie Burl, wenn er sich schon auf ein Essen freute. Als diese Bewohner von Burls Küche den Schlüssel im Schloß gehört hatten, mußten sie vor Aufregung in die Luft gesprungen und durch- und übereinandergefallen und jedes gerade noch rechtzeitig an seinen Platz zurückgekehrt sein, ehe die Tür aufging. Sie waren jetzt Waisen, jedes einzelne, in dem Comic, zu dem Burls Leben geworden war.

Als er die geliebte Bratenschaufel nahm, sie nicht schwang wie ein Szepter, sondern sie sich ehrerbietig in den Arm legte, kam alles wieder, das ganze Leben, das er gelebt und beendet hatte, der Mensch, der er war und nicht war, die schwere Last, die er immer mit sich trug.

»Hm, ja«, sagte er und räusperte sich. »Nehmen wir die.«

Dieses eine Stück zumindest mußte befreit werden. Das Kochen bei Norma würde ihm viel weniger fremd und seltsam vorkommen. Und nicht nur das eine; sein gutes Messer, sein Wetzstahl, der Korkenzieher, den er mochte, weil er mehr mit brutaler Gewalt als mit Geschick funktionierte (hatte er noch Kraft genug, um damit umzugehen?), seine eigene Reibe und so weiter. Bald darauf schon stopfte er diese Dinge in eine Tüte – wunderte Norma sich, woher er so genau wußte, wo sie waren? –, zusammen mit ein paar Kochbüchern (Vorwände, um einige von Burls alten Lieblingsgerichten zu machen), weißem Pfeffer, Lorbeerblättern und allem sonst, was ihm zu heftig als früherer Besitz ins Auge stach.

»Ich hab eine Reibe«, erinnerte ihn Norma.

»Ist schon okay«, sagte Abe, packte sie trotzdem ein und nahm auch die Kochpipette aus Plastik, die er gern mochte, weil sie aussah wie für die Augentropfen des Zyklopen, nachdem Odysseus mit ihm fertig war. »Nur 'n paar Sachen.«

Er ging mit einer zweiten Tüte ins Wohnzimmer und begann Burls Manuskripte hineinzustopfen, aber dann überlegte er es sich anders und legte sie allesamt wieder zurück. Was hatte das denn für einen Zweck? Der Autor war tot, und Abe hatte kein Verlangen, sein literarischer Nachlaßverwalter zu werden. Man soll keine schlafenden Hunde wecken, dachte er.

KAPITEL 21

WIE VOR IHM SCHON BURL, fühlte Abe sich nicht zum Verwalter berufen und hatte kein Interesse, die unveröffentlichten Schriften Bennetts zu ordnen, damit sie dann in der Gruft von irgend jemandes Regal gleichmäßig vermodern konnten. Auch Burls Projekte interessierten ihn nicht; Joseph Smith zum Beispiel ließ Abe kalt. Aber er spürte zwei parallele Wünsche in sich aufkommen: den Drang zu schreiben und das Bedürfnis, Burls Leben einen Sinn zu geben, es irgendwie zu erklären, ihm das Fleisch der Sinnhaftigkeit zu verleihen, für das Fett und Epithelgewebe kein Ersatz waren. In Anbetracht dieser beiden Wünsche war es nur natürlich, daß er beschloß, ein Buch über den Bennett-Fall zu schreiben. Eine dritte Motivation erwuchs aus der schieren Notwendigkeit: Er mußte etwas finden, was ein bißchen Geld einbrachte.

Er staunte darüber, daß es dabei, wie bei so vielem anderen auch, besser war, Burl Bennett gekannt zu haben, als Burl Bennett zu sein. Burls Agent beispielsweise war auf das herzlichste empfänglich für die Sache. »Ich finde, das ist eine phantastische Idee, und ich freue mich, daß Sie mich angerufen haben«, sagte Larry am Telefon. »Irgendwer muß dieser ganzen Sache weiß Gott mal auf den Grund gehen. Schrecklich. Ich hab geweint, als ich davon hörte.«

»Ja. Burl hat immer in den höchsten Tönen von Ihnen gesprochen.«

»Sagen Sie, Mr. Alter, haben Sie schon viel geschrieben?«

»Oh, sicher, jede Menge, ich kann Ihnen ein paar Sachen schikken. Aber das Schöne an diesem Projekt ist, daß ich mit dem Mann sehr vertraut war. In Burls Geschichte ist alles drin – die Mafia, Rätsel, der Kampf ums Abnehmen.«

»Es ist perfekt, bietet sich geradezu an. Genau die Art Projekt, die ich in Zeiten wie diesen verkaufen kann. He, Sie hören sich an wie einer, der was von dem Geschäft versteht. Ihr Freund hat sich ein bißchen zu sehr auf esoterische Themen verlegt. Es ist nicht immer leicht, so einen Autor zu vertreten.«

»Larry, glauben Sie mir, ich bin ganz auf Ihrer Linie. Keine lyrischen Ergüsse von Abe Alter. Was Sie mehr brauchen als sonstwas, ist ein konkreter Plan. Tun Sie mir nur einen Gefallen. Kein Wort darüber zu irgendwem. Ich möchte noch einiges recherchieren, bevor bestimmte Dinge nicht mehr greifbar sind, wenn Sie verstehen, was ich meine.«

»Absolut, Maul halten ist die Devise. Ich werde warten, bis ich von Ihnen höre.«

»Können Sie auch ein Kochbuch verkaufen? Ich hätte da eines in petto.«

»Darüber können wir reden«, versicherte ihm Larry. »Aber eins nach dem andern. Mal sehen, was mit Burl ist.«

Mal sehen, genau, dachte Abe. Tief drinnen glaubte er nicht daran, daß er das Buch je schreiben würde, aber es war ein praktischer Vorwand, die Wahrheit herauszufinden, und es verschaffte ihm einen zusätzlichen Lebenszweck über das Kochen von Mahlzeiten, die er nicht essen konnte, hinaus. Über das Leben von Burl Bennett zu berichten, war etwas, was er gut konnte, und es war ein gutes Gefühl, eine solche Aufgabe zu übernehmen. Es war lang her, daß er überhaupt irgendwas getan hatte, außer am Leben zu hängen.

Norma, die bereit war zu helfen, nachdem Abe ihr versprochen hatte, das fertige Werk werde für sie nicht peinlich sein, nahm ihn in die Redaktion der Tribune mit. Es war unheimlich, an dem Platz vorbeizugehen, an dem Burl gesessen hatte, und dort eine Frau zu sehen, die er nicht kannte, mit Fotos von ihren Kindern und Hunden über dem Schreibtisch, einer eigenen Schachtel Kleenex in der Ecke, Stuhl und Tastaturhalterung auf eine andere Höhe eingestellt.

»Das dort in der Ecke ist Hanks, er hat viele von den Artikeln geschrieben. Er telefoniert gerade, du kannst später mit ihm reden.« Norma führte ihn herum, zeigte ihm alles, stellte ihn da und dort vor und brachte ihn dann ins Archiv, wo er daranging, die während Burls Abwesenheit erschienenen Berichte über die Affäre Gemignani nachzulesen. Wie vorauszusehen gewesen war, hatte die Tribune Gemignanis Hintergrund ausgeleuchtet, seine Verbindungen, seine Stellung innerhalb des organisierten Verbrechens in New York. Abe war überrascht, ein kurzes Porträt von Burl zu sehen, in dem dieser als unberechenbare, rätselhafte Figur mit einer Teilhaberschaft an einem zwielichtigen, von Mafiosi frequentierten Restaurant dargestellt wurde. Die Morde im Gardenia's, das Verschwinden des einzigen Zeugen und die darauffolgenden Presseberichte hatten während Burls Wanderschaft durch die Straßen von Salt Lake City für Wirbel gesorgt. Eine der Konsequenzen daraus war eine interne Polizeiuntersuchung über die Vorgangsweise in diesem Fall gewesen, doch diese hatte als einziges Ergebnis einen Bericht erbracht, in dem die getroffenen Zeugenschutzmaßnahmen kritisiert und mehr Mittel beantragt wurden, um es in Zukunft besser machen zu können. In der Zwischenzeit waren die Erhebungen gegen Gemignani in sich zusammengebrochen. Er ging nach wie vor jeden Tag zur Arbeit in der Import-Export-Firma der Familie.

Das mit Gemignani war interessant, stellte Abe fest. Er fuhr nicht U-Bahn oder stand Schlange vor dem Kino, aber ansonsten schien er ein gutbürgerliches Leben zu führen, ohne die Entourage von Leibwächtern, die man bei einer solchen Person erwartet hätte. Abe merkte sich im Geiste vor, dem später mal weiter nachzugehen. Wer weiß, vielleicht war es sogar möglich, ihn zu treffen.

Abe mußte seine Recherchen für das Bennett-Buch immer in den Zeiten unterbringen, in denen er nicht in der Küche stand, wo er freilich meistens war. Bewaffnet mit Burls alten Gerätschaften hatte er sozusagen wieder Appetit am Kochen bekommen und stellte fasziniert fest, daß seine Werke sich nach und nach wie durch Alchimie in ein Mehr an Norma verwandelten, der er diese einzelnen Gerichte - er konnte natürlich für nur eine Person kochen, aber es waren Portionen von Burl-Format - so liebevoll und verführerisch, aber auch so flehentlich vorsetzte, daß sie nicht anders konnte, als sie, voll des Lobes, zu essen. Und so legte sie zu. Abe blieb leicht und mager, seine Haut lag locker auf den Knochen, und doch war er jetzt ein Bodybuilder - ein Bodybuilder, der den Körper von jemand anderem formte. Dabei entwickelte er den eifersüchtigen Stolz eines Bildhauers, die wirklich egoistische, anale Faszination, wie sie jedes fühlende Wesen für die eigenen Werke oder die eigenen Kinder empfindet. Normas Körper, sah er, nahm nicht gleichmäßig zu oder hielt ein bestimmtes Gewicht über eine bestimmte Zeit. Vielmehr veränderte er sich innerhalb einer Schwankungsbreite, schwellend und abebbend wie ein Binnenmeer unter der Anziehung des Mondes. Was Abe tat, erkannte er, war, den Schwankungsbereich nach oben zu verschieben.

»Sieh mich an«, jammerte Norma und stellte sich sehr aufrecht hin, um als Ganzes in den schlanken Spiegel hinter der Schlafzimmertür zu passen. »Meine Kleider sind zu eng, mein Hintern wird breit - ich komm mir langsam vor wie eine von diesen wertvollen französischen Stopfgänsen, die sich für den Genuß von jemand anderem mästen lassen müssen.«

Abe murmelte gönnerische Begütigungen, massierte ihr gleichzeitig die Schultern und küßte sie auf den Nacken, damit sie beide Genuß an ihrer Üppigkeit hatten. Oft endete es damit, daß sie sich liebten, heftig und schnell, wie Burl früher gekocht hatte. Ihre zunehmende Fülligkeit war aufregend für Abe, vielleicht für sie beide. Sie mußte seine wachsende Leidenschaft und die Veränderung in seinem Liebesspiel gewittert haben. Es war so angenehm anspruchslos, matt, gleichmäßig gewesen wie ihr eigenes, während sie nun gemeinsam etwas Neues erfanden. Er liebte es, wie ihre Kurven an Ausprägung gewannen, ihre Haut sich zu bessern, ihr Teint rosiger zu werden schien; ihre Brüste standen hervor, als strotzten sie vor Nährkraft. Die Fülle von alledem schien unerschöpflich.

Abe fand auch ungeheure Faszination darin, Norma beim Essen zuzusehen. Je mehr sie verzehrte, desto gezierter verzehrte sie es. Sie schnitt ihr Fleisch mit übertriebener Delikatesse, nahm die Gabel in die andere Hand und führte sie mit ausgesuchter Bedächtigkeit zum Mund. Nach ein, zwei Bissen legte sie ihr Besteck nieder, um sich zart den Mund abzutupfen. Es schien ewig zu dauern, bis sie mit einer Mahlzeit fertig war. Abe vermutete, all das komme daher, daß sie Angst hatte.

Er hatte sich im Verdacht, boshaft zu sein, machte sich aber weiter keine Gedanken. Wie viele Menschen, die eine Menge durchgemacht haben, fand Abe Entschuldigungen für sich. Wer wußte schon, was das Morgen bringen oder ob es überhaupt ein Morgen geben würde? Selbst seine Identität kam ihm unsicher vor, und ihm war wohler bei dem Gedanken, daß die Normas sich vielleicht ebenso zur Entwicklung bringen ließ.

Sie sah bereits ganz anders aus. Als ihr Umfang zunahm, mußte sie sich andere Kleider zulegen. Sie schaffte sich wogende Gewänder an, die an ihr herunterhingen wie Vorhänge, in sittsamen Erdfarben und mit Schals, und begann ihrer Haut mehr Zeit zu widmen. Im Bad, den Bademantel über die Schultern hinuntergezogen, salbte sie sich mit Zitronensaft und Olivenöl, was die Dinge nur schlimmer machte. Wenn Abe sah oder auch nur roch, daß sie es tat, liebte er sie auf der Stelle, leckte ihr

Schultern und Hals sauber und ließ sie mit dem Mund kommen, bis sein ganzes Gesicht salzig war. Er kaufte ihr auch besseres Olivenöl, ein dickflüssiges und fruchtiges Grün, das er über ihre Brüste träufelte und mit der Zunge verteilte.

»Gott, ich liebe dich«, sagte er mit einigem Gefühl. »Du bist das einzige, was ich essen kann.«

Während sie ihn hielt, sein Haar feucht und duftend - sie rochen beide ununterscheidbar nach Olivenöl - nagte sie an ihrer Unterlippe. So, wie er sich benahm, war klar, daß sie ihm nie begehrenswerter erschienen war, obwohl sie mittlerweile ziemlich dick war, dick genug, daß sie nicht mehr den Mut fand, auf die Waage zu steigen. Die Leute bei der Zeitung merkten es; sie sprach es an, und sie unterließen es, ihr das beruhigende Gegenteil zu versichern, wie sie es gehofft hatte. Geistesabwesend befühlte sie die gummiartige Narbe unter seinem linken Arm.

Abe konnte sehen, daß sich mehr verändert hatte als ihr Körper. Sie raschelte hörbar beim Gehen, strich ihre Sachen glatt, wenn sie stehenblieb, und schien eine übertriebene Weibchenhaftigkeit anzunehmen. Sie bat Abraham, Dinge für sie hochzuheben, von denen er wußte, daß sie kräftig genug war, es alleine zu schaffen. Sie trug mehr Make-up, und sie schlug im Sitzen die Knöchel übereinander. Sie fing an, sehr gewählt zu sprechen. Die Art, wie ihr Rücken fleischig wurde und ihre Schultern Fett anhäuften, wie um den Hals zu verschlucken, selbst die Art, wie sie ein Zimmer betrat, instinktiv an sich herumnestelnd, erinnerte ihn an Burl. Norma war wie ein vor langer Zeit verlorener Zwilling.

Eine Abends nach der Arbeit wollte sie sein Abendessen nicht.

»Aber es ist Kalbsroulade, gefüllt mit Stilton und Walnüssen. Ich hab Schwielen vom Schnitzelklopfen.«

»Abe, hör mir zu ...«

»Bloß probieren, magst du?«

»Nein, hör mir zu. Hör zu! Ich muß eine Diät machen.«

»Das Seelendrama morgen«, sagte er. »Heute den Pomerol.«

»Abe ...«

»Aber irgendwas mußt du essen.«

»Hör auf!« Norma fing an zu weinen. »Hörst du mich? Das muß ein Ende haben, ich halt das nicht mehr aus!«

»Aber Diäten funktionieren nicht, das solltest du mittlerweile wissen. Wozu willst du überhaupt abnehmen?«

»Damit ich meinen Körper wiederkriege! Abe, ich werd zu jemand anderem.«

»Unsinn ...«

»Doch!« Norma war außer sich über sein Unverständnis. »Es geht nicht nur darum, wie ich aussehe; es geht darum, wie ich empfinde, wie ich mich benehme, es ist unglaublich!« Sie schluckte schwer. »Abe, du kannst dir einfach nicht vorstellen, wie es ist, sich urplötzlich wie ein anderer Mensch zu fühlen. Es verändert die ganze Welt, verstehst du? Die ganze Welt. Du empfindest die Realität anders, die Farben, die Textur ändert sich, wenn du dich nicht wie du selbst fühlst ...«

»Es schmeckt anders.«

»... und die Welt behandelt dich anders. Ich komme mir die ganze Zeit begönnert vor, begriffsstutzig, bleifüßig, langsam, nicht nur in den Augen anderer, sondern in meinen eigenen, und es bringt mich um den Verstand. Also keine Kalbsrouladen! Kein Pomerol. Nur den Salat, und ohne alles Dressing.«

»Und was soll ich mit dem ganzen Essen anfangen?«

»Verfüttere es an deinen Freund Snipes.«

»Er findet das Rezept eigentlich ein bißchen ordinär.«

»Na, da hat er recht. Es ist ordinär, und ich bin fertig damit. Gib's bloß nicht Alexander. Der macht auch eine Diät.«

Später stellte sie ihre 35-Dollar-Flasche Olivenöl zurück in die Küche und kam im Flanellnachthemd ins Bett. Am folgenden Abend kam sie mit einer Einkaufstüte, gefüllt mit dem unerfreulichen Rüstzeug für ihre neuen Bestrebungen, nach Hause: Karotten, Reiscracker und eine Portionenwaage. Zu Abes wachsendem Kummer ging sie mit rigider Disziplin an die Sache heran.

Keine Fette oder Öle; sie aß nur Gemüse, und sie begann abzunehmen.

Ihr Sexleben verkümmerte zu einem Nichts; Normas Körper wurde nicht so schnell weniger, aber das Wissen, daß er ohne Nachschub blieb, hatte eine schlimme Auswirkung auf Abe. Mit seinen Schwellkörpern war es vorbei, weil er wußte, daß es schon demnächst mit ihrem schwellenden Körper vorbei sein würde.

»Ich weiß nichts mit mir anzufangen, seit ich nicht mehr für dich kochen kann. Meine Tage sind leer.«

Sie saßen beim Abendessen, obgleich es in jedem andern Haushalt nicht so gewirkt hätte, weil keiner von beiden aß.

»Ich bin am Verhungern«, sagte Abe. »Ich empfinde zum erstenmal in deiner Gegenwart körperlichen Hunger. Ich hab dich gefüttert, du hast von meinem Essen gelebt und ich von dir. Meine Nahrungskette ist unterbrochen.«

»Das genau ist das Problem. Ich hab für zwei gegessen, und genauso seh ich aus.«

»Die meisten Frauen wären froh, jemanden zu haben, der ihnen wunderbares Essen kocht, sich um den Haushalt kümmert, sie ermutigt, diesen ungesunden Schlankheitsfimmel zu überwinden.« Abe versuchte den Beleidigten zu spielen. »Ich seh schon, das ist der Dank dafür.«

»O bitte. Erspar mir diese Gekränkter-Gatte-Parodie.«

»Dein Körperbild ist völlig verzerrt, begreifst du das?«

»Abe, ich hab siebenunddreißig Pfund zugenommen, seit du hier eingezogen bist, und damals hatte ich schon acht Pfund zuviel.«

»Du wiegst dich, ist es das?«

»Ja, ich wiege mich. Wer hat dir gesagt, du könntest die Waage rausschmeißen?«

»Die verstärkt doch nur die Tyrannei, die die Gesellschaft über den Körper auf die Frauen ausübt.«

»Du hast gesagt, abzunehmen sei das Beste gewesen, was Burl je passiert ist. Wieso gilt das nicht auch für mich?«

»Ich bin nicht mehr so sicher. Er hat einen hohen Preis bezahlt.«

»Was soll das heißen? Du denkst, es war meine Schuld, oder? Ich will ein paar Pfund abnehmen, meinen Körper wieder unter Kontrolle bringen, und du wirfst mir vor, ich hätte ihn umgebracht!«

Abe zuckte langsam die Achseln. Er wußte, daß das schlimm war, aber man kann nicht immer rechtzeitig ausweichen, selbst wenn man den Zusammenstoß kommen sieht.

»Du gemeiner Kerl! Wer zum Teufel bist du denn? Ich will dich morgen hier raus haben. Als erstes am Morgen. Gib deinen Schlüssel beim Portier ab.«

Es folgte eine Phase brodelnder Gefühle: Türenschlagen, Schweigen, Wut. Abe war sich nicht sicher, was er tun sollte. Er wußte, daß ein Akt der Selbsterniedrigung angebracht war, und versuchte sich zu entschuldigen, wurde aber zurückgewiesen. Normas Gesicht war rot und tränenverschmiert, als sie sein Kissen und seinen Pyjama auf das Wohnzimmersofa schmiß. Als er sich niedergeschlagen seine Schlafstatt für die Nacht bereitete, verschob Abe einen kleinen Tisch und sah den blutroten Weinfleck, der von damals zurückgeblieben war, als zwischen Burl und Norma kurz Leidenschaft aufgeflackert war. Er legte sich in seinem Pyjama hin und fand das Sofa unbequem weich. Wie schnell wir doch verwöhnt werden; er hatte schon auf so viel Schlimmerem geschlafen, es war schwer zu fassen. Er konnte immer noch die Pappe riechen und dahinter das gasige Odeur seines alten Lüftungsschachts. Es machte ihn traurig, wenn er sich daran erinnerte, daß auf diesem Schacht Burl sich nur lauter Glück mit dieser Frau ausgemalt hatte und sich in seiner Unschuld nicht hätte träumen lassen, daß die Eintönigkeit und die banalen Reibereien, die jeder anderen Beziehung Schrammen zufügten, auch seiner eigenen welche zufügen würden, wenn er denn je eine haben sollte. Er erkannte jetzt, daß er wahrhaftig nicht Burl war. Abe war beispielsweise nachtragend, sogar im

Namen von jemand, der nicht mehr lebte. Burl hätte sich nie so verhalten, da war Abe sich sicher. Karl Marx sagte etwas davon, daß die Persönlichkeit der Funktion unterworfen ist; es war schokkierend, daran zu denken, daß das womöglich auch für die äußere Gestalt galt, und vielleicht noch schockierender, daß ihm dieser Gedanke bisher noch nicht gekommen war. Was hatte er eigentlich die ganze Zeit gedacht? Natürlich hatte Norma recht. Es war erschreckend, zu jemand anderem zu werden; war er nicht der lebende Beweis dafür? Das Schlimmste daran war, daß man nicht mal mehr wußte, worauf man in sich noch alles stoßen könnte. Im Einschlafen überlegte er, ob er ein Leben auf den Straßen von New York aushalten könnte.

So weit kam es nicht. Abe und Norma versöhnten sich wieder, nach und nach, und wenn er sich auch mit ihrer strengen Diät nicht wirklich abfand, so wurde er in dieser Hinsicht doch fraglos duldsamer. Er machte Salate zu seiner Spezialität und begann Rucola, Sauerampfer, Kapuzinerkresse und Gräser zu servieren, die er mit Sojasauce, verschiedenen Zitrussäften, Reisessig und suppenlöffelweise Sesamöl anmachte, um ihnen Geschmack zu verleihen.

»Elegant, aber frugal«, sagte Snipes und mampfte mit dem Desinteresse einer Ziege rohes Grünzeug. »Guter Geschmack, aber kein Aroma.« Danach sah Abe ihn nicht mehr oft. Er fing an, das Gefühl zu haben, daß Snipes ihm aus dem Weg ging.

Norma wirkte auch nicht viel glücklicher, obwohl sie bekam, was sie allem Anschein nach wollte.

»Du bist wirklich am Abnehmen«, sagte Abe und schlürfte sein neuestes Lieblingsgetränk zum Frühstück, heiße Limonade. Es war Samstag morgen; sie hatten eine weitere Nacht in maßvoller Herzlichkeit miteinander verbracht. In ihre Beziehungen hatte sich eine seltsame, aber notwendige Korrektheit eingeschlichen.

»Ja, den Leuten fällt's schon auf.«

»Fühlst du dich irgendwie anders?«

»Ich hab das Gefühl, daß ich wieder zu mir finde. Das ist so eine Erleichterung.«

»Für mich auch.«

»Abe, weißt du, auf gewisse Weise hab ich das Gefühl, daß ich auch wieder zu dir finde. Als ich nicht mehr sicher war, wer ich bin, konnte ich irgendwie auch nie sicher sein, wer du bist. Ist das nicht komisch? Jetzt glaube ich wieder sicher zu wissen, wer du bist.«

»Und, wer bin ich?«

»Hör schon auf.« Und sie umarmte ihn. »Ich weiß genau, wer du bist.«

Norma machte keine stetigen Fortschritte. Abe schälte und dämpfte mit Sorgfalt Gemüse, mischte kontrollierte Mengen Teigwaren darunter, entwarf Farbzusammenstellungen für den schönsten Augenschmaus, und doch nahm sie manchmal tagelang nichts ab. Schlimmer noch, bisweilen nahm sie sogar zu.

Er sah es ihr nicht immer an, und sie gab auch nicht immer den Stand der Waage bekannt, aber ihre Laune verriet das Geheimnis. Bei schlechten Neuigkeiten war sie gereizt, angespannt. Sie wollte nicht reden und trank seinen liebevoll aufgebrühten Kaffee im Stehen, ehe sie früh zur Arbeit ging.

»Sieh mal, manchmal macht der Körper, was er will«, tröstete Abe sie. »Es ist nicht deine Schuld. Hab Geduld.«

Aber sie schien sich selbst Vorwürfe zu machen, und schließlich kam Abe zur richtigen Schlußfolgerung: Sie aß woanders.

Für die Gewichtsbewußten sind die Straßen von New York ein fallenreiches Terrain; an jedem Block sind als Köder Hot dogs, Shish-Kebab, Knische, Brezeln, Eiscreme und alle Arten von Fritiertem ausgelegt. Norma sah sich zunehmend außerstande, diese Hindernisse zu umschiffen, ohne etwas zu essen. Sie war immer hungrig und hatte das sichere Gefühl, daß sie Essen nie wirklich zu schätzen gewußt hatte. Wie kam es, daß ihr nie der Duft der Zwiebeln aufgefallen war, die auf einem von Wurstfett triefenden offenen Rost auf dem Bürgersteig brutzelten? Wie hatte sie es versäumen können, sich am würzigen Sauerkrauttang auf einem salzig-sauren Hot dog zu delektieren? Selbst die Serviette war noch köstlich, durchtränkt vom Essen, das man damit gehalten hatte, besänftigend weich, von Senf und Sauerkrautsaft verschmiert, wenn man sich damit die Lippen abwischte. Norma machte sich jeden Tag voller guter Vorsätze auf den Weg zur Arbeit, aber die primitiven Genüsse, die überall um sie zum Greifen nahe waren, lockten wie Sirenen mit unwiderstehlichen Sinneseindrücken, und ehe sie sich versah, stand sie schon an ihrem bevorzugten Hot dog-Stand und bestellte noch einen. Manchmal weinte sie danach vor Kummer, aber auch über den tiefen Genuß, den Geschmack einem bescheren konnte, und über die Entdeckung, wie sehr sie darauf ansprach. Sie dachte, so müsse auch das Gefühl bei verbotenem Sex und bei der Entdeckung sein, daß man ihn mehr liebte als alles, was man bisher gemacht hatte. Eine weitere Parallele war die Heimlichkeit. Sie war überzeugt davon, daß die Leute davon wußten, und war sich zugleich sicher, daß das nur ihre eigene Scham und Paranoia war. Woher sollten sie? Sie war jetzt ganz und gar verstohlen beim Essen, und die Heimlichkeit erhöhte nur die Befriedigung dabei, und sie konnte sich nicht vorstellen, daß irgendwer besondere Schlüsse aus den Fettflecken zog, die sie manchmal auf der Bluse hatte, oder aus den Senf- und Ketchupspritzern, die ihrem Make-up eine abstrakte Note verliehen, bis sie sich daran erinnerte, in den Waschraum zu gehen und sich sauberzumachen.

Mit der Arbeit ging es ganz gut, aber Norma erledigte sie eher, um Zeit zu schinden, bevor sie sich billigerweise gestatten konnte, wieder zu essen. Arbeit war etwas zwischen den Mahlzeiten. Anfangs aß sie aus einer wiederverschließbaren Plastiktüte Karotten- und Selleriesplitter; Sachen, die sie immer gerne gemocht und bei der Arbeit in sich hineingemampft hatte, die jetzt aber schmeckten wie tiefgekühlte Holzwolle, mariniert in Brackwasser. Sie schluckte nur, um das Zeug aus dem Mund zu kriegen.

Wie falsch sie bisher über die Welt geurteilt hatte! Was für eine Puritanerin sie doch gewesen war, sie hatte so vieles verschmäht, was köstlich war. Etwa um diese Zeit entdeckte Norma beispielsweise die Cafeteria bei der Zeitung wieder, vor deren feuchtscharfen Gerüchen ihr früher immer geekelt hatte. Eines Abends ging sie mit dem Vorsatz, Salat zu essen, nach oben und verliebte sich. Verführt wurde sie vom Kalbfleisch Parmigiana: panierte Kalbfleischklößchen, mit Käse überbacken, schwammen in einer dicken Tomatensauce, die einem noch lang nach dem Essen ein köstliches Sodbrennen in der Speiseröhre machte. Sie wurde Stammgast. Es gab dort Truthahn-Tetrazzini, Roastbeef, gegrillte Rippchen, einen mexikanischen Abend (der Mann, der die Burritos machte, stopfte ihren immer besonders voll) und ein ganzes Sortiment an Kuchen. Die Milch spritzte süß und eiskalt aus einer großen stählernen Maschine, von der eine Art Euter herabhing. Es war wie im Himmel.

Das Seltsame an den Freuden des Essens, stellte Norma fest, war, wie flüchtig sie waren. Sie dauerten an, solange man die Gabel in der Hand hatte, danach, entwaffnet, überkamen einen Schuld, Scham und manchmal die reine kalte Angst. Es ließ sie an die Anonymen Alkoholiker denken, die Sucht als höhere Gewalt darstellten. Hunger war mit Sicherheit auch eine. Wie alles, das heilig sein könnte, war Essen auch mehr als nur ein bißchen profan. Sie fühlte sich unsauber, wenn sie eine Mahlzeit beendet hatte; es war ihr übel, nicht weil sie so schnell gegessen hatte, obwohl sie derzeit die Tendenz an sich bemerkte, ihr Essen runterzuschlingen, oder weil sie so viel gegessen hatte, sondern aus einem moralischen Grund. Es war, als hätte sie sich probeweise auf ein Leben als ausgehaltene Frau eingelassen und herausgefunden, daß es ihr gefiel.

Abe, ein ausgehaltener Mann, stellte erfreut fest, daß Normas Gewicht sich nach einem jähen Rückgang stabilisierte; danach schwoll sie allmählich wieder auf nicht viel weniger als ihren früheren Umfang an. Dabei hörte sie praktisch auf, zu Hause zu essen.

In der Wohnung wurde sie genauso enthaltsam wie er, trank viel Wasser und borgte sich etwas von seine Vitaminen, behielt ihre Futtersuchgewohnheiten aber größtenteils für sich.

Die Wochenenden waren ein Problem, da Abe nicht leicht zu erschüttern war. Am Sonntagmorgen, über dem Kreuzworträtsel, spürte Norma, daß es an ihr zu nagen begann, genauso wie sie am Radiergummi auf ihrem Bleistift nagte.

»Gott, hab ich Hunger.«

»Soll ich dir was machen? Obstsalat vielleicht? Mit ein bißchen Cassis?«

»Ich will kein Obst. Ich will einen Cheeseburger mit Speck. Ich will Salz, Abe. Ich will Fett.«

»Solche Gelüste sind Atavismen, finde ich, und früher oder später schlagen die bei jedem durch. Es sind Spuren unseres Lebens als Jäger und Sammler. Eines früheren Lebens, wie der Wolf in jedem Hund. Deshalb mögen wir alle so gern Fleisch vom Grill, mit der knusprigen, verbrannten Haut ...«

»Hör auf.«

»... und dem rauchgebeizten, saftigen Fleisch ...«

»Hör auf damit.«

»Das sind tiefverwurzelte Dinge, Norma. Dafür hat die natürliche Auslese gesorgt. Wir brauchten diese Vorlieben, beispielsweise für Fettes und Süßes, weil nicht immer Nahrung zur Verfügung stand. Leute, die solches Zeug wirklich gern mochten, überlebten und pflanzten sich fort. Seitdem stimmen unsere Geschmäkker, unser Herzkreislaufsystem und unsere Nahrungsversorgung nicht mehr zusammen. Als Höhlenbewohner hätte Burl einen deutlichen evolutionären Vorteil gehabt: die Fähigkeit, mehr Energie zu speichern als beinahe jeder sonst.«

»Also sind wir Opfer des Überflusses.«

»Der Zivilisation. Unseres eigenen Erfolges. Die Kulturentwicklung machte Butter und Käse und Steaks immer verfügbar, und die modernen Volkswirtschaften versetzen uns in die Lage, daß wir sie uns leisten können.«

»Was für ein Hohn. Deshalb also könnte ich jetzt sterben für einen Cheeseburger.«

»Wir könnten alle für Cheeseburger sterben, oder, besser gesagt, an ihnen. Unsere Präferenzen, früher mal ein Überlebensmechanismus, der uns befähigt hat, sagen wir mal, gutes, reifes Obst von giftigen Beeren zu unterscheiden, bringen uns jetzt um. Unsere Vorliebe für Süßes bleibt bestehen, selbst wenn sie sich an jedem Automaten leicht befriedigen läßt.«

Norma schlug schuldbewußt die Augen nieder.

»Wir sind schlecht angepaßt«, sagte Abe mit einem Schulterzucken. »Wir können uns nicht schnell genug ändern. Sieh dir unseren verstorbenen Freund Burl an. Er ist dahin, kinderlos, und seine Gene liegen mit ihm begraben.«

»'n bißchen sehr calvinistisch sind wir heute morgen, was, Schatz? Du sagst doch, wir sind durch unseren Hang zu schuldhaften Genüssen zum Untergang verurteilt.«

»Na ja, eine fettreiche Kost, wie sie Leute konsumieren, die eben gern fett essen, kann Herzerkrankungen und Krebs auslösen.«

»Und daher sind wir zu einem Leben des Verzichts verurteilt?«

»Oder zum Verzicht aufs Leben. Sitz nur rum, iß übles Zeug, und du stirbst jung. Außer man hat Cheeseburgerresistente Gene.«

»Abe, das ist zu deprimierend. Ich kann mir nicht vorstellen, mein Lebtag lang so zu leben. Aber jetzt, wo ich darüber nachdenke: Ich hab mein Lebtag lang so gelebt. Wie die meisten Frauen, die ich kenne, hatte ich jahrelang Hunger.«

Abe hatte sich auf dem Sofa umgedreht und massierte einen von Normas Füßen; er war auf der Suche nach der richtigen Stelle, wo er mit dem Daumen drücken mußte.

»Vielleicht lagen die Zen-Meister ja völlig daneben.« Da war sie. Norma öffnete die Lippen, wie um aufzustöhnen. »Vielleicht stellt sich heraus, daß das Verlangen doch nicht die Wurzel allen Übels ist. Vielleicht ist Verlangen unerläßlich. Außerdem kann uns diese tiefe Verwurzelung hier helfen. Denk mal dran, wie schön Sex ist und warum.« Er küßte die Innenseite ihres Knöchels und ließ seine Lippen auf dem Knochen verweilen. Man stelle sich das Mark vor! »Und nenn mir einen besseren Weg, sich Fett schmecken zu lassen«, sagte er, küßte sie wieder und hielt ihren Fuß fest, als sie auf das Reizwort hin wegzuckte. »Oder Salz.« Er genoß die kleinen Nadelstiche auf seiner Zunge, als er damit ihr Bein hochstrich, und sie kicherte.

»Das kitzelt«, sagte sie.

»Du auch. Du mußt dich rasieren.«

»Sieh mal, wer da große Töne spuckt.« Sie zog ihn an seinem dichten Bart zu sich, als würde sie an einer Maske ziehen. »Sieh mal einer an.«

Sie liebten sich zum ersten Mal seit Wochen, auf die freundschaftliche Art von Paaren, die schon lange zusammen sind und gemeinsam eine Menge hinter sich haben, und bald danach fing Norma wieder an, zu Hause ein bißchen mehr zu essen als Salate; sie erlaubte Abe, leichte Nudelgerichte und dergleichen zu kochen. Als sie wieder zunahm, nahm auch Abes Begehren nach ihr zu, und sie reagierte auf seine Veränderung mit Leidenschaft. Sie liebte es, so sehr gewollt zu werden. Außerdem gefiel es ihnen beiden, wie sie ihn scheinbar in sich begrub. Aber dieser begehrliche Geist ließ sich nicht jederzeit wieder in die Flasche zurückzwingen. Norma probierte alles aus, und eine Zeitlang funktionierte auch alles: proteinreiche Diäten, Kohlehydrat-Diäten, Selbsthilfe-Ratgeber, sogar Meditation. Es gab Anweisungen an der Kühlschranktüre und spezielle Shakes, für die sie in der Redaktion einen kleinen Mixer hatte. Die Pfunde gingen weg, die Pfunde kamen wieder. Sie fühlte sich elastisch, wie ein Ballon, in den jemand ausatmete und einatmete, ausatmete und einatmete. Jedesmal, wenn eine Runde Schrumpfen und Blähen vorüber war, wog sie mehr.

Abe war natürlich auch keine Hilfe. Nach und nach, nicht einmal wirklich bewußt, steigerte er den Kaloriengehalt der fettarmen Kost, die er für Norma zubereitete. Zum Teil kam das von seinen eigenen Sehnsüchten. Er aß oft einen Löffel voll von dem, was er für sie kochte, und er lechzte genauso nach Fett wie jedermann sonst. Er lechzte auch nach den Erinnerungen, die jedes Löffelchen Butter zurückbrachte, an die Zeit, als er der Mensch gewesen war, der er immer hatte sein wollen, und es nicht einmal gewußt hatte, an die Tage, als Burl einen Platz in der Daseinskette der Stadt und in den Adreßkalendern Dutzender Menschen gehabt hatte. Ein Stückchen Ei erinnerte ihn machtvoll an behagliche Wintermorgen in der Kaffeebar in seinem Viertel, versteckt hinter der beschlagenen Scheibe, glücklich über seine fetttriefenden Eier mit Speck gebeugt, die Dotter herrlich flüssig, der Speck nur einen Hauch vom Angebranntsein entfernt. Eine knoblauchgewürzte grüne Bohne versetzte ihn zurück nach Chinatown und in die würzegeschwängerte Luft seiner Lieblingsrestaurants dort, was ihn wiederum zu den Cafeterias seiner Kinderzeit zurückführte, und das wiederum noch weiter zurück, zu den wäßrigen grünen Bohnen aus der Dose, die er immer hatte essen müssen, matschigen, graugrünen Dingern, die aber wohlvertraut salzig waren und mit genug Butter ganz eßbar. Wer braucht schon Madeleines, sage sich Abe. Oder Tee.

Außerdem mochte Norma dieses üppigere Essen deutlich lieber. Und er mochte Norma fett. Das gab er vor sich selbst auch zu und überlegte, woher dieser Wunsch kommen mochte. Mit seinem üblichen Mangel an Selbsterkenntnis (eine Schwäche, die Burl nicht gehabt hatte) schloß er Rache aus; er liebte sie, und er versuchte sie beim Abnehmen zu unterstützen. Er gestand sich ein, daß er möglicherweise selbstsüchtig darin war, daß er ihre wachsende Üppigkeit so hinreißend fand. Das schwere Geräusch ihrer Schritte, die Ballen ihrer bloßen Füße, die kleine Abdrücke auf dem Teppich hinterließen, all das ließ wie Musik seine Liebe entflammen. Ihre ausladende Weiblichkeit, die seine Arme so perfekt ausfüllte, ließ ihn sich fragen, wieso irgendwer weniger haben wollen sollte. Andere Frauen wirkten im Vergleich dazu vertrocknet.

Für Norma war ihre Verwandlung eine ganz andere Erfahrung. Sie brachte sie zur Einsicht, daß jeder *in extremis* von seinen Gelüsten kontrolliert wird und daß diese sich wiederum von anderen kontrollieren lassen. Aus diesem Grund beargwöhnte sie Abe. Eines Tages, als sie beide lesend im Wohnzimmer saßen, druckste Norma unglücklich herum, ehe sie verkündete, daß sie Sex nicht mehr ertragen könne.

»Mir ekelt schon vor mir selber«, sagte sie. »Ich find mich abstoßend.«

»Aber du bist so unglaublich schön.«

Ihr Buch traf ihn schmerzhaft am Ohr.

»Ich kann das nicht mehr hören, Abe. Du kannst mich nicht mehr haben, du kannst einfach nicht, nicht solange ich mich nicht selbst wiederhabe. Du bist ein Schwein, du hast mich benutzt, seit du hier eingezogen bist, du hast aus mir so was wie deinen Magen gemacht. Du trägst die Verantwortung.«

Das war der Punkt, an dem sie zu fasten anfing, womit sich alles veränderte. Zu ihrer Überraschung fand Norma die Erfahrung belebend, sogar berauschend. Hauptsächlich schrieb sie das der benommenen Leere im Kopf - und dem Leeregefühl im Körper - zu, die sie ohne Nahrung in Magen und Kreislauf verspürte, aber natürlich war es auch der Rausch der Macht, die sie empfand. Ihr neues Regime bestand darin, den Tag mit einem Glas Orangensaft zu beginnen und dann auf dem Weg zur Arbeit unbeugsam an den Versuchungen der Straßenhändler vorüberzugehen. Sie trank Orangensaft zu Mittag und dann noch einmal am Abend, alles in allem täglich ungefähr einen Liter.

Ihr Gewicht begann zu fallen. Bald schon konnte sie Spuren ihres früheren Selbst im Spiegel erkennen; so, wie die Leute früher immer gesagt hatten, daß sie in ihren Augen ihren Vater und in ihrem Mund ihre Mutter erkannten. Ein Fastentag folgte auf den anderen, und Normas Gewicht ging steil nach unten. Sie fühlte sich leicht. In ihren wachen Stunden wirkte sie fiebrig, verzückt.

»Ich frag mich, ob das auch für Burl so war«, sagte sie zu Abe. »Hat er mal irgendwas darüber gesagt? Über die Zeit, als er gefastet hat.«

»Nicht viel.«

»Er hat dir sicherlich erzählt, daß es meinetwegen war.«

»Er hat oft gefastet«, sagte Abe zurückhaltend. »Er hat andauernd versucht, das Essen aufzugeben, abzunehmen.«

Die Zeit verlangsamte sich für Norma. Ihrer gewohnten körperlichen Ablenkungen beraubt, konnte sie sie beinahe sehen. An den Wochenenden zu Hause wurde es wieder faszinierend für sie, das Ende eines Fadens aus der Nähe zu betrachten, genauso faszinierend wie damals als Kind, als sie imstande gewesen war, wie ihr schien, Stunden damit zuzubringen, die Staubkörnchen zu bewundern, die in einer Schneise Sommerlicht schwebten.

Damals wie jetzt konnte sie sich in der simplen Empfindung verlieren, wenn sie mit der Hand über den knubbeligen Bezug eines Sofas fuhr, wieder und wieder mit dem Kinn über ein Kissen, das sie mit den Armen umklammerte, vor und zurück strich. Es war alles eine Frage der Geduld, und sie hatte jetzt das Gefühl, daß sie alle Zeit der Welt hatte. Sie erkannte den Reiz, den das Fasten für die wahrhaft Frommen hatte: Es war selbst für die Schwächsten ein Weg, große Stärke zu zeigen, indem sie einfach nichts taten. Der Hungerstreik als Form des Protestes erschien ihr nicht mehr als Halsstarrigkeit oder Idealismus. Nun stellte er sich statt dessen als der letzte Triumph des Individuums über unerträgliche Zustände dar. Sie würde sich einfach weigern, die Welt zu sich zu nehmen.

»Es wird noch schwerer«, sagte Abe.

»Es wird leichter. Ich könnte ewig so weitermachen. Ich würde nie mehr was essen, wenn ich es vermeiden könnte.«

»Glaub mir, es wird schwerer. Dein Körper macht nicht mehr mit.«

»Woher willst du das wissen?«

»Weißt du noch, wie's Burl nach einer Weile ging? Schwach? Reizbar? Schwindlig? Soweit ich mich erinnere, hatte er schließlich einen Zusammenbruch. Das kam nicht von mangelndem Willen.«

»Also hat er doch mit dir darüber gesprochen.«

»Es war auch nicht mangelnde Motivation.«

»Was hat er dir erzählt?«

Abe verfiel in berechnendes Schweigen.

»Bitte laß das, Abe. Ich will nicht schon wieder diesen Märtyrerblick sehen. Was mit Burl geschehen ist, ist nicht dir geschehen. Du hast kein Recht dazu.«

»Ich weiß nicht, wovon du redest.«

»Du bist so leicht zu durchschauen.«

»Es gibt Schlimmeres an einem Mann.«

Nun begann es ihnen beiden wie ein Hungerstreik vorzukommen. Ohne jemanden, den er beköstigen konnte, kehrte Abe mit frischer Begeisterung zum Kochen zurück, auf einem Niveau, auf dem er sich nie zuvor versucht hatte, und nur für sich allein; er kippte seine zunehmend vollkommenen Werke in den Müll, wenn er, was oft der Fall war, Snipes nicht auftreiben konnte. Er verbrauchte Dutzende Eier, ein Meer von Sahne, genug Blätterteig, so schien es manchmal, um ganz Manhattan damit neu zu pflastern. Es gab Curry und Koriander, Erdnußbutter und Karamel, Kutteln und Trüffeln. Das Apartment wurde von Düften und Dämpfen durchzogen, Teppiche, Vorhänge und Polstermöbel von einer Aromaschicht nach der anderen durchtränkt. Es trieb Norma zur Raserei.

»Das ist für mein neues Projekt. Ein Kochbuch.«

»Du hast dich zufällig eben mal entschlossen, ein Kochbuch zu schreiben.«

»Ich hab so was seit Jahren geplant.«

»Und du fandest, daß dies die richtige Zeit dafür ist. Wenn ich gerade nichts esse.«

»Keiner von uns ißt was. Was macht das für einen Unterschied?«

»Der Unterschied ist, daß ich nicht dauernd in der Nähe von lauter so üppigem Fressen sein will. Es macht mich krank. Gibt's denn keine Gemüsegerichte? Was ist mit deinem Buch über Burl? Die Leute kaufen sowieso keine Kochbücher mehr, in denen nur Sachen mit irrsinnig viel Butter drinstehen.«

»Wenn sie könnten, würden sie.«

Abe würde es Stirb lächelnd nennen. Unter mutwilliger Mißachtung der, wie Abe - vielleicht durch Burls Augen - es sah, zwanghaften neurotischen Fixierung der Gesellschaft auf Cholesterin, Salz, Ballaststoffe und dergleichen, sollte es in der Hauptsache eine Reihe wirklich zum Sterben guter Rezepte enthalten, gruppiert um Kapitel über Urlaub, Gästebewirtung, Verführung und so weiter, mit prächtigen Illustrationen. Das erste Rezept im Abschnitt Desserts erforderte acht Pfund Godiva-Schokolade, zerlassen. Abe dachte, es würde die Art Buch werden, wie er es liebend gern geschenkt bekäme. Schließlich hatte doch das Nichtessen - von solchen Sachen und überhaupt von allem - Burl umgebracht. Abe fand zunehmend Freude an dem Projekt und begann Anekdoten über historische Schlemmereien zu sammeln, die als unterhaltsame Marginalien Verwendung finden sollten - wie alles an dem Buch sollten auch die Ränder großzügig bemessen sein. Wichtiger noch, er begann in der Küche mit den Rezepten zu experimentieren, die er in das Buch aufzunehmen hoffte.

Damit war Norma gezwungen, mit dem Feind, Essen, in seinen gefährlichsten Formen unter einem Dach zu wohnen. Dennoch ließ sie sich nicht verführen, denn ihr Feind zeigte sich ohne Tarnung. Im Gegenteil, die schiere Üppigkeit der Dinge, ihre blanke Saftstrotzendheit verursachte ihr Ekel. Eine Obstschale auf dem Eßtisch hätte sie vielleicht schwankend werden lassen, aber der fette, dampfige Geruch von Abes neuester Küchenunternehmung ließ sie würgen. Der Wolf verriet sich durch seine Witterung.

Er schaffte es aber wieder, in ihre Träume vorzudringen. Sie schlief immer noch gern in Abraham eingewickelt wie in ein Bärenfell, nur daß sie damit aufgehört hatte, an seinen Haaren auf den Armen zu zupfen. Statt dessen nagte sie im Schlaf an seinem Unterarm. Es hatte als aggressive Form des Küssens angefangen, aber nach und nach hörte sie auf, ihre Lippen als Puffer zu benutzen, sondern bleckte im wörtlichen Sinn die Zähne und kaute auf seinem Arm herum wie ein Hund auf einem Knochen. Es schien ihn nie zu wecken, obwohl es manchmal weh genug tat, daß er mit einem Grunzen seinen Arm wegzog. Am Morgen wunderte er sich über die wunden Stellen und Schrammen, bis er schließlich nach einer Nacht, in der Norma besonders aggressiv an ihm genagt hatte, die Bißstellen beschnüffelte; seine Haut roch nach Speichel, so, wie er sich erinnerte, als Kind gerochen zu haben, wenn er mit dem Hund des Nachbarn gespielt hatte. Da er für Hunger Verständnis hatte, machte er keinen Versuch, es zu unterbinden, sondern hielt seine Wundmale als zu Recht empfangen in Ehren.

Zumindest aß irgend jemand. Das Leben schien so öde, wenn niemand etwas zu sich nahm. Abe fing wieder an, sich nach fester Nahrung zu sehnen, und verspürte von neuem den Hunger, den Burl auf seinen Wanderungen durch die Straßen von Salt Lake City gehabt hatte. Er ging in den Park und hielt Ausschau nach Snipes, aber es gab keine Spur von ihm.

Abe und Norma machten wochenlang so weiter; sie waren beide so hungrig, daß sie sich schließlich aneinander zu sättigen versuchten. Wie bei so vielen Paaren, die wissen, daß sie bald auseinandergehen werden, bekam ihr täglicher Umgang etwas Nostalgisches. Sie hatten jetzt etwas Neues und Zartes gemeinsam. Sie waren hungrig, und darum versuchten sie, einander zu verzehren, leckend, beißend, saugend, schnuppernd, mit der Gier von geretteten Schiffbrüchigen an einer Bankettafel. Das primäre Geschmackserlebnis war Salz; Normas Fleiß und wachsende Könnerschaft wurden mit einem salzig schmeckenden Erguß belohnt, ein erlernter Genuß, das gewiß, aber einer, den sie vor langer Zeit mit Burl erlernt hatte - erstaunlich, daß die alle gleich schmeckten -, und an manchen Tagen das einzige an Geschmack (und Kalorien), was sie zu sich nahm. Auch Abraham genoß den salzigen Geschmack von Normas Geschlecht, und nachher war der Geruch über sein ganzes Gesicht verteilt, so daß jeder Atemzug ihn daran erinnerte.

Aber lebendes Fleisch ist eine unzureichende Nahrung, allenfalls ein Mittel, den Appetit anzuregen; mag sein, daß Norma deshalb eines Tages eine rätselhafte kleine, braune Tüte nach Hause mitbrachte. Abraham schöpfte deswegen sofort Verdacht, und darum ging er ihr ins Schlafzimmer nach, wo er gerade rechtzeitig ankam, um sie dabei zu ertappen, wie sie das Päckchen mit einem Fußstoß unters Bett beförderte; er tat so, als habe er es nicht gesehen. Er vermutete, daß sie wieder heimlich aß, und daß der ganze Kreislauf sich auf diese Weise wiederholen sollte, war einfach zuviel. Er setzte sich aufs Bettende und dachte an seine Mutter und seinen Vater, an die Normas fußballerischer Seitwärtskick ihn machtvoll gemahnte, weil er wie eine Wiederholung des zornigen Tritts war, mit dem Burl sein kalorienarmes Lunchpaket unter dem Bett hatte verschwinden lassen. Er saß da und sagte nichts, blickte bloß auf seine bestrumpften Füße hinunter, bis Norma von hinten zu ihm aufs Bett kam.

»Tut mir leid, es ist ein Geschenk. Ich wollte nicht, daß du's siehst. Aber vielleicht ist das ein guter Moment, es dir zu geben.«

Sie begann ihn auszuziehen, zerrte an seinen Sachen, nestelte an seinen Knöpfen, ruckte an seinem Gürtel, um die Schnalle aufzukriegen. Abraham war nicht in Stimmung. Ihm tat das alles viel zu leid; er war schuldbewußt und ohne Hoffnung und nahe daran, mit der ganzen Geschichte herauszuplatzen, als versuchsweiser erster Schritt einer Wiedergutmachung. Aber Normas Mund war schon auf seinem Nacken.

»Gott, ich bin so hungrig«, flüsterte sie, und plötzlich war er es auch, und dann war das Licht aus, und dann spürte er, wie ihre Berührung für einige Augenblicke aufhörte, und danach, wie eine Creme oder ein Öl ihm seitlich den Hals hinunterlief; er spürte den Plastikbehälter. Aber dann spürte er an derselben Stelle ihre Zunge und fühlte ihr Stöhnen fast durch die Haut hindurch, als sie es ableckte. Sie küßte ihn, damit er es auch schmecken konnte, und als sie mit ihrer Zunge an seine stieß, explodierte die Süße in seinem Mund. Jetzt verstand er. Das Geschenk war ein Honigbär aus Plastik, und sie benutzte ihn, um noch ein paar Tropfen bernsteinfarbener Süße auf ihn zu träufeln, diesmal auf seine Brustwarzen.

Und damit hatte Abraham zum Teil recht behalten; Norma hatte wieder angefangen zu essen, aber auf eine Weise, die sich nicht sehr von der seinigen unterschied. Es war weniger essen als Geschmack erleben. Doch wer kann sich mit bloß einem oder zwei Aromen zufriedengeben? Sie wollte nichts davon hören, an den Verkostungen teilzunehmen, die Abe manchmal veranstaltete, wenn er Püppchenportionen Spaghetti Bolognese kochte. Andererseits wollte sie weiter an ihrem Liebsten lecken, und so brachte sie andere Aromen nach Hause. Anfangs waren sie einfach und süß; von Honig ging sie zu Ahornsirup über und dann zu Himbeerkonfitüre. Mit einer Seite von Abes unvollendetem Kochbuch als Anleitung zerließ sie Schokolade und träufelte sie ihm, noch warm, auf Brust und Bauch und Geschlecht. Das schmeckte ihr so gut, daß Abe danach vollkommen saubergeleckt war; die Narben machten ihr nichts aus, sie waren nur ein Mehr an Eindrücken auf ihrer Zunge, aber als sie sich aufrichtete, damit er das gleiche mit ihr machen konnte, sah er in dem schwachen Licht, das sie zu diesen Mahlzeiten bevorzugte, daß ihr Gesicht, ihre Ohren und Schultern braun verschmiert waren wie das Gesicht eines Kindes nach einer Tüte Schokoladeneis.

Einmal versuchte sie ihn mit Korianderblättern abzureiben, die dufteten, aber für den, der leckte, nicht sehr befriedigend waren, und ein andermal massierte sie ihn mit hausgemachter Vinaigrette, die freilich dazu neigte, sich zu zersetzen, wenn man sie in die Haut einrieb. Olivenöl mit Knoblauch war da schon etwas anderes, obwohl der Geruch für den Rest der Nacht ihnen beiden zuviel wurde. An wieder einem anderen Abend nahm sie einen Backpinsel und bestrich Abraham mit Marinara-Sauce, die sie gleichmäßig dünn über Brust und Bauch verteilte. Dann holte sie, rittlings auf ihm, eine Käsereibe und ein Stück harten Pecorino hervor.

»Ich hab Pizza immer geliebt«, sagte Norma, während sie angestrengt Käse rieb, der auf ihn herunterfiel wie Schnee. »Als ich noch gegessen hab, konnte ich davon nie genug kriegen.«

Avocadopaste funktionierte auch gut, und ebenso Auberginenmus mit viel Paprika und Sesam. Sie mochten beide die Dickflüssigkeit von Amaretto-Schlagcreme, als sie ihn damit bespritzte, aber aus Achtung vor Abrahams gesteigerten Empfindlichkeiten willigte sie ein, in Zukunft darauf zu verzichten. Statt dessen schlug Norma mit dem Schneebesen, den Abe aus Burls Küche geerbt hatte, in riesigen Stahlschüsseln mit Grand Marnier versetzte Sahne, bis ihr der Arm weh tat.

Auch Abe bekam manchmal Gelegenheit zu einem Liebesmahl. Aber Normas Hunger war größer, und meistens aß sie von Abraham, was ihn zunehmend ungeduldig machte und verdroß. Er wollte nicht egoistisch erscheinen, aber es wurde allmählich mühsam, in einem Bett voll von Ölen, Cremes und anderem Eßmatsch zu schlafen. Selbst wenn sie ihn sauberleckte, hatte er das Gefühl, eine Dusche nötig zu haben, aber Norma war gekränkt, wenn er aufstand, um duschen zu gehen, und darum trocknete er sich, so gut er konnte, mit den Laken ab - die Flecke darauf erschienen mittlerweile unauslöschlich - und wartete bis zum Morgen. Er spürte, daß seine Haut an Stellen rissig wurde, die seit der Zeit vor Burls Gewichtsverlust keine solche Reizung mehr erlebt hatten. Er brauchte Schlaf.

Und Wasser. Es fiel ihm schwer, eine Nacht lang ohne Trinken auszukommen. Sein Magen war zu klein, als daß er große Mengen Flüssigkeit hätte zu sich nehmen können, und darum trank er tagsüber die meiste Zeit immer wieder einen kleinen Schluck. Aber in den frühen Morgenstunden - kam das von all dem Zeug, das sie im Bett aßen? - benötigte er mehr Flüssigkeit.

In Normas Wohnung aufzuwachen war nicht immer ein glückliches Gefühl für Abraham. Er empfand nichts darin als das Seine, und in dieser speziellen Nacht war er besonders einsam. Selbst bei leicht geöffnetem Fenster in einer kalten Oktobernacht war das Zimmer stark überheizt, und er fühlte sich beim Aufwachen verschwitzt und niedergedrückt, fast so, als hätte er Fieber. Norma lag nicht neben ihm; sie mußte im Bad sein. Aber von dort kam kein Licht. Vielleicht war sie aufgestanden, weil sie sich genauso schlecht fühlte wie er. Ihre Abwesenheit ließ das Zimmer und die Dunkelheit noch deprimierender wirken, und Abraham stand, fast am Verdursten, auf, um sich etwas Wasser zu holen, und überlegte dabei, ob er sie suchen sollte.

Was er hörte, als er die Schlafzimmertür öffnete, machte ihn schlagartig hellwach. Das Geräusch war laut und im Dunkeln ein bißchen schaurig. Es war wie das Freßgeräusch von einem Tier - nicht wie irgendein Geräusch, das Alexander machen würde, eher hündisch als kätzisch, sogar wölfisch, reißend gefräßig.

Abraham bewegte sich leise in Richtung des Geräusches; er tastete sich die Wand entlang und paßte auf, daß seine Schritte das, was ihn anzog, nicht übertönten. Er ging in Richtung Küche, dem Geräusch nach, in einem fahlgrauen Licht wie vom Aufkommen einer schmutzigtrüben, unwillkommenen Morgendämmerung. Er war bereits so nahe, daß einem von dem Mantschen und Schlürfen, Rasseln und Scheppern, Wühlen und Scharren schlecht werden konnte.

Er bog um die Ecke und fand Norma mit überkreuzten Beinen als dunkle Gestalt vor dem Kühlschrank sitzend, vom Licht daraus übergossen wie eine Hindu-Göttin, die umgeben ist von den Reichtümern des fruchtbaren Landes, das sie gesegnet hat. Gesicht und Haar waren mit Essen verschmiert, der Mund so voll, daß sie ihn kaum zukriegte, und überall um sie herum standen die Päckchen, Tüten und Teller, die ihre Schätze enthielten: Brot, Milch und Sahne, ein Stück Butter mit Bißspuren; Käse, Crakker, Mayonnaise, saure Gurken, Pasteten, eine offene Dose Katzenfutter. Ihre Kiefer arbeiteten stetig. In der Hand schwenkte sie, was nach der Packung in ihrem Schoß zu schließen ein Fischstäbchen sein mußte, und in ihrem Gesicht stand, als sie Abraham erblickte, nicht das geringste Zeichen des Erkennens, während sie mit glasigem Blick weiterkaute.

KAPITEL 22

»BURL? WILLST DU SAGEN – du bist wirklich Burl Bennett?«
Sie saßen im Wohnzimmer, es schien genug Herbstsonne herein, daß sie kein Licht anmachen mußten. Sie hatten beide ein bißchen geschlafen. Abe hatte Norma zu Bett gebracht und schlief, nachdem er beschlossen hatte, sich zu offenbaren, neben ihr so fest wie ein Flüchtling, der sich mit der Vorstellung, sich zu ergeben, abgefunden hat. Sie hatten nicht miteinander geredet; Norma hatte ein bißchen geweint und ihn gebeten, ihr zu helfen, und Abraham hatte es ihr versprochen. Nachher hatte er soviel Voraussicht gehabt, den Saustall aufzuräumen, bevor er sich für die Nacht zur Ruhe legte, damit sie im Licht des Morgens nicht die ekligen Reste vorfinden mußten.

»Du hast mir Mails immer nur in Kleinschreibung geschickt. Hier auf diesem Fußboden hab ich so getan, als würde ich Teppichreiniger trinken. Sieh mir in die Augen.«

Norma starrte hinein. Schock und Abscheu breiteten sich rasch in ihrem Gesicht aus.

»Burl ist tot.« Sie zog die Beine aufs Sofa hoch und schlug ihren Morgenmantel darüber. »Wer bist du? Bist du verrückt?«

Ihre Lippen zitterten. Abe fühlte sich schmuddelig in seinem Pyjama und wünschte, er hätte daran gedacht, sich anzuziehen. Ihn schauderte vor sich selber.

»Ich hatte eine Operation zur Magenverkleinerung. Sie zwingt mich, von Flüssigem zu leben. Sie soll meine Verdauungskapazität an meinen Stoffwechsel anpassen.«

»Du bist krank. Das ist irgendein kranker Witz.«

»Die Narben sind von einer kosmetischen Operation, bei der die ganze überschüssige Haut weggeschnitten wurde, nachdem ich dünn geworden war. Ich hatte niemals Krebs.«

»Du krankes Scheusal«, weinte Norma. »Du krankes, krankes Scheusal.«

»Ich wollte jemand andrer sein. Ich mußte mir dieses ganze Gewicht vom Buckel schaffen. Und ich hatte Angst. Ich dachte, die würden versuchen, mich umzubringen. Vielleicht war ich paranoid. Vielleicht bin ich ein krankes Scheusal.«

»Du bist vollkommen wahnsinnig. Wer bist du?«

»Burl. Ich bin Burl Bennett. Das ist eine Phantasie, die ich immer schon hatte, nochmal neu anfangen. Die Umstände haben's mir leichtgemacht. Es war eine Chance, wirklich. Jeder Schritt wirkte vernünftig, als ich ihn tat.«

»Dein Anblick ist einfach widerlich. Du böser, hassenswerter Mensch.«

»Ich versteh, wie du dich fühlen mußt.« Er hörte sich für sich selbst wie ein Idiot an. »Ich versuche, ehrlich zu dir zu sein. Ich liebe dich sehr.«

»Wovon redest du? Du abscheulicher Betrüger. Du hast mich getäuscht, du hast unter Vorspiegelung falscher Tatsachen meine Liebe gestohlen.«

»Es tut mir leid, Norma. War ich nicht der Mann, den du wolltest? Bin ich nicht endlich mein Gewicht los?«

»Ich halte es neben dir nicht mehr aus. Schau doch, was du deiner Familie angetan hast. Abe? Burl? Wie soll ich dich nennen? Du hast deiner Mutter schreckliche Qualen bereitet. Kannst du dir vorstellen, wie ihr Leben seither ausgesehen hat?«

»Ja. Und ich fühl mich schuldig, weil ich den Verdacht habe, daß ein Teil von mir es mit Absicht getan hat. Ich werd auch versuchen, es irgendwie wiedergutzumachen. Ich werd's allen sagen. Bald.«

»Abe, Burl, mach, was du willst, aber verschwinde bloß aus meinem Leben. Das ist zuviel.«

»Ich brauch deine Hilfe, Norma.«

»Nach allem, was du mir angetan hast, wie kannst du da so was verlangen?«

»Du hast mich letzte Nacht darum gebeten. Weißt du noch? Um meine Hilfe. Und ich hab sie dir versprochen.«

»Du bist doch der Grund, daß ich überhaupt Hilfe brauche.«

»Aber das war, bevor die Wahrheit rauskam.«

»Während du gelogen hast, mit anderen Worten.«

»Kannst du mir das vorwerfen? Du hast Burl nie gewollt. Abe hast du anscheinend akzeptiert.«

»Du hast mich mit Essen attackiert. Du hast versucht, mich umzubringen - nicht mit einem Messer oder Knüppel, aber du hast versucht, meine alte Identität durch eine neue zu ersetzen. Hier ist es zugegangen wie in *Die Körperfresser kommen*.«

»Das geschah nicht bewußt. Es kann so nicht weitergehen, deshalb hab ich beschlossen, dir alles zu sagen.«

»Ich bin sicher, ich kann dich - wer immer du bist - nie wieder auf dieselbe Weise ansehen.«

»Gut.«

»Und die Geschichten, die du mir erzählt hast! Die Dinge, die du von Burl wußtest! Wie konnte ich nur so dumm sein? O Gott, wie konntest du nur all das tun?«

»Ich könnte behaupten, ich hab damals so viel gegessen, daß sich buchstäblich mein Gemüt verändert hat, mein Realitätsgefühl beeinträchtigt war. Und da war auch noch die Angst. Aber es gibt keine Entschuldigung. Ich hab einfach einen Fuß vor den anderen gesetzt. Du wärst erstaunt, wozu man fähig ist.«

»Ich bin bereits erstaunt. Aber es ist schrecklich, daß du nicht von Anfang an das Gefühl hattest, daß du dich mir anvertrauen kannst, oder mich um Hilfe bitten.«

»Du hast recht. Ich bitte dich jetzt.«

»Du mußt es Betty sagen.«

»Werd ich, schon bald. Ich muß erst noch ein paar Dinge erledigen.«

»Sie tut mir leid, Burl. Soll ich dich Burl nennen? Ich mochte den Namen.«

»Ja.«

»Ich denk gerade daran, was du mir erzählt hast, über das Aufwachsen bei deiner Mutter. Sieht aus, als wär unsere Beziehung 'ne Art Wiederholung, findest du nicht? Abgesehen davon, daß sie's nie geschafft hat, daß du dünn wirst.«

»Und ich nie, daß sie dick wird.«

»Und jetzt auch noch das«, sagte Norma und wischte sich die Tränen ab. »Inzest.«

Shields Telefon war so alt, daß es angegilbt war. Es war ein Tastenmodell, aber es hatte unten ein Querreihe von altmodisch aussehenden Akryltasten; die rote war zum Weiterverbinden. Das Telefon war auch schmutzig, was ihn heftig störte. Er würde es selber saubermachen müssen; niemand sonst würde es tun. Er haßte das Warten auf eine Verbindung. Bei solchen Gelegenheiten betrachtete er das Telefon genau, es fiel ihm zu deutlich auf, und ebenso, wieviel Zeit er schon damit verbracht hatte, sich mit der linken Hand den Hörer ans Ohr zu halten, den Ellbogen aufgestützt.

»Hier spricht Dr. Stringer.«

Dem Typen aus dem Hotel war der Name wieder eingefallen. Shields hatte bei den Leuten nochmals telefonisch nachgehakt – jahrelange Erfahrung hatte ihn gelehrt, wie oft sich das bezahlt machte –, und Volltreffer, der Mann hatte sich an Dr. Stringer erinnert, dessen Einschreiten den Typen dazu bewogen hatte, Burl wieder aufzunehmen. Shields, an dem Burls angeblicher Tod immer noch nagte, bot sich damit ein Weg, die unkooperative Krankenhausverwaltung zu umgehen. Er konnte nicht widerstehen. Er hatte wegen Burl schon eine Menge durchstehen müssen; er kannte die Gefahren des Wissens in einem so hochoffiziösen Fall - würde er dann später lügen müssen? -, doch es trieb ihn immer noch vorwärts.

»Tot? O Gott, nein! Gott, das hatte ich so sehr befürchtet - Lungenentzündung oder Unterkühlung oder gar Mord. Er lebte auf der Straße, und ich wußte einfach, daß ihm irgendwas Furchtbares zustoßen würde.«

»Auf der Straße?«

»Er hatte Schwierigkeiten bei der Wiederanpassung, er wollte nicht an unseren Beratungssitzungen teilnehmen, und er hatte kein Geld, obwohl wir ihm da möglicherweise hätten helfen können, ihm vielleicht einen Job verschaffen und eine provisorische Unterkunft.«

»Dr. Stringer, Sie sind Chirurg? Wogegen haben Sie ihn behandelt?«

»Ich bin Barochirurg. Wußten Sie das nicht? Mr. Bennett hatte ein Operation zur Gewichtsreduktion.«

»Ich verstehe nicht. Haben Sie ihm das Fett weggeschnitten?«

»Ich hab eine vertikal geraffte Gastroplastik durchgeführt. Das ist ein chirurgisches Verfahren, bei dem wir den Magen abteilen, so daß nur mehr ein kleiner Teil für die Nahrung zur Verfügung steht.«

»Im Ernst? Das machen Sie, damit er nicht mehr essen kann?«

»Wir machen es den Patienten sehr schwer, viel zu essen. Sie leben normalerweise von Flüssigkeiten und kleinen Mengen fester Nahrung. Mit der nötigen Entschlossenheit schaffen es manche, es sich wieder wegzuessen, den Vorgang nach und nach rückgängig zu machen.«

»Und das haben Sie bei Burl gemacht.«

»Ich hab das schon bei vielen Leuten gemacht. Meistens funktioniert es, und bei ihm genauso, zumindest körperlich. Wir machen das nur bei Leuten, die an pathologischer Adipositas leiden, das heißt, sie sind so fett, daß es akut lebensbedrohlich wird. Und wir dachten, wir hätten ihm das Leben gerettet. Er kam hierher, unmittelbar nachdem er in irgendeinem Motel aus einem Türrahmen befreit werden mußte. Ich hab gehört, daß die Feuerwehr eine Kreissäge benutzen mußte. O Gott, sagen Sie mir, daß er nicht tot ist.«

»Ich wollte, ich könnte«, sagte Shields.

»Herrgott, das ist einfach furchtbar. Und dabei ging alles so gut, wissen Sie, er war ein neuer Mensch. Wir hatten sein Gewicht auf die Hälfte reduziert, seinen Blutdruck unter Kontrolle gebracht. Er konnte wieder atmen, war beweglich. Er ließ sich einen Bart wachsen und sah wie ein völlig anderer Mensch aus. Sie hätten ihn nicht wiedererkannt.«

»Nein«, sagte Shields. »Hätte ich nicht.«

In einem kleinen Büro am Rande des Textilviertels griff Abraham Alter nach oben und nahm eine Pressemitteilung aus seinem Fach für die Eingänge. Er las sie sorgfältig, als befürchte er eine Ente:

> *FLINT, MICH., 21. März/PRNewswire/ – Die Global Dryer Corporation, seit mehr als dreißig Jahren Branchenführer bei Heißluft-Händetrocknern für öffentliche Waschräume, reagierte heute auf eine Studie, aus der angeblich hervorgeht, daß Händetrockner weniger hygienisch sind als Papierhandtücher.*

Normas Freßorgie hatte Abe und sie aus ihrer ausgetüftelten *folie à deux* gerissen. Abe hatte natürlich ausziehen müssen und fand eine kleine Wohnung in Inwood, weit oben in Richtung Bronx. Er hatte auch Arbeit gefunden und ein bescheidenes Leben, das nicht mehr darin bestand, die Frau, die er liebte, aufzufüttern. Obwohl sie einander weiterhin verbunden blieben, fand Norma allmählich zu sich selbst und ihrem gewohnten Stoffwechsel zurück. Sie nahm ab, und obgleich sie manchmal die

Euphorie vermißte, die Essen früher bei ihr ausgelöst hatte, war sie dankbar für die Gemütsruhe, die kam, wenn man normal aß, ohne daß ein äußerer Antrieb oder innerer Zwang die Nahrungsaufnahme bestimmte. Selbst ihre aufgeschwellte Katze schrumpfte auf sich selbst zurück. Abe war froh über all das, er sah die Notwendigkeit ein und genoß es sogar, ein eigenes Dach über dem Kopf zu haben. Er versuchte sich auf die anstehenden Probleme zu konzentrieren:

»Es fällt uns schwer, eine Studie für glaubwürdig zu halten, die von einer Erzeugerfirma für Papierhandtücher in Großbritannien in Auftrag gegeben wurde«, sagte Rudy Chauder, Vorstandsvorsitzender und Präsident des Verwaltungsrates der Global Dryer Corporation. »Dieser Bericht steht im Widerspruch zu den Ergebnissen aus fast einem Jahrzehnt naturwissenschaftlicher und medizinischer Hygieneforschung.«

Das Gebäude war alt, so alt, daß sich die Fenster noch öffnen ließen. Abe spähte durch die verschmierte Scheibe über die 39ste Straße auf das Gebäude gegenüber, einen gemauerten Bienenstock von Arbeitern, die bügelten, nähten, Papiere wälzten, telefonierten. Wenn er sich vorbeugte, konnte er nach unten auf die Straße sehen, verstopft von Lieferwagen und dunkelhäutigen Arbeitern, die das Viertel lebendig machten. Er bekam einen Kloß im Hals. Er liebte diese Stadt so sehr, sie ließ ihn wünschen, er könnte fliegen. Er könnte das schmutz- und lackverkrustete Fenster mit einem Hebel aufkriegen (Burl hätte sicher genug Kraft dafür gehabt) und könnte sich in die Metropole hinausstürzen, sich für alle Ewigkeit an ihren Busen schmiegen, sein zerschmetterter Körper hingeworfen aufs Pflaster des Bürgersteigs.

In einer Studie, die 1991 von der Universität Ottawa durchgeführt und dem Zentrum für Seuchenbekämpfung in Atlanta vorgelegt wurde, wird festgestellt: »Elektrische Trockner könnten den beiden anderen Abtrocknungsmethoden (Papier, Stoff) hinsichtlich der Beseitigung von Bakterien wie auch von Viren nach einer hygienischen Handwäsche überlegen sein.«

Abe blinzelte. Könnte überlegen sein. Das war vielleicht ein Einstieg, wenn er überhaupt etwas damit anfangen konnte. Er dachte eine Minute nach, wandte sich wieder seinem Computer zu und begann zu schreiben.

»Die Debatte um Einweg oder Mehrweg bei Sanitärtextilien scheint schon so lange zurückzureichen, wie es Wäschereien gibt. Faktum aber ist, daß sie in Wirklichkeit nicht weiter zurückreicht als ein oder zwei Generationen. Als sie, nach dem Trauma des Krieges, aufkamen, waren Wegwerftextilien bald groß in Mode.« Abe versuchte sich diese Zeiten vorzustellen, Stu und Betty waren praktisch noch Kinder und Burl noch nicht mal gezeugt. »Sie entsprachen dem Zeitgeist, der auf Modernität und Hygiene versessen war, und weil man darüber die Umweltfolgen völlig außer acht ließ, waren sie auch ein Symbol für den naiven Glauben der Nation an eine Welt ohne Grenzen, die Amerika offenstand.«

Er blickte zur Uhr hoch: elf Uhr vierzig. Aus dem Nebenzimmer hörte er aus einem der Fernseher, die sie dort die ganze Zeit laufen hatten, gedämpfte Melodramentöne. Selbst durch die Wände klangen sie noch verlogen. Nebenan hielten sie sich für eine weitere Piker-Publikation auf dem laufenden, für die *Soap Opera Gazette*. An laute Umgebung gewöhnt, blendete Abe die Geräusche im Geiste aus und fuhr fort zu schreiben.

»Heute wissen wir es natürlich besser. Wegwerfprodukte tragen, wie sich erwiesen hat, ihren Namen zu Unrecht; der Fortschritt ist nicht das, wonach er ausgesehen hat. Mittlerweile ist klar, daß man eigentlich überhaupt nichts wegwerfen kann. Unser Müll, unsere Geschichte, bleibt immer bei uns. Die Handtücher und Windeln und OP-Tücher, die wir einmal benutzt und weggeschmissen haben, sind immer noch da. ›Wegwerfen‹ hat keinen Sinn mehr.«

Abe blinzelte auf den Bildschirm und rückte die Zeitschrift zurecht, die er L-förmig über die Eckkante seines schmutzigen Monitors gehängt hatte, um die Spiegelung in Grenzen zu halten. Er stellte den Kontrast so scharf, wie es ging, und nahm einen langen Zug von einem der Proteinshakes, an denen er tagsüber meist nuckelte.

»Wir haben all die Meinungen gehört«, schrieb er. »Wir kennen die Behauptung, daß Mehrwegprodukte angeblich insgesamt mehr Energien verbrauchen als Einweggüter. Wir haben das angeblich biologisch abbaubare Plastik gesehen, das dann nie abgebaut wird, und die ›sicheren‹ Materialien, die irgendwie und irgendwann aus lecken Deponien austreten und das Grundwasser verseuchen.«

Vorsicht jetzt. Nie zu scharf rangehen.

»Alte Profis in der Wäschereibranche haben das alles schon erlebt. Polyester sollte angeblich die Textilindustrie revolutionieren. Heute ist es ein stehender Witz, ein Schimpfwort, das Modedesigner sich nicht auf ihre Etiketten zu drucken trauen.

Glücklicherweise beginnen die Verwaltungen von Krankenhäusern und anderen Institutionen an Wegwerfprodukten alle dasselbe festzustellen: Sie eignen sich für manches ganz gut, aber besser, man schließt nicht deswegen gleich die Wäscherei.«

Er drückte auf die Speichertaste und streckte sich. Kein schlechter Vormittag. War nicht mal nötig gewesen, auf den Streit um die Händetrockner einzugehen. Alles, was ihm heute noch zu tun blieb, war ein bißchen Texte-Einrichten, hauptsächlich die Zusammenstellung von »Vor fünzig Jahren im *American Launderer*«, was immer Spaß machte. Bundesstaatliche Verordnungen, die saubere Wäsche in Gasthäusern vorschrieben, Berufsbezeichnungen für Wäscherinnen, hochtrabende Prosa mit bemerkenswert steifer Grammatik. Der Krieg hatte alles noch verschlimmert; all diese Uniformen, eine plötzliche Verknappung der Ressourcen. In der Schweiz richteten patriotische Frauen Kriegswäschereien für Leute ein, die kein Waschpulver mehr bekamen. Vielleicht kam er auch noch dazu, die dieswöchige Gastkolumne einzurichten, die mit der Überschrift »Große Wäsche - selber machen oder machen lassen?« eingegangen war.

Er hatte noch eine Sache, die er selbst schreiben mußte, aber das konnte bis morgen warten, wenn er wieder zu Milt Laver werden würde, dem Detektiv im Wäschereirevier. Jeder in der Branche schien zu glauben, daß das eine reale Person war. Laver bekam Briefe von Lesern, die langmächtige Überlegungen über Verbindungsstutzen anstellten oder ihn drängten, gegen die Lieferanten-Mafia zu ermitteln (geschäftliche Bestechung grassierte bei Reinigungsunternehmen, und das seit eh und je). Manche Leute wollten Laver sogar am Telefon sprechen, und nach einer Weile beschloß Abe, sich zu fügen. Wenn ein Anruf für Milt kam, hob er den Hörer ab sagte einfach »Laver«.

Später, als Abe eben am Gehen war, zwinkerte Phil Soto, der Chefredakteur, ihm zu.

»Sehr gute Arbeit, dieser Leitartikel, aber, wissen Sie, dem Alten wird diese Sache mit dem Polyester nicht gefallen. 's gibt noch zuviel davon, Sie wissen schon. 'n bißchen negativ, finden Sie nicht?«

Auf einem Kreuzzug, ja, das waren sie. Es war bewegend, auch nur dazuzugehören.

»Sie kennen mich, Phil. Immer hart am Limit.«

In der Mittagspause ging er spazieren, wie immer, wenn das Wetter schön war. Es war einfacher, als erklären zu müssen, warum er allem Anschein nach niemals etwas aß, und es gab ihm Gelegenheit, sich etwas besser mit der Art anzufreunden, wie er seinen Lebensunterhalt verdiente, indem er sich wortlos unter Tausende andere mischte, die ihre Tage mit ebenso bizarren Tätigkeiten verbrachten.

Abe war mit Normas Hilfe an den Job gekommen. Sie hatte

bei Soto, einem Alkoholiker und früheren *Tribune*-Korrektor, für ihn interveniert, aber auch Abes getürkter Lebenslauf spielte eine Rolle. Darin wurde behauptet, vor Jahren hätte er weiß Gott wo überall als Redakteur gearbeitet, ehe er ins Anstaltswäschereien-Management wechselte.

»*The American Launderer* ist wirklich das führende Blatt seiner Art«, hatte Soto gesagt, während er seine Bewerbungsunterlagen durchsah. Er hatte bei dem Gespräch eine Ray-Ban-Sonnenbrille auf und saß hinter einem alten Mahagonischreibtisch, der mit Papieren zugedeckt war, die aussahen, als wären sie, seit sie hier zu liegen gekommen waren, nicht mehr angefaßt worden. »Die Bibel der Branche. Es ist nur eine kleine Welt, für die Sie hier schreiben, aber Sie werden darin eine große, große Wirkung haben.«

Nach ein paar Wochen - Abes Aufstieg war meteorhaft, er gab bereits Anlaß zur Eifersucht unter den Kollegen - hatte er angefangen, unruhig zu werden, und zu seiner großen Überraschung stellte er fest, daß er zornig war. Es war das neue Leben, das er irgendwie erlangt hatte. War das jemandes Plan gewesen? Daß er das Land durchqueren sollte, dünn werden, seine Identität ablegen, auf der Straße leben, Liebe gewinnen und später wieder verlieren, alles bloß, um ein Star bei irgendeinem jämmerlichen Branchenblättchen zu werden? Sich bei Wäschereibesitzern einen Namen zu machen - buchstäblich?

Er kaufte sich einen gebrauchten PC und fing wieder an zu schreiben, Drehbücher diesmal. Er wollte etwas Geradlinigeres als sonst, eine fast sprachunabhängige Art des Geschichtenerzählens, so daß Reim und Metrum nicht wichtig waren, aber eine Form, in der Gewalt einen hohen Stellenwert hatte. Er dachte daran, einen Film über Joseph Smith zu schreiben. Er war müde.

Aber er machte zur Mittagszeit immer noch seine Spaziergänge. Er versuchte sich das Leben der Leute auszumalen, an denen er auf der Straße vorüberging; dazu genügten, dachte er, der allgemeine Eindruck von Habitus, Geschlecht, Physiognomie.

Aber es waren bloß wieder Nachrufe, Schnappschüsse von Toten. Man konnte sich nicht auf den Augenschein verlassen oder bloß auf ein paar äußerliche Fakten. Guck dir die Leute an. Sie haben Kinder und Affären und Jobs und Hobbys. Sie werden krank, sie haben Sorgen, sie leiden. Sie tragen ihre Leidenschaften in ihren Köpfen mit sich herum, gleich neben den eingefahrenen Mustern, die sie brauchen, um über den Tag zu kommen: der Weg zur Arbeit, die Sprache, wo sie die Schlüssel hingetan haben. Er wollte stehenbleiben und sie fragen: Wie? Wo geht's zu diesem bunten Fest? Wo wird es gefeiert, was zieht man dafür an, warum bin ich davon ausgeschlossen? Er dachte an Symeon Stylites, den Gott weiß was dazu trieb, sein Leben auf einer kleinen Plattform oben auf einer Säule zu verbringen, und an Lydwina, die darum betete, weniger schön zu werden, und mit niemals heilenden eiternden Wunden belohnt wurde. Die Lebensberichte der Heiligen waren in Wirklichkeit Chroniken der Unfähigkeit, sich auf das Leben einzulassen, Geschichten sozialer Perversion, deren moralische Implikationen vom Standpunkt einer Ära ohne Sündenbegriff aus trübe waren. Ihre Frömmigkeit ist für uns Geisteskrankheit. Sie hatten den Nerv, unerschütterlich zu glauben, und das an Dinge, die unsichtbar sind.

Abe und Norma standen sich immer noch nahe, und sie lieh ihm Geld, damit er sich in seiner neuen Wohnung einrichten konnte.

»Ich werde dein Geheimnis hüten, Burl. Abe. Ich sollte dich besser Abe nennen, richtig? Nur, damit ich mich vor anderen Leuten nicht verplappere. Aber nicht mehr lang. Du kannst nicht so weitermachen, das Leben eines anderen leben.«

»Warum nicht?«

»Ich kann so nicht leben, und du auch nicht. Sonst hättest du mir's nicht erzählt. Ich überlasse den Zeitpunkt dir. Aber es gibt eine Menge Leute, die Burl wiederhaben wollen.«

KAPITEL

23

ABES JOB NAHM IHN NICHT SO SEHR IN ANSPRUCH, daß er sich nicht auch seinem vorgeblichen Buch hätte widmen können, in dem es zwar um Burl gehen sollte, das aber wieder und wieder in den Bann der Gestalt Gemignanis geriet, die in seinem Kopf brannte wie eine Glühbirne für eine Motte.

Abe war ein bißchen eingerostet; er hatte diese Art Arbeit schon lange, ehe er aufhörte, Burl zu sein, nicht mehr gemacht, aber es in groben Zügen hinzukriegen war nicht besonders schwierig. Erst las er alles, was er über seinen Gegenstand finden konnte; an vieles davon kam er, indem er spätnachts per Computer entlegene Datenbanken, Gott weiß wo, abfragte. Ein interessanter Fall. Gemignani zählte fast schon zu den oberen Zehntausend; sein Name fand sich in Verbindung mit einer Reihe hochmögender Unterstützungsvereine, unter anderem für einige schikke kleine Museen, ein elegantes Krankenhaus auf der East Side und die städtische Bibliothek, wo er auf Tuchfühlung mit einigen der Vornehmsten und Reichsten der Stadt war. Als er feststellte, daß Gemignani sich vor einigen Jahren von seiner ersten Frau hatte scheiden lassen, fuhr Abe zum Gerichtsarchiv und ließ sich die Akte ausheben, wobei er sich auf dem erforderlichen Formular als sein journalistisches Alter ego eintrug, Milt Laver. Die Scheidungspapiere enthielten weniger Informationen über Gemignanis Finanzen, als er vielleicht erwartet hatte, aber doch einige, darunter die Namen von mehreren Firmen Gemignanis – er war offensichtlich groß im Immobiliengeschäft – und seine Sozialversicherungsnummer, die es ermöglichte, seinen Geburtsort festzustellen. Massachusetts seltsamerweise. Es gab nur noch ein paar andere gerichtliche Unterlagen, und nichts davon war von besonderem Interesse. Kein Vorstrafenregister. Eine schwindelerregende Sammlung von Immobiliengeschäften, meist gut getarnt unter Firmenbezeichnungen, die nicht viel mehr enthielten als Geschäftsadressen. Abe nahm sich vor, all das später mal im einzelnen durchzugehen und nach interessanten Namen Ausschau zu halten. Gemignani hatte keine Punkte in der Verkehrssünderkartei und war schlank: einsfünfundachtzig, hundertachtzig Pfund, laut Führerschein. Und er besaß kein eigenes Auto. Abe vermutete, daß alle seine Wagen geleast waren oder einer oder mehreren seiner Firmen gehörten, und fand rasch heraus, daß sie auf das Import-Export-Unternehmen zugelassen waren: ein Volvo Kombi und ein kleiner schwarzer BMW. Es mußte dazu noch eine Limousine geben, schätzte Abe, aber die war wohl geleast. Das Wählerverzeichnis wies ihn als Parteimitglied der Republikaner aus, obwohl sein Name in Berichten über staatliche oder landesweite Wahlen nicht aufschien. Vermutlich konnten sich Kandidaten die Anrüchigkeit nicht leisten, und er konnte ihnen das Geld auf eine ganze Reihe anderer Arten zukommen lassen. In den Scheidungspapieren war auch ein Ferienhaus in Sag Harbor erwähnt worden, das Gemignani hatte behalten dürfen. Bei der Durchsicht der Vermögensaufstellung war Abe sicher, daß ein gut Teil nicht darin aufgenommen worden war. Er trieb auch die Heiratsurkunde auf, die Geburtsurkunde der Tochter, ein High-School-Jahrbuch (»Dollarstreber« hatten sie ihn in St. Peter's in Long Beach genannt) und von einer hilfsbereiten Registratur die Auskunft, daß Gemignani *cum laude* abgeschlossen hatte.

Er begann sich Vorwände zurechtzulegen, um an dem Apartmenthaus – von der Lexington Avenue um die Ecke – vorbeizumüssen, in dem Gemignani wohnte. Es war ein schönes altes Backsteingebäude mit Granitverblendungen in Höhe der ersten Etage; die glänzenden Stützpfosten, die den Eingangsbaldachin trugen, wurden offenkundig vom Personal, zu dem auch ein Ganztags-Portierdienst gehörte, häufig poliert. Es wurmte ihn. Abe hatte das Gefühl, daß der Kerl das Leben lebte, auf das Burl irgendwie ein Anrecht hatte, um das er aber gebracht worden war. Er begann Gemignani zunehmend die Schuld daran zu geben und wollte ihn einmal zu Gesicht bekommen.

Er rief nachts bei der Import-Export-Firma an und freute sich, als seine Ahnung sich bestätigte: Es gab einen Anrufbeantworter, der die Geschäftszeiten bekanntgab, täglich acht bis siebzehn Uhr. Und es gab eine Kaffeebar schräg vis-à-vis auf der Lexington, wo man von einigen Tischen aus den Eingang von Gemignanis Wohnaus sehen konnte. Morgens vor der Arbeit saß Burl dort, trank Kaffee, ließ seinen französischen Toast, seine Pfannkuchen oder was immer er bestellt hatte, nur um dort in Ruhe sitzen zu können, kalt werden. Er wimmelte die Fragen des Kellners ab und ließ stets ein großzügiges Trinkgeld liegen.

Am dritten Morgen, um halb acht, fuhr ein marineblauer Lincoln vor dem Gebäude vor und stand dann wartend da. Der Fahrer las irgendein Revolverblatt, das er über das Lenkrad gebreitet hatte, und nippte an einem Styroporbecher.

Wenige Minuten später tauchte Gemignani auf, mit seiner Tochter. Das Überraschende war, daß er eine Glatze hatte, viel stärker als auf Shields' Foto an jenem Abend vor so langer Zeit. Und er trug Brillen. Als er und sein kleines Mädchen einstiegen, faltete der Fahrer seine Zeitung zusammen, legte sie auf den Beifahrersitz, stellte seinen Kaffee weg und fuhr los.

Wochentags zumindest schien sich dieses Ritual pünktlich wie die Uhr zu wiederholen, außer wenn Gemignani auf Reisen war oder aus sonst einem Grund nicht ins Büro fuhr. An solchen Tagen sah Abe seine Frau und die Tochter zu Fuß aus dem Haus gehen, auf der Lexington Richtung Norden und dann auf der 79sten Straße Richtung Westen, die Hand der Mutter lag leicht auf der Schulter des Mädchens; beide sehr gepflegt und gut gekleidet.

Als Phil Soto drei Wochen Urlaub vom Launderer nahm, bettelte und flehte Abe, bis Soto, der in White Plains wohnte, sich bereit fand, ihm seinen ältesten Wagen zu leihen. »Tun Sie mir nur einen Gefallen«, sagte Soto. »Stellen Sie ihn über Nacht nicht auf der Straße ab, okay?«

Es war Jahre her, daß Abe in New York Auto gefahren war. Es war ein komisches Gefühl, so viel Platz zwischen sich und dem Lenkrad; er konnte sich den Sitz nicht einstellen, wie er ihn wollte, konnte die Arme nicht bequem halten.

Der Tag war für die Jahreszeit zu kalt. Ein dünner, gefrierender Regen hatte Glatteis in der Stadt verursacht und setzte sich den ganzen Vormittag hindurch in Schauern fort, so daß er immer wieder seine liebe Not mit den Scheibenwischern hatte und die Scheinwerfer einschaltete, als er es schließlich schaffte, den Schalter zu finden. Abe spürte die Kälte elendiglich und schob den Heizungsregler ganz nach rechts auf Warm. Wie überlebten die Leute in diesem Klima, mit nichts als Muskeln und Knochen im Leib? Im Sommer war es natürlich wieder das Gegenteil; eigentlich brauchte man zwei Körper, genauso wie man eine Winter- und eine Sommergarderobe brauchte, um das Wetter auszuhalten.

Er kam sich ein bißchen blöde vor, weil er den ganzen langen Weg über den Long Island Expressway und dann den Southern State Parkway hinausfuhr, wie ein Spion oder einer dieser verrückten Spanner, die von irgendeinem Starlet besessen sind. Es war ein langer Weg, mitunter in stehender Kolonne, mit Zeit zum Nachdenken, vielleicht zu viel, und auf der Suche nach Zerstreuung fummelte er ruhelos an den Knöpfen des Radios herum. Das Wetter schien schlechter zu werden, je weiter nach Osten er kam, ab und zu ergossen sich Sturzbäche vom Himmel, die einem jede Sicht nahmen - hatte Katarakt daher die zwei Bedeutungen? -, doch er fuhr weiter, bis er schließlich das Städtchen fand, und dann auch das Haus, weitab von der Straße. Als er zwischen den kahlen Bäumen hindurch und über den laubbedeckten Rasen spähte, war erkennbar, daß jemand im Haus war. Es war ein schönes, altes Herrenhaus im Kolonialstil, weiß mit schwarzen Fensterläden, aus dem Schornstein stieg kräuselnder Rauch. Das Haus rief in Burl Neid hervor. Er stellte sich heißen Tee vor, Spitzendeckchen, die behagliche Wärme eines offenen Kamins. Er fuhr zweimal mit zunehmend mehr Schiß daran vorbei, beim zweiten Mal bemerkte er, daß neben der Garage die Limousine stand. Nicht der Volvo, beobachtete er. Die Limousine.

Hatte Gemignani sie genommen, weil die Fahrerei so scheußlich war? Oder weil er sich ohne Schutz doch nicht ganz wohl fühlte? Abe fragte sich, ob der Mann wirklich so sehr ein Teil von etwas Größerem war, daß er nirgendwo allein hinfuhr.

Bei seinen mittäglichen Spaziergängen und ebenso nach Feierabend legte Abe es darauf an, an Gemignanis Büro auf der 6th Avenue vorbeizugehen oder einen Milkshake unten in der Kaffeebar zu trinken, bis er eines Tages, als er nur so davor herumstand, seinen Mann bemerkte - allein. Die Straße war völlig verstopft, und Gemignani watete hinaus in das Meer von Gelb und verschwand in einem Taxi. Ohne nachzudenken, tat Abe dasselbe und fand es sehr aufregend, zu dem Russen am Steuer zu sagen: »Folgen Sie dem Taxi da vorn.«

Sie fuhren nicht weit, nur etwa einen Block weiter, nach links in die 7te und dann die 19te Straße entlang zu einem nichtssagenden weißen Apartmenthaus, das in der Reihe der hübschen Backsteinhäuser, die es unterbrach, etwa einen halben Meter nach hinten versetzt war. »Fahren Sie langsamer, aber halten Sie nicht«, sagte Abe zu dem Taxifahrer und stieg um die Ecke aus. Er ging zu Fuß zurück zur nächsten Ecke und wartete vor einem

Restaurant, wobei er hin und wieder demonstrativ auf die Uhr sah. Nach etwa zehn Minuten kam er zu dem Schluß, daß sein Opfer eine Weile brauchen würde, also ging er rein und bestellte an der Bar Kaffee. Er blieb eine halbe Stunde lang sitzen und ging dann wieder nach draußen; wieder tat er so, als würde er auf jemanden warten, behielt aber dabei die Häuserzeile im Auge, aus der Gemignani seiner Erwartung nach bald auftauchen mußte. Abe fragte sich, ob ihm deshalb immer so kalt war, weil er nichts aß. Autos fuhren vorbei. Schließlich kam ein schwarzer Oldsmobile mit einer Mietwagenplakette im Fenster langsam die Straße entlanggefahren und hielt vor dem kleinen weißen Apartmenthaus. Nicht allzuviel später kam Gemignani heraus und stieg in den Wagen, der in Richtung Abe losfuhr. Er wandte sich ab und ging in das Restaurant, wo er noch einen Kaffee trank. Nach einigen Minuten lief er wieder nach draußen, zappelig und frierend, um nach einem Taxi zu winken, erheitert über die Aussicht, daß Gemignani eine Mätresse hatte und daß er allein war, wenn er sie besuchte.

Es gab acht Wohnungen in dem Gebäude, wie Abe später im Vorübergehen feststellte, und danach, in der öffentlichen Bücherei, sah er im Adreßbuch, daß für das Gebäude acht Namen mit Telefonnummern aufgeführt waren; das war Glück, denn es bedeutete, daß keiner der Bewohner eine Geheimnummer hatte. Fünf der Namen gehörten zu Männern und einer zu einer Frau. Zwei andere waren nur mit ihren Initialen eingetragen; offenkundig auch Frauen. Abe schätzte, daß es eine von ihnen war.

Nur um sicherzugehen, überprüfte er alle drei anhand der Führerscheinkartei. Eine war dreiundfünfzig. Die zweite war einszweiundsechzig groß und wog 153 Pfund. Aber die dritte war neunundzwanzig Jahre alt, einsachtundsechzig groß und hatte 122 Pfund. Ihr Name war Carla Davidson.

Abe begann, in den Mittagspausen und nach der Arbeit einige Zeit an der Ecke vor Davidsons Apartment zu verbringen, was eine kalte und langweilige Sache war, wenn man nicht ein

Ziel hatte. Der Zeitaufwand machte Abe nichts aus; er stellte andere Dinge zurück, arbeitete kürzer. Er sah Norma weniger. Eine Woche lang verbrachte er die Mittagspausen und die frühen Abende auf der 19ten Straße, ehe er Gemignani wieder erwischte, diesmal auf anderthalb Stunden an einem Dienstag, statt des Mittagessens. Kein Wunder, daß der Kerl so fit wirkte. Als Abe die dunkle Limousine vorfahren und warten sah, ging er rasch auf den Wagen zu und notierte sich den Namen der Autovermietung von einem Aufkleber an der Heckscheibe. Später an diesem Tag machte er einen Anruf.

»Hallo, Miß Davidson. Aus unseren Unterlagen geht hervor, daß sie kürzlich bei uns einen Wagen bestellt haben, und ich rufe nur an, um nachzufragen, ob Sie mit unserem Service zufrieden waren.«

»O ja. Sicher.«

»War der Wagen pünktlich?«

»Ja.«

»War der Fahrer höflich und gepflegt?«

»Hm, äh, es war eigentlich für jemand anderen.«

Sie klingt nett, dachte Abe, nachdem er nun bestätigt fand, daß er die Richtige hatte. Noch eine, die sich an die Toten verschwendete.

Shields glaubte nicht an Gespenster, aber er hatte das Gefühl, daß Burl irgendwo in der Gegend war. Es war schwer zu sagen, wieso; es war nur so eine Ahnung, die er hatte, und selbst wenn er sie nicht gehabt hätte - er fühlte sich noch nicht bereit, den Fall abzuschließen, ohne noch einmal alle in Frage kommenden Stellen abzuklappern. Also rief er die Leute an und fragte sie einfach, ob sie zu irgendeinem Zeitpunkt seit seinem Verschwinden etwas von Burl gehört hatten, nur damit er die Akte schließen könne. Reine Routine, sagte er. Das Problem war, daß die Leute »reine Routine« nicht ernst genug nahmen. Mehrere, darunter Norma Ruifelen, der Burl so nahegestanden hatte, machten sich nicht mal die Mühe, auf die Nachrichten zu antworten, die er auf ihren Anrufbeantwortern hinterließ.

Theoretisch, das wußte Shields, war der Ort, um alledem auf den Grund zu gehen, Salt Lake City, seine Straßen und Restaurants und, so traurig es war, das in Erwägung zu ziehen, seine Pennerszene. Doch er hatte das Gefühl, daß Burl hier in der Gegend war; darum machte er sich die Mühe, das gesamte Kondolenzbuch von Burls Trauerfeier zu fotokopieren. Dann verbrachte er einige Zeit mit jemandem von der Zeitung und mit Burls Mutter und hakte jeden ab, den sie kannten. Da alle außer einem sich mit Namen und Adresse eingetragen hatten, war es nicht schwierig für Shields, fast jeden in dem Buch zu erreichen. Als er es tat, erwies leider keiner von denen als nützlich für ihn. Er überlegte schon, ob es der Mühe wert war, den einzigen Geheimniskrämer ohne Adresse ausfindig zu machen, einen Typen namens Abraham Alter. Shields hatte denselben Aberglauben wie jeder professionelle Ermittler in solchen Dingen: daß der Stein, den man nicht aufhebt, der ist, unter dem der Schlüssel liegt.

Abe gewöhnte sich an, früher aufzustehen und auf dem Weg zur Arbeit in der Kaffeebar Ecke Lexington, der mit Blick auf Gemignanis Apartmenthaus, einen Zwischenstopp für ein einseitiges Rendezvous einzulegen. Er beobachtete Gemignani jeden Tag beim Herauskommen und wartete abends, im gespenstischen Licht der hoch aufragenden Straßenlaternen dieser Stadt, an dem einen oder anderen Ende des Häuserblocks seiner Geliebten auf ihn. Zu Hause starrte er in den Badezimmerspiegel, angstvoll. Er war sich bewußt, daß er nicht mehr für ein Buch recherchierte. Wenn Gemignani morgens nicht rauskam, vermutete Abe eine Geschäftsreise und blieb weg von der 19ten Straße. Carla Davidson empfing ihren Hausfreund etwa zweimal die Woche, schien es, manchmal öfter, manchmal seltener.

Eines Tages hatte Abe in der Kaffeebar eine Verabredung mit

Snipes, der immer noch denselben schmutzigen Raglanmantel und sein Barett trug.

»Nur Kaffee«, sagte er, ein Bild der Verachtung.

»Fünf Dollar Mindestkonsumation an den Tischen«, sagte die Kellnerin.

»Eier mit Speck«, sagte Snipes mit einem Seufzen. »Den Speck knusprig, aber nicht angebrannt, die Eier wenig verrührt, die Kartoffeln und den Roggentoast gut durch.«

Als sie gegangen war, schob er eine dicke braune Papiertüte über den Tisch. Sie saßen in einer Nische; es war ein strahlender, vorzeitig winterlicher Tag und noch früh genug, daß das Restaurant nicht voll war. Wann, fragte Abe sich, machten die je Umsatz? Morgens aber wurde viel über die Gasse verkauft, hauptsächlich Kaffee. Nach einem raschen Blick zur Seite faltete Abe die Tüte auf und guckte hinein. Dann rollte er sie wieder zu und stellte sie neben sich auf den Vinylsitz, auf einen kleinen Riß, durch den die schmutzige weiße Polsterung zu sehen war.

»Wie gewünscht?« fragte Snipes.

»Ja«, sagte Abe und schob einen Umschlag über den Tisch. Snipes nahm ihn und steckte ihn weltmännisch in die Brusttasche.

»Wollen Sie's nicht nachzählen?« fragte Abe.

»Ist nicht alles da? Und wenn nicht, was soll ich tun?« Snipes lachte und beugte sich vor. »Sie sind der, der hier mit 'ner Kanone sitzt.«

Als der Wagen an diesem Abend die Straße hochkam, wartete Abe an der Eingangstreppe des Backsteinhauses nebenan. Als der Fahrer hupte, ging Abe rasch auf ihn zu.

»He, kommen Sie Joey abholen?«

»Keine Ahnung, der Anruf kam von 'nem Mädchen; Davidson heißt sie.«

»Carla, richtig, das ist Joeys Freundin. Tun Sie mir 'n Gefallen, hier sind fünfzig Mücken, lassen Sie mich ihn fahren, wir haben 'ne kleine Überraschungsparty geplant. Mein Wagen steht gleich dort drüben.«

Der Fahrer machte mit quälender Langsamkeit mit seinem Klemmbrett und den Papieren rum, bis er schließlich nach einigem Zweifeln und Hoffen, daß doch noch jemand kam und die Sache klarstellte, davonfuhr. Abe holte tief Luft und kehrte zur Treppe vor dem Nachbarhaus zurück; er musterte die ankommenden Autos, als würde er jemanden erwarten. In seinem verkleinerten Magen war immerhin noch Platz für ein Flattern, neben der Bitterkeit.

Schließlich tauchte Gemignani auf. Er trug einen schwarzen Regenmantel, nicht von der Art, wie Versicherungsfritzen sie anhaben, sondern einen eleganten, nicht zugeknöpft, und er runzelte die Stirn, als er sich zu erklären versuchte, wieso kein Wagen da war.

»War der Wagen für Sie?«

»War er hier? Ja.«

»Er kommt gleich wieder. Er sagte, er muß einen dringenden Anruf machen.«

»Einen Anruf. Oh, Mann.«

»Bin ich froh, daß ich noch hier war und es Ihnen sagen konnte«, sagte Abe und kam die Treppe herunter. Als er auf ihn zuging, legte sich eine Art Schutzmaske - gegen geschwätzige New Yorker? Menschlichen Anstand? Killer? - auf Gemignanis Gesicht. Er sah auf die Uhr und drehte sich weg, um ein paar Schritte zu gehen, mehr Abstand zwischen sich und den Fremden zu legen. Als er sich wieder umdrehte, sagte Abe: »Mr. Gemignani, wir haben uns zwar nie offiziell kennengelernt, aber wir müssen uns unterhalten. Wenn Sie versuchen wegzulaufen, töte ich Sie. Ich hab nichts zu verlieren. Bitte steigen Sie in den Wagen, auf der Beifahrerseite.«

Gemignani zögerte überrascht, und Abe drückte ihm rasch die Pistole in die Grube zwischen den Schlüsselbeinen. Auf der anderen Straßenseite ging ein Pärchen vorbei. »Mir ist egal, wer was sieht«, sagte Abe und bemühte sich um den genau richtigen Ton manischer Entschlossenheit. »Ich werd Sie nicht töten, wenn ich nicht muß, also seien Sie bitte kooperativ. Es wird nicht lange dauern.«

Beide Männer wußten, daß das eine Lüge war. Abe öffnete die vordere und die hintere Wagentür und sah zu, wie Gemignani sich vorsichtig auf dem Vordersitz niederließ. »Rutschen Sie hinters Lenkrad«, sagte Abe und stieg hinten ein. »Sie fahren. Wenn Sie einen Unfall bauen, sind Sie ein toter Mann. Mein Leben bedeutet mir gar nichts.«

Abe war erschrocken darüber, wie abgeschmackt seine Sprache war, sogar wenn er Worte sagte, die ihm so wahr vorkamen wie nur irgendwas, was er je gesagt hatte. »Hinauf zur 8ten Straße«, befahl er. Er dachte ans Kino, an schlechte Fernsehfilme. Unser gesamtes Gewalt- und Nötigungsvokabular beziehen wir vorgefertigt aus den Medien.

Sie fuhren in Richtung Lincoln-Tunnel. Abe konnte sehen, daß Gemignani nach einem Ausweg suchte, nach einem Polizisten, dem er ein Zeichen geben konnte, irgend etwas. Wie clever es doch gewesen war, die Mauthäuschen auf dem Weg stadtauswärts abzuschaffen. Fast jeder, der den Hudson überquerte, mußte auf demselben Weg wieder zurück, und darum kassierten sie in New Jersey für beide Fahrten. Das bedeutete, daß man Richtung Westen an niemandem vorbeimußte. Aber zwischen den Fahrbahnen, die zur Tunneleinfahrt führten, stand lässig ein Polizist.

»Glauben Sie ja nicht, ich würde Sie hier nicht vom Fleck weg töten«, sagte Abe und stieß die Pistole in die weiche Stelle unterhalb von Gemignanis Schädelbasis.

»Was ist? Wollen Sie mir nicht sagen, wer Sie geschickt hat?«

»Burl Bennett hat mich geschickt.«

»Burl Bennettt ist tot«, sagte Gemignani und blickte nervös in den Rückspiegel. »Ist das so ’ne Art Halloween-Streich?«

Abe war nicht aufgefallen, daß heute Halloween war. Morgen war Burls Geburtstag.

»Glauben Sie an ein Leben nach dem Tod, Joey? Sind Sie religiös?«

»Ich bin Agnostiker.« Gemignani blickte argwöhnisch nach hinten. »Aber nein, ich glaube nicht an Reinkarnation.«

»Oder an die Auferstehung?«

»Hören Sie mal, wie heißen Sie? Wie soll ich Sie nennen?«

»Gabriel.«

»Okay, Gabe, Sie haben die Waffe, sagen Sie mir, worum's hier geht?«

»Es geht darum, wie Burl Bennett starb.«

»Nach dem, was ich drüber gelesen hab, an Lungenentzündung. Irgendwo drüben im Westen.«

»Interessant, daß Sie den Fall verfolgt haben.«

»Warum nicht? Ich war 'n paarmal im Gardenia's - das ist das Restaurant, das ihm gehört hat -, und unsere Familien waren miteinander bekannt.«

»Wirklich?« Es interessierte Abe, was für Lügen Gemignani sich einfallen lassen würde.

»Sicher. Sehen Sie, Sie verstehen da was falsch. Sie kennen die Hintergründe nicht.«

Aus irgendeinem Grund war wenig Verkehr, und sie waren bald wieder aus dem Tunnel.

»Die Spirale rauf und dann auf die Fernstraße 3.«

»He, kommen Sie, wo bringen Sie mich hin?«

»Die Hintergründe. Lassen Sie mal die Hintergründe hören.«

»Sie werden mich umbringen, oder? O Jesus.« Gemignani klopfte frustriert mit der flachen Hand aufs Lenkrad. »Was wollen Sie von mir?«

»Reden Sie einfach weiter. Machen Sie's wie Scheherazade.«

»Na schön«, seufzte Gemignani. »Mein Vater kannte seinen Vater. Sie waren Freunde. Haben zusammen Geschäfte gemacht.«

»Ist ja interessant. Also, Sie sagen mir, wenn ich Sie jetzt rüberbringe zu Stu Bennett, wird der Sie an sein Herz drücken und Ihnen einen dicken Kuß geben.«

»O nein, nicht der. Sehen Sie, ich kannte Burl besser als Sie. Sie wissen ja nicht mal über diese Sache wirklich Bescheid.«

Abe war einen Augenblick lang still. Gemignani fuhr langsam, um die Ankunft zu verzögern, bis sie auf Abes Anweisung hin von der Autobahn abfuhren und eine verlassene Straße zwischen flachen Industriegebäuden entlangfuhren.

»Ich bin nicht sicher, ob überhaupt irgendwer Burl kannte«, sagte Abe ruhig. »Warum erzählen Sie mir nicht von ihm?«

Gemignani sah im Spiegel nach hinten, um festzustellen, wie ernst das gemeint war.

»Es ist, wie ich gesagt habe, mein Vater kannte seinen Vater. Aber der hieß nicht Stu. Sein Vater war Gene. Gino Gardenia.«

Möglichkeiten rasten Abe durch den Kopf.

»Wovon reden Sie?« fragte er barsch. »Was zum Teufel wissen Sie von Gardenia?«

»He, he, er war 'n lieber Kerl. Nur, daß er 'n lieber Kerl war. Das ist alles. Ein netter Mann, ein Typ, mit dem man gut auskommen konnte.«

»Wieso zum Teufel hatte er dann was mit einer Familie wie Ihrer zu tun?«

»Weil's eine Familie war, die in Wirklichkeit nicht sehr viel anders war als seine. Weil er Geschäfte machte. Und wir auch.«

»Und Sie behaupten, daß Gene Gardenia Burls Vater war.«

»Nur wußte er es nicht. Der Sohn, meine ich. Gino wußte es. Aber sonst nicht sehr viele Leute.«

»Sie sind ein Lügner.«

»Fragen Sie rum. Sie werden's rausfinden.«

»Woher wissen Sie es?«

»Ich hab's Ihnen gesagt. Mein Vater kannte Burls Vater.«

»Und Sie haben den Sohn des Freundes Ihres Vaters getötet.«

»Warten Sie 'ne Minute, ich hab niemand getötet. Ich weiß nicht, woher Sie Ihre Informationen haben, aber es ist allgemein bekannt, daß Burl Bennett in Utah oder Arizona oder irgendwo da an Lungenentzündung gestorben ist.«

Auf Abes Anweisung fuhren sie von dieser Straße ab und weiter auf einer Nebenstraße durch Wiesen von New Jersey, fuhren schweigend durch die Leere. Klopfenden Herzens umfaßte Abe mit seiner schwitzigen Hand die Waffe fester.

»Fahren Sie rechts ran«, sagte er.

»Kommen Sie schon, wissen Sie, mit wem Sie's hier zu tun haben?« Gemignani war zornig. »Haben Sie eine Scheißahnung, was passiert, wenn Sie jemanden wie mich umbringen?«

»Halten Sie an.«

»Kommen Sie«, sagte Gemignani. »Das ist ein Fehler. Sie machen einen gewaltigen Fehler.«

Abe sah, daß Gemignani zwischen Begütigung und irgendeiner Verzweiflungstat schwankte. Er drückte Gemignani die Waffe wieder von hinten gegen den Schädel.

»Sie werden heute abend vermutlich nicht sterben«, sagte Abe leise. »Halten Sie einfach an.«

Argwöhnisch gehorchte Gemignani.

»Aus dem Wagen.«

»Hier ist gar nichts, Gabe. Sie bringen mich den ganzen langen Weg hier raus, und dann töten Sie mich nicht?«

»Nicht, wenn Sie Ihre Karten richtig ausspielen.«

»Was wollen Sie von mir?« fragte Gemignani. »Ich weiß noch nicht mal, wer Sie sind.«

Sie standen am Rande eines leeren Feldes, im Schutze eines dicken Stützpfeilers einer Hochstraße. Über ihren Köpfen brausten Autos unsichtbar vorüber.

»Ich bin Burl Bennett, Joey.«

Gemignani nickte.

»Hab ich mir gedacht. Ich hatte schon den Verdacht, daß Sie noch am Leben sind.«

»Sie wissen ja alles.«

»Information ist wichtig für mich. Sie ist die Grundlage für alles.«

»Woher wußten Sie's?«

»Dinge zu wissen, auch wenn die Leute sie mich nicht wissen lassen wollen, gehört zu meinem Geschäft. Sie hatten eine Operation. Sie sind dünn geworden.«

»Und Sie wissen, was heute abend hier passieren wird?«

»Ja.«

»Was?«

»Dank dessen, was er hier erfahren hat, wird Burl aufhören, so zu tun, als wäre er jemand anders.«

»Ich dachte, Sie glauben nicht an ein Leben nach dem Tod. Sie haben Burl getötet. Der Mann an seiner Stelle ist mehr an Rache interessiert.«

»Sie haben Burl getötet. Ich hab ihn wieder zum Leben erweckt.«

»Sie? Sie waren verantwortlich für die Morde, die er gesehen hat.«

»War ich nicht. Dafür waren andere verantwortlich. Ich bin Geschäftsmann. Ich mache Geschäfte. Ich hab nur getan, was ich tun mußte.«

»Sie haben ihn einschüchtern lassen. Sie haben sein Auto in die Luft gejagt.«

»Ich hab ihn auf die Probe gestellt. Ich hab seinen Glauben auf die Probe gestellt.«

»Glauben an was?«

»An sich selbst.«

»Und für mangelhaft befunden.«

»Nein. Hier ist er ja. Er hat prima bestanden.«

»Aber ich bin ein anderer Mensch. Ich hab eine Pistole.«

»Sie sagten, Sie sind Burl Bennett.«

»Die Dinge ändern sich.«

Es war dunkel und still, abgesehen vom gedämpften Geräusch des Verkehrs, der über ihnen unsichtbar durch einen Tunnel aus Licht vorüberzog.

»Das sind nicht Sie, Burl. Sie sind wie Ihr Vater. Töten Sie mich, und Burl stirbt mit mir.«

Sie standen einander gegenüber. Abe hielt die Waffe nun mit ausgestreckten Armen und erinnerte sich an die Zeiten mit Stu auf dem Schießstand, als er gelernt hatte, Pappkameraden tödlich zu treffen, wie man sich hinstellen mußte, mit Ohrenschützern gegen das Geknalle. Er dachte sich Gemignani als einen Kartoffelsack am Straßenrand, als ein altes Gepäckstück, als ein Fetzengebinde mit einem Kopf obendrauf, und er stellte sich das Begräbnis vor, die weinende Familie, und dann dachte er noch einmal an sein eigenes trauriges Begräbnis, während er sich klarzuwerden versuchte, ob er noch ein Leben beenden sollte. Und wessen.

KAPITEL

24

Er fuhr schnell, legte bewußt eine Flucht hin, der Wagen schaukelte über die Unebenheiten der Straße, die zur Spirale und zum Tunnel zurückführte. Er fühlte sich wie durch die Mangel gedreht, aber im Kopf hellwach, war traurig, weil er ein Leben beendet hatte, und zufrieden, weil er Gemignani auf einer Mülldeponie in New Jersey zurückgelassen hatte, vielleicht in der Nachbarschaft einiger seiner früheren Kollegen, die ein kläglicheres und plötzlicheres Ende gefunden hatten. Joey würde bis zur Hauptstraße eine Weile laufen müssen und dann wohl jemanden finden, der ihn mitnahm. Das Leben, das Burl beendet hatte, war das von Abe Alter.

Es war schon spät, als er endlich wieder in der Stadt war. Er fuhr nach dem Tunnel in Richtung Osten, quer durch Manhattan und auf den Roosevelt Drive. Er nahm die Brooklyn Bridge, die immer dieses summende Geräusch machte, wenn man über das metallene Straßenbett fuhr, und gelangte schließlich in die Smith Street, wo er den Wagen abstellte und bedächtig mit schwerem, stetem Schritt bis zu seinem Ziel ging. Der Abend war kühl und ruhig. Das Lokal würde an diesem Abend bald schließen, das wußte er, aber er hatte nicht vor zu essen, und das war normalerweise eine gute Zeit, wenn man mit Louie Naumann ungestört reden wollte.

Als Burl ankam, zögerte er einige lange Sekunden, nahm seinen Mut zusammen. Er starrte auf die ramponierte Holztür und untersuchte die Spuren der aggressiven Alterungsmittel. Er und sein Onkel waren mit einer Kette und einem Sechserpack Bier darauf losgegangen und hatten eine Party daraus gemacht, die Tür auf alt zu trimmen. Das waren noch Zeiten gewesen.

Beim Betreten des Restaurants fühlte Burl sich, als hielte er, was von seinem Magen noch übrig war, in Händen. Er bewegte sich mit kleinen, unsicheren Schritten vorwärts, als fürchte er, etwas zu verschütten, und fragte mit einer Stimme, die ihm ängstlich vorkam, nach Lou. Aber Lou kam lächelnd heraus und ließ Kaffee kommen.

»Für einen Freund von Burlie jederzeit, Mr. Alter. Mögen Sie ein Dessert? Wir haben ein wunderbares Tiramisu, geht auf mich. War sein Lieblingsdessert.«

Als sie sich gesetzt hatten, suchte der Besucher nach einem Anfang. »Ich wollte mit Ihnen über Burl reden. Um rauszufinden, ob Sie mir noch irgendwas über ihn erzählen können, über sein Leben, ehe er aus New York wegging.«

Lou seufzte schwer und rieb sich die Stirn. »Abe, wissen Sie, ich hab hinten im Büro noch etwas Calvados. Trinken Sie einen mit mir, ja? Ich würd mich dann besser fühlen, und ich glaube, er auch.«

Gelöster durch den Alkohol, unterhielten sie sich mit Wärme über Burl, erinnerten sich an seine kleinen Schwächen und lachten ein bißchen.

»Er fehlt mir«, sagte Lou. »Fehlt mir wirklich.«

»Mir auch. Ich vermisse ihn furchtbar.«

»Sie standen sich nahe, er und Sie.«

»Ja, obwohl wir weit entfernt voneinander gelebt haben.«

»Komisch, daß er Sie nie ins Restaurant mitgebracht hat, wenn Sie doch so gut befreundet waren und all das.«

»Oh, ich bin kein starker Esser. Und ich war kaum jemals in New York.«

»Armer Burlie. Wissen Sie, Sie klingen ein bißchen wie er. Nicht so sehr die Stimme, aber Ihre Art. Kultiviert. Ist schön, das wieder mal zu hören.«

Burl nippte an seinem Aperitif; der Duft und die Schärfe riefen einen Schwall Erinnerungen wach.

»Ich wollte Sie was fragen, Mr. Alter ...«

»Abe.«

»Abe. Hören Sie, Abe, ich hab mich immer gefragt, ich meine, ich bin ein aufgeschlossener Mensch. Er war mein Neffe, Sie verstehen? Ich wollte nur, daß er glücklich ist.«

»Was?«

»Ich hab mich gefragt - ob er jemals 'n Mädchen hatte. Ich hab ihn nie mit einer gesehen.«

Burl war nicht sicher, wie er darauf antworten sollte.

»Abgesehen von Norma von der Zeitung, meine ich. Sie kennen sie? Ich weiß, daß sie sich nahestanden, aber ich weiß auch, daß, wenn sie miteinander aus waren, er nachher immer noch hierherkam, auf einen Mitternachtshappen, sozusagen. Das hieß zumindest ein paar Hauptspeisen.« Lou schnupfte gerührt. »Hat er Ihnen gegenüber je irgend jemand anderen erwähnt? Ich meine Mädchen oder Jungs. Mir wäre das egal gewesen. Er sollte nur jemanden haben.«

»Er hat Frauen erwähnt. Er hat öfter davon gesprochen, daß er verliebt war, und von Frauen, die ihm gefielen.«

Lou blickte ihn einen Sekundenbruchteil zu lange an, und Burl war erschrocken, dann aber gerührt, und er widmete sich seinem Glas, um die Regung zu überspielen. Es machte ihn fast krank, dazusitzen und nicht die Wahrheit zu sagen.

»Armer Burlie«, sagte Lou. »So was.«

»Wie werden seine Leute damit fertig?«

Lou schüttelte den Kopf.

»Er war ihr einziges Kind. Seine Mutter ist am Boden zerstört. Ich hab den Verdacht, sein Vater auch, obwohl der nicht mit mir spricht.«

»Gibt er Ihnen die Schuld an alledem?«

»Er hat immer mir die Schuld gegeben, an allem. Er hat sich zurückgehalten, so gut er konnte, aber schuld war für ihn immer nur ich.«

Lou goß in beide Gläser noch etwas Calvados nach und nahm einen großen Schluck. Burl versuchte auch, schneller zu trinken, doch er war es nicht mehr gewohnt und staunte nur, wieviel er früher vertragen hatte.

»Er weiß gar nicht, was für ein Glück er gehabt hat«, fuhr Lou fort. Er nahm noch einen Schluck und hielt ihn ein Weilchen im Mund. »Sehen Sie, manche Dinge zu wissen ist eine Last.«

»Kann ich mir vorstellen.«

»Vielleicht können Sie's. Wenn ich drüber nachdenke, Sie sehen mir so aus.« Lou seufzte und trank.

»Ich weiß ein paar Dinge von Burl, die nicht mal er selber wußte.«

»Wie was zum Beispiel?«

»Wie das über seinen Vater.«

»Was? Was über seinen Vater?«

»Wer sein Vater war.«

Lou zuckte kurz die Schultern, sah nach unten und nahm einen Schluck.

»Es ist traurig mit meinem Neffen. Er hatte nie die Belastung, über sich Bescheid zu wissen, aber andererseits wiederum ist er in Unwissenheit gestorben. Und das ist traurig. Ich dachte manchmal, daß er ein Recht darauf gehabt hätte, genauso wie ich denke, daß sein Stiefvater ein Recht darauf hat. Wenn er's nicht schon weiß.«

Burl saß reglos da. Sein Gesicht zeigte keinerlei Ausdruck.

»Manchmal denke ich, er hat's die ganze Zeit über gewußt«, sagte Lou mit leiser Stimme, Kaffee schlürfend. »Der Mann trinkt, aber er ist nicht dumm.«

Burl sagte nichts.

»Wieviel wissen Sie darüber?«

»Nicht viel«, sagte Burl. »Nur, daß es Gardenia war.«
»Und wie haben Sie das rausgefunden?«
»Recherchen. Ich wollte ein Buch schreiben.«
»Haben Sie's irgendwem erzählt?«
»Wer Burls Vater ist? Nein.«
»Sie klingen wirklich wie er.«
»Ich weiß.« Burl kippte seinen Rest Brandy runter. »Also, erzählen Sie mir davon.«
»Kommt das alles in das Buch?«
»Nein.«
»Was soll das dann, wozu wollen Sie das wissen?« Lou trank und schaute weg. »Das sind uralte Geschichten.«
»Ich glaube, er hat sich immer gefragt, warum er so fett war. Es war ein Umstand, der sein Leben bestimmte. Ich glaube auch, daß das alles deshalb passiert ist.«
»Es ist eine lange Geschichte. Ich hab sie nie wem erzählt, außer meiner Frau, und die hat's nicht weitererzählt. Zumindest, soweit ich weiß.«
»Es ist ein Geheimnis.«
»Es ist ein Geheimnis.«
»Erzählen Sie's mir.«
»Das ist alles so lang her; was hat das schon für einen Zweck?«
»Vielleicht hätten Sie's ihm ja auch erzählen sollen.«
»Nicht meine Aufgabe. Aber ich wollte, jemand hätt's getan.«
»Wer? Keiner wußte davon.«
»Jemand wußte davon. Sie haben's auch rausgefunden. Es war ihr überlassen, so hab ich das immer empfunden. Aber sie war da eisern. Na ja, sie hat das getan, was sie für das Beste für ihre Familie hielt.«
»Erzählen Sie's mir. Dann ist es, als würden Sie's ihm erzählen, nur indirekt. Benutzen Sie mich dazu.«
»Es war meine Schuld, sehen Sie. Und dann dachte ich, daß was Gutes dabei rausgekommen ist. Das denke ich immer noch, eine Menge Gutes, abgesehen davon, wie's geendet hat. Und

geendet hat's durch eine Krankheit, die jeden hätte treffen können. Lungenentzündung, hab ich gehört. Es war nur, daß er so weit entfernt von seiner Familie gestorben ist. Es war, wie wenn er sich zum Sterben zurückgezogen hätte. Es war fast wie gewollt.«

Beide Männer tranken noch mehr Brandy.

»Deshalb dachte ich an AIDS.« Lou blickte seinen Besucher fragend an. »Die Art, wie er draufgegangen ist, noch dazu an Lungenentzündung, bei einem so jungen Kerl.«

Burl sagte nichts.

»Wer weiß?« seufzte Lou. »Wer zum Teufel weiß das schon? Aber angefangen hat es wegen mir, soviel steht fest. Ich hab ihr die Arbeit hier verschafft, während ich unterwegs war, um Engagements als Schlagzeuger aufzureißen.« Lou blickte auf. »Gutnacht, Angie. Nacht, Theresa. Bis morgen. Oh, ja richtig, bis Donnerstag dann. Paßt auf euch auf.«

Lou goß noch Brandy nach. Mittlerweile hatten sie den Calvados-Pegel in der Flasche schon gehörig abgesenkt.

»Wem? Wem haben Sie die Arbeit hier verschafft?«

»Meiner Schwester. Seiner Mutter, Betty. 'n Freund von mir war hier Kellner, und wir brauchten Geld. Er wollte, daß ich hier anfange; damals haben in italienischen Restaurants hauptsächlich Männer gearbeitet, genau wie heute, aber Gardenia's alter Herr, der den Laden damals noch führte, hatte ein Auge auf die Damen, Sie wissen schon, und Betty war jung und sah gut aus. Und ich wollte Schlagzeug spielen.«

»Burl erzählte was davon, daß er seinen Großvater nur von Fotos kannte.«

»Er hatte den Krieg heil überstanden, auf einem Schlachtenkreuzer durch den ganzen Südpazifik, und dann läßt er sich auf der Lexington Avenue von 'nem Taxi überfahren. Mit fünfundvierzig. Können Sie sich so was vorstellen?«

»Hatte mehr Zeit als Burl.«

»Stimmt«, sagte Lou und kippte seinen Brandy runter. »Stimmt genau.«

»Also, es war kein Geld da.«

»Kein Geld. Keine Versicherung. Gar nichts. Ich glaube, ich war sechzehn oder siebzehn, zu dumm, auf der Schule zu bleiben, zu faul zum Arbeiten. Ich lebte damals für die Musik, schlich mich in Clubs rein. Ich hab immer die neuen Nummern geklaut. Damals gab's weniger Platten, sehen Sie, und ich war 'n Anfänger. Aber ich kam zu 'n paar Auftritten. Hin und wieder hab ich draußen im Poconos gespielt.«

»Also, es war kein Geld da.«

»Als mein Feund mir von dem Kellnerjob erzählte, hab ich statt dessen meine Schwester hingeschickt. So kam sie an den Job.«

»Und Genes Vater hatte ein Auge auf die Damen.«

Lou holte eine Zigarette heraus und zündete sie mit einem altmodischen Feuerzeug an, kein Wegwerfding.

»Als ich hierherkam, sehen Sie, waren Betty und Stu schon verheiratet. Sie haben sich hier kennengelernt, als Stu und Gene aus dem Koreakrieg wiederkamen. Gene hatte Freundinnen, er hatte einen Job außerhalb, und er kam nicht sehr oft her, außer zum Essen. Damals gehörte das Lokal seinem Vater, und es war kein Platz für sie beide hier. Aber als sein Vater starb, übernahm er den Laden, und dann war er jeden Tag da.«

Lou machte einen tiefen Zug.

»Ich kriegte nicht gleich mit, daß da was lief. Ich brauchte fast ein Jahr dafür. Muß blind gewesen sein. Aber die zwei waren wirklich vorsichtig; Betty war ja verheiratet. Sie war schon immer eine gewesen.

Als ich es rausfand, war ich natürlich fuchsteufelswild. Wie rasend. Mein einziger Gedanke war: Der geile Sack nutzt meine Schwester aus. Ich wollte ihm ein Brotmesser in die Brust rammen.« Lou paffte an seiner Zigarette. »Die beiden haben zwar drauf beharrt, daß es so nicht war, aber ich hab's immer noch nicht geglaubt. Dieser miese Sack, immer mit diesem breiten Grinsen. Nur, Sie müssen über meine Schwester Bescheid wissen.

Sie war sehr unabhängig, sogar damals schon, von ganz früh an, meine ich.«

Lou räusperte sich und nahm einen Schluck Brandy.

»›Ich bin erwachsen, kümmere dich um deine eigenen Angelegenheiten.‹ Das hat sie zu mir gesagt. Aber das mit Burl bekam ich erst später raus. Der Junge war drei, vier Jahre alt, und man konnte in ihm schon ganz seinen Vater erkennen. Ich hab zwei und zwei zusammengezählt. Und ich glaube, sie mußte es einfach jemandem erzählen; es machte sie verrückt. Als ich es rausfand, standen Gene und ich uns schon sehr nahe. Wir waren Freunde.«

Lou schwenkte den Brandy in seinem Glas und stürzte ihn mit einem kurzen Husten hinunter.

»Ich konnte hier nicht bleiben, sehen Sie, und jeden Tag den Kerl sehen, der meine Schwester geschwängert hat. Ich bin zu ihm rein und hab ihm gesagt, daß ich nicht mehr für ihn arbeiten würde; ich könnte nicht. Ich hab geschimpft und getobt, ohne Ende. Dann zeigte er mir die Papiere über die Treuhandschaft.«

»Die Treuhandschaft?«

»Für das Restaurant. Er hatte es in eine unwiderrufliche Treuhandstiftung zugunsten von Burl umgewandelt. Ich ging deswegen sogar zu einem Anwalt, einem Typen, den ich kannte, um sicherzugehen, daß alles koscher war. Was soll's, es hat ihm vermutlich Steuervorteile gebracht, Gene war kein Dummkopf, aber immerhin. Es stellte sich heraus, daß meinem Neffen der Laden schon gehörte, als er noch im Kindergarten war.«

»Glauben Sie, ich könnte noch ein bißchen Brandy haben?«

»Hören Sie, sind Sie sicher, daß Sie nichts essen wollen? Es ist noch nicht zu spät, ich kann Ihnen noch was machen lassen.«

»Nur den Calvados, danke.«

»In der Beziehung sind Sie gar nicht wie mein Neffe. Der Junge konnte vielleicht essen. Okay, wie wär's mit etwas frischem Kaffee. Frankie«, rief er laut. »Bring uns hier drüben mal 'n bißchen was Frisches.«

Burl trank noch etwas Brandy. Nun schien es schon leichter, mit Lou mitzuhalten.

»Das Wesentliche ist, es war nicht bloß so, daß Gene davon einen Vorteil hatte, wie ich dachte, sondern es ging hier auch noch um was Komplizierteres. Er hatte Vorsorge getroffen. Ich schätze, er fühlte sich wirklich verantwortlich, vielleicht wußte er, daß er keine anderen Kinder mehr haben würde oder daß die für sich selber sorgen konnten, was immer.« Lou legte die Hand verschwörerisch auf Burls Unterarm. »Die Familie hatte sowieso immer schon Geld. Die haben Immobilien besessen und auf Long Island ein Vermögen damit gemacht.« Lou winkte geringschätzig. »Das Restaurant hier war für sie damals ohnehin schon keine große Sache mehr.«

»Ich versteh nicht. Sie hat weiter hier gearbeitet, richtig?«

»Noch für 'ne ganze Weile«, nickte Lou.

»Aber nicht mehr nur wegen des Geldes.«

»Damals nicht mehr. Nein, nein, nein.«

»Wenn sie das Geld nicht gebraucht hat, warum ist sie dann geblieben?«

»Abe, lassen Sie mich Ihnen was erklären. Als Gene den Herzinfarkt bekam, Gott sei seiner Seele gnädig, war er hier, wir hatten einen Arzt als Gast an dem Tisch dort drüben, und das Krankenhaus ist nur ein paar Blocks entfernt. Also war er nicht auf der Stelle tot. Aber er wußte, er würde es nicht mehr schaffen. Als wir dort angekommen waren, saß ich eine Weile bei ihm drin, nur wir beide, und er hat mich gebeten, mich um Betty zu kümmern. Und um Burlie. Und er sagte: ›Sieh zu, daß auch dieses Arschloch Stu sich gut macht, ich verlaß mich jetzt auf euch beide.‹«

»War das alles aus Schuldgefühl?«

»Sie haben sich geliebt. Klar? Gene und Betty haben sich geliebt. Selbst nach ein paar Jahren, als Betty so wütend auf ihn war, ich glaub nicht, daß man wegen jemand so verbittert werden kann, wenn man ihn nicht liebt. Ich glaube, ihre Wut kam daher, daß er sich kein Leben mit ihr aufbauen wollte.«

Burl blickte den älteren Mann an, sein Gesicht ein einziges Fragezeichen.

»Sie wollen wissen, warum die beiden nicht zusammenkamen, richtig? Hat Burlie Ihnen denn je die Geschichte erzählt, wie er zu diesem Restaurant gekommen ist? Soweit er sie kannte, jedenfalls.«

»Weil sein Vater Gene das Leben gerettet hat.«

»In Korea, stimmt. Na ja, ich hatte eine Menge Probleme mit Gene, auf die wir jetzt nicht eingehen wollen, er war kein Heiliger, aber er sah ein, daß er Stu Bennett etwas schuldete, und er hat sich vor dieser Verpflichtung nie gedrückt - abgesehen davon, natürlich, daß er mit meiner Schwester jahrelang was laufen hatte und ihr ein Kind gemacht hat. Aber auch sie war ihrem Mann gegenüber loyal. So was ist heute schwer zu erklären, wo jeder sich scheiden läßt und tut, was er will. Damals war das anders.

He, geht's Ihnen gut? Ich wollte, Sie hätten was gegessen zu all dem Schnaps. Trinken Sie viel? Und ich red Ihnen hier die Ohren voll. Ich hätte wirklich nicht davon anfangen sollen, es war egoistisch. Ich hab versagt, sehen Sie. Als Gene starb, standen er und ich uns sehr, sehr nahe. Ich hatte Respekt vor dem Mann, so bekloppt er manchmal auch war. Ich liebe meine Schwester, und ich hab meinen Neffen geliebt. Aber ich hab mein' Auftrag nicht erfüllt. Ich hab mein' Auftrag nicht erfüllt.«

»Sie haben getan, was Sie konnten«, sagte Burl. »Sie können sich nicht die Schuld für eine Lungenentzündung geben.«

»Er war ein so lieber Kerl, Burlie. Er hatte viel von seinem alten Herrn.«

»Wie war der denn? Sein alter Herr?«

»Gene war in Ordnung. Mit allem, was ich weiß, ich meine, nachdem ich mir ein komplettes Bild gemacht hatte, bekam ich eine Menge Respekt vor Gene. Er hatte ein ziemlich trauriges Leben. Ich glaube, daß er meine Schwester wirklich geliebt hat. Er hat sehr spät geheiratet, und seine Ehe war nicht sehr glücklich. Dolores hieß sie; sie ist auch schon vor einer ganzen Weile gestorben. Eine nette Frau. Aber Gene war nicht glücklich, und er fing an, zuviel zu essen. Er neigte immer eher zum Dicksein, aber beim Militär haben sie ihn einiges davon runterschwitzen lassen, Gott sei Dank; wer weiß, wie weit ihn Stu sonst hätte tragen können, hä? Jedenfalls, als er älter wurde, zog er sich ein bißchen in sich selbst zurück und fing an, zuviel zu essen. Ich meine, der konnte vielleicht reinhauen. Früher mußte ich manchmal lachen; erst fraß Gene die Gewinne auf, und dann kam Burl und machte es genauso. Jedenfalls hat Gene gegessen und gegessen, bis er schließlich rund und fett wurde. Ich glaube, auf 'ne bestimmte Weise hat er sich zu Tode gefressen.«

Burl hob sein Glas und guckte hinein. Wie der Vater, so der Sohn, dachte er und kippte den Rest auf einen Zug runter.

Am nächsten Morgen meldete er sich nach einer schlaflosen Nacht telefonisch krank. »Abe Alter liegt im Sterben«, sagte er zu Soto und klang dabei heiser und leidend. Dann rief er Norma an und fragte sie, ob sie nach der Arbeit Zeit hätte.

»Natürlich, dein Geburtstag«, erinnerte sie sich. »Was willst du unternehmen?«

»Ich möchte einen Ausflug machen.«

»Nachts? Bei dem Wetter?«

»Heute ist es wärmer, und ich weiß genau den richtigen Platz. Ich hol dich um zehn ab. Ich hab ein Auto.«

Er verbrachte den Nachmittag inmitten von Lebensmitteln, schnuppernd, hauptsächlich. Er steckte die Nase in Bündel frischer Rüben, an denen er die saure Erde roch, und sah sich in einem Fischladen um, wo er das Meer einsog. Er wollte die Käse auspacken, die Weine entkorken, sich mit Apfelmus übergießen, Amok laufen inmitten des Rostrots von all dem rohen Fleisch. Und er kaufte ein; dabei übte er soviel Zurückhaltung, wie er aufbringen konnte, aber dennoch füllte der Kofferraum sich rasch mit den Früchten seiner Wanderung.

Im Village gondelte er durch den Verkehr, bis er auf der Bleeker Street Love & Death fand, die ungewöhnliche Bäckerei, an die er sich aus früheren Tagen erinnert hatte. Dort machten sie Torten in Vulvaform und natürlich lebensgroße Schokoladenpenisse, doch er war mehr interessiert an der zweiten Hälfte des Ladens, der mit dem Nach-Halloween-Abverkauf. Er erstand ein paar Handvoll Totenschädel aus Zuckerguß, einige Tage altes Brot in der Form von Oberschenkelknochen und Schienbeinen, Lebkuchenleichen in Lebkuchensärgen. Auf dem Nachhauseweg kaufte er noch Blumen.

»Also, wohin fahren wir?« fragte Norma, als er später an diesem Abend bei ihr ankam.

»Nach New Jersey.«

»Also muß ich mich nicht fein anziehen?«

»Zieh dich einfach warm an. Es ist eine Art Auferstehungsfeier.«

»Die Kerzen, die du wolltest, sind in dem Schrank über der Spüle«, rief Norma, schon auf dem Weg ins Schlafzimmer, um sich umzuziehen. »Nimm dir, so viele du willst. Den Kassettenrecorder hab ich auf den Tisch gestellt, siehst du ihn?«

Als das Auto beladen war, fuhren sie los. Die Nacht war klar und warm für die Jahreszeit, und durch die unnatürlich saubere Windschutzscheibe strahlten die Straßenlaternen hell wie Leuchtfeuer, die, eines nach dem anderen, auf jeder Straße der Stadt in alle Richtungen ihr Licht aussandten.

»Das ist toll, jetzt hast du zwei Geburtstage. Vielleicht kann ich dir später dein Geschenk geben.«

Selbst um diese Zeit war noch Verkehr. Autos schlängelten sich ungeduldig durch den Lincoln-Tunnel, ruckelnd und zuckelnd, und schmorten, wenn sie hin und wieder zum Stillstand kamen, in ihren eigenen Abgasen, bis Burls kleiner Mietwagen schließlich aus dem Tunnel zu taumeln schien, um einen langen, entschlossenen Aufstieg durch die riesige Spirale des Autobahnzubringers zu machen. Als er sich an seine Flucht auf diesem

Weg erinnerte - wie lange war das jetzt her? -, wurde es Burl eng in seiner Brust.

Seine Arme zitterten beim Fahren. Er hatte den Vormittag damit verbracht, auf seine Computertastatur einzuhämmern und die Briefe zu schreiben, von denen er hoffte, daß sie dazu beitragen würden, das Durcheinander in seinem Leben in Ordnung zu bringen. Zuerst hatte er an die Bezirksstaatsanwaltschaft in Brooklyn geschrieben und, ohne allzusehr ins Detail zu gehen, mitgeteilt, daß er am Leben und wohlauf sei. Er hatte an Engel geschrieben, um ihn auf den neuesten Stand zu bringen und ihm zu versprechen, daß er sein Geld zurückbekommen werde. Er hatte an Mickey Mituoulu, den Anwalt, geschrieben und angefragt, ob Mickey ihn vertreten würde, um festzustellen, ob Wanda - o Wanda! - ein Kind von ihm bekommen hatte, und, falls ja, ihm als Vater in irgendeiner Form ein Mitspracherecht zu sichern. Er hatte an Larry, seinen Agenten, geschrieben und ihm ein Buch über seine Abenteuer vorgeschlagen, mit noch unbestimmtem Ausgang. Dann hatte er einen Brief an seinen Onkel Lou geschrieben, in dem er um Verzeihung bat für das, was er getan hatte, und erklärte, daß er einstweilen vorhatte, sein Wissen darüber, wer sein Vater war, für sich zu behalten. Schließlich hatte er unter einiger Seelenpein an Stu und Betty geschrieben, um sie wissen zu lassen, daß ihr Sohn nicht tot war. Diesen Brief hatte er nicht abgeschickt. Das würde er persönlich erledigen.

Burl und Norma fuhren von der Autobahn ab, kurz nachdem sie in eine Gerade übergegangen war, und kamen in nördlicher Richtung auf eine Schnellstraße ohne Mittelstreifen. Die in der Gegenrichtung vorbeibrausenden Autos gaben einem dieses aufregende Gefühl des Dahinsausens, das Burl so genossen hatte, als er es vor so langer Zeit das letztemal hinter dem Steuer erlebt hatte. Die Schnellstraße wurde zur Hauptstraße einiger älterer Gemeinden, und als er langsamer wurde, stellte er fest, daß sie immer noch im Halloween-Schmuck waren. Vor den Häusern hingen auf hell erleuchteten Veranden Kürbislaternen, und als er an der Schule vorbeikam, hingen in den Fenstern immer noch Papierskelette und Hexen und dahinter Girlanden aus orangem und schwarzem Kreppapier, alles im silbrigen Mondlicht gut zu erkennen.

»Fruchtbonbons?« Norma hielt ihm schüchtern eine Tüte hin. »Von gestern abend übriggeblieben. Ich liebe dieses Zeug, aber die Kinder in meinem Haus waren nicht sehr beeindruckt.«

»Übersättigt«, sagte Burl und fischte ein Stück heraus. Er ließ es langsam im Mund zergehen, die penetrante Süße war wie ein deutliches Echo vergangener Exzesse. Am 1. November geboren zu sein hatte ihm als Kind makabre Geburtstagspartys beschert.

»Ich war hier schon mal«, sagte Norma. »Glaub ich jedenfalls. Schwer zu sagen bei Nacht. Ich kann's nicht einordnen.«

Burl sagte nichts. Sie waren sowieso gleich da, und ein paar Sekunden später bog er von der Straße ab und fuhr durch das Friedhofstor. Sie fuhren langsam, rollten gemessen die gewundenen Fahrwege entlang, die die Totenstadt in Hochbau- und Flachbauviertel unterteilten, Mausoleen und Gräber, Reiche und weniger Begüterte. Es ging schon gegen Mitternacht, als sie Burls Kenotaph ausfindig machten, und die Nacht wurde kühler.

»Geladen zu einem Festmahl, größer als dieses Leben«, las Burl im Schein einer Taschenlampe. Flach in den Boden über der Stelle versenkt, an der er hätte begraben sein können, schimmerte die Tafel, wie er vermutete, schwarz. Burl hatte sie noch nie gesehen.

»Wo kommt die Inschrift her?«

»Ich hab sie machen lassen«, sagte Norma.

»Das ist nett«, lächelte Burl. »Danke.« Dann ging er zurück zum Wagen, um die restlichen Sachen zu holen. Er breitete eine Plastikfolie, wie sie Anstreicher zum Möbelabdecken benutzen, über das flache Grabmal und rollte darauf einen dünnen japanischen Futon aus, über den er eine Baumwolldecke legte. Norma arrangierte die Blumen rundherum und versuchte die Kerzen anzuzünden, aber es war zu windig. »Das hab ich befürchtet«, sagte Burl und holte aus dem Kofferraum ein paar Grablichter in Gläsern, die er in weiser Voraussicht besorgt hatte.

In diesem flackernden Licht richteten sie auf der langen Tafel die reichliche Mahlzeit an, die Burl vorbereitet hatte: Fleischaufschnitte, gefüllte Weinblätter, Räucherfisch, ölige schwarze und dicke grüne Oliven, kalten Spargelsalat, Hühnchen und Pasta in Pesto, Eichblattsalat in einer Senfvinaigrette, einen nach Vanille duftenden Chardonnay und, zu den Brownies als Dessert, Eau de vie von Granatäpfeln. Als eine Art Garnierung waren zwischen diesen Dingen die knochenförmigen Brote, die Lebkuchenleichen, die Totenschädel aus Zucker eingestreut. Als er und Norma sich gesetzt hatten, füllte Burl ihre beiden Weingläser.

»Wegen all dem Essen da ...«, sagte Norma und schaute besorgt. »Ich hoffe, wir fangen nicht wieder so an.«

»Das sind einige der Leibspeisen des Toten«, sagte er. »Warst du je in Mexiko? Zu unserem Allerseelen, das übrigens« – er blickte auf die Uhr – »jetzt jede Minute beginnt, haben sie dort die Dia des los Muertos, den Tag der Toten, an dem sie ihre verstorbenen Lieben auf dem Friedhof besuchen, um mit ihnen zusammenzusein. Sie bringen Essen mit, spielen Musik, kampieren dort. Es ist etwas für die ganze Familie. Ich glaube, es läßt den Tod weniger beängstigend und die Toten weniger fern erscheinen. Es ist eine Art, die zurückzuholen, die von uns gegangen sind.«

»Na ja, wenigstens hab ich noch kein Abendessen gehabt.«

»Ich auch nicht. Seit er gestorben ist, habe ich einfach nichts mehr essen können.«

»Kannst du wirklich ewig so weitermachen?«

»Na ja, ich dachte schon, aber jetzt bin ich mir nicht mehr so sicher«, sagte Burl und nahm eine dünne Scheibe kühlen, feuchten Schinkens. »Ich werd's allerdings langsam angehen müssen.«

Und er nahm einen Bissen und kostete den salzigen Geschmack im Mund aus.

»Glaubst du, daß all dieses Essen Burl wieder zum Leben erwecken wird?«